働いて愛して生きるために女たちは闘わなければならない

――ラジウム・ガールズのアメリカ

ケイト・ムーア――［著］
松永典子／山口菜穂子／杉本裕代――［訳］

堀之内出版

THE RADIUM GIRLS

The Dark Story of America's Shining Women

働いて愛して生きるために
女たちは闘わなければならない
――ラジウム・ガールズのアメリカ――

ケイト・ムーア

松永典子　山口菜穂子　杉本裕代　訳

堀之内出版

すべての文字盤塗装工たちと、
彼女たちを愛した人々のために

決して忘れないでいよう……
お互いを想い合う心
笑みがこぼれる会話を交わした唇
悲哀と薔薇に囲まれた　そんな時間もそろそろ終わる
見失った夢を探してみよう
学び舎から遠く離れた、この世界で

――『一九二五年　オタワ高校卒業アルバム』より

目次
CONTENTS

[第1部]――知識 001

[第2部] 権力 177

主要登場人物リスト

CHARACTERS

文字盤塗装工については、本文においてファーストネームで呼ばれることが多いため、ファーストネームの五十音順で配列したが、そのほかはファミリーネームの五十音順で配列した。

ニュージャージー州ニューアークとオレンジ

［文字盤塗装工］

アイリーン・コービー・ラ・ポルテ　帽子屋の娘。凄腕の社員でグレースの親友。退社後、広告マンのヴィンセントと結婚。妹はメアリー。

アイリーン・ルドルフ　キャサリン・ショウブのいとこ。孤児であったため、ショウブ家で暮らしていた。

アメリア・マッジャ（通称モリー）　アルビナの妹。エレノアと親しい。行員としての腕は抜群だったが、最初のラジウム被害者となる。死因を梅毒とされてしまう。

アルビナ・マッジャ・ラリーチェ　イタリア系。モリー、クインタの姉。塗装工としては二流。マルグリット・カーロフと親しい。イタリア系移民のレンガ職人ジェームズ・ラリーチェと結婚。

エドナ・ボルツ・ハスマン　その金髪と白い肌で「ドレスデン人形」と呼ばれる。（不器用で）リップポイントの回数が多い。ドイツ系の配管工ルイス・ハスマンと結婚。

エレノア・エッカート（通称エラ）　見た目がよく剽軽で人気者。モリーと仲が良い。退社後、デパートへ転職。行方知らずの夫のあいだに一人息子がいる。

キャサリン・ショウブ　主人公の一人。ドイツ系移民の娘。学はないが賢く、作家になるのが夢。父親ウィリアムは組合運動に熱心。最初の仕事は検査官。

クインタ・マッジャ・マクドナルド　アルビナとモリーの妹。小生意気なところがある。グレースの親友。小売りチェーン店の店長ジェームズ・マクドナルドと結婚。娘はヘレン。

グレース・フライヤー　主人公の一人。愛国心から塗装工になる。父ダニエルは組合活動家。一〇人兄弟姉妹の四番目。美人でキャリア志向。一八歳ですでに自活。非常に優秀な塗師。のち銀行勤務。妹はアデレード、弟はアート。

サラ・カーロフ・メルファー　USRC入社時に既婚（夫は蒸発）。妹と同名のマルグリットという娘がいる。働き者。

ジェーン・ストッカー（通称ジェニー）　リストラされ、二〇歳で逝去。

ジュヌヴィエーヴ・スミス　ジョゼフィン・スミスの妹。マルグリット・カーロフと親しくなる。

ジョゼフィン・スミス　高い給料に惹かれてデパートを辞めUSRCに入社。キャサリン・ショウブと親しい。ドイツ系。

ヘイゼル・ヴィンセント・キューサー　幼なじみで機械工のセ

オドア・キューサーと結婚。夫は妻に献身的。

ヘレン・クインラン　「妖精のような見た目」で「男と出歩くのが好き」と同僚から陰口をたたかれる。USRCを最初に訴えることになった人物。

マルグリット・カーロフ　サラ・メルファーの妹。ジュヌヴィエーヴ・スミスやアルビナ・マッジャと親しい。

メイ・カバリー・キャンフィールド　キャサリン・ショウブを指導する先輩。レイ・キャンフィールドと結婚。妊娠後、退社。

［米国ラジウム社（USRC）］

ウィリス、ジョージ　フォン・ソチョッキーとともにUSRCを創業。後に会社を追放される。

サヴォイ氏　オレンジ工場の主任。

バーカー、ハワード　化学者で、後に副社長になる。

ファイト、ハロルド　副社長。工場業務の責任者。

フォン・ソチョッキー、セイビン　オーストリア生まれ。USRCの創業者で、「ラジウムに関する世界最高の権威の一人」とも言われた。後に会社から追放されることになる。グレースに対する「そんなことをしてはいけないよ」という言葉が後の裁判で争点となる。

リー、クラレンス・B　新社長。

リーマン、エドウィン　主任化学研究員。

ルーニー、アナ　ニューアーク工房の現場監督。

ローダー、アーサー　新財務部長。野心家で会社を乗っ取って社長となる。

［医　師］

ネフ、ジョゼフ　ニューアークのベテラン歯科医。モリーがかけこんだ医師。

バリー、ウォルター　経験豊かな歯科医。

ハンフリーズ、ロバート　オレンジの整形外科病院の医長。長くラジウム・ガールたちの診察にあたり、治療法を模索。

ブラム、セオドア　ニューヨークの医師で、アメリカの最初の口腔外科医の一人。

フリン、フレデリック　コロンビア大学衛生研究所の生理学の助教。USRCのローダーから放射性塗料の有害性の調査を依頼される。

マキャフリー、フランシス　ニューヨークの医師でグレース・フライヤーの治療にあたる。

マートランド、ハリソン　エセックス郡政委員会の検視官。ニューアーク市立病院の主任病理医で、女工たちの診察を通じて、ラジウム被害のメカニズムや、人体内のラジウム検出方法の開発にも携わる。

ユイング、ジェームズ　ラジウム医薬の専門家。

［調査官］

ケア、スウェン　連邦労働統計局のラジウム中毒専門調査官。

サマトルスキ、マーティン　化学者。ＵＳＲＣのローダー宛に、女工たちに見られる症状はラジウムによるものと手紙で報告。

スチュアート、エセルバート　連邦労働統計局の局長。

ドリンカー、キャサリン　セシル・Ｋ・ドリンカーの妻。

ドリンカー、セシル・K　ハーヴァード公衆衛生大学院教授で職業病研究の第一人者。ＵＳＲＣのローダーが調査に乗り出したときに最初に相談した医師で、ドリンカーはラジウムによる疾病だと判断。

ハミルトン、アリス　ハーヴァード大学医学部の最初の女性医師。産業毒物学の創設者。毒物研究・労働による疾病の犠牲者のために戦う。

ホフマン、フレデリック　労働現場での疾病専門の統計学専門家。プルデンシャル保険勤務。労働災害の第一人者で、ＵＳＲＣのラジウム被害について早い時期から同社に警告。

マクブライド、アンドリュー　ニュージャージー州労働局局長。ローチの上司。

ヤング、レノア　オレンジの保健衛生官。キャサリン・ショウブの訴えについて調査。

ローチ、ジョン　ニュージャージー州労働局副局長。

ワイリー、キャサリン　全米消費者連盟の事務局長。

［弁護士］

ベリー、レイモンド　ニューアークの弁護士。三〇歳にも至らぬ童顔の青年だが切れ者。グレース、キャサリン・ショウブ、エドナ、クインタ、アルビナの裁判を担当。

イリノイ州オタワ

［文字盤塗装工］

イネス・コーコラン・ヴァレット　初期からの女工。ガソリンスタンドの経営者ヴィンセント・ロイド・ヴァレットと結婚。

オリーヴ・ウェスト・ウィット　黒髪で母性的な女性。夫はクラレンス。

キャサリン・ウルフ・ドノヒュー　オタワ工房の女工採用第一号。聖コルンバ教会の熱心な信者。両親を早くに亡くした苦労人。アイルランド系のトムと結婚、トミーという息子が生まれる。

シャーロット・ネヴィンズ・パーセル　キャサリン・ウルフのあとに入社。夫はアル。三人の子供がいる。ラジウム中毒のため、片腕を切断することになる。

パール・ペイン　一〇代の女工たちのなかで、一人、二〇代の既婚者として入社。夫はホバート。大家族を夢見て一人娘を出産。対処療法を試みるも子宮全摘。

フランシス・グラチンスキ・オコネル　マルグリット・グラチンスキの姉。夫はジョン・オコネル。

ヘレン・ムンク　一五歳で女工に。結婚をしたものの、「病気を理由に」離婚させられる。

マーガレット・ルーニー（通称ペグ）　キャサリン・ウルフの親友。身長が低く痩せている。知的好奇心が強く、辞書を読むのが好き。婚約者はチャールズ・ハッケンスミス。

マリー・ベッカー・ロシター　経済的に恵まれない育ちで、一三歳のときから働き始めるが、不機嫌な顔を見せることのない工房の人気者。ハイヒールの靴を買うのが夢だった。パトリック・ロシターと婚約。

マルグリット・グラチンスキ　ポーランド系。「器量よし」。工場の主任に、「ラジウムは女性を綺麗にする」などと言われた一人。

メアリー・ヴィッチーニ・トニエリ　イタリア系。一三歳で入社。後にジョゼフ・トニエリと結婚。

メアリー・エレン・クルーズ（通称エラ）　縮れ毛の金髪、笑顔が印象的な人気者。一三歳で入社。後にデパートへ転職。

メアリー・ダフィ・ロビンソン　大工のフランシス・ロビンソンと結婚。

［ラジウム・ダイヤル社］
ギャンリー、ウィリアム　同社の重役だったが、社長のケリーを解任して新社長に。裁判では女工たちの主張を否定。
ケリー、ジョゼフ・A　社長。通常はシカゴの本社にいる。

フォーダイス、ルーファス　ラジウム・ダイヤル社の副社長。

マレー、ロッティ　現場管理責任者で求人の申し込み先担当者。会社に忠実。

リード、マーセデス（通称マーシー）　ルーファス・リードの妻。最後は解雇される。

リード、ルーファス　工房の副管理責任者。耳が不自由。それにもかかわらず評価してくれる会社に感謝している根っからの会社人間。

［医　師］

ウィーナー、シドニー　キャサリン・ウルフ・ドノヒューの入院のときの担当医。

ダリッチ、ウォルター　キャサリンの入院のときの担当医。

ダン、ローレンス　キャサリンの入院のときの担当医。

ロッフラー、チャールズ　評判の高いシカゴの医師、血液学専門。キャサリンの入院のときの担当医。

［弁護士］
グロスマン、レオナード　ラジウム・ダイヤル社の五名の女工たちが起こした裁判を引き受けてくれたシカゴの弁護士。虐げられているものを支援する活動で伝説的な人物で、メディア対応にも長けていた。

▲グレース・フライヤー

▲キャサリン・ショウブ

▲ヘイゼル・ヴィンセント

▲エドナ・ボルツ・ハスマン

▲クインタ・マッジャ・マクドナルド

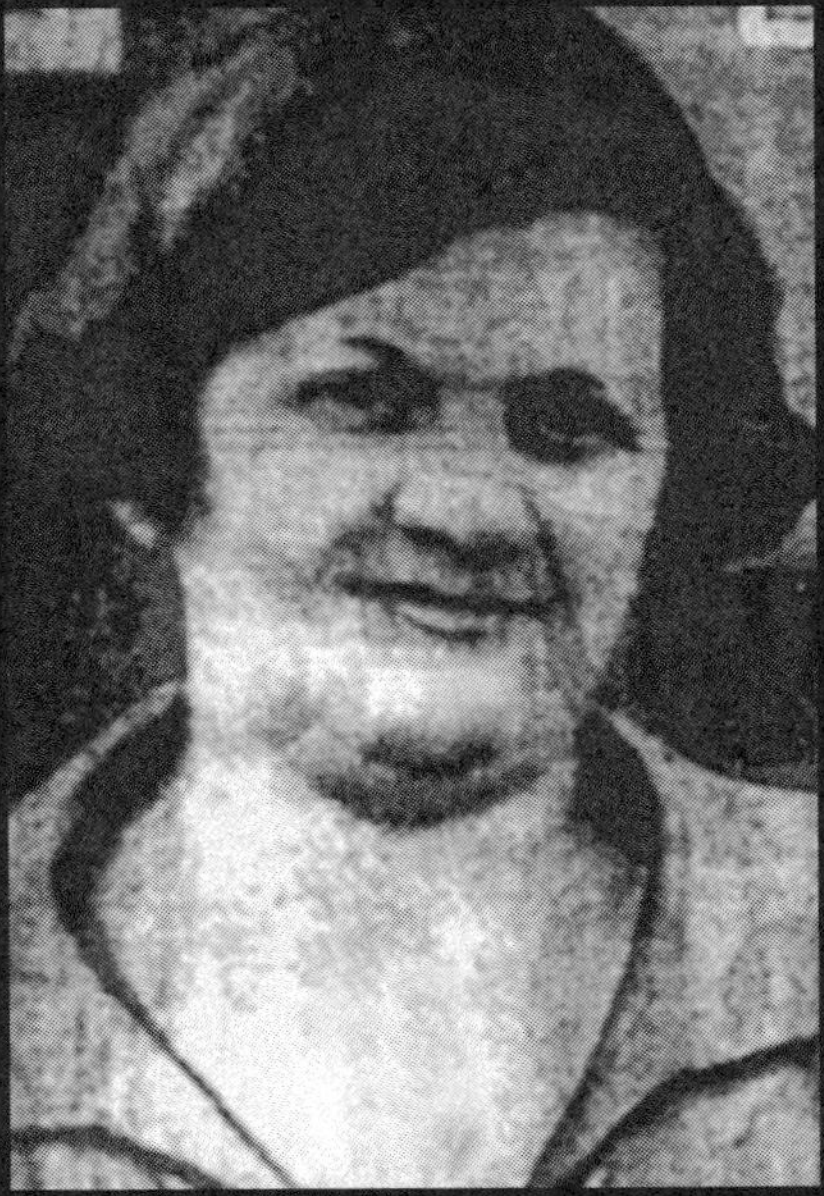

▲アルビナ・マッジャ・ラリーチェ

▲マルグリット・カーロフ

▲アイリーン・ルドルフ

▲ヘレン・クインランとボーイフレンド

▲会社の懇親会に集う文字盤塗装工：
エレノア（通称エラ）・エッカート（前方左）、アメリア（通称モリー）・マッジャ（右から3番目）、サラ・メルファー（右から2番目）

▲ラジウム社の創設者セイビン・フォン・ソチョッキー（中央）、
会社主催のピクニックで。

▲ニュージャージー州オレンジの文字盤塗装工房、
1920年初頭。

▲フレデリック・フリン博士

▲アーサー・ローダー

▲ハリソン・マートランド博士

▲キャサリン・ワイリー

▲レイモンド・ベリー

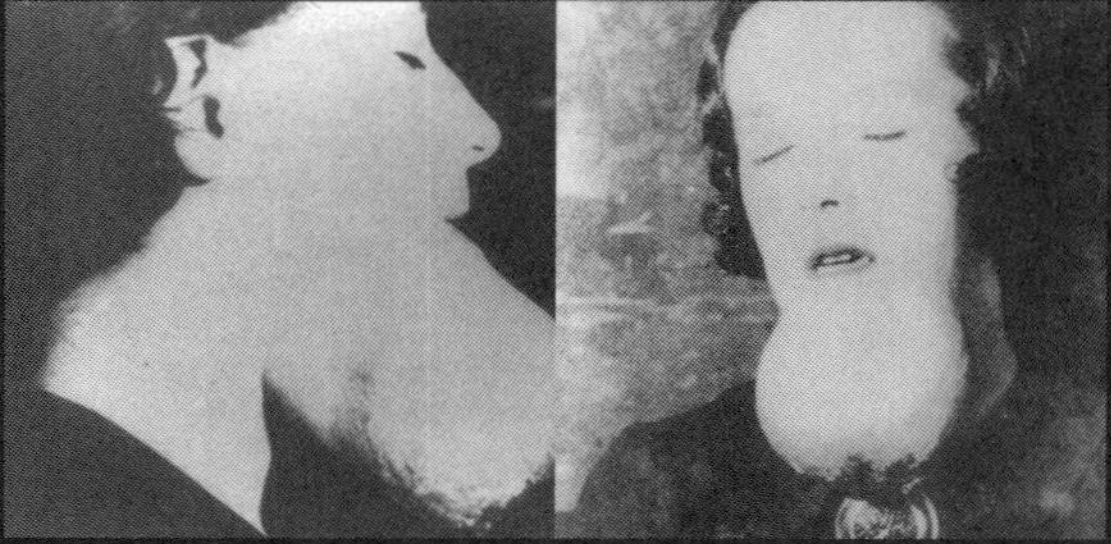

▲ラジウムによってアゴに肉腫ができた文字盤塗装工（正面と側面）

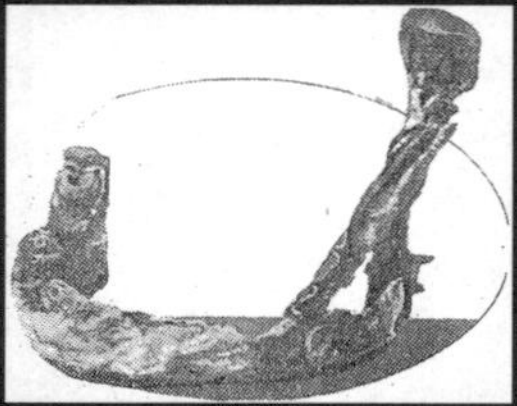

▲モリー・マッジャの下顎、
ラジウムの影響で穴だらけで
ぺしゃんこになって崩れている

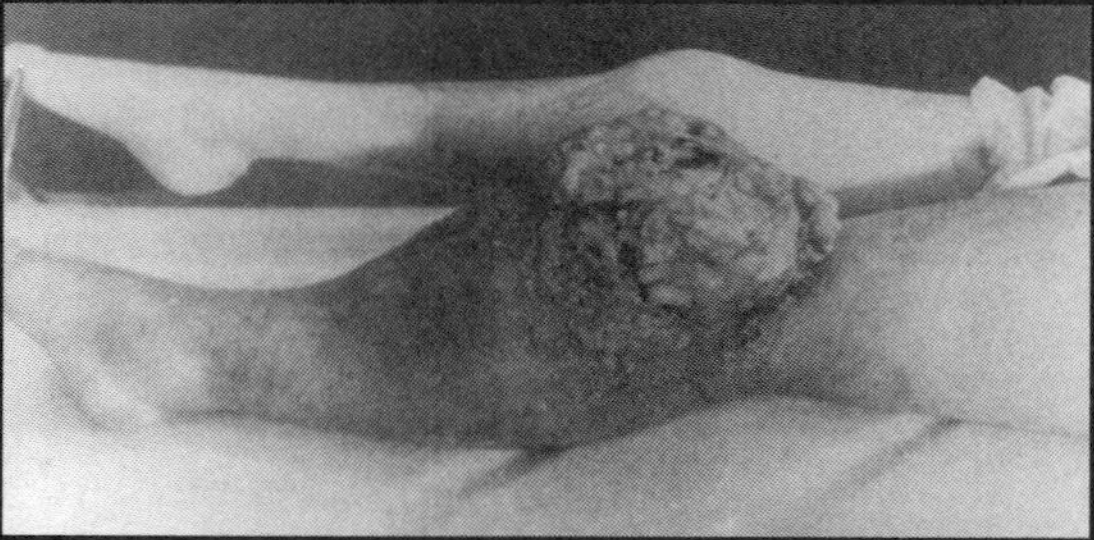

▲ラジウムによって膝にがんができた文字盤塗装工

▲（左から右に）クインタ・マクドナルド、エドナ・ハスマン、アルビナ・ラリーチェ、キャサリン・ショウブ、グレース・フライヤー、
1928年6月4日

▲メアリー・エレン(通称エラ)・クルーズ

▲マリー・ベッカー・ロシター

▲ペグ・ルーニーとチャック・ハッケンスミス、両端はペグの妹イーディス(左端)とテレサ(右端)

▲ラジウム・ダイヤル社集合写真(部分)。
1列目:リード氏(左端で、白い平らな帽子を着用して、地面に座っている)、2列目:キャサリン・ウルフ(左から2番目、黒いドレス着用)、ミス・ロッティ・マレー(左から4番目)、マルグリット・グラチンスキ(左から10番目)、3列目:マーガレット・ルーニー(左端)、マリー・ベッカー・ロシター(左から8番目)、メアリー・ダフィ・ロビンソン(右から2番目)

▲シャーロット・パーセル、1937年

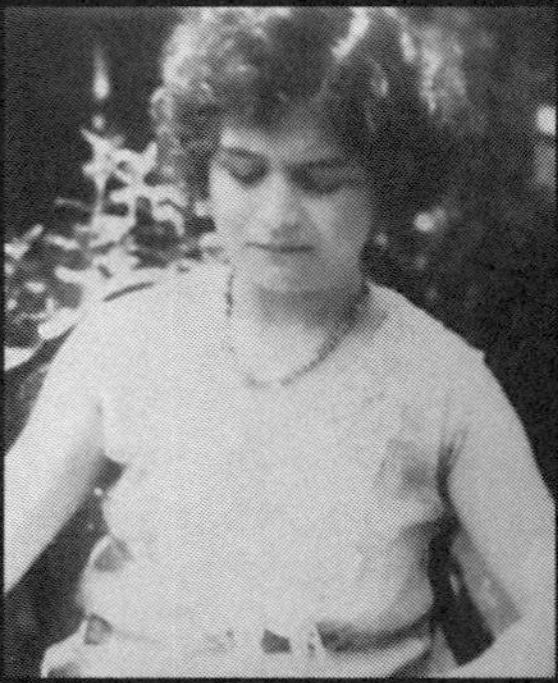

▲「療養中の」パール・ペイン、1933年頃

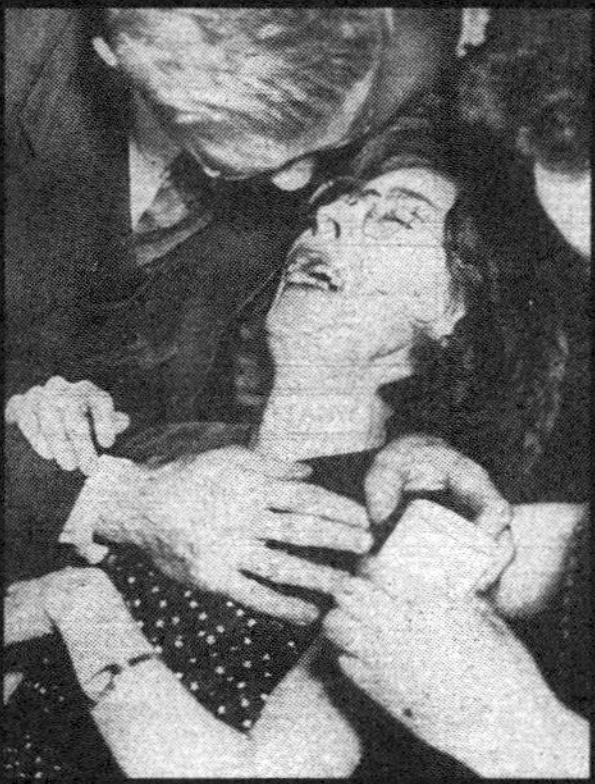

▲1938年2月10日倒れるキャサリン・ウルフ。瞬時に助けるトム・ドノヒューとパール

▲1937年7月21日、オタワからシカゴに来た5人：(左から)マリー・ロシター、フランシス・グラチンスキ・オコネル、マルグリット・グラチンスキ、キャサリン・ウルフ・ドノヒュー、パール・ペイン、グロスマンの秘書キャロル・レイザー、レオナード・グロスマン

▲1938年2月10日、郡裁判所庁舎にて証言を聞く(左から順に)パール・ペイン、フランシス・オコネル、マルグリット・グラチンスキ、ヘレン・ムンク、マリー・ロシター

▲1938年2月11日、グロスマンにリップポインティング
塗装法を実演してみせるシャーロット・パーセル

▲ドノヒュー家の〔キャサリンの〕寝室で開催される審問。
グロスマンの背後にシャーロットがパールと並んで座っている

▶ドノヒュー一家
——トム、キャサリン、
トミー、メアリー・ジェーン

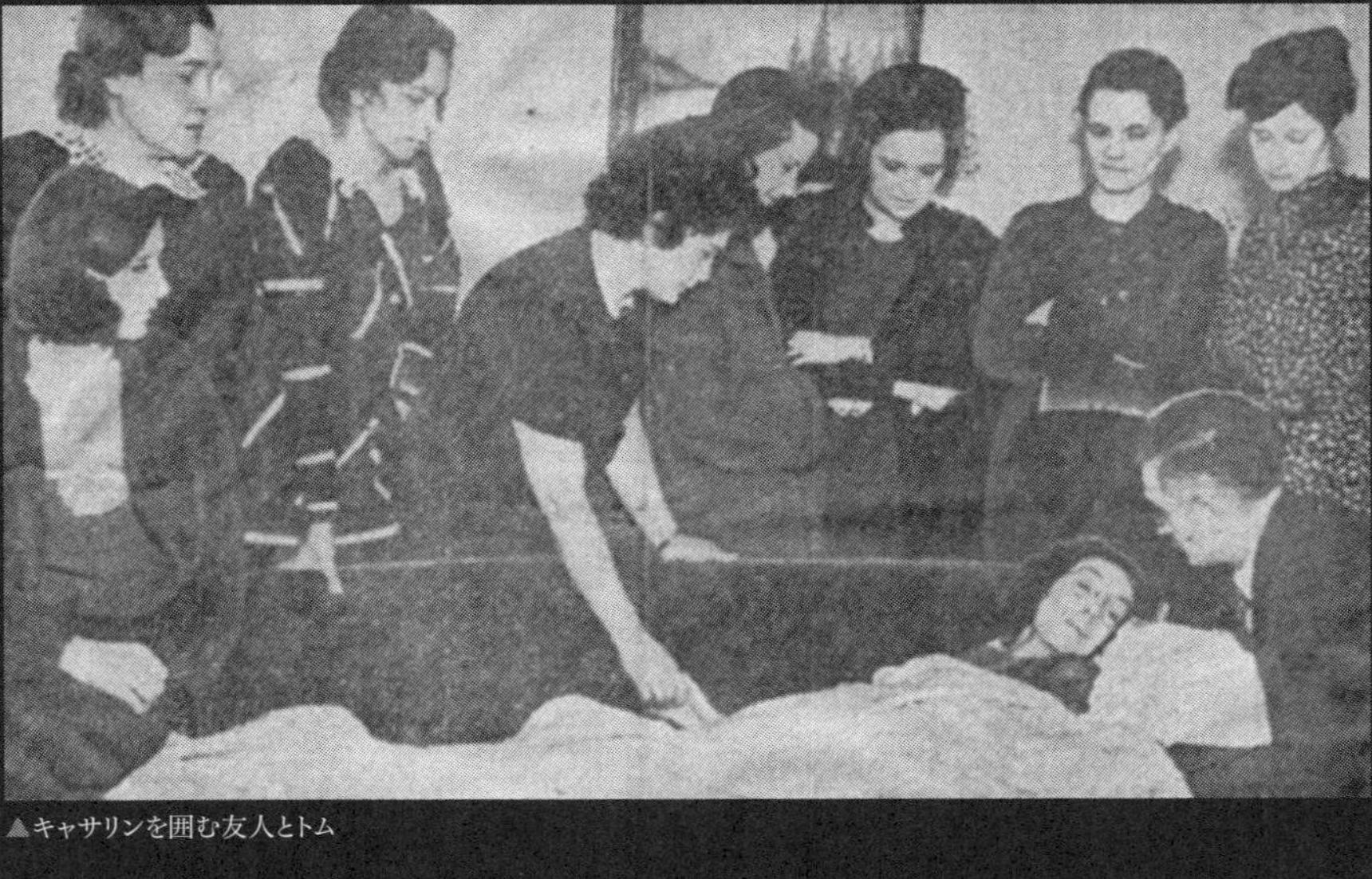

▲キャサリンを囲む友人とトム

凡例

一　本書は Kate Moore, *The Radium Girls: The Dark Story of America's Shining Women* (Sourcebooks, 2017) の全訳である。ただし、文意が不明な箇所については適宜、kindle版なども参照した。

一　訳注は〔〕で原則本文に示した。原文中の［］や（）はともに訳文では（）で示した。

一　度量衡の単位は、メートル・グラム法や摂氏など現在の日本で一般的なものに換算し統一した。

一　人名、地名、事項のカタカナ表記は現地音をできるかぎり尊重したが、日本語表記の慣例がある場合はそれに従った。

一　本文中の表記については、全体を通して統一したが、読みやすさを優先した箇所もある。

プロローグ
PROLOGUE

フランス、パリ
——
一九〇一年

ラジウム、未知なる神

その科学者[1]は、ラジウムのことなどすっかり忘れていた。細長いガラス管に入れたラジウムは、彼のベストの内ポケットに慎重にしまい込まれていたし、しかもごく少量だったので、その重さを感じさせなかった。彼は講演のためイギリスのロンドンに来ていた。ヨーロッパ大陸から海を渡るその旅のあいだずっと、ラジウム入りの小瓶はその暗いポケットのなかにあった。

彼は、ラジウムを所持する世界でも数少ない人間の一人だった。一八九八年一一月の終わりにマリー・キュリーとピエール・キュリーによって発見されたラジウムは、原料からの抽出が難しかったために、世界中を探してもほんのわずか数グラムしか手に入らなかった。彼が講演で用いるためのラジウムを、キュリー夫妻からごく少量でも譲ってもらえたのは本当に幸運だった。というのも、夫妻自身も、実験をかろうじて続けられるくらいの量しか持っていなかったのだから。

とはいえ、こうした制約がキュリー夫妻の研究の進捗を妨げることはなかった。二人は毎日この元素について何かしら新しい発見をしていた。「ラジウムは、遮光用の黒紙を透過して写真乾板を感光させました」と後にキュリー夫妻の娘が記している。「ラジウムはそれ自体を包んでいた紙や脱脂綿を少しずつ腐食し粉々にしてしまいました……ラジウムにできないことなどあるのでしょうか」。マリーは「私の美しいラジウム」と呼んだ——たしかにその通りだった。冒頭の科学者の胸ポケットの奥深くでも、ラジウムは、その不気味でおぼろげな光を、暗闇のなかで途切れることなく放ち続けていた。マリーはラジウムの発光効果についてこう記している。「かすかな光が、暗闇のなかをキラキラと浮かんでいるように見えました。これまでに感じたことのない興奮で胸が高鳴りすっかり魅了されてしまいました」

魅了……。あたかも、超自然的な力で見るものを虜にしてしまうような一種の魔法。一九二〇年当時のアメリカの軍医総監[2]が、ラジウムについて「神話的な超存在を想起させる」と言うのも当然だった。あるイギリス人の医師[3]は、ラジウムが持つ放射能の強大さを評して「未知なる神」と呼んだ。

神々は優しいときもある。愛情に溢れるときも、情け深いときも。しかし、劇作家のジョージ・バーナード・ショーがかつて「いにしえの神々は人間に絶えず生け贄を要求する」と書いたように、魅了というものは、昔話のなかであれ、現代においてであれ、呪いとなることもあるのだ。

科学者に話を戻すと、彼はラジウムのことを忘れていたけれども、ラジウムのほうは彼を忘れてはいなかった。彼が異国を旅しているあいだ中、その旅路の一秒ごとに、ラジウムは彼の青白く柔らかな肌に強力な放射線を放ち続けていた。数日後、彼は腹部に謎めいた赤い痣《あざ》が花開いているのを見つけて困惑した。それは火傷《やけど》のように見えた。しかし彼にはその原因となるような火のそばに近づいた覚えがまったくなかった。刻一刻と痛みが激しくなった。それは大きくはならずに、しかしどういうわけか、痛みがどんどん深くなっていくようだった。まるでいまも彼が傷の原因にさらされていて、まだその炎に焦がされ続けているかのようだった。痣は水ぶくれとなり、やがて苦痛極まりない火傷になった。痛みが激しさを増していき、ついに彼はそのせいで息も絶え絶えとなりながら、自分に気づかれることなくこれほどの痛みを引き起こした原因がいったい何なのか、懸命に考えた。

そうなってやっと、彼はラジウムのことを思い出したのだった。

【訳者注】

［1］アンリ・ベクレル（一八五二―一九〇八）フランスの物理学者・化学者。放射線の発見者であり、この功績により一九〇三年、ノーベル物理学賞をピエール・キュリー、マリー・キュリーとともに受賞した。

［2］ヒュー・S・カミング（一八六九―一九四八）第五代アメリカ軍医総監。一九二八年一二月二〇日に開催された全米ラジウム会議での発言。

［3］T・ペイガン・ロウ（生没年不詳）イギリスの温泉地バースの温泉療法医。Lowe, T. Pagan. “On Radium Emanation in Mineral Waters.” *Lancet* 176 (April 20, 1912): 1051–53.

[第1部]——知識

1

アメリカ合衆国ニュージャージー州ニューアーク 一九一七年

憧れの仕事

キャサリン・ショウブの足取りは弾んでいた。ウキウキしながら歩いていたので、職場までの四ブロックの道のりもあっという間に思えた。その日は一九一七年二月一日で真冬だったけれど、寒さは全然苦にならなかった。生まれたときからずっと、自分が育った街の冬の雪が好きだった。しかし、この日の朝に限っては、凍るような寒さとは別の理由で、気持ちが高揚していた。今日から、最先端の仕事に就くことになっているのだ。ニュージャージー州ニューアークのサード・ストリートにある、ラジウム・ルミナス・マテリアル社での時計の文字盤工場の仕事だった。

工場の求人募集について教えてくれたのは、彼女の親しい友人の一人だった。キャサリンは明るくて人づきあいが良く、友人が多かった。彼女自身後にこう回想している。「友だちの一人が〈時計工房《ウォッチ・スタジオ》〉のことを教えてくれました。そこでは、時計の文字盤の数字と針を蛍光塗料で塗り、暗闇でも見えるようにするのだと。友だちは、その仕事が面白くて、ありふれた工場の仕事よりずっと洗練されていると説明してくれました」。そんな短い説明ですら、その仕事がすごく自慢できるようなものに聞こえた。

なんといっても、そこは工場ですらなく、「工房」なのだ。非常に想像力豊かな女の子だったキャサリンには、工房という言葉が、どんなことが起きてもおかしくない場所に聞こえた。バンバーガー・デパートの包装係という、これまでの仕事よりも良い仕事なのは確実だ。デパートの売り場では収まらない野心がキャサリンにはあった。

キャサリンはまだ一四歳の魅力的な女の子で、五週間後に次の誕生日を迎えることになっていた。身長が一六四センチに満たない、「すごくかわいいブロンドの娘」で、目は青く輝き、髪を流行のボブに切りそろえ、品のよい顔立ちをしていた。彼女は小学校までの教育しか受けていなかった。それは「彼女のような労働者階級の女の子たちが当時受けられる教育のすべて」だったにもかかわらず、ずば抜けて頭が良かった。『ポピュラー・サイエンス』誌が後にこう書いている。「生涯を通じて(…)キャサリン・ショウブは(…)作家になる夢を温めていた」。彼女はたしかに野心的だった。友人から時計工房の仕事の口があることを教えてもらうやいなや、「主任であるサヴォイ氏のところへ出向いて、働かせてくださいと頼み込みました」と彼女は振り返る。

そういうわけで、気がつくと、キャサリンはサード・ストリートの工場の前にいた。それからドアをノックして、若い女たちに大人気の職場に入ることを認められたのだった。現場監督のアナ・ルーニーに会うために工房を案内されているあいだ、彼女の感激ぶりは、まるでスターに夢中になっているかのようだった。それから、女工たちが一生懸命に文字盤を塗る作業に取り組んでいるのを見た。女の子たちは並んで座り、ふだん着を着て、全速力で文字盤を塗っていた。キャサリンの見慣れていない目には、彼女たちの手の動きは速すぎて見えないくらいだった。一人ひとりが文字盤の載った平らな木のトレーを傍らに置いていた。紙の文字盤が黒い下地に前もって印刷してあり、数字は白ぬきにしてあって、そこに塗る準備がされていた。けれども、キャサリンの目を引いたのは文字盤ではなく、彼女たちが扱っている材料のほうだった。それはラジウムだった。

ラジウム。驚異の元素であり、それを知らぬものはいなかった。キャサリンは当時ラジウムにまつわるあらゆる記事を雑誌や新聞で目にしていた。メディアはひたすらラジウムの価値を称賛し、ラジウム商品の新発売を宣伝していた。もっとも、キャサリンのような貧しい生まれの女の子にとって、それらの商品は高価すぎて手が届かなかった。彼女はそれまでラジウムをこんな間近で見たことがなかった。この世でもっとも高価な物質だとされ、一グラム一二万ドル（現在の価値で二二〇万ドル）もしたのだ。彼女をおおいに喜ばせたのは、ラジウムが想像していたよりもはるかに美しいということだった。

女工たちには、文字盤用の塗料の材料が各自支給されていた。彼女たちは、少量のラジウム（と硫化亜鉛の混合）粉末を小型の白い容器に軽くはたき入れ、そこに少量の水と粘着性のアラビアゴムを加え、それらを混ぜて自分用の塗料を作った。この緑がかった白っぽい発光塗料となる混合物は、「アンダーク」という名で通っていた。ほんのごく微量のラジウムが含まれている細かい黄色の粉末に、硫化亜鉛を混ぜると反応が起き、光を発した。その効果には目を見張るものがあった。

キャサリンはこの粉末がありとあらゆるところに散らばっていることに気づいた。工房全体に粉が舞っていたのだ。ちょうど彼女が目をあげると、ほんの少しの粉末のひとけむりが宙を漂っているように見えた。そしてそれは作業中の女工の肩や髪の上に止まった。驚いたことに、女工たちに降りかかった粉末は、彼女たちの身体の表面でほのかに光を放つことがあった。

周囲の女の子たちがそうだったように、キャサリンもこの光にうっとりした。それは単なる光ではなくラジウムが持つ全能のしるしだった。この新しい元素は発見された最初期から「歴史上もっとも偉大な発見」と称えられていた。二〇世紀転換期、ラジウムには人間の身体組織を破壊する力があるという事実が科学者たちによって明らかにされると、それはさっそくがんと戦うために用いられ、目覚ましい成果をあげた。その結果——命を救う元素であるがゆえに、健康にも良いに違いないという思い込みによって——さまざまなラジウムの使用法が誕生していった。がん治療だけではない。キャサリンの日常生活のいたるところで、花粉症、痛風、便秘……考えうるどんな症状でも治療する驚くべき万能薬とされた。薬局は放射能を帯びた包帯や錠剤を販売した。さらに、経済的に余裕のある人びと向けの、ラジウム診療所やスパも出現した。人びとは、ラジウムの到来を〔旧約〕聖書の予言通りだと歓迎した。「しかしわが名を恐れるあなたがたには、義の太陽がのぼり、その翼は、いやす力を備えている。あなたがたは牛舎から出る子牛のように外に出て、とびはねる」〔マラキ書四章二節〕

ラジウムのもう一つの宣伝文句に、高齢者に活力を再注入する、すなわち「老人を若返らせる」ことができるというものがあった。ある熱狂的なラジウム信者が次のように書いている。「私は体内の臓器が活力で輝きを放っているのを感じ取ったとたしかに思う瞬間があります」。ラジウムが「まるで堕落した世界のなかでの善きおこないのように」光を照らし出しているのだと。

こうしたラジウムの魅力は、すぐに起業家に利用された。キャサリンはラジウム関連製品で、もっとも大当たりしたうちの一つの広告を見たことがあった。ラジウムが内側に塗られた瓶だった。そこに水を入れると、水が放射能を帯びるのだ。推奨用量は一日五杯から七杯で、裕福な顧客はその水を清涼飲料水として飲んだ。しかし、この種の製品は二〇〇ドル（現在の価値で三七〇〇ドル）くらいで売られていたので、キャサリンにはとうてい手が出なかった。ラジウム水は金持ちの有名人たちの飲み物であって、ニューアーク生まれの労働者階級の娘には縁がないのだった。

彼女はラジウムが普及していくのを感じていたが、それはアメリカ全土に行き渡っていたうちのほんの一部でしかなかった。熱狂的な流行、としか表現のしようのないものだった。ラジウムは「太陽を閉じこめた液体」と呼ばれ、アメリカ中の病院や応接間だけでなく、劇場やミュージック・ホール、食料雑貨店、本棚までをもその光で照らし出した。漫画や小説にも次から次へと登場していたので、歌ったりピアノを弾いたりするのが好きだったキャサリンは、おそらく「ラジウム・ダンス」の歌をよく知っていただろう。というのも、この歌は *Piff! Paff! Pouf!* というブロードウェイのミュージカルで歌われて大ヒットしていたからである。ラジウム男性用下着、ラジウムランジェリー、ラジウムバター、ラジウムミルク、ラジウム練り歯磨き（歯磨きするたび笑顔がどんどん明るくなる保証つき）が売り出された。さらに、ラディオール化粧品［イギリスの化粧品会社］はラジウムを配合した美顔用クリーム、石鹸、口紅、ファンデーションといったさまざまな商品を売り出した。より一般的な製品もあった。ある広告は鼻息荒くこんなふうに謳っていた。「ラジウム・エクリプス・スプレーは、ハエ、蚊、ゴキブリをすばやく退治します。家具や磁器、タイル用の洗剤としても最高です。しかも人間には無害で簡単に使えます」

実際は、どの商品にもラジウムは入っていなかった。高価すぎたし希少だったからだ。にもかかわらず、どの製品のメーカーも、自分たちの商品が宣伝文句からかけ離れたものではないと力説していた。誰もが少しでもラジウムの恩恵にあずかりたかったのだ。

さて、キャサリンは自分が選んだ仕事のおかげで、ラジウムを鑑賞するのに最上の席に座れることに興奮していた。彼女は目の前の魅力的な光景に見とれて息をのんだ。ところがその後、残念なことに、ミス・ルーニーは主要部である工房とは別の、ラジウムからも、輝く女の子たちからも離れた部屋へと彼女を連れていった。キャサリンは自分とは別室にいる華やかなアーティストたちの一員になりたくてたまらなかったが、その日も、そしてその後しばらくも、文字盤を塗ることはなかった。

代わりに、彼女は検査官の見習いとして研修を受けることになった。光を身に纏《まと》いつつ忙《せわ》しなく文字盤を塗っている女工たちの働きぶりをチェックする仕事だった。

ミス・ルーニーは検査官の仕事の重要性について説明した。曰く、この会社は夜光時計の文字盤を専門にしているのと同時に、発光型の航空計器を供給するという利益の見込める契約を政府と結んでいる。ヨーロッパで激しい戦争〔第一次世界大戦〕が繰り広げられていることからも、事業は急成長している。くわえて、自社の蛍光塗料は、銃の照準器や船舶の羅針盤やその他もろもろが暗闇でも明るく光るよう使用されている。戦闘中の生死のかかった状況では、文字盤は完璧でなくてはならないのだ。「私の仕事は数字の輪郭に線の乱れがないか徹底的に確認し、ほんの微細な乱れでも修正することでした」とキャサリンは回想している。

ミス・ルーニーはキャサリンの指導担当であるメイ・カバリーに彼女を紹介した。二人が訓練を始めると、塗装作業中の女工たちの列のあいだをゆっくりと行ったり来たりしながら、肩越しに監視する仕事に戻った。

キャサリンが挨拶するとメイはにっこり笑った。メイは二六歳の塗装工で、昨年の秋からそこに勤めていた。この業界には初心者として入ってきたにもかかわらず、すでに優秀な塗師として定評があった。毎日文字盤の載ったトレーを八枚から一〇枚コンスタントに仕上げたのだ（文字盤の大きさに応じて一枚のトレーに二四個あるいは四八個の文字盤が載せられていた）。すぐに彼女は昇格して、他の女工たちを指導することになった。ほかのみんなも彼女のように作業できるようになって欲しいという期待が込められていた。こうして、メイは筆を手に取って、すべての塗装工と検査官がこれまで教わってきた技術を、その小部屋でキャサリンに教えることになった。

そこでは、細い木の柄の極細のラクダの毛筆が使われていた。ある塗装工が回想する。「私はあんなに細い筆を見たことがありませんでした。おそらく三〇本くらいの毛が束ねてあったのだと思いますが、その細さは異常でした」。筆はたしかに細かったものの、毛先が広がってしまいがちであり、女工たちの作業を妨げることになった。彼女たちが塗るもののなかで一番小さい懐中時計は、文字盤の直径がたった三・五センチしかなく、したがってもっとも細い塗装部分が、幅一ミリしかなかった。こうした細かい線をはみ出してはならず、さもないと厄介な状況に陥ることになった。彼女たちは筆をよりいっそう細くする必要があった。そして、そうする方法を彼女たちは一つしか知らなかった。

「私たちは筆先を自分の口に入れました」とキャサリンは後に率直に語った。これはリップ・ポインティングという方法で、この業界に最初に入ってきた女工たちが、かつて働いていた陶器の塗装工場から持ち込んで、そのあと受け継がれてきたものだった。

彼女たちは知らなかったことだが、このやり方はヨーロッパでは用いられていなかった。そこでは、すでに一〇年以上のあいだ、文字盤塗装がおこなわれていたのにだ。国ごとにそれぞれ異なる方法を用いていたが、リップ・ポインティングを用いていた国は一つもなかった。スイスでは硬いガラス棒が使われていた。フランスでは細い棒の先端に綿をくっつけたものを使っていた。ヨーロッパのほかの国の工房は細く尖らせた木の針や金属の針を採用していた。

とはいえ、アメリカの女工たちが盲目的にリップ・ポインティングの技法を使い始めたわけではない。メイによると、彼女が仕事を始めたのは一九一六年に工房が開始してすぐ後のことだったが、彼女は、ラジウムを飲み込むのを「少し気持ち悪い」と感じて、同僚とともに質問したそうだ。彼女は次のように振り返った。「真っ先に尋ねたのは『この物質は体に悪いのではないか』ということでした。すると彼らは答えました。『いいえ』と。サヴォイ氏は、これは危なくないので心配しなくていいのだと言いました」。なんといっても、ラジウムは奇蹟の薬だった。それどころか、女の子たちはラジウムに曝されることで恩恵を受けられるはずだった。まもなく女工たちは口のなかに筆を入れるのに慣れ始めて、それについて考えることすら止めてしまった。

しかし、キャサリンはその初日、乱れた文字盤を修正するために何度も口で筆先を尖らせるたびに、違和感があった。それでも、続けていく価値があるのだと、彼女はそこで働きたいと思った理由を絶えず思い返していた。彼女の仕事には、日光のもとでおこなうものと暗室のなかでおこなう二種類の検査があったが、暗室に入ると、本当に魔法が起きた。キャサリンは、仕事の打ち合わせをしようと女工たちを暗室に招き入れたとき、それを目撃したのだった。「まさにこの部屋で、日光は遮断されていたにもかかわらず女工の体中に蛍光塗料の痕が見えました。服のうえに、顔に、唇に、そして手のあちこちに筆の痕がありました。そこに立っていた幾人かの女工たちは、暗闇のなかで光を放っていました」。彼女たちは異界からやってきた天使たちのように美しかった。

ときが経つにつれて、キャサリンは同僚と仲良くなっていった。そのなかの一人がジョゼフィン・スミスで、丸顔で茶色いボブヘアの、鼻先が少し上がり気味の一六歳の女の子だった。彼女もバンバーガー・デパートで売り子として働いていたけれど、もっと多くのお金を文字盤塗装で稼ぐために辞めてきたのだった。女工たちは固定給ではなかったものの、時計一つにつき平均一・五セント、塗った文字盤の数による出来高払いで、もっとも優れた技能を持っているものは驚くほどの賃金を持ち帰ることができた。

なかには、平均的な工場労働者の三倍稼ぐものもいた。自分の父親よりも多くもらっているものすらいた。彼女たちは、女性の賃金労働者のうち上位五パーセント以内に入っており、平均すると、週二〇ドル（現在の価値で三七〇ドル）稼いだ。さらに、最速の塗装技術を持つものは、容易にそれ以上、ときには二倍も稼ぐことができた。一番稼いでいる女工の年収は、二〇八〇ドル（現在の価値で四万ドル）に達した。幸運にもこの職を得た女の子たちは、自分たちは恵まれていると感じていた。

キャサリンは、ジョゼフィンとおしゃべりしているうちに、彼女が自分と同じドイツ系だということがわかった。事実、文字盤塗装工のほとんどは、移民の娘や孫娘たちだった。ニューアークには、ドイツ、イタリア、アイルランド、その他の国からの移民がたくさんいた。まさにこれこそが、ラジウム社がこの町に工房を開いた一番の理由だった。巨大な移民コミュニティがあらゆる種類の工場に労働力を供給していたからだ。ニュージャージー州は、農業生産力の高さにちなんで、ガーデン・ステートという愛称で呼ばれていた。しかし実際には、同じくらい工業生産力も高かったのである。二〇世紀転換期には、ニューアークの実業界のリーダーたちがそこを「チャンスのある街」と名付けた。そして、女工たち自身の理解がそうであったように、ニューアークはその名にふさわしい街だった。

このようにして、ニューアークは大都市として繁栄していった。工場が閉まったあとの夜の街は、娯楽で活気に満ちていた。ニューアークは、一人当たりの酒場の数が全米一のビールの街であり、労働者たちは休息をおおいに楽しんでいた。文字盤塗装工たちも休憩時間は仲間たちとの交流を楽しんだ。ニューアークの工場の仕事部屋で一緒に座って昼食をとり、埃っぽいテーブルでサンドイッチを分け合ったり噂話に興じたりしていた。

数週間後、キャサリンは文字盤塗装の仕事の魅力だけでなく難しさも目にするようになった。ミス・

ルーニーが工房を行ったり来たりしながら常に監視していること、暗室に呼ばれて仕事の出来の悪さを叱責されることへの恐れが常につきまとっていること。そして何にも増して、女工たちは高価な塗料を無駄にしたと叱られることを恐れていた。というのも、それが最終的に仕事をクビになりかねない罪だったからだ。キャサリンはそうしたマイナス・ポイントがあることを理解しつつも、大部屋の女工たちに加わりたくて仕方なかった。きらめく女の子たちの一人になりたかったのだ。

キャサリンは仕事の覚えが早かったので、すぐに優れた検査技師になった。乱れた文字盤を自分の口で尖らせた筆で修正する技術を体得しただけでなく、素手で粉を払ったり、爪で余分な塗料を取り除いたりすることにも習熟した。これらの技法は、すべてこれまでに教え込まれてきたものだった。彼女は昇格を目指して一生懸命に働いた。

ついに、彼女のがんばりが三月の終わりに報われた。「文字盤を塗るよう指示されました」と彼女は興奮気味に書いている。「是非やらせて欲しいと言いました」

キャサリンは、たしかに懸命な努力が報われて夢を叶えた。しかしキャサリンの昇格には、一九一七年の春、彼女の職場に押し寄せた、より大きな力も働いていた。文字盤塗装工の需要はかつてないものになろうとしていた。いまや、会社は捕まえられる限りの女たちを必要としていたのだった。

2

リップ、ディップ、ペイント

過去二年半のあいだ、アメリカはヨーロッパの戦禍をほぼ免れていた。それどころかアメリカは、戦争によって好景気に沸いていた。大多数のアメリカ人は、大西洋の向こう岸で繰り広げられるおぞましい塹壕戦が、自分たちに及んでこないことに安堵していた。遠く離れていても、その恐ろしさがはっきりとアメリカ人の耳に届いていた。ところが一九一七年、彼らは中立の立場を維持できなくなった。四月六日、キャサリンの昇格後一週間かそれくらいで、アメリカ議会は自国の参戦を可決した。この戦争は、「あらゆる戦争を終わらせるための戦争」〔ウッドロウ・ウィルソンが一九一七年にドイツへの宣戦布告を連邦議会で呼びかけた際に使われた有名な言い回し〕として知られることになる。

この決定の衝撃は、すぐに、サード・ストリートの文字盤塗装工房に届いた。需要はうなぎ上りだった。ところが、ニューアークの工房は必要な個数を生産するには小さすぎた。そこで、キャサリンの上役たちはニューアークのサード・ストリートの工場を閉じて、そこから少し離れた、ニュージャージー州オレンジに、量産の目的にかなう工場を開業した。今度の工場で働くのは、文字盤塗装工だけではなかった。会社がかなり大きくなったので、自分たちでラジウムを抽出することにした。それには研究所と加工プラントが必要だった。ラジウム・ルミナス・マテリアル社は飛躍的に拡大していたので、新しい工場は何棟かの建物で構成されていた。ただし、工場の立地は住宅地の真ん中だった。

キャサリンは、塗装部門の場所となるレンガ造りの二階建ての建物に一番乗りした女工の一人だった。彼女とほかの文字盤塗装工たちは、そこで目にしたものに大喜びした。オレンジという街が魅力的で裕福であることにくわえて、二階にある工房がとびきり素敵だったのだ。四方を巨大な窓に囲まれ、さらに屋根には天窓もあって、春の光が降り注いでいた。文字盤塗装にうってつけだった。

新規従業員の募集で戦時協力を訴えたところ、参戦の布告から早くも四日目には、グレース・フライヤーがその呼びかけに応じていた。彼女には単なる戦時協力以上の動機があった。二人の兄弟がフランスでの戦闘に向かう数百万の米軍兵士に加わろうとしていたのだ。多くの文字盤塗装工が軍隊を支援したいという気持ちで働いていた。キャサリンは言う。「女工たちは、それぞれの仕事を通じて『自らの本分を尽くそう』としていた多くの人びとの一員でした」

グレースは国に尽くしたいという気持ちがとくに強い女の子だった。「グレースは、ほんの小学生の頃から、大人になったら本物の市民になると決めていました」と彼女の幼馴染は言う。グレースの家族は政治的な一家だった。父親のダニエルは大工組合の代表だったので、その家で彼の政治信条に感化されないで大人になることなどありえなかった。当時、労働組合主義は不人気だった。そのため父親はしょっちゅう失業していた。だから家は貧乏だったかもしれないが、愛で溢れていた。グレースは一〇人の兄弟姉妹の四番目で、おそらく彼女が長女だったからだろう、グレースという彼女と同じ名前の母親ととくに仲が良かった。全部で六人の息子と四人の娘がいて、グレースはみんなと仲が良かった。なかでも、一番年が近い妹のアデレードと弟のアートは特別だった。

グレースは戦時協力が呼びかけられたとき、すでに文字盤塗装とほぼ同じくらい稼げる仕事に就いていたが、そこを辞めて自分が暮らすオレンジのラジウム会社に転職した。彼女は、ハシバミ色の目をした、栗色の巻き毛の目鼻立ちのくっきりした顔の女の子で、並外れて頭が良くとびきりかわいかった。たくさんのひとが彼女の際立った美しさについて話したけれど、グレース自身は自分の容貌に興味がなかった。代わりに、彼女はキャリア志向で、一八歳の時点ですでに自活して豊かな生活を送っていた。要するに、グレースは「生きることを夢中で楽しむ女の子」だった。彼女はすぐに文字盤塗装で頭角を現し、一日平均二五〇個の文字盤を完成させ、工房で最速の塗師の一人になった。

その春、アイリーン・コービーという名の若い女性も採用された。地元の帽子屋の娘で、一七歳の陽気な女の子だった。「姉はとてもひょうきんな性格をしていました」と妹のメアリーは打ち明ける。「とんでもなく可笑しかったのです」。アイリーンはあっという間に同僚たち、とりわけグレースと仲良くなった。そして、みなアイリーンを凄腕の従業員の一人として認めるようになった。

新入りの女工の訓練を担当するのは、メイ・カバリーとジョゼフィン・スミスだった。女工たちは工房の全幅に長く伸びた作業台に並んで座った。台の列のあいだには通路があったので、ミス・ルーニーは、引き続き肩越しに監視することができた。彼女たち指導員が新人に教えたのは、ごく少量の材料（女工たちはいつもラジウムを「材料」と呼んだ）を、「まるで細い煙が空中に漂うように」乳鉢の中にそうっと入れて、それから注意深く塗料を混ぜるやり方だった。ところが、どんなに優しく丁寧にかき混ぜても、ほとんどの女工の素手には撥ねた塗料が飛び散ってしまうのだった。

塗料が混ぜられたら、次はリップ・ポインティングのやり方が指示された。「指導員のメイは、私に彼女の動きを注意深く見て真似しなさいと言いました」とキャサリンは訓練を振り返る。昼の後に夜が来るのと同じくらいの正確さで、グレースとキャサリンとアイリーンは指示に従った。筆先を自分の唇《リップ》で整え……それをラジウム塗料に浸し《ディップ》……文字盤を塗った《ペイント》。この「リップ、ディップ、ペイント」という一連の動作は決まりきったものだった。女工たちは動作が全員丸写しだったので、一日中「リップ、ディップ、ペイント」の同じ動きが、まるで向かい合った鏡が互いに映し合うなかで、無限に続いているかのように見えた。

まもなく、彼女たちは塗装用の筆に塗料が固まっていることに気づいた。二つ目の容器が支給された。見たところ、それは筆の毛をきれいにするためのものだったが、なかの水が一日一度しか交換されなかったので、すぐに濁ってしまった。それは筆の毛一本一本を広げて洗えるほどきれいではなかった。それで女工のなかには作業の邪魔だと感じて、さっさと自分の口で穂先を湿らすものもいた。一方で、つねに水しか使わないものもいた。ある女工は言う。「口のなかがザラザラするのに我慢できなかったので水を使いました」

塗料の味は議論の的だった。「おかしな味はしませんでした」とグレースは言う。「何の味もしなかったのです」。しかし、なかには塗料の味をとりわけ好み、食べるものもいた。

その夏、魔法の元素を味わったもう一人の新人は、一六歳のエドナ・ボルツだった。後に『ポピュラー・サイエンス』誌は彼女について「生まれながらにして幸福な性格に恵まれていた」と記している。エドナは一六七センチしかなかったけれど、同僚のなかでは背の高いほうで、生まれつき品の良さがあった。その美しいブロンドの髪と色白の肌から「ドレスデン人形」と呼ばれた。くわえて、完璧な歯並びから、こぼれるような笑みをたたえていた。彼女は主任のミス・ルーニーと徐々に仲良くなっていった。ミス・ルーニーはエドナのことを「すごく感じの良い女の子で、立派な家柄の品行方正なタイプ」だと表現した。エドナが情熱を傾けていたのは音楽で、同時に信仰心に篤い一面もあった。彼女は、戦時の需要によって生産が急拡大していた七月に仲間に加わった。

その夏、工場は猛烈に忙しかった。「ハチの巣をつついたような騒ぎだったわ！」と、ある女工は言う。彼女たちは需要に応じるために、超過勤務に突入しており、一週間のうち七日働いていた。いまや、工房は昼も夜も操業し始めていた。文字盤塗装工たちに降りかかったラジウムのほのかなきらめきは、夜の暗い窓を背景に、よりいっそう明るくなった。そこは、光の精霊たちが夜通し働き続ける工場だった。

作業スピードの要求は厳しかったものの、職場には女工たちにとって面白いことがたくさんあった。彼女たちは、お国のために文字盤を塗り続けながら、その長時間勤務のあいだに起きる出来事をおおいに楽しんだ。その多くは一〇代で「明るくていつもクスクス笑ってばかりいる女の子たち」だったから、彼女たちは時々ちょっとした時間を見つけて楽しんだ。あるお気に入りの遊びは、自分の名前と住所を時計に彫り込むというものだった。いずれそれを装着する兵士へのメッセージだった。ときには、兵士が一言添えて返事をしてくることもあった。ひっきりなしに新入りの女の子がやってきて、職場をよりいっそう楽しいものにした。ニューアークの最初の工房で働いていた女工の数は、おそらく七〇名ほどだった。戦争中その数は三倍を超えた。いまや女工たちは詰め込まれて作業台の両側に座り、互いにほんの一メートル程度も離れていなかった。

その中にヘイゼル・ヴィンセントがいた。キャサリン・ショウブと同じく、彼女もニューアークの出身だった。団子鼻で卵型の顔をして、金髪を自分で最新の流行の髪形に整えていた。もう一人の新人は、二一歳のアルビナ・マッジャで、イタリア移民一家の七人姉妹の三番目の娘だった。彼女は身長一四六センチ、やや小太りで、いかにもイタリア系らしい黒髪と黒い目をしていた。彼女は仕事に復帰するのが嬉しかった。未婚の年長の娘として、昨年亡くなった母親の看病のために帽子飾り職人の仕事を辞めていたからだ。けれども、彼女は自分が手際のよい文字盤塗装工ではないと悟った。自分の筆遣いは「ひどく不器用」で、一日にたったの一・五枚のトレー分しか塗ることができなかった。それでも、彼女は自分にできる限り精一杯努力した。「いつも会社のためにベストを尽くしました」と後に振り返った。

木製の長机にいたアルビナのところに、妹のアメリアが加わった。みんなはアメリアではなくモリーと呼んでいた。著しく塗装能力が高かった彼女は、工房で自分の天職を見出したようだった。姉より三〇センチメートル背の高いアメリアは、一九歳の社交的な女の子で、横長の顔とふわふわした茶色い髪をしていて、よく仲間と笑っていた。彼女はもう一人の新人エレノア・エッカート（通称エラ）と特別に親しくなり、二人は親友になった。エラは、すこし縮れ毛の金髪に大きな笑顔で器量が良く、人気があった。仕事をしていようが遊んでいようが、彼女にはいつも遊び心があった。女工たちは仲良くなり、混みあった机をはさんで食べ物を分け合いながら、作業の手をほとんど休めることなく一緒に昼食をとった。

会社も従業員が交流できるような行事を企画した。なかでもピクニックは人気があった。女工たちは、白い夏用のワンピースを着てつばの広い帽子をかぶり、コーンに載ったアイスクリームを食べながら、工房のそばを流れる小川にかかった小さな橋に座り、足をぶらぶらさせたり、水に落ちないよう互いにつかまり合ったりしたものだ。ピクニックはすべての従業員にひらかれていた。こうしたイベントで、女工たちはふだんめったに会わないほかの従業員と知り合うことになった。たとえば、研究室や精製所で働く男たちである。人目につかない「職場恋愛」が始まるのに時間はかからなかった。メイ・カバリーは研究所のレイ・キャンフィールドとデートするようになった。これは女工たちのたくさんのロマンスのうちの一例で、ほとんどの女の子たちの相手は同僚ではなかった。たとえば、ヘイゼル・ヴィンセントの相手は彼女の幼馴染で、セオドア・キューサーという空色の目をした金髪の機械工だった。

会社の創設者はセイビン・フォン・ソチョッキーというオーストリア生まれの三四歳の医師だった。こうしたピクニックでは、しばしば彼がちやほやされているのが見られた。彼は上着を脱いで、ビーカー入りの冷たい飲み物片手に、ほかの従業員に交じってラグマットのうえに座った。女工たちが工房で彼を見かけることは稀だった。なぜなら、彼はいつも研究所の仕事が忙しすぎて、女工たちの前に姿を見せる暇がなかったからだ。したがって、彼らが互いに会うのはめったにない機会だったのである。さかのぼること一九一三年に、彼女たちが使っている蛍光塗料を開発したのがセイビンだった。それはたしかに彼に成功をもたらした。最初の年、彼の蛍光時計は二〇〇〇個売れた。いまでは、会社の生産高は数百万個に達した。多くの点で、彼は起業家らしくなかった。なぜなら、彼はかつて医学の分野で訓練を受けていたからである。当初、彼は自分の医学研究に資金をまわすために、蛍光塗料を「金目当ての粗雑な商品」にするつもりだった。ところが、高まる需要を前に、事業としてまともに取り組むことを余儀なくされた。彼は同じく医師のジョージ・ウィリスと「意気投合」し、二人で会社を立ち上げたのだった。

フォン・ソチョッキーは同僚によると「すごい男」だった。彼はみんなからシンプルに「ドクター」と呼ばれていた。疲れ知らずの彼は、「遅い時間に仕事を始めることを好んだが、それから夜中まで延々と働き続けることをいとわない人物だった」。『アメリカン』誌は彼を「ラジウムに関する世界最高の権威の一人」と呼んだ。彼はかつて、ラジウム研究の第一人者であるキュリー夫妻のもとで実際に学んでいた。

キュリー夫妻や、専門の医学文献から学んだフォン・ソチョッキーは、ラジウムが大きな危険をもたらすことを理解していた。キュリー夫妻のところで学んでいた頃、夫のピエールが以下のように話しているのを聞いた。「一キログラムの純粋なラジウムの塊がある部屋に、無謀にも一人でいたいとは思わない。自分の体の肌を全部焼き切ってしまうだろうし、視力も失われるだろう。死んでしまうかもしれない」。その頃までに、キュリー夫妻はラジウムの有害さを自らの身体から教わっていた。すでに、たくさん火傷《やけど》していたのである。悪くなった身体組織を破壊することで、ラジウムががんを治療できるのは本当だった。しかし、ラジウムの力は無差別に発揮されるものだったので、健康な身体組織も同時に破壊することができたのだ。すでにフォン・ソチョッキー自身、音もたてずに忍び寄ってきた天罰を受けていた。ラジウムが彼の左手の人差し指を冒し始めていた。それに気づいた彼は患部ごと切り取ってしまった。いまの見た目はまるで「指が動物にかじられた」ようだった。

当然、素人はこうしたラジウムの危険性を全然知らなかった。ラジウムの効果は完全に良いものだというのが、ほとんどの人に理解されていた主流の考え方だった。そしてそのように、新聞や雑誌は書き、商品のパッケージの宣伝文句がおどり、ブロードウェイで上演されたのだった。

ところが一方、オレンジのフォン・ソチョッキーの工場付属研究所の職員には、保護具が支給されていた。ラジウム入りの試験官を挟むための象牙の鉗子とともに、鉛を塗った前掛けが配られた。後の一九二一年一月に、フォン・ソチョッキーは「最大限の予防措置をとる場合にのみ」ラジウムは扱っても良いと書くことになる。

しかし、フォン・ソチョッキーにはこうした知識があり、自身の指に傷を負ったにもかかわらず、資料によれば、どうやら彼はラジウムに夢中になりすぎて、その取り扱いに注意を払うことを怠っていたらしい。彼のラジウムの扱い方は危なっかしいもので、暗闇での発光を観察する際には素手で試験官を握り、さらにはラジウム溶液に腕を肘までくぐらせることもあったようだ。会社の共同創設者のジョージ・ウィリスもまた雑で、鉗子を使うことを煩わしく思い、人差し指と親指でラジウム入りの試験官をつまんでいた。当然のことであるが、彼らの会社の従業員たちは彼らから教わって、そのやり方を真似たことだろう。トマス・エジソンの警告に注意を払うものは一人もいなかった。オレンジにある工場から見えるほんの数キロの場所で働いていたエジソンは、かつて次のように意見していた。「ラジウムがまだ生じさせていない症状があるかもしれない。それはいずれ恐ろしい結果になるだろう。ラジウムを扱うものは全員用心すべきである」

こうした警告にもかかわらず、陽の当たる二階の工房で働く女工たちは、まったく用心していなかった。ここには、鉛の塗られた前掛けも、先端部に象牙のついた鉗子も、医療の専門家もいなかった。塗料に含まれるラジウムの量はとても少ないと考えられていたので、そうした予防措置は必要ないと判断されていた。

当然、女工たち自身も、予防措置が必要かもしれないという事実すら知る由もなかった。自分たちが扱っているのはラジウムで、魔法の薬なのだ。自分たちは幸運なのだと思っていて、仲間同士で笑い合ったり、複雑な作業に真剣に取り組んだりしていた。グレースとアイリーン、モリーとエラ、アルビナとエドナ、ヘイゼルとキャサリンとメイ。

彼女たちは筆を手に取り、教えられた通りに、繰り返し筆を動かし続けた。

リップ……ディップ……ペイント。

「そんなことをしてはいけないよ」

戦争は飢えた機械である。だから、食べ物を与えると与えただけ食い尽くしていく。一九一七年の秋が過ぎゆく頃、いまだに工場への需要が減るきざしは見えなかった。操業の最盛期には、三七五人の女工が時計の文字盤を塗るために採用された。そして、会社がさらに多くの女工を求めていると表明すると、女工たちは自分の友人、姉妹、従姉妹らに仕事を熱心に紹介した。それからすぐに、姉妹全員が隣り合って座り、ひたすら楽しげに塗り続けるようになった。アルビナとモリーのマッジャ姉妹には、さっそくもう一人の一六歳の妹クインタが加わった。

クインタは大きな灰色の瞳で長い黒髪の、とびきり魅力的な女の子だった。彼女は自分の魅力のなかでも、きれいな歯並びが一番のチャームポイントだと思っていた。分別のある優しい性格で、気晴らしにはトランプやチェッカー、ドミノ遊びを楽しんだ。彼女には小生意気なところもあり、「教会には行かなきゃならない回数の半分も行きません」と言った。グレース・フライヤーととても仲良くなり、二人は「親友」になった。

グレースも自分の妹を職場に勧誘した。妹のアデレード・フライヤーは職場の従業員たちの仲の良さに憧れていた。人とかかわるのが大好きな、社交的な女の子だったからだ。しかし、彼女は姉ほど賢く

3

なかったので、おしゃべりのしすぎで最後はクビになった。女工たちは社交的だったかもしれないが、それでもやらなければならない作業があり、真剣に取り組まなければ追い出された。頑張らなければ、状況は容易に厳しくなった。キャサリン・ショウブがニューアークで見たのは、女工たちが大きなプレッシャーにさらされている姿だった。もしも作業についていくことができなければとがめられた。何度も目標のノルマに届かないことがあると、最後には職を失うことになった。女工たちが主任のサヴォイ氏に現実に顔を合わせることになるのは、彼が叱責するために、階下の彼の事務所から出てくるときだけだった。

最大の問題は蛍光塗料の無駄遣いだった。毎日、ミス・ルーニーは、前もって決められた個数の文字盤を完了させられるように、それぞれの女工に一定量の粉末を支給した。そして、彼女たちは作業が終わるまでそれをもたせなければならなかった。それ以上要求することもできなかったけれど、少ないからといって塗料をケチって使うわけにもいかなかった。数字が塗料で十分に塗られていなければ、検査の途中でバレてしまうだろう。女工たちは互いに協力し始めた。自分の分が少し余っていたら、足りないものと分け合った。それに加えて、ラジウムの沈澱物でいっぱいになった筆洗い用の容器もあった。ここからも追加の塗料として使うことができた。

ところが、この筆洗いの水のことを、会社の上役に気づかれてしまった。しばらくして、筆洗い用の容器が取り去られた。その理由は、あまりにも大量の高価な材料が水に溶けて無駄になっているというものだった。いまや、女工たちにはリップ・ポインティングしか残されていなかった。エドナ・ボルツが言うように、筆先に固着したラジウム入りの塗料を落として、筆を再び使える状態にする方法は、ほかになかった。「穂先を口に入れなければ、大量の作業をこなすことなど不可能だったでしょう」

さらに、女工たち自身も塗料の無駄をなくす作戦の標的になった。一日の仕事が終わり、家に帰ろうとすると、暗室に呼びだされて体にブラシをかけられるのだ。その後、床に落ちた「キラキラした粒子」は、翌日の使用分として箒《ほうき》で掃かれてちりとりに集められた。

しかし、どんなにブラシ掛けを徹底したとしても、粉塵を全部取り除くことはできなかった。女工たちは塗料の粉に覆われていた。「文字盤塗装工の手、腕、首、服、下着、そしてコルセットですら暗いところで発光しました」とエドナ・ボルツは振り返る。全身にブラシをかけられた後ですら、「夜うちへ帰ると、暗闇で服が光ったものです」。さらに付け加えて「暗闇にいても私がどこにいるのか見えました。髪や顔が光で浮き上がっていたからです」。女工たちは「暗室の時計の文字盤のように」発光した。まるで、彼女たち自身が、足を進めるたびに時を刻むストップウォッチのようだった。家路に向かう女工たちは、オレンジの街の通りを歩きながら、まるで幽霊のようにおぼろげに浮かび上がっていた。

彼女たちは注目の的、称賛の的だった。町の住人たちは、亡霊のような幻惑する光だけでなく、着ている服が高価で華やかであることにも気がついた。というのも、彼女たちは「工員というよりむしろ働かないで遊んでばかりいる裕福な女のように」絹や毛皮を身にまとっていたからだ。彼女たち高給取りの特権だった。

塗装工の仕事は魅力的だったが、必ずしも全員にとってそうだったというわけではない。蛍光塗料のせいで具合が悪くなったものもいた。ある女工は、そこでひと月働いたあと、口のなかに痛みを感じた。女工たち全員がリップ・ポインティングをやっていたが、筆先を口に入れるタイミングは人によって異なっていたので、彼女たちがそれぞれ異なる反応を示したのも説明がつくだろう。グレース・フライヤーは「筆先が乾く前にだいたいたい二個の数字を仕上げられました」と言い、一方で、エドナ・ボルツは数字を一つ仕上げるごとに筆を口に含まなければならず、ときには数字一個のために二回も三回もそうした。クインタ・マッジャもエドナと同じだった。彼女はひどく塗料の味を嫌っていたのに。「口のなかに残った塗料を噛んだときのジャリジャリという感覚を覚えています。はっきりと」

キャサリン・ショウブはリップ・ポインティングの回数が少ないほうだった。四回か五回筆を口に持っていくだけで、彼女は時計を一個仕上げることができた。ところが、突然ニキビが噴き出てきたとき——おそらくホルモンが原因だったはずだ、まだたったの一五歳だったから——同僚たちの塗料への拒絶反応について思うところがあったのだろう、医師に相談することにした。

医者は彼女の懸念に対して、仕事でリンを使っていないか尋ねた。リンはニューアークで産業毒としてよく知られていたので、医者の疑いは理にかなっていた。ところが、キャサリンにとってその疑いは理にかなうどころか、不穏だった。医者が心配しているのは彼女のニキビではないのだ。彼はキャサリンの血液に異変が見られることに気づいた。彼女の職場でリンが使われていないというのは、確かなのか。

女工たちは塗料に何が含まれているのかはっきりわかっていたわけではない。医師の質問に困惑したキャサリンは、仲間を頼った。医者に言われたことを伝えると、女工たちは恐怖で震え上がった。彼女らは大挙して主任のサヴォイ氏のところに押しかけた。彼は女工たちの恐怖を和らげようとしたけれど、塗料が無害だという彼の言葉は、このときばかりはおびえた彼女たちの耳には届かなかった。

困ったサヴォイ氏は、中間管理職なら誰もがやるように、自分の上司に助けを求めた。まもなく、ジョージ・ウィリスがはるばるニューヨークからやってきて、女工たちにラジウムの講義をおこない、それは危険ではないと説得した。社長のフォン・ソチョッキーも加わり、彼ら二人の医者が、工場には有毒なものはないと断言した。ラジウムは塗料にほんのわずかしか含まれていないのだから、彼女たちに害をもたらすはずがないのだと。

その結果、女工たちは作業に戻った。肩が少し軽くなったような気がした。キャサリンは、自分の一〇代特有のニキビのせいで大騒ぎになったことを少し申し訳ないと思っているようだった。彼女の肌はきれいに治り、女工たちの気持ちも同様に落ち着いた。世界でもっとも偉大なラジウムの権威の一人が心配しなくて良いと言うのだから、つまるところ、その必要はないのだ。その代わりに、女工たちは自分たちに降りかかる粉塵のもたらすいたずらを笑い飛ばした。「ハンカチについた鼻水が暗闇で光ったものでした」とグレース・フライヤーは振り返る。「陽気なイタリア娘」として知られた一人の女工は、恋人を魅了する笑顔を手に入れたくて、ある夜のデートの前に、自分の歯にくまなく塗料を塗った。

蕾《つぼみ》だった女工たちのロマンスはいまや満開に花開いた。ヘイゼルとテオは相変わらず親しかったし、クインタはジェームズ・マクドナルドという若者とつきあい始めたが、一九一七年一二月二三日、冬の花嫁になったのはメイ・カバリーだった。慣習に従い、彼女はすぐに職場を去ろうとしたものの、サヴォイ氏がもう少し留まって欲しいと頼んできたので、まだ働いていた。同じ月に、サラ・メルファーが採用されてきた。

サラはほかの女工たちとは少し変わっていた。まず、二八歳でみんなより年上だった。内気で落ち着いた女性で、一〇代の女工たちは彼女を歓迎したけれど、少し距離を置いているように見えた。サラは黒い短髪で肩幅が広かった。彼女の双肩には担うべきものがあった。シングルマザーだった彼女には、妹にちなんでマルグリットと名づけた六歳の娘がいたのだ。

サラは、一九〇九年に結婚したことがあった。夫のヘンリー・メルファーは、背の高いフランス系アイルランド人の墓守で、黒い髪と目をしていた。ところが、ヘンリーは蒸発してしまった。いまや彼がどこにいるのか誰にも分からなかった。そういうわけで、彼女は娘のマルグリットとともに、［自分と同名の］母サラと父スティーヴンのカーロフ夫妻の元で暮らしているのだった。そこには一六歳の妹のマルグリットもいた。スティーヴンは塗装工兼室内装飾業者で、一家は「勤勉で真っ当な」人びとだった。サラも懸命に働き、やがてラジウム社の従業員のうちもっとも会社に尽くす一人になった。

一方、メイ・カバリー・キャンフィールドの会社への忠誠は終わりを迎えた。結婚するとすぐ彼女は妊娠したので、一九一八年初旬には辞表を提出した。メイの職業人生の章はここまでである。

メイはすぐに別の従業員にとって代わられた。その年、全米で生産されたラジウムの推定九五パーセントが、軍用の文字盤に使うためのラジウム塗料の製造に用いられた。工場はフル稼働で動いていた。その年の終わりまでに、六人に一人の米軍兵士が夜光時計を所有することになった。彼らの時計の多くを塗装したのは、このオレンジ工場の女工たちだった。ジェーン・ストッカー（ジェニーと呼ばれた）が新たに入ってきた。そして七月には、ほっそりとして妖精のような見た目のヘレン・クインランという女工が加わった。彼女はエネルギッシュな女の子で、同僚は少し軽蔑気味に「男と出歩きすぎて、身を滅ぼしかねないタイプだ」と評した。彼女には女工たちのピクニックにしょっちゅう連れてくる恋人がいた。彼は賢い金髪の若者で、そうした集まりには、きちんとシャツを着てネクタイを締めてきた。そこで撮られた一枚の写真に、ポーズをとったヘレンと恋人が写っている。ヘレンは、スカートを膝のあたりではためかせながらじっとしておらず、恋人はカメラではなく彼女を見つめている。彼はすっかりのぼせ上がり、このはしゃいでいる生き物に出会えた自分は幸運すぎるといわんばかりだった。

女工たちは依然として自分たちの家族を職場へと勧誘していた。一九一八年九月、キャサリンは「アイリーンのために工場の職を手に入れました」と誇らしげに書いている。アイリーン・ルドルフはキャサリンと同じ年のいとこで、彼女には両親がいなかった。そのためショウブ家で暮らしていた。彼女が小さい時のことを考えると無理からぬことだが、アイリーンは控えめで思いやりのある女の子だった。彼女は、ほかの女工のように絹や毛皮に給料をつぎ込んだりはせず、将来のために銀行口座に貯金をしていた。面長で鼻は細く、目と髪は黒かった。一枚だけ残っている写真のなかで、彼女は少し悲しそうな顔をしている。

アイリーンが仕事に就いて一ヶ月後、また一人新しい従業員が入社してきた。ただし、今回の新人は、目新しい仕事めがけて勢いよく飛び込んでくる文字盤塗装工ではなかった。アーサー・ローダーという、大きな成功をつかみ始めた実業家で、会社の新しい財務担当者だった。彼はすでに、出世のチャンスをものにすることで自分の技量を見せつけていた。学位を取らずに大学を中退したにもかかわらず、己が目指す出世の階段を急速に駆け上がっていた。ローマ人風の鼻と薄い唇の丸くて賢そうな顔をして、ボウタイとポマードを好んだ。そしてポマードで光る自身の黒髪を、頭のかたちに沿って櫛でぴっちり整えた。彼はおもにニューヨークの本社にいながら、いまや女工たちの責任を負うことになった。彼はことあるごとに工房に出入りしていると吹聴していた。しかし、工房に足を踏み入れる役員がめったにいなかったように、彼が姿を見せることは稀だった。事実、会社の幹部のうち、グレース・フライヤーが覚えているのは、彼女の作業場をたった一度通り過ぎたフォン・ソチョッキーのことだけだった。当時の彼女は気に留めていなかったが、この邂逅がいずれ大きな意味を持つことになる。

その日、グレースはほかの女工たちと同じように、いつも通りに机に座り、筆を唇で整え、塗料に浸していた。フォン・ソチョッキーは、いつもの通常運転で、複雑な科学や思いつきで頭をいっぱいにしながら、足早に職場を歩き回っていた。このとき、彼は勢いよく工房を通り抜けようとして、急に立ち止まりグレースをまっすぐに見た。続けて、まるでその動作を初めて見たかのように、彼女の動きを見つめた。

グレースは顔を上げて彼をチラッと見た。彼は一度見ると忘れられない顔をしていた。鼻は大きく、黒い短髪の隙間からは耳が少し飛び出していた。彼女は自分の周囲の作業ペースに気づくと、ふたたび作業するために身をかがめ、筆を唇のあいだに滑り込ませた。

「そんなことをしてはいけないよ」と、彼は突然彼女に向かって言った。

グレースは動きを止め、顔を上げて当惑の表情を見せた。これがこの仕事のやり方だ。女工たちみんながやっていることだ。

「そんなことをしてはいけないよ」。ふたたび彼は彼女に言った。「病気になってしまうよ」。それから彼はそこを出て行った。

グレースはすっかり混乱した。彼女は更なる調査が必要だと思ったことをあきらめるような人間ではなかったので、ミス・ルーニーのところに直行した。しかし、ミス・ルーニーはこれまで女工たちが言われてきたことを、ただ繰り返すだけだった。「彼女はどうってことないと言うのです」とグレースは振り返る。「リップ・ポインティングに害はないのよ、と」

それでグレースは作業に戻った。リップ……ディップ……ペイント。なんといっても戦争が続いているのだ。

しかし、それも長くは続かなかった。一九一八年一一月一一日、銃声が止んだ。平和が戻った。この戦争で一一万六〇〇〇人以上の米軍兵士が亡くなった。戦争のすべての犠牲者を合わせると、およそ一七〇〇万人だった。休戦の瞬間、ラジウム・ガールたち、会社の役員たち、そして世界中の人びとが、残酷で血なまぐさい戦いが終わったことに感謝した。

みんなの気持ちは同じだった。人が死ぬのはもうたくさんだ。次は生きる番だ。

4

全力で遊び、全力で働いた女たち

休戦からきっかり一ヶ月後、いまを生きるという、若い女の子らしい原則を実行し、クインタ・マッジャはジェームズ・マクドナルドと結婚した。彼はアイルランド系の陽気な男で、小売りチェーン店の店長だった。新婚夫婦は二階建ての小さな家に新居を構えた。当初、クインタはまだ文字盤を塗っていたけれど、それは長く続かなかった。一九一九年二月、彼女は工場を辞めるとすぐ妊娠した。そして、感謝祭の二日後に娘のヘレンが生まれた。

工房から去ったのはクインタだけではなかった。戦争は終わり、女工たちは大人になろうとしていた。アイリーン・コービーも職を辞して、ニューヨークで会社員の仕事に就いた。その後、彼女はヴィンセント・ラ・ポルテと結婚することになった。広告業界で働く、何かを見通すような目をした颯爽とした男だった。

彼女たちが去ると、すぐに後任の女工たちがやってきた。一九一九年八月、サラ・メルファーは妹のマルグリット・カーロフのために、どうにか職場の席を確保した。マルグリットは、派手めの化粧をし、見栄えのする服装を好む生き生きした女の子だった。特大の襟のついた仕立てのコートをかっこよく羽織り、縁に羽飾りのついたつば広の帽子をかぶっていた。マルグリットはジョゼフィン・スミスの妹であるジュヌヴィエーヴと親友になった。彼女のもう一人の親友はアルビナ・マッジャで、彼女は妹のクインタが自分より先に結婚するのを見送ったあとも、相変わらず文字盤のトレーと格闘していた。アルビナは、妹の幸せを恨めしく思うことはなかったけれど、自分の番が来るのはいつなのだろうかと考えずにはいられなかった。この年の夏、アルビナもいまの職場を去る決心をして、帽子の飾り職人の仕事に戻った。

至るところで変化が起きていた。その夏、女性参政権を認める憲法修正第一九条が米国議会を通過した。グレース・フライヤーは自分の一票を投じることがとても待ち遠しかった。工場にも変化は起きていた。ほどなくして、新入りの化学者で将来の副社長でもあるハワード・バーカーが、フォン・ソチョッキーとともに、蛍光塗料の配合をいろいろと変え始めた。ラジウムの代わりにメソトリウムを使ってみることにしたのだ。あるメモによると、「バーカーは手当たり次第に混ぜていき、メソトリウムとラジウムの配分が半分半分だろうと、一〇対九〇だろうと、どんな割合でも大丈夫だと、同僚たちに向って太鼓判を押した」。メソトリウムはラジウムの同位体（「標準の」ラジウム226と区別するためにラジウム228と呼ばれる）の放射性核種のことで、ラジウム226の半減期が一六〇〇年であるのに対し、メソトリウムの半減期は六・七年である。そしてラジウムよりもっとザラザラしていて、会社にとって重要なのはより安価だったことだ。

その頃工房では、なにかはっきりしない理由で、女工たちはある新しい手法を試すよう言われた。エドナ・ボルツは振り返る。「小さな布切れが手渡されました。筆先を口に含ませる代わりに、その布切れで筆の汚れをふき取るよう言われました」。ところがその一ヶ月後、エドナによると、「布切れは持ち去られました。それを使うのはもう駄目なのだと。あまりにも多くのラジウムを無駄にしてしまったからです」。彼女は「唇を使うほうが会社には都合が良かったのでしょう」と話を結んだ。

会社にとっては、製造工程を可能な限り効率化することが重要だった。戦争が終わったいまでさえ、蛍光塗料を使った製品の需要が衰える気配はなかった。一九一九年、新しい財務部長のアーサー・ローダーは、夜光時計の生産高が二二〇万個を記録し、ご満悦だった。キャサリン・ショウブが疲れを感じていたのも無理はない。その秋、彼女は「自分の足の骨がポキポキ音を鳴らし、凝り固まっていること」に気がついた。その年、母親が亡くなったので、彼女はずっと気分が落ち込んでいた。父親のウィリアムとその死を悲しみながら、二人は互いの絆を固くしていった。

それでも人生は続いていくものだ。キャサリンのいとこである、孤児のアイリーン・ルドルフが嫌というほど知っているように、たとえ愛する人間が亡くなったとしても。アイリーンとキャサリンは、仕事に打ち込むしかなかった。彼女らの傍らには、マルグリット・カーロフ、その姉のサラ・メルファー、エドナ・ボルツ、グレース・フライヤー、ヘイゼル・ヴィンセント、ヘレン・クインラン、ジェニー・ストッカー、そして相変わらずみんなを笑わせ続けているエラ・エッカートとモリー・マッジャといった仲間たちがいて、埃だらけの工房でせっせと働き続けていた。とくに最後の二人は、会社主催のパーティーでは大騒ぎして楽しむタイプでありながら、実のところ、女工のなかでもっとも筆の速い二人だった。女工たちは全力で遊び、全力で働いた。この仕事を続けていくには、タフでなければならなかった。

依然として注文は終わりなく入ってきた。会社は、戦後の経営方針を検討し始めた。そして、ラジウム薬の分野で事業展開することを決議した。さらに、アーサー・ローダーは「アンダーク」の商標権を管理することにした。戦後の平時の浮薄さのおかげで、顧客は自社の製品を暗闇で光らせたがり、しかもそうした需要は無限にあった。消費者やメーカーが自分たちで使えるように、ラジウム・ルミナス・マテリアル社は自社の蛍光塗料をそのまま顧客に売り始めた。こうした状況の変化に鑑みて、別の新しい事業プランが浮上した。〔これまで文字盤の販売先だった〕時計メーカーに、内製の文字盤塗装工房を開設してもらうという計画である。これにより、自社のオレンジ工場の文字盤塗装工の人員は劇的に縮小されることになるものの、塗料を〔時計メーカーに〕供給することで、会社は変わらぬ利益を得られるのだ。

実のところ、会社にはオレンジから移転したいという、少なくとも工場の操業を縮小せざるをえない、切迫した事情があった。戦時の熱狂的な愛国心が消え去ったいま、住宅街のど真ん中の立地が問題になってきたのである。地元住民が、工場の噴煙で洗濯物が黒ずんだとか、健康被害が出たなどと苦情を言い始めた。住民たちをなだめるために、役員たちは通常とは異なる措置をとった。ある役員は、ある一人の住民に、黒ずんだ洗濯物の補償金として五ドル（現在の価値で六八・五ドル）支払った。

さて、これが間違いだった。住民たちの不満が解き放たれてしまったのだ。続いて、住民全員が賠償金を要求した。この貧しいコミュニティの住民は、「なんとかこの会社を利用しようと躍起になって」いた。会社にはいい勉強になった。彼らはただちに財布のひもをしめて、その後、びた一文支払わなかった。

ふたたび、ラジウム・ルミナス・マテリアル社の重役は、時計メーカーの内製工房に注意を向けた。〔時計メーカーによる〕文字盤塗装の内製化が目に見えて必要とされていた。一九二〇年、夜光時計の生産は四〇〇万個を超えようとしていた。まもなく、複数の時計メーカーへの〔塗料販売の〕契約が整い、みんな幸せになった――ように見えた。ただし、自社の文字盤塗装工を除いては。

というのも、会社の新たな契約がうまくいった一方で、女工たちは素寒貧で放り出されてしまったからだ。入ってくる仕事は、女工全員を雇い続けるには全然足りなかった。受注は減少し、オレンジの文字盤塗装工房はいまやパートタイムだけで動かせる規模になってしまった。

女工たちは、仕上げた文字盤の枚数の出来高払いだったので、生活を維持できなくなってしまった。残っている女工の数は、一〇〇名を下回るまで減ってしまった。ヘレン・クインランは、より給料の良い仕事を求めて辞めたうちの一人で、キャサリン・ショウブも同様だった。ヘレンはタイピストになり、キャサリンはローラーベアリング工場の事務所の仕事を見つけた。そしてそれがとても気に入った。「その事務所の女の子たちは、仲の良いグループでした。彼女たちは自分たちの集まりに私を誘ってくれました。彼女たちのほとんどは、刺繍をしたり、かぎ針編みをしたりして、自分用の希望の宝箱《ホープ・チェスト》に入れるものを作っていました」とキャサリンは書いている。

希望の宝箱は別の名を嫁入り道具箱《ダウリー・チェスト》とも言い、結婚を見越した若い独身女性が嫁入り道具を集めて収納するものである。一九二〇年の春、キャサリンは一八歳だったが、急いで身を固めようとはまったく思っていなかった。夜遊びが楽しくて仕方なかったのだ。「私は希望の宝箱に入れるものは何も作っていませんでした。だから、女の子たちがそれに取り掛かっているあいだ、私はピアノを弾きながら、当時の流行り歌を歌ったりしていました」

グレース・フライヤーもまた、敏感に文字盤塗装仕事の行き詰まりを見て取った。彼女にとってこの仕事は、単に一時しのぎのものだったのだろう。たしかに戦時協力という大義があったけれど、彼女のように能力の高い人物が長期間続ける仕事ではなかったのだ。目標を高く定めていた彼女は、ニューアークにある富裕層相手のフィデリティ銀行に職が決まって、ワクワクしていた。出勤が待ち遠しかった。

髪をきちんとセットし、首には上品な真珠のネックレスをつけて、これから挑戦する仕事に真正面からぶつかっていく準備を整えた。

キャサリンの新しい同僚たち同様、銀行で働く女の子たちも仲が良かった。グレースは「踊ったり笑ったりするのが好きなタイプ」だったので、彼女は新しい職場の友人たちと、しばしばアルコール抜きのパーティーを開いた。一九二〇年一月に禁酒法が施行されていた。グレースはまた、時間を見つけては泳ぐことを好み、体型を維持するために、地元のプールでそのしなやかな身体を水に滑らせていた。自分の未来は明るいと思っていた。そしてそう思っていたのは彼女だけではなかった。オレンジでは、アルビナ・マッジャがついに将来の伴侶を見つけていた。

ずっと待ち続けた末に恋人が見つかって、嬉しくてたまらなかった。自分が本当に年を取り始めたと感じたちょうどそのタイミングで、彼がついに現れたのだ。彼女は二五歳で、当時の女子の結婚平均年齢より年上だったし、それに加えて、突然、左ひざがうまく動かなくなっていた。彼はジェームズ・ラリーチェというレンガ職人で、一七歳でアメリカにやってきたイタリア系移民だった。彼は先の戦争の英雄であり、戦傷者勲章《パープル・ハート》と樫葉勲章《オークリーフ・クラスター》を授与されていた。アルビナは結婚や子供のことを夢見て、思い切って実家を出ることを考えるようになった。

一方、アルビナの妹のモリーは、白馬の王子様が自分のもとに颯爽と現れるのを待ったりはしなかった。自立志向で自信に溢れた未婚の彼女は、実家を出て女性限定の家に下宿していた。その家はオレンジにあり、木々が並ぶハイランド・アベニュー沿いに、一軒一軒離れて美しく建っていた。モリーはラジウム社でいまも働いていた。そこに残っている女工の数は少なくなっていたが、彼女はこの仕事に秀でていたので、辞めたくなかったのだ。毎朝彼女は元気いっぱい、やる気満々で出社した。とはいえ、彼女に言わせれば、それは周囲の同僚たちのためだった。いつもだったら笑わせてくれるはずのマルグリット・カーロフは、疲れたとこぼしてばかりいた。一方、ヘイゼル・ヴィンセントはあまりに疲れて体調がすぐれないので、職場を去ることに決めた。彼女はテオとまだ結婚していなかったので、ゼネラル・エレクトリックに転職した。

しかし、ヘイゼルの新しい職場環境は、彼女の健康状態を改善しなかった。彼女は自分の身体に何が起きているのかさっぱり分からなかった。体重が落ち、力が入らなくなり、顎が痛んでなにか腐ったような嫌な臭いがしていた。彼女は心配のあまり、ついに新たな職場の産業医に頼んで診察してもらった。しかし、医師が彼女の病気の原因をつきとめることはできなかった。

彼女に確信できることが少なくとも一つあるとすれば、病気の原因は、かつて仕事で扱っていたラジウムではない、ということだった。一九二〇年一〇月、ヘイゼルのかつての雇い主が地元の新聞に取り上げられた。ラジウム抽出後の残留物が浜辺の砂に似ているという理由で、子供たちの砂場用として、学校や運動場に自社の産業廃棄物を売り払ったということだった。その砂のおかげで子供の靴が漂白されたという報告があがる一方で、一人の少年は、自分の手が焼けた感じでヒリヒリすると母親に訴えていた。これに対して、読者に念押しするかのように、フォン・ソチョッキーは、その砂が子供の遊び場として「この上なく衛生的」であり、「世界的に有名な温泉療養地の泥よりも健康に良い」とコメントした。

たしかに、キャサリン・ショウブは、とくに不安を抱くことなくかつての職場であるラジウム社に復帰した。一九二〇年一一月の終わりに、塗料の販売先である複数の時計メーカーの工房に派遣されて、新規従業員を訓練する係としてヘッドハントされたのだ。それらの工房はおもにコネティカット州にあり、そのなかにはウォーターベリー・クロック・カンパニーのものもあった。キャサリンは、自らが教わったやり方をたくさんの女工たちに教えた。「筆先を口に含むやり方を指導しました」と彼女は述べた。

新入りの女工たちは、仕事でラジウムを使っている事実に興奮していた。というのも、ラジウムに対する止めようのない熱狂は続いており、一九二一年、マリー・キュリーがアメリカを訪れたことでそれは最高潮に達していたからだ。ラジウムがメディアに繰り返し取り上げられていたことを示す一例が、同年の一月にフォン・ソチョッキーが『アメリカン』誌に寄稿した記事である。「ラジウムに秘められているのは、世界が知る限りもっとも偉大な力である」と彼は厳粛に述べた。「顕微鏡を覗けば、目に見えない力が力強く渦巻いているのが見える。ただ」――彼は認めた――「それをどのように用いてよいのか我々にはまだ分からない」。彼が付け加えたコメントは、結末がはっきりしないために読者をやきもきさせた。「今日、我々がラジウムに出会ったことは素晴らしいロマンスである。しかし、明日にはどうなっているのか誰にも予言できない」

事実、未来を予言できるものはいない。フォン・ソチョッキーもそうだった。自身の身に降りかかる特別な出来事を、彼は見通すことができなかった。一九二一年の夏、彼は自分の会社から追放された。共同創業者のジョージ・ウィリスが、財務部長のアーサー・ローダーに自身の持ち株の大半を売却した。その後まもなく、突然会社が買収されて、フォン・ソチョッキーとウィリスは会社から追放されたのである。米国ラジウム社（USRC）という新しい会社名は、大戦後の世界での輝かしい未来を約束しているように聞こえた。しかし、会社の前途に何が待ち受けていたとしても、今後フォン・ソチョッキーが舵を取ることはないのだった。

彼に代わって空席となった社長の椅子に滑り込み、優雅に腰を下ろしたのは、アーサー・ローダーだった。

5

最初の犠牲者

モリー・マッジャは恐る恐る舌を突き出して、かつて自分の歯があったはずの凹みをつついた。痛い！数週間前に、それまで痛み続けていた歯を、歯医者に抜いてもらったのだ。しかし、いまも信じられないくらい痛かった。彼女は気を取り直して姿勢を正し、文字盤の塗装作業に戻った。

工房はひどく静かだった。モリーは思いにふけっていた。なんと多くの女工がいなくなったことか。ジェニー・ストッカーとアイリーン・ルドルフは解雇され、アイリーンのいとこのキャサリンの退職はこれで二回目だった。キャサリンとエドナ・ボルツの二人は、ニューアークにあるもう一つのラジウム会社、ルミナイト社に文字盤塗装の職を求めた。当初からいた女工のうち、いま残っているのは、スミス姉妹とカーロフ姉妹、それとモリーだけだった。モリーにとって何よりも悲しかったのは、親友のエラ・エッカートが、バンバーガー・デパートに転職するために辞めてしまったことだった。もはやこれまでと同じ場所ではないことは確かだった。とくに新社長のローダーが会社を乗っ取ったからというわけではなかった。

モリーはトレー上の文字盤を塗り終えると、立ち上がってミス・ルーニーのところに持って行った。彼女の意に反して、舌が例の凹みをふたたび触っていた。痛みがなかなか収まらなかった。彼女は、もしすぐに良くならなかったら、もう一度歯医者に行こうと考えていた。今度は別の、腕の良い歯医者のところへ。

痛みはすぐには消えなかった。

そういうわけで、一九二一年一〇月、モリーはジョゼフ・ネフ博士のところに予約を入れた。珍しい歯の病気を扱うベテラン歯科医だと薦められたのだ。モリーは予約の日が待ち遠しくて仕方なかった。数週間のうちに、下側の歯茎と顎の痛みが激しくなり、ほとんど我慢できないくらいだった。彼女はネフ先生に歯科医院のなかへ案内されながら、ネフ先生が自分を助けてくれますようにと切に願った。これまでかかっていた歯科医は、状況を悪くしただけのように思えたからだ。

ネフは、オリーブ色の肌でべっ甲ぶちの眼鏡をかけた、背の高い中年男性だった。彼はモリーの歯と歯茎を丁寧に調べて、前の歯科医に歯を抜かれたところを診察しながら、「これはひどいといわんばかりに」首を横に振った。抜歯後一ヶ月以上経過していたにもかかわらず、その凹みは治癒していなかった。ネフは炎症を起こしている歯茎を調べ、そっと歯に触れた。そのうち数本は少しぐらついているようだった。彼は問題の原因が分かったと確信して、強くうなずいた。「私は彼女を治療しました」と彼は振り返る。「歯槽膿漏でした」。歯槽膿漏はごくありふれた炎症性疾患で、歯の周囲の歯茎組織を侵すものだが、モリーはこの疾患のあらゆる症状を示しているように見えた。ネフは自分の熟練した治療をもってすれば、彼女の症状はすぐに改善すると自信を持っていた。

ところが、症状は改善しなかった。「治療の効果が表れるどころか、彼女の症状は確実に悪化していきました」とネフは振り返る。

痛くて痛くてたまらなかった。モリーはさらに何本かの歯を抜かれた。痛みの発生源を取り去ることで、ネフはなんとかしてそこで感染を食い止めようとした。しかし、抜歯による処置でも炎症を食い止めることはできなかった。それどころか、さらに悪いことに、抜歯後の凹みには苦痛を伴う潰瘍が出現した。そのせいで、歯があった頃よりも彼女は痛みでさらに苦しむことになった。

モリーは苦しみながら工房での仕事を続けていた。ただ、口を使って筆を整えるのは極度に不快だったが。マルグリット・カーロフは、ふたたびすっかり元気になっていたので、モリーをおしゃべりに加わらせようとしたけれど、彼女は返事をするのがやっとだった。彼女の集中力が完全に奪われたのは、歯茎の痛みに加えて、そこから発せられる口臭によってだった。自分が口を開くたびに、不快な臭いがして、それが恥ずかしくてたまらなかったのである。

一九二一年一一月の終わり、モリーの姉のアルビナがジェームズ・ラリーチェと結婚した。妹クインタの娘が二歳になる誕生日の前日に、結婚式が催された。花嫁のアルビナは、姪っ子のおどけたしぐさに見とれながら、次は自分が新たに母になるのかもという心持ちになった。まもなく、自分とジェームズの周りで、幼い子供たちが走り回るのだろう。

しかし、嫌な予感もしていた。それが新婚夫婦の幸福に暗い影を落としていた。モリーのことだった。アルビナはモリーと離れて暮らしていたので、いまではめったに会うことはなかったが、モリーの姉妹たちは、彼女の病状が悪化しつつあることを心配せずにはいられなかった。なぜなら、その数週間後、炎症による痛みが彼女の口以外にも広がりつつあったからだ。それまでとはまったく関係ない場所に、モリーはうずきと痛みを感じ始めていた。クインタは振り返る。「姉には、口と顎の骨に加えて、腰や足にも問題が発生し始めていました。私たちはリウマチだと思いました」。医者はアスピリンを投与し、彼女をハイランド・アベニューの下宿に帰した。

幸いモリーの家には、ある医療の専門家が暮らしていた。同じ下宿先の女たちの一人で、五〇歳のイーディス・ミードだった。正看護師だった彼女は、できる限りモリーの看病をしてくれた。ただ、彼女がこれまで受けてきた訓練では、モリーの病気を解明できなかった。そのような症状を目にしたことがなかったからだ。ネフも、モリーのかかりつけ医も、イーディスも、彼女を治療できないようだった。診察を予約するたびに、次々と高額な治療費の請求書が発行されたけれど、モリーがどれほど多くのお金を費やしても、治療法は見つからなかった。

歯科医のネフは「非常措置として思い切った治療」を施していたが、実のところ、彼がモリーを助けようとすればするほど、モリーの具合はどんどん悪くなり、彼女の歯も、潰瘍も、歯茎も悪くなっていった。ネフはもはや、彼女の歯を引っ張る必要すらないこともあった。勝手に抜け落ちてしまったのだ。口腔の崩壊を止める手立ては、彼にはいっさいなかった。

「崩壊」という言葉がまさに彼女の症状にふさわしかった。モリーの口は文字通り崩れつつあった。彼女は絶え間なく苦しみ、その場しのぎの苦痛緩和剤だけがその痛みを和らげた。冗談を言って回るのがいつも大好きな女の子だったモリーにとって、とうてい耐え難かった。彼女が笑うとかつては歯を見せて表情が輝くようだったのに、彼女の歯が失われていくにつれて見る影もなくなってしまった。もうそんなことはどうでも良かった。あまりの痛みに、もはや笑うことなどできなかったのだから。

クリスマスが過ぎて新年が始まる頃、医師たちはついにモリーの謎めいた症状が診断できたと考えた。口腔内の炎症……関節痛……極度の疲労……実家を出て暮らす若い独身女性……そうだ、これで本当に間違いない。一九二二年一月二四日、彼女の主治医たちは、彼女に性感染症の一つである梅毒の検査をおこなった。

しかし、検査結果は陰性だった。医師たちは再考しなければならなくなった。その頃までに、歯科医のネフはモリーの症例に関して、ある事実に気がついており、それで歯槽膿漏という自身の最初の診断に疑問を持つようになっていた。どうも、歯槽膿漏の場合よりも「痛みが並外れている」し、まるで彼女の身体の内部に何かがあって、それが病気を発生させている感じがするのだ。ただ、彼にはそれが何なのか分からなかった。また、彼女の口腔が終わりなく崩壊を続けているように見えることに加えて、彼女の口から発せられる鼻につく臭いは、彼の訓練された鼻には「特異な」感じがした。「その臭いは、一般的な顎の壊死を連想させる臭いとは明らかに異なっていた」。壊死とは骨がボロボロに破壊されることを意味する。モリーの歯は——もう残り少なくなっていたが——文字通り彼女の口のなかで腐りつつあった。

さらなる検証をおこなった結果、ネフはある結論に達した。モリーはリン中毒に似た症状を患っているというものだった。それは数年前、キャサリン・ショウブのニキビが発症したとき、彼女の医師が下した診断と同じものだった。

「リン性壊死」。それはリン中毒の患者たちがその症状に自ら苦々しく名づけた呼び名だった。モリーが耐え忍んでいる症状にとてもよく似ていた。歯の脱落、歯茎の炎症、壊死、そして痛み。そこで、次の診察のとき、ネフは彼女がどのような仕事に従事しているのか尋ねてみた。

「夜になると光を放つ時計の文字盤を、蛍光塗料で塗っています」と彼女は答えながら、顔をしかめた。言葉を発しようとして、舌が口のなかの潰瘍に触れてしまったのだ。

この返答を聞いて、ネフは疑いを強め、この問題を自分で調べてみることにした。彼はラジウム工場を訪れた。だが、ほとんど協力してもらえなかった。「その会社の従業員に、そこで使われている合成物の化学式について尋ねましたが、回答を拒否されました」と彼は振り返る。なんといっても、アンダークは莫大な利益をもたらす一大商品なのだ。会社が、極秘の材料の組成を、一介の素人に教えるはずがなかった。ただし、ネフはリンがいっさい使われていないという事実を聞き出した。そして工場での作業が、そうした病気を引き起こすはずがないと念を押された。

ネフが自ら検査した結果も、ラジウム会社の主張を裏付けているように見えた。「私はリンが塗料に含まれていて、彼女の病気を引き起こしているのだろうと考えていました。ところが、私がおこなったどの検査もそれを証明できなかったのです」と彼は振り返る。自分たちが暗闇に閉じ込められている気がした。

こうしたネフの奮闘も、モリーの助けにはならなかった。この頃までに、痛みは拷問のように彼女を苦しめるようになっていた。彼女の口は、たくさんの炎症が集まった大きな塊となり、食べることは言うまでもなく、話すこともほとんどできなかった。姉妹たちは恐ろしくて見ていられなかった。妹のクインタは、モリーがあまりにもひどい痛みに苦しんでいたので、「いまでもそれを思い出すたびに、いたたまれない気持ちになります」と言った。

膿んだ歯に苦しんだことのある人間なら誰でも、モリーの苦しみをほんの少しだけ想像することができるかもしれない。いまでは、彼女の下顎全体と、口蓋と、耳のつけ根の骨までもが合わさって、一つの巨大な膿瘍を作り上げていると言ってもよかった。こんな状態では、とうてい働くことができなかった。彼女は、文字盤を塗りながら楽しい時間を過ごしたオレンジの工房の職を辞して、下宿に引きこもった。いつか近いうちに、間違いなく、医者が自分の病気の原因を見つけて治してくれるだろう。そしてふたたび、人生を前向きに進んでいくことができるはずだ。

だが、治療法は現れなかった。五月、ネフはモリーの病気がどのように進行したか診察をして確認するために、再度自分のクリニックに来るよう言った。モリーはやっとのことで彼の診察室に入ってきた。腰と足のリウマチはよりいっそうひどくなっていて、ほとんど歩くことができなかった。しかし、彼女の頭のなかと時間をすべて占領し、彼女自身をボロボロにしていたのは、口の痛みのほうだった。その苦痛からは逃れようがなかったからだ。

モリーは這うようにしてネフの歯科用椅子に身体を委ね、恐る恐る口を開いた。ネフは病人に近づいて、彼女の口腔内を調べるべく身構えた。

いまやほとんどの歯が抜け落ちてしまっていた。代わりに、むき出しの潰瘍の赤いポツポツが、モリーの口の内側いっぱいに散らばっていた。モリーは、顎の痛みがとくにひどいということを伝えようとした。それで、ネフはそっと彼女の顎の骨をつついた。

ネフは恐怖とショックに襲われた。たしかに優しく触ったのに、顎の骨が指に触れただけで折れてしまったのである。彼は骨の折れた部分を取り除いた。「手術してではありません。口のなかに指を入れて取り出しただけです」

その後一週間かそこらで、モリーの下顎の骨は、残り全部が同様に取り除かれた。

モリーは耐えられなかった。しかし、解決策はなかった。どの医師も鎮痛剤を処方したが、ほとんど役に立たなかった。彼女のふわふわした茶色い髪の下で、顔全体がとにかく痛くて、痛くて、痛くてたまらなかった。彼女は貧血になり、さらに衰弱していった。六月二〇日、ネフは医師ではなかった（しかも、その検査方法に熟達していたわけでもなかった）が、ふたたび彼女に梅毒の検査をおこなった。なんと、今回の結果は陽性だった。

もしそのことを知ったら、モリーはショックで完全に崩れ落ちてしまっていただろう。しかし、当時の医者の多くは、患者に病名を告知しなかった。また、ネフは彼女に治療に専念して欲しくて、検査結果を告げなかった可能性が高い。たとえ知らされたとしても、彼女にはそんなことが絶対にありえないと分かっていた。それにしても、真の病気の原因が何なのか、彼女には皆目見当がつかなかった。それどころか、自分は十分に健康なはずだった。まだ二〇代で若いだけでなく、何年もラジウムを扱ってきたのだ。いったいどういうことなのか。今年の二月には地元の新聞でこんな記事を見たばかりなのに。

「ラジウムは食べても大丈夫らしい（…）将来、ラジウムの錠剤を買い求めることができるようになれば、我々の寿命を延ばしてくれるだろう！」

だが、どうやらモリーの残された時間は尽きかけていた。彼女の顎の骨がすべて失われたあと、ネフは重大な発見をした。それまで、彼はこの不可解な病気の進行を止めたいと願い続けながら、彼女の歯や感染した骨を取り除いていた。ところが、いま明らかになりつつあるのは、「感染した骨の一部を取り除くたびに、壊死の進行を食い止めるどころか、それを促進してしまった」という事実だった。夏が過ぎゆくにつれて、モリーの病状はいよいよ悪化していった。理由は分からなかったが、今度はひどい咽頭炎にかかっていた。顎の骨から頻繁に出血したので、イーディスは止血しようとして、そのたびにモリーの顔に白い包帯を押し当てた。

一九二二年九月、ニューアークでは、モリーの元同僚エドナ・ボルツが結婚式の準備をしていた。彼女の未来の夫はルイス・ハスマンという、ドイツ系の青い目をした黒髪の配管工だった。彼はエドナに「ぞっこん」だった。彼女は結婚式で身に着ける装飾品を広げて、期待に胸を膨らませながらそれらを眺めた。ウェディング・ドレス、ストッキング、靴。もうすぐ。

もうすぐ。通常その言葉が意味するのは、興奮であり、切望である。しかし、苦痛にあえぐ人間にとっては安堵を意味した。

もうすぐ。

同月の一九二二年九月、これまで一年弱モリー・マッジャをしつこく苦しめていた咽頭炎が、喉全体の組織に広がった。それは「頸静脈を伝って周囲の組織をゆっくりと破壊しながら進んでいった」。九月一二日夕方五時、モリーは口から大出血した。出血の速度が速すぎたため、イーディスにはもはや止血不可能だった。歯も、顎の骨も、言葉もなく空っぽになってしまったモリーの口は、代わりにその唇から血が溢れ出て、痛みに圧倒され、恐怖で固まってしまった彼女の顔を伝っていった。もう十分だった。モリーの死について、妹のクインタは言う。「苦痛に満ちた恐ろしいものでした」

モリーはまだ二四歳だった。

彼女の家族はどうすればよいのか分からなかった。いったい何が起きて、突然自分たちから彼女が奪われたのか分からなかった。「モリーが亡くなったとき、医師たちにも死因は分からないと告げられました」と姉のアルビナは振り返った。

モリーの家族はそれを見つけようとした。続けてアルビナは言う。「姉がネフ先生の歯科医院へ行きました。我々はモリーの死因が梅毒だと彼女の死後知らされたのです」

梅毒。なんて悲しい、人に知られたくない秘密だろう。

最後の医療費の請求書が送られてきた。モリーの父ヴァレリオ宛で、「アメリア様」と書かれてあった。そのかかりつけ医は家族の頼みに応じて請求額から値引きしてくれた。そのことに家族は感謝したけれど、モリーを連れ戻してくれるわけではなかった。

一九二二年九月一四日木曜日、彼女はオレンジにあるローズデール墓地に埋葬された。彼女は銀の銘板のついた木の棺に納められた。それには質素に「アメリア・マッジャ」とだけ刻まれていた。

モリーにさよならを言う前に、家族は彼女の服を棺に入れた。白いワンピース、ストッキング、黒革のパンプス。家族は丁寧にそれらをモリーの身にまとわせて、彼女を埋葬した。

これでモリーが安らかな眠りにつけますようにと家族は願った。

6

アメリカ合衆国イリノイ州オタワ
一九二二年九月

もう一つの文字盤塗装工房

モリーの葬儀の二日後、オレンジから約一三〇〇キロ離れたイリノイ州のオタワという小さな町で、ある小さな広告が地元の新聞に掲載された。そこには「女工募集中」とあり、以下のように続いていた。

「一八歳以上の女子若干名、繊細な筆仕事ができる方。工房の人員の募集です。作業は清潔で健康的。職場環境は快適です。申し込みはマレー女史まで。住所はコロンブス・ストリート一〇二二、以前高校だった建物です」

なんて魅力的に響く広告だろう。

オタワは小さな町で人口一万八一六人、シカゴの南西一三七キロに位置していた。町の紹介パンフレットでは、自分たちの町を「正真正銘のアメリカのコミュニティ」と呼んでいたが、その謳い文句に嘘はなかった。町の銀行は「町の隅々までフレンドリー」だと自称していたし、地元の事業者は「郵便局から北に一ブロック」の立地にあることを宣伝する、そういうたぐいの町だった。オタワはイリノイ州の田舎の中心部にあり、農地に囲まれ、中西部特有のありえないほど広い空が広がっていた。そこは、人びとが毎日を生きていくだけで幸せな場所だった。彼らは家族を養い、よく働き、きちんとした暮らしをしていた。街のコミュニティの結びつきは強く、一般的な町よりも信仰心に篤かった。オタワは「小さな町にたくさんの教会があり」住民の多くはカトリックだった。「オタワの住民はリベラル志向で、裕福で、進歩的です」との文言が町のパンフレットに躍っていた。そういうわけで、この町の住人は文字盤塗装の新しい仕事にうってつけだったのである。

その求人は米国ラジウム社のものではなく——といっても彼らはこの競争相手のことをよく知っていたが——雇用主はラジウム・ダイヤル社だった。社長の名はジョゼフ・A・ケリーと言った。ただ、彼はおもにシカゴの本社にいたので、オタワの女工たちが求職する窓口は、マレー女史という工房の現場責任者だった。

ロッティ・マレーは忠誠心が非常に強い従業員で、四四歳のほっそりした独身女性だった。彼女は、会社がその工房を現在のオタワに定める前に、いろんな場所を点々としていた五年間、ずっと会社についてきた。彼女が最初に合格を出した応募者の一人は、一九歳のキャサリン・ウルフだった。彼女は生粋のオタワっ子で、工房のはす向かいにある、聖コルンバ教会の熱心な教区民だった。キャサリンはその若さにもかかわらず、すでに苦しい目に遭い続けていた。まだ六歳のときに母親のブリジットが亡くなった。その四年後の一九一三年、今度は父親のモーリスが「肺疾患」で死んだ。そのため、一〇歳のキャサリンは、年老いた叔母のメアリーと叔父のウィンチェスター・ムーディー・ビガート夫妻のところへ送られた。彼らはイースト・スーペリア・ストリート五二〇の家に三人で暮らしていた。

キャサリンは内気で静かで、万事控えめな人間だった。彼女の漆黒の髪の毛はたっぷりしていて、肌は色白だった。派手な身振りを好まない、所作の整ったとにかくきちんとした女性だった。工房での作業は彼女にとって初めての仕事で、そこで彼女は夜光時計や航空計器の文字盤を塗ることになった。「面白い仕事ですし、お給料も良かったです」と彼女は興奮気味に話した。「ただし、一本一本の線を正確に塗らなければなりませんでした」

そして、オタワの女工たちが用いる「鉛筆の太さしかない日本製の筆」の穂先を、必要な細さに尖らせるためには、例のただ一つの方法しかなかった。「ミス・ロッティ・マレーに教わったのは、口を使ってラクダの毛の穂先を尖らせるやり方でした。最初に筆を水に浸し、それから粉をつけて、最後に歯と歯のあいだで筆の穂先を尖らせるのです」とキャサリンは振り返った。

「リップ、ディップ、ペイント」がふたたびよみがえった。ただし、キャストは全員入れ替わって。

キャサリンの作業場に、一六歳のシャーロット・ネヴィンズが加わった。求人広告には「一八歳以上」とあったが、シャーロットは、そんな些細なことであきらめるつもりはなかった。友だち全員がそこにいたので、自分もその一員になりたかったのだ。彼女は六人兄妹の末っ子だったから、ただ早く大人になりたかったのだろう。陽気で思いやりのある女の子で、キャサリン同様敬虔なカトリック信者だった。彼女はたいてい静かにしていたけれど、必要に迫られると、かなり率直にものを言うこともできた。

自分の年齢をごまかしていたのは、シャーロットだけではなかった。年齢を偽っていたもう一人の従業員——ただし会社は気づいていたに違いない——は、メアリー・ヴィッチーニだった。彼女は赤ん坊の頃アメリカに移民してきた、かわいらしいイタリア娘だった。一九二二年当時、まだ一三歳だったけれど、うまいこと誰もが憧れる女工の一員になった。実際に、思春期前の女の子の素早い指の動きは、文字盤塗装の繊細な作業に向いていた。記録によると、一一歳の女工もいたようだ。応募者を採用するマレー女史の補佐をしていたのは、リード夫妻だった。夫のルーファス・リードは工房の副管理責任者で、三九歳のニューヨーカーだった。彼は根っからの会社人間で、背が高く、頭が禿げていて、体型は中肉で、黒縁眼鏡をかけていた。実のところ、彼は耳が不自由だったが、それをものともしない働きぶりだった。障害があるにもかかわらず、会社が彼を正当に扱ってくれたことにいっそう感謝していたからかもしれない。マレー女史とリード、そして彼の妻のマーセデスは、指導員としてこれまでの数年間ここで働いていた。

マーシーことマーセデス・リードはその教え方で有名だった。「彼女はヘラについた蛍光塗料を」女工たちの目の前で実際に舐めながら、「それが〈無害だ〉ということを女工たちに教えました」。シャーロット・ネヴィンズは思い出す。「工場で文字盤を塗っているといつも、ラジウムが私たちの身体に害を及ぼすことは絶対にないと聞かされました。そのうえ、塗料を指輪みたいに指に塗ったり、ワンピースのボタンや留め金に塗ったりすることを勧められることすらありました」

女工たちは、まさしく指示された通りのことをした。彼女らは「愉快でめでたい一団」だったので、とりわけファッションと芸術方面で、しばしば独自に筆を振るった。女工の多くが家に塗料を持ち帰った。一人は、室内を一風変わった装飾にしようとして、家の壁に塗る始末だった。ラジウム・ダイヤル社は、USRCほどには塗料の無駄遣いにうるさくなかったようだ。前者の従業員によると、ラジウムは雑に扱われていたらしい。USRCのオレンジ工場で服にブラシをかけてラジウムを集めていたのとは対照的に、「身体を洗うかどうかは任意でした。洗い場を利用していた女工は多くありませんでした」と彼女は言う。

なぜわざわざそんなことをするのだろう、天使みたいにおぼろげに光りながら家に帰れるというのに。「このイリノイの小さな町で、女工たちはみんなの憧れの的である。夜になって恋人と出歩く彼女たちは、ワンピースや帽子、ときには手や顔まで、夜光塗料の燐光でぼうっと浮かび上がっていた」と新聞記事は書いた。地元のある若い女の子は回想する。「そこで働ければいいのにと願ったものです。貧しい労働者階級の女の子にとって、それはエリート職でした」。文字盤塗装工たちが自家製のお菓子やアイスクリームを求めてドラッグストアを訪れると、彼女らが歩いた後には、一筋の光の痕が残った。キャサリンは振り返って言う。「家に帰って薄暗い洗面所で手を洗っていると、その手がぼんやりと光って、亡霊のように浮かび上がりました。暗いクローゼットに掛けられた服も、燐光を発しながら輝いていました。通りを歩いてみました。たしかに私がラジウムの粉のせいで柔らかな光に包まれていたのです」。女工たちは「面白がられて、ゴースト・ガールと呼ばれました」。

彼女たちは一週間に六日勤務で、オレンジの工房で使用されていたものと同一成分の、同じように緑がかった白い塗料を使っていた。そしてとにかく「働いて、働いて、働くことを期待されていた」。彼女たちはたしかに昼食用の休みをとった。なかには一瞬家に帰るものや、近くの軽食屋に向かうものもいなくはなかった。しかし、ミス・リードが自分の塗装用机で昼食を食べていたので、ほとんどの女工たちは自分たちの指導員の例に従い、工房にとどまることを選んだ。キャサリンは回想する。「私たちは、ふだん使っている蛍光塗料や筆が置かれた作業台のすぐそばで昼ご飯を食べたものです。できるだけ早く食べ終わるためです」。よくよく考えたうえで、「皆そうやって少しでも多くのお金を稼ぎました」。

女工たちは力をこめて言った。「自分たちの仕事に非常に満足しています」。また、ラジウム・ダイヤル社も同じくらい満足していた。この会社は主要取引先のウェストクロックス社の社是に賛同していた。同社の従業員用マニュアルにはこうあった。「一生懸命働いてくれることを期待しています。そうすれば、働きに応じて賃金が上がります……もし懸命に、そして慎重に作業するつもりがないのなら、あなたがいる場所は間違っています」

キャサリンとシャーロットとメアリーは、自分たちがいま、本当に本当に正しい場所にいると感じた。

7

一九二二年一一月
ニュージャージー州ニューアーク

警告され始めたラジウムの危険性

「アイリーン・ルドルフさん？」

アイリーンはバリー先生に名前を呼ばれると、恐る恐る立ち上がり、足を引きずりながら診察室へ入っていった。彼女の体の不具合は、当初足から始まった。ただ、彼女がいま心配しているのは足ではなかった。ゆっくりであればかろうじて動かすことができたからだ。いとこのキャサリン・ショウブも含めて、家族が彼女をたくさん助けてくれた。いまの彼女にとって深刻なのは、口のほうだった。

アイリーンは一九二二年八月からこの歯科医院に通っていた。彼女の歯に問題が出てきたのはその年の春からで、歯科医たちが代わるがわる手当てしたにもかかわらず、症状が悪化していた。五月には、症状のあまりのひどさに、彼女はコルセット工場の仕事を辞めざるをえなかった。無職の身の上でありながら、治療費の請求は増え続けたので、アイリーンはまもなく自身の資金繰りが危ないことに気がついた。文字盤塗装工として働いていた頃、思慮深い彼女は自分の高い給料を貯金していた。ところが、不可解な病状のせいで、苦労して貯めた貯金はすっかりなくなってしまった。

高価な治療を予約するたびに、良くなりますようにと願った。バリー先生の診察室の椅子に自分の身体を支えるように身を横たえると、口を大きく開いて、今回こそは、先生が良い知らせを聞かせてくれますようにと祈った。

四二歳の経験豊かな歯科医であるウォルター・バリーは、アイリーンの口を診察しながら困惑を深めていた。彼と彼のパートナーであるジェームズ・デイヴィドソン博士は、この夏以降、アイリーンに手術を施してきた。しかし、患部の骨を口の中から切り出したり、抜歯したりといった、彼らが試した一通りの治療は、彼女の苦痛をよりひどくしただけのように思われた。彼らの診療所はブロード・ストリートの五一六番地にあり、ニューアーク公立図書館の真向かいだった。それなのに、彼女の症例は、図書館や自分たちの診療所の本棚にある、どの教科書にも医学雑誌にも存在しなかった。一九二二年一一月八日、バリーがアイリーンの荒れ果てた口を診察したとき、彼は感染部が依然として広がり続けているのを見てとった。歯が抜けた後の歯茎に炎症が起きており、腐敗して黄色くぬめぬめしていた。

ジェームズ・デイヴィドソンはリン性壊死を治療した経験があったので、バリーとともに、それこそがアイリーンの病因だと確信するようになった。「私はただちにアイリーンの仕事がどのようなものだったのか質問し始めました」とバリーは振り返る。「私は彼女が扱っている物質のなかにリンが含まれていなかったかどうか、確かめる努力をしました」

彼は気づかないうちに、モリー・マッジャを治療したネフ医師と同じ道をたどっていたのだ。けれども、その二つの調査が交わることはなかった。またネフも、彼がモリーの歯や顎の骨を取り除けば取り除くほど、彼女の顎の骨の崩壊がどんどん速度を増していったという事実をバリーと共有する機会がなかった。同様の加速的悪化が、今度はアイリーンを襲っていた。

バリーは、彼女が「なにかの職業病」を患っているというのが自分の所見だと患者のアイリーンに伝えた。しかし、キャサリン・ショウブが振り返って言うように、「そうしたやり取りのなかで、ラジウムという言葉に言及されることは一度もなかった」。ラジウムはその医療上の有効性が確立していたために、ほとんど非の打ちどころがないということになっていた。そのため、人びとはラジウムを疑わなかった。そういうわけで、アイリーンの体調不良の原因が蛍光塗料にあるのではないかという疑いがあったにもかかわらず、リンが容疑者の筆頭にされてしまった。

一二月、アイリーンの病状はさらに悪化し、病院に入院した。彼女はぞっとするほど青白く、貧血が認められた。彼女は、入院してようやく、このままおとなしく横になって苦しむわけにはいかないと考えた。

アイリーンの歯科医たちとネフ博士が出会うことはなかったかもしれないが、文字盤塗装工たちの友情はより強力なネットワークを築いていた。その頃までに、アイリーンはモリー・マッジャの死を聞かされていた。噂好きたちはその死因を梅毒だと言ったが、モリーを知る女工たちは信じなかった。そして、アイリーンは入院している病院の医師に、自分とそっくりの症状の別の女工がおり、ほんの数ヶ月前に亡くなったということを話した。その同じ冬、マッジャ一家は、モリー亡き後、自分たちの人生を前に進めようとしていた。妹のクインタは二人目を妊娠し、アルビナはそのうち自分にも同じく良い兆しがありますようにと願っていた。一方、病室で弱々しく縮こまっているアイリーンにとって、モリーの死はけっして過去の出来事ではなく、ある意味目の前にある恐怖だった。

それから、アイリーンは医師にさらに付け加えて言った。亡くなった女の子とはまた別の病気の子がいると。

その女の子とは、ヘレン・クインランのことだったのかもしれない。彼女は、喉のひどい炎症と顔の腫れで具合が悪くなっていた。彼女のいたずらっぽい妖精のような顔はいまや真っ赤だった。彼女もまた、歯の問題で苦しんできており、いまは貧血の兆しが出はじめていた。ただ、ヘレンはアイリーンと同じ友だちグループには出入りしていなかったようだ。アイリーンが伝えようとしていたのは、ヘイゼル・ヴィンセントのことだった。

USRCを辞めてからというもの、ヘイゼルの病状はますます悪化していた。彼女は自身の病気が貧血と歯槽膿漏だと告げられていた。彼女の主治医もまた、その口や鼻から「ニンニク臭」を伴う黒い膿が発せられていることから、リン性壊死を疑っていた。ヘイゼルの幼い頃からの恋人であるテオは、心配のあまり病気になりそうだった。

アイリーンに言わせると、ヘイゼルの症例と彼女のそれが、単なる偶然として片付けることができないくらい、そっくりなのだった。アイリーンは、入院先の病院のアレン先生の診察時に、これらの類似点を注意深く並べて示した。なにかひどく重大なことが起きつつあると、彼に理解してもらおうとしたのだ。患者の話を聞いた医師は、そのことを十分理解した。あらゆる証拠が労災であることを示していた。一九二二年一二月二六日、アレンは産業衛生局に、アイリーン・ルドルフの病気はリン中毒の症状だと報告した。そして、彼らにその調査を依頼した。当局はすぐに調査に乗り出し、数日後、産業中毒の訴えを調べるために、オレンジのUSRC工場に検査官が赴いた。

検査官は、ハロルド・ファイトという工場業務の責任者であるUSRCの副社長に付き添われて、文字盤塗装工房の二階に上がった。彼らはともに、作業中の女工たちを静かに観察した。そこにいる女工の数は多くなかった。オレンジの文字盤塗装業は、ほぼ季節限定の業務になっていたので、もはや年度を通して働く女工はいなかった。ところで、検査官は、女工の誰もがリップ・ポインティングをおこなっていることに気がついて、信じられないという様子だった。これがファイトの気を引き、彼はすばやく検査官の懸念に対応した。検査官の報告によると、ファイトは「こうした危険な行為をやめるように再三注意してきたが、私には、女工たちにやめさせることができなかった」と彼に言ったらしい。

文字盤塗装工たちがこうした会話を立ち聞きしていたら、おそらく唖然としただろう。リップ・ポインティングが病気を引き起こすという警告を、グレース・フライヤーがセイビン・フォン・ソチョッキーから一度受けたことはあった。しかし、それ以外に、指導員や現場監督を含めて、そういった警告を受けたことのある文字盤塗装工はただの一人もいなかった。いわんや、リップ・ポインティングが「危険な行為」かもしれないと指摘されたことすら絶対になかった。それどころか、女工たちはまさしく正反対のことを数え切れないほど保証されてきたのだ。会社が彼女たちの作業工程に関心を示し、ありがたくも対応してくれるときはそうだった。総じて、会社は干渉せずに女工たちを放置して、ひたすら作業を進めさせた。実際、塗料が浪費されることなく作業がおこなわれている限り、女たちがどうやって文字盤を塗っているのか、会社にとっては本当にどうでも良かったようだ。

検査官は女工たちを観察し続けた。ほかの女工より年上の、幾分落ち着いた雰囲気の一人の女工が、足を引きずっているように見えることに気がついた。彼女は仕上げた文字盤を、新しく現場主任になったジョゼフィン・スミスのところに運んでいた。ジョゼフィンは最近昇格したばかりだった。「それまでの監督官だった」ミス・ルーニーはルミナイト社に転職するため会社を去ることになっていた。

サラ・メルファーは、たしかに足を引きずっていた。彼女は自分が年を取りつつあるのだろうと考えた。いまや三三歳だし、人間、年を取れば、身体のあちこちに痛みが出てくるのは当然だ。それに加えて、働きながら母でいることに疲れていた。彼女は妹のマルグリットについて歩いていく元気がなかった。一一歳の娘を追いかけるなんてなおさら無理だった。サラは自分の足の不自由さについて、会社に十分な理解があることをありがたく思っていた。「彼女は足が不自由だったので、男の現場主任が毎日職場に送り迎えしていました」

この調査の最後で、検査用の塗料サンプルが公式に採取された。検査官はそれを、ニュージャージー州労働局副局長のジョン・ローチに送った。その際に以下の推薦状が添えられた。「この工場は我々の管轄外にあるので」ローチのチームに「調査を実施していただきたい」。その結果、次の数週間、別の調査官のリリアン・アースキンが追加調査をおこない、一月二五日、自身の所見をローチに伝えた。

アースキンは、一度目の調査とはかなり異なる方法を用いた。調査の一環として、彼女はラジウムの権威と話をし、「ラジウム療法を受けたことで骨が壊死したという報告は存在しないそうです」とローチに伝えた。そして、以下のように結論づけた。「このアイリーン・ルドルフの症例と、報告された二つ目のヘイゼル・ヴィンセントの症例は、おそらく偶然の一致だろう。それぞれ、歯槽膿漏と歯科医の下手な手術が原因である」

ローチは化学者のマーティン・サマトルスキ博士に塗料を検査してもらうよう手配した。彼は学識のある男で、リンが塗料の成分として検出されたことはこれまでなかったのだから、その塗料にリンが含まれることは絶対にありえないと考えた。一九二三年一月三〇日、彼は一度の検査も実施することなく、ローチへ物知り顔に手紙を書いた。「こうした顎の重症化は、ラジウムの影響によるものだと私は信じています」

これは過激な発想だったが、サマトルスキの突拍子もない所見には、それを裏付ける科学的根拠が、たしかにあった。USRC自身が四ヶ月前に発行したばかりのラジウム研究の文献目録に、「ラジウムの脅威——その有害な影響」という題目の論文があった。事実、その文献目録には、ラジウムによって引き起こされた損傷に関する論文が、古くは一九〇六年のものから含まれていた。後に会社は、とある内部メモのなかで、ラジウムの有害性を扱った「かなりの」量の論文が、二〇世紀初頭から存在していたことを認めている。一九一二年ドイツでは、ある女性がラジウム療法を受けた後に亡くなってさえいた。彼女の主治医は、死因がラジウム中毒なのは「一ミリも疑いようがない」と話した。

それでも、コインをひっくり返してみれば、ラジウムの肯定的な記述ばかりだった。早くも一九一四年に専門家に知られていたのは、ラジウムがその使用者の骨に堆積する可能性があり、そしてそれが血液に変化を引き起こすということだったが、こうした血液の変化も良いことだと解釈されてしまった。ラジウムが骨髄を刺激して、赤血球を余計に作り出しているように見えるという理屈だった。身体の内部に堆積したラジウムは、〔恩恵を〕与え続ける贈り物になるのだと。

しかし、ラジウムに肯定的なこれらの出版物すべてをより注意深く観察すると、共通の特徴があった。概してその筆者たちが、ラジウム会社で働く研究員だったのである。ラジウムは非常に稀少で謎めいた元素だったので、実際には、それを商業的に利用するラジウム会社が、そのイメージや知識のほとんどを、独占といっても良いくらいに管理統制していた。ラジウムを研究対象にした定期刊行物を自社で発行するラジウム会社も多かった。無料で医師たちに配布されたそれらの出版物すべてに、楽観的な研究が満載だった。なかでもラジウム薬で利益を得る会社が、肯定的なラジウム文書の第一の生産者であり、出版者であった。

その結果、サマトルスキの意見は孤立し、誰も耳を貸さず、仮定に基づいた考えだということで、豊富な資金でけたたましい大声で圧倒するラジウム肯定派文書のキャンペーンと対立した。しかし、彼は頭が良いだけでなく、良心のある人間でもあった。自分の試験がまだ数ヶ月かかるということを見越して、また、工房では文字盤塗装の作業が継続されているという事実に注意して、先の一月三〇日の手紙に特別な注を付け加えることを忘れなかった。彼の過激な理論はそのときはまだ証明されていなかったけれど、彼ははっきりと書いている。「すべての作業員には、印刷物で注意を与えられるべきです。そこには肌や器官、とくに口から塗料を摂取することの危険性が書かれていなければなりません。そして、彼女たちは、最大限清潔に作業できる環境に置かれなければなりません」。しかし、何らかの理由で、これらの措置は取られなかった。彼の警告が伝えられることはけっしてなかった。

おそらく、会社は無視することにしたのだ。

一九二三年、サマトルスキが彼の実験を続けているあいだ、アイリーン・ルドルフは、退院していたにもかかわらず、恐ろしい潰瘍と痛みに耐え続けていた。それらはまさに、かつてモリー・マッジャを拷問のように苦しめたものだった。アイリーンの貧血はより深刻になっていた。ヘレン・クインランも同様だった。いまや二人は青白く衰弱した生き物であり、活力を失った生きる屍だった。医者たちは彼女たちに次々といろんな治療を施していった。しかし、ただの一つも役に立つことはなかった。

しかも、病気になったのは彼女たちだけではなかった。オレンジのラジウム会社の共同創業者であるジョージ・ウィリスにとって、自分の会社を追い出されて以降、事態が悪化していた。彼が職場で毎日、ラジウム入りの試験管を考えなしに素手で運んでいたのは、ずいぶん昔のことに思われた。しかし、時間とは相対的なものでしかない。一六〇〇年に及ぶその半減期のおかげで、ラジウムが自らの存在を患者に知らしめるタイミングはいくらでもあった。

ウィリスが会社を辞任して月日が経つにつれて、彼の具合は悪くなっていった。そして一九二二年九月、モリー・マッジャが亡くなったのと同じ月に、彼は自分の右の親指を切断した。検査で、そこがガンで満たされていることが明らかになったからだ。ウィリスは病気のことを自分の内にしまっておかず、代わりに、自らの発見を出版することにした。一九二三年二月、『ジャーナル・オブ・アメリカン・メディカル・アソシエーション（ＪＡＭＡ）』に彼は寄稿した。「ラジウムがほしいままにしている無害であるという評判は、結局、以下の事実に拠っている。すなわち、これまで、長期にわたって毎日大量のラジウムを取り扱い、被曝したことがある人間がほとんどいないという事実である（…）。予防策を怠ると、ラジウム作業員自身に深刻な危害が引き起こされるかもしれない。それを恐れるに足る理由がある」

彼の元同僚がその記事についてどう思ったかは記録にない。彼らはおそらく却下しただろう。ウィリスはもはや彼らと働いていなかったし、それゆえに彼は重要ではなかったのだから。しかも、ウィリスの忠告を無視したのは彼らだけではなかった。専門誌の、しかもそのような小さな記事に注目するものなどいなかったのだ。

一九二三年四月までに、サマトルスキは彼の実験を完了させた。彼が疑っていた通り、蛍光塗料にリンの形跡はまったく見られなかった。

一九二三年四月六日、サマトルスキはローチに向けてこう書いた。「私は、前回の手紙で表明した私の主張が正しかったと強く確信しています。これまで引き起こされてきた病気は、ラジウムが原因です」

8

イリノイ州オタワ
一九二三年

狂騒の二〇年代、幸福な日々は永遠に終わらないと思っていた

オタワの文字盤塗装工たちにとって、新しい仕事の良いところをあげるとすれば、なんといってもラジウムだった。当時、その町で女が就く職業といえば、ほとんどが店の売り子か、事務員か、工場労働者だった。それらに比べて、この仕事はちょっと特別だった。町で一番人気のある仕事なのも当然だった。

ラジウムの魅力に引き寄せられて、あらゆる階層の女の子たちが腕試しにやってきた。なかには「〈ぶらぶらしているだけ〉としか言いようがない」ものもいた。非難を匂わせる以上の口ぶりで、女工仲間の一人が言った。「ある女工は甘やかされた著名な医者の娘で、いいとこのお嬢さんでした。彼女とその友人は、数日間そこにいただけでした」。ゴースト・ガールの一員になるとどんな感じがするのか、裕福なその女たちは単に知りたかっただけで、要するに、一種の覗き見的なライフ・ツーリズムだった。おそらく、そういった女たちに関心を向けられたからだろう、「リード夫人は自分の指導部屋を、幼稚園のように全部飾りたてました」。窓にはカーテンがかけられ、磁器の花瓶には花が飾られた。

ラジウム・ダイヤル社は当初五〇名の女工を求めて広告を出したが、最終的な雇用者数は二〇〇名にまでなった。需要についていくためには、もっと多くの女工が必要だった。一九二三年、ラジウム・ダイヤル社の主要取引先であるウェストクロックス社は、全米の目覚まし時計市場のシェアを六〇パーセント持っており、その価値は五九七万ドル（現在の価値で八三〇〇万ドル）だった。文字盤塗装工になりたい女の子たちがあまりにも多かったので、会社は選び放題だった。「実際におこなわれていたのは、一度に一〇人の女の子を雇い、テストするやり方です。一〇人のうち、会社に残れるのは通常五人程度でした」と元従業員は振り返る。

試験にパスした一人がマーガレット・ルーニーで、家族からはペグと呼ばれていた。彼女はキャサリン・ウルフの親友で、二人は同じ教会区の学校に通っていた。また、ラジウム・ダイヤル社の女工の多くがそうだったように、ペグも地区を超えて聖コルンバ教会に通っていた。

ルーニー一家のことはみんな知っていた。一九二三年にペグがラジウム・ダイヤル社に勤め始めたとき、家族には八人の子供がいた。最終的にそれは一〇人になった。家族全員で一軒の狭苦しい家に住んでおり、その家は鉄道線路のすぐそばにあった。列車の轟音が鳴り響いていたものの、あまりにひっきりなしだったせいで、そのことが頭にのぼることすらなかった。「それはとても小さい家でした。平屋で、木造で、もとは四部屋ありました」とペグの姪のダーリーンが言う。「二つの寝室と一つの大きな寝室があり、その大きな寝室で子供たちは休み、天井から毛布を垂らして、女の子側と男の子側に分けていました。一つのベッドで三、四人の子供が寝ました。彼らはひどく貧乏でした。これ以上貧乏にはなれないってくらいに」

しかし、彼らの結束は固かった。そんな狭苦しい場所にいたので、そうするしかなかったのだ。同時に彼らは楽しかった。ペグは身長の低い、痩せたそばかすの赤毛の女の子で、突然クスクス笑いだすことで知られていた。そして長女として——彼女は一七歳だった——兄弟姉妹は彼女を尊敬し、彼女に従っていた。夏のあいだ、ルーニー家の子供たちはよく裸足で走り回った。靴を買えるお金がなかったからだが、そんなことで近所の友だちと遊ぶのをやめたりはしなかった。

自分の家庭環境を考えると、ペグは給料の良い文字盤塗装工の仕事に就くことにワクワクした。彼女は週一七・五〇ドル（現在の価値で二四二ドル）稼いだ。「大家族に生まれた貧しいアイルランド人の女の子にとっては高給だった」。そしてそのほとんどを母親に渡した。この仕事に就くことは、学校の教師になりたいという自分の夢を、いったん思いとどまらなければならないことを意味していた。しかし、彼女はまだ若かった。後の人生で教師をやる時間は十分あるのだ。ペグは非常に知的で学究的な女の子だったので、高校時代の彼女の趣味は、なんとかして辞書の陰に隠れて、「明るく日の当たる隠れ場所」で辞書を読むことだった。彼女には教師として十分やっていける知性があったが、家計を援助するために、当面は文字盤塗装の仕事をするつもりだった。

とにかく、彼女は友人たちと塗装の仕事を楽しんだ。新入りの女工が皆そうするように、ペグはウェストクロックス社製の目覚まし時計ビッグベンを塗ることから始めた。これは、目覚まし時計界の「いかつい男前」で、文字盤の直径がおよそ一〇センチメートルあるために、文字盤の数字が、経験のない女工でも塗るのに十分な大きさだった。技術が向上するにしたがって、女工たちは大きさがビッグベンの半分のベビーベンに移り、最終段階は懐中時計のポケットベンとスコッティで、これらの直径は三センチ余りしかなかった。

ペグは文字盤を手に持ち、教えられた通りにラクダ毛の筆をリップ・ポイントし、緑がかった白い塗料を用いて注意深く数字に筆入れした。紙でできた文字盤は、ひんやりした手触りの、薄い金属製の円盤に張り付けられていた。その金属盤の裏側には小さな突起がいくつかあり、後で時計の本体側の溝に嵌め込まれるのだった。

工房でペグの隣に座っていたのは、もう一人の新人マリー・ベッカーだった。彼女はこれまで街の繁華街のパン屋で働いていたが、彼女の親戚の一人が言うように、ラジウム・ダイヤル社は「ほかのどこよりも給料が高い職場」だった。仮に彼女が文字盤塗装の仕事を始めたら、収入は二倍になるのだ。その結果、彼女は「この話に」乗った。親戚が続ける。「マリーは高い収入を必要としていましたから、そこで働き始めたのです」

ペグ同様、マリーも経済的に恵まれない育ちだった。彼女の父親が水腫で亡くなったあと母親は再婚した。そして、マリーがまだ一三歳のときに、継父は彼女を働かせ始めた。それからというもの、彼女は本当にいろんな仕事をやった。パン屋、工場労働、雑貨屋の売り子など。マリーは継父の命令をうまい具合に受け流していた。人生で起きるどんなことに対してもいつもそうしてきたように。ある近い親戚が言う。「彼女の立ち振る舞いは素晴らしいものでした。機嫌が悪いところを見たことがありません。普通の人なら恨みを持ったり、イライラしたりするでしょうが、けっしてそんなことはなかったのです。マリーは本当にほかの人と違っていました。よく笑いましたし、笑い声も大きかった。彼女が笑えばみんなつられて笑ってしまいました」

マリーはあっという間に工房の人気者になった。まったく愉快な性格で、何に対しても独自の考えがあり、気の利いた言葉をよく口にした。彼女はえくぼのある「細くて小さな」女の子だった。そのせいで、ドイツ系であるにもかかわらず、ほとんどスペイン人のように見えた。印象的な黒い目をしていて、自分の茶色い長い髪をお団子ヘアにし、ときには〔歌手のジョセフィン・ベイカーのように〕細いカールした前髪を額にピッタリつけていた。彼女はシャーロット・ネヴィンズと仲良くなり、ペグ・ルーニーのことを親友だと話していた。

だがしかし、マリーは当初、自分がこの仕事を続けることに確信が持てなかった。出勤初日、彼女は口に筆を含むよう教えられたが、嫌だった。その日の昼食時に家に戻ったとき、母親に向かって職場には戻らないと言い切った。「自分の口に筆の穂先を入れるのが、とにかく気に食わなかった」からだ。

しかし、そんなためらいは長くは続かなった。彼女がその作業を嫌ったところで、翌日には工房に戻らなければならなかった。「お金のために彼女は残ったのです」と親戚の一人が重苦しく言った。そのような高い賃金に嫌とは言いにくいものだ。

ただ、マリーがお金目当てだったとは考えにくい。親戚は続ける。「お金は継父のものになりました。彼は非常に厳しく、とても恐ろしい男でした。彼女は稼いだお金を彼に渡さなければなりませんでした」。マリーはそれが嫌だった。彼女がとりわけ耐え難かったのは、自分以外の女工のほとんどが、給料を自由にできたこと、そしてT・ルーシー&ブラザーズのような店で最新のファッションに散財していたことだった。そこでは「コルセット、手袋、レース、リボン、アクセサリー、小物類」などが購入できたのだ。

マリーは自分の給料で、憧れのハイヒールの靴を買うことを夢見ていた。ある日、彼女はもう限界だった。お金を稼いでいるのは継父じゃない、私だ。そこで彼女は密かに決意した。その週の賃金をもらったら靴屋に直行し、苦労して稼いだお金を派手に使って、最高に素敵な一組のハイヒールを買うのだと。彼女にとって本当に最初のハイヒールになるのだ。そして、彼女はその通りにやった。店員に包装するには及ばないとさえ告げた。ハイヒールを履いたまま、店からそのまま外に出て歩いていくつもりだったからだ。「まさにあれこそがマリーでしたよ！」とある親戚は思い出しながら、嬉しそうに叫んだ。「ハイヒールを履いたまま家に帰れば、継父には何もできないことが分かっていたのです」

その通り、彼は何もできなかった。小切手を渡さなかったことで、マリーと継父は言い合いになり、結局それから彼女が一七歳のときに家を出た。高い賃金とやる気があったおかげで、彼女は十分やっていくことができた。

マリーが見せた威勢の良さは当時目新しく、時代を物語っている。なんといっても、狂騒の二〇年代だった。オタワのような小さな町ですらも、女性の自立と楽しげな時代の空気が街路に湧き上がり、変化の風を呼び寄せていた。文字盤塗装の女工たちは若さと美しさに溢れていたので、そこから飛び出して世界を見たくてたまらなかった。

そして、そうするのにぴったりの時代だった。あるオタワの住人が言う。「禁酒法の影響がここでは大きかったのですが、酒を飲んだり賭け事をしたりできるいかがわしい場所はたくさんありました」。それだけでなく、ビッグバンドに合わせて踊って楽しめるところもあった。文字盤塗装工たちは、二〇世紀ジャズ・ボーイズに、そのあとはベニー・グッドマンに合わせて踊っていた。一九二三年は、チャールストンが大流行しアメリカを席巻した年で、ラジウム・ダイヤル社の女工たちは、膝をひっきりなしに交差させながら、誰よりもうまく踊った。彼女たちの髪や波のようにうねるドレスは、付着したラジウムの蛍光塗料が光を添えて、彼女たちのパーティーをよりいっそう特別なものにした。キャサリン・ウルフは回想する。「女工の多くが上等のワンピースを着て出勤していました。そうすれば、仕事上がりでパーティーに行く頃には、それが発光する状態になっていたからです」

夜遊びは、女工たちが高級ファッションにお金をかけることのさらなる理由だった。最新の釣り鐘型の帽子、蝶結びのついたハイヒール、ハンドバッグ、真珠の首飾りを彼女たちは買った。また、大騒ぎするのは、仕事の後だけではなかった。勤務中も女工たちはとても楽しい時間を過ごした。オレンジと同じくオタワでも、会社の上司たち、つまりリード夫妻とマレー女史は一階で働いていた。彼らは二階の女工たちに自由に楽しんでもらっていた。昼食休憩のあいだ、彼女たちは余ったラジウム塗料を持って暗室に入った。新しい遊びの素晴らしいアイディアを思いついたのだ。

「私たちは残ったラジウム塗料を眉や唇やまつ毛に塗り、それから暗室でお互いに見せ合いました」とマリーは振り返る。オタワ工場では、午後の作業用に塗料の入った未使用の瓶が支給されたので、女工たちは、午前中の支給分の余りを完全に自分たちの自由にして良かった。マリーは自在に自身の鼻孔の周囲や眉毛に沿って、蛍光の混合物をひと塗りした。それから精巧に口ひげを描き、あごひげを面白く塗った。女工たちはみんなおかしな顔を作り、互いにそれを見せ合って爆笑した。シャーロット・ネヴィンズは回想する。「明かりを消すと鏡のなかに浮かび上がったものが見えて、私たちはひどく笑いました。暗闇のなかでみんなの顔がぼんやり光っていたんです！」

それにしても、こうした笑いにもかかわらず、それは妙に不気味な光景だった。暗室は太陽光が完全に入らないようになっていた。そこに光はまったくなかった。女工たちがその素肌に塗った塗料の光を除いては。彼女たち自身の姿は完全に見えなかった。見えたのはラジウム塗料だけだった。しかし、マリー自身が言うように、それはあくまで「ほんのお遊び」だった。

ますます多くの女工がラジウム・ダイヤル社に合流してきた。そのなかには、フランシス・グラチンスキ、エラ・クルーズ、メアリー・ダフィ、ルース・トンプソン、セイディ・プレイ、デルラ・ハーヴェストン、イネス・コーコランたちがいた。イネスは工房でキャサリン・ウルフの隣に座った。「明るくて生き生きとした女の子たちの集まりでした」とシャーロット・ネヴィンズはなつかしく思い出す。「オタワの女子のなかではもっとも魅力的でした。みんなで小さなチームを結成していました」。このチームで、一緒に働き、一緒に踊り、川や地元の景勝地であるスターブド・ロック州立公園でピクニックをした。

本当にとても楽しい時間だった。その穏やかで幸福な日々をキャサリンの甥が振り返る。「彼女たちはそれが永遠に終わらないと思っていたのです」

9

ニュージャージー州オレンジ
一九二三年六月

「恐ろしくて謎めいた病気」に倒れた女たち

狂騒の二〇年代はオレンジも同様だった、それなのに、グレース・フライヤーは踊りたい気分ではなかった。妙な感じだった。背中と足に軽い痛みがあるのだ。深刻ではないけれど、歩くとたしかに違和感がある。勤め先の銀行の女子行員たちは相変わらずパーティーを開いているのに、まったく踊る気にはなれなかった。

グレースはこの事実を自分の心の奥底へしまっておこうとした。前年にも多少のうずきや痛みはあったものの、それは出たり消えたりしていた。願わくは、いまのこの痛みが治ったら、とにかく完全に消え去ってくれれば良いと思っていた。彼女は、疲れすぎて体調が悪いだけだと考えていた。「単なる軽いリウマチだと思って、何もしませんでした」。グレースには、痛みのある足よりも、考えなければならないずっと重要なことがあった。職場で昇進し、彼女はいまや所属部門の長になっていたのである。

しかしながら、彼女を悩ませているのは、痛む足だけではなかった。さかのぼること今年の一月、グレースは定期健診のために歯科医を訪れた。そのとき歯を二本抜かれた。感染症は長引いたものの、その二週間後に彼女の歯は治った。それなのに、六ヶ月後の現在、抜歯した場所に穴が出現して、そこからやたらと膿が漏れ出ているのだ。痛くて、嫌な匂いがして、ひどい味がした。グレースは医療保険に入っていたので、この問題を片づけるためのお金の用意はあった。彼女は、医師たちがこの歯茎の異常を治療してくれるだろうと確信していた。

しかし、もしも彼女が同じニューアークの、自分からほんの数キロ離れた場所で起きていることを知っていたら、医者に対する自身の信頼を疑うのに十分だったかもしれない。グレースの元同僚のアイリーン・ルドルフは、治療のために、次から次へといまだに診察料を支払い続けていたが、それでも、症状を軽減できなかった。彼女はこれまでに手術と輸血を受けていたけれど、無駄だった。アイリーンの顎の腐敗は、少しずつ彼女を生きながら蝕んでいった。

アイリーンは自分自身が衰弱しつつあることが分かった。彼女の酷い貧血の身体全体に酸素を巡らせようと、心臓がその動きを速めるにつれて、耳に脈がバクバクするのが聞こえた。しかし、彼女の心臓が打つ早鐘が速くなればなるほど、彼女には、自分の命が無情にも衰えていくように感じられた。

オレンジでは、突然ヘレン・クインランの心臓の音が止まった。

一九二三年六月三日、ノース・ジェファーソン・ストリートの自宅で彼女は亡くなった。母親のネリーが一緒だった。亡くなったとき、ヘレンは二二歳だった。死亡証明書によると、彼女の死因はワンサン・アンギーナだった。これは細菌性疾患の一種で、苦痛を伴う進行性感染症である。歯茎から始まり、口や喉の組織へとじわじわと広がり——やがて腫れて大きくなり、潰瘍を生じさせ——最後は剝がれ落ちて、患者は死亡することもある。主治医によれば、彼女の病気がワンサン・アンギーナであるという診断が、臨床試験で断定されたかどうかは定かではないらしい。それにもかかわらず、彼女の死亡診断書にはそう書かれていた。
この病名の「アンギーナ」はラテン語のangere《アンゲレ》に由来し、「窒息する、または、喉を絞める」という意味である。最後に、彼女の口腔の腐敗が喉に達したとき、まさしくそのような感じでヘレンは亡くなったのだった。かつてスカートで風を受けながら走り、その姿で男友だちの目を釘付けにし、生きることへの情熱と自由で彼らを驚嘆させたその女の子が。彼女はそのひどく短い人生を生きているあいだに、出会った人びとに鮮明な印象を残して、いま、突然死んでしまったのだ。

六週間後、アイリーン・ルドルフがヘレンの後を追った。一九二三年七月一五日昼の一二時ちょうどに、その前日に入院したばかりのニューアーク総合病院で彼女は亡くなった。享年二一だった。彼女の死亡時に、顎の骨の壊死が「完了した」。彼女の死因はその職業にあったのに、リン中毒だとされた。彼女の臨終に立ち会った医師によって「疑う余地はない」と下された診断だった。

キャサリン・ショウブは悲しみで打ちひしがれると同時に、腹が立ち、混乱した。キャサリンは、彼女が言うところの「恐ろしくて謎めいた病気」で、いとこのアイリーンが苦しみ抜いたすべての段階を見てきたのだ。病気の原因が工場の仕事ではないかという懸念を、アイリーンがアレン先生に伝えたことをキャサリンは知っていた。しかしそれ以降、家族は何も聞かされていなかった。彼らは、［労働局の］ジョン・ローチやサマトルスキ博士の名前を知らなかった。後者の化学博士が検査の結果、下した所見についても何も知らなかった。実のところ、サマトルスキの報告や、二名の検査官の報告を検討した後でさえ、労働局は何の行動も起こさなかった。

何の行動も起こさなかったのだ。

キャサリンは、若くて、頭が良くて、決断力のある女性だった。行政機関が何もしないつもりならば

――よろしい、そういうことなら自分でやるしかない。七月一八日、ショウブ家はアイリーンを埋葬した。なんという短くて悲しい人生だったことか。翌日、悲しみとその理由なき死に促されて、キャサリンはフランクリン・ストリートにある衛生局へ赴いた。彼女には、作成して欲しい報告書があった。そして、そこの職員にアイリーンとその悲劇的な死について話した。一年前にモリー・マッジャが同じ種類の中毒で亡くなったことも重ねて伝えた。オレンジのオールデン・ストリートにある、米国ラジウム社が原因です、と彼女は念を押した。

「さらにいま、また一人、別の女工が問題を訴えています」と彼女は伝え、それからきっぱりと言った。「女工は自分の唇で筆の穂先を尖らせなければいけないことになっています」。それこそが、すべての厄介ごとを引き起こしたのだ。すべての激しい苦痛を。

すべての死を。

報告は受理された。これで当然手を打ってもらえるだろうと考えたキャサリンは、期待しつつ帰路についた。

キャサリンの訪問についてのメモは、たしかに受理され保管された。そのメモの最後に、「ファイトという名の工場の業務責任者によれば、彼女の訴えは虚偽である」とだけ書いてあった。

そして、それだけの話だった。

ヘレンとアイリーンの死は、少なくとも元同僚たちには間違いなく知られることとなった。「工場で

一緒に働いていたたくさんの知り合いの女工たちが、驚くほどの速さで次々と亡くなり始めました」とクインタ・マクドナルドは述べた。「みんな若い女性で、健康だったのに。奇妙でした」

しかし、その夏、クインタは自分の家族のことで手いっぱいだったので、この奇妙な状況についてそれ以上考える暇がなかった。七月二五日、二人目の子供であるロバートが生まれた。「私たちはみんな一緒で、ものすごく幸せでした」と彼女は当時を振り返る。彼女と夫のジェームズは、幼い長男と長女とともに、いまでは申し分のない家庭を築いていた。子供たちの伯母のアルビナは、甥と姪二人を溺愛しながら、自分にも一人目の子供が授かるのを待ちわびていた。

クインタは妊娠中、たいていの女がそうであるように、足首が腫れた。〔長女の〕ヘレンのお産が比較的楽だったのに対し、今回のロバートは大変だった。難しいお産で、鉗子が用いられた。ロバートの出産後、自分の体調はすぐに良くなるだろうと思っていた。しかし、良くなるどころか腰痛を発症した。しかも、相変わらず足首の不具合に悩まされていた。「足を引きずって歩いていました」と彼女は振り返る。クインタは家庭用の治療薬で病気に対処していた。そうしているうちに、「ある夜眠りについたところ、次の日の朝、足の骨のひどい痛みで目が覚めたのです」。彼女は地元の医師を呼んだ。医師は彼女にリウマチの治療を始めた。彼の往診代は一回につき三ドル（現在の価値で四〇ドル）だった。彼女とジェームズは新生児のことを考えると、できることならそれ以上追加の費用を支払わずに治療を済ませたかったものの、それでは彼女の痛みを取り除くことができないように思われた。

その年の終わりまでに、彼女は八二回も医者にかかることになった。

一九二三年の夏が終わりに近づく頃、七月の半ばに受理されたキャサリン・ショウブの訴えが、ついにオレンジの保健衛生官であるレノア・ヤングによって調査されることになった。衛生官は亡くなった女工たちの記録を調べた。そしてモリー・マッジャが梅毒で、ヘレン・クインランがワンサン・アンギーナでそれぞれ亡くなったことを知った。

「私はファイトに連絡を取ろうと努めました」とレノアは言った。続けて「しかし、彼は街を出てしまっていました」と付け足した。結局彼女は何もしなかった。「私は調査をそこでやめてしまいました。この件は無視されてしまったので……けれども、私の頭から完全に消えてしまったわけではありませんでした」

もし文字盤塗装の女工たちが、レノアがやろうとして断念した調査の話を知ったとしても、ヘイゼル・ヴィンセントを含む、苦しみが続く女工たちにとって、レノアの言葉は何の慰めにもならなかっただろう。ヘイゼルはいまだに歯槽膿漏の治療を受けていたし、抜歯されてもいた。彼女の歯は、まるで一人、また一人と、古くからの友だちが死んでいくみたいだった。しまいには、自分の口がまるで赤の他人のように感じられた。いまでは、働くことがもはや不可能なレベルで痛みが耐え難いものになっていた。

ヘイゼルの友人や家族は、その様子を見ていられなかった。とりわけ、一〇代の頃から彼女を愛し続けてきたテオは。まるで自分の未来が腕のなかで崩れ落ちつつあるような感じだった。彼は彼女が通う医者や歯医者の費用を自分に支払わせてくれと懇願した。しかし、彼女は彼のお金を受け取ることを渋った。

テオはこのままで我慢するつもりはなかった。彼女は自分が愛する女性なのだ。たとえ彼女が恋人として自分から援助を受けるつもりがなくても、彼女が自分の妻だったらそれを受け入れるのではないか。そういうわけで、ヘイゼルの病状は重かったけれど、テオは彼女と結婚した。もしも彼女が自分の妻だったら、彼はもっと彼女の面倒を見ることができると信じたからだった。彼らはともに祭壇の前に立った。

そしてテオはヘイゼルを愛し続けることを誓った。病めるときも、健やかなるときも……。

同じ秋、病気で苦しむラジウム・ガールは、新婚の花嫁だけではなかった。一九二三年一〇月、工房での仕事を続けていたマルグリット・カーロフは、激しい歯痛に襲われて、顔が腫れあがった。その翌月の一一月、若い女性がさらにもう一人病気になった。

「歯が痛くなり始めました」。キャサリン・ショウブだった。

キャサリンは、アイリーンの病気がどういう経路を辿っていったか、目の前で見てきた。キャサリンが口に痛みを感じたとき、恐怖が彼女を雷鳴のように貫いたに違いなかった。けれども、勇敢だった彼女は現実から目をそらさなかった。それどころか、一一月一七日、アイリーンを治療したまさに同じ歯科医のもとへ赴き、彼女のときはあらゆる試みが徒労に終わってしまったが、今度はいとこの自分を助けられそうかと尋ねた。バリー先生はキャサリンの歯を二本抜いた。それらの歯を調べたところ、「火打石のような硬さがあるが同時に脆く」、簡単に崩れてしまうことに気がついた。彼はキャサリンのファイルに書き添えた。「患者はオレンジのラジウム工場に雇われている。アイリーン・ルドルフと同じ職場である……」。彼女はまたすぐに診察に来るように言われた。

そして彼女はそうした。何度も何度も。抜歯の後、歯茎が治らなかったので、バリー先生の診療所をたびたび訪れた。初診後の一ヶ月で五回通院し、一回の治療費が二ドル（現在の価値で二七ドル）、さらに抜歯だけで八ドル（同上一一一ドル）かかった。キャサリンは愚かではなかった。彼女は心配そうに言った。「アイリーンのことを考え続けていました。彼女の顎の病気についても（…）アイリーンと私の症状には何か関係があったのです」。そして気づいてもいた。「アイリーンの顎は壊死していき……彼女は死んでしまった」

キャサリンの持ち前の生き生きとした想像力は、アイリーンの苦しみを目撃し、その病気について知ってしまったことで、いままさに膨れ上がっていた。それはやがて、絶え間なくちらつき続ける映画フィルムのリールのように、これから自分に待ち受けている運命を、サイレントで何度も何度も上映した。彼女は「ひどいショックを受けて」、激しい神経症にかかり心を病んでいった。キャサリンの状況がいまだ改善しない一九二三年一二月一六日、また一人、同僚だったキャサリン・オドネルが亡くなった。医師たちは彼女の死因を肺炎および肺の壊死であると言ったが、もう一人のキャサリン（・ショウブ）には確かなことは分からなかった。そういうわけで、死んだキャサリンは、新たなゴースト・ガールとして、まだ生きているキャサリンの脳内に取り憑いた。彼女は、半年前にアイリーンが眠った同じ墓地に埋葬された。

本当に多くの女の子が苦しんでいた。クリスマスが近づく頃、グレース・フライヤーは、顎の調子が良くなっていると感じる一方で、背中と足の痛みがひどくなっていることに気づいていた。「足が固まってしまい、曲げることができませんでした」と彼女は振り返る。「歩くときは、足の甲を地面に水平に固定した状態で歩かなければなりませんでした」。それなのに、その秋のあいだずっと、グレースはどれだけきつくても我慢し続けて、誰にも助けを求めなかった。「私は病気について、誰にも話しませんでした」

しかし、彼女は両親の目を欺くことはできなかった。父ダニエルと母グレースは、自分らの長女が日々の生活を送るのを見ていた。銀行へ通勤し、家事を手伝い、幼い甥や姪と遊び、そして、彼女の歩き方が変わってしまったのを見た。以前は、いつも自信にあふれて、まるで何の制約も受けないかのようだったのに、彼女はその意に反して、足を引きずっていた。両親はそんな彼女の変化を見過ごすわけにはいかなかった。

グレースは自分の負けを認めた。「一九二三年の終わりが近づいてくると、病状が目立つようになりました。両親に医者に見せなさいと強く言われました」。彼女はおとなしく、オレンジにある整形外科病院に一九二四年一月五日の予約を入れた。

その前にクリスマスだった。一九二三年のクリスマスイブにはマルグリット・カーロフが途方に暮れていた。秋のあいだずっと、彼女は体調が悪化しつつあったにもかかわらず、工房の仕事を続けながら苦闘していた。ところで、一九二三年の終わり頃、リップ・ポインティングが中止された。現場監督のジョゼフィン・スミスは打ち明ける。「口で筆先を尖らせることについて、会社から警告が発せられたとき、女工たちはこう説明されました。リップ・ポインティングを禁止する理由は、口内の酸が塗料の接着剤を駄目にするからだ、と」

マルグリットは新しい命令に従った。ただし、仕事のことは彼女の頭になかった。というのも、もはや以前のように集中することができなくなっていたからだ。極度の疲労に襲われて、青ざめて衰弱し、一〇月から始まった歯の痛みで正気を失いつつあった。食べることができず、体重は警告音が鳴るほどの速さで落ちていった。彼女が好んでいた仕立てのかっこいい服は、いまや骨だけになった身体から垂れ下がり、ガリガリに痩せた彼女に合わなくなってしまった。

翌日の一二月二四日、職場を出たときにはそのことに気づいていなかったが、マルグリットにとって、その日が職場での本当の最後の日になってしまった。同日の夕方、歯科を訪れたことがその理由だった。とくに痛む二本の歯があったので、歯科医は両方ともその日に抜いたほうが良いと助言した。マルグリットは抜歯に同意した。

歯科医がその二本の歯を抜いてみると、腐った顎の骨の一部も一緒に抜けてしまった。マルグリットはその後、職場に戻ることはなかった。その代わり、妹のサラ、姪のマルグリット、そして両親のいる家に帰った。そして、彼らに何が起こったのか説明しようとした。彼女にひどいことがあった後だけに、クリスマスは地味で重苦しい日になってしまった。それでも、少なくとも家族はみんな一緒だった。この冬、家族のだれかが欠けてしまったニュージャージーのほかの家のことを考えると、それだけでありがたいことだった。

その同月、カーロフ一家、そして文字盤塗装工の誰も知らないうちに、米国公衆衛生局は、ラジウム作業員についての公式報告書を発行した。そこには、調査を受けた職員のなかに、深刻な体調の不具合は見つからなかったと書かれていた。ただ、調査された九人の技術者のうち、肌のただれが二例、貧血が一例あったことが明らかになっている。その結果、全米に公式の勧告がなされた。ニュージャージー州、イリノイ州、コネティカット州、三つ目の州では、ウォーターベリー・クロック・カンパニーが自社製品の文字盤塗装をおこなっていた。ラジウムが使われるすべての場所に対する勧告だった。そこには、ラジウムを扱うものは、最大限に安全措置を講ずるべきであると記されていた。

10

イリノイ州オタワ
一九二三年

記念写真のなかの彼女たちは、若くて幸せで健康だった

ラジウム・ダイヤル社で働くその作業管理者は、手の汚れを自分の作業着で拭った。彼は夜光塗料まみれで、作業着はそのせいでゴワゴワだった。彼の顔で汚れていない唯一の場所は、噛み煙草の二本の太いよだれの痕だけで、それは顎に向かって垂れ落ちていた。彼は作業中になにかを噛むのが好きだった。彼だけではなかった。文字盤塗装工たちも自分たちの机のうえにキャンディを常備していたし、文字盤を一枚仕上げて次に取り掛かるあいだに、手も洗わずにそれらを食べていた。こうした習慣は、一〇代の従業員の女の子たちが好んだ。時間が経つにつれて、オタワ高校の現役の生徒が作業員に含まれるようになっていた。彼女たちのなかには、「次の学年に進級する前の夏休みに、二、三週働くものもいれば、数週間にわたって働くものもいた」。ちょっとした小遣いを稼ぐためだった。

オレンジと同様に、女工たちは工房の仕事に友人や家族を誘っていた。その古い高校は、働くには素敵な建物だった。巨大なアーチ型の窓と高い天井の、壮大なヴィクトリア朝風の煉瓦造りの建造物だった。フランシス・グラチンスキはワクワクしていた。彼女の二歳下の妹のマルグリットが、二階の作業

部屋の仲間に加わることになったのだ。キャサリン、シャーロット、マリー、ペグ、そしてほかのみんながいた。マルグリットは、「器量良し」と評されるかわいい女の子で、彼女と姉はポーランド系だった。女工たちはまた、一五歳のヘレン・ムンクも歓迎した。彼女はやせ型で、浅黒い顔に真っ赤な口紅を引き、その色に合わせたネイルも塗っていた。彼女はいわゆる「年がら年中外に出ていたがる」タイプだった。

これらの一〇代の女工たちと違っていたのは、パール・ペインという既婚女性で、近隣のウチカから通っていた。パールがラジウム・ダイヤル社に勤め始めたのは二三歳のときで、他の同僚たちよりだいたい八歳くらい年上だった。一九二二年、彼女はホバート・ペインという、ほっそりして背の高い眼鏡をかけた電気工と結婚した。そして彼のことを「理想の夫」だと言った。彼はよく冗談を言う、子供好きの夫で、周囲のみんなに「非常に聡明な男」と呼ばれていた。

実のところ、妻のパールも大変利口だった。彼女は一三人の兄妹姉妹の長女で、お金を稼いで家計を助けるために、一三歳で学校を辞めなければならなかった。彼女は、「働き始めた後も夜学に通い、家庭教師をつけて、中学の七年生・八年生そして高校一年生の課程を修了しました」と明かした。彼女の働きながらの勉強は、そこで終わらなかった。第一次世界大戦中、彼女は看護師の免許状を取り、シカゴ病院で看護師として働き始める準備をすべて整えた。しかしそのタイミングで、彼女の母が病気になってしまった。パールは母の看病のために看護師になることを断念した。その後、母親は元気になり、パールはふたたび働き始めた。それが、文字盤塗装工だった。看護師になるよりも給料が良かったので、結局その仕事をやることになった。

パールはとくにキャサリン・ウルフと馬が合った。パールは優しい女性だったので、「彼女の口から意地悪な言葉を聞いたことはただの一度もない」と甥のランディは言う。パールとキャサリンの性格はぴったりと一致していた。そのうえ、二人は親類を看病する経験を共有していた。キャサリンは年老いた叔父と叔母を世話する責任を負っていた。そんなこともあって、彼女たちは親しくなった。パールより三歳年下のキャサリンは、パールのことを「一番大切な友だち」だと言った。不思議なことに、二人は見た目もそっくりだった。パールも豊かな黒髪に白い肌をしていた。彼女のほうが、キャサリンよりも丸顔で、体型もふっくらしていて、髪もカールしたクセ毛だったけれど。

パールは、シャーロット・ネヴィンズとはほんの数ヶ月だけ一緒に働いた。一九二三年秋に、シャーロットは裁縫師になるためにラジウム・ダイヤルの仕事を辞めた。彼女が文字盤塗装工だったのは、たった一三ヶ月だった。しかし、オレンジの場合と同様に、一人の女工が去ると、一ダースあまりの女の子が後釜に座ろうと押しかけてきた。オリーヴ・ウェストが工房に加わり、キャサリン、パールと親しくなった。工房でのあらゆる仕事は、マレー女史の代理である、副管理責任者のリード氏が監督していた。彼は女工たちとたびたび冗談を言い合った。彼がたまに女工たちが働いている現場に入っていくと、彼女たちによくからかわれた。互いが互いにきついジョークを飛ばし合っていたものの、それは一種の愛情のこもったやり取りだった。ある若い女工が振り返る。「私は結婚することになっていて、その日の朝きれいなワンピースを着て職場に行ったのを覚えています。私は現場監督のリード氏に、自分は仕事を辞めてもうすぐ結婚する予定だと話しました。彼は冗談で言いました。『戻ってくるなよ、おまえの仕事はないんだからな！　ってね』」。しかし彼女は話をこう締めくくった。「結婚の数週間後には、仕事に復帰してやったんです」

リード氏は耳が不自由だったので、女工たちは彼が聞こえないのをいいことに、彼に言い返すこともあった。しかし、それはまったく悪気のないもので、彼女たちは彼と働くのを楽しんでいた。ペグの妹のジーンが言う。「そこの従業員で、みんなと仲良くしないひとの話を一度も聞いたことがありません。一度も。全員がお互いに広い心で感じ良く接していました」

あまりにも職場の雰囲気が心地良かったので、ペグ・ルーニーはその仕事をすっかり気に入ってしまい、学校の教員になるというかつての夢を完全に忘れてしまっていた。彼女は極端に真面目だったので、文字盤を家に持ち帰りさえした。そして、自分の大家族と一緒に暮らしている線路沿いの狭苦しい家のなかで、文字盤の数字に注意深く筆入れした。

ペグの妹ジーンは、「姉は私たちの面倒をすごく良く見てくれました」と自分と兄妹が受けた幸運を振り返った。もう一人の妹のジェーンは、ペグが彼女に、白い縁飾りのついた華やかな濃い青のドレスを買ってくれたことを思い出した。それはジェーンの八年生の卒業式用で、みんなが式で着るような立派な贈り物だった。妹たちの意見は全員同じだった。「彼女は、これ以上望むべくもないような素晴らしい姉だったんです」

ペグは彼女の給料と仕事だけでなく、工房で身につけた遊びも家に持ち帰ってきた。「彼女は『暗闇へ行こう！』という遊びで幼い弟妹たちを楽しませました」と、ペグの姪のダーリーンが打ち明ける。その遊びでは、蛍光塗料で口ひげをつけた小さなきょうだいたちが、一列に並んでぼうっと光っていた。彼らの小さな寝室にプライバシーのために吊り下げた仕切り用の毛布の陰で、彼らはフワフワ光る妖精となった。ペグの妹でもっとも年が近かったキャサリンはそこで見たすべてに心を奪われて、ペグの工房の仕事に加わりたがった。結局、彼女はそうしなかったが、誰もがそこで働きたがったのだ。

だから、パール・ペインは、ふたたび母親の看病のために仕事を辞めねばならなくなって——文字盤塗装工になってまだほんの八ヶ月だった——ひどくがっかりした。彼女は、少しもねたんだりするような種類の性格ではなかったので、友人たちにただ さよならを言うと、ウチカに戻っていった。そして母親の体調が良くなった後もそこに残り、家を守った。工房に戻ることはもう頭になかった。彼女は次の夢、すなわちホバートと家族になることに注意を向けていたからだ。

一九二〇年代の終わりに、ラジウム・ダイヤル社の上司たちが会社の記念写真を撮影したときに、パールがそこにいなかったのはそういう理由だった。女工たち全員が（その日は一〇〇名あまりが撮影に参加した）列をなして工場の外に出て、写真を撮られた。そこには男性従業員もいたが、本社の役員はおらず、リード氏と彼の同僚の作業監督者たちだけだった。〔その記念写真のなかで〕男たちは女工たちの一番前で地面に胡坐《あぐら》をかいている。リード氏は白いハンチング帽を被り、いつもの黒い蝶ネクタイをしている。女工たちは男たちの後ろに整列し、ベンチに座っている列と、古い高校の名残であるひな壇に立っている列がある。文字盤塗装工たちの三列はどれも、非常にご機嫌な女の子たちの集まりに見える。その多くが、髪形を最新のフラッパー・スタイルの短いボブに整え、ローウェストのワンピースを着て、長いスカーフや真珠のネックレスで飾り立てている。「私たちは外出用のワンピースを着て工場に通ったものです」とキャサリン・ウルフは言う。それにしても、彼女たちのワンピース姿はなんて素敵なのだろう。

キャサリンは一番前の列に座り、その記念写真の真ん中にいて、そのすぐ右にリード氏とマレー女史がいる。これはおそらくキャサリンが先輩格だということのしるしだった。もっとも長く勤めている従業員の一人として、彼女はいまでは信頼できる作業員であり、時折、文字盤塗装を超えた職務を担うこともあった。この日、彼女はふくらはぎまでの長さの黒いワンピースを着て、長い黒ビーズのネックレスをしている。彼女の手や足は、いつもそうしていたように、きちんとそろえて重ねられている。彼女は、次々と冗談を言い、大きな身振りで話すマリー・ベッカーとは異なっていた。

いまや、女工たちは全員、冗談好きもおとなしいものも、真面目なものも無関心なものも、カメラマンに向かってじっと動かないでいる。互いに抱き合っていたり、腕を組み合ったりもしている。みんなで詰めてくっついて座り、カメラをじっと見つめている。そしてシャッターが押されると、一瞬のうちに時の流れが止まり、全員がそのなかに閉じ込められた。ラジウム・ダイヤル社の女の子たちは、工房の外にいて、永遠に若くて幸せで健康だった。

少なくとも、その写真のフィルムのなかでは。

11

ニュージャージー州ニューアーク
一九二四年

医師たちの困惑

バリー博士のこれまでの歯科医人生で、一月がこんなに忙しかったことはなかった。患者が次々と診療所のドアから入ってきた。女たちは青白い手で痩せこけた頬に両手をあてて、隠しきれない不安を目に浮かべながら、怪訝そうに、どこが悪いのかと彼に尋ねるのだった。

なかでも症状が一番重いのは、おそらくマルグリット・カーロフだった。彼女の初診は一月二日で、最近の抜歯によって顎の壊死の進行が始まった痕跡が見られた。それは、多くの女工に見られるものだった。キャサリン・ショウブもふたたび治療に戻っていた。新婚のヘイゼル・キューサーは、バリー博士の相方であるデイヴィドソン先生が治療にあたっていた。USRCのオレンジ工場の現場監督であるジョゼフィン・スミスとその妹ジュヌヴィエーヴも治療を求めていた。ジュヌヴィエーヴはマルグリット・カーロフの親友で、彼女の具合を非常に心配していた。

彼女たちには全員、程度の違いこそあれ、〔顎の〕骨に似たような斑点の症状が認められた。彼女たちは全員、二人の歯科医には治療法が分からない病気を抱えていた。ただし、歯科医らは自分たちの困惑を女工たちにけっして悟らせなかった。文字盤塗装工たちも、彼らを問いただすような大胆さは、いずれにせよ持ち合わせていなかっただろう。

キャサリンは振り返る。「バリー先生は、ご自分がされていることをご存じのようでした。だから、なぜ私の症状が良くならないのか先生に尋ねることはできませんでした」。キャサリンの神経は相変わらず最悪の状態だった。彼女は一日を乗り切るのがやっとだった。ましてや、複雑な医学的問題について落ち着いて考えるなんてとても無理だった。

バリー博士の以前からの主張が、非常に多くの女工たちの症例によって、いまこそ証明されているように思えた。問題は職業にある。悪いのは蛍光塗料に含まれるリンであると、彼は心の底から信じていた。彼女たちの症状がリン性壊死のそれとあまりにも似ているのだ。問題の核心はリンであるに違いなかった。

その一月、顎の痛みにもかかわらず、スミス姉妹はまだ工房で働いていた。ここで、バリー博士は彼女たちに最後通告した。仕事を辞めなさい、さもないと治療を拒否する、と。

ジョゼフィン・スミスは彼の警告を無視した。とはいえ、友人たちの病気を知っていたので、作業時に予防措置を取ることにした。自分の班が使う分のラジウムを計量する際に、口と鼻をハンカチで覆い、その粉を吸い込まないようにした。

病気に苦しむ女工の一部が工場でまだ働いていたせいだろう、バリー歯科医が警告を出したという噂が、すぐにUSRCの管理層の耳に入った。彼らにとっていささか困った事態だった。事業は順調だった。アーサー・ローダー社長率いるその会社は、多くの病院や医師たちに加えて、アメリカ海軍および陸軍航空隊とも契約を結んでいた。いまでは、アンダークは政府機関が使用する標準的な物質として認められていた。会社は明らかに、これらすべての商機をだれにも邪魔されたくなかった。それゆえに、女工たちがおそらくそうだったように、会社もバリー博士の噂が広がっているのを聞きつけて、一九二四年一月、保険会社に手紙を書くことにした。問題がないことを念押しするためだった。その手紙はこうだ。「近頃、複数の個人、とくに歯科医が意見を出したり噂を流したりしている。彼らの主張によると、我々の文字盤塗装部門での作業が有害であるということ、そして、その作業によって、元作業員の一人（おそらくマルグリット・カーロフのこと）に健康被害が出ているとのことである。彼らは、ほかの作業員に、我々の工場での勤務を辞めるよう勧めている」

この文書のなかに、モリー・マッジャ、ヘレン・クインラン、アイリーン・ルドルフ、キャサリン・オドネルの死亡事実が取り上げられていないことは、特筆すべきことかもしれない。しかし、これら四人の女性たち全員が工場の仕事を辞めたのは、亡くなるよりかなり前のことで、その後数年が経過していた。それに、彼女たちの死について、会社は関心がなかったか、ひょっとすると知らなかったということも十分ありえる。たとえ偶然知ることがあったとしても、職業病だとされていたのはアイリーンの死亡例だけだった。医師たちは彼女の死因をリン性壊死だと考えており、また、会社は自社の塗料にリンが含まれていないことは分かっていたので、彼女の死に関して自社が疑われる根拠はないと安心したはずだ。会社にしてみると、このように考えたのかもしれない。アイリーンはいずれにせよ孤児で、両親も若くして亡くなっている。この遺伝的形質に鑑みると、彼女もおそらく長くは生きられなかっただろう。アイリーン以外の三名はどうかというと、たとえ会社の誰かが、元従業員たちの謎めいた死について調査したとしても、キャサリンは肺炎で、ヘレンはワンサン・アンギーナで、モリー・マッジャは（みんなが知っての通り）梅毒で亡くなったと、正式に認められていた。この会社は創業から現在までのあいだに、一〇〇〇名以上の女工を雇ってきたのだから、うち四人亡くなるのは、予想範囲内のことだったのかもしれない。それゆえ、会社は自信たっぷりに手紙を締めくくった。「我々の工場での仕事にそのような危険があるとは、まったく認められない」

しかし、この時点になると、元文字盤塗装工たちの意見は会社とは異なっていた。一月一九日、バリー博士の診療所で集まりがあり、少なくとも、キャサリン・ショウブ、スミス姉妹、マルグリット・カーロフが出席した。彼女たちは、次第に懸念を深めつつあった歯科医とともに、自分たちに共通する症状について話した。キャサリンは振り返る。「私たちはラジウム工場での仕事について議論しました。職業病の話も出ました」。彼女たちはみな「何か深刻なことが起きつつある」ことで一致した。

そうは言っても……彼女たちにいったい何ができるというのだろう。キャサリンはとっくに衛生局に訴えたのに、これまで何の返答もなかった。工場に何らかの問題があるということを暗示する痕跡はあるのに、〔具体的に〕何が病気の原因なのか本当に誰にも分からないのだった。それに、彼女たちがより急を要していたのは、病気の原因ではなく、とにもかくにも治療法を探し出すことだった。それが無理でも、少なくとも痛みを和らげて欲しかった。自分たちの身体のことが一番の関心事だった。ヘイゼル・キューサーは患部の痛みが辛すぎたため、いまではほとんど継続的に苦痛緩和剤を摂取していた。マルグリット・カーロフは、自分の顎を治療してもらえると期待して、バリー博士のところにやってきた。しかし、彼女は落胆することになった。「私は次の理由で彼女の手術を断ったのです」とバリー博士は言う。「アイリーン・ルドルフとキャサリン・ショウブに関わる過去の経験は、私に教訓を与えていました。どんな手術でも、それを試みた瞬間に症状が悪化するのです。初診で見たときよりもずっとひどくなってしまう」。そういうわけで、女の子たちが歯の痛みに苦しんでいるにもかかわらず、バリー博士は抜歯することを拒んだのである。脅える女工たちに彼ができることは、彼女たちを観察下に置き、見守り続けることだけだった。

バリー博士は、自分にできることがほかに何も見つからなかった。たしかに、彼は助けを求めて、ニューアークの凄腕の内科医ハリソン・マートランド博士に相談してみた。だが、マートランド博士がいざ女工たちを診察してみると、彼もまた困惑してしまった。「その歯科医院で数名の女の子を診察したあと、私はその問題への興味を失った」とマートランド博士は後日書いている。

女工たちはふたたび自分たち以外に頼るものがいなくなった。

オレンジの整形外科病院のすぐそばでは、グレース・フライヤーが他の女工たちと同じく運に見放されていた。両親との約束通り、一月五日の予約日にロバート・ハンフリーズ博士のところに行き、痛みのある背中と足を診察してもらった。ハンフリーズ博士はその病院の医長であり、「非常に優秀な男」だった。彼は四〇代のカナダ人で、グレースの訴えに注意深く耳を傾けた。そして、足の筋肉の硬直および慢性関節炎と診断した。彼は彼女の患部を数週間サポーターベルトで固定したが、ほとんど改善が見られなかったことを憂慮していた。

ハンフリーズ博士は前年の春、ジェニー・ストッカーという名の、別の若い女性を治療していた。「いまの」グレースの勤務先が銀行であるせいで、彼のなかでジェニーとグレース・フライヤーが結びつかなかった。しかし、ジェニーは一九二二年まで文字盤塗装工だったし、彼女とグレースは大戦中一緒に働いていたのだ。ジェニーには「膝にとても奇妙な症状が見られ」、彼女の治療をしてからずっと、ハンフリーズ博士はその症状に当惑し続けていたのだった。

一九二四年の最初の月、ニュージャージーのいたるところで、本当に多くの医師が混乱していた。それなのに、彼らは自分たちの所見を共有しなかったので、それぞれに観察された症例は孤立していた。一月が終わりに近づく頃、テオとヘイゼルのキューサー夫妻は、ほかに治療してくれるところを探す決意をした。ニュージャージー州はニューヨーク市からほんの少ししか離れていなかった。ニューヨークでは、世界でもっとも優秀な医者や歯医者が開業しているのだ。一月二五日、ヘイゼルは勇敢にも痛みに耐えながら、セオドア・ブラム博士の診療所で治療をしてもらうために、ビッグアップル〔ニューヨーク〕へと向かった。

ブラム博士はアメリカにおける最初の口腔外科医の一人で、歯の診断にエックス線を先駆けて用いた一流の専門家だった。彼の診察料は法外だったが、結局テオが、彼に診てもらうべきだと主張したのだった。請求書の支払いのお金は、自分たちの家具を質に入れれば借りられるだろうと、彼は説得した。ヘイゼルの痛みが和らぐなら、ブラム博士がこの終わりのない腐敗を止められるなら、絶対にその価値があるのだ。

テオ・キューサーは機械工であり、裕福ではなかった。彼の家族もそうだった。同じテオという名の父親は郵便配達員だった。テオ・シニアは老後に家を買うための貯金をしていた。しかし、彼はいま、その貯金の一部をヘイゼルの治療費に充てるよう息子に申し出た。息子はそれをありがたく受け取った。そしてヘイゼルは、予約の期日通りにブラム博士の診察に赴いた。

ブラム博士は禿げかかった頭の男で、きちんと整えられた口ひげをたくわえ、額は広く、眼鏡をかけていた。彼はヘイゼルに自己紹介して診察を始めるとすぐに、彼女のような症状は、これまで一度も見たことがないことに気がついた。彼女の顔は「口内炎」で腫れあがっていた。しかし、彼をもっとも当惑させたのは、顎の骨の症状だった。まるで、ほとんど「虫に食われた」ようだった。文字通り、骨に複数の穴があいていたのだ。

それにしても、いったい何がこのような症状を引き起こしたのか。ブラム博士は思案していた。ブラム博士には高い診療代の価値があり、彼は後に蛍光塗料のなかに、原因となる化学物質を特定しようとした。結局無理だったけれど。とりあえず、彼はヘイゼルの過去の治療記録と雇用記録を取り寄せて、暫定的に診断を下した。彼女は「放射性物質による中毒」の被害を受けている、というものだった。博士は彼女に顎の手術を受けさせるために、ニューヨークのフラワー病院に入院させた。それは、ヘイゼルが耐えなければならない最初の手術だったが、しかしそれが最後にはならなかった。

たしかにブラム博士は診断してくれた。敏速に専門的な治療もしてくれた。しかし、彼はテオが求め続けていたあることだけは与えてくれなかった。希望である。それだけを彼は心から望んだ。トンネルの終わりに光があることを知りたかった。テオとヘイゼルがこの苦しみを通り抜けて反対側に出れば、光輝く日々が始まることを知りたかった。その次の日も次の日も、それがずっと続くことを。

代わりに、ブラム博士は彼に言った。「回復の見込みはほとんどありません」。いまや、世界中のお金を全部集めても、彼の妻を救うことはできないのだった。


―――

ラジウム・ガールたちの苦境を、オレンジのコミュニティは見過ごさなかった。その同月、一人の公共心の強い住人が、オレンジにあるその工場に関心を向けさせるために、労働局に投書した。今回は、労働局のジョン・ローチの上司である局長のアンドリュー・マクブライドが介入し、彼は保健衛生官のレノア・ヤングが前年の夏に実施した調査について厳しく取り調べた。彼女は「無関心」を装っていたことを謝罪し、病気に侵された女工たちと面談した後、公衆衛生局に援助を求めるべきであると提言した。

それに対し、マクブライドは、そうするための正当な理由となる十分な証拠がないと感じていた。彼の論理は政治的なものだったのかもしれない。というのも、労働局は企業寄りの組織だったからだ。州法のもとでは、たとえ、ある工業プロセスが有害だからといって、それを中止させる権限が労働局にはなかった。こうしたいくつかの理由で、今回も労働局は工場が無罪だと認め、文字盤塗装工の病気に関する調査を完全にやめてしまった。ますます多くの女工が同じ病気の症状に襲われているにもかかわらず、彼らはこの決定を下した。

手詰まりだった。診断もない。病気の原因の手がかりもない。あのオレンジのラジウム工房で本当は何が起きているのか、明らかにしようと骨を折るものはいなかった。

ところがそのとき、思いがけないところから、その手詰まりが解消されることになった。米国ラジウム社それ自体である。

より多くの女工が病気になるにつれて、会社は、大戦中の全盛期とは著しく対照的に従業員を採用するのに「相当な困難」に直面していることに気づいた。たくさんの女工が辞めてしまった。そして後任になりたがるものもいなかった。いまや生産は停滞したままだった。一九二四年二月二〇日、ジュヌヴィエーヴ・スミスもまた、親友のマルグリットの病状の悪化にショックを受けて辞表を提出した。これが会社にとって決定的な一撃になった。副社長のファイトは、ジュヌヴィエーヴが辞めようとしている理由を探し出すよう命じられた。そして彼女からバリー博士の最後通告について聞きだした。この歯科医は、自身の突拍子もない主張を根気よく持ち続けていたのだった。

作業員の欠員は会社にとって重大な問題だったものの、同じ時期に、また別の憂慮すべき展開があった。これこそが、会社に緊張を走らせ、自社の元従業員のあいだで何が起こっているのかを会社に気づかせることになった。三年以上ものあいだ、ヘイゼルの母親のグレース・ヴィンセントは、娘が苦しむのを見てきた。ヘイゼルは絶え間ない苦しみのなかにあった。そんな状況に耐えられる母親はいないだろう。ブラム博士に言わせると、もはや希望はないらしい。それならば、ヴィンセント夫人に失うものは何もなかった。彼女はオレンジのラジウム工房に赴いて、そこに手紙を残していった。その手紙のなかで彼女は会社にこう告げた。「私は娘の病気を理由として、賠償請求をするつもりです」

それが会社の注意を引いた。

副社長のファイトはただちに、これらの展開についてニューヨーク本社に報告した。それからまもなく、USRCの重役たちは、工房の作業に何か危険なものがあるのか見定めるために、調査を開始することに決めた。あまりにも長いあいだ噂と疑惑があった。この状態を続けるわけにはいかなかった。結局のところ、それはいまや事業に悪影響を及ぼしつつあったのである。

12

ようやく始まった調査

USRCが事業の悪化を極めて深刻に受けとめていることを示すかのように、社長のアーサー・ローダー自身が調査に乗り出した。一九二四年三月、ハーヴァード公衆衛生大学院の生理学のセシル・K・ドリンカー教授に彼は連絡を取り、オレンジにある自社工場の調査を依頼できるかどうか尋ねた。ドリンカーは、職業病研究の第一人者で、なおかつ有資格の医師だった。ローダーは大事を取って、もっとも優秀な人間を参加させることにしたのである。彼はドリンカー博士宛に手紙を書いた。「塗料の物質が何らかのかたちで有害なのか否か、我々は厳密にかつ最終的に決着をつけなければならないのです」

ローダーが喜んだことに、ドリンカーは彼の手紙を「とても興味深い」と思い、さらなる議論のために、四月に彼に会うことを申し出た。ローダーはドリンカーに二つの事例をあげていた。一つは死亡例(おそらくアイリーン・ルドルフのことだろう)、そして、もう一つは「十分回復した」例だった。ローダーは故意に後者を強調した。「彼女の家族には重度の結核患者がいたと聞いています」

それに答えて、ドリンカーは報告してきた。「我々は、次の意見に傾いています」――ドリンカーは、彼と同じくらい優秀な妻であるキャサリン・ドリンカー博士、そしてもう一人の医師、キャッスル博士の三人で研究していた――「あなたが提示したそれら二つの例は偶然ではないかと」。ただし、彼は以下も付け加えた。「同時に、より徹底的な調査を経ずして、この問題について決定的な判断を下すのはまったく安全ではないというのが、我々三人の一致した意見です」。一九二四年四月、彼らの調査が開始されることになった。

ローダーが「十分回復した」例としてあげたのが誰のことだったのか、完全には分からない。マルグリット・カーロフのことだったのかもしれない。彼女がごく最近退職した女工だったからだ（実のところ、彼女はいまも病気で非常に苦しんでいた）。あるいは、グレース・フライヤーもありえた。彼女はついに、支払い続けてきた高額の治療費の恩恵を受けつつあったからだ。ハンフリーズ博士は、いまでも彼女を一週間に一度診察していた。サポーターベルトで固定した彼女の背中と足の様子を確認するためだった。ついに、グレースが回復しつつあることが分かって彼は喜んだ。

とはいえ、ハンフリーズが診ていたのはグレースの胴体だけだった。そしていま、痛みの主な発生源になりつつあるのは、彼女の顎だった。ローダーがドリンカー博士に手紙を書いたのと同じ月に、グレースは一週間ニューヨークの病院に入院した。直近のエックス線撮影で、「顎に慢性の感染症の進行」が見つかったため、彼女はこの分野の専門家であるフランシス・マキャフリー博士に治療を求めたのだった。彼は彼女の一部の顎骨の摘出手術をおこなった。しかしながら、地元の歯科医であるネフとバリーが気づいていたように、一度手術すると、次の手術が必要となり、その後も次々とそうなるのだ。「あまりに何度も通院せざるを得なかったので、病院が第二の家みたいでした」とグレースは振り返る。

いまやグレースは、元同僚たちの多くがそうだったように悪循環に陥っていた。一度の手術が、次の手術の請求書を招き寄せてしまうのだ。ほどなく、彼女は恥を忍んで両親にお金の無心をした。だが、増え続ける医療費の支払いは、彼女の貯金だけでなく、家族の銀行口座も蝕んでいった。

その春、ＵＳＲＣもまた、資金のことを懸念していた。差し迫った工場での生産の遅れのことを考えると、ドリンカーの調査が始まる四月がひどく遠くに感じられた。副社長のファイトは苦労して新しく六人の女工を雇い入れたが、それでは足りなかった。それに、会社の役員たちは依然として、工房内に現在広がりつつある「心理的かつヒステリックな事態」に対処しなければならなかった。

そこで、ドリンカーの調査が開始されるのを待つ一方で、会社は独自に、現時点で在職している文字盤塗装工たちの調査を計画した。その調査はライフ・エクステンション・インスティチュート〔一九一三年アメリカで創設された慈善団体で、寿命を延ばす目的で公衆衛生や病気予防を啓蒙した〕が実施した。女工たちは秘密裏に検査され、他方で会社は調査報告書を共有した。ファイトがローダーに書いた手紙には、「各関係者は、我々が報告書のコピーを所持していることを知りません（…）この調査に含まれる情報は極秘であり、女工たちは、我々がその情報を保持していると知れば異議を唱えるでしょう」とあった。調査を実施した研究所《インスティチュート》は、女工のなかに歯が感染症に侵されているものがあると知っていたにもかかわらず、彼女たちの病気を「特定の職業のいかなる影響も反映するものではない」と結論づけた。ローダーは調査結果を「まったく私が予想した通りだ」と満足げにファイトに書いた。

一方で、ファイトは工房での業務により深く関わっていたため、あまり安心していなかった。彼は「この問題に関して、私は貴殿のようにはあまり楽観視していません」と上司のローダーに向けて書いた。「ライフ・エクステンション・インスティチュートからの報告はありましたが、この報告が自社の作業員たちを満足させるとは思えません。したがって、有害な元素は存在しないという事実を彼女たちに心から納得してもらうために、ドリンカー博士の最終報告を待つ必要があります」

それに対し、ローダーは自身の考えを付け加えて、「我々は工場内に自信に満ちた雰囲気を作り出すべきなのです」とファイトに向かってきっぱりと書いている。「自信に満ちた雰囲気というのは、警戒や疑いに満ちた雰囲気とまったく同じくらい広がりやすいものです」。そして以下のようにファイトに勧めた。彼の考えでは「もっとも重要な一手は、バリーおよびその他の歯科医に会うことです。彼らは見たところ、考えや知識なしで結論を急ぎ、発言し続けているのですから」。

ファイトはこれを聞いたとき、命令だと理解した。一九二四年三月末、彼は正式にバリーとデイヴィドソンを訪問した。

二人の歯科医は彼を冷たく迎え入れた。自分たちの患者に見られる苦痛に満ちた病状は、患者たちのUSRCでの仕事が原因だと彼らは確信していた。ファイトの訪問のあいだ、彼らは会社の態度を無慈悲だと見なし激怒した。

「あなた方は操業をやめるべきです」とデイヴィドソンはファイトに向かって腹立たしげに言った。「あなた方はこれまでに五〇〇万ドル稼いだ。これ以上金のために人を殺し続けるつもりか」

ファイトは答えなかった。

「もしも私の思い通りにできるならば」デイヴィドソンは苦々しげに言った。「あなた方の工場を閉鎖するだろう」

女工たちとやり取りしていた人間のうち、不満を抱えていたのは歯科医たちだけではなかった。オレンジの保健衛生官であるレノア・ヤングは、公衆衛生局に応援を頼むべきだと労働局に進言していたが、無視されていた。そこで、自分の手で慎重に事態を打開することにした。一九二四年四月四日、彼女はキャサリン・ワイリーに内密に手紙を書いた。彼女は、女性の労働条件の向上を求めて闘う全国的な組織、全米消費者連盟の役員だった。「当局は行動に移すことをためらっています」とヤングはワイリーを信用して打ち明けた。「消費者連盟は当局に事態を確認させるまで、しつこく要求すべきではないでしょうか」

ワイリーは進取の気性に富んだ頭の良い女性で、消費者連盟のニュージャージー支部の責任者だった。いくぶん質素な、黒髪の三〇代の女性で、顔の大きさに比してその造作がとても小さかった。性格は粘り強く、情熱に突き動かされるタイプだった。ヤングがワイリーに助けを求めると、すぐに答えてくれた。ワイリーは労働局のジョン・ローチの助けを得られた。ローチは、彼の上司であるマクブライドには知らせずに、病気に罹った女工たちのリストをワイリーに渡し、彼女が独自に調査をおこなえるようにした。

まさにこのタイミングで、一九二四年四月一五日、また一人別の女工が亡くなった。ジェニー・ストッカーだった。ハンフリーズ博士は彼女の奇妙な膝の症状を治そうとしてきたが、その甲斐なく、発病から日もたたないうちに突然死んでしまった。享年二〇だった。

彼女が亡くなった翌日、ローダーは約束通りドリンカー夫妻と面会した。彼は夫妻を連れて工場内を案内し、三人で二階の工房に上がり、女工のうち数名と話をした。そのなかにマルグリット・カーロフがいたことは驚くべきことだったが、それは単に会社を辞めた彼女が工房にいたからというわけではない。一九二三年のクリスマスイブ以来、彼女は家に引きこもってしまい、例外はバリー博士のところに行くときだけだった。会社は、工房の作業が原因でマルグリットが病気になったという噂を鎮めようと決意し、そんな「引きこもりの」彼女をわざわざ呼び出して、ドリンカー夫妻に面会させようとしたのだろう。

マルグリットは姉のサラ・メルファーに付き添われてやってきたが、姉も歩きながら杖をつくようになっていた。サラは文字盤塗装工としていまも工場で働いていた。カーロフ一家は貧しかったし、マルグリットはもはや働くことができないうえに、治療費の請求書が積みあがる一方だったので、稼げるものならば一ペニーでも無駄にはできなかったからだ。たしかに、サラの病気はマルグリットのそれとはまったく異なっていた。明らかに、サラの歩行困難な足は、マルグリットの口をひどく苦しめている病気とは関連づけられていなかった。

セシル・ドリンカー博士は金髪の豊かな美男子だった。彼はマルグリットに自己紹介し、差し迫った心配事である彼女の健康状態について尋ねた。彼女の痩せこけた顔は蒼白で、液体が染み出してくる頬に包帯を押しあてていた。彼女は「顔の骨に痛みがあります」と訴えた。マルグリットの病気が深刻であることを疑う余地はなかった。

キャサリン・ドリンカー博士はローダーに向かって、その日一日の工場見学では調査が十分だとは考えられないと言った。彼女曰く、オレンジの工場とそこの従業員を包括的に調査するために、ドリンカー夫妻がふたたび戻ってくることが必須であるとのことだった。その結果、一九二四年五月七日から八日の二日間にわたって、ドリンカー夫妻による本格的な調査がおこなわれた。科学者たちは、それまでにラジウムに関するあらゆる文献を読み込んで情報を集め、同僚のキャッスル博士を連れて工場に戻ってきて、詳細な調査を実施した。博士たちは三人で協力し、副社長のファイトに付き添われながらも、作業工程をあらゆる角度から調べ上げた。

彼らは主任化学研究員のエドウィン・リーマン博士と面会し、彼の手に「深刻な病斑」が出ていることに気がついた。しかし、彼らがそのことに言及すると、彼は「将来起こりえる損傷について一蹴した」。おそらく彼は、上層部の人間の一人として、自信に満ちた工場の雰囲気を作り出せという社長の指示で頭がいっぱいだったのだろう。

このような無関心な態度が、「工場全体の上級職の人間たちに見られる特徴である」ことに、ドリンカーたちはすぐに気がついた。セシル・ドリンカーは後にこう書いている。「自分たちが製造している材料が危険なものであるという認識が、まったくなかったようです」。ローダーはセシルにこうも言った。「これまでにラジウム障害から悪性腫瘍が生じたことはない。反証するのが容易過ぎて馬鹿らしい話だ」

二階の工房内で、博士たちは従業員の徹底的な健康診断をおこなった。二五名の従業員が代表として選ばれた。指名された文字盤塗装工は、検査がおこなわれている化粧室に一人ずつ呼び出されて、入室する際にそのドアを緊張しながらノックした。サラ・メルファーは選ばれた従業員の一人だった。博士たちから求められて、彼女は口を大きく開いて、自分の歯に彼らが触れるようにした。自分の鼻や喉の周りを徹底的に調べられているあいだもじっとしていた。自分の腕の傷つきやすい内側を差し出して、小瓶一瓶分採血させた。それから検査は暗室に移動した。キャサリン・ドリンカー曰く、ここで「たくさんの女工を検査しました。なかには非常に詳しく調べられた女工もいました。その検査とは、女工たちが十分に暗い場所でどの程度発光するのかを判定することでした」。

ああ、あの明るさ。あの蛍光の柔らかな光。キャサリン・ドリンカーは驚き衝撃を受けた。女工たちが暗室で服を脱ぐと、彼女はその胸や下着や太ももの内側に、蛍光の塵がとどまり続けているのを見た。その塵はまるで恋人にキスされたかのように、念入りに全身にまき散らされて、女工たちの四肢を伝い、頬を横切り、首から下っていき、腰を回りながらその光の痕跡を残していた……その蛍光の塵が羽毛のような軽さで踊りながら、彼女たちの柔らかく、隠された肌に触れて、身体の隅々までその徴をつけていた。その光景は目を見張るものだった。そのうえ、女たちの服にいったん染み込むと落ちにくかった。

ドリンカー夫妻は、たとえ強く洗ったとしても、その塵が「肌に残ってしまう」ことに気がついた。

ドリンカー夫妻は自分たちの調査対象を工場に限らなかった。彼らはバリー博士を訪問し、似通った症状を示している、グレース・フライヤーを含む幾人かの文字盤塗装工とも面会した。ただ、ニューヨークの凄腕医師マキャフリーの治療の甲斐あって、グレースは例外とされた。ドリンカー夫妻は、彼女が病気から「十分に回復した」と嬉しそうに書いている。

同じことは、マルグリット・カーロフにはあてはまらなかった。彼女は、バリー博士の治療では良くならなかったので、かつてモリー・マッジャを治療したネフ博士に相談し始めた。マルグリットの容姿は——かつては、印象的な羽飾りのついた帽子や、光沢のある服を好んでいた——いまではすっかりひどいものだった。しかし、その死人のような青白い肌や痩せこけた身体にもかかわらず、彼女のもっとも悪い患部は外側ではなく、内側にあった。「口のなかに腐った膿が絶え間なく分泌することに」彼女は極度に苦しんでいた。

ネフ博士はマルグリットを全力で世話した。「少なくとも一日一度は彼女の家に行きました」と彼は振り返る。彼の診療所からオレンジのメイン・ストリートにあるカーロフ家まで、車で一五分から二〇分の距離があったが、ときには、一日に二度、多いときは六度も彼女を診察しに行くこともあった。また「三日三晩、彼女のそばにいたこともあります」と彼は振り返る。そうした彼の細心の治療は、カーロフ家の予算をはるかに超えていたので、ネフは基本的に無料で働いていた。彼は親切だったが、必ずしもマルグリットが最高の診療を受けているというわけではなかった。

ただ、ネフはその病気について誰よりも知っていた。たとえその当時は、増え続けるこの病気の知識が暗になにを示しているかを、彼が十分に理解していなかったとしても。

ネフ博士は生粋の医師だった。モリー・マッジャの顎の骨が、彼の指に触れて衝撃的に折れたとき、それは彼の心をとらえた。だから、彼はこの奇妙な虫食いの、不格好な骨の断片を保管していた。モリーの死後、彼は時々、手のなかでひっくり返しながらその骨を調べた。しかし、相変わらず何も分からなかった。彼女の骨にどんな変わったところがあったとしても、どのみち彼女は梅毒で死んだのだ。それで、彼は骨の断片を自分の机の引き出しに放り込んだ。そのなかにはエックス線写真のネガフィルムが保管されていた。彼はやがてそのことを忘れてしまった。

それからしばらくたったある日、彼は仕事でエックス線写真のフィルムが必要になり、ごちゃごちゃした机の引き出しのなかをあさっていた。彼はそこにあったがらくたを急いで片づけて、フィルムを探した。ようやくフィルムを見つけて引っ張り出してみると、驚いたことに、それらはもはや黒一色ではなかった。そのかわり、なにかがそれまでフィルムに光を放射していたかのように「ぼやけていた」。

しかし、その引き出しのなかには、古い書類のファイルと忘れられた骨の小片以外にはなにも入っていなかった。

彼はエックス線写真を右に左に回転させた。フィルムが台無しにされたことは紛れもない事実だった。ネフはほとんど気づいていなかったけれど、それは一つのメッセージだった。ただし、その意味は不明だったが。

モリー・マッジャの声は、彼女の死をもってしても、依然として聞いてもらえないのだった。

「お気の毒ですが……」

ネフ博士には、エックス線写真のフィルムが感光してぼやけていた理由が分からなかったが、マルグリット・カーロフは、彼が思いやりをもって自分の面倒を見てくれていることに感謝していた。そして、わずかな希望を持って、「最近少し体調が良くなった気がします」と言った。しかし、彼女を訪れた医者たちは、「彼女を外から見た印象とその発言が合致していない」ことに気づいていた。一九二四年五月、消費者連盟のキャサリン・ワイリーは、自主的な調査で彼女と面会し衝撃を受けて、「この病気の哀れな若者は、ほとんど透明のように見えた」と表現した。マルグリットの病気の悪化は、正視に耐えない段階に達していた。ワイリーは振り返ってこう書いている。「被害者の一人と面会した後、私の気が休まることはけっしてありませんでした。こんなことが二度と起こらないと保証してくれるような、なんらかの措置が取られるのを確認するまでは」。彼女は「どこかでなにか動きがあるまで、この問題に張り付いていこう」と決意した。

そしてたしかに彼女は粘着し続けた。さらに多くの女工たちと面談した。ジョゼフィン・スミスもそのなかにいたが、彼女は「まだUSRCでの雇用が継続していたので、この問題については話したがりませんでした」。ワイリーは隅々まで調べた。キャサリン・ショウブを訪問し、イーディス・ミードにも会いに行った。ミードは、かつて病気が悪化していくモリー・マッジャを看病していた看護師で、以前一緒に暮らしていた下宿人のことを忘れていなかった。「ミードさんは、このような悲劇がほかの誰かに降りかかるのを防ぐためなら、なんでもやるつもりのようでした」とワイリーは書いている。

ワイリーの考えもミードとまったく同じだった。だから、ヘイゼルの母親が賠償請求をしたがっていると聞いて、地元の判事に相談した。ヘイゼル一家がどのような法的手段を取ることが可能なのか、彼から助言を得るためだった。ところが、このとき、ニュージャージーの州法が女工たちと対立するということが分かった。実際には、この州ではいくぶん先駆的な法律が制定されていた。同年の一月に、職業病を補償可能とする新しい法律が施行されたばかりだった。しかし——ここは太字の**しかし**である——補償が認められる疾患のリストには、たった九つの病名しかなかった。しかも、五ヶ月の出廷期間が定められていた。これは、いかなる法的な賠償請求も、被害の時点から五ヶ月以内に提起されなければならない、ということを意味していた。「ラジウム中毒」は、たとえ本当にそれが女工たちの疾患の原因だとしても、そのリストに含まれていなかった。それだけでなく、被害にあった女工たちのほとんどがUSRCを辞めてから、五ヶ月どころか、もう何年も経過していた。その判事はワイリーに向かって率直に言った。「仮に、ラジウム中毒が賠償可能な疾患に指定されていたとしても、その法律は遡及適用ができない。したがって、これらの女工たちに関しては、できることは何もない」

ヘイゼルの家族は壁にぶち当たってしまった。その頃、一文無しになり絶望したマルグリット・カーロフも、訴訟を考えていた。治療費の支払い費用を得るためだった。しかし、彼女もヘイゼル・キューサーの家族も、現金の前払いなしで引き受けてくれる弁護士を見つけることができなかった。ワイリーは苦々しげに書いている。「彼らには一人の弁護士もいませんでした」

一九二四年五月一九日、ワイリーは自身の調査結果を携えて、労働局に戻った。彼女はそれらを直接、組織のトップである局長のアンドリュー・マクブライドのところへ持っていった。ところが、彼は消費者連盟が余計な詮索をしていたことを知り「激怒」した。そして、自分の部下であるローチが、ワイリーに女工たちの名前を伝えていたことを知って、ひどく腹を立てた。ワイリーによれば、マクブライドは、彼女との面会の最中にローチを呼び出し、「私が見ているところで彼を厳しく非難しながら叱責しました」。ただし、ワイリーはマクブライドのひどい剣幕に少しも怯むことなく、彼と議論を続けた。マクブライドはこの口やかましい女性に苛立ち、どうして欲しいと思っているのか尋ねた。

「米国公衆衛生局による調査です」と彼女は即答した。

「文書にしてください」と彼はげんなりしながら言った。彼女はそうした。しかも、ただちに。

ワイリーが女性の大義を擁護し続けていた頃、あらゆる問題の中心である米国ラジウム社で、別の事態が展開しつつあった。ドリンカー夫妻は、これまで自分たちが実施したすべての検査結果を判定するのに追われていたが、ついに一九二四年六月三日、詳細な最終報告書を会社に送付した。

一五日後の六月一八日、博士たちが出した結論を知らせるために、副社長のファイトは労働局のローチに手紙を書いた。彼がローチに送ったのは、長々とした、詳細な報告書ではなかった。従業員の血液検査の結果をまとめた一つの表だけだった。それによれば、従業員の血液は「ほぼ正常」だった。ファイトは自信たっぷりに書いている。「この表が提示する健康状態は、同様の検査を平均的な工場労働者に実施した場合の結果と、いかなる違いもないと私は信じています」。労働局も同意見だった。この表は「女工たち全員が、完全に健康である」ことを示していると。

会社の疑いが晴れた。社長のローダーはさっそくその知らせを広めてまわった。その様子を見ていたものによれば、「彼は自分は絶対に安全だと話していました。なぜなら、ある一つの報告書が、女工たちの病気に対するいかなる責任の可能性からも、彼を解放してくれたからだ」と。それからすぐ、ローダーが望んだ通りに、工場を取り巻く状況が改善した。内部メモに「噂はかなり静まった」と満足げに書かれていた。

そういうわけで、セオドア・ブラム博士が、この時点で、自分の患者であるヘイゼル・キューサーを助けて欲しいと会社に懇願したのは、不幸なタイミングだった。一月にヘイゼルがブラムを最初に訪れて以降、たくさんの手術と二度の輸血、度重なる入院にもかかわらず、彼女の病状は急速に悪化していた。夫のテオと義父の支払い能力では追いつけない速さで、請求書が舞い込んだ。裕福な医師たちは、ヘイゼルの奇妙な症状に好奇心を喚起されて、治療のかなりの部分を無料で施したが、それでも治療費は合計数千ドルに達していた。テオは自分のあらゆる持ち物を担保に入れた。一方で、彼の父親が生涯貯めてきた貯金も、もはやすべて使い尽くされつつあり、父と息子が銀行からお金を引き出すと、すぐに底をついてしまった。

ヘイゼルの家族が、緊急を要する治療すら彼女に受けさせる余裕もなくなっていたので、ブラム博士は会社に直接医療費負担を訴えたのだった。彼は、会社の責任にするつもりはないと伝えるのを忘れなかった。たとえその頃までに、ブラムには次の言明をする用意があったとしても――ヘイゼルの病気の原因は、文字盤塗装で使われている塗料に間違いないと。彼は注意深く手紙を書いた。「御社の責任の有無が問題なのではありません。御社に余分なお金があるならば、なんらかの方法で、病気になった女工たちに補償すべきではないか、ということなのです」。彼は過失責任に興味はなかった。これは生と死の問題なのだ。

ＵＳＲＣからの返答は素早かった。ドリンカー夫妻の報告書で自信満々だった会社は、いかなる援助もいっさい拒否した。そんなことをすれば、「前例」を作ってしまうし、それは「賢明だとは思えない」のだった。五年前、会社はダメになった洗濯物の補償金として五ドル払ったことで、痛い思いをしていた。二度と同じ誤りを犯すつもりはなかった。それどころか、最新の調査が出した結論を神格化していた。「我々は、弊社の工場が原因であると貴殿が主張する、その労働環境で徹底的に調査をおこないました。それによると、〔問題の〕原因だと考えられるような事象は、弊社の労働にはいっさいないことが明らかになりました」。手紙は、いささか偽善的に締めくくられていた。「お気の毒ですが、こういうわけで、弊社はあなたがたの助けにはなれません」

ブラムは唖然とした。彼は手紙の返事を書いた。「私はただ、御社の役員様方の慈悲に訴えて、この哀れな生きものを助けるためにできることがあることを理解していただきたかったのです。正直に申し上げて、あなた方が、この問題の人道的側面を理解されなかったことに驚いています」

しかし、会社はブラムの嘲りをいっさい気にしなかった。彼らは潔白なのだ。そのことを証明する報告書を持っているのだから。

14

反撃

キャサリン・ショウブは夏休みが待ち遠しかった。この一二ヶ月はゾッとするようなものだったからだ。昨年の七月、いとこのアイリーンが亡くなった。もう丸一年になる。それから、一一月にはキャサリン自身が歯の問題に悩まされ始めた。医師らが自分の症例のことを「神経性のもの」と呼んでいることは知っていたが、自分の置かれた状況をできるだけ考えないようにしても、そうしないではいられなかった。最近、彼女は新しい職場で働き始めるたびに、これで嫌なことは忘れられると思うようになった。

その結果として、キャサリンは少々落ち着きなく仕事を渡り歩くようになり、会社から会社へと飛び移っていった。仕事を辞める理由は、具合が悪くなったり、神経過敏だったり、本当に必要な気晴らしを探すためだったりした。ローラーベアリング会社から保険会社へ、それから自動車会社へと移ってはまた元の会社に戻り、一つの場所には決して長居せず、どういうわけか、急き立てられるように辞めてしまうのが常だった。彼女がどこで働いていようが、結局、稼ぎのほとんどは治療代に消えてしまった。

彼女には、自分の精神状態が父親のウィリアムを心配させているのが分かっていた。彼はとても優しくて、いつも彼女を元気づけようとしてくれたり、自分の給料から彼女の治療費を払ってくれたりした。

父親の稼ぎはあまり多くなかった。ある工場の管理人をしていて、薄汚れたアパートの三階に家族で暮らしていた。けれど、娘の病気を治すためなら、自分にできることを何でも進んでやった。

この夏、キャサリンは待望の休みを取るつもりでいた。彼女はまだ二二歳で、アイリーンがその年齢を享受することができなかった事実に気づいて悲しくなった。あらゆる心配事に引きずり込まれかけていたキャサリンは、若いということがどういう感じなのか、思い出す必要があった。

「いざ一九二四年七月が来てみると、彼女は「出かけることができない」ことが分かった。「顎の症状のせいで、私はすごく不安になってしまいました。そこで、ニューヨーク市のとある腕の良い歯科医に診てもらうことにしました。休暇用にとっておいたお金で、あらためてエックス線写真を撮影してもらわなくてはなりませんでした」

偶然にも――その分野での彼の名声を考えると、おそらく偶然ではなかったろうが――キャサリンはブラム博士に相談することを選んだ。そのとき彼のところではヘイゼル・キューサーも治療中だった。さかのぼること五月、キャサリンはもう一本の歯を、別の歯科医に抜かれていた。それはいまや痛ましいお決まりのパターンになりつつあったが、抜歯後の穴は治癒しなかった。感染部の痛みがあまりにもひどかった。彼女は言う。「その痛みは、生きている歯の神経に直接ドリルで穴をあけられるのと同じくらい痛い、としか言いようがありませんでした。しかも、それが何時間も、何日も、何ヶ月も続くのです」。一九二四年七月、ブラムは彼女を診察し、「あなたの健康状態が、治療に耐えられる状態になってから治療を開始したほうが良いですね」と助言した。キャサリンは、その時まで何もしてもらえないまま、家に帰らなければならなかった。

彼女は、一番良くないのは、何が問題なのか分からないことだと考えた。「私は失われた健康を取り戻すために、手段を選ばない努力をしてきました。でも、これまでのところは全部失敗でした」。彼女はしょんぼりしながら考え込んだ。「誰も私を助けることができませんでした」

その夏、キャサリンはブラムの診療所に何度も通った。計画していた休暇とはまったく異なっていた。あるとき、彼女の頭の右側全体がひどい痛みに襲われて、やむを得ず緊急の診療予約を取った。ブラムの診察室で、彼女は痛みのある箇所、つまり頭部の右側全体を彼に分かりやすく見せようとして、痩せ細った顔からブロンドの髪を後ろにかき上げた。

ブラムは彼女の腫れあがった顎を丁寧に調べた。圧迫すると、歯槽から膿が出てきた。キャサリンは、その膿が口のなかに流れ込むのを感じて気分が悪くなった。「なぜこんなに苦しまなきゃいけないのですか」彼女は後に何度もこう尋ねたものだった。「私は生きものを傷つけたことなどありません。こんなひどい罰を受けるなんて、いったい私が何をしたというのでしょう」

彼女はブラムへの通院中に、同じく治療に来ていたヘイゼルに一度偶然出会った。彼女だと分からなかった。この謎めいた新種の奇病は、一部の患者に奇怪な顔のこぶを生じさせた。顎から、液体の詰まった、まさにフットボールの球としか言いようのないものが生えてくるのだ。ヘイゼルはおそらくこの症状に襲われて苦しんでいたらしかった。母親に付き添われた彼女は、話すことができる状態ではなかった。娘の声の代わりを務めたのは母親のグレース・ヴィンセントで、彼女はもう六ヶ月もブラム先生に診てもらっているとキャサリンに話した。

この事実がブラムの腕前の宣伝になるはずがなかった。夏が終わる前に、ヘイゼルはニューヨークのある病院に駆け込み、ニューアークの家族やテオから遠く離れて、三ヶ月そこで過ごすことになった。彼女の入院費を払うために、夫は自分の家まですっかり抵当に入れてしまった。

さて、その頃医者に診てもらっていたのは、ヘイゼルとキャサリンだけではなかった。オレンジに話を戻すと、クインタ・マクドナルドが、幼子たちの世話がいよいよ難しくなってきたと感じていた。現在、娘のヘレンは四歳で、赤ん坊のロバートは一歳になったばかりだった。問題は、彼女の腰から右足のつま先までを覆う痛みだった。彼女は足を引きずっていることが傍目に分かるというよりも、いまやよろめきながら歩いていた。それは、一歩踏み出すたびに、ふらついてガクッと倒れこみそうな感じだった。「片方の足が、もう片方よりも短いという気がしていたこと」ほど彼女にとって奇妙なことはなかった。

彼女は想像していたに違いない。生まれてこのかた二四年間ずっと、自分の両足は同じ長さだった。なぜ突然いまになって変化が起きたのだろう。

それに加えて、子供の世話はクインタを消耗させた。とりわけ息子のロバートは猛スピードで家のなかを這い回るので、彼女は次第に追いつくことができなくなった。彼女はオレンジ整形外科病院のハンフリーズ博士の予約を取った。おそらくグレース・フライヤーが彼女に勧めたのだろう。一九二四年八月、ハンフリーズは一枚のエックス線写真を撮り、それを良く調べて分析した。クインタの身体を診察した際、彼女が「腰を一部しか動かすことができない」ことに気がついた。そこで彼は、彼女の、とくに股関節の周辺に問題がないか調べた。

ああ、ここにあった。それにしても、これはいったい何だろう。

エックス線写真には、ハンフリーズが「白い影」と呼ぶものが写っていた。その影は独特で、「骨全体に白い斑点が広がっていた」。彼はこれまでこれと同じものを一度も見たことがなかった。後にジョン・ローチも、医者を途方に暮れさせるこの病気について書いている。「これはまったく不可解で得体の知れない症状である（…）この病気の奇妙な破壊力には医学や外科学にとって未知の強さがある」

実際には、その病気が何なのかを正確に理解していた人間がいた。つまり、「そのような症状を引き起こした原因はラジウムかもしれない」とはるか以前に特定した化学者であるサマトルスキ博士とは別の、もう一人だった。一九二四年九月、ブラム博士は、ヘイゼル・キューサーをこれまで治療した八ヶ月の経験をもとに、顎の壊死について米国歯科医師会で発表した。彼はヘイゼルの症例に言及しただけだったし、ただの短い脚注にすぎなかったけれど、彼が「ラジウム顎」と今回名づけたものについて、医学文献ではブラムが初めて言及したのだった。米国ラジウム社が自分たちに罪はないと断言しても、彼は信じていなかった。実のところ、患者を助けて欲しいと彼が会社に頼んだときの冷酷な返答に煽られて、いまではヘイゼルに「会社への訴訟を含む、あらゆる必要な支援をおこなうつもりだ」と約束していたのだった。

この新しい用語「ラジウム顎」、そしてブラムによる画期的な診断は、医学界の興味を掻き立てただろうと考えるひともいるかもしれない。しかし、実際には、まったく気づかれないままだった。ほかの歯科医たちにも、医学雑誌のことなど知らない文字盤塗装工たちにも、そしてオレンジのハンフリーズ博士のような医師たちにも。

一九二四年のその夏に、クインタ・マクドナルドのエックス線写真の前で、ハンフリーズは、見当がついていなかったにもかかわらず、患者に診断名を伝えた。クインタは振り返る。「私は股関節に炎症があると言われました」

ハンフリーズは彼女の足をサポーターベルトで一ヶ月間しっかり固定した。しかし、グレース・フライヤーの場合とは異なり、症状は改善しなかった。その結果、その夏クインタ・マクドナルドは、脇腹から膝までギプスで覆われることになった。そうすれば病気が治るだろうとの期待から、彼女の身体は完全に固定された。彼女は言う。「杖があれば、よろよろしながらまだ歩くことができました」

ただ、よろよろしながら歩けるといっても、幼い二人の子供の母親にとっては不十分だった。やっとこさロバートの世話をして、その後にヘレンが続くのはかなりしんどかった。どうやら、クインタの姉のアルビナ――まだ彼女自身の子供はいなかった――が助けていたようだ。この二人の姉妹はオレンジに住んでおり、いまは互いに歩いて一五分の距離だった。

クインタが安堵したことに、そのおおげさな治療は功を奏したようだった。「そのギプスは痛みを和らげ、動くのを少し楽にしてくれました」と彼女は振り返る。彼女はギプスの下で何が起きているのか考えないようにした。そして、「片方の足が縮み始めて、もう片方よりも短くなったかもしれない」という疑惑についても気にしないようにした。ギプスは九ヶ月ものあいだ、彼女の身体に嵌められていた。やがて、夏から秋になり、症状がいくらか改善したように感じた彼女は、ハンフリーズ博士の治療が自分を助けてくれたみたいだと感謝した。

感謝の時期だった。一一月二七日の感謝祭当日、ヘイゼル・キューサーはニューヨークの病院を出て、ニューアークの家に戻り、夫のテオや母親のグレースと最後の時間を過ごすことを許された。家族みんなで集まって、少なくとも彼女が家に帰ってきたという事実に祝福を感じ取ろうとした。

しかし彼女は、もはやかつての彼女ではなかった。「これまでに、あまりにも恐ろしい目に遭ってきたせいで、彼女の精神も病んでしまったようでした」と神父のカール・クインビーは言う。彼は〔臨終の〕霊的な慰めを授けるために彼女の家族に付き添っていた。「ヘイゼルは拷問にかけられたかのような苦しみに耐えていました」

したがって、最大の祝福が訪れたのは、ヘイゼルのことを第一に考えようとしていた家族にとっては、おそらくヘイゼルが永遠の眠りについたこのときだっただろう。一九二四年一二月九日火曜日、夫と母親がそばに寄り添いながら、彼女は午前三時に自宅で亡くなった。享年二五。その頃までに、彼女の身体は悲惨な状態になっていたので、葬儀に参列する友人たちは、彼女に直接最後のお別れを言わせてもらえなかった。

ヘイゼルの死を役所に届けたのはテオだった。彼女のボロボロの身体を綺麗にしてもらい、ローズデール墓地での埋葬を一二月一一日に手配したのもテオだった。彼女のために、少年の頃から愛し続けてきた女性のために、彼が最後にしてあげられることだった。

テオはこれからのことを考えると気が重かった。彼らの家の担保はすでに差し押さえられていた。父親は彼とヘイゼルの治療代を援助しようとして、すっかり貧乏になってしまった。ヘイゼルが死ぬ頃までに、テオ・シニアは一生分の貯金をすべて使い果たしていた。これまでの治療にかかったお金は、入院、エックス線写真、救急車、医師の診察、往診、薬、ニューヨークへの交通費を合計すると、およそ九〇〇〇ドル（現在の価値で一二万五〇〇〇ドル）に達した。テオ親子は破産した。しかも全部無駄になってしまったのだった。

消費者連盟のキャサリン・ワイリーは、引き続き文字盤塗装工の運動を支援する傍ら、ヘイゼルの家族とも連絡を取り続けていたので、この状況に耐えきれなくなった。行政機関が何ひとつ行動を起こさないことに苛立って、彼女は二つの手がかりを追うことにした。第一に、彼女はアリス・ハミルトン博士に手紙を書いた。彼女は産業毒物学の創設者といわれる優秀な科学者で、労働災害の被害者側を常に擁護するタイプだった。ハミルトンは、ハーヴァード大学で史上初めての女性教員でもあった。そして、彼女が所属する学部の長は、偶然にもセシル・ドリンカー博士その人だった。

ハミルトン博士は、USRCのオレンジ工場に関するドリンカーの報告書について、なにも知らなかった。というのも、ローダー社長は、従業員の恐怖を鎮める際や、病気で苦しむ女工たちへの会社の援助を求められて拒否する際に、その報告書を用いて正当化していたけれども、一方ドリンカーは、その報告書をいまだにどの公式刊行物にも投稿していなかったからだ。それゆえに、ハミルトンはワイリーの手紙を受け取ったとき、どのような利害の衝突があるのかが分からなかった。それでも彼女は、消費者連盟がこの労災を取り上げるべきだという持論を熱く語った。「積極的にやってください。私はいかなる協力も惜しみません」とハミルトンは書いている。「私が聞いている限りでは、その会社の態度は冷淡すぎます」。彼女は「特別調査官」として、自分の手で調査に取り掛かることができると申し出た。

ワイリーの第二の突撃目標は、フレデリック・ホフマン博士だった。彼は職業病を専門に扱う五九歳の統計学者で、プルデンシャル生命保険で働いていた。ワイリーの手紙を読んで、ホフマンは調査を開始した。彼が一人目に訪れたのは、ワイリーの強い希望で、マルグリット・カーロフのところだった。

マルグリットが前年のクリスマスイブに歯医者への運命的な旅に出てから、ほぼ一年が過ぎていた。一九二四年一二月、ホフマンが彼女を訪問した頃には、彼女の「病状は痛ましく、生と死のあいだを彷徨っている状態で、見たところ、将来への楽観的な見通しはまったくなさそう」だった。心を動かされずにはいられなかった。その年が暮れる前に、労働災害の第一人者であるホフマンは、USRCの社長のローダーに語気の強い手紙を送りつけた。「問題になっている病気がもしも補償可能ならば、御社が法的責任から逃れられるとはとうてい考えられません」と彼は辛辣だった。そしてさらに付け加えた。「今後さらに多くの患者が生じれば、そのうちこの病気が補償対象になるのは分かりきったことです」

威嚇射撃が放たれた。そして、オレンジの文字盤塗装工たちは、まだほんの始まりでしかないと腹を括った。とりわけマルグリットは、自分のすべてを会社に捧げたのに対し、会社の報いがどのようなものだったか、考えずにはいられなかった。無視されて、苦通を和らげるための一セントですら出し惜しみされたのだ。しかも〔そのような目に遭ったのは〕彼女だけではなかった。友人たちもそうだった。

マルグリットの体調に違和感がなかったのは、ずいぶん昔のことだったけれど、おぼろげに、かつて自分がどうだったか思い出せた。私は、身体にぴったり合わせて仕立てた服を着こなしていた、素敵な帽子の似合う生き生きした女の子だったのに。その冬、カレンダーが変わって、やがて新年が始まる頃、マルグリットはすべての勇気とわずかに残っていた力を振りしぼることにした。やらなければならないことを実行するには、彼女は、いまや衰弱しすぎていたので、家族に助けを求めることにした。どうしてもこれは重要なことなのだ。たとえそれがこの世でできる最後のことだったとしても、彼女はそうするつもりだった。

大きな困難にもかかわらず、マルグリット・カーロフは自身の訴訟を引き受けてくれる弁護士を見つけた。一九二五年二月五日、彼女は米国ラジウム社を相手取り、七万五〇〇〇ドル（現在の価値で一〇〇万ドル）の賠償金を求めて提訴した。

文字盤塗装工たちの反撃が始まった。

15

イリノイ州オタワ
一九二五年

政府による調査

マルグリットの訴訟事件は、ニューアークの地方版のニュースになっていた。オタワにいるラジウム・ダイヤル社の女工たちが、そのニュースについて聞いていたとは考えにくい。しかし、彼女たちの雇用者たちはたしかに知っていた。ラジウム産業は狭い業界だったし、ラジウム・ダイヤル社はそのなかでも最有力企業の一つだったからだ。

一九二五年までに、オタワの工房は全米最大の文字盤塗装工場に成長しており、一日で四三〇〇枚の文字盤を供給していた。事業は盛況だった。それゆえ、ラジウム・ダイヤル社は、自社の操業に遅滞が生じないことを願っていた。最初の噂が広まったニュージャージーで、その被害を受けた同業他社のUSRCの二の舞にはなりたくなかったのだ。

ラジウム・ダイヤル社は、同種の問題を回避するための基本計画を編み出した。彼らは万が一〔オタワの工房が操業危機に陥った場合のスペアとして〕第二の文字盤塗装工房をストリーターに開設した。オタワから二六キロ南に位置したその場所では、ラジウムのことがほとんど知られていなかったからだ。

二つの工場は同時に九ヶ月間操業したが、見たところ、オタワの女工たちが東部〔ニュージャージー〕からの噂を聞いておらず、したがって辞める気配もなさそうだったので、第二工房は閉鎖された。そこの従業員はオタワの工場に移るものもいれば、単に失業したものもいた。

同年の終わり頃、USRCが以前そうしたように、ラジウム・ダイヤル社も従業員に健康診断を受けさせることにした。検査は、ポスト・ストリートにあるリード氏の家で、産業医によって実施された。女工全員が調べられたわけではなかった。たとえば、キャサリン・ウルフは含まれなかった。これは恥ずべきことだった。ちょうどその頃、彼女の身体の具合が悪くなり始めていたというのに。ラジウム・ダイヤル社での勤務を二年間続けた後、「左足首に痛みを感じ始め、それが腰にまで昇ってきました」と彼女は振り返る。彼女は痛みを感じて、時折足を少し引きずるようになった。

検査を受けなかったもう一人の文字盤塗装工は、デルラ・ハーヴェストンだった。彼女は、キャサリン、シャーロット、メアリー・ヴィチーニ、エラ・クルーズ、イネス・コーコランといった、初代の女工メンバーの一人で、昨年すでに結核で亡くなっていた。

赤毛のペグ・ルーニーは、リード氏の家にたしかに呼び出されて検査をされた。ところが、検査結果がどうだったのか同僚に尋ねられても、彼女は分からないとしか言いようがなかった。オレンジでは、健康診断の結果は、女工たちに隠れて会社が内密に入手していた。オタワでは、検査結果は会社へと直行し、中間にいる女工たちを完全に除外していた。ペグだけでなく、検査を受けた同僚のうち、その結果を知らされたものはいなかった。それでもなお、ペグは安心して工房の自分の机にゆったりともたれて、文字盤を塗る準備のために、筆を手に取り自分の唇を舐めた。彼女はまったく心配していなかった。なにか身体に異常があれば、会社が教えてくれるだろうと確信していたからだった。

オタワの女工たちは全員、相変わらずリップ・ポインティングを続けていた。一三〇〇キロ離れた場所では、とっくに禁止されていたとも知らずに。しかしその頃、ひそかにラジウム・ダイヤルの本社では、ニュージャージーの訴訟を意識して、これまでの塗装のやり方に代わるものを探そうと、役員たちが真剣に検討し始めていた。念のためだった。セーム革を試したものの、塗料を吸収する力がありすぎた。ゴム製のスポンジも使ってみたけれど、うまく塗れなかった。しかしながら、ラジウム・ダイヤルの副社長であるルーファス・フォーダイスが認めているように、彼らの努力は少々いいかげんなものだった。彼は後日認めている。「別の適切な方法を見つけ出し、それをリップ・ポインティングを廃止したあとの代わりとして提供できるようになるまで、手を尽くしたわけではありませんでした」

結局、代替案を探し出す仕事はリード氏に託された。それからすぐに、彼は、スイスの文字盤塗装工が採用しているガラスペンのようなものを利用しようと研究に取り掛かり、さまざまな案を練り上げ始めた。そのあいだにも、オタワの女工たちは例の工程を続けていた。リップ……ディップ……ペイント。

女工たちの楽しい時間も、以前と同じ調子で続いていた。近頃は、若い女の子のほうから男を誘うようになり、たくさんの女工の腕に男がぶら下がっていた。かつて、高校時代のペグ・ルーニーのお気に入りは、「私は誰のものでもない（I Ain't Nobody's Darling）」という独立志向を歌った歌だった。しかし、彼女の好きな曲は変わり、いまではチャックという利発な若い男と出歩くようになっていた。少しでも考える頭のある人間には、彼がいずれ近いうちにプロポーズするであろうことが見て取れた。

チャックというのは彼の愛称で、正式な名前はチャールズ・ハッケンスミスといい、こちらの音の響きのほうがずっと気品があった。彼は、筋肉質で、肩幅が広く背の高い美形の若者で、巻き毛の金髪だった。高校の卒業アルバムには、彼を評して以下のキャプションが付けられた。曰く、「かくして、冷え切った大理石のアスリート像に命が吹き込まれた」〔イギリスの歴史家ヘンリー・H・ミルマン（一七九一―一八六八年）の詩の一節〕。とはいえ、利口なペグ・ルーニーの恋人になるためには、単に筋骨たくましいだけでは駄目で、チャックはこの上なく頭も良かった。高校四年生のとき最高成績の栄誉《シニア・オナー・ロール》を授けられ、その後カレッジに通っていた。「彼は大変教養がありました」とペグの妹のジーンは言う。「何もかも優れていたんです。本当に品が良くて、とにかく最高でした」。彼は、ペグとその大家族が住む家のすぐ近所で生まれ育った。いまでは家を離れてカレッジに通っていたが、週末になると家に戻ってきた。そしてそのたびに、若い恋人同士は心からくつろいだ。

　チャックの家の敷地内には掘っ立て小屋《シャック》があり、彼はそこでパーティーを開き、おんぼろの古い蓄音機でレコードをかけた。見物人が手を叩き、違法の自家製ルートビア〔ノンアルコール炭酸飲料〕を飲むと、やがてダンスが始まった。チャックがペグを抱き寄せるときはいつでも、一ミリの隙間もないほどに互いの身体をぴったりとくっつけ合い、最新のジャズのヒット曲に合わせて踊るのだった。チャックはペグに首ったけだった。自分には分かる、この娘は特別だ。

　誰もがその掘っ立て小屋に通った。マリー・ベッカーはそこで大騒ぎした。パーティーが開かれるとなると、友人たちに元気に声をかけてまわり、みんなを誘った。マリーは、パトリック・ロシターという鼻が大きくて彫りの深い労務者を連れていた。彼とは、州兵の軍事訓練施設でローラースケートの最中に知り合った。彼の家族は彼のことを「いたずらっ子」だと言った。「楽しいことが好きでした」。キャサリン・ウルフもまた、当時恋人はいなかったけれど、ペグの親友としてパーティーに出ていた。なんと、ペグ・ルーニーの兄弟姉妹も全員そこにやってきた。「家の兄妹全員です！」。妹のジーンは叫んだ。「一〇人もいたんですよ！」

一九二五年のその春、オタワではあまりに多くの出来事が起きていたので、政府の調査官が工房を訪れたことは、女工たちの印象にほとんど残っていなかった。しかし、当然ながらその訪問は、ラジウム・ダイヤル社が要請したものだった。ニュージャージーの訴訟に続いて、首都ワシントンＤＣに本拠地を置く連邦労働統計局が、産業毒に関する全国調査に乗り出した。局長はエセルバート・スチュアートといい、現場調査官はスウェン・ケアという男だった。ケアは、実地調査のためオタワの工房を訪問する前に、ラジウム・ダイヤル社の副社長であるルーファス・フォーダイスと面会した。そのときケアは、「女工たちのあいだに不安を呼び起こさないように、この問題を慎重に扱って欲しいという要請を受けた」。おそらくそのせいだろう、あきれたことに、彼の質問を受けることになった女工は、たったの三人だけだった。

一九二五年四月、ケアは調査を開始した。初めに、ラジウム・ダイヤル社のシカゴ本社へ行き、そこで副社長のフォーダイスおよび数名の実験所の技術者と面談した。その際、ケアは技術者たちの指に病斑が見られることに気がついた。技術者たちは、ラジウムが「適切な防護措置を施さずに」扱うには危険な物質だということを認めた。〔ケアの聞き取り調査の〕結果、ラジウム・ダイヤル社の実験室の従業員には防護措置が取られた。ケアは、作業員が「鉛の覆いで十分保護された」こと、それに加えて、彼らの被曝を制限するために、作業間の休憩が設定されたことを確認した。

四月二〇日、〔続いて今度は〕工房の調査のために、ケアは小さなオタワの町に到着した。彼がまず訪れた先は、現場管理責任者のマレー女史のところだった。

「あら」と彼女は彼に答えた。「ほんの些細なものですら、工房の作業で病気になったという話は、これまでに一度も聞いたことがありません」。彼女は続けて言った。「うちの作業が女工たちの健康に害を及ぼすどころか、むしろ作業のご利益（りやく）でしょう、明らかにますます健康になった数名の女工を知っています」

ケアは彼女にリップ・ポインティングのことを尋ねた。彼女の説明では、女工たちは「洗浄用の水で注意深く筆を洗わない限り、口のなかで筆先を尖らせてはならないと忠告されている」ということだったが、しかし、彼女はこうも認めている。「口で筆先を尖らせるやり方は、常におこなわれています」

その同じ日にケアが工房を視察したとき、彼自身の目でそれを確認することができた。工房の女工たち全員がリップ・ポインティングをおこなっていたのだった。ただし、彼も認めるように、彼女たちはみんな「健康ではつらつとしていた」。彼が工場を視察したその日、筆洗い用の水が、たしかに女工たちの机のうえに置かれているのを見た。しかし、その後日、別の機会に工房を撮影した一枚の写真を副社長のフォーダイスから譲り受けたとき、机上の水が写っていないことにケアは気がついた。

調査の一環として、ケアはオタワの歯科医たちとも面談した。彼らが自分の患者のうち、口になにか異常な症状があるものに出くわしたことがないかを確認するためだった。ニュージャージーでは、バリー博士とデイヴィドソン博士という二人の歯科医が最初の警告を発した。オタワにも同様の問題があるならば、最初にそのことに気づくのは地元の歯科医だろうというのは、理屈に合っていた。それで、その四月の午後、彼は三人の歯科医を訪ねた。うち一人は、町で一番大きな歯科医院だった。そこの歯科医は工場で働く多くの女工の歯の治療をしていたが、これまでに「悪性疾患の兆候はなかった」とケアに言った。その歯科医は、なにか起きた場合には、すぐに当局に通知すると約束した。別の二人の歯科医も同じく、女工たちは健康だと保証した。それどころか、「女工たちには歯の病気がほとんどないようです」と饒舌に説明したのだった。

ケアの全国調査にはたったの三週間しか費やされなかった。アメリカの大きさ、そして事態の潜在的な深刻さを考えると、信じられないほど短期間だった。調査は突然打ち切られた。ケアの上司エセルバート・スチュアートは後日その決定について語った。「我々がラジウム塗料に目を留めたのは、白リンへの一連の対応と関連してのことです。白リンは当時我々が最重要視していたもので、蛍光塗料にはそれが使われていないということが分かりました」。ケアの調査は、産業毒をより広範に調査するなかで生じた、ほんの派生物にすぎなかった。

しかし実は、別の理由もあった。スチュアートは後に打ち明けた。「私が調査を中止させたのは、USRC以外には問題がないと確信したからではありません。追跡調査を継続できる費用が当局になかったからです」

三週間の短い期間だったが、ケアは結論に達した。ラジウムはたしかに危険であると、彼は断定した。

唯一の問題は、女工たちにそれを伝える人間が誰もいなかったということだった……。

16

ニューヨーク市チャーチ・ストリート三〇　米国ラジウム社本社

一九二五年

歪められた報告書

アーサー・ローダー社長にとって、その日はひどい一日だった。カーロフ家の娘が訴訟を起こしてからというもの、毎日ひどいことつづきのような気がしていた。すさまじい報道が繰り広げられ、彼の会社の名声は地に落ちていた。この小さな新興企業は、原告のマルグリットの「仕事の能力を完全に奪い」、また「重傷を負わせた」として、非難されていた。こうした報道は経営に影響を与え、いまでは文字盤塗装工はほんのわずかしか残っていなかった。

ローダーが必ずしも知っていたわけではないが、この不祥事は、自社が協力して設立した、ウォーターベリー・クロック・カンパニーの工房に勤める文字盤塗装工たちにも影響を及ぼした。カーロフの訴訟が地元のニュースで報じられると、この時計メーカーはリップ・ポインティングを禁止した。

実際には、別の理由があって禁止されたのかもしれなかった。ただし、ウォーターベリー・クロック・カンパニーは絶対に認めないだろうが。一九二五年二月、そこで働いていたフランシス・スプレットストッカーという文字盤塗装工が、激痛に苦しみ始めて数週間も経たずに亡くなった。彼女も顎の壊死を患い、その腐敗は右頬を貫いて穴を開けたほどだった。彼女の死は、公式には彼女の仕事とは関連づけられていなかったが、同僚たちのなかにはそれらを繋げて考えるものもいた。同社のとある女工は、「フランシスが死んで怖くなってしまったので、お金がほしいからといって、文字盤塗装部門で二度と働こうとは思いませんでした」と話した。

フランシスの父親も同じ会社で働いていた。彼はフランシスが業務のせいで死んだことを「確信していた」けれど、クビになることを恐れて、「あえてそのことについて抗議しようとはしなかった」。

ああ、なんと従順な従業員であることよ。

ローダーは、凄腕の（そして費用も莫大な）USRCのお抱え弁護士を使って、カーロフ裁判を戦っていた。彼らはただちに女工の告訴の取り下げを求める申し立てをした。この訴訟は、労働災害補償局に提出されるべきだというのがその理由だった。しかし、原告の女工の疾患は、補償可能な九種類に含まれていなかったので、たとえそうしたところで受理されなかっただろう。いままでのところ、被告側の法律上の駆け引きはうまくいっていなかった。判事が陪審員に判決を下すよう指示したのだ。

ローダーの立場からすると、状況は日に日に悪くなっていた。ヘイゼル・キューサーの家族が訴訟に加わり、一万五〇〇〇ドル（現在の価値で二〇万三〇〇〇ドル）の賠償を請求してきた。ヘレン・クインランの母親ネリーの後ろを、事件屋弁護士《アンビュランスチェイサー》も追いかけていた。しかし、彼女は娘の死について医師が話したこと〔死因がワンサン・アンギーナだという診断。9章参照〕を信じていたので、弁護士に会う理由はなにもないと考えた。それはローダーにとって少しの気休めになった。

同様に、マルグリット・カーロフの妹であるサラ・メルファーが、裁判開始時、文字盤塗装工房の仕事をすでに辞めていたのは幸運だったとローダーは思った。自社で雇われ続けているなどありえないことだ。メルファーについてしばし思いをめぐらした。〔副社長の〕ファイトの話によれば、彼女はひどく病気がちな女性だった。三年ものあいだ足が不自由で、杖をついて歩いていた。しかもそのあいだ、会社がずっと支援していたので、彼女は仕事を続けられたのだ。よろしい、蛙の子は蛙だ。もし姉妹の一人が病弱だったならば、その性質は家族で遺伝する可能性がある。そうローダーは考えたのかもしれない。

彼は「婦人クラブ」がこの騒ぎの元凶だと責め立てた。キャサリン・ワイリーは、年初から彼に手紙を送り続けていた。この問題への彼女の「異常な関心」について、彼はとうてい許しがたいと思っていた。なんとかして彼女を排除しようと努めたけれど、うまくいかなかった。ローダーは彼女におべっかを使い、「消費者連盟が、この手の報告に興味を持つのはまったく適切である」と賛意すら表明した。しかしキャサリンは彼に調子を合わせたりはしなかった。次第に、彼女は単なる頭痛の種以上のものになり始めていた。

しかも彼女に加えて、この件を調べているものに統計学者のホフマン博士もいた。彼は、ローダーに向けて「やみくもに議論を引き起こそうと考えているわけではけっしてありません」と書いてはいたものの、彼が作成した文書は会社に対してことのほか辛辣だった。彼はふたたびローダーに手紙を寄越し、マルグリット・カーロフが「まったく哀れな病状にある」と訴えた。そして、社長のローダーか、あるいは会社の役員に、直接彼女に会うよう強く要請した。しかし、それが聞き入れられることはなかった。

ローダーはこの類の陳情書の扱いに慣れていた。過去にも、ブラム博士からの治療費の要求を苦もなく却下していた。しかし、彼を真剣に悩ませていたのは、ホフマン博士がおこなっている調査のほうだった。ホフマンは、その手紙の終わりに、彼の調査報告を発表する予定でいると締めくくっていた。おそらく、強い影響力を持つ米国医師会においてだろう。それにしても、ホフマンは医師でもなくラジウムの専門知識もないのに、いったいなぜそのような場所での発表が許されるのか、ローダーには見当がつかなかった。彼の考えでは、「その発表題目がなんであれ、重要な医学会での発表は、広範な研究か、具体的な大規模調査のいずれか、あるいはその両方に基づく」のが通例のはずだった。「そうした調査は少なくとも全米を対象にすべきだろうし、スイス、そしてドイツやフランスの一部地域が含まれないままでは、完全なものだとはとても言えないだろう」というのが彼の意見だった。アメリカ国内のほんの数ヶ所を簡単に調査しただけで結論を出すなんて、ホフマンはいったい何を考えているのか(実際には、調査の一環として、ホフマンはオタワのラジウム・ダイヤル社の工房、ならびにロングアイランドのいくつかの文字盤塗装工場も訪れていた)。ローダーに言わせれば、ホフマンがこの問題を十全に調べるつもりがあるのなら、調査結果を発表する前に、数年間集中して広範な国際調査をおこなうのが必須のはずなのだ。

ところが、ホフマンはそうする代わりに、女工たちを診たことのある医師や歯科医師に質問票を送ること、また、被害者である彼女たちへの面談、これら二つの調査にとどめていた。後日ホフマンは記している。「私は女工たち全員から同じ話を聞きました。彼女たちは同一の職場環境のもと、同一の作業をおこない(…)その結果同一の帰結に至ったのです」。調査は簡潔だったものの、彼は発表を決意したようだった。

ローダーは苛立っていた。なぜ、彼はうちの工場を訪れることすらしないのか。とはいえ、公平を期して言うと、ローダーはおそらくホフマンの調査を妨害しようとしていたのだ。これまでに会社が支援を申し出たことはなかったのだから。ローダーはホフマンを懐柔しようとして手紙を書いた。「貴殿が指摘される感染症の原因は、ラジウムではないと弊社は心から信じています。被害者に共通に見られる原因があるとすれば、それは工場の外にあるのです」。しかし、ホフマンの調査は継続された。ローダーには彼の執念が理解できなかった。

ローダーは知らなかったことだが、いまや蛍光塗料の発明者ですら、女工たちの病気の原因が工房の作業にあると認めていた。ホフマンの執念には、おそらくこの事実が影響していた。一九二五年二月、〔会社の創業者である〕セイビン・フォン・ソチョッキーはホフマン宛の手紙でこう告げた。「問題の病気は、疑いようもなく、職業病です」

ローダーはホフマンからの手紙を読んでため息をつき、自分の机に戻った。彼は自分の黒髪を撫でつけて——いつも通りポマードでぴっちりと整えられていた——品の良い蝶ネクタイを自意識過剰気味に整えた。しかし、目の前にあるものを見て、彼の心は沈んだ。今度は、ミス・ワイリーからの手紙だった。

「親愛なるローダー様」と彼女は淀みなく書いていた。「昨年の春、ドリンカー博士が〔御社で〕調査を実施したと聞きました。その調査結果についてはなにも存じませんが、いずれそれが発表される日を興味深く待つ次第です（…）」

アーサー・ローダーのふくよかな丸顔が、不安気な表情になった。ドリンカーの調査は、まさに彼のもう一つの悩みの種だった。昨年の六月、彼がどれだけ博士の調査報告を心待ちにしていたかしれない。これでついに、彼が真実だと考えていることが科学的に証明されるのだ。議論の余地のない確証を得られるのだ。すなわち、これまでに起こった気味の悪い病気や死は、自分の会社とは間違いなくなんの関係もないのだと。

だから、セシル・K・ドリンカーが報告書と一緒に送ってきた添え状を読んだとき、ローダーは茫然とした。「我々は、これまでに発生した問題の原因がラジウムだと信じています」。いまからおよそ一年前の一九二四年六月三日、ドリンカーはこう書いてきたのだった。「我々の考えでは、あなた方がこの状況に対処する際、ラジウム以外を原因とする方法を取るのは不当であると申し上げます」

なんてことだ……思いもよらなかった。その前の四月二九日、ドリンカー夫妻は、彼らの最初の調査に基づいた暫定的な見解を、たしかに送ってはきた。「問題の原因は、ラジウムである可能性が高いようです」。しかし、この見解は、彼らが工場をふたたび調査する前のものだったので、調査が進めば、その間違いが証明されるだろうとローダーは確信していたのだ。

ところが、最終報告書は読んでいて気分の良いものではなかった。「我々の考えでは、御社の従業員のあいだに見られる異常疾患は、その発生率の高さからいって（…）偶然ということはありえません。工場の作業によって引き起こされた、なんらかの骨の損傷によるものに違いありません」

ドリンカー夫妻は、塗料の含有物を系統的に細かく調べて、一つずつ順番に毒性がないものを退けていった。そして、ラジウムにたどり着き、過剰被曝の危険性に関する「十分な証拠」があると断言した。「蛍光塗料を構成する成分のうち、損傷を及ぼす可能性がある唯一のものは、ラジウムで間違いありません」とドリンカー夫妻は結論づけた。

さらに、被曝した女工たちの体内で起きているメカニズムについて、夫妻が考えた詳細な仮説も示されていた。彼らの仮説はこうだ。ラジウムはカルシウムと「類似の化学的性質」を持つ。そのため、ラジウムが「体内に吸収されると、最終的な固着先として骨を好む可能性がある」。この性質により、ラジウムはカルシウムと同じく向骨性物質と呼ばれる。人体も、骨を強くするために、カルシウムを骨まで運ぶよう設計されている……。基本的に、ラジウムはカルシウムになりすまし、それに欺かれた女工たちの身体は、その骨の内部にラジウムを沈澱させる。ラジウムは沈黙のストーカーとして、カルシウムの覆面に隠れながらそれになりすまし、女工たちの顎や歯の奥深くに身を潜めていたのだ。

ドリンカーが科学論文を調べてみたところ、今世紀の初頭から、ラジウムが人体に深刻な損傷を与えることはすでに知られていた。だから、大量のラジウムを被曝する作業員は、重い鉛の前掛けを装着し、先端に象牙のついたトングを用いていたのだ。だから、ラジウム・ダイヤル社の研究所の技術者は、ラジウムが置いてある場所での滞在可能な時間が制限されていたのだ。だから、フォン・ソチョッキー博士は、左の人差し指の指先がもはやないのだ。だから、USRCで主任化学研究員だったリーマン博士は、両手が病斑に覆われていたのだ。だから、フォン・ソチョッキーの共同創業者であるウィリスには親指がなかったのだ。遡ること一九〇三年、ピエール・キュリーがすでに気づいていたように、ラジウムが持つ外部被曝の力は、大の男を簡単に殺すことができるのだ。

こうした被曝の影響は身体の外側からのものだった。だが、想像してみて欲しい。そんな力を持つラジウムが、ずる賢くその身を隠しつつ、あなたの骨の内側にまでたどり着いたときの影響を。

ドリンカーは報告書にこう書いている。「ラジウムがいったん骨に沈澱すると、その位置にとどまりながら、非常に効果的な損傷を与え始める。その威力は、同じラジウム量で外部被曝の数千倍にもなる」

モリー・マッジャの骨のなかに潜んで、彼女の顎をばらばらにしたのはラジウムだった。ヘイゼル・キューサーの身体を住み処として彼女の頭蓋骨を食らい尽くし、顎の骨を穴だらけにしてしまったのもラジウムだった。そして、いまこの瞬間、絶え間なく放射線を放ち続けて、マルグリット・カーロフの口を粉々にしようとしているのも、ラジウムなのだ。

アイリーンやヘレンを殺したのは、ラジウムだった。そしてこれからも……。

問題なのはラジウムであると、ドリンカー夫妻は言い切った。

博士たちは、従業員の検査結果の表を同封していた。そして肝心なのは、彼らがそれらを分析済みだったことだ。それによると、「USRCの従業員から採血した血液のうち、完全に正常なものは存在しない。これと同じ調査結果が、以前、ライフ・エクステンション・インスティチュートによって報告されている。しかし、彼らはこの調査結果の意味するものが理解できなかったようである」。血液に異変が見られる従業員もいれば、「ほぼ正常」の範囲内だと認められるものもいた。しかし、完全に正常な血液の従業員は、一人もいなかった。たった二週間しかそこに勤めていなかった女工ですら、そうではなかったのだ。

ドリンカー夫妻は、マルグリット・カーロフの症例について、特別に意見を述べた。彼らは最初の工房訪問の際に彼女と面談していた。彼女は、現在ローダーを襲っているすべての災難の始まりだった。報告書のこの箇所で、一瞬だけだが、ドリンカー夫妻は、評価報告書全体を特徴づける淡々とした調子を中断している。「我々の意見を表明しておくことが重要だと思われます。現在のカーロフさんの深刻な病状は、御社の工場での数年間の勤務によるものです」。彼らは会社に向けて、「この女の子が生き延びるためには、最高の治療が必要だという事実に目を向けて欲しい」と書いた。

それから約一年が過ぎたものの、彼女のために会社は指一本動かしはしなかった。

報告書は、さまざまな安全勧告で締めくくられていた。ドリンカーはそれらについて、「御社がただちに取るべき予防措置」と説明していた。この報告書がローダーの顔に泥を塗ってからしばらくは、それらはただの安全勧告にすぎなかった。しかし、最近彼はファイト副社長に指示を出して、それらの安全措置のうちいくつかを実行に移させた。ローダーは「こうするほうが、七万五〇〇〇ドルの賠償金を支払うよりもずっと経済的だ」とファイト宛のメモに残している。

ローダーは、ドリンカー夫妻の報告書を読み終える頃には、愕然としていた。こんなものが真実であるはずがない。彼は数日間かけて自分の考えをまとめた。それから、一九二四年六月から数週間にわたって、ドリンカー博士と往復書簡を交わした。疑うべくもない博士の優秀さを忘れてしまったのか――そもそもローダーが彼に調査を依頼することに決めたのは彼の優秀さゆえだったのに――ローダーは博士の出した結論によっていまや「当惑している」と述べた。そして「博士が詳らかにした状況と彼自身の考えのあいだで折り合いをつける」ことを強く望んでいた。とはいえ、ドリンカーが議論をさらに深めようと申し出てくるのを先読みしてのことだろう、ローダーは忙しすぎて面会できないことを強調した。仕事の時間を確保するために、「毎年の夏恒例の、海辺で過ごす週末を取りやめることを検討する」くらい忙しいのだと。

一九二四年六月一八日、自社で巧妙に細工したドリンカー報告書の要旨を共有してもらうべく、ハロルド・ファイトが労働局に手紙を書いたとき、ローダーとドリンカーのあいだでは手紙による論戦が依然として続いていた。この日付のローダーからの手紙は、ドリンカーを見下げるような書きっぷりだった。「あなたの仮報告書は、そのほとんどが状況証拠に基づく暫定的な結論だらけで、むしろ仮説と言ったほうが良いですね」

当然、博士はやり返した。「我々の報告書が、予備的で、なおかつ状況証拠であるような印象を与えてしまい残念に思います。さらに残念なことに、再度調査を繰り返したところでそうした印象が改まることはないでしょう」。ただし、彼は再び念を押した。「我々は御社の従業員の多くに、血液変性を認めました。これを、ラジウム以外の理由で説明することは不可能です」

その後二人は手紙で激しくやりあった。ローダーは聞く耳を持たなかった。「我々は〔ラジウム以外の〕原因を突き止めねばならないという感触を持っています」

驚くべきことに、ドリンカー博士はこの社長の立場についてひそかに理解を示していた。彼はある友人にこう書いている。「彼は、自分の会社が不幸な財務状況に陥っていることに気づいているために、ラジウムに関しては、ある一つの態度以外取りようがないのだ。すなわち、ラジウムとは無害であり、また、できるだけ身近に置いておきたいとみんなが思うような有益な物質である、という態度だ」。彼は、女工たちの身に起こったことについて、「あの会社に責めを負わせられるとは思えない」と付け加えた。

このような博士の立ち位置は、彼が携わっている学問領域が産業衛生学であったことが、いくぶん寄与していたかもしれない。一九二二年まで、ハーヴァード大学のドリンカー博士の所属学部は、実業界にすべての資金を援助してもらっていた。一九二四年の時点ですら、特別プロジェクトのために民間企業が献金していた。USRCのような名門企業を攻撃することは、賢明ではなかっただろう。とある産業医が以下で述べるように。「我々が産業界にいる目的は、甘ったるくて馬鹿げた社会政策を実行する手助けのためだろうか。それとも、従業員の歓心を買うためだろうか。いいや違う。我々がここにいるのは、それが良い商売になるからだ」

このように、ローダーとドリンカーのあいだで最後の意見交換がなされたあと、おそらく博士を遠ざけておくためだろう、ローダーは「取引がなくなったため、弊社の塗装工場はほぼ完全に閉鎖されました」と伝えることを忘れなかった。その後、いっさいの連絡は途絶えた。ドリンカー夫妻の完全な報告書は発表されなかった。労働局は一連の出来事について、会社が編集した報告で満足していた。現行の文字盤塗装工たちは、もはやヒステリックな噂を聞くこともなくなり、職場に戻った。そして、アーサー・ローダーはいつも通り事業に取り組むことができた。

これまでなら。

キャサリン・ワイリーが、呼ばれていないところに首を突っ込んでくるまでは。

ローダーの知らないうちに、ワイリーと以前彼女が助けを求めたことのある女性医師、アリス・ハミルトン博士（ドリンカーと同じ学部で働いていた）は、かつてローダーが調査を依頼した人物たちに揺さぶりをかけていた。ハミルトンは、ドリンカー報告書がいまだに発表されていないのは、セシル・ドリンカーがローダーの同意が必要だと思い込んでいるからだということを知った。しかし、会社は本当の調査結果を隠蔽しているのだから、当然そうした同意が得られるはずもなかった。ドリンカーの「産業界寄りの」立場が「非倫理的な精神を表している」ように思われて、ワイリーは彼のことを「不誠実」だと言った。

こうして、二人の女性は基本計画《マスタープラン》を考えた。ドリンカー報告書のミスリーディングな要約を、USRCが労働局へ提出済みであることを知らなかった彼女たちは、ジョン・ローチに頼んで、調査結果をローダーに請求してもらおうと企んだ。彼女たちは、この働きかけによって、ローダーが彼の意に反して行動することを余儀なくさせ、報告書を白日のもとにさらすことになるだろうと判断した。なぜなら、彼がローチを拒絶することは、職務上ほぼ不可能だったからだ。

それゆえに、実は、ローチがすでにドリンカーの報告書を読んでおり、しかもそれによりこの会社の疑惑が晴れたということをワイリーに明かすと、彼女は不意を突かれて驚いた。ワイリーはすぐにハミルトン博士に伝えた。すると、ハミルトンはドリンカー夫妻の個人的な知り合いというだけでなく、彼らのデータを元に偽の陳述が作成されたことを知れば、彼らが動揺すると見抜いて、ただちにキャサリン・ドリンカーに手紙を書いた。

彼女は無邪気さを装ってこう書いた。「ローダーはあなたの名前で偽造の報告書を発行していますが、こんなことが許されるとあなたはお考えですか」。キャサリン・ドリンカーはただちに返答してきた。彼女と夫は、自分たちの調査結果をローダーが歪曲したかもしれないということを知って、「非常に憤慨している」とのことだった。「ローダーが本物の悪人だということが分かりました」と、キャサリンは激怒しながら手紙を締めくくっている。妻に促されて、セシル・ドリンカーはローダーに手紙を書いた。相変わらず、社長に対してお世辞を言ったりなだめたりするような言葉遣いだったと言わねばなるまいが、完全な調査報告を発表するつもりであることを伝えた。彼はこう呼びかけた。「報告書が発表されることは、あなたにとって利益となるに違いありません……御社の立場を盤石にするには、自社工場の問題の根本原因を突き止めるために、人道的にできることはすべてやり切ったと人びとに納得してもらうしかありません」

こうして、行動が開始された。ハミルトン博士はワイリーへの手紙で、いまや問題は解決したも同然だと信じていると書いた。たしかに、ハミルトンが言うように、アーサー・ローダーは「ドリンカー博士が報告書を発表することを拒むような愚かもの」ではなかっただろう。

しかし、彼女はこの社長の厚かましさを見くびっていたのだった。

17

解明され始めたラジウム中毒

アーサー・ローダーが、もしも抜け目のない、策略に富んだビジネスマンでなかったら、米国ラジウム社の社長にはなれなかった。彼は交渉人として秀でていたので、状況をうまく利用することに長けていた。友人はつねに身近に置いておくべきだというのが、ローダーの持論だった。ただし、敵はより近くに置いておくべきなのだ。

一九二五年四月二日、彼はフレデリック・ホフマンをUSRCのオレンジ工場に招待した。

実のところ、この統計学者は工場を二、三度訪れたことがあった。その際、彼はとりわけ、リップ・ポインティングの危険性を警告する標識が掲示されていない点に注目した。ローダーはホフマンのこの注目に気づいたのかもしれない。あるいは以前ファイト副社長に指示した、現在進行中の単なる安全措置の一部として、次の一手が打たれたのかもしれない。というのも、一九二五年の聖金曜日《グッド・フライデー》がホフマンの最後の訪問となったが、その際ローダーは、彼に工房内の新しい掲示に注意を向けさせたのだった。それは、従業員に対して、筆を口のなかに含まないよう命令するものだった。ホフマンはこれに満足したと後日話している。「掲示を見て、労働環境が改善されていることに良い印象を受けました」

ローダーは自分が何をやっているのか分かっていた。自分たち二人の男のあいだに、誠心誠意の関係を演出できたと踏んで、この好機を逃さなかった。ローダーはホフマン宛にこう書いている。「あなたが〈ラジウム壊死〉に関する論文の発表を延期することに、納得してくださるよう願っております」。彼はホフマンに、「この問題をより徹底的に調査する機会」を持っていただきたいと書いた。

ホフマンは親しげに返事をした。「訪問時の私へのご厚意に深くお礼申し上げます。また、あなたの苦しいお立場についてもお見舞い申し上げます」。ところが、ローダーは遅すぎたのだった。「ファイルを調べてみましたが、発表論文の要旨は、しばらく前に米国医師会に提出されています。発表要旨をまとめた便覧に掲載するためです。いま頃印刷機に送られているでしょう……。そういうわけで、論文は私の手元にはありません」。これに加えて、ホフマンは報告書のコピーを労働統計局、つまりエセルバート・スチュアート率いる政府系機関に提出することに同意したことも伝えた。

この知らせに対してローダーがどういう反応をしたのかは、我々には想像することしかできない。とはいえ、彼はこれまで同様、うまいこと労働統計局の懸念を和らげようとした。その春、当局のスウェン・ケアがマルグリット・カーロフについてローダーと面談した際にも、彼は調査官に向かって率直に話した。「その病気の原因は工場内には絶対にないと考えています。実際のところ、弊社を欺いて責任を押しつけようとする陰謀の可能性もあります」

このカーロフ家の娘は、少なくとも、ローダーがジョン・ローチとの接触を避ける口実になっていた。ローチは、会社から提出された報告書が歪曲されたものだということを知り、ただちに調査結果の完全なコピーを要求してきた。これに対して、ローダーはこう返答した。カーロフ家との係争中のため、「この件はニュージャージーの弁護士事務所、リンダベリー・デピュー&フォークスの管理下にあります。したがって、あなたの請求はこの事務所のストライカー氏に現在照会中です」。調査結果の完全版を公表して欲しいという、ドリンカー博士からの懇願に対しても、ローダーは同様の返答をした。「法的状況に鑑みて、貴殿の調査報告書を発表する件に関しては、いっさいなにもおこなっていません。今後も、弁護士の助言による場合を除いて、いかなる報告書も発表するつもりはございません」

しかしながら、ローダーはいまや自分の手に負えない状況に陥り始めていた。ドリンカーはこの社長が公表をひたすら引き延ばし続けることに我慢できなくなった。そこで彼は直接ローチに手紙を書き、自分のおこなった調査結果について、この会社がいったいどのようにローチに伝えたのか確認することにした。ローチはドリンカー宛に、一九二四年六月一八日付の副社長ファイトからの手紙を正式に送ってきた。それを読んだドリンカーは唖然とした。同僚のハミルトン博士が妻に話した通り、この会社は嘘をついていたのだ。彼はローチにはっきり言った。「我々は二人ともUSRCに騙されていたのです」。こうした会社のやり口に彼はひどい衝撃を受けて、ニューヨークにいるローダーと対決するために、一対一の面談を設定した。

ローダーは依然としてドリンカーの怒りを鎮めようとしていた。ドリンカーが彼に向かって「この件に関するあなたの会社の振る舞いは、とうてい信用できるものではない」と厳しく言うと、ローダーは「自分たちの思惑は正反対だと彼をなだめ、そしてローチが報告書の原本の完全なコピーを受け取れるように、ただちに取り計らうと断言した」。ドリンカーはいくぶん安心したものの、その怒りが完全に収まったわけではなかった。そこで、彼はローダーと取引することにした。ローダーが先に述べた約束を守るかぎり、ドリンカーも「報告書の公表はしないつもりだ」と約束した。

この取引はローダーにとって好都合だった。これでローチはこのゲームをこれ以上続けることはできなくなった。それに、調査結果がより広範囲に公表されないということは、係争中のマルグリット・カーロフが、彼女の病気を職業に直接関係づける専門家の報告書を入手できないことを意味した。とはいえ、ドリンカーの論文の存在はローダーにとって最後通告でもあった。しかしながら、アーサー・ローダーは権力者であり、自分の従業員からの圧力に屈するような人間ではなかった。

実際に、ドリンカー博士が交渉を企てたことに対しても、彼が動揺した様子はいっさいなかった。ドリンカーからの要求を自社の弁護士であるストライカーに伝えただけだった。ローダーはストライカーに高額の顧問料を支払っているのだから、こうした新たな展開にもうまく対応するだろうと信じた。その一方で、ローダーには、とっておきの切り札があった。この町にいる専門家はドリンカーだけではなかったのだ。

ここでフレデリック・フリン博士にご登場いただこう。

フリン博士は、ドリンカー博士と同じく、産業衛生学を専門としていた。彼は、コロンビア大学衛生研究所の生理学の助教で、それ以前は複数の鉱業会社で役員をしていた。彼は、髪が薄くなりかけた四〇代後半の真面目な男で、ワイヤーフレームの眼鏡をかけていた。放射性塗料の有害性の調査を依頼された彼は、一日かそこらもたたずにローダーに会い、自分の研究に資金を出してもらうことに同意してもらった。

フリンがUSRCと付き合うのは、これが最初ではなかった。その前年、彼はこの会社と関わったことがあった。以前からオレンジで工場周辺の住民たちが不満を訴えていた、工場から排出される噴煙の損害賠償訴訟において、彼は会社の弁護団の一員だったのである。この会社は、おそらく一九二五年初頭のエチルコーポレーション裁判での彼の仕事ぶりも知っていたのだろう。このとき、フリン博士は有鉛ガソリンが安全だという証拠を見つけるために雇われていたのだった。

翌朝、フリンはオレンジにある会社の工場の見学から仕事を開始した。しかし、彼に与えられた権限はそれだけではなかった。ＵＳＲＣを通じて、フリンはウォーターベリー・クロック・カンパニーを含む他の企業の文字盤塗装工にも接触し、彼女たちの健康診断をおこなった。当初彼は、「最初の調査をまったくの企業側の費用負担なしでおこないました」と話していた。ところが、後日、彼には女工たちの雇い主であるそれぞれの企業からお金が支払われていた。

彼が調べていたラジウム会社のうちの一つが、ニューアークのルミナイト社だった。そこで、彼はエドナ・ボルッ・ハスマンに出会った。彼女は、「ドレスデン人形」と呼ばれた美人で、戦時中はＵＳＲＣのオレンジ工場で働いていた。一九二二年九月、ルイスと結婚してからは、配管工である夫の給料に併せて家計を助けるために、ルミナイト社でパートとして働いていた。ただし、彼らには子供がいなかったので、それほど多くのお金を必要としていなかった。その代わりに、小型のホワイトテリアを飼っていた。

エドナがルミナイト社で勤務していたある日、フリン博士が彼女の身体を検査しても良いか尋ねてきた。エドナの後述によると、「その検査が誰のためにおこなわれるのか直接知らされなかった」し、また、彼女が「頼んだわけでもなかった」にもかかわらず、実施された。フリンは彼女の美しい身体を入念に調べ、採血した。

当時、エドナはわずかな膝の痛みを感じていたけれど、気に留めていなかった。彼女がフリンにそのことを伝えたかどうかは分かっていない。ただ、カーロフ裁判の噂は十中八九聞いていただろう。だから、フリンが検査結果を伝えたとき、心の底からほっとしたに違いない。「彼は私の健康が完璧だと言ってくれました」と彼女は振り返った。

エドナと同様に、彼女の元同僚たちも幸運に恵まれていれば良かったが、そうはいかなかった。キャサリン・ショウブは恐ろしい日々を送っていた。「その冬はひどく気が滅入りました」と彼女は後に書いている。固形食が食べられないほど胃の調子が悪化したので、彼女は腹部手術に耐えなければならなかった。彼女は歯科医と医者のあいだをたらい回しにされているように感じていた。しかも、答えを出してくれるものは一人もいなかった。「最初に私が医者を訪れてからというもの、次から次へと医者に会い続けただけでした」と彼女は苛立たしげに言った。「熟達した医者に治療されているはずなのに、改善の兆しがいっこうに見えてこないことほどがっかりすることはありませんでした」。彼女の病気は彼女の全人生に影響を及ぼしていた。というのも、キャサリンには働く意欲があったのに、長引く病気のせいで、いまやどのような職業にも就くことができなくなってしまったからだ。

一方、グレース・フライヤーはいまでも銀行の仕事を続けていた。マキャフリー博士が気をつけて診てくれたおかげで、顎の感染症は治ったように見えたものの、彼女は再発を非常に恐れていた。しかも、顎は良くなったにしても、背中の痛みは相変わらず彼女を苦しめていた。ハンフリーズ先生のストラップで固定する治療はもはや効かなくなっていた。「私は、ニューヨークとニュージャージー中の著名な医師全員にかかりました」と彼女は言う。しかし、誰一人として、彼女の病気の原因を特定できたものはいなかったし、それどころか、事態を悪化させることもしばしばだった。グレースはカイロプラクティック治療を受けたが、しまいには「治療時の痛みがあまりにもひどくなったので、中止を余儀なくされました」。

オレンジでは、グレースの友人、クインタ・マクドナルドが運に見放されていた。一九二五年四月、九ヶ月ものあいだ彼女の身体を固定し束縛し続けてきたギプスからついに解放された。しかし、医者による最大限の努力にもかかわらず、彼女の病状は悪化していた。彼女はもはや歩くのが非常に困難な状態に陥っていた。その年の終わりまでに、彼女のかかりつけ医の往診は九〇回に及んでいたので、治療費の請求書は二七〇ドル(現在の価値で三六〇〇ドル)にまでなった。

クインタにとって最悪のタイミングだった。彼女が、姉のアルビナのところに居たいと強く思っていた矢先に、姉の家への一五分の道のりを歩いてたどり着くことができなくなったからだ。姉の家に向かう途中のハイランド・アベニューは、列車の駅まで急な下り坂だった。クインタは、もはや杖をついても下り坂を降りることができなかった。ましてや帰路を登るなんてとうてい無理だった。姉のアルビナ・ラリーチェが、四年越しの努力の末、ついに妊娠したというのに。家族全員大喜びだった。これほど良い知らせはなかった。当時、誰に尋ねて回っても、いっこうに良いニュースなどない状態だったのだから。

その春、マッジャ家には少なくともお祝いする理由があった一方で、そこからメイン・ストリートをすぐ行ったところの、カーロフ家は本当に困窮していた。もうお金はないのに、引き続き費用のかかる治療をマルグリットに受けさせていた。一九二五年五月までに、治療費は一三二一ドル(現在の価値でおよそ一万八〇〇〇ドル)にまで達していた。サラ・メルファーは妹の病状を見て取り乱した。サラは妹を安心させようと、そして彼女の気分を明るくするために冗談を言おうとして、彼女に話しかけ続けた。しかし、顔の骨の感染症のせいで、マルグリットの聴覚は両耳とも急速に衰えていた。それでも彼女はサラが話していることを懸命に聞こうとした。痛みは激しかった。というのも、彼女の下顎は顔の右側で折れてしまっていたし、歯もほとんど抜けて失われていたからだ。彼女の頭は実質的に「極度に腐っていた」。「腐っていた」という言葉で意味するものすべてが当てはまる状態だった。だけれども、彼女はまだ生きていた。彼女の頭部全体が腐りつつあったとしても、まだ生きていたのだ。

マルグリットの病状があまりにも悪化したことに促されて、ついにジョゼフィン・スミスが仕事を辞めた。マルグリットの身に起こったことを見れば、誰もが心を動かされた。フレデリック・ホフマンとネフ博士も、彼女側のリングコーナーのセコンドとしていまだに戦い続けていた。彼らはマルグリットの体調の急激な悪化を目にして、おそらく以前ならありそうもなかった相手に助けを求めた。USRCの創業者、セイビン・フォン・ソチョッキーである。

フォン・ソチョッキーはもはや自分〔が興した〕の会社の一員ではなかった。USRCとはなんの関係もなく、それどころか、自分が追放されたいきさつを恨めしく思ってすらいたかもしれない。それに加えて、彼はおそらく責任を感じていた。女工たちの支援者の一人が彼のことを振り返ってこう書いている。「彼に悪意がけっしてなく、ありとあらゆる有益な方法で女工たちを支援しようとしているのを見て、私は完全に気が晴れました」

まさにそれこそが、フォン・ソチョッキーのやろうとしていることだった。ホフマンとネフの両博士とともに、マルグリットの身体の問題が何なのかを明らかにするために、彼ら三人で彼女をオレンジのセントメアリー病院に入院させた。入院時、彼女は貧血で、体重が四一キログラムしかなかった。脈も「速くて弱く、しかも不規則」だった。彼女はぎりぎりのところで頑張り続けていた。

マルグリットは、ホフマン博士のおかげで入院できたのだが、その入院のおよそ一週間後、この統計学者は文字盤塗装工たちにとって、これまでで最大の貢献を成し遂げた。女工たちの問題に関する彼の研究を、米国医師会で学会発表したのだ。女工たちの病気をその職業と関連づけた、初めての主要な研究だった。要するに、初めて公に発表されたのだ。ホフマン博士の主張は次のようなものだった。「ごく微量の放射性物質が体内に取り込まれた結果、女工たちはゆっくりと中毒になっていったのである」

この「微量の」という言葉が重要だった。なぜなら、会社は――すべてのラジウム会社は――塗料に含まれるラジウムは非常に微量であるという理由で、文字盤塗装作業が安全だと信じていたからだ。ところが、ホフマンは塗料内のラジウムの含有量が問題なのではないことに気がついた。問題は蓄積効果だった。女工たちは、来る日も来る日も大量の文字盤を塗り続けることで、塗料を体内に摂取し続けていた。塗料に含まれるラジウムはほんの少しだったかもしれない。しかし、三年、四年あるいは五年ものあいだ、連続して一日も欠かさずに塗料を飲み込み続けた暁には、損傷を与えるのに十分な量に達する。ドリンカー夫妻がすでに気がついていたように、ラジウムはとりわけ内部被曝の力がよりいっそう強く、しかも骨へと直行する性質があるのだから。

早くも一九一四年には、ラジウムが骨に沈澱して血液に異変を引き起こすことは専門家に知られていた。そうした影響を研究するラジウム・クリニックは、ラジウムが骨髄を刺激し、赤血球を過剰に創り出していると考えており、しかもそれが健康に良いとされていた。ある意味、彼らは正しかった。その通りのことが体内で起きていた。皮肉なことに、ラジウムは入り込んだ人体の健康を、たしかに初めは促進する。赤血球が増えるのだ。それは優れて健康だと錯覚させる。

しかし、それは錯覚でしかない。赤血球を生み出す骨髄への刺激は、やがて過剰刺激となる。身体はそれに持ちこたえられない。しまいには、「蓄積効果は破滅的な被害をもたらします。赤血球を破壊し、貧血や壊死を含む慢性疾患を引き起こします」とホフマン博士は述べた。そして力強く結論づけた。「我々の目の前にあるのは、まったく新しい労働疾患です。最大限注意する必要があります」。それから続けて――おそらくマルグリットの裁判を考慮して、というのも、各陣営が法制度で許す限りの時間をかけているせいで、裁判がいっこうに進んでいなかった――この病気は労働者災害補償保険法のもとで管理すべきだと付け加えた。

実のところ、まさにそのことを、キャサリン・ワイリーが消費者連盟の仕事で成し遂げようとしていた。彼女は、ラジウム壊死を補償対象疾患のリストに加えようと運動していたのである。その一方で、マルグリットの唯一の正義への希望は、連邦裁判所だった。ただし、彼女の事件は秋まで審理されそうになかった。アリス・ハミルトンは残念そうに記している。「ミス・カーロフがそれまで生きていることはないかもしれません」

ホフマン博士は発表を続けた。彼は全米で、ほかの文字盤塗装工房で起きたラジウム中毒の症例を探したものの、「この工場以外で病気になった例がまったくない」ことに気づいた。無意識に、ホフマンは次に述べる彼の意見でその理由を明かしていた。しかし、自分の意見と他のラジウム中毒の症例が発見できない事実との関連性は理解していなかった。「この中毒がもたらす苦痛のなかで、もっとも不吉な点は、どうやらこの病気が潜伏性のものであるらしいことだ。かなりの年数をかけないと、その破壊的傾向を顕現させないのである」

かなりの年数。オタワのラジウム・ダイヤル社の工房は、操業開始からまだ三年に満たなかった。

ホフマンと、彼が論文のために助言を求めたフォン・ソチョッキーの両博士とも、他に病例がないことにショックを受けた。USRCにとって、この事実は、女工たちの病気がとうてい職業病ではないことを示す明白な証拠だった。それにもかかわらず、ホフマンとフォン・ソチョッキーは、文字盤塗装工たちの病気の原因だと確信していたので、科学者としてできることを全部やった。すなわち、証拠を探したのである。そして、フォン・ソチョッキーがホフマンに対し、極秘だった塗料の成分配合を明らかにしたとき、彼らは原因を突き止めたと思った。「フォン・ソチョッキーはUSRCのオレンジ工場で使われている塗料と他の工場のものとの違いが、メソトリウムにあることを教えてくれました」とホフマンは振り返る。

メソトリウム――ラジウム228――はラジウムではない。少なくとも、飲料や錠剤に用いられているラジウム226とは異なる。これが答えに違いなかった。ホフマンはそのことと、ブラム博士の成果〔14章を参照〕を踏まえて、論文で以下のように主張した。「〈ラジウム（メソトリウム）壊死〉という用語を用いるのが、私にはより適切に思えます」

要するに、責めを負うべきなのは、ラジウムでは――必ずしも――ないのだった。

ところが、ホフマンの研究報告が大きく報道されると、ラジウム業界が反撃してきた。ラジウムは奇跡の元素であり、新製品がひっきりなしに販売されているのは相変わらずだった。オレンジにもそのような製品の一つがあった。それはベイリー・ラジウム研究所――USRCの顧客の一つ――のウィリアム・ベイリーが製造した、高放射性飲料「ラディトール」という飲み物で、一九二五年の初めに発売されていた。彼やほかの同業者は、ラジウムと文字盤塗装工たちの死を関連づけようとする試みに対して、公然と反論した。ベイリー曰く、「事実無根の主張のせいで、この素晴らしい治療薬に人びとが背を向けていることが残念です」。

ラジウム業界側が素早く反撃する一方で、ホフマンの論文はある程度評判になったものの、どちらかというとニッチで、専門性が高かった。『ジャーナル・オブ・アメリカン・メディカル・アソシエーション（JAMA）』を購読しているものは少なかった。それに、いずれにせよ、フレデリック・ホフマンは何者なのか。彼は医師ではなかった。医師ならこうした事象を本当に理解しているかもしれないけれど。支援者の女性たちですら、彼が権威に欠けていることに気づいていた。アリス・ハミルトン博士がワイリー宛の手紙のなかで書いている。「状況を公にした人物がホフマン博士であることが、私にとっては残念に思えてなりません。彼では医師の信頼を集めることができませんし、彼の研究は完全ではないので、反撃に耐えられないでしょう」

女性たちが必要としていたのは、英雄だった。医学界の大人物――その権威で人びとに耳を傾けさせることができるだけでなく、女工たちの病気を決定的に特定できる人物だった。ブラム博士は彼なりに疑っていたし、バリー博士もそうだった。しかし、実際には二人ともラジウムが原因だと証明できていなかった。何にも増して重要だったのは、彼女たちが必要としていたのが、企業の資金力の影響を受けていない医師だということだった。

神は、時折謎めいたやり方でその力を発揮することがある。一九二五年五月二一日、ニューアークの路面電車がマーケット・ストリート上の線路をガタガタ揺れながら走っていたとき、その車内で騒ぎが起こった。夕方のラッシュアワーで帰宅中の通勤客たちが、突然床に倒れこんだ乗客のために場所を空けた。みな掛け声をかけて彼のために新鮮な空気を送ってやり、電車を停車させた。そして、親切な通りすがりの人は、確かに身をかがめて彼を助けようとした。

しかし、すべて無駄だった。その男は倒れてから数分後に亡くなってしまった。彼の名前はジョージ・L・ウォーレンといった。生前、彼はエセックス郡の検視官だった。医療界の大立者で、エセックス郡に住むすべての人びとの厚生の責任を負っていた。そして、エセックス郡にはオレンジおよびニューアークが含まれていた。かつての文字盤塗装工たちがいま、止むことなく死に続けている場所だった。

ウォーレンが亡くなったいま、彼の地位は空席になった。郡検視官の役職は――やがて検視局長という強力な肩書になる――いまや開かれた。誰がその地位につこうが、事態の解決に成功するにせよ失敗するにせよ、いずれ決着がつくだろう。

18

辣腕検視官登場

その指名は全会一致でおこなわれた。固い握手を交わしつつ、おおいに満足げな様子で頷き合いながら、エセックス郡政委員会はその新たな検視官を祝福した。

ハリソン・マートランド博士、壇上にお上がりください。

マートランドは、かつて文字盤塗装工たちの症例に興味を示し、短い時間だったが歯科医師バリーの患者数人と面会したことがあった。問題の原因を特定できなかった彼は、自分でも認めているように、「興味を失ってしまった」。それでも、それらの症例は彼の心に残っていた。伝えられるところによると、ヘイゼル・キューサーの死亡時には、彼女の死因を突き止めるために、死体解剖の手配に奮闘した。しかし、夫のテオが愛する妻の葬儀のために、念入りに滞りなく手はずを整えてしまったので、マートランドが管轄官庁に連絡を取る前に、彼女の遺体は埋葬されてしまった。

ひょっとすると、マートランドは縄張り争い的な政治に阻まれていたのかもしれない。その当時、問題を調査できる彼の権限は、ニューアーク市に限られていた。工場および犠牲者の多くはオレンジ市に存在していたので、問題を深く追求しようとすれば、彼の通常の業務を超えてしまうことになった。しかしながら、新たな役職が彼にもたらす強大な権限によって、いまや彼は真相を究明できる力を得たのだった。

マートランドは並外れた才能の持ち主で、ニューヨークのコロンビア大学医学部で学んだ。その後、彼はニューアーク市立病院で、主任病理医として自分の研究室を運営していた。彼には妻と二人の子供がいたが、いろんな意味で、仕事と結婚したようなものだった。彼は「平日と日曜日を区別せず」、ほとんど毎晩夜中まで働いた。彼は下膨れで「がっしりしているが、品のある顔立ち」の四一歳の男だった。こめかみは白髪まじりで、明るい茶色の髪の毛は頭皮に沿って平らに撫でつけられており、丸眼鏡をかけていた。また、「ネクタイをしないで」ワイシャツ一枚で仕事するタイプの人間であり、オープンカーを運転するような派手な性格をしており、さらに毎朝「巨大なボリュームで蓄音機から流れる、スコットランドのバグパイプの音楽に合わせて体操していた」。みんなからはマートあるいはマーティーと呼ばれ、ハリソンともハリーとも呼ばれることはなかった。運良くというべきか、彼はシャーロック・ホームズ狂でもあった。

ラジウム・ガール事件は、もっとも偉大な医者探偵にとってさえ、挑戦に値する謎なのだった。

マートランドは、彼の新たな責務に真剣に取り掛かった。彼自身が述べているように、「検視官の主要業務の一つは、産業界における人命の喪失を防ぐことである」。まあ、皮肉屋なら、彼のこの言葉は、当時彼がラジウム事件に興味を持った理由とはまったく関係ないと言うだろう。もしくは、人目を引くような専門家が問題の原因を追究し始めた理由は一つしかないと言うかもしれない。

一九二五年六月七日、USRCの男性従業員が初めて亡くなったのである。

「私の注意を引いた最初の症例は、リーマン博士でした」とマートランドも後述している。

USRCの主任化学研究員で、その前年、その手に浮かぶ黒ずんだ病斑を見たドリンカー夫妻が懸念を伝えてきたのに、それを「一蹴した」彼が死んだのだ。彼は悪性貧血で三六歳で亡くなったが、病気になったのはそのほんの数週間前のことだった。彼の死は通常の貧血の症例にしてはあまりにも急すぎた。そこで、マートランドが検死解剖をおこなうよう頼まれたのだった。

彼はラジウム中毒を疑っていた。しかし、彼がリーマンの遺体でおこなった化学分析では、ラジウム元素のいかなる痕跡も詳らかにすることができなかった。明らかに、専門家による検査が必要だった。少し前にネフとホフマンの両博士がそうしたように、マートランドもラジウムの権威である、セイビン・フォン・ソチョッキーに助けを求めることにした。さらに、彼は別の人間にも助けを求めた。街で最高に優秀なラジウム専門家を見つけるには、いったいどこを探せば良いのだろう。きっとUSRCならば、そうした人物にいくらか心当たりがあるのではないか。

そこで、マートランドとフォン・ソチョッキー、そしてUSRCの〔化学者である〕ハワード・バーカーは、その会社の実験室で、リーマンの身体組織と骨の〔放射線測定〕検査を共同でおこなった。協力することと引き換えに、USRCはマートランドに検査結果の秘密を守るよう約束させた。

検査は成功だった。博士たちはリーマンの骨を灰の粉末にし、それから電位計と呼ばれる測定器でその灰を検査した。彼らがおこなった実験は、人体の放射線を医学史上初めて測定したという意味で、医学の歴史に足跡を残すことになった。検査の結果、彼らはリーマンの死因をラジウム中毒だと断定した。リーマンの遺体は被曝していた。

マートランドは、フォン・ソチョッキーとともに研究している最中に、彼から文字盤塗装工たちを助けてくれないかと頼まれた。ネフ博士も同じように訴えてきていた。その結果、リーマンが亡くなって一日かそこらも経たないうちに、マートランドはセントメアリー病院に赴き、マルグリット・カーロフという勇敢な若い女性と面会した。

病院のベッドに横たわった彼女は衰弱しており、弱々しい黒髪に覆われた青白い顔は、ゾッとするほどだった。このときには、「彼女の口蓋の腐食がひどく進み、鼻腔まで穴を空けてしまっていた」。もう一人、マルグリットを見舞っていたのは、姉のサラ・メルファーだった。

サラはかつてのような、既婚婦人らしい品のある姿ではなくなっていた。この一年くらいのあいだに、すっかり痩せこけていた。そうなったのは心労のせいだろう、と彼女自身は思っていた。極めてひどい病状のマルグリットが心配だったし、現在一四歳の娘のことも心配だった。たいていの母親というものがそうであるように、彼女は自分自身のことはほとんど心配していなかった。

一週間前、彼女は痣ができやすくなったことに気づいた。正直に認めるならば、実際はそんな簡単なものではなかった。大きな黒紫の痣が身体のいたるところに出現していたのである。それでも姉は、自身の体調の悪化にもかかわらず、足を引きずりながら杖をつきつつ階段を上り、意地でもマルグリットに会いにきた。サラは歯にも痛みがあった。しかし、ものごとはより大きな視野で見なければならない。妹のマルグリットは自分よりずっとひどい状態なのだ。サラは、自分の歯茎から出血が始まったときですら、死が近い妹のことだけを考えていた。

マートランドがカーロフ姉妹と面会したとき、彼はマルグリットの病気は確かにサラより重いけれど、サラも健康ではないことに気がついた。彼に問診されて、サラは黒紫の痣が激痛を引き起こしている事実を認めた。

そこで検査してみたところ、サラはひどい貧血だと分かった。マートランドは検査結果を伝えて、顎の不調について彼女から話を聞いた。これが引き金になってしまったのだろう、ついにサラは、顎の不調が意味することを心配するに至り、体調が「みるみる悪化して」入院しなければならなくなった。ただ、彼女は一人ではなかった。彼女とマルグリットは同室だった。前途に何が待ち受けていようと、二人の姉妹は一緒なのだった。

病院の医師は、サラの病状の悪化を憂慮し、精密検査を実施した。彼女の顔の左側は腫れて膨れ上がり、首のリンパ腺が熱くなり、そっと触れなければならないくらいに痛くなった。彼女の体温は摂氏三九度に上がり、夕方には摂氏四一度にまで上昇した。いまでは、口腔内に病変が確認された。彼女は「完全な中毒症状」に見えた。

マートランドは、これら二人の女性の病気の原因がラジウムであることを確かめるために、検査をおこないたいと考えた。しかし、彼が知る唯一の検査、すなわち、彼がフォン・ソチョッキーおよびバーカーと実施したやり方は、骨を燃やして灰にする必要があった。生きている患者にこの方法は使えなかった。

打開策を見つけたのはフォン・ソチョッキーだった。彼女たちが放射線を発しているならば、博士たちはそれを検出できる測定方法を考案すれば良いのだ。おもにマートランドとフォン・ソチョッキーによって考案され、いずれ改良されていく彼らの検査方法は、具体的には、文字盤塗装工の身体を〔直接〕測定するために創り出されたものだった。このやり方で存命中の患者を測定しようとした医師は、これまで一人もいなかった。マートランドは、以前にも、ある専門家が似たような実験をおこなっていたことを後で知ることになるが、一九二五年六月、マルグリット・カーロフに残された時間の終わりが刻一刻と迫っていることもあり、マートランドは他の科学者たちによる研究成果の助けを借りることなく、測定方法を新しく作り変えた。彼は実に並外れた才能の持ち主だった。

この二人の博士は、二種類の方法を考案した。一つは、ガンマ線を検出する方法であり、電位計の前に患者を座らせて、患者の骨から放出されるガンマ線を検出する［ガイガー・カウンターのような］ものである。もう一つは、呼気検査である。これは電位計内に設置された数本のボトルに患者が息を吹き込むことで、呼気中のラドン量が計測可能なものである。後者は以下の発想から生まれた。すなわち、ラジウムは［アルファ］崩壊してラドンガスになるので、仮に女工たちの顎の骨にラジウムが存在するならば、彼女たちが息を吐く際にラドンガスが吐出されるかもしれない、という仮説である。

博士たちは病院に彼らが作った測定機器を持ち込んで、まずはマルグリットで試そうと考えていたが、いざ病院に到着すると、先に姉のサラ・メルファーで検査することに決めた。

入院しても姉の病状は改善しなかった。六月一四日、輸血を受けたにもかかわらず、サラの容態は悪化し、妹と一緒だった病室から移動させられていた。姉はどこにいるのかとマルグリットが尋ねると、「特別な治療を受けるために移されました」と看護師が答えた。

それは、ある意味真実だった。サラが受けようとしている検査は、たしかに特別だった。というのも、彼女はラジウムの有無を測定される最初の文字盤塗装工だったからだ。［文字盤塗装工のラジウム被害に関する］マートランドたちのこれまでの推測が正しいかどうかを証明する、最初の人間になるのだ。

まさに決定的瞬間だった。

セントメアリー病院の病室に、マートランドとフォン・ソチョッキーが測定器を設置した。彼らはまず、サラの身体の放射線測定から始めた。彼女が弱々しくベッドに横たわると、その骨を測定するために、マートランドは彼女の胸部から空中に約四六センチメートル離れたところに電位計を構えた。「［当日の］基準となる放射線量」が、計器の目盛りで六〇分間あたり一〇を示すところ、サラの身体から検出された放射線量は、同時間内で目盛りが一四を示した。ラジウムだ。

次に、彼女の息が調べられた。そのとき博士たちが検出した基準となる放射線量は、三〇分間あたり目盛りが五を示した。この呼気検査は、サラのうつ伏せの身体のうえで、ただ単に測定器を構えるというような簡単なものではなかった。今度の測定には、サラの協力が必要だった。

彼女の容態は非常に悪かったので、検査に協力することは困難を極めた。「患者はほとんど瀕死の状態で亡くなりそうでした」とマートランドは回想する。サラはまともに呼吸するのも難しかった。「彼女は五分間続けて息を吹き込むこともできませんでした」

サラは戦士だった。彼女は自分が受けている検査の目的が何なのか分かっていなかった。そもそも死期の近い彼女に、周囲で起きていることを理解する能力があったかどうかも分からない。それにもかかわらず、機器に息を吹き込むようマートランドに頼まれると、彼女はそれに応えようと渾身の力で頑張った。吸って……吐いて……吸って……吐いて。彼女の脈が速まり、歯茎から出血し、傷ついた脚の痛みが激しさを増していこうと、彼女は息を吹き込み続けた。吸って……吐いて……吸って……吐いて。サラ・メルファーは息を吹き込んだ。それから彼女は枕に倒れこみ、疲れ切ってぐったりしていた。博士たちは測定結果を確認した。

測定器の目盛りは一五・四を示していた。彼女が息を吐くたびに、体内にあるラジウムは、苦痛まみれの彼女の口の奥からすべり出て、ズキズキする歯の横を通り過ぎ、ささやき声のように舌の上を渡り、空気に乗って運ばれてきたのだった。ラジウムだ。

サラ・メルファーは戦士だった。だが、なかには勝てない戦いもある。この検査がおこなわれた日の一九二五年六月一六日、博士たちはサラを病院に残し、帰っていった。博士たちは彼女の敗血症が悪化しつつあることに気づかなかった。身体には新たに複数の痣が出現していたが、それは血管が破裂し皮下出血が起きているせいだった。口からの出血は止まらず、歯茎からは膿が漏れ出していた。痛む足は絶え間なく続く苦痛の原因だった。というより、「身体中が」絶え間なく続く苦痛の原因だった。もうこれ以上耐えきれなかった。彼女は「せん妄状態」になり、ついに正気を失った。

とはいえ、それは長くは続かなかった。六月一八日未明、入院からたったの一週間後、サラ・メルファーは亡くなった。

同日、マートランドは彼女の検死解剖をおこなった。検死の結論が出るのは数週間後だった。今回、彼には秘密保持の義務はなかった。サラが亡くなった日、この最新の情報を聞きつけて、記者たちが集まっていた。「現時点では疑いの域を出ていません」。マートランドは彼らに向かって話をした。「我々は、これからミセス・メルファーの骨といくつかの臓器をいったん灰にした後、それらを用いて広範な臨床試験をおこないます。その試験には、放射性物質の検出が可能な、最高の精密機器を用います」。これに続けて彼が述べたことは、おそらくサラの元雇用主を心底怯えさせただろう。「私の疑いが正しければ、このラジウム中毒は潜在性のもので、ときには姿を現すのにとても長い年月がかかることがあります。そのため、全米中でこの中毒が進行していても、しばらくのあいだ発見されないままということがありえるのです」。これでついに決着がつくのかと思われたが、マートランドは結論を急がなかった。「現時点では、仮説以上の確かなことは言えません」と彼は言った。「それが証明できるまでは、商業的な〈ラジウム中毒〉の存在を認定するつもりはありません」。しかし、彼の話は暗に意味していた。彼がいったん証明してしまえば話は別だということを……。

報道はいっせいにこのニュースを報じた。サラの死は『ニューヨーク・タイムズ』の第一面にすら出た。ただ、世界中が彼女の死を知る一方で、それを知らない人間が一人いた。

サラの妹のマルグリットだった。同じ部屋にいたサラが別の場所に移された六月一五日から、彼女に会っていなかった。マルグリットは、姉がどうしているのか何度も尋ねた。彼女は姉の病状が悪化していくのを見ていたものの、望みを持っていたに違いない。マルグリットが病気になったときも、姉のサラはいつも頼もしかったし、姉の具合が深刻に悪化してから、まだ数日しか経っていなかった。

看護師たちは、彼女が姉の容態を尋ねるたびにはぐらかした。ところが、六月一八日、サラの死を新聞が書きたてていたその日に、マルグリットは何も知らずに新聞を見せて欲しいとせがんできた。

「ダメです」と何人もの看護師が断った。誰も彼女を傷つけたくなかったのだ。

「どうして?」とマルグリットは尋ねた。マルグリット・カーロフは当然その理由を尋ねた。

仕方なく、看護師たちは彼女に姉の死を伝えた。「彼女はその知らせに対し、勇敢に耐えた。そして葬儀に出席できないことを嘆いていた」と伝えられている。彼女の容態はそれが叶わないくらい悪かったのだ。

サラの死を役所に知らせたのは、彼女の父親のスティーヴンだった。彼が葬儀の手配をし、一〇代の孫娘であるマルグリットの面倒をみた。六月二〇日土曜日の午後二時過ぎ、ローレル・グローヴ墓地に娘の棺が地中に降ろされるのを見守っていたのも、彼だった。

サラは三五歳だったかもしれない。けれど、彼にとっては、かわいい娘だったのだ。

死の宣告であり、希望の光でもあった

サラのかつての勤め先は、彼女が埋葬されてもいないうちに、自社の責任を否定した。副社長のファイトは記者会見し、「〈ラジウム中毒〉の被害の可能性はほとんどありません」と述べた。そして、USRC専属の産業医として新たにフリン博士が任命されたことに触れながら、「わが社は、最高に評判の良い、信頼のおけるかたがたに調査を実施していただいております」と表明した。彼はさらに次の二点を報道陣に告げた。一つは、サラが自社に勤務していた頃、ライフ・エクステンション・インスティチュートによって彼女の健康診断がおこなわれていたこと。もう一つは、「自社工場の平均的な作業労働者のあいだに、なんらかの被害等はいっさい見られなかった」ということ。〔要するに〕会社は、一九二四年六月に決定した方針を貫き、未だ発表されていないドリンカー博士の報告書を無視していたのだった。さらに彼は続けた。「リーマン博士とサラ・メルファーさんが、同じ原因で亡くなった可能性があると考えること自体がおかしいのです。メルファーさんが扱ったラジウム量は、彼女の作業一〇〇年分を合わせても、リーマン博士が一年間で扱ったラジウム量の半分にも満たないはずなのです。彼女が扱った総ラジウム量は極微量でしたから、文字盤塗装作業に危険があるはずがないというのが、弊社役員の総意です」

19

とはいえ、たとえほんの微量であったとしても、痕跡は残るのである。まさにマートランドが発見したように。サラの死体解剖は彼女の死の九時間後におこなわれた。彼女は死体解剖された初めての文字盤塗装工だった。いうなれば、身体の隅々まで専門家によって分析された初めてのラジウム・ガールであり、その解剖は、彼女の謎めいた死を引き起こした原因の手がかりを得るためだった。

その医者探偵は、物いわぬサラの遺体を頭からつま先まで調べながら記録していった。彼は遺体の口を大きく広げてなかを覗き込んだ。そこは「古くなって黒ずみ凝固した血でいっぱいだった」。また、遺体が生前三年間引きずり続けていた左足を調べた。マートランドが確認したところ、案の条右足よりも四センチメートル短かった。

彼は遺体の内臓器官の重さや長さを計測し、放射線測定のために骨を遺体から取り出した。彼は骨の内部にある骨髄を調べた。骨髄は造血の中枢である。健康な成人であれば、骨髄は通常黄色っぽく、そして脂肪質である。ところが、サラの「骨幹全体で骨髄がどす黒くなっていた」。

マートランドは医師だった。彼自身これまでに、病院でラジウムががん治療に活用されているのを見ていたし、それがどのように効くのかも知っていた。ラジウムから半永続的に発せられる放射線には三種類ある。アルファ線、ベータ線、ガンマ線だ。アルファ線は飛程が非常に短く、薄い紙一枚でも止められる。ベータ線は、それよりはやや強い透過性を持つものの、鉛の板一枚（現代の科学によればアルミニウム板一枚）で遮蔽できる。ガンマ線は透過性が非常に高い。とあるラジウムの専門家は「ラジウムが魔法のようだといわれるのはガンマ線のおかげです」と語った。というのも、ラジウムの薬理効果は、このガンマ線の性質によるもので、それは人体を透過し、腫瘍へと直接届くのである。会社の実験室の研究員たちが、鉛のエプロンで防御していたのは、ベータ線とガンマ線だった。一方、アルファ線を彼らが恐れる必要はなかった。〔透過性の弱い〕アルファ線は皮膚を通り抜けることができないので、無害だったからである。彼らがベータ線、ガンマ線と同様に〔外部被曝である限り〕アルファ線を恐れる必要がなかったのは幸運だった。というのも、本来、放射線全体のうち九五パーセントを占めるアルファ線は、「生理学的にも生物学的にもベータ線やガンマ線より極めて刺激性が強い」からだった。いわば、もっとも性質の悪い放射線なのだ。

いまこそマートランドは気づいていた。サラ・メルファーの体内には、アルファ線を遮蔽する薄紙一枚も、皮膚もないという事実に。それらを遮蔽するものはいっさいないのだ。ラジウムはサラの骨の内部深くに入り込み、骨髄のすぐそばを取り巻きながら沈澱していき、そこから骨髄に向かってアルファ線を照射し続けていたのである。「骨内部に沈澱しているラジウムから造血の中心部である骨髄との距離は、およそ一〇〇分の一インチ、つまり、わずか〇・二五四ミリメートルしかなかった」とマートランドは振り返る。

このもっとも恐るべき毒から逃れる術はなかった。

アルファ線の極めて強い力――フォン・ソチョッキーがかつて記した「人類にはまだその利用法が分からない、強力に渦巻く目に見えない力」――を理解したマートランドは、サラが取り扱っていたラジウム量が「極微量」であるかどうかが問題ではなかったことに気がついた。検査結果から、彼はサラの体内に含まれるラジウムの総量が、一八〇マイクログラムとごくわずかだと推定していた。しかし、これで十分だったのだ。これは、「人間の体内で、これまで一度も見つかったことのない種類の放射線」だった。

彼は検査を進めていった。そしてついに、これまで誰にも知られていない事実を発見した。彼は放射線に被曝したサラの顎や歯――この文字盤塗装工の壊死した部位すべて――だけでなく、臓器や骨も調べてみた。

すべてが被曝していた。

彼女の脾臓は被曝していた。肝臓も、痛んでいた左足も。マートランドは、サラの全身に被曝を認めたが、なかでも彼女の骨、特に足と顎の骨に「かなり強い放射能が認められた」。彼女の病状が教えてくれていたように、これらの部位がもっとも強く被曝していたのである。

これは極めて重要な発見だった。オレンジの〔整形外科医の〕ハンフリーズ博士は、これまでに彼が診療した複数の症例同士を関連づけたことはなかった。女工たちの訴えがそれぞれ異なっていたからだ。グレース・フライヤーの背中の痛みが、ジェニー・ストッカーの膝の不具合やクインタ・マクドナルドの股関節炎と関係しているなんて、彼にはとても思いつかなかっただろう。ところが、同一の物質が女工たちの病を引き起こしていたのだ。ラジウムが、彼女たちの骨へと直行し――とはいえ、どの骨にもっとも多く蓄積するかは、その道中でほとんど気まぐれに決まっているように見えた。そのせいで、最初に足が痛み始めた女工もいれば、顎から痛み始めたものや、脊椎が痛み始めたものもいたのだ。医師たちは完全に惑わされていた。けれども、それらの症状すべてが同じ原因だった。すべて、ラジウムが原因だったのだ。

マートランドはついに最後の検査へと進んでいった。「私は、ミセス・メルファーの大腿骨および他の骨を一部取り出し、それらに歯科用エックス線写真のフィルムを被せました。私はフィルムを遺体のさまざまな箇所の骨のすべてに巻き付けて、箱に入れて暗室に放置しました」と彼は振り返る。以前彼が健康な骨を用いてこの実験をおこない、同じ場所に三、四ヶ月放置したときは、フィルムが感光した痕跡はまったく見られなかった。

六〇時間も経たないうちに、サラの骨はフィルムを感光させた。漆黒を背景に白い斑点が霧のように浮かび上がった。かつて、勤めを終えた女工たちがオレンジの街路を家へと歩きながら、その光で夜の闇に自分たちの姿を浮かび上がらせたのと同じように、遺体の骨も暗闇を背景に、薄気味悪い光の画像を創り出した。

さらに、この見慣れない白い霧の影を見て、マートランドはもう一つの決定的に重要な概念を理解するに至った。サラは死んでしまった。なのに、彼女の骨は、まるでまだ生きているように見えた。感光板に痕跡を残しながら、検出可能な量の放射線を今もって勝手にまき散らしていた。当然、全部ラジウムの仕業だった。サラ自身の人生は突然終わってしまったかもしれないけれど、彼女の体内にあるラジウムの半減期は、一六〇〇年もあるのだった。サラが亡くなった後これから何世紀もずっと、ラジウムは彼女の骨から放射線を放ち続けるだろう。それは彼女を殺した後も、彼女の遺体を照射し続ける。「毎日、毎週、毎月、毎年、来る日も来る日も」

ラジウムは今日も彼女の遺体に放射線を放っているのだ。

マートランドは作業の手を止め、真剣に考えをめぐらせた。サラのことだけではなかった。彼女の妹のマルグリットのことや、彼がバリー博士の診察室で会ったすべての女工たちのことを考えていた。「〔いまの〕科学には、こうしたラジウム沈澱物を除去したり、変化させたり、中和できる知識がまったくない」という、彼がいずれ述べることになる事実について考えこんでいた。

ネフ博士も同じ意見だった。「ラジウムを破壊することはできません。数日間か数週間、あるいは数ヶ月間、ラジウムを火にくべたところで、なんの影響も受けません」。それから彼が続けて出した結論はひどく都合の悪いものだった。「もしこれが本当なら……人体からどうやってラジウムを排出させることができるというのでしょう」

何年ものあいだ、女工たちは、病気の診断を、そしてどこが悪いのかを教えてくれる人を探し続けてきた。いったんそれが分かれば、医師らが自分たちの病気を治してくれるだろうと固く信じつつ。

けれども、マートランドはもう分かっていた。ラジウム中毒の治療がとうてい不可能であるということを。


―


マートランド博士は、検査結果に基づいて証明されたサラの死因を公表した。彼は「彼女の死因は急性貧血であり、蛍光塗料の経口摂取がその原因であることに少しの疑いもない」と書いた。

彼女の検死は医師のあいだで、初めて医学的に適切におこなわれた例として大きな関心を呼んだ。会社の顧問医師であるフリン博士は、マートランドにただちに手紙を寄越した。「ミセス・メルファーのご遺体の組織を少し譲っていただけませんでしょうか。今後数週間以内に〔放射線を照射されて〕死ぬ予定の、実験室の動物の生体組織との比較ができると思います」。また、ドリンカー博士も、この検死の進展におおいに興味があった。彼はＵＳＲＣとの戦いをやめてはいなかった。アーサー・ローダーが彼との約束を破ったからだ。

ドリンカー報告書ならびに労働局への対応という難しい事案を扱っていたのは、会社の顧問弁護士であるジョサイア・ストライカーだった。たしかに、彼はドリンカー報告書を〔労働局の〕ローチに届けた。

しかし、ローチがコピーを取ろうとすると、それを拒絶した。彼はローチに向かって「私の事務所でいつでも閲覧できますよ」と取り澄まして言うと、報告書を手に帰っていった。彼は帰り際、「もしも労働局がこの報告書のコピーをどうしても自分たちの手元に置いておきたいというなら、私はいずれ一部提出するつもりです」と言い添えた。

事実、労働局は報告書のコピーを要求した。しかし、会社はそれを欲しがっていたローチにではなく、彼の上司であるマクブライドに送付した。マクブライドは、かつてキャサリン・ワイリーが文字盤塗装工の件で〔労働局に〕しつこく干渉してきたとき「激怒」した男であり、ローチはその件で彼から叱責されていた。

会社がそのように手配したことを知り、今度はドリンカーが激怒した。サラ・メルファーが亡くなったその日に、彼はローダーにこう書いて送った。「報告書がただちに出版できるよう現在準備しているところです」。彼は、俗に言うように、出版すれば、あとは野となれ山となれの気持ちだった。ところが、ストライカーはすぐにこう返事してきた。出版するのをやめていただきたい、さもなければ訴えますよ。

ただし、ローダーとストライカーがこれでドリンカーを動けなくさせたと考えていたとすれば、それは間違っていた。ドリンカーの兄弟の一人が、たまたま企業の優秀な顧問弁護士だったのである。ドリンカーが彼にこの会社の脅迫についてどう思うか尋ねたところ、彼はこう答えた。「奴らに言ってやれ。訴えてみろ、あとはもうどうにでもなれってな！」それで、ドリンカーはやれるものならやってみろと開き直った。

ついに、一九二五年八月、ドリンカー報告書が出版されることになった。ちなみに、初めて〔USRCに〕提出されたのは一九二四年六月三日だった。ただし、発行年月日は〔一九二五年〕五月二五日と記載されていた。女工たちの病と放射性塗料との関連性を、ドリンカーがホフマン博士に先んじて公式に発見したことを明確にするために、報告書の印刷日をホフマンが最初に学会発表した日の五日前としたのだ。日付が何日になっていようが、報告書がUSRCに提出されてから出版されるまで、一年をとうに過ぎていた。後日、この労働災害を解説することになったものたちは言う。「ハーヴァード大学の研究者らによるこの報告書は、極めて重要な科学文書だった。〔もっと早くに出版されていれば〕この工場の労働環境を改善できただけでなく、同じ配合でラジウムを用いている他の製造業者に、その毒性および潜在的な致死効果を周知させることができた。この報告書が早急に出版されることに、科学的な面でも人道的な観点からも緊急性があったにもかかわらず（…）それは断固として阻止されたのである」

この会社は、労働局、医学界、死ぬ運命にある女工たち全員を暗闇のなかに留めておこうとした。しかし、いまやついにあふれんばかりの光が差し込み始めていた。女工たちの大義を支持しようという機運が高まりつつあった。たとえラジウム支持者たちの妨害に遭おうとも。なかでも、女工たちにとって輝かしい英雄である医者のマートランドは、真っ先に批判の矢面に立っていた。ラジウム狂信者たちは彼の信頼性を損ねようとした。たとえば、放射性清涼飲料水ラディトールの開発者であるウィリアム・ベイリーは、彼を痛烈に批判した。「ラジウムを扱った経験がみじんもなく、高校生程度の知識しかない博士たちが、自分たちの知名度を上げるためにラジウムの有害性を言い立てているのです。彼らの言い分はまったくお話にならない！」。ベイリーは「工場で消費されるひと月分のラジウムすべてを」喜んで「一口で飲みますよ」と付け加えた。

USRCもまた、すぐに介入してきた。広報担当者は尊大な口調で次のように述べた。「〔現時点では〕ラジウムの放射能については多くが謎に包まれているために、その話をすると妄想が掻き立てられるのでしょう。ラジウムに対する抗議は、科学的な事実によってというよりはむしろ、こうした空想によって引き起こされているのではないでしょうか」。社長のローダーもこの論争に加わり、次のように公然と主張した。すなわち、女工の多くは文字盤塗装の仕事を始めた時点で「不健康」だったのだから、不当にも会社を非難するのは口実でしかない、と。USRCが責め立てたのは女性の犠牲者たちだけではなかった。広報は、死亡した主任化学研究員のリーマンについても、「ラジウムを扱う仕事を始めたときには、すでに健康ではありませんでした」と述べた。

それでもなお、すでに火がついて盛り上がり始めた、女工たちを支持する勢いは、まずはホフマン博士の報告書、次にサラの犠牲、そしてついにはドリンカーの報告書によって止められなくなった。以前は介入に気乗りしないように見えた労働局局長のアンドリュー・マクブライドでさえ、いまや態度の変化を打ち出していた。彼は、直接オレンジにある工房を訪問し、ドリンカーの安全勧告が施行されなかった理由について尋ねた。会社は「すべてには従わなかったというだけで、多くはすでに運用されてきていますし、いくつかは実用的ではなかっただけです」と彼に返答した。

マクブライドは惑わされなかった。この返答に対し、「人命は、けっして軽んじたり破壊したりしてはならない極めて大切なものであり、それを守るためにあらゆる手段を取らなければならない」という彼の信念を述べた。それゆえに、もしも会社がドリンカー博士の指示を実行しないというのなら、「工場閉鎖を命じることになる（…）なんとしてでも言うことを聞いてもらう。さもなくば閉鎖させるぞ」と彼は宣言した。

長いあいだ女工たちを支えてきた人びとにとってみれば、これは一八〇度の転換だった。生前ヘイゼル・キューサーに霊的な慰めを授けていた神父カール・クインビーは、ついに、実権のある人物が注意を払い始めたのを確認して安堵した。マートランド博士の調査結果が、米国東部のメディアで広く報道されているのを見て感動した彼は、博士に手紙を書いた。「貴殿が成し遂げつつある偉業について、私がどれほど嬉しく思っているのかを、とても言葉で言い表すことはできません。すべてがうまくいきますように。たしかに、大勢の人びとがあなたに感謝しています」

当然、もっとも大きな変化が訪れたのは、女工たち自身だった。サラが亡くなってすぐ、マートランドはセントメアリー病院にふたたび彼の測定器を持ち込んだ。今度はマルグリット・カーロフがラジウムを測定される番だった。博士は彼女の骨にラジウムが潜んでいると信じていた。

博士が検査をおこなったその日、彼女の「体調はひどく悪かった」。これまでもずっとそうだったが、彼女の苦痛がもっともひどいのは口だった。いまでは、マートランドは、ラジウムのアルファ線が、彼女の顎の骨にいくつもの穴をゆっくりと穿ち続けているのだろうと信じていた。ひどい痛みにもかかわらず、マルグリットは呼吸管を口にくわえて息を吹き込んだ。彼女の姉が以前そうしたように、できる限り途切れることなく息を吐いた。吸って……吐いて。マートランドが彼女を測定した当日の基準となる放射線量は、計器の目盛りで五〇分間あたり八・五だった（基準値はその日の湿度や他の要因で変動する）。博士がマルグリットの測定結果を調べたところ、同時間内で九九・七という値を示していた。

少なくとも、この検査結果は裁判の役に立つだろうとマルグリットは考えた。

マルグリットにはいま、かつてないほど裁判に勝ちたいと思う理由があった。姉のサラの死に伴い、カーロフ家はこれまでの訴訟にサラの賠償請求も追加したのだ。USRCは、マルグリットとヘイゼルとサラを相手に、三つの裁判で争っていた。これら三人のうち生き残っているのは、マルグリットだけだった。だからこそ、裁判の役に立つために、彼女はできることならなんでもやりたかったのだ。彼女自身のためだけでなく、姉のためにも。命を懸け、歯を食いしばり、苦痛に抗いそれを乗り越えるだけの価値があった。セントメアリー病院に入院している彼女を、弁護士であるカリッチ&カリッチ事務所のイシドア・カリッチが面談した。彼女はベッドで横になったままだったが、それは彼女の正式な証言として採用された。これで何が起きようと彼はその証言をもとに女工たちの裁判を戦えるのだ。

ただし、被害に遭った女工は、ヘイゼル、サラ、マルグリットだけではなかった。ことの重大さはマートランドも認識していた。しかし、より多くの女工たちに名乗り出てもらうために、他の女工たちと連絡を取る方法が彼には分からなかった。最終的に、歯科医師や医師らの手引で接触できた女工たちがいた。さらに、〔消費者連盟の〕キャサリン・ワイリーという若い女性が、ほかの女工たちとも引き合わせてくれた。

「一九二五年の夏、私が苦境の真っただなかにいたとき、ミス・ワイリーがふたたび私の家を訪れました。今回、彼女の関心は私の病状にありました。私がずっと病気だったことを耳にしたようです」とキャサリン・ショウブは回想した。「彼女は正確な診断を下してもらうために、郡の検視官〔であるマートランド〕の診察を受けるよう私に勧めました」

キャサリンはこの段階に至るまで長いあいだ病気に苦しめられてきた。彼女はアイリーンの身に起きたことを見ていたし、サラの身に起きたことは新聞で読んでいた。彼女は馬鹿ではなかったので、ミス・ワイリーが彼女を訪問してきた理由についても、マートランド博士がいずれ明らかにするつもりでいる事実についても理解していた。彼女は自分の妹のジョゼフィンに向かってゆっくりと、「私はラジウム中毒に違いないの」と言った。

彼女は、まるで新しいドレスを素早く着るように、自分が言ったことを頭のなかで想像してみた。それは、身体にぴったり張り付いたドレスのように彼女の頭に取り憑いてしまい、もはや誤魔化せなくなった。キャサリンは奇妙な感覚に陥った。この夏、体調が良かったのでなおさらだった。彼女はいままでは病人には見えなかった。顎の骨の痛みはなくなっていたし、すべての口腔内の感染症は治癒していた。手術後、胃の具合もずっと良くなっていた。「彼女の身体の調子は全体的に良好だった」。他の女工たちが罹った病気に彼女も罹っているはずがなかった。ありえない。彼女たちはみんな死んでしまったけれど、ここにいる自分はまだ生きているのだから。そうはいっても、確かめる方法は一つしかなかった。それを知る方法は一つしかないのだ。キャサリン・ショウブは正式に検視官と会う予約を入れた。

彼女だけではなかった。クインタ・マクドナルドも、自身の最近の体調を次第に心配し始めていた。一番のチャームポイントだとかつて彼女が自負していた歯が、グラグラし始めてきたと思ったら、なにもしていないのに勝手に抜けて、まっすぐ彼女の手のひらに落ちてきた。同時期に、彼女の娘のヘレンの乳歯が抜けている最中なのも皮肉だった。「痛みに耐えることはできました」とクインタは振り返る。「ですが、歯を失うのが嫌でたまりませんでした。上の歯はグラグラしすぎて、ただそこに引っかかっている状態でした」

歯の問題が新たに発生したので、クインタはネフ博士に相談することにした。彼は親切な歯科医で、以前姉のモリーの治療に携わっていた。ネフはマートランドとともにマルグリットを治療しているところだった。それでネフが、マートランドの特別な検査をクインタも受けられるよう手配したのだった。検査でクインタと一緒になったのはグレース・フライヤーだった。彼女はいまのところ顎にまったく問題はなく、健康そうに見えた。ところが、彼女の背中の痛みは日に日に悪化していた。

一人ずつ、彼女たちは検査にやってきた。キャサリン、クインタ、グレース。彼女たちの病気は、サラやマルグリット、あるいはリーマン博士とは違っていた。重体ではなかった。マートランドが自分たちの身体を電位計で計測しているあいだ、彼女たちはじっとしていた。それから筒に息を吹き込むよう言われた。そして、彼女たちの骨内部の状態を特徴的に示す病気である貧血の検査がおこなわれた。

一人ひとりに、彼は同じことを告げた。グレースは、「私の身体系に、放射性物質の存在が認められたそうです」と回想した。クインタは「私の身体の不具合は全部、体内のラジウムのせいなのだそうです」と述べた。

博士は彼女たちに治療法はないと告げた。

その告知を聞いて深呼吸しないではいられなかった。吸って……吐いて。

グレースは回想する。「自分の身体のなかに何があるのかが分かり、それが治療できないものだと理解したとき……」彼女の声は次第に小さくなったが、やがて続けて言った。「私は恐怖に襲われました……みんなの顔を見ながら、心のなかで言いました。『ああ、もう二度と会えなくなるのね』と」

全員同じ気持ちだった。クインタは子供たちのいる家に向かいながら、もう会えなくなるのね。キャサリンは父親に病気について打ち明けながら、もう会えなくなるのね、と。

ただし、キャサリンにとって、この診断は安堵をもたらすものでもあった。彼女は思い返す。「検査の結果、「私の身体から」放射線が検出されたと博士たちに告げられても、想像していたよりは怖くありませんでした。少なくとも、暗闇のなかでもう手探りする必要はないのですから」

それどころか、光があった。輝かしい光。息をのむような輝きを放つ光。彼女たちの運命を未来へと導いてくれる光が。キャサリン・ショウブは、彼女の持ち味である鋭い洞察力で理解した。「あの郡検視官が出した診断は、裁判にはうってつけの法的証拠となります」

あまりにも長いあいだ、女工たちは真実を待っていた。ついに、正義の天秤が会社に逆らって傾き始めた。女工たちは死の宣告を受けたが、同時に、自分たちのために、そして正義のために戦う道具を手に入れた。

その診断が「自分に希望をくれた」ことを、キャサリン・ショウブはいまこそ理解したのだった。

[第2部]——権 力

20

呪われたもののリスト

やるべきことがたくさんあった。夏が終わる前に、マートランド博士は、キャサリン・ワイリーによる産業補償法の修正活動に、自分も発言をして運動を後押ししようとしていた。しかし、法律の修正は、キャサリン・ワイリーの活動の一部にすぎなかった。女工たちは、許しがたいほどの軽率さであの会社が自分たちの命を扱ってきたのかをしっかりと分かっている。だからこそ、心から疑問に思った。いったいどうして会社の経営陣は自分たちを替えのきく存在だと思っていられたのだろうか。彼らが普通にもっているはずの人間性は、あのリップ・ポインティングを、どうしてやめさせられなかったのだろうか。

少なくともグレース・フライヤーは、彼女の賢明な頭脳が、これまでの出来事を記憶の底から掘り起こすたびに、怒りでいっぱいになった。というのも、いまでは、会社の罪を立証するようなきれぎれの瞬間について、彼女の記憶のなかでありありと思い出していたからだ。

「そんなことをしてはいけないよ」。セイビン・フォン・ソチョッキーは彼女に、一度だけそう言ったことがあった。「病気になってしまうよ」

その七年後……彼女はここニューアーク市立病院にいた。

いまならはっきりと分かる。フォン・ソチョッキーはすでに知っていたのだ。彼は初めから知っていた。もしそうだったとして、いったいどうして、彼女たちが文字盤一つ塗るごとにゆっくりと自殺行為をしているのを、彼はそのまま放置しておけたのか。

グレースが、その疑問をその男本人に突きつける機会が、すぐにやってきた。マートランドが彼女とクインタに放射線検査を一九二五年七月におこなったとき、マートランド以外にも科学者が出席していた。測定器の側に、フォン・ソチョッキーが静かに座っている。そこで、彼女たちは自分たちが死にかけていることを告げられた。そして、グレースはマートランドの口からこぼれ落ちる単語に耳を傾けていた。「みなさん全員の問題は……放射性物質の存在が……」。あの警告についての記憶が、彼女の頭に急に蘇ってきた。

死の宣告に動揺しながらも、グレースは決然とあごを突き出し、かつての上司をまっすぐに見つめた。「どうして教えてくれなかったのですか」。彼女は端的に尋ねた。

フォン・ソチョッキーは頭を下げてうなだれていたに違いない。彼は口ごもりながら、「こうした危険性に気づいていた」と述べてからこう言った。「本部の他のメンバーに警告したが無駄だった」と。その年の初め頃、彼はホフマンに「事態をおさめようと努力したが、人事の責任者である役員に反対された」と伝えている。

彼は続けてグレースに言った。「この問題は(私に)法的責任があるのではなく、ローダー氏に責任があるのだ。この問題は、彼の監督下にあったので(私は)どうしようもなかったんだ」

そう、たしかに、彼女たちはこの致命的な病についてなす術もなかった。それは確かなことだった。そして、フォン・ソチョッキーも我が身の病に、なす術がなかった。というのも彼もまた、自分とマートランドであの夏に開発した測定器に、自分の息を吹き込んで検査していたのだから。それは、おそらくは興味本位などではなく、深刻な疑いのためだったろう。彼はこのところ体調がすぐれなかった。そこで分かったのは、フォン・ソチョッキーの呼気はそれまで検査した誰よりも多くの放射線を含んでいるということだった。

まさしく最初の瞬間から、グレースは自分の診断に対して勇敢に向かい合った。彼女は強靭な精神で、マートランドの診断が自分の人生に影響を及ぼすことを拒んだ。彼女は自分の人生を常に慈しみ、それどころか、自分の人生はさらに尊いものになったと考えた。だから彼女はその診断を胸の奥にしまいこんで、そして前に進んだ。彼女は仕事を辞めたりしなかった。自分の生活を変えたりしなかった。たとえば、水泳に通い続け、友だち付き合いをし、劇場に通い詰めた。「諦めるなんて考えたこともありません」とは、彼女のセリフだ。

クインタのほうはといえば、友人グレースと同様、彼女もまたその診断に、「勇ましい微笑み」の態度で向かい合ったと言われている。クインタのように心優しい女性の心情からすると、自分に下された診断よりも自分の友人たちが苦しむ姿を目にすることのほうが辛かった。彼女の義理の妹であるエステル・ブレリッツの記憶によれば、「彼女はいつも心配していました。他の人たちも同じように苦しんでいたからです」。少なくとも彼女には、歯科治療で評判のネフ博士がいて治療を助けてくれた。というのも、クインタの歯はその年の夏のうちに悪化していって、彼女はますますネフの治療に頼るようになったからだ。

自分たちが放射線の被害を受けたという知らせを受けると、ほぼ同時に、グレース、クインタ、キャサリン・ショウブは、USRCに対して訴訟を起こし、跳ね上がる医療費へのいくばくかの支援を得ようとした。マルグリット・カーロフが、その年の早い時期にうまく訴訟を終えていたことを知っていたから、彼女たちは、自分たちの訴訟も順調にいくだろうと期待していた。イシドア・カリッチというマルグリットの弁護士が、彼女たちの正義のための闘いのスタート地点になるはずだということは、はっきりとしていた。だから、クインタは彼に会うべく最初の予約を入れた。なんともいえない不安に襲われながら、というのも彼女はこんな経験はまったくの初めてで、おずおずと彼のオフィスに足を踏み入れ、自分の案件のあらましを話した。彼は注意深く耳を傾けた後で、最悪の知らせを伝えた。時効により彼女は訴訟を起こせないのだ。

新たにこの問題に直面した女工たちが抱えた問題とは、時間の経過だった。労働者災害補償局は――会社側がここに既存の案件をゆだねた――ニュージャージー州における五ヶ月の時効を適用した。しかしながら、マルグリットは、USRCを退社してから一三ヶ月経過していたので、連邦裁判所へ訴え出ることになった。そこでは、二年という猶予があった。これがマルグリットには功を奏した。というのも、彼女は、他の女工たちが退社した後もずっと辞めずにいて、彼女が最初に発病したとき、彼女はまだ従業員だったのだ。しかし、クインタは一九一九年の二月以来、あの工場では働いてはいなかった。彼女はいま六年以上経ってから訴訟を起こそうとしていた。法律によれば、仮に彼女の症状が一九二三年に初めて始まり、ラジウム中毒の診断をつい数週間前に受けたばかりだったとしても、四年、遅かった。

要するに、この法律は、この新種の疾患がその存在を認められるまでに数年かかるという事実を、まったく想定していなかった。しかし法律は法律だ。法の定めによれば、クインタにも、グレースにも、キャサリンにも、正義のための手立ては何もないということになる。少なくとも、それがイシドア・カリッチの見解だった。クインタは、ほかの二人に、弁護士が言ったのと同じことを伝えるしかなかった。「ほかに打つ手は何もありません」

彼女たちにとっては、まったくもって腹立たしい知らせだった。「ほとほと実感しました」と、グレース・フライヤーは言った。「ほかの誰かが悪いのに、自分がお金を払う羽目になっているのです」。グレースはちょうど、ヘンリー・ゴットフリードという別の弁護士を当たっていた。彼は、以前、別の案件で相談したことのある弁護士だったのだが、ゴットフリードが彼女に伝えたのは、この案件の「話を進めるのには、とてつもなくお金がかかる」ということだった。彼によれば、とにかく現金で前金を支払わなければ、何も手をつけられないという。「でも、お金なんてなかった!」グレースは不満げに回想している。「私は定期的に医者に診てもらわなければなりませんでしたから。本当に不愉快でした。(けれど)弁護士たちは、お金にならない案件には全然興味をもってくれなかったのです」

弁護士がこの裁判に消極的だったのは、米国ラジウム社の力があったからにほかならない。法律的な問題だけでなく、彼女たちの裁判の相手は、政府とのパイプを持ち、いくらでも闘いを続けられる財力を持つ、巨大な富とコネを持った会社である。

キャサリン・ショウブは言った。「私が相談した他の弁護士たちは皆、ラジウム会社から損害賠償を徴収しようとするのは絶望的だという意見でした」

問題はもう一つあった。この病が本当に新しい種類のものだということだ。ラジウム治療の産業が長いこと続いていることを考えると、ラジウムが彼女たちを害することなど本当にありえるのか疑問に思えただろう。もしかしたら、ローダーが言っていたように、女工たちは、工場に「因縁をつけ」ようとしているのかもしれない。

会社側によるドリンカー報告のもみ消しが影響して、彼女たち自身もまさしくそう思ってしまっていた。こうした隠蔽のせいで、ラジウムと女工たちの病とをつなぐ研究は、発表されてからものの数週間のあいだしか、人びとの目に触れなかった。弁護士たちは誰一人として、ラジウム中毒のことなど聞いたこともなかった。誰一人として、そのことを知らなかった。たった一人、ハリソン・マートランドを除いては。

マートランドは、その夏ずっと、女工たちと直接連絡をとっており、自分が手助けすると提案していた。ある日、キャサリン・ショウブが彼の研究室にやってきて、あるとても重要なことについて相談してきた。彼女はかねてから物書きになりたいと思っていた。そう、ついに彼女はマートランドと一緒ではあるが、文章を綴ることになったのだ。その話題自体は、おぞましい内容であったけれど。やがて、その文章は、独自の名前を持つようになった。

呪われたものたちのリスト。

マートランドは、白紙の検視所見用紙の裏に、それを書き出した。彼は、鉛筆書きで何本か線をさっと引いて、きちんとした表を作り、それから自分の万年筆を手にとり、たっぷりの黒インクで、キャサリンの指示に従って次のように書き出した。

1、ヘレン・クインラン
2、ミス・モリー・マギア（マッジャの綴り間違い）
3、ミス・アイリーン・ルドルフ
4、ミセス・ヘイゼル・キューサー

5、ミセス・メルファー

6、ミス・マルグリット・カルラフ（カーロフの綴り間違い）……

名前のリストは、どんどん続いた。ゆっくりと、順序立てて、キャサリンは自分が思い出せるだけの名前を彼に提供した。キャサリンに面識のあるこの女性たちは、病気になったり死んでしまった人もいれば、まだ病気にはなっていない人たちもいた。彼女は、五〇人あまりの元同僚を記憶していて、その名前をマートランドに伝えた。

そこから数年のあいだ、マートランド博士は、文字盤塗装工の死去を耳にするたびに、ファイルからリストを取り出したそうだ。うすら恐ろしい予感とともに、彼は死亡した女性の名前を、一九二五年の夏に書き出したリストから見つけては、何度も確かめながら、きちんとした赤いDの字を、その女性の名前の横に書き加えた。

Dは、死亡（Death）のDだ。

キャサリンは、あの時点では、すこぶる健康だった。しかし、自分への正式な診断を理解するにつれて、気がつけば、彼女はその予言について考えずにはいられない状態になっていた。Dは死亡のD。彼女はすでにアイリーンの死によって、神経過敏になっていた。いまや、どこかが疼くたびに、それが自分を突然死に至らしめるような症状に思えた。「私は、このまま死んでいくのね」と彼女は言った。その考えが本当なのか確かめるように語気を強めて言った。「死ぬ。**死ぬのです。**なんともしっくり来ませんね」。その当時、彼女が鏡で自分の姿を見ると、鏡のなかの姿は、もはやかつてのキャサリンではなかった。当時の新聞にはこう書いてある。「かつては、あんなに可愛らしかった彼女の顔は、苦痛にやつれ果てていた。底知れぬ不安が彼女の心身を蝕んでいた」

まさしくそういうことだ。不安。それが彼女を「とても不安定な精神状態」へと追いやったのだ。彼女の元の雇い主は、彼女を監視し、辛辣な言葉であげつらった。――彼らは彼女を「精神錯乱状態」だと見なしたのだ。

キャサリンは自分で言っていた。「病気であまり動けなくなると、物事が違ってきますね。友だちの態度も以前とは違います。やさしくしてくれるかもしれないけれど、同等には扱われません。ときどき本当に落ち込んでしまうので、いっそのこと……だめですね。よい望みは持たないようにしています」

彼女は「とても深刻な状況」になり、数えきれないほど精神科医に相談した。しかし、ベリング博士は彼女の思考の悪循環を止めることもできず、また、彼女の頭のなかで、死んだ女性たちが、映画フィルムのように繰り返しちらついて離れないのを止めることもできなかった。キャサリンは、かつてはいつでも溌剌として社交的であったのに、もはや、彼女の妹が言うように、「キャサリンはまったくの別人。彼女はすっかり気性が変わってしまった」のだった。

キャサリンは、生理が来なくなった。ほとんど食べられなくなった。体の特徴自体がすっかり変わってしまった。目は大きく虫のようになり、まるで、仰天のあまり目が飛び出さんばかりの形相だった。それは、人が自らの死を凝視するときの顔つきだった。彼女はつぶやいた。「夜と雨の日が、一番つらい時間ですね」

その年が終わる前に、キャサリン・ショウブは神経症として病院に隔離されることになるだろう。自分の友が苦しむ様を目の当たりにしたトラウマを考えれば、さほど不思議ではない。むしろ、驚くべきは、文字盤塗装工に同じような人がいなかったことだ。

同じ頃、セントメアリー病院にいるマルグリット・カーロフのもとを訪れた見舞客には、マルグリットが昔とほぼ変わらぬ姿に思えただろう。しかし彼女の血は、ほぼ真っ白で、血球の量は、わずか二〇パーセントしかなかった（正常ならば一〇〇パーセントになるところ、今はなんとか生命を維持している状態だ）。彼女の頭、顔……彼女のレントゲン写真がいまや明らかにしたのは、ラジウムが、彼女の下顎が単なる切り株になるほど侵食してしまったということだ。モリー・マッジャと一緒に経験したように、ネフは自分が、その侵食を止める何の術も持たないと分かっていた。

一九二五年の八月にセントメアリー病院にいたもう一人の患者はアルビナ・マッジャ・ラリーチェだった。ただし、もっと幸福な理由だった。彼女のお腹は、妊娠によって膨らんでいた。頬は自信で紅潮していた。四年近くのあいだ、彼女とジェームズは子供をつくろうとしてきた。待望の吉報もなく毎月が過ぎ去っていったが、そのたびごとに彼女の口のなかには苦い感覚がいつも残った。彼女の身体は、待った時間に報いることなく、それが何度も繰り返された。来月こそはと、彼女は自分に言い聞かせたが、来月になると、いつも同じ辛い落胆の念に襲われるのだった。

もうあんな思いはしなくて済む。アルビナは、愛おしむように自分の膨らんだお腹を手でなでながら、ついに自分が母になるんだと満足げに思った。子供を自分の腕のなかでだっこして、夜にはベッドにに寝かせて、災難から遠ざけて安らかなままにしておくのだ……。

陣痛が始まったのは、セントメアリー病院へ行く途中だった。アルビナは、お腹に爪を立てて叫びだすのを抑えようとした。奇妙だった。こういうときには、どんなふうに感じるのがふつうなのか知らなかったけれど、どこか、なんらかの意味で、何かが変だった。とにかく間違っていた。

医者たちは彼女を病室に移し、ベッドに寝かせた。彼女は、医者に言われるがままに、いきんだ。赤ん坊が自分のなかを移動しているのを感じて、自分の子が生まれるのだと思った。息子だった。彼女はその子を感じていたが、しかし、アルビナの耳には、息子の泣き声が聞こえてこない。

彼女の赤ん坊は死産だった。

21

彼女が遺したもの

アルビナ・ラリーチェが苦しんだのは、妹のクインタとは違う部分の体の痛みだった。股関節炎になり、歯が抜けた。彼女はもともと、ジェームズと結婚した直後から、膝にリウマチがあったものの、彼女曰く「すっかり治っていたから、もう全然平気だった」のだが、彼女の赤ん坊がセントメアリー病院で死産になってちょうど二週間経った頃、突然、心臓の鼓動に合わせるような、ちぎれんばかりのひどい痛みが四肢に出て、左足の萎縮が始まった。そして、一九二五年一〇月、かかりつけの医者の処置ではどうにもならなくなり、アルビナはハンフリーズ博士のいる整形外科病院で診察を受けたのだった。そこで彼女は、自分の頭越しに医者たちが自分のことを議論し、その医者の一人が自分のことを放射線の症例だ、とさらりと言ったのを聞いた。

次から次へと心をえぐり頭を悩ませるようなことばかりが続いた。アルビナは後にこう言った。「私は、本当に不幸なんです」

医者たちはクインタに処置したのと同じように、アルビナにも四ヶ月間ギプスをはめた。医者たちはそれが少しでも回復を助けると信じていた。しかし、アルビナにはなんの効果もなかった。「自分でも分かっています」。沈んだ声で彼女はつぶやいた。「徐々に弱っていますから。少しずつ、少しずつ……」

彼女の病室と同じ廊下側に、もう一人元塗装工がいた。エドナ・ハスマンという、かつてはドレスデン人形というニックネームだったこの女性は、一九二五年の九月から治療を続けていたが、表向きはリウマチだとされていた。しかし、そんな治療で良くなるわけもなく、彼女もハンフリーズのもとに駆け込んだところだった。

彼女の辛い症状はその年の七月からすでに始まっていた。彼女が後に語ったように、「最初は、お尻のあたりから始まりました。歩こうとすると、あの鋭い痛みが走って、おもわず足がふらついてしまいました。歩こうとするたび痛い。仕方がないから足をひきずって、家中のいろいろなものにつかまって歩き回ることになりました。そうするしか、あちこち動き回れないからです」。

ハンフリーズは、エドナの左足が右足より二・五センチ短いことが気がかりでエックス線写真を撮った。エドナは、夫のルイスの介添えがあったにせよ、歩いて病院に来ていたので、ハンフリーズはまさか彼女が深刻なダメージを負っているとは思いもよらなかった。しかし、彼がレントゲン写真を精査してみると、考え直さざるを得なかった。彼女の足の骨は折れていたからだ。どうやら躓いて骨折していたのだが、その躓きも、少し躓いただけで派手に転んだわけでもなかったので、エドナは自分でもそんなに負傷していると気づいていなかった。

ハンフリーズは、エドナの症例のことをよく覚えていた。「彼女は大腿骨頚の突発性骨折でした。原則として、若い人には発症しないものです。若い女性が、いつのまにか骨折してしまう症例など一度も出会ったことがありません」

一度もなかったのだ、今現在にいたるまでは。

ハンフリーズは続けた。「その頃には、彼女がラジウム工房で働いていたことを知っていましたから、目の前の患者たちに起きている尋常ではない何かについて多少は理解していました。とはいえ、彼女のエックス線には、ラジウム中毒を思わせるような白い影はなく、ただの骨折にしか見えませんでした」

それはラジウム中毒などではない。フリン博士がエドナをかつて検査したときに彼が伝えたことと一致している。彼女はもう歩けなくなるくらいだというのに、フリンはついこの前には、彼女は完全なる健康状態だと断言していたのだ。そう彼女は大丈夫なはずだ。

彼女のエックス線の結果を見て、ハンフリーズは、彼女の骨折した足をまずは手当した。エドナの記憶によると「彼らは私にギプスをはめて、丸一年間はギプスを当てられていた」という。ルイスは彼女を、白い小型犬のいる、彼らの小さな平屋の家へと連れて帰り、そして日々を過ごした。

フリンもまた、自分の仕事に取り組み続けていた。彼は、宝の山ともいうべき情報に出くわしていた。それは、キャサリン・ワイリーから何気なく与えられたものだった。ワイリーが後に回想している。「私がフリン博士に会いに行くと、彼がとても関心を持っているのが分かりました。病気になっている女工たち全員の名前と住所を私が知っていて良かったと彼は言っていました」

ワイリーは、フリンがUSRCで働いているとは気がついていなかった。というのも、彼はそういった情報をオープンにはしていなかったからだ。それに「会社が彼に、病気の女工たちを診察して、医学的な助言を与えるようにと依頼したことがある」のも、ワイリーはまったく知らなかった。

こうして、フリンがその住所を知るに至り、一九二五年一二月七日、キャサリン・ショウブは一通の手紙を受け取った。

「ショウブ様」とフリン博士は、医科大のヘッダーが入った用紙に書き始めた。「もし良ろしければ、私のオフィスか、ご希望であればサウス・オレンジにある私の自宅までご足労いただき、公正な意見を私からあなたにお伝えさせていただけないでしょうか……」

しかし、キャサリン・ショウブは、「ひどく神経過敏な状態」で、フリン博士に会う状態になかった。「あの手紙を受け取ったとき、私は具合が悪かったのです」と彼女は回想している。「私はベッドに寝たきりで、外出はできなかったのです」

彼女は返事の手紙を書き、自分の窮状を説明した。フリンがこう回想している。「私は決して（彼女からの）手紙に返事は出さないと、自分の技師に言いました。もし彼女が私の家にも、オフィスにも来るつもりがないのであれば、しゃしゃり出るつもりはまったくないよ、と。ああいった育ちの女性は、こちらが助けようとしていたとしてもありがたく思わないだろうから」

フリンのほうは、キャサリンを診察できないことが悩みにはなっていなかった。というのも、彼には他に調査するべき場所がたくさんあったからだ。彼は後に自慢げに語っている。「私はこの産業で働いている女工の全員を、実際に診察したことがあります」。ほんの二、三例をあげるならば、USRC、ルミナイト社、ウォーターベリー社といったフリンを雇ってきた会社と接触を続けながら、彼は他に類を見ないほど多くの文字盤塗装工の女性たちとつながっていた。しかしながら、彼の自慢にもかかわらず、元従業員については、それほど多くは診察したことはないようだった。

もし診察したことがあったら、もしかしたら二番目の患者であるウォーターベリーの従業員女性、エリザベス・ダンが病に倒れてしまったときも、そのことを発見できていただろう。彼女が文字盤塗装の職を辞めたのは、一九二五年のはじめのことで（フリンが自分の研究を始めた前か後かは不明）、ダンスフロアーで少し足を滑らせて、足を骨折してしまったからのことだった。それもまた、いわゆる突発性骨折だったのかもしれない。フリンが彼女の症例を見つけていれば、あるいは、彼女のかつての同僚であるフランシス・スプレットストッカーの死に気づいていれば、あの文字盤塗装工の病は、オレンジ社の社内だけの話ではなく、彼女たちの職業が原因なのだという重要な証拠になっただろう。

フリンはまた、やたらとマートランド博士の仕事の信用を貶めた。一九二五年一二月、マートランドと、コンロンという別の医師と、患者女性たちの歯科医であるネフ医師とが、その年の女性たちへの治療に基づいて、合同で医学論文を発表した。彼らの結論は、「これまで未確認の状態にある職業上の中毒症状」であるということだった。この論文は、時の経過とともに、医学上の謎を解いた基本的な重要文献となった。

しかしながら、一九二五年では、このような先駆的な論述に対しては、なんの敬意も払われなかった。マートランドが提示した結論は、根本的な見方を大きく変えるものであったので、激しい議論の的になったが、槍玉に挙げたのはフリンだけではなかった。放射線医療の専門家であるジェームズ・ユイング博士は、ニューヨーク病理学会の会合で、冷ややかにコメントした。「放射線治療の害について話す段階には至っていない」

ユイングにすれば、確かにそうだったのかもしれない。しかし、マートランドは確実に違った。彼は語れる段階にあった。実際、マートランドは、危険なラジウムを注入もしくは経口で使用する治療法を精査して、こう述べている。「既存の放射性物質では、治療効果は生まれない」

この論争は、闘牛の眼前ではためく赤い布地のごとくラジウム被害救済に立ち上がった男たちに気炎を上げさせた。それは、死にかけている文字盤塗装工たちのためだけではなかった。戦いの相手が、莫大な利益を生む大産業だからだ。マートランドは後にこう回想している。「もともとの研究は、放射線の権威の大半に馬鹿にされました。たえず非難に晒され続けながら、私はなんとか公共の利益を守り、障害をかかえて死ぬまで続く闘いに挑む女工たちのために何らかの補償を確保しようと努力してきました。ラジウムの製造業者は、躍起になって無礼な態度をとり、私の信用を貶めようとしていました」

ラジウム関連産業の会社のほうからすれば、憂慮するに十分な理由があった。ラジウム水製造機会社から、ハンフリーズ博士のもとに届いた一通の手紙によると、彼の論文は「自動的に我が社の売り上げを前の四半期より半減させ」てしまったからだ。

しかも、マートランドの見解に疑念を抱いているのは、ラジウムの恩恵にあやかって商売をする人びとだけではなかった。米国医師会は、一九一四年にラジウムを「新規かつ未承認の医薬品」として正式に認定していたので、会社側の医師団も懐疑的な態度だった。それによって、女工たちの訴えは、徐々に、彼女たちが支援を求めた法律家たちにとっても、怪しげに見えるようになった。

マートランドの仕事に対する世間の評判が、USRCを喜ばせないわけはなかった。すぐに彼らは、自分たちの医学研究の結果をもって再び反撃しようとした。副社長のバーカーに至っては、まったく堂々と小躍りしながら、メモを残している。「かのマートランド大先生は、我々が文字盤塗装工を何十人も殺しているといまだに言っているが、あの論文は、研究まがいの言いがかりにすぎない。フリンの報告がまもなく出版されるそうだ。彼の発見はまったく逆のもので、あれこそ、よくできた優れた研究というものだ」。彼は加えて、こうも書いている。「彼みたいな男は、仕事を続けるためにも、一定の資金をもらってしかるべきだ」

フリンは、ラジウム関連会社が憂慮している件に関して、まさしく切り札であった。だからUSRCは、前任の調査官であるドリンカー博士宛てにフリンが書き送っていた内容を知ったら、間違いなく呆然としたことだろう。フリンの手紙には、こうあった。「大きな声では言えませんが、あの塗料が、女工たちの状態の元凶なんだとどうしても思わざるをえません」

とはいえ、科学者たちが公には女工たちの疾病の原因をめぐり論争をしていたその一方で、ある一人の女性が、その一団のなかで、己を賭して孤独な闘いを続けていた。マルグリット・カーロフは何週間ものあいだ「半死状態」であった。ホフマンの見解では、彼女の症例は、「記録上もっとも悲惨なもの」だった。彼女の免疫系統は致命的に弱くなって、さらに悪いことに、肺炎を併発していた。しかしそれでも、なんとか彼女はクリスマスに家に戻って、姪と父親、母親とともに過ごした。彼女の歯が抜け落ちて、この苦しみが始まったクリスマスイブから、二年の歳月が経っていた。半年前には、彼女の姉サラが亡くなっていた。

一九二五年のクリスマス休暇が明けたばかりの深夜、二四歳で、マルグリットは姉に続いて未知の国へと旅立った。彼女は大通り沿いの家で深夜三時に死去した。マートランドが後に述べたことによれば、死に際して彼が撮影したエックス線写真には、彼女の骨からの「美しい光の放射」が写っていたという。

二日後、彼女の両親は、娘を静穏なローレル・グローヴ墓地に埋葬した。この半年で二度目のことだった。マルグリットは、静かに亡くなったわけではなかった。最初に訴訟を起こした文字盤塗装工として、自分の命を奪う会社に対して反撃することが可能なのだと示した最初の人物として、彼女は叫び声をあげながら逝ったのだ。

その響きは、その後も永く続いただろう。彼女の死後ずっと、彼女が埋葬された後もずっと、そして、彼女の両親が葬儀からゆっくりと家路について、世間への心の扉を閉ざしてからもずっと。

22

裏切り

本当に欲しいものは、ちょっとした良いニュースだ——地方新聞をめくりながら、グレース・フライヤーはそう思った。一九二六年において今のところ、良い知らせは、たった一つしかなかった。ワイリー女史による新しい法律は、すでに署名され、施行されるのを待つばかりだということだ。彼女と文字盤塗装工の女性たちは喜んだ。ラジウム壊死は、いまや正式に賠償の対象となる疾病になったのだ。いろいろな意味で、法案の可決はワイリーが予期していたよりもすんなりと進んだ。

けれども、その点以外は、状況に大きな進展はなかった。グレースの顎に起きた症状がまた進行していた。彼女は、下顎の三本の歯以外はすべて失い、マキャフリー博士の診察に週に三回は通わねばならなかった。一方、背中も尋常でなく痛んだ。にもかかわらず、彼女はそれまで医者に背中を診てもらわないままにしていた。治療費が高すぎたのだ。しかしながら、自分の困難な状況にも負けることなく、グレースは職場まで毎日通っていた。彼女の説明は簡単なものだった。「働いていたほうが調子がいい」。実際、職場の銀行では、元気に人々に接していると言われた。

けれども、彼女が仕事を続けるには別の理由があった。グレースは働くことで「家族の重荷になりたくなかった」のだとクインタは言う。グレースは二〇〇〇ドル（現在の二万六八〇〇ドル）の医療費を背負っていて、彼女の両親にはとても支払えなかった。しかも、週給約二〇ドル（現在の二六八ドル）のグレースの稼ぎを、自分の治療にすべてつぎ込んだとしても、負債を返すのに二年はかかるだろう。どこからそんな大金を見つけられるというのか。彼女は途方に暮れた……もう、残る方法は一つだけだ。それまでに、彼女は違う弁護士を探して、ほぼ一年を費やしていた。ほとんどは独力で探していた。弁護士がこの案件を次から次へと断っていくのに直面して、ほかの女工たちは諦めきっているようだった。

アルビナはまったく異なる状況だった。彼女は親しい友人たちだけには会ったが、腰が動かなくなったせいで、家から出られなくなっていた。ジェームズ・ラリーチェは、自分の妻が笑顔になるように最善を尽くした。「彼が私を励ましてくれました」とアルビナは言う。「私のことを『いい相棒』だと言ってくれました」。しかし、それも役には立たなかった。「私はお荷物なんです」と悲嘆した。姉のクインタは耐え忍びながら毎日をやり過ごしていたが、アルビナの障害は進行していた。例の「白い影」が彼女の両足に現れていたし、一方、ネフ博士は彼女の歯を残すことはできなかった。

キャサリン・ショウブに関しては、もはや誰も彼女に会ったものはいなかった。彼女は家にいて、外出を拒否していた。「他の女工たちは、ダンスやお芝居に行ったり、裁判に行ったり、恋におちて結婚している」とキャサリンは恨めしそうに言った。「なのに私はここに残って、痛々しい死が近づいてくるのを見つめていなければならないなんて。私はとても孤独でした」。彼女は教会に行くときだけ家を出た。キャサリンは、以前はそれほど信仰心があったわけではなかったが、やがて彼女は明確にこう言うようになった。「集会に行くことでどれほど慰めを得たかしれません」。彼女はもう働けなくなっていたが、彼女の治療費は家族に降りかかった。彼女の父親ウィリアムは、六〇代半ばであったが、彼女をたすけるために努力を尽くしたと、キャサリンの妹が打ち明けている。「父さんはかなり無理をしています。父さんも、もう昔みたいには働けないですから」

　時間が経過していくうちに、請求書の金額に首が回らなくなっていたにもかかわらず、女工たちは、訴訟を進めるのは妥当なのか疑問を持ち始めた。ひょっとして、会社に責任を求めるのは間違っているのではないか。というのも、キャサリンはフリン博士に相談しに行ってみたところ、彼の「公平な意見」では「ラジウムが彼女に害をもたらす可能性はないし、これまでも害を与えてなどいない」というものだったからだ。キャサリンは、当然ながら、他の女工たちにもこのことを伝えたので、みな混乱した。アルビナ曰く、「私たちにとって、意味があると思えたのは、私たちを診た先生たちのうち、マートランド先生だけが、私たちの病気が放射性物質によるものだと診断してくれたことでした」。女工たちの体調は悪く、会社の責任の有無をめぐって疑問まで持ち上がるなかでは、彼女たちの頭には、訴訟というのは最後の最後に使う手段に思えた。

　他の女工たちの頭のなかでは、最後の手段であることが、おそらく、グレース・フライヤーにとっては、ずっと優先事項であった。地方紙をじっと読みながら、彼女はゆっくりとページをめくり、深く考え込んでいた。そして、はっと驚き、紙面のなかに埋もれた小さな記事を見つめた。にわかには信じられなかったが、彼女は目で文字を追った。**「ラジウムによる死亡をめぐる裁判が和解」**

　どういうこと？　彼女はそのまま読み続けると、その見出しが嘘ではないことが分かった。ＵＳＲＣはマルグリット・カーロフ、サラ・メルファー、そしてヘイゼル・キューサーの訴訟を示談で和解していた。あの会社に打ちのめされた女工たちは、彼らの仕打ちに対して金銭を受け取ったのだ。グレースにとっては信じ難いことだった。それで非道な行為の罪を認めたことになるのだろうか。このことで、彼女とその友人たちに訴訟への扉が開いたと言えるだろうか。彼女は興奮しながら続きを読んだ。「マルグリット・カーロフの死に対して、カーロフ氏（父親）は九〇〇〇ドル（現在の一二万六七九ドル）を受け取り、［サラの死に対して］母親のミセス・メルファーは三〇〇〇ドル（現在の四万二二六ドル）、妻を亡くしたキューサー氏は一〇〇〇ドル（現在の一万三四〇八ドル）を受け取った」

大金とは言えなかった。とりわけ、ヘイゼル・キューサーの夫テオの示談金に至っては、彼と彼の父親がヘイゼルのために抱えてしまった負債八九〇四ドル（現在の約一二万ドル）を下回るものだった。それも、ヘイゼルの弁護士カリッチ氏が示談金の四五パーセントを取り分にしてしまった。これは、弁護人としては普通より多い配分だったが、遺族たちには同意するほかに選択肢はなかった。彼はこの案件を引き受けてくれた唯一の弁護士だったからだ。結局は、テオにはたった五五〇ドル（現在の七三〇〇ドル）しか残らなかったが、それでも無いよりはましだった。

グレースはいったい全体どうして会社が支払う気になったのか不思議に思った。会社は、女工たちを相手に、一八ヶ月のあいだ、一セントたりとも認めようとしなかったのだ。実際、USRCには、支払いをするいくつもの理由があったと思われる。少なくとも、今回の訴訟の女工たち、とくにカーロフ姉妹は、訴訟に有利な立場にあったと言えるからだ。もし示談をせず裁判に持ち込まれて、女工たちに同情的な陪審員を前にしたら、会社側は負けてしまうかもしれなかった。司法の根本的な考え方からしても、この案件は勝訴の見込みが強かった。この女工たちは、二年条項に則して訴え出ていた。さらには、キャサリン・ワイリーの新法は、女工たちの主張を支持していた。彼女たちはラジウム壊死などが原因でこれまで何人も死亡していた。そして、ドリンカー報告書の問題もあった。サラがまだUSRCの社員であったときに、会社はその報告書を黙殺することを選んだのだった。だから、もし、会社が彼女を救えたかもしれない情報を受けとっていたにもかかわらず――少なくとも引き起こされる被害を間違いなく緩和するはずの情報を受けとっていたにもかかわらず——それに基づいた行動を起こしていなかったことが明るみになったとしたら、それこそ大変な問題になってしまうことだろう。

グレースは、電気が走ったかのような衝撃とともに行動を開始した。これこそ、彼女がずっと待っていた良い知らせだった。彼女は再び弁護士のヘンリー・ゴットフリードに連絡をとり、和解の記事を読んだ二日後には、訴訟の申立てをおこない、こうして運命の車輪が勢いよく回り出した。一九二六年五月六日、USRCはゴットフリードから次のような文書を受け取った。「拝啓　一九二六年五月一〇日の月曜日までに、フライヤーさんの申立てに関して、私と連絡を取っていただけない場合は、訴訟を開始いたします」

USRCは、機械式時計の歯車のように、速やかにこの問題を弁護士のストライカーに連絡した。弁護士は、ゴットフリードに具体的な金額を照会したと思われる。六月八日、ゴットフリードは、グレースが五〇〇〇ドル（六万七〇〇〇ドル）で和解すると言っているという手紙を送った。

その金額は莫大とは言えなかった。ただ、グレースが増やしてしまった多額の医療費を賄い、加えて、これから確実に必要となるだろう今後の出費を支払うための多少の蓄えにはなりそうだった。グレースは強欲な人間ではなかったし、また大きな訴訟もしたくなかった。会社側がすんなりと妥当な提案を用意してくれるなら、彼女のほうは補償を受け入れ話を済ませるつもりだった。

USRCが返事をするまでにちょうど一週間かかった。「八日付けの手紙を拝見しました」。ストライカーの六月一五日の返信には、「これを受け入れるように、私のクライアントにお話することはできません」。会社側は、「フライヤー様に関してはすべて裁判のなかで対応」するという。

この返事を聞いて、グレースは意気消沈したに違いない。動揺もしたに違いない。というのも、会社側は、ほんの数ヶ月前に彼女の元同僚に対する損害賠償に同意しただけでなく、ワイリー女史によって新しい法律まで設定されたのである。状況は変わったのではなかったか。

しかし、いまや明らかとなった。なにも変わっていないのだ。そして、ここにきて分かったのは、ワイリーがなぜいとも簡単にラジウム壊死の法案を通してもらえたのか、ということだ。そもそも、法案は遡って適用できないので、一九二六年より前に被害を受けたものでは請求などできないのだ。そして、新法は既存の法律の一部になったので、自動的に五ヶ月の出訴期限が適用される。その期間では、ラジウム中毒の症状が文字盤塗装工たちの誰かに現れるには、あまりにも短すぎる。そして何より、もっとも残酷な事実として、その法律は、ラジウム壊死だけしか対象になっていなかった。モリー・マッジャやマルグリット・カーロフを襲った、あのひどい顎の壊死だけだ。女工たちの中毒から生じている、その他の医学的所見については、一つも――重度の貧血や、背中の痛み、大腿骨の骨折、歯が抜けてしまうこと――補償の対象にはならなかった。ワイリーは、この新しい法案が、ニュージャージー州の製造業協会には、「不評ではない」ことは知ってはいた。が、ここにきて突然、それがなぜなのか明らかになった。この法律は、誰も補償を受け取れないような仕組みになっている。

ワイリーは、すぐに自分の間違いに気がついた。ラジウムが「有害であること」を法律の世界に認識させるため、消費者連盟は新たな熱意をもって運動を始めた。しかし、一九二六年六月、オレンジにある自宅で失意のどん底にいるグレース・フライヤーを救うための変革がもたらされるためには、この運動はあまりにも長く時間がかかりすぎ、そしてあまりにも遅すぎた。

会社側が和解に応じるつもりがなかった理由は、もう一つあるのかもしれない。会社がかつてよりも経営的にうまくいってはいないことを示す証拠があるのだ。ある役員によれば、「自転車操業」状態であるらしかった。主たる問題は、従業員不足だった。既存の従業員は、「いらいらして神経過敏」になっていて、新しい労働者は不足していた。その年が終わる前に、USRCはその損失を削減するべく、オレンジ市の工場を廃止しようと、その用地を売りに出した。それでも、完全に再起不能というわけではなかった。会社は工房をニューヨークに移した。

グレース・フライヤーもまた、再起不能ではなかったのだが、USRCの反応は、二重に彼女を打ちのめした。会社が和解する気がないと思い知った上に、ゴットフリードが彼女の案件から手を引いたからだ。しかし、彼女はそれまでよりいっそうの決意を固めた。彼女は、労働組合委員長であった父親譲りで、悪徳会社に対する闘いからそう簡単に退くつもりなどなかった。「私たち女工は、望みを捨て去ってはいけないと思うのです」と彼女は言った。

彼女は、少なくとも二人の弁護士に相談をしていたが、うまくいくことはなく、またも落胆した。悩みの種は、「ラジウム中毒は、女工たちの病気に関係がない」と述べた専門家の出版物が、目論見通り、元雇い主である会社に有利に働き始めていたことだった。そのなかで、もっとも注目されたのが、一九二六年一二月に出版されたフリン博士の著書である。

「蛍光文字盤の塗装に産業上の危険は存在しない」と、彼は明快に書いている。そして、女工たちの病気は細菌感染によるものだと述べた。ホフマンは、この報告書を「科学というより偏見」だと言った。

しかし、それは偏見以上のものだった。フリンはしらじらしく嘘をついていた。なぜなら、彼は自分がドリンカー博士に述べた見解——「あの塗料が、女工たちの状態の元凶なんだとどうしても思わざるをえません」——と矛盾する結論を出版したばかりでなく、出版前の一九二六年六月には、ウォーターベリー・クロック・カンパニーでラジウム中毒の症例二件を発見し、その原因は、工房での細菌感染ではなく、彼女たちの職業が原因だと突き止めていたからである。

ずっとこの症例の存在を知っていたにもかかわらず、フリンは自分の報告書を修正することも取り下げることもなく、そのまま報告書を印刷して世に送り出す許可を出したのだ。それにより、USRCは専門家が公に示した証拠を手に入れたことになり、それに基づいて一貫して責任を否定したのだ。後に、フリンは、この決断を後悔していると言っている。しかし、その後の彼の行動から推測すると、その後悔はどれほどのものなのか……。

フリンは、オレンジ市の女工たちの病気は単なる感染症であると宣言していたが、フリンの行動はそれだけでは終わらなかった。一九二六年七月、USRCがグレースの和解の申し出を断った翌月、彼はグレースの診察に乗り出したのだ。そのタイミングは、おそらくは単なる偶然の一致だったのだろう。フリンは、グレースの知らない男を連れてきて採血とエックス線撮影をおこなった。そうして、結果が出てくると、フリンは笑顔で言ったのだった。「あなたの血液画像は、私のよりキレイですよ！」「彼は言っていました」とグレースは後に回想している。「私は彼より健康状態が良いし、どこも悪くない、と」

しかし、その言葉はグレースの体からのメッセージとは一致していなかった。

フリンがグレース、キャサリン、エドナ・ハスマンに健康良好だと断定しているにもかかわらず、女工たちは、あの夏、最悪の状態にあった。クインタ・マクドナルドは、抜けていく歯の治療のためにネフ博士のもとへといまだに通っていた。しかし、ネフのほうは、なんと、女工たちの敵方に連絡をとるという行動に出た。一九二六年の夏、ある朝、彼は、ローダー社長と、やり手として新しく就任した副社長クラレンス・B・リーを含む取締役会に、ニューヨークにあるUSRC本社で面会した。ネフは、クインタの治療に困り果てて、今度はラジウム社にとって魅力的だと思われる申し出をすることにしたのだ。

「もし、私と手を組むつもりがおありなら」とネフは集まった役員たちに告げた。「私もあなた方と手を組みましょう。女工たちの名簿をもらえれば、できるだけ長く黙っていましょう。ごく少数ですが、寿命で死ぬものもいるでしょう。私なら、彼女たちをあと四、五年は黙らせておけます……。さあ私の手札は見せました。いただくものはいただかなければなりません」

ネフは、自分の患者たちに同情して途方に暮れていたのではなかった。そうではなく、なんと彼は報酬をもらいたかったのだ。おそらくは、彼をその気にさせたのは、カーロフ家の和解だったのだろう。彼は急に目の色が変わって、自分がそれまでおこなってきた無料の治療に対して報酬がほしくなっていた。「ぜんぶ自腹を切ったのですよ！」彼は苛立ちながら叫んだ。会社に対して支払いを求める彼の主張は、正当なものではあったかもしれない。たしかに、彼が治療にあたった女性たちの病気は、この会社の塗装作業が原因なのだから。しかし、彼がこうして示している提案は、彼女たちを騙すことであり、会社側をかばって彼女たちを無残に死なせることだ。それは、彼の貸しに対して報酬をもらうこととは、別次元の問題ではないか。女工たちに対する誠実な献身は、もうすっかり失われていた。

幹部たちは、「君の提案は何だ」と意味ありげに聞いてきた。

「ローダー社長に申し上げたように、私は一万ドル（現在の一三万四〇〇〇ドル）をお願いしています。大変真っ当な値段だと思います」

USRCは、彼の提案をじっくり検討した。「本当に、女工たちは君のところへ通うというのか」

「大半が私のところに来ることは間違いありません」とネフは答えた。女工たちが自分のことを、友人として見ているいると確信していた。

「彼女たちに、君の治療報酬は会社が費用負担していると伝えるのかね」

「私があなた方と通じているなんて、彼女たちには言いませんよ」とネフは笑った。

おそらくは、この面談の展開に手ごたえを感じ、気を良くして、ネフはもう一つ別の提案をした。「もしあなた方がお望みなら」と彼は役員室の机に寄りかかりながら要点だけを述べた。「私が証言台に立って、証言してもいいでしょう……『この女工は放射線によって被害を受けていると思いますか』と尋ねられたら、いいえ、と答えてみせましょう。自分が信じたいことをなんでも言えばいいんですよ。月はブルーチーズからできている、とね！」〔英語の諺 The Moon is made of green cheese（あり得ないことの喩え）をさらに茶化したもの〕

「君はなんとかうまく片づけられるということかね」役員たちは尋ねた。

「やるときは、やりますよ。ただし、あなた方が私を雇うなら、ですが。自分に報酬を払ったもののために証言するのが、専門家というものでしょう」

とにかくネフには金が大事だった。そして、ここにきて、彼は致命的なミスを犯した。ニューアーク出身のこの歯科医は、自分の人生を歯科医業にしか捧げてこなかったのに、大企業の大物たちと渡り合おうとしたのだ。「私は、この件をうまく片づけます」。彼は凄みを効かせて言った。「私に、味方になってほしいのか、それとも、敵になってほしいのか。もし皆さんと合意できないなら、私は彼女たちを訴えるつもりです。そうしたら、今度は彼女たちが、あなた方を訴えることになります。お金を得るためにね。公平《フェア》を期するための警告です。私が戦うときは、獰猛なライオンのごとく容赦しません。私は、味方につけておいて損のない男ですよ。本当に」

そこまではうまくいっていた。きっとそれまでに考え抜いていたに違いない。次の台詞で、彼らを釣り上げたと確信し、きっと笑みが漏れたに違いない。「私は、できるかぎり、あなた方に対して物分かり良くしますよ。私はなにも、ゆすりたかりのために、ここに来たわけではありませんから」

役員たちが状況を要約した。「我々が君に一万ドルを支払わない限り、君は我々に多大な問題を与える立場に立つ。もし支払えば、君は我々を手助けする」

「そうです。お役に立ちますよ」。その歯科医は熱意をこめて言った。

別の取締役が話し始めた。「これから金をとる（たとえば、ネフが今後の治療には女工たちから金をもらい、彼女たちが訴訟を起こさせないようにする）のでは、不十分なのか。どうしても一万ドルがいいのか」

「申し上げましたように」とネフは気取って言った。「私はこれまでの私の行為に報酬がほしいのです」

彼はその案を一蹴してしまった。会社側にはすでにフリン博士がいて、彼らのために活躍していることを、おそらくは知らなかったのだろう。ローダーはすっくと立ち上がり、彼に退散を命じた。「君の提示した条件は、不道徳だ」と彼は断じた。「我々は、そうした類のことをするつもりはまったくない」

「不道徳？」ネフは相手の言葉を繰り返した。「それが結論ですか？」

どうやらそのようだった。

この先、彼の提案の証拠が出てきたら、USRCは歯科医を追い出したということで、道徳的に優位に立つことになるだろう。

その会合は、きっちり五五分間だった〔アインシュタインの名言とされている「問題を解決する場合には、五五分を問題の何たるかについて考えることに費やし、残り五分で解決法を探す」を下敷きにした言葉〕。

23

イリノイ州オタワ
一九二六年

終わらないリップ、ディップ、ペイント

聖コルンバ教会の鐘が、オタワの街中で楽しげに鳴り響いた。文字盤塗装工が次々と結婚し、このところ一週間おきに結婚式がおこなわれていた。何人もの人がお互いのブライズメイドを務めた。フランシス・グラチンスキは、労働者であるジョン・オコネルと結婚した。メアリー・ダフィー・ロビンソンは、フランシス・ロビンソンという大工と結婚した。マリー・ベッカーはパトリック・ロシターと婚約した。メアリー・ヴィッチーニはジョゼフ・トニエリに求婚した。ペグ・ルーニーとチャック・ハッケンスミスは、ついに一九三〇年六月に結婚することになった。ラジウム・ダイヤル社に一九二三年以降は出勤していなかったシャーロット・ネヴィンズもまた、婚約した一人である。彼女は、今でも多くの女工たちと連絡を取り合っていて、彼女たちに恋人であるアルバート・パーセルの魅力を興奮気味に話していた。二人はシカゴのアラゴン・ボールルームで踊っているときに出会った。シャーロットは、チャールストンを披露するときの踊り方をよく知っていて、カナダから来た労働者のアルの目にとまった。「二人は親友だった」と親しい知人は言う。それから二年もたたないうちに、シャーロットは、この聖コル

ンバ教会の新しい花嫁となったのである。

白い石造りの建物に灰色のスレート葺きの屋根、そして、地域でも羨望の的であった美しい祭壇——模造大理石で空間全体が埋め尽くされていた——の下で多くの結婚式が執りおこなわれた。聖コルンバ教会は、かなり細長い建物で、アーチ型の天井は建物の幅よりはるかに高く、その迫力は息をのむほどであった。この結婚ラッシュの渦に巻き込まれなかった数少ない信徒の一人が、キャサリン・ウルフである。しかし、教会にいた一人の青年が彼女の目を引いた。その彼の名前はトマス・ドノヒュー。

キャサリンが二三歳に対し、彼は三一歳。トムは小柄で、眉毛は濃く、黒髪を束ねている。口ひげを生やし、ワイヤーフレームの眼鏡をかけている。彼は幅広い職業の経験があり、エンジニアや絵描きの仕事をしていたこともあった。文字盤塗装工は町の人名録では「芸術家」に分類されていた通り、二人の仕事の華やかさが縁となり、キャサリンとはお似合いだった。その後に、トムは地元のガラス工場リビー・オーエンスで、アル・パーセルやパトリック・ロシターと一緒に働くことになる。

彼は、「本当に静かな男で、あまりしゃべらない」。それは、トムがアイルランド移民の大家族で育ったことによるものだったのかもしれない。ある親戚によると、「彼は七人兄弟の六番目だった」という。一家はオタワのすぐ北にあるウォレス・タウンシップのドノヒュー農場で育った。キャサリンが毎日持っていた数珠を使ってロザリオを唱えていたように、トムも敬虔な信者であった。トムはキャサリンと同じように、聖コルンバ教会の礼拝に通っていた。教会が建てられたとき、祖父が費用を負担して、ステンドグラスの窓を一つ作ってくれた。トムの甥のジェームズは、「当時は、今ほど旅行が一般的ではありませんでした。週に一度でも街に出るような人は目立ちたがり屋ですね」と言った。

トム・ドノヒューは、決して目立ちたがり屋ではなかった。外向的な性格でもない。キャサリンと同じだった。「二人ともとても静かな人でした。とてもシャイでした」。姪のメアリーはそう言った。

そのせいもあってか、二人は一九三二年まで結婚しようとしなかった。

キャサリンは、ラジウム・ダイヤル社の同僚だったイネス・コーコランに、トムのことを話したのかもしれない。イネスはイネスで話すことがあった。彼女はガソリンスタンドの経営者ヴィンセント・ロイド・ヴァレットと婚約していた。その年の暮れには結婚する予定だった。

結婚した文字盤塗装工が全員仕事を辞めたわけではない。工房としては、優秀な人材を失いたくないという思いがあったのだろう。会社はほかに先んじてワーキング・マザーにパートタイム仕事を提供することになった。一人の女工はこう言った。「二、三回は辞めましたが、毎回必ず戻ってきました。新しい人を育てるのに時間がかかりすぎたんです」。会社は、ビジネスがまだ好調であったため、優秀な女工たちを確保する必要があった。ウェストクロックス社は一九二六年に一五〇万個の蛍光文字盤を生産し、ラジウム・ダイヤル社はそのすべてに塗装を施した。

新しい夫たちは、妻が仕事から帰ってくると、家のなかに何か変なものがあることに気づいた。ある人は後に記している。「結婚したとき、彼女が寝室にスモックを掛けていたのを覚えています。なんと、オーロラのように光っていました。初めて見たときは、幽霊《ゴースト》が壁を跳ね回っているような不気味な感じがしました」

まるで、誰かが部屋のなかに一緒にいて、ただじっと見守って、襲うタイミングを待っているようだった。

それでも楽しい時間が終わりそうな気配はまったくなかった。オタワの女工たちが病気になったこともない。ある人は「顔にしみができた」と言い、またある人は「胃の調子が悪いから辞める」と言ったが、これは仕事とは関係ないことだった。また、一九二五年末に工房を去った女性は、「股関節に耐え難い痛みがあった」というが、それはやがて治まった。「何人もの医師に診てもらったけれど、診断がつかなかったのです」と彼女は回想する。ラジウム・ダイヤル社に戻ることはなかったが、「何年働いても、悪い影響を受けなかった友人もいますよ」と彼女は言う。

しかし、オタワのラジウム・ダイヤル社の幹部は、ニュージャージー州の同業者の業績が悪化したことを忘れてはいなかった。そして、USRCが払わざるを得なくなった和解金のことも、きっと気にかけていたに違いない。リード氏が発明したガラスペンは、何の説明もないまま、社内の従業員に支給されていた。女工たちは、東部で何が起こっているのか、何も知らない。マルグリット・カーロフの事件に関するニュースは、一三〇〇キロ離れた地方紙に隠されたままだった。マートランド博士の研究は、その前年におこなわれたもので、医学専門誌を中心に盛んに論議された。しかし、それは医学専門誌のなかだけで、ニューヨークやニュージャージーの一般紙では報道されたものの、中西部の五大湖を波立たせることはほとんどなかった。オタワに住む女工たちは、『ニューヨーク・タイムズ』など読まないのだ。

公平を期して表現するならば、その時点ではたしかに、ラジウム・ダイヤル社としては、無理に何かを変更する必要はなかった。女工たちが抗議のために塗装用の筆を置いたわけでもなく、労働慣行を変えなさいというような外圧があったわけでもないのだ。スウェン・ケアによるラジウム・ダイヤル社の全国調査がおこなわれ、その結果、ラジウムによる文字盤塗装は危険であるという結論が出されたにもかかわらず、また、現在、同じことを指摘する医学的研究が発表されているにもかかわらず、オレンジ市以西の労働者が被害を受けないよう、全国規模で介入する組織はなかったからである。

ラジウム・ダイヤル社は、リップ・ポインティングをやめさせるためにガラス製のペンを導入したが、それが使用に耐えるものであったとも思えなかった。おそらく、あわてて作ったのだろう。女工たちの目から見ると、このペンはさほど大きな成果を上げてはいなかった。キャサリン・ウルフは、「不格好」「扱いにくい」と思ったという。ペンが導入されても、筆は撤去されなかったため、文字盤塗装工はリップ・ポインティングを続け、新しいペンの使い勝手の悪さゆえに多発する塗り残しを直していた。

女工たちは、「最初は筆を用いる方式に戻らないように、よく見張られていました」と言うが、それは長くは続かなかった。「監督官はあまり見ていませんでした」と、後に別の女工たちが言っている。ペンの代わりに筆を使って文字盤を塗ることは、本来なら免職になる行為だったはずだが、そのルールが守られなかった。ある女工は、「ガラス器具の効率が悪いので、自分を含む六、七人の仕事が少し遅れたので、ある日、筆を使って遅れを取り戻そうと思いました」と回想している。その様子を見たリード氏が、彼女たちを解雇したが、この女工は「すぐに戻って謝り、後日、他の女工たちと同じように復職した」という。

数ヶ月経って、ガラスペンは次第に使われなくなった。キャサリン・ウルフはこう言っている。「私たちは、ガラスのペンと日本製の筆のどちらを使うか、もっとも効率的に使えるほうを選んでいました」。そのような基準で選ぶのであれば、勝負にならない。後に、新聞上では彼女たちが筆に戻ったことを批判する論者もいた。「欲張りで利益を得るものは、もっとも速い方法を選択する。完璧に数字を塗る方法は、口を使うことである」と、ある論者は書いた。しかし、女工たちは給料ではなく、出来高払いだったので、ペンを使うと、経済的に大きな差が生まれてしまうのであった。

もちろん、彼女たちが選んだ行動で利益を得るのは、彼女たちだけではなかった。ラジウム・ダイヤル社にもメリットがあったのだ。リードはペンの開発を任されていたが、それがうまくいかないことが分かると、会社は規則を緩和し、女工たちがなんの干渉も受けずにリップ・ポインティングに戻ることを許したのである。一九二六年、ウェストクロックスの腕時計の生産はピークに達し、会社が新しい生産方式、とくに、効率の悪い生産方式にこだわるには理想的な時期ではなかった。

キャサリン・ウルフは、「会社は、ガラスペンを使うか使わないかを私たちに委ねていました」と回想している。「私は、天然毛の筆を好んで使いました。他のものは使いにくかったからです。天然毛なら口に入れても危険はないだろうと思いました」

そして、彼女とイネスと、もう一人の創立当初からのメンバーであるエラ・クルーズは、一九二六年のその年も一日中、リップ・ポインティング方式を続けていた。キャサリンは、文字盤上のすべての数字ごとに、筆先を尖らせた。

その年の暮れ、キャサリンは隣で働いていた友人のイネスに特別な別れを告げるために、筆を置いた。その日は、特別なイベントを前にした、同僚の最後の出勤日だった。一九二六年一〇月二〇日水曜日、イネス・コーコランはヴィンセント・ロイド・ヴァレットと結婚した。幸せな二人は祭壇の前に立ち、司祭の前に膝まずき、厳粛な信仰心を持って、この結婚生活を送るという誓願を立てた。この誓いは、未来までずっと二人を見守る。これから二人を訪れる、どんな夢にも、どんな日々にも、どんな楽しい出来事においても、この誓いは守られる。

二人の声は、ひんやりとした教会の壁に軽やかに響いた。

「死が二人を分かつまで……」

24

死に呪われた五人

グレース・フライヤーは、ハンフリーズ博士の診療所に足を引きずって入ったものの、痛みで叫び出さないよう必死にこらえていた。ハンフリーズは、グレースの身に起きた変化に動揺した。しばらく彼女の治療をしていなかったからだ。彼女は、マートランド博士からこの診療所に送られてきた患者で、マートランド曰く、「彼女の脊椎はかなり深刻な状態にある」ということだった。

マートランドとホフマンという二人の医師はともに自分を助けようとしてくれていたのだな、と彼女はしみじみと思った。ハンフリーズは、新しいエックス線での放射線治療をすぐに始めようと即座に言ってくれたからだ。ホフマンはいつでもとても親切だったと彼女は思った。彼女の健康状態が急激に悪化していると診断すると、彼はローダー社長に彼女の代理で手紙を書き、グレースを「公平と正義の精神で」助けるようにと訴えてくれたのだ。

ホフマンへのUSRCの返信は驚くべきものだった。「ローダー氏は、もはやこの会社とは関係がありません」

会社は、訴訟を抱えなければならない状況に置かれていることを好ましく思わなかったようだ。ドリンカー報告に関する会社の不適切な対応について、ローダーは自ら手を汚して関与してきたので、彼が新天地へ移るのが最善の策だという雰囲気になっていた。彼は、一九二六年七月に社長の座を退いた。彼はもはや会社の代表ではなかったが、取締役として残った。

トップの交替を経てもなお、被害に苦しむ元従業員たちへの会社の態度は、少しも変わることがなかった。新しく社長になったクラレンス・リーは、救済を訴えるホフマンの主張を即座に退けた。ホフマンは、グレースに事の次第を知らせる手紙で、こう書いている。「すぐに法的行動をとるべきです」

そして、彼女は考えた。一応やってはみよう。彼女の体調はひどいものだったが、彼女は弁護士探しを止めることはなく、銀行が彼女に紹介してくれた事務所から連絡が来るのを待っているところだった。そうこうするうちに、彼女はハンフリーズの診察を受けに行き、背中の何が悪いのかを知った。

ハンフリーズが彼女に伝えなければならない知らせは、彼女自身、まさかそんなことになるとは思いもよらないものだったろう。ハンフリーズが言った。「あのとき撮影されたエックス線写真には、脊椎が砕けている様子が写っていました」

グレースの背骨は、ラジウムによって粉々になっていた。一方、足のほうは「脆くなり砕けている」ため、足の骨に「全体的な破損」が起こっていた。耐えがたい苦悶が続いていたに違いない。「ラジウムが骨を蝕んでいます」。グレースは後に語っている。「ゆっくりと、確実に、炎が木を焦がすようです」

ハンフリーズには為す術がなく、唯一できることとして、彼女にとって人生が少しでも楽になるような方法を見つけようとした。それは、彼女が自分の人生を生きることをさまざまに手助けすることだった。そうして、一九二七年一月二九日、彼は、二七歳のグレース・フライヤーに、硬い鉄製の背骨固定コルセットを装着させた。それは、肩から腰までの丈があり、横に二本付いている鉄棒で固定されていた。彼女はそれを毎日欠かさずつけなければならず、外すのを許されているのは、一日につきたった二分間だけだった。治療の計画は、厳しいものであったが、彼女には、自分の医者の指示に従うほかなかった。「これがないと立てません」。彼女は後に胸の内を語った。自分の足にも装置をつけて、時には、この器具こそが、自分の気持ちをつなぎ止めて、彼女が進み続けるのを助けてくれている、一番大切なものだと感じた。

彼女にとってその器具がここぞとばかり必要になったのが、三月二四日、打診をしたばかりの弁護士から、返事がきた日のことだった。「大変残念ですが、私たちの見解では、出訴期限法により、会社に対するあなたの訴訟の権利は、退職後二年以上経つと、無効になります」

また行き詰まった。

グレースは、最後の切り札を出すことにした。ホフマンは手紙に書いてきていた。「(マートランド博士は)私の意見に賛成しています。できうる最善のことは、あなたがすぐに法的な措置をとることです。彼女は、(ポッター&ベリー)法律事務所に相談に行ってはどうかと提案しています」

彼女は、失うものは何もなかった。むしろ、得ることばかりのはずだ。グレース・フライヤーは、そのとき二八歳。背骨が折れ、足の骨も折れ、顎の骨も粉々の状態で、面会の予約をその法律事務所に入れたのは、一九二七年五月三日のことだった。おそらく、このレイモンド・H・ベリーならば、ほかの弁護士の誰も引き受けてくれない役割を引き受け、助けてくれるだろう。

見つけるべき道は、一つだけだった。

グレースは、面会に向けて入念に身繕いをした。これは一か八かのチャンスなのだ。彼女はあの固定具をつけられて以来、自分の洋服の種類を変えなければならなかった。「ものすごく大変でした。あの固定具が見えないような服を見つけるのは。それまで着ていたような服は、全然着ることができませんでした」

彼女は自分の短くて濃い髪を手早く整えて、それから鏡で自分の姿を確かめた。グレースは、銀行では身なりの良い裕福な客たちに毎日接客していたからこそ、経験からよく分かっていた。第一印象が肝心なのだ。

そして、彼女の弁護士候補のほうもまた、そうした心遣いの意味をしっかり受け取ったようだった。ポッター＆ベリー法律事務所は、規模は小さいながらも、そのオフィスをミリタリー・パーク・ビルディングという、ニューアークの最初期の高層ビルの一つのなかに構えていた。それも、当時は、ニュージャージー全体で一番高いビルであり、完成してからわずか一年しか経っていなかった。そんな建物のなかで彼女が対面している弁護士は、グレース自身が彼の自己紹介からすぐに見て取ったように、彼の事務所同様、新鮮さと活気に満ちていた。

レイモンド・ハースト・ベリーは、若々しい法律家であり、まだ三〇歳にさえなっていなかった。とはいえ、少年のような顔立ちで眉目秀麗、それも金髪碧眼であったので、彼の頭脳の明晰さは、かえって見えにくくなっていた。イェール大学を卒業してまもない彼は、そもそも高校時代からして、ニュージャージーの名門寄宿学校の首席だったほどの立派な経歴の持ち主で、この勤務先でもすでにジュニア・パートナーになっていた。彼は、ＵＳＲＣの法律事務所であるリンダベリー・デピュー＆フォークスで助手を務めた経験があり、おそらくその経験から内部事情を知っていたのだろう。ベリーは、グレースからじっくり話を聞いて、長い調書をとった。そして彼女は、この新しい水先案内人のことを、自分の仲間たちに伝えたようだった。三日後すぐに、キャサリン・ショウブもまたベリーに電話をしている。

彼は不用意な男ではなかった。弁護士なら誰でもするように、まずは女工たちの主張を厳密に調べた。ベリーはマートランドの診療所まで出向いたり、フォン・ソチョッキーに話を聴いたりした。そうまでしてから、彼は五月七日、グレースとキャサリンを自分の事務所に呼び出した。彼曰く、初動調査をおこなったので、十分に状況を把握できたとのことだった。そして、その結果、レイモンド・ベリーは、彼女たちの案件を引き受けた。彼は、既婚者で、三人の娘がおり、四人目も翌年に生まれようとしていた。もしかすると、大家族を抱えているということが、彼の決断に影響を及ぼしていたのかもしれない。ベリーは、以前は退役軍人だったので、この案件は、彼からすれば、またひとつ熾烈な戦争になるだろうという思いがあったのかもしれない。キャサリンと合意した文書において、ベリーは、当時の標準的な配分である、和解金の三分の一を受け取る契約になっていた。しかしグレースとは、彼女が彼に掛け合い、四分の一まで引き下げたようだ。

ベリーの鋭い頭脳が取り組んだのは、時効問題だった。彼の理論は次のようなものだった。この女工たちは、会社が責任を負うべきだと分かるまで、訴訟を起こしようがなかったのではないか。会社の弁護士たちが、積極的に女工たちを誤解させるような動きをとってきたのに、それによって引き起こされた遅延を根拠にして弁護をするのは、許されるべきことではない。結局、その間違った指示のせいで、女工たちが正確な知識を得たのは、マートランドによる正式の診断が下された一九二五年七月の時点なのだ。したがって、二年間の時計の針は、その時点ではじめて時を刻み始めたのだ、というのがベリーの見解だった。

今は、一九二七年五月だ。彼女たちは時効に間に合ったのだ。

一刻の猶予もない状態で、ベリーは訴訟の準備を始めた。グレースの案件が、最初に申請するべき案件とされたようだ。それは、彼女が最初にベリーに連絡をとったからとも考えられるし、もしかすると、精神面では、キャサリンより彼女のほうが強かったというのもあるかもしれない。彼女はまた、ホフマンの言葉を借りるなら、「(ニューアークの) もっとも大きな会社の一つに雇用されるにふさわしい優れた人物」であった。ベリーは知り尽くしていたのだろう。USRCの弁護士は、ベリーたちの防御のスキを探してくるだろう。そういった意味で、グレースの優れた資質なら、十分に相手側の弁護士たちの攻撃に耐えられる。こうして、一九二七年五月一八日、グレースの正式な不服申し立てが、ラジウム会社に対して申請された。

USRCにしてみれば、それは不愉快な展開でしかなかった。ベリーの起訴内容は、会社は、「不注意および怠慢により」グレースを危険に晒し、結果、彼女の身体に「放射性物質が注入されるに至り」そして、「放射性物質は、原告の細胞組織を断続的に攻撃し破壊を続け、甚大な痛みと損傷をもたらしめた」というものだった。そして、彼はこう結論づけた。「原告は、第一の案件に、一二万五〇〇〇ドル (現在の一七〇万ドル) 損害賠償を要求する」

併せて二つの案件があった。合計すると、グレースは自分の元の職場を二五万ドル相当 (現在の三四〇万ドル) で訴えていた。

いうなれば、会社の自業自得ということだ。

グレースの案件では、ごく最初の段階から、人びとの胸を引き裂くような見出しが新聞に踊り、彼女の主張を支持した。「**身を削り　雇用者を訴える──女性は　鉄枠で体を支え　法廷に現る**」と、書類の提出に裁判所にきたグレースの姿を、『ニューアーク・イブニング・ニュース』紙は報じた。こうした報道は女工たちの友情のネットワークによってつながっていき、すぐに、ほかの文字盤塗装工たちの運動を前に進めることになった。クインタ・マクドナルドは、そうした一人であり、傍らに姉のアルビナを連れていた。

そして、これらの女工たちは既婚であったために、ベリーは今度は、訴訟を彼女たちの分だけではなく、その夫たちの分も立ち上げた。ベリーによるクインタの配偶者のための法律文書には、「ジェームズ・マクドナルドは、妻からの献身を得ることができず、未来にわたって、彼女とのつきあいがもたらすはずの楽しみや救いを奪われ、多大なる金を支払い努力して彼の妻を治療し介護することを強いられている。原告ジェームズ・マクドナルドは、二万五〇〇〇ドル（現在の三四万一〇〇〇ドル）を要求する」とあった。

夫たちを訴訟に加えることは、過剰な振る舞いではなかった。実情として、クインタ自身、自分が望むような妻や母親役でいることが、だんだんと不可能になっていたのだった。彼女自身も認めている。「私は、いまできる家事はやっています。もちろん、あまりできていないけれど。もう体を前に曲げることができないんです」。彼女の障害はかなりひどくなっており、彼女とジェームズはついに家政婦を雇わざるをえないところまできていた。これでまたさらなる出費だ。

彼女の姉であるアルビナもまた、ひどく助けを必要としていた。彼女の左足はいまや右より一〇センチも短くなっており、そのせいで彼女は体の不自由な寝たきり状態のままだった。彼女とジェームズは、家族をもつという夢を諦めたことはなかったが、彼女は流産して以来ずっと具合が悪かった。アルビナは物憂げに言った。「人生って、私と夫にとっては虚しいものです」

また、苦しんでいるものは他にもいた。エドナ・ハスマンは、一年にわたる石膏ギプスの治療宣告から解放されたところだったが、症状自体は続いていた。彼女の左足は七センチほど縮んだし、右肩は硬直して腕を使えないほどだった。さらに血液検査では、彼女は貧血症だと分かった。彼女の母親が一九二六年一二月に亡くなると、彼女の気持ちはさらに陰鬱なものとなった。

しかし、エドナには希望があった。あの会社のお医者さん、フリン先生は、彼女はまったくの健康体だと言っていたではないか。彼女は、貧血のための処方薬を飲み、医者の指示に従った。そして、一九二七年五月のある夜、彼女は暗闇のなか、鏡台のなかの薬を手探りしていると、鏡のなかの自分がチラリと見えた。最初、それを見て、母親のミニーが墓場から戻って、彼女に取り憑いているのではないだろうかと驚いた。その恐怖の夜、恐怖の闇のなかで、幽霊のような女の姿が、鏡のなかに、ほのかな白い光を放ちながら映っていたのだ。

エドナは叫び声をあげ、失神してしまった。なぜなら、彼女は知っていたのだ。皮膚を通して、うっすらと光を放つ骨が何の予兆なのか、を。彼女はその微かな白い光を知っていた。地球上で唯一、その光を放つことができるもの。それはラジウムだ。

彼女は、ハンフリーズ博士のところへ戻り、彼に自分が見たものを伝えた。彼女がどれほどの苦しみを味わっているかも。そして、その場所、オレンジ地区整形外科病院にて、彼女は言った。「私、ハンフリーズ先生が他の先生と話しているのを聞いたんです。彼は、その先生に、私がラジウム中毒の被害を受けていると言っていました。それで初めて知ったんです」

エドナは、「穏やかで従順な女性」であった。彼女は後に言った。「私は信仰心の厚い人間です。おそらく、そのせいで、私は起きてしまったどんなことにも怒らないでいるのです」。しかし、だからといって、彼女が不公平だと思わなかったということではない。彼女は続けて言った。「(私は）誰かが私たちに警告するべきだったと思っています。私たちの誰も、あの塗料が危険なものだと知らなかったのです。私たちは、ただの女工で、みなたった一五歳、一七歳、一九歳だったのですから」。おそらくは、こうした不平等に対する本能的な直感が、一九二七年六月、診断を受けて一ヶ月しか経っていない時点で、エドナとルイスのハスマン夫妻をレイモンド・ベリーのところへ向わせたのだろう。

これで原告は五人になった。正義を求めて声を上げる五人の女たち、自分たちの大義のために戦う五人の女たちだ。グレース、キャサリン、クインタ、アルビナ、そしてエドナ。新聞各紙は、競って、この新たな五人組を示す記憶に残る呼び名を考え出した。そして、一九二七年の夏、それは人びとに知られることになった。

「死に呪われた五人の女性」の裁判がついに幕を開けた。

衝撃の事実

米国ラジウム社の役員たちは、この五件の訴訟にすっかり呆気にとられていたというのが正確なところだろう。実際、彼らは、この訴訟のことを「共謀」と呼び捨て、みずから命名した「ベリー一味」によるでっち上げだと考えていた。それまで揺らぐことのなかった彼らの自信は、補償を求めるあらゆる請願を拒んでいたが、その根拠となってきたのは、彼らの考え方からすると、時効が絶対無敵のものであるという事実であった。しかし、いまや、ベリーの巧みな法解釈を前にして、彼らは反撃の戦略を立てるべく慌てふためいていた。

おそらく、彼らが責めを負うことは、もはや不可避だったろう。女工たちの主張に応えるかたちで会社が強く主張している争点は、原告団にも「寄与過失〔被害者が損害発生に際して落ち度があるため、損害を発生させた加害者に対して損害賠償責任を追及できないこと〕が認められるべきだ。なぜなら、自分たちの安全のために配慮や注意を怠ったからだ」ということだった。そして、同社はさらに踏み込んで述べた。会社は女工たちが、リップ・ポインティングをするように指導されていたという点を否定する。工房の女性のうち誰もがそうしていたという点も否定し、そして、ラジウムの粉が彼らに絡みついたという点も否定した。何ページにもわたる法律用語を繰り出し、次から次へと、否定に次ぐ否定に終始し

25

た。会社側が認めたのは、たった一つのことだけだった。すなわち、「会社は警告をしなかった」という点であった。それは、会社が「ラジウムを危険だと思っていなかった」からであった。

そうした数々の否定（しらじらしい嘘の数々、と言う人もいるだろう）が、法律を通じた文書による反撃の全体を構成していたが、とはいえ、それは事態の主導権を握ろうとする会社側の謀略の始まりにすぎなかった。いまや、法廷で精算しようとする女工たちに直面して、会社側も彼女たちに後ろから反撃した。ルーニー女史は、USRCの元・現場監督であり、エドナ・ハスマンの親しい友人であった。そして驚いたことに、そのルーニーのもとに、かつての上司の一人が、ルミナイト社に突然現れ、話がしたいと頼んできた。最初は、彼女は楽しげに、訪問者であるその役員と、彼女の監督の下で働いていたあの女工たちの話をして、彼女たちの仕事ぶりについて、親しい仲だからこそ分かる細々した話題を伝えた。すると、その役員は、感激した様子で、「有益な情報」をもらったと言い添えた。

どうやら、会社も、元・現場監督もすっかり、グレース・フライヤーの意志の強さを見くびっていたようだ。「ルーニー女史が確信するところによると、グレース・フライヤーは弁護士たちに訴訟するように無理強いされたという」と会社のメモに残っている。弁護人を見つけるための二年越しのグレースの奮闘なくしては、この訴訟は実現などしなかっただろうということを、彼らは知る由もなかった。

実際、会社は自分たちを裏で批判しているのは弁護士たちではなくかつての仲間なのではないかと疑い始めていた。「ルーニー女史は、ソチョッキー博士がこの一連の案件を裏で仕組んでいるのだと確信しているようだ」と先ほどのメモに残っている。「我々は、ソチョッキーが何をして、どこにいるのかについて情報を手に入れておくべきだと思う」

ルーニー女史との、うちとけた会話をおこなったこの役員は、一度ならず、二度ならず、三度も彼女の職場に出向き、女工たちについて彼女に根掘り葉掘り質問した。訪問が三度目にもなると、彼女のほうも、何が起きているのか当たりがついてきたようだった。「ルーニー女史は、今朝は、これ以上の情報は持っていないと言い張った」とその役員の最後のメモには書いてある。「彼女が口をつぐんでしまったのは、おそらく自分の友人に害が及ぶのを恐れたからなのだろう」

しかし、それもまったく意味がなかった。というのも、会社のほうは、必要なことをすっかり手に入れてしまっていたし、他の情報源にも容易にアクセスすることができたからだ。というのも、会社側は、私立探偵を雇うようになり、五人の女工をつけ回して、法廷で使えるような彼女たちの汚点を探していた。ベリーならば、グレースの案件を主導すると決めた以上は、そうした裏の戦略が用いられるだろうと、うすうす分かっていただろう。

白百合のごとき無垢なグレース・フライヤーをもってしても、舞い上がった口さがない噂の塵を払いのけられるとは限らなかった。昔の噂で、いや、噂などではなく、冷徹な事実が、アメリア・マッジャの死亡証明書にはっきりと印刷されていた。彼女は、梅毒によって死亡したのだった。そんな女性の傍らで一緒にかつて働いていたのだから、他の女工たちもみな、同じキューピッドの病〔梅毒のこと〕にかかっていないと言えるだろうか。この噂は、オレンジの街中に漂い伝わって、彼女たちの耳にも忍び込んできた。ちょうど、ラジウムの塵がかつて彼女たちに忍び寄ったように。「ご存じの通りの、小さな町でよくある噂話ですよ……」。グレースの親戚の一人が言った。

USRCは、グレースがかつて五〇〇〇ドルの示談を一度は提案していたことを忘れてはいなかった。会社側からのベリーへの法的な返答が提出されたとき、そこには、最後の段落に次のような文言が含まれていた。「和解の最低金額をお知らせください」と会社側の弁護士は書いた。「駆け引きは御免被ります。納得できる金額をお知らせください」

これぞ自分の仕事であったから、ベリーは自分が考えた返答案をグレースに示した。彼女の反応は予想通りだった。ベリーはUSRCの法律チームに連絡した（チーム、というのは、USRC側には、いまや三つの法律事務所が関わっており、そのなかには会社の保険会社の代理人となっている事務所までも入っていた。もし女工たちが訴訟に勝った場合には、その保険会社が支払いをおこなわなければならないからだ）。正式な返信は、「和解の件に関しては、グレースは何の提案もおこなう意思はありません」。つまりは、法廷でお会いしましょう、ということだ。

ベリーはすぐさま、証拠集めに全力を尽くした。彼はすぐさま女工たちの支持者たち――ワイリー、ハミルトン、ホフマン、マートランド、ハンフリーズ、そしてフォン・ソチョッキー――のもとへ赴き、たくさんの時間をかけて、彼らの資料を読み、彼らと面談をした。ワイリーは、自分が知るに至った決定的な話をすべて伝えた。「会社の従業員が体調不良に陥っているにもかかわらず、会社は何もしませんでした」。彼女は言った。「USRCはその問題をごまかすためにあらゆる手段をとり、従業員に対する適切な救済策を不可能にしたのです」

ドリンカー報告の隠蔽を知るに至り、ベリーはすぐに、自分の案件には裏があるという手応えをつかみ、セシル・ドリンカーに手紙を書き、女工たちを助けるために証拠を提供してくれるように依頼した。しかし、ドリンカーの返事は、秘書を通じた、次のようなものだった。「彼は証言をする意向はありません」。ベリーは一夏をかけて、彼の考えを変えさせようと努めたが、結局、ベリーは〔自主的な証言は諦めて〕法廷への正式な召喚状を発行せざるをえなかった。

証言を渋った医師は、ドリンカーだけではなかった。「こころからあの女工たちには同情していますが、民事訴訟で一方の味方になるようなことはできません」とマートランドは返信した。マートランドは、弁護士の類いが嫌いで、法廷闘争なるものに巻き込まれる気はさらさらなかった。彼はシャーロック・ホームズの謎解きは好んではいたが、法廷ドラマのファンなどではなかった。

マートランドの証言があやしくなってくると、ベリーは——彼を説得することを諦めたわけではないものの——女工たちの呼気検査を新しく実施してくれる別の専門家を探しはじめ、彼女たちが被曝していることを証明しようとした。しかし、試みてはみたものの、彼は次々と行き詰まってしまった。彼はボストンに、支援しようとしてくれる専門家を一人見つけたが、女工たちは遠出できるほど良好な状態ではなかった。

もう一方のUSRC陣営では、そうした証人問題などはなかった。フリンがまだ会社側の専門家として動いているからだが、フリンの行動は、どうやら女工たちのためのものではないことにベリーはすぐに気がついた。

ベリーが長らく調べてきたのは、ラジウム中毒に関するウォーターベリー・クロック・カンパニーの案件についてであった。基本的に、彼らの存在こそベリーのクライアントの疾病が職業によるものだと証明していた。結果、ベリーはコネチカット州にある労働者災害補償局へ手紙を書いた。コネチカット州は、ウォーターベリー社の本拠地であり、彼は法廷で使えそうな証拠を探そうとしていたのだ。しかし、局の反応は、まったく予想外のものだった。「この近隣で職業により病気になったものがいれば、私のところに報告が入るようになっています。ここ数年で、この州では、職業上の疾患は補償を受けられるようになりましたが、私のところには一件も申請が提出されていません。あなたの言うような噂をいくつか私も耳にしたことはありますが、それらについては何も知りません」

これは難問だ。コネチカット州法では、労働者に有利な五年時効があり、文字盤塗装工にとっても十分な期間があるので、訴訟に持ち込む前に自分がラジウム中毒だと発見することができる。それまでに、少なくとも三人の文字盤塗装工がウォーターベリー社で死亡していたが、他は病気の状態だ。彼らの家族のうち一家族でも訴訟を起こしたことはないのか。

その家族たちはまったく訴訟を起こしていない。それには、十分な理由があった。フレデリック・フリン博士だ。フリンはウォーターベリー社の女工たちとは、彼女たちが調子を崩してからずっと自由にやりとりをしていた。彼は、会社の労働力たる彼女たちのところへ特権的に出入りする自由を与えられており、女工たちは、彼と知り合いどころか、信頼してさえいた。彼が彼女たちにまったくの健康体であると伝えたときは、彼女たちは彼を信用していた。そしてラジウム中毒が発見されるやいなや、フリンは「自ら進んで、二役を演じるようになった。文字盤塗装工にたいしては、彼は心配そうな医療従事者のふりをした。一方で、会社のために、文字盤塗装工たちに和解案を受け入れるように説得した。その和解案とは、会社がさらなる負債から解放されるように、〔責任逃れができる内容が〕露骨に書いてあるものであった」。

そして、これこそが、一件も労働者災害補償局に申請されていないことの理由であった。それまでに生じた訴えは、すべて会社によってひそやかに処理されてきたのだ。ウォーターベリー・クロック・カンパニーの交渉方法と、USRCのそれとを比較したとき、明らかな違いが一つあった。手がかりは、その名前にある。ウォーターベリーはあくまで時計会社であって、根本的にはラジウム会社ではない。和解に同意することは――そうすることで、暗黙のうちに塗装行為が女工たちに害を与えたと認めたことになるが――会社の幅広いビジネスには影響を及ぼさない。というのも、ウォーターベリーは、ラジウムを売って稼いでいるわけではないからだ。そして、従業員が死亡し始めても、フリン博士の例の親切な仲裁を通じて、会社側は単に問題になった案件を処理するだけだった。ある人がコメントしている。「一連の交渉において、フリンは優位な立場を維持し続けていました。彼は、自分に必要なものが分かっていましたし、彼が対処していた女工たちは、とにかくまだ若くて、世知に長けていたわけでもなく、傷つきやすい存在で、法的な助言を受けられるわけでもなかったのです」。ウォーターベリー社の女工たちが、なにか法律的な助言でも受けていれば、彼女たちは、ベリーが熟知していたことをすぐに発見できただろうに。つまり、コネチカット州法では、彼女たちの多くは、より寛大なあの五年時効のおかげで、正当な補償をきちんと見つけられたかもしれないのだ。しかしながら、注目するべきは、その時効は、ラジウム中毒が発見された時期のみ、五年だったということだ。女工たちの案件が登場するに伴って、その法律は書き換えられ、時効は短縮されてしまったのだ。

あの善良な医師の仲介によって、ウォーターベリー社は、被害を受けた女性一人当たりについて、平均五六〇〇ドル（現在の七万五〇〇〇ドル）を支払った。しかし、この数字は、ごく一握りの高額和解によって数値が上がっているだけで、たいていの被害者たちは、この平均額より低い金額しか受け取っていない。なかには、二桁の合計金額しか提示されないという人を馬鹿にしたようなケースもあった。たとえば、ある衝撃的なケースでは、一人の女性の死に対して、四三・七五ドル（現在の六〇六ドル）しか提示されなかった。

相当に穿った見方をすれば、フリンがウォーターベリーの女工たちの願いを叶えたとも言えるかもしれない。彼のほうは、まさしくそのように考えていた。彼女たちを訴訟になるトラブルから救うために彼女たちと面会していたのだ、と。しかし、会社とフリンがすべてのカードを持っていた。そして、フリンは、マートランドが「二枚舌の一人二役」のペテンと名づけた行為を止めていなかった。というのは、フリンがとうとうラジウム中毒の存在を知らせなければならなくなったとしても、それは体調を崩した「すべての」女工たちが、ラジウム中毒の被害を受けていることを意味するわけではなかったからだ。そして、フリンはウォーターベリーで自分の検査を実施し続け、ラジウム中毒の陽性症例を一つも発見せずにいた。一件もだ――一九二五年にも、一九二六年にも、一九二七年にもゼロ件。一九二八年も終わりの頃に、彼はついに、五人の女工たちがもしかすると被害を受けているかもしれないと認めた。彼は、社員の一人であるキャサリン・ムーアに、八回の機会それぞれに、彼女の体にはラジウムの痕跡が微塵もないと伝えた。彼女は後にラジウム中毒で亡くなった。

ベリーは、コネチカットの労働者災害補償局からの返信を聞いて、フリンのウォーターベリー社での仕業など知らないまま、証拠がないことに途方に暮れていた。しかし彼の新しい仲間であるアリス・ハミルトンはすぐさま事の次第を見抜いて、彼に補足情報を知らせた。フリンによってひそかに和解させられた事案には、もちろんなんの証拠もなかった。なにも公にはされていない。どこの労働局もその時計会社を訪問してもいなかった。弁護士は誰も関わっていない。それなりの金額の請求書が社内を通過して、受領者がありがたくそれを受け取った。すべては秘密裏におこなわれた。

なに一つとしてレイモンド・ベリーの役には立たなかった。

最初から、ベリーはフリン博士に大いに関心を持っていた。ベリーは女工たちから、フリンが彼女たちは良好な健康状態だと診断した、とは聞いたことがあった。その診断こそが、彼女たちを混乱させ、とある女工たちが訴訟を起こそうという機運が生まれたとき、その風を奪い、彼女たちの心の帆船を進ませなかった。ベリーはこうして一九二七年八月の早い時期には、フリンをもう少し調べてみることを決めた。彼の探求心によって、すぐに、ある衝撃的な事実が露見することになった。

フリン博士は女工たちをずっと診察してきたし、採血もしていた。彼女たちのエックス線写真も診断した。彼は医学的な処置を手配してきたし、医科大学のレターヘッドのついた便箋で女工たちに手紙を書いていた。グレースのかかりつけ医であるマキャフリー博士は、彼女がフリンに診察を受ける手配をした人間だが、「私の理解では、フリン博士は、医学博士です」と言った。

しかし、ベリーがさまざまな権威たちに依頼して、フリンが本当は誰なのかを調べてみると、ベリーは次のような手紙をニュージャージーの医療審査委員会から受け取った。「私たちの記録には、フレデリック・B・フリンに対して、医療行為ないしは、医療行為に類するものを実行する免許を発行した記録は見当たりません」

フリンは、医学博士ではなかった。

彼は、消費者連盟の言葉を借りれば、「詐欺師のなかの詐欺師」なのだった。

26

イリノイ州オタワ
一九二七年八月

また一人犠牲者が

エラ・クルーズは、クリントン・ストリートにある自宅の網戸をぴしゃりと閉めてから、階段を下りて、二、三歩外へと出た。彼女は、出がけに、母親のネリーに行ってきますと言ったが、その声には、かつてのような覇気はなかった。

エラは、自分のどこが具合が悪いのか分からなかった。彼女は、それまではいつでも「丈夫で力溢れ」ていたのだが、いまや彼女はいつでも疲労を感じていた。彼女は仕事に出かけるために歩き始めると、いつものように、聖コルンバ教会の尖塔をたよりに、道順を確かめた。その教会は家から数ブロックだけ離れているところにあった。エラと彼女の家族――母親のネリー、父のジェームズ、弟のジョン――は毎週きちんと、そのカトリック教会に通っていた。彼女が一緒に働いていた誰しもが同じだった。

彼女が行ってきます、と言うときの母ネリーの反応もまた、いつも静かなものであった。というのも、彼女の母は、エラが文字盤塗装工になることに反対していたのだ。「私は、エラに決してあそこで働いてほしくはなかったんです」。彼女はかぶりを振りながら、言ったものだった。「でも、場所はきれいだし、女工さんたちは陽気な人びとでした」

クリントン・ストリートは、あの工房から数ブロックのところでもあったので、いまの蛇のような歩みでも、エラはそこにすぐに到着した。彼女は仕事に就こうとする他の女工たちと同じように、かつては高校の校舎だった建物の階段を上った。キャサリン・ウルフは、最近は少し足を引きずって歩いていた。マリー・ベッカーはいつものようにのべつまくなしにおしゃべりしている。そして、メアリー・ヴィッチーニ、ルース・トンプソン、そしてセイディ・プレイ。ペグ・ルーニーは、エラが工房に入ったときにはすでに自分の机にいて、いつも通りの勤勉さだった。エラはみなに向かって、こんにちはと言った。彼女は、「人気のある若い女性」だった。

一九二七年、メアリー・エレン（エラ）・クルーズ（彼女は両親によってメアリーという洗礼名を授かっていた）は、二四歳だった。キャサリン・ウルフと同じ年齢だった。彼女の輝くばかりの栗色の髪は、流行のボブスタイルで、彼女の頬骨のあたりで大胆にも短くカットされていた。その毛先は、無造作に広がり重なり合いながら、彼女の美しい肌を撫でていた。彼女は眉をきちんと整えていて、はにかむと頬にえくぼが出るのだった。

彼女は、木製の机のところに席を決めると、筆を取り出した。リップ……ディップ……ペイント。それがそれまでの馴染みのある日常の作業だった。彼女は二〇歳くらいのときにそこで働き始めた。月に二五日、一日八時間、有給もなしだ。

ああ、やれやれだわ。彼女はいまは休暇をとっているような気分ではあった。とにかく疲労困憊で、顎は腫れて炎症を起こしている。意味が分からない、それまでの毎日では、いたって健康だったのに。

エラは半年くらい前に医者の診察を受け始めたが、二、三ヶ所違う医者のところに通ってはみたものの、だれの所でも良くはならなかった。ペグ・ルーニーとまったく同じだ。彼女も最近歯を抜いたのだが、その歯科医は症状を改善させることはできなかった。

エラが見上げると、リード氏が部屋に入ってきたところだった。エラは、彼が抜き打ち検査で、行ったり来たりしているのをじっと見ていた。彼の歩き方には、最近は威張ったところがあった。威張っているのも当然だ。彼がこの部署を回している。ついに管理職になったのだ。マレー女史がこの七月にガンで亡くなったからだ。エラは、目の前の文字盤に気持ちを戻した。時間を無駄にしている場合じゃない。

それにしても、今日は仕事が辛い。夏のあいだ中、ずっと彼女は手と足に痛みを訴えていたが、手の関節がすごく腫れているときに、繊細な文字盤塗装作業を遅れずにこなすのは辛いことだった。彼女は一息入れようと、頬杖をついた。するとその動作で彼女の心配が増えた。彼女の顎の下に硬いでっぱりがあったのだ。それが何なのかも、なぜ突然そんなものが、この二、三週間で出てきたのかも分からなかった。感触も変だった。

でも、今日はもう金曜日だ。エラは、この週末に女工たちにどんな楽しみがあるのか、あれこれと考えた。たぶん、ペグのボーイフレンドのチャックは、たまり場のレストランに友人を呼んで過ごすのだろう。あるいは、ロキシー座で映画鑑賞という計画なのかもしれない。彼女は、うわの空のまま、指で小さなニキビを撫でた。一日、二日ばかり前に、普段は完璧な彼女の肌にできてしまったニキビ。左頬の、えくぼのすぐそばにあった。できたばかりの時、彼女がそのニキビをつまんだら、腫れてきた。指で触ると痛みと圧迫を感じる。願わくば、パーティーがあるときはいつでも、お肌はきれいなままであってほしいのに。

彼女は自分の仕事に午前中のあいだは集中しようとしたが、気がつくと段々と辛くなってきた。この週末、パーティーに行くのは無理だ。そうは思っていた。だが、急に、仕事も無理だと彼女は思った。もうおしまいにしよう。今日はこれでおしまい。彼女は文字盤の入った自分用のトレーをもって、リード氏のところへ行き、具合が悪いので家に帰ることを伝えた。一〇分もしないうちに、彼女はクリントン通りの自宅へ戻り、ちょうどその頃、正午を告げる聖コルンバ教会の鐘が鳴った。彼女は、母親に具合が悪いので、ちょっと横になってみると伝えた。

母親のネリーの記憶によると「その次の日には、お医者様のところへ行きました」。あの小さなニキビが顔の上で腫れあがってしまったので、母親は医者に診に行かせたのだ。しかし、彼女は平気そうな状態だったので、医者のほうも、明るい調子で、クルーズ親子とおしゃべりをした。エラは、母がいかにエラのラジウム・ダイヤル社勤務を心配しているかを医者に伝えると、その医者は、優しく笑いながら、こう応じた。「あそこは、狭苦しいところだからねえ。清潔とはいえないからなあ」

そしてまた、エラとネリーはクリントン・ストリートに戻ってきた。

エラは、日曜日の教会も休んだのかもしれない。なぜなら、月曜日の朝がきても、仕事に行けるほど良くはなっていなかった。八月三〇日の火曜日、彼女の母親は、今度は医師を呼び寄せた。医師は、ニキビを切開したが、何も出てこなかったので、そのまま立ち去ってしまった。エラの病気の原因がなんなのか、それ自体が神秘的な謎に思えた。

それが解けない謎であるかもしれないとしても、その病の正体は、エラが考えていたものとは、まったく違っていた。あのニキビ、あの小さなニキビは、ひたすら腫れつづけた。痛みも増してきた。彼女も母親も、そして医者でさえも、それを止める術はなかった。手の施しようがない伝染病のようだった。

彼女の顔は醜く腫れあがり、熱まで出てきた。

「またその翌日」ネリーは思い出しながら言う。「(医師が) 娘の顔を (もう一度) 見て、娘に病院で診てもらうようにと指示しました」

エラは、オタワ市立病院に八月三一日に入院した。それでもまだ、問題の箇所はますます大きくなっていった。もはや、ニキビとは呼べないくらいまで。それは、おできでもなかった。そうした予想を超えるものだった。エラのきちんとした髪は伸びて、いまもお洒落であったが、彼女の顔の下半分は、たった二、三日の短い期間で、まったく別人のようになっていた。敗血症が疑われ、彼女の美しい顔立ちは黒くなっていた。

「娘は、おぞましいほどの痛みに苦しみました……」。母親は恐怖とともに思い出している。「私が目にしたなかで一番ひどい痛みにもがいていました」

母にとって、娘はエラだけだった。母であるネリーは、医者の許可が出る限りつきっきりで看病した。たとえ、ベッドのなかの人物はもはやエラには見えなくなっていたとしても、彼女はたしかにエラなのだ。彼女は息をしており、母親を必要としていた。

九月三日の真夜中のことだった。土曜日の夜が、やがて日曜の朝になるころ、エラは危篤状態に陥った。彼女はベッドに横たわり、体の組織は腐り、頭は腫れあがって黒くなり、顔は誰だか分からない状態のなか、彼女の体に潜む毒は猛威をふるった。九月四日の午前四時三〇分、彼女のもとに死が突然訪れた。先週まで文字盤塗装の仕事に就いていたのに、いまや彼女の面影は、顔の上部のわずかな部分にしかない。いったい何が起きたというのか。

医師たちは彼女の死亡診断書を記入した。死因については「溶血性レンサ球菌中毒」とされ、「原死

因　顔面感染症」と書かれていた。

九月六日になると、ネリーとジェームズのクルーズ夫妻は、通い慣れた道を辿り、聖コルンバ教会へと娘の亡骸を埋葬しに行った。「クルーズ嬢の死去にあたり、友人と家族一同に衝撃が走った」と地元紙が報じた。

まさしく衝撃だった。ぽっかりと穴が空いている。決して埋めることのできない穴が家族のなかに空いてしまった。彼女の両親は、何年も後に語った。「娘が逝ってから、人生がすっかり変わってしまいましたね」

エラの死亡記事は、もう一つ詳細を書き添えて、哀悼の意を表している。このオタワ生まれの若き女性は、人生の大半をここで過ごし、数々の友を得て、多くの人々に愛されて、ボブの髪を弾ませながら、その短すぎる人生を教会の尖塔のもとで過ごした。

紙面には、こう付け加えられている。「彼女は、ラジウム・ダイヤル社に勤務していた」

27

遺体が声を上げるとき

フリンの博士号が、医学ではないという知らせは、誰にとっても衝撃的だった。ワイリーは、騙されていたことに動揺して、彼のことを「本物の悪党」と呼んだ。ハーヴァード大学のアリス・ハミルトンはフリンに手紙を書いて、彼に「自分の置かれた状況を真剣に考える」ように迫った。しかし当のフリンのほうは、どこ吹く風で周りを当惑させるばかりだった。彼はハミルトンにこう返信している。『私の最近の行動』についてあなたが何を思われたのかは分かりかねます」。彼は、ベリーの発見についても、冷静なままだった。自分自身では、いまだに、産業衛生学の専門家なのだった。統計学者であるホフマンが、産業衛生学の分野で専門家と呼ばれることがあるのと同じではないか。自分はなにも間違ったことをしてはいない。

ハミルトンは、フリンのいい加減な返信に落胆した。彼は「どうしようもない人間だ」と彼女は叫んだ。ベリーは、ひとまず、免許もなく医療行為をおこなっているとして、フリンのことを関係団体に通報することにした。

フリンの問題から離れて、ハミルトンは、秘密兵器になると思われるものを、ベリーに託すことにした。ウォルター・リップマン〔米国のジャーナリスト。大衆化する社会と政治に鋭い批評を突き付けた。ピューリッツァー賞を二度受賞〕による『世界《ワールド》』紙との個人的なコネクションを利用してもらうことにしたのだ。『世界《ワールド》』紙は、当時はアメリカでもっとも影響力のある新聞と言っても過言ではなかった。その新聞が大事にしているのは、「貧しき人びとへの共感を欠かさないこと、（そして）常に公共の福祉のために献身的であること」だったから、この文字盤塗装工たちの案件は、この新聞が後ろ盾となるにはうってつけだった。リップマンは、その主力執筆陣の一人だった。リップマンは、一九二九年にこの新聞専属の編集者となり、その後、さまざまな場所で、二〇世紀のもっとも影響力あるジャーナリストとされた。彼を女工たちの陣営に引き入れることは、起死回生の一手であった。

すぐさま、ベリーはリップマンの実力を目の当たりにした。USRCは、予想通り、答弁として、時効条項を持ち出した。会社側の主張としては、これらの案件は、会社の責任が審議される前に、法廷で棄却されるべきだというものだった。ここで、リップマンはすぐに、こうした法的なペテンに対する彼の解釈を、『世界《ワールド》』に掲載し、大の企業が法の抜け道に逃げ込もうとするのを、「不寛容で」「見下げ」るほかない態度だと断じた。「裁判所が、原告の弁護団を支持しないなどとは、ほとんど考えられない」と彼は書いた。

彼は、ある意味では、正しかった。法廷は、会社の主張を支持しなかった。そのかわり、女工たちの案件は――みなまとめて一つに統合され、聴取の重複を回避することになった――大法官府裁判所〔現在のニュージャージー州上級裁判所に相当〕へ送られた。そこで、彼女たちの案件は審議され、ベリーの時効解釈が成立するかどうかが判定される。彼と女工たちが、勝利を収めたとしても、その次に第二審がおこなわれ、会社に過失があるかどうかが決まる。大法官府は、別名、「王様の良心による法廷」と呼ばれ〔英国王がコモンローの補正としておこなったのが最初の例であるため〕、法の一般的な解釈では決着しないような救済を求める請願が審問される場である。裁判の日付は、一九二八年の一月一二日に設定された。

その前にやるべきことがたくさんあった。ベリーはついに、女工たちに新たに放射線検査を実施してくれる専門家を見つけた。その人、エリザベス・ヒューズは、医師であり、フォン・ソチョッキーのもとで以前助手をしていた人物だった。検査は、一九二七年一一月に予定された。しかしながら、ベリーは心中で、ヒューズが見つけるのがなんであれ、その結果が法廷で争点となると思っていた。たしかに、USRCはすでに明言していた。「我々のほうも、我々の用意した医師の検査を原告に対して実施するべきだと思われる」。ベリーからすれば、検査をめぐってなんらかの論争が起きるのは望むところだった。結果は、まちがいなく、可変の、どうとでもなる類いのものだろう。湿度の高い日なら、計器の読み方も変わるし、医師が違えば、同じ数字を見ても、真逆の解釈をしたりもする。

ベリーの問題は、そういう意味で、マートランド博士が抱える問題を鏡に映し出したようなものだった。ベリーは、どうやったら、文字盤塗装工の女性たちを死に至らしめたものが、ラジウムだったと証明できるのだろうか。そうするためには、事実上、唯一の方法があったが、ベリーが、依頼人にそれを頼めるような方法ではなかった。というのも、犠牲者の骨からラジウムを抽出する唯一の方法、つまり反論の余地がないほど明確に、ラジウムが存在することを証明する唯一の方法とは、犠牲者の遺骨を灰になるまで燃やすことだった。「(ラジウムを)沈澱させるには、骨を焼却して、その灰を塩酸で煮沸するほかありません」とマートランドは説明した。

いやだめだ。この方法では、グレース、エドナ、キャサリン、マッジャ姉妹ではなにもできない。ただ一人以外……。

たぶん、マッジャ姉妹の残された一人以外には。

それは、モリーだ。

―――

男たちが、ローズデール墓地にやって来たのは、一九二七年一〇月一五日の朝九時を少し過ぎた頃だった。彼らは、記念碑の列をずっと通り抜けて進み、ある墓のところで止まった。彼らは、天幕をその上に被せて、墓石を取り除いた。それから、棺の蓋を開けるべく、じっとりと水気を含んで固まった土に穴を掘りつづけると、質素な木製の箱が姿を現した。そこにいるのは、アメリア・〈モリー〉・マッジャ。世間では、梅毒で死亡したことになっている女工だ。男たちは、棺の下にロープを張り、それからより頑丈な銀の鎖をかけた。「つい先日降ったばかりの雨のせいで、棺のまわりに溜まった水を切るために」棺は少しだけ引き上げられた。それから彼らは、関係者たちの到着を待った。ベリーは、ラジウム社と調整を図り、午後三時三〇分きっかりに皆が一堂に会することにした。

午後三時、会社側の専門家たちが、モリーの墓に到着した。

彼らは六人おり、副社長のバーカーと、その腰巾着のフリン博士がいた。とにかく慎重に配慮して、ベリーは今朝の活動に参加する特別調査員を手配した。彼はじっと会社側の関係者を観察していた。彼らは、〔墓地に張られた〕幕の外をうろうろ歩いていた。指定した通り、午後三時三〇分に、ベリーはモリーの墓のほうへ歩いていった。ヒューズ医師と、マートランド博士と、ほかに、死体解剖を主に担当する予定のニューヨークの医師の一団も一緒だ。全部で一三人の関係者が、モリーの遺体発掘作業を見届けるべく集まった。

医師と弁護士たちのなかで、彼らとは別に、ぎこちなく立っている人が、三人いた。それぞれモリーの義弟であり義兄であるジェームズ・マクドナルドとジェームズ・ラリーチェ、それから彼女の父親であるヴァレリオだ。一家は、ベリーがこの案を彼らに提示したとき、反発したりはしなかった。モリーの遺体が、法廷で戦う文字盤塗装工にとっての完璧な補強証拠になるかもしれなかった。こんなに何年も経ってからでも、まだ女工たちの役に立てるかもしれないのだ。

ベリーのチームの到着のあと、棺を引き上げる準備がなされた。幕がぐるりと引かれて、一団は皆、天幕のなかに入った。墓地の作業員たちが、ロープと鎖をたぐり寄せた。ゆっくりと、モリーは六フィート引き上げられ、地表のところまで来た。「外側の箱は、状態が悪く、簡単に引き剝がせた。棺本体も同様で、剝がれ落ちんばかりだった」。薄曇りの秋の日にもかかわらず、その棺は不自然な光でぼんやりと発光しているように見えた。「紛れもないラジウムの証拠があった。この棺の内側がラジウム成分から生じる柔らかな発光現象でかすかに光って見えた」

誰かが、かすかに発光する棺のそばに立ち、銀のネームプレートを朽ちた木の部分から引き剝がした。アメリア・マッジャ、と読めた。彼らは、それを身元確認のためにヴァレリオに示した。彼はうなずいた。そうです、これで間違いありません。そのプレートは、娘のために、家族で選んだものだった。

棺がモリーのものであると確認されるとすぐに、棺本体の上部と側面が取り除かれた。すると、そこには彼女がいた。モリー・マッジャが、墓から戻って、白いドレスと黒革のパンプスを身につけて、一九二二年に埋葬された日に着せられた、そのままの状態だった。

「ご遺体は、保存状態が良かったようです」と観察していたものたちが言った。

彼らは彼女を慎重に棺から取り出し、彼女をそっと木の箱のなかに置くと、今度は自動車に運んで、その地域の葬儀屋へ向かった。午後四時五〇分には、彼女の遺体解剖が始まったようだ。午後四時五〇分、アメリア・マッジャはついに声を上げるチャンスを得た。

死に際しての尊厳は捨て置かれた。医者たちは、彼女の上顎骨から取りかかった。いくつかの断片にして取り出された。下顎については、同じことをする必要はなかった。というのも、下顎はもはや存在していなかったからだ。存命中に取り除かれてしまっていた。彼らは脊椎と、頭部、あばら骨をナイフで切断し、次の段階に備えた。どういうわけか、彼らの所定の作業には、ある種、儀式めいた配慮があった。たとえば、彼らは、「(彼女の骨を)お湯で洗い、乾燥させてから、焼いて真っ白な灰にした」。いくつかの骨をエックス線検査に使い、また別の部分は、焼却して灰にしてから、その灰を放射線の検査にかけた。

後日、彼らがエックス線写真を確かめてみると、墓場から届いたモリーのメッセージがそこに刻まれていた。彼女は、とても長い間、何かを伝えようとしていたのだった。今こそ、ついに、耳を傾ける人がいる。彼女の骨は、漆黒のフィルムの上で白い影をつくっていた。彼女の脊椎は垂直に白く光って、燃え尽きて黒くなりつつあるマッチの束のようだった。それ自体が、文字盤塗装工たちが光を放ちながら、職場から家へと戻る姿の連なりのようにも見えた。一方で、彼女の頭蓋骨の写真のほうは、顎の骨がなくなっており、口の部分が不自然に開いたままになっていて、まるで叫んでいるかのようだった。

そう、きっと今までずっと叫んでいたのだ。正義を求めて。そして、かつて目があった部分が、黒いシミになって、まるで、彼女に汚名をきせた嘘を、その目が見つけ、責めるように見つめ、間違いを正しているようだった。

検死をおこなった医者たちは、「病気の痕跡はなにも、とくに、梅毒の痕跡はまったくない」と言った。潔白だったのだ。

「組織や骨のそれぞれ一つ一つが、検査の結果、放射線の痕跡を示しています」

キューピッドの病などではまったくなかった。ゴシップ好きな人びとが言っていたのは間違いだった。問題はラジウムだったのだ。

医師たちによる遺体解剖での発見は、衆目を集めた。正義を求める女工たちの戦いが、徐々に有名になっていった。そしてこのことによって、また別の女工がベリーの事務所を訪ねることになった。しかし、そのときはまだ彼女は彼と契約を結ばなかった。

その女性、エラ・エッカートは、モリー・マッジャの友人で、陽気で、金髪のくせ毛を生かして、ふわふわにボリュームをだした流行の髪型をしていた。たくさんあった会社でのピクニックのときなど、彼女はとにかく良く笑っていた。そんな彼女が、ニューアークの弁護士を訪れたのは、一九二七年の秋のことだった。彼女は、訴訟中の五人の女性の誰よりも健康は良好だったが、彼女がベリーに言ったところによると、「少なくとも二〇〇ドル（現在の二七二四ドル）はエックス線検査、血液検査、投薬と治療に費やしましたが、ぜんぶ無駄」だったという。彼女は、職場やバンバーガー百貨店で、転倒していた。そして、一年ほど前に仕事を辞めざるを得なくなった。肩がずっと調子が悪いままで治らなかったからだ。実際に、ベリーは彼女の腕に「ひどい腫れが、肩から手まで広がっている」のを見た。彼女は、深刻な痛みに苦しんでおり、彼に助けを請いたいと言った。そして、その助けとは、彼女だけのためではなかった。エラ・エッカートは、その当時からすると極端だと思われるくらいに、愛情を大事にする生き方をしていた。彼女には、行方知れずになった結婚相手とのあいだに、一人息子がいた。そして、彼女は息子を一人で育てていた。彼女には、仕事を離れる余裕も、病気になる余裕もなかった。彼女の息子もまた母親を必要としていた。

ベリーは、彼女と自分との人生の道筋がそのうちまた交差することもあるだろうと思った。しばらくは、自分がやるべきことにしよう。重要な日は、一九二七年一一月四日だ。この日は、女工たちの裁判において、証人から話を聴く正式な機会が初めて設けられる。証人録取といって、裁判所での口頭弁論に先立ち、原告と相手側の弁護士が関係者に質問をし、召喚されたものは宣誓をして証言するという、アメリカ独自の司法手続きだ。今後の公判の方向性を探り、法廷での証人尋問の前哨戦とも言える。ベリーは、ドリンカー博士に対する正式な召喚状を発行していた。いよいよあの医師が不承不承ながら、誓約のもとで証拠を提示するのだ。

この重要な局面で、ベリーは主たる敵対相手の顔を見ることになった。エドワード・A・マークレーは、USRCの保険会社付の法律家で、同社の弁護の責任者であった。マークレーは六フィート近い長身で、茶色の髪と瞳で、眼鏡をかけていた。彼の父親は裁判官を長年務めた人物で、彼は一家の長男だった。そういった属性が効を奏して、彼はいかにも物腰柔らかで自信たっぷりなうえに、冷静沈着であった。彼はベリーよりも六歳年上で、その分、より多くの経験を積んでいるということが雰囲気で伝わってきた。

あくまで本格的な審理の前段階としての証人録取だというのに、それが始まった瞬間から、ベリーは、ことはそれほど簡単には運ばないことを実感した。彼はドリンカーの証拠はすべて正当なものであると立証しようとした。たとえば、ローダーがドリンカー報告書に圧力をかけたのを正当化するために送った、あの了簡の狭い、脅しつけるような一連の書簡。それから、会社側が労働局に提出した虚偽の申し立て書類。一つ一つの疑問点や、証拠の一点一点について、USRCの弁護団は反論をしてきた。「その質問に異議あり。質問の目的は本件に関係がありません」とマークレーは言った。

「我々の立場として」と、会社側の弁護士でドリンカー報告書にも関わったストライカーは切り出した。「証人のドリンカー氏が、ローダー氏に口頭で伝えた内容を、この場で証言することには反対致します」

彼らはドリンカー本人をも黙らせてしまった。

「私は、この件に関して、私の手元にある資料が意味していることを供述しておくべきだろうと思っているのです」と、ドリンカーは静かに言った。

「あなたがそうする前に、こちらはそれに異議を申し立てます」と、ドリンカーが話を進める前に、マークレーはすぐさま割って入ってきた。

被告側の弁護団は、本物の手紙の数々を「下品な噂話」だと断じ、この分野の先駆的存在だったドリンカーとその同僚たちに巧妙な質問を次々に投げかけていった。ドリンカー報告書を執筆した三人の研究者に対して、一人ずつ、彼らは質問をこう投げかけた。「あなたは、これまでにラジウム中毒について調査した経験がありますか」

三人とも、もちろん、答えは「いいえ」だった。こう仄めかしているのだろう。このように何の経験もない「専門家」が言った言葉を、真面目に取り扱うことができるのか。キャサリン・ドリンカーだけが、明白な事実を指摘した。「この病気は（発見されたのは）これが最初なんです」

しかしながら、ベリーはこんなことでは怯まなかった。ドリンカー報告書を提示しながら、ベリーは、言ってのけた。「私たちは、この報告書を最良の証拠として提示いたします。ローダー氏が、万一、この報告書の原本を『どこかに置き忘れた』とおっしゃることがあっても、こちらをご覧いただこうと思います」

会社側の弁護士たちは、単にこう反応した。「もし原本が使われているなら、もちろん我々の反論の対象です」

一月は、骨の折れる戦いになりそうだ。それだけは確かだ。しかし、彼らがその月を迎える前に、予想もしない驚きの出来事が彼らを襲った。ベリーはその年の始めに自分を訪ねてきた、あの若い女性のことがずっと気になっていた。なんでも、聞いたところによると、エラ・エッカートは、ここ数週間、整形外科病院で「危篤状態」なのだという。彼女には、貧血や、骨に白い影が写るなど、ラジウム中毒によく見られる症状があった。がしかし、こうした兆候が動かぬ証拠になっているにもかかわらず、マートランド博士はこう説明した。「この症例は、他のように、スパッと分類できるものではなく、正体がよく分からないものなのです」

一九二七年一二月一三日に、エラ・エッカートは死去した。マートランドは、彼女の名をあの呪われたものたちのリストのなかに探した。Dは死亡〔death〕のDだ。

彼女は、亡くなる少し前に、腫れた肩の手術をした。このなかに、彼女の謎の症状の原因があった。

なぜなら、医師たちが彼女の肩を切開すると、「石灰化した組織が癒着し、それが肩全体に広がっていた」のが見つかったからだ。「相当なサイズ」になっていた。それほどまでに大きくなるのは、マートランドにも、そのほかの医師たちにとっても、まったく初めてのことだった。彼らが知る限り、これまでの文字盤塗装工のなかには、そこまでの状態のものはいなかった。

ラジウムは、巧妙な毒物である。被害者の骨のなかに姿を隠してしまう。そして、かなりの熟練した医師たちも騙してしまうのだ。そして、あたかも熟達した連続殺人犯のように、ラジウムは手練手管を弄する。エラは、いわゆる肉腫を発症していた。骨のがん性腫瘍だ。彼女は、それが原因になって死亡した最初の文字盤塗装工として知られるようになったが、しかし、彼女が最初で最後というわけではなかった。

彼女の死は、訴訟中の五人の女工たちに衝撃を与えた。彼女の最期はあまりにあっけなかった。しかしむしろそれは、戦いを前に進めよ、という天からの声のような閃きを、彼女たちに与えることになった。

一九二八年一月一二日、一〇年にわたる審判が始まろうとしていた。

長い審判のはじまり

「法廷審問の前の晩はほとんど眠れませんでした」とキャサリン・ショウブは書いている。「だって、何年も待ち続けていたんですから。そう、まさにその日を迎えるために」

彼女は一人ではなかった。女工たち五人は、霜のおりる一月のある日、大法官府に到着すると、気がつけば回りを取り囲まれていた。新聞記者がひしめき合い、彼女たちの目の前でフラッシュをたき、そして、なかの傍聴席を埋め尽くした。

ベリーは女工たちが、これからのことに集中してくれるように祈った。彼は彼女たちに、自分ができるすべてを伝えていた。証言をうまく乗り切るために、その二日前に彼女たちを招集していた。しかし、女工たちの精神状態は、勝利の方程式にとって重要な項目であるのに、彼女たちの身体の状態が悪くなっているのは誰の目にも分かった。過去六ヶ月という期間は、彼女たちにとって、生やさしいものではなかった。「一部の女工たちの体調は、本当にこちらが打ちひしがれるほど最悪でした」とベリーは書いている。

彼が一番心配だったのは、アルビナ・ラリーチェだった。彼女は、左足を一〇センチ以上は伸ばせなかったから、靴やストッキングを履くことさえできなかった。彼女は屈むことができなかったのだ。彼女の病気の進行は、エドナ・ハスマンと同じだったが、いまではもっと悪化していた。しかし、彼女を苦しませ続けたものは、健康を失ったことではなかった……。

「私は、いままでに、二人を死産しています」とアルビナは悲しみに沈んで言った。ついこのまえの秋に、ベリーは医師団からの話で、彼女が三番目の赤ん坊を妊娠していたことを知った。その赤ん坊は、状況が違えば、きっと生まれていたに違いない。彼女も妊娠が分かったときさぞ大喜びしたことだろう。しかし、アルビナの幸福は長くは続かなかった。医師たちが彼女の状況を把握したとき、彼女の健康を理由に、子供の成長を許可しなかったのである。彼らは彼女に、「治療上必要な」中絶を命じた。

「何度もくじけそうになりました」とアルビナは胸の内を明かしている。「いっそガスでも吸って、すべてを終わらせてしまおうかと」

ハンフリーズ博士が言うように、ラジウム中毒は、「(患者の)生きる意思まで破壊」してしまう。ベリーは強く祈るしかなかった。審問の当日には、彼女たちが戦う気持ちになってほしい、と。

エドナ・ハスマンが最初に証言をすることになっていた。ルイスは自分の妻を証言台まで抱えて運ぶようにして連れていった。スナップ写真に写る限り、エドナは美しいブロンドのモデルのような姿で、片方の足をもう片方のまえで交差させたポーズをきめている。しかし、ぱっと見た印象と真実はまったく違っていた。彼女はもはや足を動かして広げることができなかった。彼女の腰は「異常な角度に」曲がったまま固まってしまっているからだ。彼女は同じく右腕の動きも失った。彼女は裁判の宣誓をするため

に右手を上げることすらできなかった。

一連の進行をじっと見守る裁判官は、ジョン・バックス裁判長だった。六〇代半ばの経験豊富な人物だ。ベリーは、女工たちに同情的な裁判になるのではないかと期待していた。というのも、バックス自身の父親も回転中の水車で重傷を負って亡くなったのだ。バックスは、濃く豊かな髭をたくわえて、眼鏡をかけていた。彼は、証言に向けて気持ちを整えているエドナに優しい視線を向けた。

ベリーは彼女をゆっくり楽にさせようと、まずはリハーサルのようなことから始めた。エドナは、ベリーの言うことをよく聴き、彼女の住んでいるところや主婦としての生活に関する単純な質問に答えた。法廷の外で練習したときと同じように、彼女は答えた。「小さな家でもきちんとしておくことができません。できることはしていますが、家事のほとんどは夫がしています」

エドナは疲れていた。「私が耐えなければならなかった最悪のこととは、腰の痛みで夜眠れなかったことではありません」と彼女は明かしたが、それだけでは足りなかった。八つの質問が話している最中にも投げ込まれたうえ、彼女がUSRCでの自分の仕事の内容をおおまかに話し始めると、会社側の弁護士が割り込んで、あらかじめ彼らが多数用意していた反論の一つめを持ち出した。

ベリーにとっては、すべて織り込み済みではあった。一月四日、彼は、会社側の弁護士立ち会いのもと、(女工たちに前年一一月におこなったものに加えて)もう一つの証言録取をおこなっていた。そのときは、ニューアークの歯科医師、バリー博士から話を聴いた。そして、いま再び、会社側の弁護士たちはあらゆる質問をした。アイリーン・ルドルフの歯科カルテに書いてある記述が読み上げられた。「回復?OK」。バリー博士は、このカルテで、この台詞が意味するのは、彼女が麻酔から意識が戻ったことを意味していると説明した。しかしながら、相手弁護士は、辛辣に言い放った。「この『回復』とは、治療からの、という意味ではありませんか」

彼らは同じ質問を、違う質問の仕方で、少なくとも八回してから、やっと次の質問に移るのだった。彼女はエドナ・ハスマンは、しかしながら、バリー博士のようなプロフェッショナルではなかった。彼女は二六歳の片足が不自由な主婦だったし、会社側の弁護士の攻撃的な戦略には容赦がなかった。彼らは、語気を強めて、痛みが始まった日付はいつで、どれくらいの頻度だったか思い出すように迫った。そのとき、裁判長のバックスが、彼らの矢継ぎ早の質問を遮った。「それのどこが重要なのかね」。彼は辛辣に質問した。エドナに対する同情は、証言が続くにつれ大きくなっていった。「私はずっと今も、苦しんでいます」。彼女は法廷に向かって言った。

ベリーの法廷での経験不足が、時々露呈することがあった。

彼は明晰な頭脳の持ち主ではあったが、まだ法曹としてのキャリアは初期段階であった。ただし、ベリーは気がついていた。裁判長は自分に助け船を出そうとしてくれている。ホフマンがエドナのあとに証言台に立つと、バックスは、ベリーを援護するべく、ベリーの質問を言い直した。たとえば、「彼はその情報を得るためになにをし、なにを学んだのですか」とバックスは脇から補足した。そして、反論が相手側から出そうだと察するや、バックスが先に割って入ってベリーを助けることすらあった。

会社側の弁護団によるホフマンへの反対尋問の際は、彼らは、ドリンカーたちに対してと同じ戦略を使ってきた。

「これは、あなたがラジウム壊死の可能性を考えた機会としては、初めてのことでしたか」マークレーは、統計学の専門家であるホフマンに質問した。背が高い彼は、法廷内を行きつ戻りつしながら、質問を立て続けに言った。

「はい、そうです。まったく新しい取り組みでした」

「……あなたはなんの知識もなかった、そうですね?」

「というより、誰も持っていません……」。ホフマンは事実を言った。

「私はあなたのことを訊いているのです」。マークレーはぴしゃりと言った。「ですから、あなた自身についてお話ください。あなたは、この分野に関係するのは(これが)初めてですね」

「はい、そうです」。ホフマンも同意せざるをえなかった。

マークレーは、それからホフマンの提示する証拠を、すべて却下しようとした。「裁判長、申し上げます」。マークレーは、見下すように嘲笑しながら言った。「統計学の人間が、法廷で判断を下す資格はありません」

しかしマークレーはバックスが協力するつもりはないと感じた。

「私は、彼はあなたが言う以上の人物だと思いますよ」と裁判長は切り返した。「私は、君が彼を押さえ込もうとしているように思うがね」

このやりとりのあいだ、五人の女工たちは、そこで展開されているドラマを見つめていた。彼らの両側には会社側の証人たちが座っていた。「七変化の」フリン博士は、法廷内で五人の女工たちの斜め向かいに座っていた。グレースは、次が彼女の出番だと分かっても、内心は落ち着いていた。「グレースは、病気や壊死について語るのは手慣れたものだった」と、あるジャーナリストはフライヤー嬢について書いている。「彼女は、まつげをピクリとも揺らすことなしに、亡くなった人びとのことを語ることができるのです」

とはいえ、法廷では、さすがのグレースも緊張していたに違いない。法廷の守衛官が証言台までやさしく彼女に付き添った。さあ、いよいよだ。グレースは思った。いまこそ、自分の物語を伝えるチャンスなのだ。

彼女は椅子にどこか居心地悪そうに座った。背骨を支える金具が皮膚に擦れていた。最近おこなった手術のために、顎には、新しい包帯が巻かれていた。とはいえ、ほっそりとしたこの若き女性は、きちんと茶色の髪を整え、知的な眼差しで、すっかり心を落ち着けて、証言を始めた。「私たちは、指示されて、筆を唇で細くしていたのです」

「(女工たちはみな)そうしていたのですか」とバックスは尋ねた。

「私が知っている人は全員そうしています」とグレースは答えた。

「口に筆を入れないようにと言われたことは今までありますか」。ベリーは問いただした。問題の核心に切り込んだ。

「たった一度だけ」と彼女は言った。「フォン・ソチョッキー先生が通りがかって、私が筆を唇に付けるのを見て、それはしないように私に言いました」

「彼は、ほかにはなんと?」

「彼は、そんなことをすると病気になるよ、と」

彼女の返答は簡潔で必要な情報はきちんと入っていた。彼女とベリーのやりとりは淀みなく進み、なめらかに質疑応答が交わされた。すべては計画通りだ。とはいえ、ベリーは、彼女が自由に語れる余地も残した。彼女の苦しみを細かに説明するためだ。そうすれば、この会社がしでかしたことが、耳目を集めるだろう。

「私は、顎に一七回の治療を受けました」とグレースはさらりと言った。「粉々になった顎の骨を取り除きました。私の歯はほとんど抜かれてしまいました。脊椎は腐って、足の骨の一部がめちゃくちゃになりました」

聴くだに恐ろしい話だった。法廷内の多くが涙を流していた。だから、マークレーが賢《さか》しらなコメントをすると、裁判長が話の腰を折って、詰め寄るように言ったのも無理はなかった。「君たちに責任があるとなったら、今の発言を後悔するだろうね」と厳しい声で言った。

この警告をふまえて、マークレーはグレースへの反対尋問のやり方に慎重になった。言われるがままになどなるものかというグレースの気持ちは、彼のほうでもはっきりと分かっていた。そして、実際、そうはならなかった。

USRCの弁護団の争点にとって重要なことは、とくにこの大法官府においては、時効の件、つまり、女工たちがいつなにを知ったか、という点だった。もし、彼女たちが一九二五年七月より前に仕事が原因で病気になったという情報を知っていたのならば、彼女たちはその時点で訴訟を起こすべきだったのだ。それゆえ、マークレーはグレースに、彼女は以前から自分の仕事が原因だと知っていたと言わせようとした。

「(診察した歯科医は)あなたの仕事が影響しているだろうとは言わなかったのですか」。マークレーは法廷内をうろうろ回りながら言った。

「言いませんでした」

質問が繰り返された。

グレースはさらりと答えた。「だって、その医者にかかったときは、私はフィデリティ・ユニオン信託に勤めていたんです」

相手の弁護士たちは、彼女に次々と質問をして、彼女が会ったことのあるすべての弁護士一人一人について尋ねた。そして、話がベリーのことになると、彼らは彼女に尋ねた。「あなたが相談した最初の弁護士ですか」

「いいえ、最初ではありません」。グレースは、視線をベリーその人に向けて言った。「唯一、裁判を起こそうとしてくれた方です」

キャサリン・ショウブは展開を熱心に見つめていた。「すべてが順調に進んでいると思いました」。彼女は後に記している。彼女はクインタが片足を引きずりながら証言台に進むのを見つめていた。キャサリンが満足気に書き残しているように、裁判長はすぐに心配してくれた。「足が不自由でおられるようですね」。バックスはクインタに向かって言った。まだベリーが一つも質問をしていないうちにだ。「どうなさいましたか」

「私の足の付け根の不自由は……両方ともなのです」。クインタは答えた。「足首も、長くは靴も履けないありさまです。膝、片方の腕と肩には痛みもあります」

キャサリンは注意深く聴いていた。「明日も、また裁判があります。そして、その次の日も、またもう一つ」。彼女は書いている、「ずっと、すべての案件が審議されるまで続きました。そして、それから判決が出るのです。そうなってやっと、私はすべてから解放され、忘れることができるのでしょう」。クインタの話をぼんやりと聴きながら、キャサリンは自分のこれからの生活を思い描き始めた。幸せでありたいとどれほど願っていることか。この審問も残すところ、一月のこの数日間だけ。そうすれば、いずれにせよ終わるんだ。

しかし、そうはならなかった。「私は、裁判長の小槌が机にたたきつけられる音で、夢から覚めました」。

彼女は後に言っている。「裁判長が話していました。次の裁判の日は、四月二五日になると言っていました。私は泣きたくなりましたが、泣いても仕方ないと分かっていました」
「私は、あらんかぎりの勇気を奮い立たせて……戦わなければなりませんから」

―

裁判に時間がかかるのは腹立たしいものだったが、結局は、時間はあっという間に過ぎた。ベリーは、女工たちに医学的な手当がされないことを心配したが、ニューヨークの医師たちを何人か説得して、女工たちを入院させ、治療しながら一ヶ月過ごさせた。医者たちは、女工たちの骨からラジウムを除去する処置がなにかの器具でできるかもしれないと思っていた。

グレースが回想している。「あるロシア人の医師が、自分は鉛中毒の治療みたいなこと（鉛中毒の症例で使われた治療方法）で私たちを助けられると言い出したんです。でも、私たちの体内からラジウムを取り除いてくれるようには見えませんでした。もうなにもしようがないんです」。おそらくは、みずからの絶望的な状況を把握したのだろう。グレースはベリーに正式に依頼して、みずからの遺言を残した。彼女が家族に遺せるものはそうは多くなかったが。

治療はうまくいかなかったにもかかわらず、五人のうちの多くは前向きだった。「私は、避けがたい出来事に直面しても、びくともしません」とクインタは言った。「ほかになにができるでしょう。自分がいつ死ぬのか分かりません。徐々に忍び寄る死のことはいつも考えないようにしています」。死はほかのだれよりも、クインタにとって一番遠いところにあるようだった。たしかに、彼女は病状の進行が、ほかよりも、たとえば、アルビナよりも遅かった。結果として、彼女は「自分のことは二の次にして、自分の姉妹の窮状に思いを寄せる」ことが習慣になっていた。

五人の女工たちにとっては、ニューアークを離れ静かな病院にいることが、いつのまにやら、その気持ちに大きな変化をもたらしていた。「入浴以外はいっさいなにもせずに過ごしています」。キャサリンは到着したての頃に記している。「この状況を満喫しています。ほかの人が私の入浴の手伝いをしてくれます。病気のときは、メイドさんはとてもありがたい存在です」

ニューヨークにいるときにはほかにも恩恵があった。キャサリンが記しているように、彼女たちはついに「干渉から解放されて、迷惑な助言者による詮索の視線がなくなった」のだ。

ベリーがその正体を突き止めたのに、フリンは、どこにでも現れる迷惑な助言者として、相変わらず彼女たちに接触しようとしていた。その頃、フリンは、ハンフリーズに「自分は彼女たちを本当に親身に思っている」と話し、それも、自信を持ってそう断言した。女工たちは、今やフリンは会社の味方だと知っているので、フリンの件が耳に入ると、すぐにベリーに相談した。彼女たちはフリンが「こっそりと丸め込もうとした」ことに不信感を抱いており、彼女たちの求めにより、ベリーはフリンに文書を送り、女工たちが嫌がらせだと思うようなことを中止するように伝えた。フリンはこれに返信して、ベリーを「厚顔無恥」だとして、「こんないい加減な手紙に取り合っている暇はない」と片付けた。

残念ながら、女工たちはフリンを遠ざけることができなかった。四月二二日、裁判が再開される三日前に、彼女たちは会社側の医師に追加の検査を受けるように召喚された。フリンは、ほかの専門家たちとともに、この検査を実施した。そこには、ハーマン・シュルント博士（副社長のバーカーの「とても親しい友人」だ）もいた。

グレースは採血のさいに針で刺されると思わず身を引いた。切り傷やアザがついたりしないか彼女はたえず心配していた。というのも、彼女の皮膚はもう治癒能力がなかったからだ。文字盤塗装工のなかには、「紙のように薄い皮膚が、爪で軽くこすっただけで、文字通り、裂けてしまった」ものもいた。一週間後、グレースは、自分の心配が正しかったと思い知った。医者が彼女に針を刺したあたりの、注射の跡のまわりの肉が黒くなっていた。

この検査のあいだに、放射線検査も実施されたのだが、機材の配置は意図的なものだった。「テーブルが、患者の体の主要部分と測定装置のあいだに置かれていたのだ」。フリンはまた、「その装置を対象から二・三フィート離れたところで持っていたので、放射線は検知装置に届くまえに拡散してしまった」。当然ながら、会社が出した結果は、どの女性からも放射線は検出されなかったというものだった。

しかし、女工たちの裁判はまだ終わっていなかった。三日のうちに、彼女たちは、人生を賭けた戦いを続けるために証言台に戻ってきた。

29

残された時間

キャサリン・ショウブの番だ。

「私は証言台まで一歩一歩、足を進めました。証言台に立つのはとても変な気持ちでした」と彼女は書いている。「予想はしていたのですが、それ以上だったんです……私は宣誓をしました」

ベリーは、彼女の友だちの場合と同じように、彼女が安心して証言できるようにしてくれた。彼女の脳裏には、遡ること一九一七年二月一日のことがよみがえってきた。とても寒い冬の日で、どきどきしながら出勤第一日目の仕事場へと向かった。「若い女性が手ほどきをしてくれました」。彼女は回想した。「筆先を口へ入れるように言われました」

ベリーは、キャサリンと彼女の苦難についてやりとりを交わしたが、それによって、彼女は自分が「非常に神経質に」なっていることを披露してしまった。USRCの弁護士たちは、彼女の精神状態の問題を弱点だと見て取ったに違いない。だからこそ、彼らはキャサリンを苦しめることができた。

彼女はこう言った。彼女がリップ・ポインティングをおこなったのは、「ときどき、(文字盤一つにつき)四、五回で、時にはそれ以上」だった。すると、マークレーは立ち上がって、反対尋問を始めた。「時にはそれ以上あった、ということですね」

「はい、そうです」

「時にはそれ以下、もありますね」

「はい、そうです」

「時には、筆をまったく口に入れないことだってあったのではないですか」。彼は叫んだ。ぐるぐる法廷内を回りながら、台詞を続けた。彼女は言葉に詰まったに違いない。「分からないのですか」。彼は訝しげに尋ねた。

「いま思い出そうとしているんです」。キャサリンは、緊張しながら答えた。

「筆にもよりますよね、そうでしょう？　筆は、そこで支給されていたのでしたね」

「はい、支給されていました」

「欲しいだけ筆を手に入れることができたんでしょうね」

「いいえ」

「……筆が必要になると、現場監督のところに行くのでしたね」。彼は彼女に近づいて質問した。

「はい、そうです」。キャサリンは答えた。「でも、筆を無駄に使ってはいけないことになっていました」

「もちろん、無駄使いはしないとしても、十分に手に入る状態ではあったんですよね」

質問は、どんどん続いた。マークレーは的確なペースで、キャサリンが答えに窮しているあいだに、もう次の攻撃の弁が出来上がっている始末だった。

彼らがグレースに対しておこなったように、会社側の弁護士たちは、キャサリンの以前の歯科治療にも話を広げ、彼女の病と仕事とのあいだに、一九二〇年代初頭になにか必然性が生じていたのかどうかを質問した。そうした激しい反対尋問を受けて、おそらくは、それゆえに、あの臆病なキャサリンの姿は見る影もなくなってしまった。キャサリンは、彼女とほかの女工たち何人かでベリーの事務所でおこなったあの打ち合わせを思い起こしながら、あのときは、この症状がリン中毒だと思われていた、と打ち明けた。「職業病なのではないかという話が出ました」

マークレーはその言葉に飛びついた。「それはどういう意味ですか。『話が出ました』とは」

キャサリンはみずからの過ちに気がついた。「でも、それに納得したことなど一度もありませんでした」。慌てて彼女は言ったが、マークレーのほうは、そう簡単に済ますわけもなかった。彼は、キャサリンのいとこで、一九二三年に亡くなったアイリーンの話を持ち出した。

「バリー氏は、アイリーンさんに仕事による病気だと思っていると伝えたことを、あなたは知っていましたね」

「ええ、彼はなにか変だと少し疑問に思ったのだと思います」。キャサリンは弱々しく認めた。

「彼はあなたに、少し疑問を持っていると言いましたか」。マークレーは尋ねた。

「彼は私に直接言ってはいません。……私は、仲間たちが言ったのを知っていただけです」

「いつですか。彼女たちがあなたにそう言ったのは」

マークレーは突っ込んだ。もしかしたら、次の答えで、この裁判をつぶせるかもしれないと期待しながら。

「ええと、分かりません」。キャサリンは気を取り直して、言い返した。「私のいとこは長いこと寝込んでいたので、思い出せません」

どうやら終わりにはならないようだった。彼女は、審議に心が消耗しているようだった。――それは、あの裁判長バックスも同じだった。彼は、自分の前にいる無防備な証人に視線をやりながら、あるところで言葉をかけた。「疲れているかね」

しかしキャサリンはしっかりと返答した。「いいえ、私はできるだけ背筋を伸ばして座っていようとはしているんです。ただ、背骨が少し弱いものですから」

彼女は、集まった記者が彼女の苦しみに寄り添うようにして記事にしてくれたことを感謝したことだろう。

一月の審問と同じように、法廷はジャーナリストたちでいっぱいだった。むしろ、前回以上だった。女工たちの話題は、今や海の向こうの国々まで届き始めていた。特派員たちは後に、彼女たちの証言について心揺さぶる記事を書いた。キャサリン、アルビナ、そしてクインタが皆それぞれに証言したからだ。新聞社は、彼女たちを「悲しく微笑む女性たち」と呼んだ。「彼女たちは現状を受け入れながらも前向きな態度を保っていた」

彼女たちの落ち着いた態度は、その審理を傍聴している人びととは、真逆のものだった。「(女工たちが)聴き入る姿には、もの悲しい平常心があったが、その一方で、普段は何事にも動じない傍聴人たちは、頻繁にハンカチを使って、なんとか涙を抑えようとしていた。

しかし、ベリーがクインタに、彼女の友人の運命を質問したときに、泣かずにいられる人がいただろうか。

「あなたはアイリーン・ルドルフさんと知り合いでしたか」。彼は尋ねた。

「はい、そうです。ラジウム工場で働いているときです」

「ヘイゼル・キューサーさんは?」

「はい、そうです」

「サラ・メルファーさんは？」

「はい、そうです」

「マルグリット・カーロフさんは？」

「はい、そうです」

「エレノア・エッカートさんは？」

「はい、そうです」

「……いま言った人たちはみな亡くなっていますね」

「はい、そうです」

グレースは、ベリーに自分をもう一度証言台に呼んで欲しいとサインを送っていたようだった。結果、彼女は再度証人台に立った。彼女は法廷の向かい側に集まって座っているUSRCの役員たちをじっと見つめていた。そして、彼女は、そのなかの一つの顔に、引っかかるものがあり、はっと記憶がよみがえってきた。

「フライヤーさん」とベリーは始めた。「あなたは一九二六年の夏にフレデリック・フリン博士による検査を受け、その検査には、あなたの知らない博士が参加していました。そのとき以来、助手をしていたその博士に会ったことがありますか」

「はい、あります」

「彼は、今日この法廷にいますか」

グレースは、役員たちを見渡した。「はい、います」

ベリーは、彼女がすでに特定していた男性を指さした。「それは、あそこにいる紳士、バーカー氏ですか」

「はい、そうです」。グレースははっきりと言った。

「彼は米国ラジウム社の副社長だと知っていますか」

「そのときは知りませんでした」。彼女は当てつけるように答えた。

バーカーは、フリンがグレースに、自分より健康な状態だと伝えたあの日、そこにいたのだ。彼女に悪いところはなにもないとフリンが診断を下した、その傍らに立っていたのだ。バーカーがそこにいたということは、まさしく、あの会社がどれほどフリンの活動に深くかかわっていたのかを示していた。会社の副社長が女工たちの医学的な検査の場に同席していたのだ。

エリザベス・ヒューズは、ベリーが雇った呼気検査の専門家で、次に証言台に立った。彼女の証言は、「すべての工場従業員は、放射線から保護されるべきであるということは周知のことで、それくらい、その分野では誰でも手に火傷をしていたからだ」ということだった。新聞各社は、ヒューズ夫人について、「彼女はこの分野に関する完璧な知識を披露し、バックス裁判長は、少なくとも彼女は自分が話している内容を熟知していると納得するに至った」。

当然ながら、このことは、会社側の弁護士たちにとっては呪いの一撃となった。彼らはすぐさまヒューズ夫人が十分すぎる経験を持っているにもかかわらず、その信用を落とそうとした。

「あなたの今の職業はなんですか」。マークレーは、その答えを知ってはいたが彼女に尋ねた。

「主婦です」。彼女は言った。彼女はそのとき家で幼い子供たちの面倒をみていた。

そして、それからマークレーはひっきりなしに質問を始め、彼女がラジウムについてまったくなにも知らないと示そうとした。彼はかなりしつこく彼女を攻撃し、彼女がその検査をおこなう資格があるのかだけではなく、呼気テストを実施する技術までも中傷し、ついに彼女を追い詰め、ラジウムが「大量といっても、どれくらいを大量というのか彼女が決めることなどできない」ことを認めさせてしまった。「分かりました」。マークレーは勝ち誇ったように言った。「私は、あなたが分からないと言ってくだされば それで十分満足です」

しかし、ここであのバックスが、一度ならず、割って入った。「私が知りたいのは、証人が知っていることですよ」と彼は強調した。「彼女が知らないと言って、あなたが満足するだけではだめなのです。私は、あなたの分析が吹聴していること以上のことを彼女が言っていると思います」

昼食休廷がエリザベスの証言の途中で入ることになり、彼女もベリーも一息つけたようだ。昼食の後も、マークレーは好戦的な態度のままで現れた。モリー・マッジャの検死を指揮した医師が証言台に立ち、ラジウムが原因で彼女は死亡したと証言すると、マークレーのほうはモリーに関する証拠についてはことごとくその無効性を証明しようとしたが、しかし、それが効を奏することはなかった。「ラジウムが死因だというのが正しいと、私の耳には聞こえるがね」とバックスが言ったのだ。「裁判長には思い出していただきたい」。マークレーは、この決断に気分を害され、憤慨しながら言った。「この女工が、梅毒の死亡証明のもとに埋葬されたという事実はどうなるのです」

マークレーには、会社にとって難しいこの戦いに挑む十分な理由があった。悩みの種だったオレンジ市の工場を閉鎖してしまったので、USRCは今や経済的に傾いていた。社がここ最近で受けた発注は、数日前の、たった一つだけ、それも、五〇万ドル（現在の七〇〇万ドル）のものだった。彼らはこの裁判に負けるわけにはいかなかった。

四月二五日の最後の証人は、ハンフリーズ博士だった。女工たちを長きにわたり診察してきた医師だ。彼は、彼女たちの尋常ならざる症状を説明するにふさわしい人物だった。彼の証言によれば、「この患者たち全員」に、同じ症状が出ており、この場にいる彼女たち全員だけでなく、彼が診察したほかの女工たちも、同じだった。そこには、ジェニー・ストッカーも含まれている。ハンフリーズはその頃にはやっと、彼女の奇妙な膝の症状の謎を解いていた。だから彼はこう断言した。「彼女はラジウム中毒で亡くなったのだと思います」

彼の証言は長時間にわたったので、この五人の女性にとっては、耐久テストかなにかのようだった。というのも、ハンフリーズは、彼女たちの症状を一つずつ詳細に語り直したからだ。彼女たちは、あのような謎の痛みを抱えながら、いかにして彼のところに最初の診察を受けにきたのか。彼女たちをどう治療するべきかについて、どのように「見当をつけた」のか。そして、いかにして、今こうして、彼の患者たちの手足が不自由になってしまったのか。彼女たちは、彼が初めて会ったときの姿ではなかった。彼女たちはみずからの魂を奮い立たせようと懸命だったが、彼女たちの身体はそれを裏切った。「一生終わらないのではないかと思いました」。キャサリンは、ハンフリーズの話について回想している。「まさに身を切られるような思いをした、恐ろしい証人尋問でした」。しかし、彼女は果敢だった。「絶対に実行されるべきでした」。彼女は続けた。「伝えられるべきでした。さもないと、私たちにあるべき正義を、どうやって勝ち取ることができるでしょうか」

そして、女工たちは耳を傾けていた。公開法廷において、ハンフリーズがこう認めるのを、彼女たちはたしかに聴いていた。「もう手の施しようがないと私は思います」

多くの記者の視線が、女工たちのほうにちらちらと向けられた。記者たちのなかには、涙するものもいた。しかし、ラジウムに翻弄されたこの女工たちは、毅然とした態度で、ハンフリーズの死亡宣告を受け入れた。

しかしながら、ジャーナリストたちと同様、バックスもこの事態に耐えきれない様子だった。「一刻も早くなにか方法を見つけてくださるでしょうね」。彼は切迫した調子で言った。

「私たちも、方法を見つけたいのです」。ハンフリーズも頷いた。

「一刻も早く、頼みます」。裁判長は念を押した。

「はい、承知いたしました」。ハンフリーズは手短に答えたが、裁判長がせかしたところで、治療の手立てが魔法のように現れるわけもなかった。女工たちは、死を運命づけられているのだ。

もはや唯一の気がかりといえば、そうなる前に、彼女たちに正義がもたらされるのかどうか、ということだけだった。

次の日、裁判は、さらなる専門家の証拠とともに続いた。高名な医者たちが、少なくとも一九一二年以降は、ラジウムが有害であるということは、当然の知識になっていたと証言した。ベリーは、法廷記録として残るような多くの文書を提出して、医者たちの発言を裏づけることになった。そこには、USRCが自分で発行した文書も含まれていた。

マークレーは、これらの文書の印象を弱めようと、ラジウムが持つ治癒効果を引き合いに出した。たとえば、USRCの顧客であるウィリアム・ベイリーが、ラジエーター・トニックを売り出したさいに喧伝した、あの治療効果である。がしかし、明らかに、彼の議論は破綻していた。彼が、よく分からない雑誌から、ほとんど無名の研究を引用すると、証人である医師の一人が、その論文の著者など聞いたことがないと述べ、鑑定人が加えて、「そいつは何者ですか。いったい、なんの関係があるんですか」と言うと、マークレーはこう言い返すのが精一杯だった。「私は、ここに質問されるためにいるのではありません」

その日は、レイモンド・ベリーにとっては順調だった。医師たちは、証人喚問に際して、微塵もうろたえた姿などは見せなかったからだ。ラジウムを使用する人びとを「愚か者たち」だと述べて、ラジウム療法は「廃止されるべき」だと思っていると話したものもいた。

「薬剤師協議会で認可されないとでも言うのでしょうか」。USRCの弁護士たちは憤然として質問した。「認可はするでしょうね」と、その学識ある医者は軽快に言い返した。「しかし、彼らはなんでもかんでも受け入れているので、私には、なんの意味もありませんよ」

労働局のアンドリュー・マクブライドとジョン・ローチは、手続きにおける自分たちの担当部分に関して証拠を提出した。USRCの代表クラレンス・B・リーと、アーサー・ローダーも、証言台に立った。ローダーは、自分が文字盤塗装の工房に「多数回にわたって」行ったと認めながらも、こう証言した。「私は、作業員が筆先を口に含んだ場面を思い出せません」。彼はまた、フォン・ソチョッキーから、あの塗料が有害であると言われたことはないと否定した。彼は、ひょっとすると危険なのかもしれないと彼が思った最初は、「これらの初期の苦情と症例のいくつかについて耳にした後」のことだった、と述べた。

「あなたが聞いた最初の症例は誰でしたか」とベリーは質問した。

「名前は思い出せません」。ローダーは冷たく返答した。文字盤塗装工は、彼にしてみれば、そんなちっぽけな細部を思い出せるほどには重要な存在ではなかったということだ。

そして、次にベリーは、女工たちのために証言させるべく、とても特別なあるものを召喚した。そう、ハリソン・マートランドが証言台に立ったのだ。ベリーは彼を説得し、証言させることに成功した。そして、この検視局長は、まさしくスーパースターだった。この人以上にその名にふさわしい人もいない。「彼の率直で、妥協を許さぬ証言は、ずば抜けて際立っていた」。新聞各社は怒濤のごとく書き立てた。彼らは、マートランドを「本日のスター証人」と呼んだ。

彼は手始めに、カーロフ姉妹の検死について詳細を説明した。それによれば、ラジウム中毒の痕跡が間違いなくあった。五人の女工たちにすれば、耳にするのも辛い証言だった。とくに、クインタにとっては、それは「身を引き裂かれるような」思いだった。「彼女がマートランドの話を聞いているとき」、ある新聞の観察によれば、「彼女は卒倒寸前だった。その後、不屈の精神によって、彼女は平静を取り戻し、かすかに感情を顔に表すほかは、落ち着いて審問に向かい合った」という。

マートランドの証言は止まらなかった。会社側の弁護団が示そうとしたのは、ラジウム中毒はそもそも存在しようがなかったということだった。なぜなら、「二〇〇人以上の女工たちのなかで、この（訴訟中の）女工たちだけが、この症状を訴えたからです」と弁護団が述べると、マートランドは身も蓋もない言い方で答えた。「一三、四人ぐらいの女工たちが、亡くなって、いまでは埋葬されています。もし遺体を掘り起こしたら、彼女たちが同じことを示してくれるでしょう」

「その考えが、医師の立場として根拠もなしに、憶測で述べられていることを不当と考えます」。USRCの弁護士は急いで言った。

「静粛に」。バックスは即答した。

会社側が主張しようとしたのは、「オレンジ市の外でも、『一件も報告されていない』」ということだった。

「いいえ、ほかにも症例はあります」とマートランドは答えた。

しかし、マートランドは、はねつけるように手を振った。

「保留中の案件が一つか二つあるだけです」。マークレーは、はねつけるように手を振った。

しかし、マートランドは、ウォーターベリー社の症例はたしかに存在していると断言した。彼の証言には威力があった。バックスは、USRCに対して、塗料それ自体が「ラジウムという毒物」ではないかと問いただした。その言葉にマークレーは憤慨した。「この塗料はラジウム中毒なんてものとはまったく無縁です」と彼は怒鳴るように言った。

その日の法廷も終盤にさしかかると、ベリーは立ち上がって、ふたたびマートランドを尋問した。マークレーは当然、反論したのだが、裁判長はまたも彼を制した。「君は、(マートランドの)意見に反論しようとしているね」と彼はマークレーに言った。「もし君がそれに成功したとしても、弁護士(ベリーのこと)が、またそれを引っくり返すだろうがね」

彼はベリーのほうを向いて言った。「続けたまえ」

ベリーは、この裁判の行方を思うと、これ以上ないほど嬉しかった。明日になれば、会社にとどめをさして、その棺桶に釘を打ち込んでやる。フォン・ソチョッキー博士が証言台に立つ。ベリーは待ちきれなかった。ソチョッキーが会社側に、あの塗料はあぶないと警告を与えていたことについて質問するのだ。これで、はっきりと評決が出るだろう。それも、女工たちの希望に適うかたちに間違いなくなるだろう。

その次の朝、フォン・ソチョッキーの証言が終わりにさしかかると、ベリーは、その決定的な質問を投げかけた。

「事実として」と、彼は目を輝かせながら、その医師のほうに向き直って言った。「あなたが（リップポインティングを止めさせはしなかったと）おっしゃったのは、法的に責任があるのはあなたではなく、ローダー氏だったからですね」

「裁判長、異議あり」。すぐさまマークレーは割って入った。

しかし、裁判長が制するよりも前に、会社の創立者であるフォン・ソチョッキーは答えた。

「まったく違います」

マークレーもベリーもソチョッキーを見つめ、呆気にとられていた。そしてそれから、マークレーが気を取り直して椅子に着席し、彼の長い足を組んだ。「分かりました」。会社側の弁護団たる彼はおだやかに言って、身振りで、証人であるソチョッキーに続けるように促した。

「まったく違います」。フォン・ソチョッキーは同じことを言った。

ベリーは耳を疑った。というのも、ソチョッキーのあの発言を彼に教えてくれたのは、グレースとクインタだけではなく、マートランドとホフマンもだった。つまり、彼らは全員、この博士本人の口からそう聞いたのだ。なぜ今になって彼は撤回しているのか。ひょっとして、彼は世間体を気にしているのだろうか、いやあるいは、なにかほかの事情が出てきたのか。「ソチョッキーの行動と居所を突き止めなければならない」とUSRCのメモに、今年の七月の日付で書いてあった。ひょっとすると、これまでに秘密裏にやりとりがあって、博士の態度が変わるに至ったのかもしれない。

ベリーは彼に、彼がグレースにした警告について、あれこれと質問もしてみた。ここで、もしかしたら、少なくとも、なんらかのとっかかりが見つかるかもしれない。

「ええとですね、ベリーさん」。フォン・ソチョッキーは答えた。「私はそのことを否定したくはないのですが、ただ、あまり明確に思い出せないのです……私が彼女に（そんなことは止めなさいと）伝えた可能性がありますよ。かなりありえそうなことです。工場を通りかかって、ある女工が、筆先を口に含むなんていう『ふつうじゃない』ことを目にしたとすればね、当然（そんなことは止めなさいと）言うでしょう」

その話は、さすがにジョン・バックス裁判長の耳にさえ奇妙に聞こえた。「どんな理由があって、あなたはそうするというのだね」と裁判長は尋ねた。

「不衛生だからです」。フォン・ソチョッキーは即答した。

「あなたは、このご婦人に、筆先を口に入れないように注意したんですね」。バックスははっきりと言った。「私が知りたいのは、ラジウム入りの塗料が彼女に有害な影響を及ぼすかもしれないと、あの時点であなたが懸念していたかどうか、という点なんです」

しかし、博士は動じなかった。返答するときの彼の代名詞の選び方は、注目に値する。「まったく懸念していませんでした」と彼は裁判長に答えた。「（危険性について）私たちは、知らなかったのです」

ベリーはひどくがっかりした。法廷という公の場で、彼はフォン・ソチョッキーを「悪意ある証人」だと非難した。グレース・フライヤーなら、相手方から同じ警告を受けたことがあったから、こういうときに使う、批判の形容詞などお手の物で次々に浮かんでいただろうが、ベリーにはこれが精いっぱいといったところだ。

ベリーは、彼女にもう一度話す機会を与えた。彼女は、フォン・ソチョッキーの証言の直後に再び証言台に立った。ただし、それは「(博士の)信用を貶めるためではない」とベリーは説明した。「ただ彼が言ったことを実際に示すため」だった。しかし、マークレーは彼女の証言にすぐに異議を唱え、裁判長は、明らかに自分の意思には反していたが、この異議を認めた。「この回答は証拠としては認められません」とバックス裁判長は補足するように言った。「証拠に関する現行の規則では、人びとが真実を述べることができないようになってしまっているのです」〔法廷での発言は、基本的に事前に提示したことに限られ、その場で初めて発言したことは認められない。とくにアメリカでは、事前の証拠開示の機会(ディスカバリーと呼ばれる)が司法手続きとして確立されており、相手に不意打ちを与え審議に影響を及ぼす可能性があるため、認めない傾向が強い〕

証人は、もうほんの一握りしかいなかった。キャサリン・ワイリーとフリン博士を含めたとしても。しかも、フリンは金で雇われたUSRC側の証人としてそこにいた。その後、一九二八年四月二七日の午前一一時三〇分、ベリーは、自分の弁論を終えた。いよいよ、その日から続く数日間の休廷のあいだに、米国ラジウム社は、この物語を自分たちの主張に合わせて展開する機会を得ることだろう。女工たちは希望を込めて、そのときがきたら、つまり判決が下ったら、どんな気持ちになるだろうと考えていた。

マークレーは、彼の長身の身体を椅子から一生懸命ずり起こし、立ち上がった。「ふと思ったのですが」と彼は、ジョン・バックスに穏やかに言った。「協議の場をもてば、この審議を短くすることができるかもしれませんね」

記録に残らない意見交換の場がもたれた。そのあと、裁判長の小槌が高らかに鳴り響き、バックスは宣告した。

「この審理は、九月二四日まで延期とします」

九月は、五ヶ月も後だった。五ヶ月。率直に言えば、女工たちには、どんなに見積もっても、そんな時間は残されていなかった。

キャサリン・ショウブは、叫んだ。延期は、「無慈悲で、冷酷な仕打ち」だ。

しかし、法律が絶対だった。九月まではなにも打つ手がなかった。

30

世論とマスコミ

女工たちの心は荒んでいた。グレース・フライヤーは、それまで長い間、すこぶる気丈にしていたが、そんな彼女でさえ、今回ばかりは耐えられなかった。彼女は、「自宅の居間のソファーに身体を投げ出してから、やっと、こらえていた涙を流した」。

彼女の母親は、娘をなだめようとして、鉄の器具で固定された娘の背中をやさしく触って、彼女の薄い皮膚がアザにならないようにした。「グレース」と母は言った。「おまえが笑っていられないなんて、初めてのことだね」

多くの女工たちは、あのとき起こったことを信じられないままだった。会社側の弁護士マークレーは、「この裁判を、残り半日しかないのに続けることは、自分にとっては、無駄に思えます」と言い、そして、あの通り裁判は裁判所のスケジュールに余裕がある時期まで延期された。結果、会社側はおよそ三〇人の専門家を証人として用意する方向で動いていた。その週の『オレンジ・デイリー・クーリエ』紙の連載長編記事の見出しは、「孤立する女工」だったが、まさしく、塗装工の五人全員がそのように感じていた。

しかし、彼らは孤立などしていなかった。彼女たちには、レイモンド・ベリーがいたのだから。彼は、すぐさま延期の決定に抗うべく、フランク・ブラッドナーとハーヴェイ・ムーアという二人の弁護士を見つけてきた。彼らは、五月末に予定されている裁判を抱えていたが、その裁判日程を変えてもいいと考えていた。その結果、女工たちの裁判に参加できるかもしれなかった。バックスもすぐに、この新しいチャンスに賛成したので、ベリーは、この吉報を女工たちに伝えた。

しかしながら、米国ラジウム社がベリーの介入を喜ぶはずもなく、自分たちは五月に裁判を進めることは「不可能」だと言った。彼らが擁する研究者たちは、「海外に数ヶ月間行っており、夏より後でないと戻ってこない」とのことだった。

ベリーは激怒した。「すでにお分かりのこととは思いますが」、彼はマークレーに書き送っている。「かなりひどい仕打ちではありませんか。専門家の皆様方が物見遊山でヨーロッパにいるという理由で、毒物被害者に惨めな暮らしをさせ、みすみす死なせるということですね」

会社側の強硬な態度にもかかわらず、ベリー自身の言葉を借りるなら、ベリーは「今回の裁判で終わらせる気などまったくなかった」。USRCの引き延ばし策には、あからさまな嘲りを――おそらくは、評決が下されるのより前に女工たちに死んでほしいのだと――ありありと感じ、ベリーのほうは、みずからのクライアントの健康状態の衰弱を盾にして、この裁判を戦うことにした。四人の異なる医師に、所見を述べてもらったのだ。「女工たちは、みなさん著しく症状が悪化しています。この五人の女工たちのうち、全員もしくは幾人かが一九二八年九月までに死亡してしまうことも、かなりの確率で起こりうるでしょう」

この作戦が、女工たちにとって、とてつもない影響を及ぼした。ハンフリーズの報告によれば、彼女たちは、たえず、精神的な緊張に晒されていた。しかし、四人の医師に意見を出してもらうことは、なにがしか良い結果を生むとベリーは本能的に確信していた。そして、彼は正しかった。というのも、このような不当なことに直面して、メディアは批判の矢を投げつけたからだ。ベリーがウォルター・リップマンを味方につけたことで、素晴らしいタイミングで『世界《ワールド》』紙にリップマンによる記事が掲載された。「今回の一件は、まちがいなく、これまで衆目を浴びてきた法廷茶番劇のなかで、もっとも忌まわしいものの一つであろう」

リップマンの社説は影響力があり、すぐさま全米に支援の声が湧き起こった。また、ある者は『ニューアーク・イブニング・ニュース』紙に、「開け法廷　先送り　この五人の女性に闘うチャンスを！」と寄稿した。一方、しばしば「アメリカの良心」と呼ばれた社会主義の政治家、ノーマン・トーマスは、次のように高らかに明言してくれた。この事件は、「言葉にできぬくらいに利己的な資本家に都合の良いシステムが、その労働者たちの生命などまったく気にかけることなく、己の利益ばかりを必死に守っている状況をあからさまに示す例」なのだった。

キャサリン・ショウブは半ば信じられない気持ちで語った。「いたるところで、皆が話題にしていました。なぜ、正義は、余命一年もないこの五人の女工たちに与えられないでいるのか。かつて、これほど絶望的なまでに見過ごされてきたのに、いまや世間の注目を引いている事件がほかにあったでしょうか」

そして、大衆の心は釘付けとなった。「世界のあらゆる場所から手紙が湧き出るように押し寄せました」とキャサリンは回想している。

手紙のほとんどは応援するものであったが、なかには違う方向のものもあった。「ラジウムからは、そのようなことの原因になる効果は生じません」とあるラジウム会社の役員は苦情の手紙をクインタに送った。「遺憾ながら、あなたの弁護士や医師たちは、とても無知なのだと思われます」。ひやかし半分の手紙のなかには親切ごかしな調子で攻撃的なものもあった。「お一人一〇〇〇ドル（約一万四〇〇〇ドル）で、あなた方を治して差し上げます」。ある女性は、「科学的入浴」療法を提案し、こう断言した。「もし治らなければ、二〇〇ドル（二七七五ドル）の前金以外はいっさい頂きません。生き残れるか、死か……、早く始めたほうが良いでしょう。というのも、毒があなた方の心臓に達しようとしています。さようなら、お嬢ちゃんたち」

治療に対する提案の手紙がたくさん寄せられた。温めたミルクや火薬から、魔法の言葉やルバーブのジュースまでさまざまにあった。電気毛布の提案もあって、それを売り込んできた製造業者は自分の製品のための商機を見出そうとしていた。「金稼ぎではなく、彼女たちの治療が目的です」と、会社は主張した。「我々の治療法をおこなっていただくことで、宣伝効果も出るでしょうから、その対価は十分にお支払いします」

女工たちは有名人だった。否定のしようもないくらい、本当に有名だった。ベリーは好機をつかむことに長けていたので、すぐさま、この状況に便乗しようとした。新聞社を女工たちとともに法廷に呼ぶ企画を打ち上げて、女工たちもそれに乗った。そうして、一九二八年の五月という月はだらだらと進み、日ごと新聞社からは正義を求める呼びかけがなされ、ベリーは女工たちが世間の表舞台に立ったと確信した。親友同士のクインタとグレースは一緒に写真やインタビュー記事に載った。グレースは綺麗なチェリー柄のブラウスを着て――顎には、もう普段から付けることにした包帯があった。クインタのほうは、襟元にリボンのついた薄い青色のブラウスを着ていた。そして、女工たちは、それぞれ一人一人が、語った。彼女たちは、人生の出来事を語り合った。クインタが病院の診察をどのような経緯で受ける羽目になったか。アルビナの赤ん坊は全員亡くなったこと。エドナの両足は、手の施しようがないほど曲がっているること。彼女たちは、みずからの個性を、この苦難を通じて輝かせていた。そして、人びとは彼女たちに夢中になった。

「私たちの艱難辛苦を美談として新聞に書き立てるのはやめてください」。クインタは不満に頬を膨らませた。「私は、殉教者でも聖人でもありません」。グレースは自分は「まだ生きているし希望も持っています」と述べた。「私は、古代ギリシアのスパルタの戦士のような精神で、運命に立ち向かっているんです」と彼女は明言した。

楽なインタビューなどはなかった。あるジャーナリストが、クインタにモリーの死について質問したとき、彼女はしばらく話を止めて気持ちを落ち着かせなければならなかった。キャサリン・ショウブはとあるインタビューで言った。「私が泣いていても、落ち込んでいるからだとは考えないでください。——腰がとても痛むからなんです。時には、ナイフで脇をえぐられているように思えます」

しかし、悲劇と痛みは、虜になった大衆へアピールするには大事な部分だった。ラジウム中毒は——赤ん坊の死産と身体の異形化をもたらす病気——「彼女たちの女性としての人生を破壊しているように思えた」。人びとは衝撃と悲しみに打たれ、女工たちの存在がずっしりと心に重くのしかかった。

ベリーは、この支援の広がりがどれほど助けとなっているかすぐに実感した。なぜなら、エドワード・マークレーが怒り心頭になったからだった。「個人的には、あなたの態度を好ましく思っていません」と、かのUSRCの弁護士は不機嫌な様子でベリーに手紙を送ってきた。「とりわけ、新聞であなたが言っている悪評についてです。新聞であなたの事件を取り上げるというのは、控えめに言っても、かなり倫理的に問題含みだと思います。私は自信をもって言えますが、最後にはそれにふさわしい報いが世間からくると思います」

ベリーは短く返信をした。「私は驚いております」と彼は無邪気に書いた。「まさか、あなたが倫理の問題を持ち出すとは」

マークレーがメディアについてどう思ったにせよ、彼が仕える会社のほうは、自分たちの立場に沿った筋書きを提示しなければならないと分かっていた。予想通り、USRCはフリン博士の話を持ち出した。彼は、自分の検査によれば、女工たちから「ラジウムが検出されなかった」と発言した。彼女たちの健康問題は神経症に起因するものだと彼は確信していた。このことは、女工たちの職業による疾病に対するよくある反応だった。たいていの場合、まずは女性のヒステリーが原因だとされた。『世界《ワールド》』紙は、フリンにはまったく納得していなかった。リップマンは、フリンの供述は、あの（USRC側の）弁護士の議論を裏付けるように仕組まれていると書いた。「プレッシャーを法廷に与えることは、この新聞の活動の一部ではない。しかし、今回の件は、あまりに卑怯で、不誠実で冷酷だ」

マークレーには、女工たちへの支援の波を止めることはできなかった。コメントを求められ、彼が言えたことは、女工たちが「若いニューアークの弁護士に利用され」ようとしていると彼が感じているということだった。しかし、女工たち自身は、そのようにはまったく感じてはいなかった。彼女たちは、みずから先頭に立って、雇い主を非難し、正義へと導こうとしていた。ついに、世界が彼女たちに耳を傾け始めていた。そして、彼女たちはもう黙り込んだりはしない。

「私が死んだときは」とキャサリン・ショウブは、新聞社に、悲痛な哀れみをこめて語った。「私は、自分の棺にいっぱいの百合をしきつめてほしいんです。でも、私が本当に好きなのはバラなのですが。もし私が二五万ドルを勝ち取ったら、たくさんのバラにできるかもしれないですね」

「同じように、私の知り合いの女工たちの多くは、素直に本音を打ち明けたりはしないんです」。彼女は続けた。「彼女たちは、〔本心ではなくても〕自分たちは大丈夫だと言います。彼女たちが恐れているのは、ボーイフレンドや素敵な時間を失うことです。彼女たちは、自分たちが罹っているのはリウマチではないと分かっているんですよ、なのに、ああ神様、なんてお馬鹿さん、かわいそうな人たち！　彼女たちが恐れているのは、仲間はずれになることなんです」

グレース・フライヤーもまた真実を述べていた。「私は自分が幸せだとは言えません」と彼女は認めた。「けれど、少なくとも私は希望をまったくなくしたわけではありません。私は、残された人生を、できるだけ大事にしようと思っています」。そして、その時が来たら、彼女は自分の遺体を科学のために献体したいと言った。そうすれば医師たちが、治療法を見つけられるかもしれない。そして、他の女工たちが後の世で訴訟に続こうとするかもしれない。「私の身体がもたらすのは、私にとっては、痛みだけです」。グレースは打ち明けた。「だから、もしこの身体を科学に委ねたら、他の誰かにより長い人生や救いをもたらすかもしれない。私にできることはそれぐらいしかありません」。彼女は、決意のこもった微笑みを浮かべた。「私がなぜ献体することにしたか分かっていただけましたか」

ジャーナリストたちは卒倒しかけた。「希望を放棄するという問題ではないのです」。あるリポーターはグレースの約束の後にコメントした。「グレースは希望を持っているのです。みなさんや私が持つような利己的な希望ではなく、人類の向上に貢献するための希望です」

こうした議論の土壌、そして、世間の同情があったので、この裁判の機運は、まちがいなく、女工たちに都合よく動いていた。そして、まさにこの時点で、裁判長バックスが、時効の新しい解釈をベリーのために思いついたのだ。彼の提案によれば、女工たちの骨がラジウムを含んでおり、ラジウムが現在もまだ彼女たちを傷つけているのだから、彼女たちはいまも負傷し続けている。「したがって、この裁判の一秒ごとに、時効を更新する鐘の音が鳴り始めるのです」。見事な解釈であった。

それが、法廷に耐えうる議論なのかどうかはまだ審議が必要であるが、しかし、ベリーが気づいていたように、世間のプレッシャーが追い風となり、法システムはいまやベリーを支援しようとしていた。ラジウム会社の反応がどうであれ、裁判の予定は粛々と進んでいく。一九二八年五月も末に近づいた頃、マウンテン裁判長はベリーに手紙を書いた。「次の火曜日に本訴訟の裁判を設定します。弁護士はそれに従い当日の朝までに間違いなく準備を進めてください」

正義の道に立ちはだかるものは何もなかった。ベリーにとっても、女工たちにとっても。膨らむ世間の支援に後押しされながら、彼女たちはすぐ安泰になるように思われた。

ベリーは自分の事務所にいて、裁判の準備をしていると、電話が鳴った。

「ベリーさん」、秘書のローズが言った。「クラーク判事からお電話です」

31

和解

ウィリアム・クラーク判事は、世間から大きな尊敬を集めている男だった。裕福な家柄に生まれ――上院議員の孫であり、一族の家屋敷は、ピーチクロフト〔一八世紀に建設された歴史ある邸宅と農場。国の歴史的文化財に登録されている〕と呼ばれた――、歳は三七、赤褐色の髪に、灰色の瞳で、鼻が大きかった。彼はまたベリーの昔の上司でもある。かつて、ベリーが法律事務所に勤務していたときのことだ。というのも、クラークも、かつて法律事務所リンダベリー・デピュー&フォークス〔USRCの弁護を担当。ベリーもかつて助手をしていた〕で共同代表をしていた時期があった。

「クラーク判事の事務所へ」と、ベリーの日記に、一九二八年五月二三日の日付で書かれている。「判事と相談。ラジウム事件の件」。彼のかつての上司はベリーに折り入っての提案があった。

「こうしてはどうだろうか……」。クラークは軽く尋ねた。「裁判ではなく、示談交渉にしてみては」

判事は、ベリーだけに相談をしているわけではなかった。五月二九日、クラークはリー社長とUSRCの弁護団と会った。ベリーは呼ばれていなかった。ある新聞記者がこの会合についてベリーに質問すると、彼はこうコメントした。「そうした根回しなど何も知りません。私は示談交渉はまったく考えていません」

彼はその記者に、「以前にも増して（この案件について）最後まで争おうと心に決めている」と公言したが、内心、疑問も持ち始めていた。その疑問とは、自分でも勝てる気がしないとかそういうことではない。なにか評決が出たとして、時間切れになることなく、女工たちに役立てるのかということだ。彼が彼女たちに会うたびに、彼女たちは以前より衰弱しているようだった。たとえば、ハンフリーズは、すでに彼女たちがこれからの裁判に参加することは、「身体的にも精神的にもできない」と彼に伝えていた。普段なら、友人たちに比べてほとんど感情表現が豊かすぎるくらいだったグレース・フライヤーも、いまでは静かで、感情も乏しくなっているようだった。「あえて自分の手はあまり使わないようにしているんです」と彼女は打ち明けた。「傷がついたら怖いから。ほんの小さな傷でもラジウムのせいで、治らないんです」。女工たちの肌の色や表情、そして脱脂綿であちこち手当てされた姿は、さながら箱に大事にしまわれた陶器の人形のようになりつつあった。ベリーは彼女たちに正義を手にしてもらいたいと思っていたが、何より、彼女たちの最期には、居心地良く過ごしてほしいと思っていた。もしかすると、和解案が公正であることを前提として、クラークの提案を熟慮するべきなのかもしれないと、彼は考えた。

ベリーの内心の考えがさらに強まることになったのは、それから一日、二日経って、キャサリン・ショウブが教会で倒れたときだった。「燃え立つ炎の筋が、身体全体に突き刺さるような痛み！」彼女は叫んだ。「もうこんな生活は続けられない。来月は生きていなくていい」

それでベリーは意を決したようだ。女工たちに、和解の申し出が届くかもしれないのに、和解をさせないようにするのは、非人道的に思えた。どんな法律案件も、法廷闘争に何年もかかるだろう。ベリーは自分のファイルのなかの四通の宣誓供述書からよく分かっていた。女工たちの命は九月まで保たないだろう。

五月三〇日、クラーク判事は非公式の仲介者として報道された。それは法曹界に少なからぬ批判を巻き起こす行動であった。というのも、判事が介入しているのは、彼の管轄外の案件についてなのだ。しかしながら、クラークはそんな外野の批判に憤慨した。「私が連邦政府の判事だからといって」、彼は、言葉巧みに尋ねた、「私が感情を持ってはいけないという意味になるのかね」。彼曰く、彼の動機は、ひとえに人道主義的な立場からだった。

その次の日、USRCは役員会議を開き、和解のなかでどんな案が出てくる可能性があるか議論した。副社長のバーカーがついに明言した。「取締役員一同、公正にことを進めてもらいたいと思っている」と。しかしながら、彼は付け加えた。「我々は断固として法的責任を否定します」

会社には、和解を欲する十分な理由があった。〔会社側からすれば〕「周到に練られた広告戦略」（つまり、皮肉な意味合いはまったくなしで「死ぬ運命にある女工たちの人間的な魅力が、世間にアピールするかたちで大きな話題となった」）のせいで、女工たちの案件への支援の渦が圧倒的な勢いになっていた。この有名な案件を示談でまとめることにより、裁判と会社に対する悪い評判を消し去ることができるだけでなく、会社側の弁護士が「いつ」法廷闘争に持ち込むかを選べることも意味していた。必然的に、これから先、ほかの文字盤塗装工たちからも訴訟が起こるだろうが、会社の確固たる予想では、もう二、三年以内には、もっと簡単な話になっているだろうし、その頃には、グレース・フライヤーとその仲間たちは、もはや和解の書類などにこだわったりしないだろう。和解は会社側にはもってこいの話だった。

USRCは事態が速く進んで好都合だと考えたので、ベリーと会社側の弁護団との話し合いが、翌六月一日金曜日の四時に判事の執務室でおこなわれた。二時間後、クラークは、外で待ち構えている新聞社に、短い声明を発表し、足早に夕方の列車に間に合うように立ち去った。「はっきりとした報告は今はありませんが、この問題が必ず月曜日の会合で和解すると申し上げておきます」

だれもが喜んでいるようだった。だれもかれも、女工たち以外は。彼女たちは感激はしなかった。ある新聞の見出しは、**「ラジウム犠牲者　金銭賠償を拒否　裁判の継続を希望　示談会合は終了」**と書き立てた。会社側は彼女たちに、一人につき一万ドル（現在の一三八万六〇六ドル）を和解金として提示したが、女工たちの医療費と訴訟費用の総額を、提示された額の合計から差し引けば、残りは、微々たるものだった。

「最初に出てきた額なんかに飛びつくもんですか」とグレースは激しく叫んだ。クインタ・マクドナルドは静かに言った。「こんなふうに被害を受けたからといって、彼らを痛い目に遭わせようなんていうつもりはないんです。ただ、私には子供が二人います。私がいなくなった後も子供たちが不自由なく暮らせるようにしておかなければなりません」

「だめです」。女工たちは、こう告げた。「私たちは同意しません」。グレースは、これまで通り、法廷闘争の先頭に立っているようだった。彼女は「絶対に会社側の提案を受けることを拒否する」と断言していた。代わりに、女工たちとの話し合いの結果、ベリーは別の条件をUSRCに突きつけた。それは、女性一人につき、一万五〇〇〇ドル（現在の二〇万八〇〇〇ドル）を現金一括払い、生存中は年額六〇〇ドル（現在の八三一六ドル）を年払いで支給、これまでとこれからの医療費、そして、すべての裁判費用をUSRCが負担すること、というものだった。会社は週末を割いて、それを検討したようだ。

六月四日の月曜日は、まさしく慌ただしい一日となった。午前一〇時には、交渉が再開し、外には世界中の新聞社が陣取っていた。四五分が経過し、弁護士たちがクラークの執務室を退室するときには、彼らはマスメディアを避けるために、裏口の階段を使う羽目になった。

彼らは公式の文書を書き上げるために帰っていった。その日の午後、ベリーは五人の勇敢な女工たちを自分の事務所に召喚した。彼女たちはその場にふさわしい服装をしていた。みな、かっこいい釣り鐘型の帽子をかぶり、グレースは肩にフォックスの毛皮をまとっていた。アルビナさえも、このもっとも特別な会合にはなんとか出席した。彼女はこの一ヶ月ほとんどベッドから出ていなかった。しかし、どんな服装よりも素晴らしく、どんな宝石よりも輝いているのは、彼女たちの顔を彩る微笑みだった。なぜなら、彼女たちはついに終わらせたのだ。艱難辛苦を乗り越えて、とてつもなく辛い戦いをして――それも、想像を絶するほど弱った体調で戦い、それにもかかわらず、彼女たちは会社に責任をとらせたのだ。

彼女たちは、ベリーと三時間にわたって話をし、その間、女工たちは和解文書に署名をした。会社は、最終合意額を一括で一万ドルに抑えたが、あとのすべての条件に合意した。とてつもなく大きな成果だった。

メディアのカメラからの閃光が放たれ、女工たちは、ポーズをとって、写真にその姿が収められた。クインタ、エドナ、アルビナ、キャサリン、そしてグレース。彼女たちは全員で一列に並び立った。ドリーム・チームだ。まさしく、「微笑みの女性クラブ」。しかも、その日は、悲しげな笑みではなく、義歯も入って揃った歯並びで、にっこりしている。純粋な喜びにあふれ、それに相応しい凛とした誇りが滲んでいた。

和解に関する正式な声明は、クラーク判事自身から、午後七時に出た。それまでに、おそらく三〇〇人くらいの群衆が集まっていた。「エレベーターに続くすべての廊下や通路は大混雑していた」。クラークは、なんとか群衆のなかをかいくぐり、そのニュースを伝えるのに良さそうな、見通しの利く場所に立った。彼は喉払いをして、周りに静粛を求めると、その場はゆっくりと静まり始め、カメラの閃光が時折光り、ノートの上をペンが走るときの紙の音しかしなくなった。記者全員の注目が彼に集まると、すぐに判事はこの取引の条件をきっちりと読み上げた。「そうだ、もしお望みならば」、彼はニヤニヤしながら付け加えた。「判事はいい仕事をした、と書いてもいいですよ」

この和解の内容には、会社側に責任はないと明記されていた。マークレーは意図的に付け加えたのだった。「(会社が)怠慢だったわけではなく、原告の主張は、十分な根拠があったにせよ、時効によって無効になった。我々の見解では、(USRCの法的)立場に非はない」一方で、企業として、声明を発表し、和解に応じた理由は純粋に「人道主義的」なものであると発表した。その声明は、次のように終わっていた。「(USRCは、)あの女工たちに施されるであろう治療によって、快方に向かうことを祈っている」

そして、その和解文書のなかには、決定的に重要な部分がそっと織り込まれていた。会社の強い主張によって、三人の医師による委員会を結成し、女工たちを定期的に診察することになった。一人は、女工たちが、一人は会社が、もう一人は相互の了解によって任命する医師とする。「もし、この委員会のうち二名の医師が、女工たちはもうラジウム(中毒)に罹患していないという見解に達した場合は」とベリーはメモに残している。「支払いは停止される」

明らかに、会社の役員たちの策略だった。彼らは、それをベリーから隠そうともしていなかった。「私は十分に確信しております」とベリーはメモに書いている。「これは、会社が意図して、可能ならば、彼らが支払いを中断できるような状況を作り出そうとしているのです」

和解文書は、ベリーにとっては極端にしっくりこない内容になっていた。とりわけ、彼のかつての上司を「とても崇高な男」と思っていたのに、最近聞いた噂では、クラークは、(USRCの)役員の一部と親しいらしい。さらに悪いことに、クラークは「(USRCの)利益を握る(某会社の)役員であり、同窓生でもある幾人かと、間接的であれビジネス関係にあるらしい」うえに、ベリーが調べたところ、クラークは「現に、あるいは、かつて、それもごく最近まで、USRCの株主」だったのだ。

ベリーは戦慄を覚えながら言った。「この状況にたいへんな恐怖を感じています」

ニューアークにあるエセックス郡の裁判所庁舎において、丹念に描かれた壁画が四つの理念に捧げられている。慈悲、正義、平和……そして権力。ベリーは静かに考えた。この事件の場合、最後の言葉は、残酷な意味合いで当てはまるようだ。

クラーク自身も、女工たちに手紙を書いた。「皆様におかれては、さぞご心痛のことと拝察いたします。皆さんのご病気へのなんらかの治療法が見つかりますように心よりお祈り申し上げます」。そして、当の女工たちにしてみれば、その日が終わる頃には、この和解にすっかり満足していた。天にも昇らんばかりだったろう。なぜなら、彼女たちは、この日に生きて立ち会えるなんて思ってもみなかったのだから。

「私はお金がもらえて嬉しいです」とアルビナは笑顔で言った。「もう私の夫が一生懸命働こうとしなくても済むのですから」。彼女の妹のクインタは付け加えた。「この和解は大きな意味をもつでしょう。私にとってだけでなく、私の幼い二人の子供と夫にとっても」。彼女は手紙に綴っている。「私がこれまで経験してきた苦難の後ですから、私はゆっくりと静養したいと思います。子供と夫と一緒に、海辺の保養地にでも行きたいです」。彼女は、「この条件に不満がある」とはっきりと意識していたが、こう言うのだった。「私は法廷の心配事から解放されて嬉しいですし、お金をすぐに受け取れると思うとありがたい話だと思うのです」

「弁護士のベリーさんは、素晴らしい仕事をしてくださったと思います」。エドナは、感謝を込めて興奮気味に言った。「私は和解ができて嬉しいです。私たちはそれほど長くは待つことができなかったかもしれないのですから。自分たちの希望をいま実現することがいかに貴重かを感じているので、この和解は、私たちにとって意味あるものになります」

キャサリンは、一言。「神様が私の祈りを聞いてくださいました」

実際のところ、グレースだけが、黙りこくるような反応を示した。彼女は「とても嬉しい」と言った。「もっと頂きたい気持ちですが、今回の和解を嬉しく思っています。いろいろな意味で役に立ちそうです。それによって、精神的な苦悩も緩和されそうです」。ただ、彼女は、最初に裁判を起こした自分たちの勇気や、彼女たちが公の場で達成したことについて、こう付け加えた。「私が気にしているのは、私自身のことではありません。いま考えているのは……」。彼女は言った。「今回の件が先例になりそうな、ほかの何百人もの多くの女工たちのことです」

「お分かりでしょうか。まだ分からないだけで、私たちと同じような方が、もっとたくさんいるのではないでしょうか……」

32

イリノイ州オタワ
一九二八年六月

新聞広告

ニュージャージー州での和解は、国際的なニュースになり、『オタワ・デイリー・タイムズ』紙の一面を飾った。**「さらなる死者　ラジウム塗装工場　弔鐘は一七回も！」**と新聞は騒ぎ立てた。**「急増する弔鐘　ラジウム中毒被害者」**

ラジウム・ダイヤル工房の女工たちは静かだった。それは、なにも心配がないからではない。たとえば、エラ・クルーズは昨夏亡くなったし、以前働いていたもののうちの何人もが体調を崩していた。メアリー・ダフィー・ロビンソン、イネス・コーコラン・ヴァレット。オタワの新聞を、女工たちは日ごと増していく不安を抱えながら熟読したが、その新聞によれば、ラジウム中毒の最初の症状は、歯茎と歯が崩れることだ。ペグ・ルーニーは、昨年からの歯の抜け落ちがまだ治っておらず、胃にも不調があった。

「女工たちの気持ちは荒れていました」とキャサリン・ウルフは回想した。「作業場でのミーティングがありましたが、ほとんど暴動のようなものになってしまいました。薄ら寒い恐怖に駆られて、とても気分が暗くなり、仕事が手に付きませんでした。差し迫った運命について話をすることもできませんでした」

工房は静まり返って、沈黙が支配する場所になった。女工たちは仕事の手を弛める。彼女たちの手はもはや、猛烈なスピードで筆を動かすこともしない。彼女たちが仕事に手が付かなければ生産が落ち込むので、ラジウム・ダイヤル社は対応策をとり、医療検査を実施するために専門家を招聘した。

マリー・ベッカー・ロシターは、ビーズのようなつぶらな瞳で事態の進行をじっと見つめていた。彼女の手記によれば「会社は女工たちを二つに分けた。女工のうち何人かを上の階に連れて行き、他の女工たちから遠ざけた。会社はどちらのグループにも検査をしたが、別々におこなった」。女性たちは、なぜなのか分からなかった。会社がかつて、一九二五年に実施した他の検査と関係があるのだろうか。いや、あの検査の結果は、女工たちに開示されることはなかったので、彼女たちもなにも知らなかった。

グループに分けられて、女工たちは恐る恐る医師の診察を受けに行った。その医者たちは、女工たちを検査し、呼気が放射線を帯びているかを確認した。そのとき使った検査方法は、ニューアークの医師たちが考案したもので、エックス線と血液検査もおこなった。

キャサリン・ウルフは検査を受けた。それから、ペグ・ルーニーとマリー・ロシターも。ヘレン・ムンクは、結婚で会社をちょうど退職するところだったのだが、彼女もまた検査を受けるために検査機に息を吹きかけた。女工たちは、会社から最優先であなたたちの面倒をみるよと励まされ、自分たちの机に戻り、その結果を待った。願わくば、その結果で、自分たちの気持ちを落ち着かせたい。

しかし、結果はまったく出てこなかった。「あの検査の結果を求めると」キャサリンは回想した。「今回の情報は、私には知らされることはないと言われたのです」

彼女とマリーはこのことについて相談した。自分たちには、知る権利がないのか。マリーは、いつも毅然とした態度なので、諦めて取り下げるべきではないと決意した。恐怖と憤りでいっぱいになりながら、彼女とキャサリンは、リード氏に直接掛け合った。

彼女たちのマネージャーは、自分の眼鏡をぎこちない手つきで掛け直して、両手を広げて受け止めるようなポーズをした。「おやおや、お嬢さんたち、どうしたのかな」。彼は、彼女たちの父親のように言った。「お嬢さん方、もし君たちに診断結果を伝えたら、ここで暴動が起こることでしょうよ」。彼は、冗談で話をそらしているつもりだったのだろう。

この態度で、女工たちの気持ちがほぐれることなどまったくなかった。キャサリンが後に言ったところによると、「私たちの誰一人として、そのときの彼の魂胆を分かっていませんでした」。リード氏は、彼女たちが不安がっているのを見て、こう続けた。「ラジウム中毒なんてものはあるはずがない」。彼は自分の主張を強調した。「ラジウム中毒にまつわる出来事なんて、存在しないよ」

「働いている人たちは危険ですよね」。マリーが問い詰めた。

「なにも心配することはないよ」。リード氏は繰り返した。「安全だよ」

しかしながら、女工たちは新聞を毎日読み漁ることを続け、恐ろしい話を見つけては、我が身に恐怖の杭を打ち込まれる気持ちになった。

そしてそれから、ニュージャージーの女工たちの和解声明から三日後のこと、工房のなかは緊張感で張り詰めていた。地元新聞に三ページにわたって掲載された大きな記事は、彼女たちの管理責任者リードの発言を完全に裏づけるものだった。女工たちは皆であれこれ言い合いながら、ラジウムでいまも被害を受け続けている身を寄せ合って、記事を読んだ。

その記事には、ラジウム・ダイヤル社の全面広告が掲載されており、その内容から、女工たちは、この前の検査の結果を知るに至った。「私どもラジウム・ダイヤル社は、しばしば間隔を空けながら、医療検査を実施してきました。……いわゆる『ラジウム』中毒の状態と兆候に関して経験をもった技術専門員によりなされたものです」とその広告には書いてあった。「こうした〔ラジウム中毒のような〕状態や兆候は、それに近いものも含めて観察されませんでした」

神様、ありがとうございます。結果は問題なかった。私たちは死にかけているわけではないんですね。そして、彼女たちをさらに元気づけることが、その広告には書いてある。「もし医療レポートが望ましいものではなかった場合、あるいは、これから先でも、会社は、なにかの労働環境が、私たちの従業員の健康を危険に晒しているという確信に至った場合には、すぐさま操業を中止することと致します。（私たちの）従業員の健康は、（会社の）役員の心のなかで、一番の優先事項であることに変わりはありません」。その広告は、次のように続いている。

（ラジウム）中毒に関するレポートを幅広い見地から検討し……重要な事実にご注意いただく時期かと思います。まだニュース等では時々言及されるに留まっていますが……東部から報告されている、いわゆる「ラジウム」中毒の悲惨な事例はすべて、メソトリウムから製造した蛍光塗料を用いた事業所で発生しています。……ラジウム・ダイヤル社は純粋なラジウムのみ（を使用しています）。

これがあったから、リード氏は「ラジウム中毒なんてものは存在しないよ」と言ったのだ。女工たちは今になって分かった。そういうわけで、ラジウムは安全だとされたのだ。東部の女工たちに被害を与えているのは、ラジウムではなく、メソトリウムなのだ、と。

ラジウム・ダイヤル社は、その主張に証拠を添えるべく、「専門家」フレデリック・ホフマン博士の論文を引用した。彼は、メソトリウムにこそ原因があるのだという持論を広め続けていた。彼のその持論には、マートランド博士が異議を唱え、フォン・ソチョッキーも考えを変えた。そしてレイモンド・ベリーが、メディアでのホフマンの発言を目にして、次のような疑問の手紙を送った。「この検査結果は、（ニュージャージーの）女工たちに影響しているのは、メソトリウムではなくラジウムだと示している」。しかし、ホフマンは、自分の説に関する、こうした反対意見はすべて無視してしまったようだ。

一方、オタワでは、リード氏が堂々と、会社の声明を載せた貼り紙を印刷し、それらを作業場に貼り出して、意図的に女工たちの注目をその掲示に集めようとした。「彼は、あの広告をよく読むように言っていました」とキャサリンは回想した。

そして、彼は女工たちを励まし続けた。「ラジウムは君たちの頬をバラ色に血色よくさせるんだ」と彼はマリーににやりとしながら話した。それから、マルグリット・グラチンスキのほうを向いて、元気にこう言った。「ラジウムは君たち女工さんをベッピンさんにするよ！」

女工たちは、新聞を読み続けた。しかし、目にしたのは、そうした〔会社にとって都合の〕良いニュースばかりだった。会社は、広告を数日間にわたって再掲載したし、新聞は、地域の雇用主を擁護する社説を書き、この会社が従業員の健康を「常に気にかけて」いると書いた。町全体が幸福感に包まれていた。「ラジウム・ダイヤル社」は、オタワを代表する産業の一つとして報道された。本来であれば、廃業の憂き目をみていただろうに、こうした宣伝工作が功を奏して、倒産の危機感など微塵もなかった。

こうしたことによって、女工たちは仕事に戻り、彼女たちのパニックは沈静した。「彼女たちはちゃんと仕事をし、言われたことをしました」とマリーの親戚は言った。「そして、それで話はおしまいになりました。彼女たちは（それ以降）二度と疑問を持つことはなかったんです」

「女工たちは」、当時の地元住民のある人は言った、「『まじめなカトリック教徒の女性』だったので、権威に異議申し立てなどしないよう育ったんです」。では、異議申し立てをするべき相手はいたのだろうか。検査結果は良好、塗料には、死神印のメソトリウムも入っていない。単純な事実がならんでいた。紙に印刷され、掲示板の上にピンで貼られて。誰の目にも明らかなことなのだ。泰然と広がるイリノイの朝の空に、太陽が茜さすのと同じように。工房の活気のなかで、昔ながらの定番作業が引き続き繰り返された。リップ……ディップ……。

ある一家族だけが、どうやら、会社に納得していなかったようだ。

あの広告が掲載された次の日、エラ・クルーズの家族は、ラジウム・ダイヤル社に対する訴訟を正式に申し立てた。

33

ニュージャージー州オレンジ
一九二八年、夏

和解の先に待っていた運命

元職場を相手に勝訴したニュージャージーの五人の文字盤塗装工たちにとって、いまや人生は甘美なものとなった。賠償金のなかから、キャサリンは父のウィリアムに、二〇〇〇ドル（現在の二万七七〇〇ドル）を借金返済のために渡した。「これ以上の幸せなんてありませんね。周りの人びとを幸せにして自分まで幸せになるのですから」と彼女は語った。「おかげで、父が心配事から解放されるのを見ることができて、本当に嬉しくなりました」

自分でも、「舞踏会でお姫様になったシンデレラ」のように生きようとしていた。才能の芽が出始めた作家がタイプライターを買うのと同じように、奮発して衣類を揃えた。シルクのドレス何枚かと肌着。「私は、ずっと欲しかったコートを買いました」。彼女は興奮気味に言った。「それに合う茶色いフェルト帽も」

エドナは、ずっと音楽が好きだったので、ピアノとラジオにお金を使った。女工たちの多くは自動車を買ったので、出かけるのが楽になった。とはいえ、女工たちは経済的な面でもしっかりしていたので、建物や債権にも投資した。

「(もらったお金の)一セントも、この家には入れていません」とグレースは記者に明かした。「私にとっては、お金というものは贅沢を意味するものではないのです。安全安心を意味しているのです。この一万ドルは堅実な投資に使いました」

「何のためにですか」とそのジャーナリストは尋ねた。

グレースは謎めいた笑みを浮かべてから答えた。「未来のためです!」

そして、この賠償金以外にも、彼女たちの気持ちを明るくするものはほかにもあった。というのも、彼女たちが相談した医師たちの多くが、いまや希望を与えてくれた。フォン・ソチョッキーは明言した。「私の考えでは、女工たちは、彼女たちが思い込んでいるよりも、ずいぶんと長く生きるでしょう」。これまでのところ、女工たちは、モリー・マッジャとマルグリット・カーロフの死を経験した。それでも、マートランドは、数年のあいだ、一人も死亡者はいなかったことに注目して、こう結論付けた。「二件の文字盤塗装工の症例には、初期型と後期型〔現在の医療で放射線障害の急性と晩発性と呼ばれるものに相当すると思われる〕が存在する。この初期型の症例の特徴は、貧血による虚脱症状と顎の壊死であり……後期型の症例には、そうした虚脱や顎への影響はない(もしくは、そこから回復した)のです」。マートランドが考えるに、メソトリウムが減衰する速さが、両者の違いの要因になっていた。つまり、七年ものあいだ、女工たちは獰猛な攻撃の的になっていたのだが、メソトリウムが半減期に入ると、女工たちへの攻撃の手を緩めたのだ。彼女たちの中毒症状は、逆巻く高潮のごとく襲ってきたが、女工たちは必死に避難場所を求めていったので、海水が退き始めたかのようになった。彼女たちの骨を今なお攻撃してボロボロにしてはいたものの、かの悪名高きラジウムは、メソトリウムほどには急襲型ではなかった。マートランドは、その時になって、こう仮定していた。「後期型の症例では、初期の症状さえ乗り切れば、みなラジウム中毒を克服するチャンスがかなりあるのではないか」。たとえ、体内にじわじわと浸みこんできたラジウムのせいで、骨が虫食いの穴だらけのようになっていたとしても。「私の考えでは、私たちが現在診察を続けている女工さんたちには、恒常的な障がいを抱えてしまうにせよ、病を撃退する可能性が少なからずあります」

そうした見立ては、どこか空々しく聞こえたが、女工たちは、それによって、何にもまして大切なものが与えられた。時間、だ。「誰かが私たちの治療法を見つけてくれるかもしれません。ギリギリの土壇場で」とグレースは明るく言った。

ほとんどの女工たちは、その夏のあいだに遠出した。アルビナとジェームズの夫妻は、「一生の夢」へ出発した。カナダへの自動車旅行だ。ルイス・ハスマンは妻であるエドナを連れて「長期の悠々自適の旅」へと出かけた。エドナはベリー宛てに手紙を送り「湖を臨むコテージで、美しい景色を楽しんでいます」と書いた。一方、クインタとジェームズ・マクドナルドはアズベリー・パーク〔ニュージャージー州の海沿いの観光地〕へ何度か短い旅行には出かけたものの、浮かれてはいなかった。なぜならクインタはこの賠償金を、彼女の身になにがあってもいいように、とにかく彼女の子供たちの世話のために使いたいと思っていたからだ。

どんな夏を過ごしたにせよ、女工たちは心安らかになることができた。救済策が、似たように苦しんでいるほかの女工たちのもとに届きはじめようとしていた。裁判によって彼女たちは非常に大きな注目を浴びることになって、ラジウム中毒に関する全国会議がその年の暮れに開催されることになった。加えて、労働統計局の調査官スウェン・ケアが、ラジウム中毒に対して詳細で大規模な連邦レベルでの研究に取り組もうとしていた。「間違いなく、これは職業による病であり、再調査を実施するべきである」と、ケアの上司であるエセルバート・スチュアートは発言した。なぜ企業のなかには、ほかの方式が開発されているのに、いまだ筆先を使う旧式の方法を続けているところがあるのかと彼は質問され、言うべき指摘を逃さずに言った。「おそらく新式の方法では、業者が莫大な利益を出すためには、作業が遅くなりすぎるのでしょう」

キャサリン・ショウブは、夏中、ニューアークから離れて「本当の田舎暮らし」を体験して、とても気分が良くなったので、その年の夏が「光輝いて」いたと表現した。「今まで経験したことがないような休暇」だった。彼女は夢見心地で手紙に書いている。「太陽の下でポーチに座って、森の木々と丘の広大な連なりを眺めるのが大好きでした」

休暇中にポーチに座りながら、彼女はベリーに手紙を書いて、彼がこれまでしてくれたことへ感謝を述べた。「人道主義の点で言えば、あなたのような方をほかに見つけるのは難しいでしょう。お礼をしてもしきれないくらいです。……この結果は、とてつもない成功であり、実際私は戸惑ってしまうくらいです」。そしてまた、ほかの女工たちがしたのと同じように、ただ率直にこう書き添えた。「あなたの偉大なるご尽力により、すべて幸福な結末がもたらされたことに、心からの感謝の念を表したいと思います」

幸福な結末……そうであってほしい。舞台裏のベリーがもっとも心配していたのが、キャサリンの「幸福な結末」がおとぎ話のように虚構ではないかということだった。「問題は、決して、終わっていないと思っています」。彼はある同僚に手紙を書いた。「本当の戦いは、先延ばしにされただけなのです」

この和解に続いて、USRCはすぐさま、「いわゆるラジウム中毒」と仮に呼ばれている何かについて、被害を最小限にする防護体制をすっかり整えた。会社側は、いまだになんらかの危険因子が存在することを否定し、どうやら、女工たちの診察のために指名された医師団はすぐに、五人全員に健康証明書を出すだろうと自信を持っているようだった。会社は時間を無駄にすることなく、そうした証明書を難なく出してくれそうな二人の医師を選任した。一人は、ジェームズ・ユイング、ラジウム医薬の専門家で、かつてマートランドに異議を唱えたことがあった。ベリーの友人である医師の一人が警告するには「彼は、注意深く用心するべき人物」だった。もう一人、双方が任命を希望したのが、ロイド・クレイヴァーだった。両者とも、「ラジウム治療の認定を受けている」病院で専門医として登録されていた。だから、ベリーは、彼らを排除することは不可能だと悟った。女工たちが指名した医者は、エドワード・クランバーになった。マートランドはこう記している。「被害はもう出そろっているのだから、あとはベリーがそれを最大限に活用する番だ」

一九二八年の秋、女工たちは、第一回目の医師団による診察のために、ニューヨークの病院に召集された。医者たちのうち、二名がラジウムの存在を否定していたのだから、その二人が、被害者の女工たちを目の前にして、その胸中たるや、果たしてどのようなものだったのか。キャサリンは「明らかに足が不自由で腰が曲がっていた」し、グレースは「彼女の左肘に可動の制限があり」、そして彼女の顎の骨は口のなかで「露出して」いた。クインタはギプスをはめていた。エドナの両足は、交差したまま固まっていた。それでも、女工たちは服を脱いで、触れたり器具での処置を伴うような屈辱的な検査を受けた。しかも、それを彼女たちにとっては初対面の医師たちが実施した。おそらく、アルビナの状態こそが、一番医者たちを震撼させた。クランバーは後にこう語った。「ラリーチェさんには、両方の股関節に可動の制限が認められましたので、その結果、クレイヴァー博士が膣検査をすることができませんでした」

医師たちは呼気検査を実施した。医師たちのうち二人は、それによって会社が無罪放免になると思っていたのだ。しかし、ユイングが後に書いているように、その結果は「かなり驚いたことに、陽性だった」。この結果を、女工たちが真実を言っていることの証拠としないで、彼は次のように続けている。「患者によるなんらかの詐病ではないかという疑いが生じる。この検査を絶対的に信頼できるように、彼女たちをホテルかどこか、患者たちが服をすべて脱げる場所に連れて行く必要があるだろうと我々は考えている」。また同じことをすべて経験しなければならないなんて。

一一月には、五人の女工たちは、ホテル・マルセイユにさらなる検査のために出向いた。今回は、委員会からはクレイヴァーだけが出席した。しかし、彼は、中心人物とは言えなかった。かわりに、シュルント博士が——彼は、四月の会社側の呼気検査では、女工たちからは放射線は検出されなかったと断言した、あの副社長のバーカーの「親しい友人」である——責任者となった。バーカー自身もまた「補佐役として」その場におり、さらに現れた医師のG・ファイラ博士も参加した。

女工たちはすぐに、公明正大な検査ではないことを察したが、それを止めさせるために、どんな手立てがあったというのだろう。彼女たちが医療処置に同意することが、今回の和解に含まれていた。だからこそ、彼女たちは指示の通りに裸になることを強いられ、会社側の男性たちが終始視線をじっと向けるなかで、検査を受けた。

けれども、会場のホテルから解放された瞬間、グレース・フライヤーは、ベリーに電話した。彼女は、いろいろな意味で、いつも、これまでもずっと、このグループの要であり、リーダーだった。その彼女が、いま、彼女たちの一致した抗議の意をベリーに伝えた。

彼女たちの弁護士は激怒した。彼はすぐにUSRCへ手紙を書いた。あのホテルでの状況には「多大なる疑問」があり、またバーカー氏とシュルント氏の同席により、和解合意違反が生じているとベリーは確信していた。というのも、委員会による検査は、中立的なものであるべきとされていたからだ。しかし、結局は、ファイラ博士はきっぱりと、こう断言するに至った。「五名の患者さんは、全員、放射線が検出されました」

それは、会社側にとっては紛れもなく決定的な一撃となった。というのも、毎日のように彼らは新たな訴訟を起こされていた。だから、会社としては、次の答弁に備えて、いまや世間に広く知られている文字盤塗装工たちは、放射線と関係がないと見せたいと思っていた。ベリーのほうも、新規の訴訟のうちの一つを担当して、メイ・カバリー・キャンフィールドのために動いていた。彼女は、キャサリン・ショウブの指導係だった塗装工だった。他の女工たちと同様に、メイの歯はすべて無くなっており、歯茎も感染症に蝕まれていたから、彼女の顎も「おかしなことになって、内側から叩かれているみたい」になっており、右半身が断続的に麻痺状態に陥っていた。

ベリーは、その新たな戦いに幾分かは勝利を収めたと言える。メイの案件の裁判長が、フリン博士は会社主催のメイの検査を実施してはいけない、つまり、本当の医師だけが検査をおこなえると宣言したからだ。ただ、それは小さな勝利だった。ベリーがフリンについてどれだけ訴えても、何の実も結ばなかったのだから。追求行為が十分ではなかったせいで、フリンが自由に言論活動をおこなう余地が残ってしまった。フリンは、次なる手段として、女工たちの「不適切な食事」のせいで、「ラジウムが体内に蓄積しやすくなってしまった」と主張した。

フォン・ソチョッキーによる食事がどんなものだったのか、ましてや不適切だったかどうかなど、誰にも分かりようがなかった。彼は、その年の一一月に、〔これまでの研究作業により被爆していたので〕自分の体内でのラジウムとの戦いに負けて亡くなっている。マートランドは、この医師に餞の言葉を贈った。「彼の有益な救済と提案がなければ、我々の調査は多大なる困難を極めていたことだろう」。たしかにそれは本当だった。というのも、フォン・ソチョッキーがテストを考案して助けてくれなければ、ラジウム中毒は、医学的には証明されていなかったかもしれない。もちろん、そもそもが、フォン・ソチョッキーの蛍光塗料の発明がなければ、女工たちは、まったく違った人生を送っていたに違いないが……。

女工たちは、法廷でのフォン・ソチョッキーの裏切りの場面を忘れることはできなかった。もしかしたら、彼の死には、いわゆるシャーデンフロイデ〔ドイツ語。他人の不幸は蜜の味、の意〕があったかもしれない。ある新聞は、ラジウム塗料のことを、「まさしく試験管のなかのフランケンシュタイン、みずからの創造主に反抗す」と書いた。マートランドは、この記事での追悼コメントをこう締めくくった。

「彼の最期は恐ろしいものでした」

フォン・ソチョッキーの死が意味するのは、〔一九二八年の一一月に死去したので、〕彼はその年の一二月の全国ラジウム会議に出席していないということだ。キーパーソンは全員勢揃いだった。ハミルトン、ワイリー、マートランド、ハンフリーズ、ローチ、エセルバート・スチュアート、フリン、そして、ラジウム社の役員たち。

文字盤塗装工は、だれも招待されなかった。

それは、あくまで自主的な集まりであり、業界がある程度、主導権を取り戻そうとして企画された。公衆衛生局長官が議長を務め、「ここで提示されることは、単なる提案であって、警察法規上のいかなる強制力もない」。つまりは、ワイリーの上司が後に口にしたように、「アリバイ工作」だった。

議題は、しっかりと討論されはした。労働局長官のスチュアートは、ラジウム業界に対して情熱的な演説をした。「蛍光腕時計は完全に一時のはやりでしかありません。大して役にも立たないものを、それも、どんなに手を尽くしても、深刻な危険がある。そんなもので発展していきたいですか？　みなさんは、まちがいなく、そんなことは割に合わないと同意してくださることでしょう」

が、業界各社は、同意しなかった。ある社によれば、自社のビジネスの八五パーセントが蛍光文字盤によるものだった。放棄するにはあまりにも儲かる商売だった。経営者たちは口々に、世間の注目を浴びるのがニュージャージーの件だけならば、全国的な問題にはならない、と言い募った。フリンは、ウォーターベリーの女工たちのことについてはずっと沈黙を守ったままだったので、スチュアートが即座に提示できたのは、たった一つだけ、正式にはUSRCの社外で記録された案件だけだった。それは、イリノイ州のエラ・クルーズの訴訟で証明されたものだった。がしかし、彼女の訴えは、まだ疑義の段階で、証明が成立したものではなかった。ある集団に特有の問題であるという証拠がないということは、女工たちの支援者も力及ばず、いかなる提案も通らないということを意味していた。たとえ、それが、ワイリーの上司によって、「業界ぐるみの冷血な殺人」と呼ばれるようなものだったとしても。

その会議では、ラジウム中毒が存在することや、ラジウムが危険だということすら確認されなかった。ただ、さらなる調査が、二つの委員会を通じて実施されるべきだということだけが同意された。しかし、この二つの委員会が開かれたという記録はどこにもない。ニュージャージーの女工たちの話が、過去のニュースとなるにつれ、もはや誰も文字盤塗装工たちの原因について争おうとはしなかった。「米国ラジウム社は、ゲームに興じているだけだ」と、ベリーは憤懣やるかたなく手紙を書いている。そして、たしかに、ラジウム会社たちがゲームに勝ちつつあるようだった。

全国ラジウム会議には、言及する価値のある出席者がほかに二人いた。ラジウム・ダイヤル社のジョゼフ・ケリーとルーファス・フォーダイス――先日の『オタワ・プレス』紙の全面広告に掲載された会社の声明文に、名前を連ねていた。彼らは、ただずっと黙って聴いているだけで、議論に入って来る気配はなかった。ある専門家が「私が、現在、腕時計製造に携わる方すべてに申し上げたい助言は、筆を使うのはやめて、別の方法で塗るのが良いということです」と言うのを、二人はじっと聴いていた。ニュージャージーの女工たちの死亡や障害が議論されるのも、二人はじっと聴いていた。彼らはずっと聴いていた。その業界がこぞって、殺人の罪から何事もなかったかのように逃れようとする様を。

そうして、彼らは家路についた。

34

イリノイ州オタワ
一九二九年

続くラジウム被害

一九二九年二月二六日、労働局から派遣されたラジウム中毒専門調査官スウェン・ケアは、オタワの小さな町にあるラサール郡裁判所へと一路向かっていた。彼は、その静けさにまず驚いた。今日は、エラ・クルーズの裁判に関する審問があるというのに。東部のほうで［ニュージャージー州のこと］、ラジウム訴訟での騒動があったから、彼はもっと大騒ぎになると思っていたのだ。しかし、辺りには誰の姿もなかった。気だるげな街のなかは静まりかえっていた。

裁判所のなかはというと、審問の最中でも、これまたドラマティックなところはなにもなかった。ここには、ジャーナリストの群れも、注目を集める証言者も、戦闘派弁護士もいなかった。起こったことといえば、クルーズ一家の弁護士のジョージ・ウィークスが、裁判の延期を主張したことぐらいであった。ニュージャージーの訴訟で勢いがついているのだから、それを追い風にしてもいいはずなのに、あろうことか弁護士が延期を申請したことにケアは驚いた。

後になって、ケアがウィークスに質問したところ、なぜウィークスが迅速に進めなかったかがやっと分かった。ウィークスは、複数回にわたって、延期を申請する必要があったのだ。彼はラジウムについてまったく知識がなかったうえに、オタワでは、情報を提供してくれるような医師を見つけることができなかったのだ。クルーズ一家が訴訟で請求した金額は、三七五〇ドル（現在の五万一九七七ドル）で、そう法外な額ではなく、むしろ割に合わないくらいだった。ウィークスには、ラジウムとは何なのかはもちろん、エラがそれが原因で死んだかどうかを教えてくれるものも誰もいなかった。彼女の両親は、証拠を得る唯一の方法は娘の遺体を墓から掘り起こすことであると知らされてはいたが、それには、二〇〇ドル（現在の二七七二ドル）かかる。そんな金はどこにもない。裁判は、暗礁に乗り上げていた。

一方、ケアは、聖地巡礼とばかりに、町中を歩いて回った。彼が訪ねた先は、協力を約束した医師や歯科医師だった。彼らは、もしも文字盤塗装工にラジウム中毒の症状が出たら、ケアにすぐさま知らせることになっていた。

彼は、ラジウム・ダイヤル社の工房も訪問した。そこは、相も変わらず、忙《せわ》しなく賑やかで、文字盤を塗装する女工たちで溢れていた。彼は、マネージャーに面会すると、会社がおこなった検査のデータを、彼と共有するように求めた。ラジウム・ダイヤル社は、自社の従業員たちに対して、今では医療検査を定期的におこなうようになっていた。しかしながら、女工たちはすでに分かっていた。以前と同じく、検査を受ける前段階で、自分たちは仕分けられていると。キャサリン・ウルフはしっかりと記憶していた。「(私は) 身体検査に呼び出されたのは、たった一回きりなのに、明らかに健康そうな他の女工たちは、定期的に検査されていたのです」

キャサリンは、すこぶる良好な健康状態とは言えなかった。いまだに足を引きずっていたし、最近では、失神の発作に苦しみ始めていた。心配のあまり、彼女はリード氏に、会社の医師にもう一度診察してもらえないか尋ねたが、彼は断り続けた。彼女は何も心配することはないと自分に言い聞かせた。専門家の検査は彼女が健康体であると示している、と会社は彼女に断言してくれたのだし、何か危険性がある場合は工房を閉鎖すると約束してくれた。そして、日ごとますます忙しくなった。ニュージャージーでのあの大熱狂の後、時が過ぎると、注文が次々と舞い込み、再び、年間一一〇万の腕時計の注文が入った。

しかしながら、ケアのラジウム・ダイヤル社への調査は、彼を大いに悩ませることとなった。研究所で働くシカゴ出身の二人が、その血液に変化をきたしていて、会社の安全のための予防措置が不十分であることを明確に示していた。女工たちは、まだ手を洗うことなく、工房のなかで飲み食いしていた。ケアは次のように結論づけた。「労働者たちを守るためにさらなる方策がとられるべきである」

彼はジョゼフ・ケリーと会った。彼に約束したあの社長だ。会社の「意図」とは、「あらゆる方法を使って、あなたを支援することだ」と。今、このテスト結果を丁寧に精査してみると、ケアはとくに二人の従業員について意見交換をしたいと思った。一人は、エラ・クルーズ。ケアは、「この案件は、(私の調査から)外すべきではないという気がしています」とはっきりと述べた。彼は、二人の女工それぞれについて、さらなる情報を請求した。

が、ケリーが彼にデータを送ってきたものの、同封されていたのは、ただの雇用情報であったので、ほとんど目新しいことはなにもなかった。ケアの時間は限られていたので、彼は会社をそれ以上問い詰めることはしなかった。とにかく話を進めるにはすでに十分な情報を得ていると考えたのだ。

そして、彼の報告書——ラジウム・ダイヤル社の女工たちはそれを見ることは決してなかったが——にはこう書かれていた。

一人目の文字盤塗装工（ML、二四歳の女性、イリノイの工房勤務）は、一九二五年の電位計による測定検査によって、放射線が検出されていた。一九二八年には、別の検査が実施され、彼女からはまだ放射線が検出された。……完全な情報は入手困難であるうえに、会社側は、その病態をラジウム中毒と呼ぶことに反発したが、検査によって十分示されていると思われる。

MLとは、マーガレット・ルーニー。彼女は会社から、「かなり良好な健康状態」であると言われていた。彼女の検査結果は、なにも心配することがないと言われていた。彼女は何が起こっているのか、知る由もなかった。

―

ペグ・ルーニーは、彼女が座っている赤い金属製の台車から、チャック・ハッケンスミスに向かって笑みを向けた。少し人目を気にしながら、彼が手を貸してくれたことに、「ありがとう」と言った。

チャックは、筋骨たくましい肩越しに、輝くばかりの笑みを浮かべ、ペグが座っている赤の金属製の台車のハンドルをとった。「さあ行くぞ……」。彼はいかにも元気な調子でフィアンセに大声で言った。「かくして、冷え切った大理石のアスリート像に命が吹き込まれ……」。力強いその姿は、あの卒業アルバムの写真に添えられた詩の一節を思い起こさせた。

「チャックは、ペグの体調が悪いときは、彼女をよく小さな台車に乗せていました」。ペグの妹のジーンは回想している。「そして、彼女を引っ張り出して、私たちが昔ピクニックをした場所まで連れて行ったんです」。ペグは歩けなかったので、チャックはペグを連れ出そうと、台車に乗せて、私も一緒に遠出したり……チャックって、本当に素晴らしい人でした」

彼女の妹のジェーンは付け加えた。「チャックは（彼女の病気について）ひどく悩んでいました」

家族全体が同じ気持ちだった。一九二九年の夏までに、赤毛のペグ・ルーニーはまったく別人になってしまった。決して治ることのない歯の脱落は、その始まりにしかすぎなかった。彼女は虚脱貧血を進行させており、それによる痛みが腰に生じて、今度はほとんど歩けなくなった。そうして、あの小さな赤い台車を、チャックが調達してきた。彼女をスターヴドロック（近くの森林地帯）や掘っ立て小屋《シャック》に連れて行くためだった。彼は、とてつもなく優しかったし、また激しいほどに彼女を愛していた。二人は、次の年の六月に結婚する予定だった。

チャックと彼の赤い台車は、しかし、ずっとペグのそばにいるわけにはいかなかった。ペグがラジウム工房に通うときには、彼女は歩かなければならなかった。彼女の妹のジーンは、その様子を覚えていた。ジーンとルーニー家の兄弟姉妹全員がペグが家に帰る様子をどんなふうに見ていたかを覚えていた。「私たちはみなで家のポーチに座って、彼女の姿を見つめていました。ペグはとても具合が悪そうに歩いていました」とジーンは言った。「（彼女は苦しそうにしていました）家までずっと。私たちは、彼女のところに駆け寄ると、それぞれ、片方の腕で彼女を支えました」

兄弟姉妹に担ぎ込まれるようにして家にたどり着いても、ペグは、もう母親の家事の手伝いを、かつてのようにはできなかった。彼女はひたすら横になって休むしかなかった。彼女の母親は、娘の衰弱を目にしてひどく落ち込んでいた。ペグは疲れ果て、家族は恐怖におののきながら、ペグの歯や顎の一部が口から落ちていくのを見つめていた。ついに、彼女の両親は、お金を掻き集め、ペグをシカゴの医師のもとに連れて行った。その町医者は、彼女に、顎の骨が蜂の巣状になっていることを伝え、職場を変えたほうが良いと言った。

もしかすると、ペグは、具合が良くなったら、新しい職を探すつもりでいたのかもしれない。が、ペグは賢明だった。分かっていたのだ。自分は回復なんてしないだろう。オタワ中の医者たちにも、手立てがなかった。せいぜい、一九二九年六月に彼女を診察したある一人の医師が、彼女の胸部に氷袋を載せたくらいのものだった。ペグはみずから何が起こっているのか見通しているようだった。「娘は、自分が旅立たねばならないことを知っていました」。ペグの母親は悲しげに回想した。「娘が目の前でゆっくりと死に向かっているのが分かるんです。何もできることがありませんでした」

「ねえ、母さん」と彼女はかつて言った。「私の時間は、もうすぐ終わるみたい」

彼女の激しい痛みを引き起こしているのは、腰でも歯だけでもなかった。足や、頭蓋骨、肋骨、腹部、足首……彼女は数ヶ月間具合が悪かったが、毎日、仕事に通って、文字盤を塗っていた。最後まで、彼女は真面目で誠実な女工だった。

ラジウム・ダイヤル社は、ケアから、ペグは政府も注目している特別なケースだと警告を受けた。だから、ダイヤル社も彼女のことをとても間近で観察していた。彼らは一九二五年と一九二八年の検査で基準値を超える放射線が検出されたことを知っていた。また、会社による医療検査で、彼女のどこが悪いのかも知っていた。だからこそ、一九二九年八月六日にペグが職場で倒れたとき、リード氏は彼女を会社専属の医師のいる病院に入れる手配をしたのだ。

「私たちはそのことについて何も口を挟めませんでした」。ペグの姪であるダーリーンは、「彼らは、私たちをそこに立ち入らせまいとしたんです。それがいつも私には不可解に思えました。会社が自前で医師を雇っているなんて、どういうこと？　まったく腑に落ちませんでした」

「ラジウム・ダイヤル社が、おそらくは、入院の費用を支払ったのでしょう」。ダーリーンが付け加えた。「うちには、高額の医療費を支払えるほどのお金なんてありませんでした。それは確かです」

ペグはとても孤独だった。線路沿いの我が家から遠く離れた病院にいるのだ。九人の兄弟姉妹がいて、皆で小さな一部屋で眠り、一つのベッドを三人で使った、そんな彼女が、すっかり一人ぼっちだった。彼女の兄弟姉妹は、見舞いを許可されなかった。「私は一度病院まで行ったんです」とジェーンは回想した。「なのに、彼らは私を姉の部屋に入れてくれなかったのです」

ペグは、ジフテリアの症状が出て、すぐに隔離された。彼女の体調はどんどん悪化し、すぐに肺炎をこじらせた。ラジウム・ダイヤル社は、気遣うそぶりを見せつつ、彼女の病の進行に非常に注意を払っていた。彼女が最期を迎えるまで。

一九二九年八月一四日午前二時一〇分、マーガレット・ルーニーは亡くなった。チャックと翌年結婚するはずであり、辞書を読むことが大好きで、一度は教師になることを夢見て、クスクス笑う姿を皆が思い出す、そんな女工は逝ってしまった。

彼女の家族は、彼女と会えないままではあったが、彼女が亡くなったときには病院にいた。ペグの義理の弟であるジャック・ホワイトは、彼女の妹のキャサリンと結婚し、鉄道の列車給油係として働く屈強な男で、その場にいた親戚の一人だった。彼は、なすべき正しいことのために立ち上がることのできるタイプの男だった。それゆえに、会社側の担当者が真夜中にやってきて、彼女の遺体を埋葬しようと運び去ろうとしたときにも、ジャックははっきりと拒否した。

「だめです」と彼は頑なに彼らに言った。「(彼女の遺体を) あなたなんかに連れていかせはしない。彼女は、敬虔なカトリックの女性なのだから、ちゃんとミサをして、正式な葬儀をします」

「彼がその場にいてくれたことが良かったのだと思います」。ダーリーンは、持ち前の洞察力で、その出来事についてコメントした。「私も、他の家族たちもなにも分かっていませんでした。その場の流れについても、ましてや、自分たちが会社や医師に立ち向かえるかもしれないなんて思っていませんでした。けれど、ジャックはもっと逞しかったのです。彼は、彼らに『そんなことをしたらだめだ』と言ったのです」

会社側の担当者は、抵抗しようとした。「会社は、すべてを済ませて、うやむやにしようとしたのです」とダーリーンは続けた。「もみ消し工作のようなものでした」。しかし、ジャックが、自分たち地元の人間は、ペグの遺体を彼らになど渡さないと抵抗したのだった。

ラジウム・ダイヤル社は、このときの戦いには敗北を喫した。がしかし、諦めはしなかった。会社側の懸念は、ペグの死がラジウム中毒に起因するとされることだった。それにより、工房のすべての女工が恐怖を感じ、場合によっては、無数の裁判が起きるかもしれない。役員たちは、状況をコントロールする必要を感じていた。彼らは問うた。ペグが検死解剖を受けることを遺族はどう思うだろう。

ルーニー家の人びとはすでに疑いを抱いていた。あのシカゴの医師の説明によれば、ペグを死に至らしめたのは、彼女の仕事だった。彼らは進んで、一家の選んだ医師が同席することを条件に、検死に同意した。彼らは真実を知りたかったのだ。彼らが求めた条件は、本当に重要だった。会社側の真夜中の策略以降、一家は会社を信用しなくなっていた。

会社のほうもすぐに同意した。はい、はい、結構です、問題ありません。いつにいたしましょうか。

遺族側の医師が、予定の時間に、大きな荷物を持って到着すると、そこで分かったのは、検死が到着の一時間前にすでにおこなわれていたことだった。

その医師はそこにいなかったのだから、ペグの肋骨に複数の骨折の形跡があるのを見てもいないし、どんなふうに「彼女の頭蓋骨の頭頂部に、多くの『薄い』部分と『穴』が見られた」のかも確認していない。彼は、頭部の頭蓋骨や、骨盤、そして少なくとも他一六の骨部に「非常に顕著に」発見された放射線による壊死についても検証できなかった。彼は、ペグの損傷した遺体全体にあるはずの広範な骨格の変異を目撃することもなかった。

彼は、その場にいなかったので、会社側の医師が、ペグ・ルーニーの顎の骨を「死後の切除手術により取り除いた」様子も見ていなかった。

会社側の医師はペグの骨を採取した。もっとも訴訟に影響が出そうな証拠を採取したのだ。遺族には、報告書の写しが送られてくることはなかったが、ラジウム・ダイヤル社のほうには一通届いた。ペグの最期について記してあるその記録は、遺族にすれば、まったく噴飯物であった。彼女の体の内部がどのようであったか書いてあった。臓器の重さや様態、彼女が「正常」であったかどうか。その報告書の彼女の骨髄と歯のところには、会社側の医師により、彼女はおおむね正常です、と書かれていた。

「歯は良好な状態です」と正式な検死報告書に記されていた。「上顎および下顎骨には、骨の破損や病変に関する痕跡はなにもありません」

彼女の死亡診断書は、次のように記され、正式に署名されていた。「ジフテリアが死亡原因である」

遺族には、報告書の一枚も与えられていなかったのに、ラジウム・ダイヤル社は、しっかりとその報告書の要旨を載せた地方紙を発行させた。それに加えて、ペグ・ルーニーの死亡記事には、次のような情報が、会社側の要求によって盛り込まれた。

この若きご婦人の健康状態は、一時、不可解なものだった。彼女はラジウム・ダイヤル社の工房に雇われていたので、彼女の病はラジウム中毒によるものではないかという噂があった。死因に関してはっきりさせるために、検死（がおこなわれた）（…）、アラン・アーキン博士によれば、その死はジフテリアによるものであることが明らかになった。ラジウム中毒の兆候は見受けられなかった。

最後の部分に奇妙なコメントがあった。もしかすると、新聞発表記事に、会社の役員たちによって加えられたものかもしれない。地域での支持を勝ち取ろうとして思いついたものだったのだろうか。その記事には、「ルーニー嬢の両親も、検死結果に喜んでいる様子だった」と記されたのだった。

「娘を失って、母は死ぬほど苦しみました」とジーンは語った。「母は、ペグが死んでから二度と元には戻りませんでした。私の母は本当に悲惨な状態でした。私たちは、早朝に墓地まで散歩するのが習慣で、手押しの草刈り機を押しながら、雑草をそれで切り取りながら歩きました。何キロもです。ずっとそこまで歩いていったものです」

チャックのほうはといえば、最愛のペグを失ったことは、決して乗り越えられそうにもない体験であった。彼は人生に真摯に向かい合い、二人が共通に抱いていた夢を追いかけることにした。彼は、とある大学の教授となり、何冊かの書籍を出版した。間違いなく、ペグはそれらの本を心から読んでみたかったことだろう。彼は結婚して、子供も持った。そして、ルーニー家の人びととも四〇年以上連絡を取り続けた。彼の妻がペグの母親にこっそり伝えたところによれば、毎年、ペグの誕生日と命日が近づくと、彼は口もきかず塞ぎ込んでいたそうだ。

「奥さんは、彼がペグのことを考えているのが分かっていたのでしょう」とダーリーンは簡潔に言った。

35

ニュージャージー州オレンジ
一九二九年

勝者は誰？

キャサリン・ショウブは、診察のあとにブラウスのボタンを留め直し、クレイヴァー博士が話し始めるのを待った。博士は、重要な話があるので、意見を聞きたいと先ほど言っていたからだ。驚いたことに彼は、ラジウム社に彼女の医療費の支払いをやめてもらってはどうかと提案してきた。先日の和解によって、両者は、医療費を生涯にわたり補償することで合意していた。しかし、そうではなく、一括払いでお金を受け取ってもらいたいと彼は考えたのだ。

ニュージャージーの和解から一年も経たないうちに、米国ラジウム社は、合意内容を反故にしようとしていた。

一括払いで支払うという案は、元は副社長のバーカーによるもので、会社側の医師たち全員がそれを支持していた。しかし、ユイング博士からすると、「あの女工たちはすぐには死んだりしない」のだから、現在の合意内容は「不本意」なものだと考えたのである。診療所のほうでは、クレイヴァー博士がキャサリンに何度も「ラジウム社の経営破綻の可能性」をちらつかせて、彼女が一括払いを受け入れるように仕向けていた。がしかし、USRCは破綻しなかったし、するわけもなかった。後日、キャサリンがユイングのプランについて不安げにベリーに相談すると、彼は言った。そんな嘘っぱちは、「和解を破棄するための、正真正銘の『絵に描いた悪魔』〔シェイクスピア『マクベス』二幕二場〕ですよ」

女工たちが一年しても生存していると分かると、会社側には、金銭面での焦りが出始めた。というのも、女工たちは、手足の障害や痛みによって、定期的に医師の診察を受け、苦痛を一時的に和らげる薬を購入しつづけていた。USRC側の考えでは、多額すぎた。会社は、医療費の請求に、なんだかんだと難癖をつけた。ユイングは脅迫まがいに警告した。女工たちは、「自分たちの支出のすべてがきちんと支払われると思い込むことについては慎重で」あるべきだ、と。

医師団は、女工たちがラジウム中毒の被害を受けていないと発表することを求められてきた。そうすることで、ラジウム社はその責任から放免されるからだ。どうやら、ユイングのほうも、ベリー曰く「[女工たちに]敵対的な態度」をとっており、中毒ではないという診断結果を強く待ち望んでいるようだった。むしろ、ユイングを苛立たせたのは、会社の医師団が女工たちに検査を何度受けさせようとも、それぞれの結果は全部、以前の結果とまったく同じだと分かるだけだということだった。

ベリーのほうは、医師団に、女工たちはラジウム中毒であるという正式な声明文を発行してもらいたいと考えていた。それこそが、文字盤塗装工が集団として被害を受けたという確固たる証になるだろうし、ベリーや他の弁護士たちが、これから起こるであろう女工仲間たちの訴訟においても証拠として使うことができるだろう。しかし、ユイングは拒否した。「私たちは、この検査結果を、別のいかなる事案とも結びつけてもらいたくありません」と彼は冷淡に書いている。

女工たち自身にすれば、彼女たちはただ、この事態を最後まで乗り越えるために最善をつくすだけだった。彼女たちは、痛ましくなるほど多数の実験的な治療や検査を受けた。医師たちは、気分が悪くなるようなエプソム塩（硫酸マグネシウム）を試したり、腸の洗浄や、彼女たちの脊柱や排泄物を週単位で調査したりもした。これらの検査は、通常、ユイングかクレイヴァーの病院でおこなわれた。つまり、手足に障害のある女工たちがニューヨークまで列車を乗り継いで移動しなければならないことを意味した。ルイス・ハスマンは、ベリーに言った。「エドナがそんな遠くに出かけたら必ず怪我をしてしまいます。この前ニューヨークに行ったときは、結果として、寝込んでしまいました」

エドナのブロンド髪は、いまもなお、美しかったが、すっかり白髪になってしまった。女工たちはみな、以前よりかなり老けて、顔は、顎のあたりの皮膚が奇妙にたるんでいた。そのあたりの顎の骨を取り除いてしまったからだ。グレースだけは、一年前よりも具合が良いようだった。彼女は二五回の手術を顎に受けたにもかかわらず、そんな手術も、微笑む習慣を彼女から奪うことはできなかった。彼女は五人のなかでもっとも幸運な人だと言われていた。彼女が和解を受け入れたとき、しっかりとした決意で彼女はこう言った。「みなさんは、私に、もう働くのはやめるつもりですかとお聞きになります。私は、そういったことをするつもりはまったくありません。できるだけ長く、自分の仕事を全うし続けたいです。なぜなら、私は仕事が好きだからです」。彼女はなお毎日通勤し、勤務先の銀行も、彼女が検査で休みが必要なときは配慮するようにしていた。

検査は頻繁におこなわれたが、その結果が女工たちに知らされることは決してなかった。「お医者様たちは、（私に）何も言おうとはしません」とキャサリンは不満を述べた。「少しでも良くなっているなら、知りたいのです」。たしかに、多くの意味で、キャサリンは前よりは良くなってはいた。いまでは彼女は、とある地方の病後診療所で、静かに暮らしていた。丘の上に佇む施設で、ニューアークの郊外二〇キロのところにあり、彼女はそこを「東部の宝石」と呼んだ。彼女の手紙には、この環境のおかげで体調が良くなり、「タチアオイの花や、ツルバラにシャクヤク、そして太陽」を楽しんでいるとある。和解金は、アルビナにとっても役に立っていた。彼女は、その夏、「人生に満足している人」と形容された。彼女の楽しみはたくさんあり、ラジオに、金魚、映画に、田舎への小旅行。その旅行には、ときどきはクインタも同行した。

しかしながら、その頃には、クインタはずっと入院生活になっていた。彼女は起き上がることもできず、身内の面会だけが許可されていた。それはすなわち、彼女が田舎への小旅行に行けないということであり、また、メイ・キャンフィールドのために法廷に立つこともできないという意味でもあった。ほかの四人は一九二九年の夏に法廷に立つことができた。それでも、クインタは、ベリーにどうしても自分も出席させてほしいと頼んだ。

それは予備審問のときだった。ベリーはメイの案件にとりかかると、その前年の和解のときのラジウム会社側のあからさまな狡猾さにすぐさま気づくことになった。二度目になると、彼にとって裁判を組み立てるのがかなり難しくなった。ドリンカー夫妻、ケア、そしてマートランドも全員証言を断ってきた。そうなると、新聞社にも、会社を屈服に追い込もうという勇ましい記者も現れなかった。

五人の女工たちは、患者の秘密は守られるという権利を放棄してメイを助けようとしていた。彼女たちは、医師団に、彼女たちの症例を使って、ラジウム中毒が存在すると証明してほしいと思っていた。だがしかし、マークレーは五人の女工たちの件を法廷に引き合いに出すことに反対した。彼女たちの医学的診断についても、昨年和解したという事実についても。その理由は、彼女たちは「今回の案件にはなんの関係もない」というものだった。そしてまた、会社のお抱え医師たちも、証拠を提示することを拒んだ。
しかし、キャサリンがかつて手紙に書いていたように、レイモンド・ベリーのような人をもう一人見つけるのは至難の技だったようだ。彼は、クレイヴァーとユイングをなんとか審問には召集した。ただ彼らは「激怒」していた。ユイングは、女工たちが宣誓のもとで、ユイングが彼女たちの案件に意見してくれて幸運だと言ったのを目の当たりにしたにもかかわらず、患者への守秘義務を盾にして証拠の提示を拒否した。
クランバー博士は、委員会で女工たちの陣営にいたので、喜んで証拠を提示してくれた。マークレイは、ベリーが証拠を出すように頼んできたら、ベリーを訴えるとまで強硬な態度をとっていたにもかかわらず、ベリーはそれでもマークレイを説得し続けた。ベリーの腕前は、証人の扱い方や事例の提示の仕方の両方において、どんどん成長していた。彼はいまや、本当の意味で米国ラジウム社の息の根を止めるために必要な、あらゆるデータと経験をすべて手にしていた。彼は、会社側にとって、もっとも目障りな棘であった。役員たちは、彼らが最初の五件で和解したとき、ベリーは引き下がるだろうと当て込んでいた。彼らは、いまでは、たいへんな見込み違いをしていたことに気がついたのだった。

―

暗黒の火曜日――一般にそう呼ばれる、一九二九年一〇月二九日、金融の悪夢がウォール街を襲い、「紙の財産が……炎天下の霜のように溶けていった」。
「ウォール街は、希望が消え、不思議なほど静かな不安と、一種の麻痺した催眠状態のなかにあった」

と、その日の暴落の目撃者は書いている。

アメリカ経済が崩壊した場所から一〇〇ブロック以上北にあるニューヨーク記念病院の病室に、クインタ・マクドナルドは横たわっていた。ここにも静かな不安と麻痺があった。しかし、決して希望が失われることはない、とクインタは自分に言い聞かせていた。

九月に入院した彼女は、「瀕死の状態」であった。しかし、一ヵ月後、彼女はまだ戦っていた。その姿は、友人や家族にとっても信じられないほどだった。母親が入院しているあいだ、マクドナルド家の子供たちの世話をしていた義理の姉エセルは、「彼女はスパルタの戦士のようでした」と言った。「具合はどうと聞くと、彼女はいつも『かなりいい』と言っていました。自分が死ぬなんて思ってもみなかったのです」

クインタの夫であるジェームズは、「彼女の唯一の願いは、子供たちのために生きることでした」とコメントしている。「子供たちのことを思うと、彼女には生きるために戦う勇気が湧いてきたのです」

マクドナルド夫妻は和解したとはいえ、この一年は激動の日々だった。一九二八年の和解でジェームズは四〇〇ドル（五五四四ドル）を得たが、その額は妻が得た賠償金に比べれば微々たるもので、その差に憤りを感じていたようである。失業中のジェームズは夏のあいだ、酒場で金を使い果たし、クインタは子供たちのための信託基金に金を投資していた。一九二八年九月のある夜、彼の憤りは頂点に達した。クインタが夫からの金の無心を拒否すると、ジェームズは足の不自由な妻を激しく殴り、ガスで殺すと脅し、妻がギプスで力なく横たわっているというのに家中のガス栓を空けたのである。彼は逮捕された。しかし、クインタは告訴しなかった。彼女はベリーの助けを借りて離婚手続きを開始したが、後にジェームズが彼女を説得し、最終的に離婚は取り下げられたようだ。「夫は勇敢であろうとするのです」

と、彼女はかつて夫について言っていた。「でも、女より男のほうがたいへんなのよ」と。

さて、一九二九年の秋、勇敢でなければならないのは、クインタのほうだった。一一月初め、エセルは言った。「この三週間、クインタは動くことができませんでした。スプーンで食べさせなければならなかったのです」。しかし、医師も驚くほどの好転反応で、クインタは今、必死の戦いに勝ち始めていた。

クインタは順調に良くなっているグレースやアルビナに心励まされるものがあったのかもしれない。ある晩、グレースがクインタを訪ねると、外で待っていた記者たちの簡単なインタビューを受け、もういつも背中のサポーターを着けているわけではないことを誇らしげに語った。「医師から、私は病気に対する抵抗力が強いからこれほど無事でいられるのだと言われました」と記者たちに言うと、冗談交じりにさらに付け加えた。「病気で寝込んでいるはずなのに、フーヴァーに投票するくらいの抵抗力があったんです！」と。

クインタもまた、すぐにでも起きられるように、あるいは少なくとも家に帰れるくらいには回復するようにと願っていた。彼女は急速に回復し、ジェームズは彼女の退院に備えて家を準備し、家族は彼女の帰還を一番に考えながら、感謝祭と娘ヘレンの一〇歳の誕生日を祝った。

グレースは熱っぽく語った。「この数週間、私たちが彼女に会うたびに、クインタはどんどん強くなっていきました。そして今日、彼女はまた以前の彼女に戻りました。こんなに元気なのは久しぶりです」。クインタはグレースに、自分の代わりに子供たちにクリスマスプレゼントを買ってきてほしいと頼み、子供たちにとって忘れられないクリスマスにしようと決意した。

一二月六日、クインタはほとんど元気になっていた。ジェームズはその金曜日の夕方に彼女を訪ね、二人はクリスマスについておしゃべりをした。しかし、話の途中、彼女は突然、ため息をついた。

「疲れたわ」と彼女は言った。

ジェームズは驚かなかった。脚に触れないように気をつけながら、彼は彼女にキスをしようと屈んだ。太ももの上部に大きな腫れがあり、痛みがあるのだ。二人とも病室の時計に目をやったが、まだ閉館時間ではなかった。

「今日は少しだけ早く一人にしてね」と、彼女は言った。彼は彼女の言う通りにして、なにも不吉な予感を覚えることのないまま病室をあとにした。

クインタの脚の腫れ……マートランドが見ていたら、すぐに分かったかもしれない。それは肉腫だった。二年前の一二月の寒い日にエラ・エッカートを殺した骨腫瘍だ。

一九二九年一二月七日午後二時前、クインタ・マクドナルドは昏睡状態に陥った。病院からジェームズに電話があり、彼はすぐに家を出て、車を全速力で走らせた。彼は制限速度違反で二度止められたが、警察は彼の事情を知って釈放した。

彼の努力は、すべて無駄になった。ジェームズが「涙を流しながら」メモリアル病院に到着したときは、数分遅かった。クインタ・マクドナルドは死んでいた。彼は怒りと気分の落ち込みのあいだで揺れ動いたが、やがて単純な悲しみが心を占めた。

「胸が張り裂けそうです」と彼は後に言った。しかし、「彼女が安らかな眠りについたのはうれしいことです」と静かに付け加えた。

彼女の友人たちもショックを受けていた。彼らは、固い絆で結ばれていたのだ。五人で会社に対していた。世界にも対していた。クインタはそのなかで最初に倒れた。アルビナは、その知らせを聞いて倒れた。キャサリン・ショウブもひどく動揺した。キャサリンは葬儀には出席せず、田舎の家に戻って「なにもかかも忘れて、勉強を続ける」ことにした。コロンビア大学で英語の通信教育を受けていた彼女は、自分の体験について本を書くつもりだった。「一時は、授業と執筆に没頭することができました」と彼女は言った。

オレンジに残っている女工たちには、そのような忘却はなかった。ある意味で、彼女たちは思い出したいのだ、クインタのことを。一二月一〇日火曜日、エドナ、アルビナ、グレースは、彼女の葬儀のために聖ヴェナンティウス教会に到着した。彼らの運勢の違いは、待っている記者たちが見ても明らかだった。グレースは「手もかからず元気に歩いた」のに対し、エドナは「病気の影響をもっとも受けているようだった」。アルビナにとっては、ラジウム中毒で亡くした二人目の妹であり、参列することさえたいへんなことであった。しかし、どうしても出席しなければならなかった。教会の入り口には長い階段があるが、アルビナは「倒れそうになりながら」一歩一歩上っていった。それは自分の快適さよりも大切なことだった。これはクインタのためなのだ。

短い礼拝だった。マクドナルドの子供たちであるヘレンとロバートは、「父親のそばにいて、二人ともまだ幼なすぎて喪失を理解できずにいた」が、分かってはいたのだ。これから数週間、自分たちが本当に忘れられないクリスマスを過ごすことになるだろうことを。

ミサが終わるとすぐに、家族と親しい友人たちはローズデール墓地に向かい、そこでクインタは姉のモリーと一緒に眠ることになった。彼女が望んでいたように、派手さはなく、質素な埋葬だった。

もう一つ、彼女が望んでいたことがあった。自分の死を友人の役に立てたかった。エセルは悲しげに言った。「もしかしたら、こうやって、他の犠牲者に餞別を残したのかもしれないですね」。マートランドは検死をおこない、エラを殺したのと同じ珍しい肉腫がクインタの死因であることを発見した。クインタの死因は肩の肉腫ではなかったが、ラジウムが、彼女の骨の違う部分をターゲットに選んだだけで、同じものだったのだ。マートランドはこの新たな脅威について声明を発表した。「犠牲者の骨は、実は、犠牲者が命を失うよりも前に、体内で壊死していたのです」

当時は、クインタの死を知ってこう思った人もいるかもしれない。会社側の医師は、彼女は「死にはしない」と公言していたのだから、米国ラジウム社も、さすがに今度は態度を軟化させるかもしれない、と。しかし、それは間違いだった。ベリーは新年早々、メイ・キャンフィールドのために八〇〇〇ドル（約一一万三五四一ドル）の和解金を勝ち取ったが、会社側は、まるで拘束衣のような条項をつけていた。彼の依頼人に金を払うには、ベリー自身が取引に応じることが条件だという。ベリーは、彼らの活動を熟知しすぎていたし、裁判の戦術にもかなり精通しつつあったので、裁判とは切っても切れない関係にあった。

だからこそ、法廷の勝者、グレースの呼びかけにただ一人応え行く先を切り拓いてきた代理人、レイモンド・ベリーは、気が付くと、次のような声明文に署名することを余儀なくされたのである。「米国ラジウム社に対するいかなる訴訟にも、直接的にも間接的にも関与せず、また、同法人に対するいかなる訴訟にも協力せず、同法人に対するいかなる資料や情報も提供しないことに同意します」

ベリーはいなくなった。ベリーは、ラジウム社と真剣に闘う闘士であり、ラジウム社のお腹に刺さった厄介な一本の棘であった。しかし、今、ベリーという棘は外科手術のような正確さで引き抜かれ、追放されたのだ。

女工たちは、二つの和解を達成したが、本当の戦いに勝利したのは、ラジウム社だった。

36

イリノイ州オタワ
一九三〇年

彼らは勝てない

キャサリン・ウルフは深くて大きなため息をつき、疲労感にかられて、顔から短い黒髪にかけて、両手でなでつけた。彼女がぼんやりと目をやると、彼女の机の上に積もっていたラジウムの粉塵が舞い上がって、霧のようにあたりに漂っていたが、彼女の不満げなため息のせいで、粉塵のとばりはかき消され、散り散りになった。そして、彼女は気だるげに、仕事を再開して、女工たちのためにラジウムを測って配った。キャサリンは、もうフルタイムの文字盤工ではなかった。彼女の職種の変更は、工房の管理者たちが勝手に決めたことだった。

会社は自分に対して本当にそれまで良くしてくれたと、キャサリンはある時点まではそう思っていた。たしかにリード氏は、ある時までは、とても理解があったのだ。前の年のある日、彼は話があると彼女を呼び出すと、彼女の健康状態が良くないのを理由に、六週間の休暇を取ってもらうことになったと告げた。ラジウム・ダイヤル社は、彼女が病気になったことを知って、マーガレット・ルーニーのときと同じように、彼女から目を離さないでいた。

しかし、休暇はなんの役にも立たなかった。そして、彼女の仕事も、結局は変わることとなった。いまの彼女の仕事は、計量に加えて、女工たちの皿に残った化合物を、ときには爪まで使って、掻き集めることだった。すると案の定、彼女のむき出しの指は、「光り輝く」ようになって、いつもその指で髪を触るのが習慣だったので、彼女の頭全体が冷たく光を放っていた。彼女はよくこう考えた。暗い浴室で鏡のなかの自分を覗くと、今度の新しい仕事のほうが、以前の仕事のときよりも、もっとずっと多くラジウムを浴びることになっているのではないか。

塗装作業は、かつてのような楽しいものではなくなった。しかも、ラジウム・ダイヤル社の雰囲気もまた様変わりしていた。キャサリンの仲間のほとんどはその頃までに退職しており、彼女とマリー・ロシターとマルグリット・グラチンスキだけが残った。キャサリンは自分の新しい役割を昇格だと思おうとした。なぜなら、ラジウムは高価なのだから、その分配や回収役に選ばれるのは、労働者として一つの到達点ではないか。八年間の雇用を経て、彼女はもっとも信頼されている労働者の一人なのだ。

そうだとしても、女工たちのなかには、彼女の職種の変更の理由をあれこれ噂するものもいることをキャサリンは知っていた。同僚の一人は言った。「あの子が塗装工から配置換えになったのは、絶対、あの子がヘタな技術だったからでしょ」

ヘタだったから、もう文字盤を塗らなくなったんじゃない。キャサリンは自分に言い聞かせた。毎週のように、急な注文で、人手が余分に必要になっているようだった。そのときは、キャサリンも自分の筆を唇のあいだにぴったりと挟んで、それをラジウムの粉に沈めて、塗った。女工たちは全員ラジウム・ダイヤル社ではその時もそのようにおこなっていた。というのも、そもそも彼女たちへの指示がまったく変わっていなかったのだから。

工房内の動きが急に変わった。キャサリンが見上げると、女工たちが健康診断に向かっているのが見えた。キャサリンは立ち上がって、彼女たちに加わると、リード氏は彼女を軽く遮った。「私はあの検査から排除されたんです」とキャサリンは回想した。「リードさんが私に行くなと言ったのです」

彼女は、リード氏に個人的に今まで複数回にわたって、会社の雇った医者による検査に参加できるようにお願いしていた。しかし、いつも断られた。彼女が町の医者に行ったところ、医者は彼女が足を引きずっているのは、リウマチが原因だと言うのだった。キャサリンは、そういう病気にしては自分は若すぎるのではないかと感じた。だって自分はまだ二七歳ではないか。「私は自分がなにかの病気に侵されているとは思っていたけれど、でも、それが何なのか分からなかったんです」

彼女は重いため息をついて席に戻りながら、少なくとも、そのせいでトム・ドノヒューが遠ざかってしまうことなどなかったと思った。彼のことを思うと彼女の顔に微笑みが浮かんだ。遠くないある日、二人は結婚するということは分かっていた。彼女は、夢見心地を少し味わうことができた。もしかしたら、二人には家族ができるかもしれない。しかし、神が与える恵みが、どんなものなのかは誰にも分からない。マリー・ロシターはすでに赤ん坊を二人亡くしていたが、その頃三度目の妊娠をしていることが分かったので、キャサリンは今度の赤ん坊は無事成長するように心から祈った。

シャーロット・パーセルと彼女の夫アルもまた、当時は悲惨な時間を過ごしていた。二人には、前年の八月、息子ドナルドが生まれていたが、二ヶ月早い出産となり、体重も一キロちょっとしかなかった。医師たちは、六週間も赤ん坊を保育器に入れたままにしたが、その甲斐もあってか、ついに、この小さな闘士は病との闘いに打ち勝ち、一命を取り留めた。

キャサリンは、他の女工たちが検査に出かけた後、一人で机に向かっていた。リード氏が彼女の訴えを拒絶したことに失望を覚えていたのだ。イネス・ヴァレットがしたように、自分も同じようにすればいいのかもしれない、と彼女は少し考えた。イネスは、頭痛と腰痛がひどいので、ミネソタのメイヨー・クリニックに検査に行った。まだ二三歳なのに、この一年で体重が一〇キロも減り、キャサリンが教会で見かけたときにはものすごくやせ細っていた。さらに心配なことに、歯が抜け始め、口のなかが化膿していた。イネスは、染み出した顎に常に包帯を巻いていなければならなかった。

ジフテリアで死んだペグ・ルーニーと同じようなものだ。かわいそうに、ペグの両親は今でもその恐怖を忘れられないでいる。キャサリンは知らなかったが、ペグの家族は、エラ・クルーズの両親と同じように、ラジウム・ダイヤル社に訴訟を起こそうと弁護士に相談していた(ちなみに、クルーズ家のほうは、まだ何の進展もない)。

ペグの姉は、「死亡診断書に間違いがあると思ったんです」と控えめに言った。

彼らの弁護士はオメアラという男だった。一九三〇年に一度、審理がおこなわれたが、結局、何も成果はなかった。オメアラもジョージ・ウィークスと同じようなトラブルに見舞われたのだろうか。ペグの姉のジェーンは、「誰も助けてくれませんでした」と言う。

「誰も何もしてくれませんでした」と姪のダーリーンも続けた。「弁護士のなかにも、この会社を担当しようという人はいなかったと思います。私の家族は、どこからも助けを得られないと思いました。自分たちの意見を聞いてもらえない、どうでもいいことだと思われたのでしょう」

ジーンは、「父は最後に、『彼らには勝てない。やってみても意味がない。こんなことに足を突っ込んでも仕方ない』とも言っていました」と語った。

「祖父は、ペグが亡くなってから、会社に対抗する術がないことを悟り、ほとんど諦めていました」と、ダーリーンは言う。

「忘れるんだ」とマイケル・ルーニーは苦々しく言ったものだ。「こんな目に遭うのはごめんだ」

彼らにできることは何もなかった。

同様に、メアリー・ヴィッチーニ・トニエリについても、医師たちができることは何もなかった。ラジウム・ダイヤル社を辞めたとき、彼女は坐骨神経痛だと思った。しかし、背中をそっと押してみると、背骨になにかしこりがあるのに気づいた。

「医師たちは肉腫だと言いました」とメアリーの兄のアルフォンスが後に回想している。

メアリーは、一九二九年の秋にその手術を受けた。しかし、一六週間経っても良くならなかった。アルフォンスは「彼女は四ヶ月間、犬のように苦しみました。もう平穏は訪れませんでした」と言った。

一九三〇年二月二二日、メアリー・トニエリは二一歳で亡くなった。二年弱連れ添った夫のジョゼフが、オタワ通り墓地に彼女を埋葬した。

「私たちはラジウム中毒だと思っていました」と、アルフォンスは暗く言った。「でも、彼女の夫も親たちも調べようとしませんでした。みな彼女の死に打ちのめされました」

37

ニュージャージー州オレンジ
一九三〇年

身体に潜む時限爆弾

キャサリン・ショウブは、目の前の低い段差の階段の上に杖をついた。彼女は今、ステッキか松葉杖一組の助けを借りてしか歩けなくなっていた。彼女は、健康を回復するために大金を費やしたため、ニューアークに戻らざるを得なくなった。彼女は、六〇〇ドル（現在の八五一五ドル）の年金にすっかり頼っていたが、それでは地方に住むための十分な資金にはならなかった。彼女は、都会の生活に戻るのが嫌でならなかった。そこでは、自分の衰えを思い知らされるからだ。

彼女は、低い段差の階段を登り始めたが、滑って膝を強く打ちつけた。誰でも痛いだろうが、しかし、キャサリンはラジウム・ガールだから、骨は陶磁器のようにもろい。彼女は骨折したなと思った。しかし、ハンフリーズ博士がレントゲン写真を見ると、骨折よりも悪い知らせがあった。

キャサリン・ショウブは、膝に肉腫があった。

彼女は一〇週間も入院して、レントゲン写真を撮りながら治療した。腫れは引いたようだが、キャサリンはすっかり元気をなくしてしまった。数ヶ月間ギブスで固定されたまま、結局、骨がうまく接合されず、これからは金属の装具をつけなければならないと宣告された。「喉にもしこりができました」とキャサリンは言った。「医師が私の足に奇妙な器具を取り付けたとき……私は少し泣きました。でも私の信仰が私を慰めてくれました」

しかし、そのような慰めとは裏腹に、彼女は自分の予後をとても憂鬱に感じていた。キャサリンの脳裏には、過ぎ去った何年も前からの年月が映画のシーンのように蘇り、そこでは亡霊となった女工たちがどんどん増えていっていた。キャサリンは、かつては太陽の光を浴びると楽になったが、今は「屋根の上の光と太陽がつらい」と言った。言葉を詰まらせながら、「恐怖で頭が真っ白になりました。精神的なものか、現実のものか分からなくなって……目に光が入るのが耐えられなくなりました。午後四時には体がボロボロでした」と言った。彼女が「アルコールが欲しくてたまらない」と言うようになったのもそのせいだろうか。

医師団は以前と変わらずいつでも対応できるようになっていたが、キャサリンは、ユイングやクレイヴァーが提案する治療法を拒否した。「人は一緒に暮らしてみないと分からないと言いますが、私は一〇年間ラジウムと付き合ってきたのです」と断言した。「ですから、ラジウムについては少しは知っているつもりです。今まで、医師たちから提案された治療法は、みんな役立たずです」。彼女は、彼らの要求に応じようとはしなかった。

キャサリンの頑固さだけでなく、残った四人の女工たちの大胆さが増していることに、ユイングとクレイヴァーは怒っていた。クランバーはこう記している。「信頼関係は満足のいくものにはほど遠いのです。彼女たちを診察に来させるのは難しく、私たちの治療を受け入れようとはしないのです」

しかし、彼女たちが自分たちのために立ち上がるということは、危険な賭けに出ることでもあった。

彼女たちの医療費は、委員会が握っていたのだ。グレースが、もうマキャフリー医師には頼めないと言われるまでに、そう時間はかからなかった。委員会は、ハンフリーズ博士についても懸念を示し、こう書いている。「たとえハンフリーズが彼女たちの信頼を得ていたとしても、総合的に判断して、彼女たちの治療はほかの誰かに任せたほうが良いのかもしれない」

会社は、あらゆる請求書について「足蹴にして」いたが、会社自体の財務状態は良好であった。ウォール街の大暴落にもかかわらず、蛍光文字盤の人気は衰えず、ラジウム・ダイヤル社もラディトール強壮剤などの医薬品を供給し、女工たちの話が新聞の見出しを飾ったときには売上げが一時的に落ち込んだが、そのブームは続いていた。

一九三〇年は、流れるような速さで一九三一年に突入した。ハンフリーズ博士の治療で腫瘍は小さくなり、現在では四五センチになっていた。二月になっても、まだ歩くことはできないが、最悪の状態は脱したようだった。

一九三一年の春、グレース・フライヤーは、病院で新しい友人ができたこともあり、元気に過ごしていた。偶然にも、上の階に有名な飛行士のチャールズ・リンドバーグが勤務しており、たまに彼女を見舞いに来ていたのだ。「私の印象では、時々お見舞いに来てくれることで、彼女の気分が何倍にも良くなっているように感じました」と、彼女を車で病院まで送って行った弟のアートは言った。「グレースが元気になっていくのを見るのは、私にとって最高の喜びの一つでした」

グレースは、少しでも前向きになろうと決意していた。たしかに、装具をつけなければならなくなったが、彼女はそのことを気にすることはなかった。「仕事もするし、遊びもするし、少しはダンスもする」と彼女は言った。「ドライブにも行きます。水泳もしますが、一回に二分しか水に浸かれません。それ以上、背中の装具を外せないんです」

しかし、オレンジ市のその病院に最近入院し、今では車椅子で部屋を出入りしていた患者には、そのような気晴らしはなかった。戦時中、グレースと一緒に働いていたアイリーン・コービー・ラ・ポルテが、友人たちと一緒にハンフリーズ博士の診察室にやって来たのだった。

彼女が異変に気づいたのは、一九三〇年の夏だった。子供を持ちたいと願う夫のヴィンセントと、それまで三回流産していたアイリーンは、シャークリバーヒルズのコテージに滞在しているあいだにセックスを試みた。しかし、アイリーンは体のなかに違和感を覚えた。膣に腫れがあり、性交に差し障りがあった。

ヴィンセントは彼女をハンフリーズ博士のもとに連れて行くと、彼は、クルミほどの大きさの肉腫があると診断した。この医師の努力にもかかわらず、彼女の容態は急速に悪化した。「足や脇腹がどんどん腫れてきて、麻痺してしまったんです」と、姉は振り返る。「刻一刻と悪くなる一方でした」

アイリーンは入院したが、一九三一年三月までに医師から、痛みを和らげる以外にできることはあまりないだろうと言われた。その頃には、太ももの上の部分が以前の四倍の大きさになり、肉腫がどんどん大きくなっていた。医師は、「腫瘍が生殖器の入り口をふさいでいるので、膣内の検査はほとんどできず」、排尿は困難で、痛みは「ひどい」という診断だった。

四月になって、彼らはマートランド博士を呼び寄せた。彼は回想している。「寝たきりの患者が、やせ細り、巨大な肉腫に埋め尽くされていました」。マートランド博士の診断は、瞬時で、しかも絶対的なものだった。

「ラジウム中毒で、余命は六週間とはっきり言われました」と、ヴィンセント・ラ・ポルテは言葉を詰まらせながら言った。

しかし、アイリーンには黙っていた。彼女は事態をちゃんと分かっていたが、彼女を傷つけたくなかったのだ。「彼女はいつも『ラジウム中毒で死ぬのは分かっています』と言っていました」。彼女の担当医師の一人はこう記憶している。「私はそんなことはありませんよと言い聞かせていました。きっと良くなりますよ、と。死の兆候を知らせないのが医者の務めでしょうから」

マートランド博士は、ラジウムの作用を世に知らしめるのに余念がなかった。彼は、いくつもの症例を見るうちに、潜伏性肉腫というものが、あの恐ろしいラジウム中毒のまだ知られていない一側面であることを見抜いていた。潜伏性肉腫は、ラジウムに被曝しても何年も健康でいられるのに、やがて恐ろしい影響を命に与え、肉体を蝕む。彼は付け加えた。「ラジウムを生産したり、それを医療的に用いたりする人たちのなかには、この病気の原因はメソトリウムにあると考える傾向が強く見られました。……最近おこなった検死解剖では、メソトリウムは消滅していましたが、ラジウムは残っていました」。彼が達した結論は次の一つのみだった。「人間の体内の通常の被曝線量を増やすべきではない。そうすることは危険であるというのが、私の考えです」。たしかに、彼の言うことは正しかったのだ。毎週、文字盤塗装工が、一人また一人と、新しいところに肉腫を見せたからである。背骨、足、ひざ、腰、目……。

アイリーンの家族には、彼女が急速に衰えていくのが信じられなかった。しかし、彼女にはまだ気力があった。一九三一年五月四日、病院で瀕死の状態にあった彼女は、ＵＳＲＣに損害賠償を請求し、和解することを申し出た。

しかし、ＵＳＲＣとしては、もう和解はこりごりというところだった。今はもうベリーを厄介払いしていたから、敵たちの言うことを聞く必要もないのだった。

それからわずか一ヶ月後、アイリーンは、勝てない運命にある厳しい闘いの末、一九三一年六月一六日に亡くなった。死の間際、マートランドは彼女の腫瘍が「巨大化」していると言った。そのため、「この女性をバラバラにしなければ、この塊を全部取り出すことはできません。フットボールの二個分以上の大きさです」とまで言った。こうしてアイリーン・ラ・ポルテは死んだ。

夫のヴィンセントは、自分でもどうしていいか分からないほどの怒りに包まれた。最初は赤く燃え上がり、痛みと悲しみが彼の体を焼き焦がしたが、時間が経つにつれ、それは氷のように硬い復讐の欲望へと冷えていった。ヴィンセント・ラ・ポルテは、妻のためにいくつもの法廷を闘い続けることになった。一九三一年、三二年、三三年、そしてその後も。

アイリーン・ラ・ポルテのＵＳＲＣへの訴訟は、最終的にオレンジの女工たち全員への判決につながるものだった。戦いを始めたヴィンセントはまだ知らなかったが、この戦いはまだ何年もかかることになった。会社は急いでいなかった。

そして、彼もまたそうだった。

マートランドは、肉腫について、つまり、一度でも筆を唇に当てたことのある文字盤塗装工のなかに潜んでいることを知るに至った油断のならない時限爆弾について、最後の声明を出さなければならなかった。

「私たちの調査の結果を待たなくても、被害者の数は驚くべきものになると確信しています」と彼は言った。

38

イリノイ州オタワ
一九三二年八月

誰にも見送られなかった女

キャサリン・ウルフは、仕事場へ向かう途中、イースト・スーペリア・ストリートの角で一息ついた。いつもは自宅から工房まで歩いて七分ほどの距離だが、この頃はもっとずっと長くかかった。コロンバス・ストリートを歩いていくと、白い教会が目に飛び込んできて、第二の故郷のように思えた。洗礼を受けた場所であり、聖体拝領をした場所であり、いつか結婚を誓う場所であり……。

自分にはたくさんの祝福がある。そう思って自分を元気づけ、まるでそれがロザリオのビーズであるかのように祝福を数え上げながら、歩いて行った。キャサリンは足を引きずっていたものの、それ以外はいたって健康だった。トム・ドノヒューのことも考えていた。二人は一九三二年一月に結婚する予定だった。友人たちの朗報もあった。マリーはビルという元気な男の子を、シャーロット・パーセルは女の子パトリシアを、それぞれ早産せずに出産していた。そして、キャサリンには仕事があった。アメリカでは、六〇〇万人が失業中である。キャサリンは週給一五ドル（現在の二三三ドル）で、一セントだってありがたいと思った。

彼女は、やっとの思いでラジウム・ダイヤル社にたどり着いた。あとは、昔の仲間であるマルグリット・グラチンスキに挨拶するだけだ。キャサリンは、ぎこちない足取りで自分のデスクに向かうと、ほかの女工たちの視線を感じた。自分の足が「噂になっている」ことは分かっていたが、リード氏は彼女の仕事の質を批判することはなかったので、彼女はゴシップに気を取られないようにした。

彼女がちょうどラジウムの重さを量り始めたとき、窓際の女工たちが、ケリー社長とフォーダイス副社長がシカゴから訪ねてきたと知らせてきた。女工たちはブラウスを直し、キャサリンは緊張した面持ちで黒髪に手をやりながら、机から立ち上がり、工房を横切って倉庫に向かった。

そのとき、リード氏と重役たちが工房に入ってきた。リード氏はいろいろと指摘をしていたが、キャサリンはその人たちが自分だけを見ているような、気まずい感じがした。彼女は必要なものを手に入れると、ゆっくりと自分のデスクに戻った。リードたちは、まだそこに立っていて、聞き取れないほどの声で話し合っている。彼女はどうしようもなく不安になり、八月の太陽が照らす窓のほうへ顔を向けた。

ふと、日差しが影に遮られた。

「リードさん？」キャサリンは仕事を中断し顔を上げて聞いた。

彼は彼女に事務所に来てほしいと言った。彼女は苦痛に満ちた重い足取りで事務所に向かった。ケリーとフォーダイスが事務所にいた。彼女はまた髪を整えた。

「すまない、キャサリン」とリード氏が突然そう言った。キャサリンは困惑して彼を見た。

「気の毒だが、君に辞めてもらわなければならないんだ」

キャサリンは口がぽかんと開き、突然乾くのを感じた。どうして？　仕事のせい？　自分はなにか悪いことをしたのだろうか。

リード氏は、彼女の目にその疑問が浮かんでいるのが分かったのだろう。「君の仕事ぶりには満足している。ただ、君が足が不自由な状態でここにいることが問題なんだ」と彼は認めた。

彼女は、会社の役員を次々に見た。「足を引きずっている君のことが噂になっているんだ」とリード氏は続けた。「みんな、君の足を引きずる姿のことを話している。会社にとって、あまりいい印象を与えないんだ」

キャサリンは頭を下げた。恥からなのか、怒りからなのか、痛みからなのか、よく分からなかった。「我々も……」。リードが少し間を置いて、上司と目を合わせると、上司もうなずいた。全会一致だ。「我々も、仕事だから君を辞めさせるしかない」

キャサリンは唖然とした。衝撃を受け、傷ついた。「私は無理矢理に辞めさせられたのです」と彼女は後に回想している。「無理矢理に」

彼女は事務所を出て、ラジウム会社の男たちを後にして歩き出した。そして、財布を持ち、足を引きずりながら階段を下りて一階へ戻った。まわりにあるのはなじみのものばかりだった。九年間、週に六日、彼女はこの工房で過ごしてきた。シャーロットやマリー、イネスやパール、メアリーやエラ、ペグなど、彼女がそこで知っていた女工たちの笑い声が、かつて高校だった壁面に一瞬響いたように思えたものだ。

今は誰も笑っていない。

キャサリン・ウルフ、いまや病気で解雇された彼女は、工房の入り口のガラス戸を開けた。歩道までは六段の階段があり、階段を一つ降りるたびに彼女は腰が痛くなるのを感じた。九年ものあいだ、彼女は会社に尽くしてきた。それはなんの意味もなかったのだ。

誰も彼女を見送らなかった。彼女をクビにした男たちはいつも通りの仕事をしただけだったし、リード氏はケリー氏とフォーダイス氏がその場に参加していたことで色めき立ったに違いない。彼は会社人間で、上司とお近づきになる機会を逃すわけにはいかなかった。女工たちは筆を置く暇もないほど、忙しかった。キャサリンは、最後の一段を降りながら、彼女たちがなかでしている作業に思いを馳せた。リップ、ディップ、ペイント。

誰も彼女を見送らなかった。それにしても、ラジウム・ダイヤル社はキャサリン・ウルフを見くびっていた。

会社は大きな間違いを犯したのだ。

39

ニュージャージー州オレンジ
一九三三年二月

正義のために——キャサリン・ショウブ

キャサリン・ショウブは、泣き出さないように自分の唇を強く噛みしめ、痛みで目をぎゅっと閉じていた。

看護士は、キャサリンの膝の包帯を取り替えると、「もう大丈夫」と安心させるように言った。

キャサリンは、自分の脚を見たくないので、恐る恐る目を開けた。この一年、医師たちは彼女の腫瘍の大きさをずっと観察していた。四五センチ、四七センチ半、四九センチと言われていた。治療の最初の段階では腫瘍はどんどん小さくなっていたのだが、いまやその勢いはまったく失われていた。この一週間ほどで、骨腫瘍は彼女の薄い皮膚を突き破り、大腿骨の下端がその傷口から突き出ていた。

彼女は、もっと幸せなことに心を向けようとした。入院する前、彼女は私立の療養所「マウンテン・ビュー・レスト」で神経を休めていたのだが、それはとても素晴らしいものだった。そのあいだに、彼女は回顧録を書き上げ、その抜粋を社会改革派の雑誌に発表した。キャサリン・ショウブは、作家として出版をした。それは彼女の長年の願いだった。「貴重な贈り物を与えられました。私は幸せを手に入れたのです」と、彼女は安らかな喜びとともに書いている。

このまま山奥にいられれば、もっと明るい気持ちになれたのに……。しかし、体調が悪化し、ハンフリーズ博士の診察を受けるためにオレンジ市までタクシーで通うようになると、会社側の医師団から請求書の支払いを渋られるようになった。実際、女工たちへの支払い額は全部合わせると相当の額になっていた。

前年の一九三二年二月、キャサリン、グレース、エドナ、アルビナのもとに、ユイング博士から無礼な手紙が届いた。「クレイヴァー博士がとくに承認していないサービスの請求書は、委員会では承認されないことをお知らせします。委員会は、もっと慎重に経費を精査しなければならないと感じています」。委員会は、「役に立つとは思えない」医薬品、定期的な医師の診察、訪問看護を拒否した。訪問看護は、掃除や着替えを手伝ってもらうために、女工たちがますます頼りにしているサービスだった。委員会はラジウム会社を「搾取するこうした行為」を防ぐ活動をしています、というのが言い分だった。

この委員会の決定が、キャサリンにとって大きな痛手となった。キャサリンは、この決定がきっかけで、会社の新しい方針に応じない決意を固めた。「私はもらえるものがもらえなくなりました……。ニューヨークの医師たちの言いなりになってはいけないと思うんです」。医師たちは、彼女のことを陰でこっぴどく揶揄した。ある医師は「彼女はもっとも扱いにくい患者の一人」と嘆いた。「このヒステリックな女をどうしたらいいのか、本当に困っているんだ」

キャサリンは、医療関係者に対する疑心暗鬼から、どんな治療上のアドバイスも受け入れられずにいたようだ。ハンフリーズ博士は足の切断を勧めたが、彼女は拒否した。ハンフリーズはこう書いている。「私は彼女に関して何の前進もしていないし、そうすることができるかどうか、とても疑わしい。キャサリンは、自分が望むときには徹底して頑固になるところがある。だからこそ、ＵＳＲＣから和解金を勝ち取った五人の女工たちの一人になったのかもしれないが」

ユイングの手紙には、経費削減の理由として、「ビジネス環境の悪化」が挙げられていた。ラジウム時計は、景気の悪化で売行きが落ち、他の商品も売れなくなった。しかし、今、会社の銀行口座から金を吸い上げているのは、そればかりではなかった。エベン・バイヤーズの裁判であった。

その前年の三月、新聞各紙で大騒ぎになった。バイヤーズ氏は、世界的に有名な実業家であり、プレイボーイであり、競馬をやり、「豪邸」に住んでいる大金持ちであり、有名人であった。一九二七年に怪我をしたバイヤーズは、医師から処方されたラディトールがいたくお気に召して、数千本を飲み干したという。

彼の話がニュースになったとき、見出しにはこう書かれていた。**「ラジウム水は、彼の顎が骨を失うまでよく効いた」**。バイヤーズは、一九三二年三月三〇日、ラジウム中毒で亡くなったが、死ぬ前に連邦取引委員会（ＦＴＣ）に、ラディトールが原因だという証拠を提出した。

当局は、文字盤塗装工のときよりも、はるかに迅速に対応した。一九三一年一二月、連邦取引委員会はラディトールの販売停止命令を出し、米国食品医薬品局もラジウム医薬品を違法と宣言した。そして、米国医師会は、ラジウムの内服薬を「新・非公式治療法」のリストから外した。文字盤塗装工の死が判明してもリストから外すことはなかったのに。労働者階級の女工たちよりも、裕福な消費者のほうが、よほど保護する価値があるかのようだった。そもそも一九三三年になっても文字盤塗装作業は続けられていたのだ。

キャサリンは、バイヤーズに関する記事を読んで、被害者を悼みつつも、圧倒的に自分は正しいと証明されたような気持ちになった。ラジウムは毒なのだ。しかし、バイヤーズ事件が起こるまで、世論はその逆を向いていた。ラジウム女工たちのうち四人は、事件から五年近くたった今でも存命だが、この訴訟は、会社から金を巻き上げるための詐欺行為にすぎないという批判が多くあった。

バイヤーズ事件は、USRCにとって災難だった。USRCは、今や禁止されることになった多くの製品にラジウムを供給していた。ラジウム産業全体が崩壊した。それと関係があるのかないのか、一九三二年八月、オレンジ工場には買い手がつかず、取り壊された。文字盤塗装工の工房は、最後に取り壊された建物であった。

彼女たちは、工房がなくなるのを見て、複雑な心境になった。それはほろ苦い勝利とでも言うべきものだった。彼女たちにとって、工房と工房がもたらしたものを消し去ることは、跡地を無粋なアスファルトで固めてしまうような単純な問題ではなかった。一九三三年二月、病室で横になっていたキャサリン・ショウブは、ラジウムが自分に何をしたかを見つめ直した。脚はボロボロになっていた。そして、悩んだ末に足を切断することにした。

それは、自分の将来を考えた決断だった。「私は、これからも書き続けるつもりです」と彼女は言った。脚があろうとなかろうと、それを実現することはできるはずだ。

しかし、ハンフリーズは、彼女に悪い知らせを伝えた。「切断など問題外です」。キャサリンも脚も、このところ悪化の一途をたどっており、そんな大がかりな手術をするにはあまりに深刻な状態だった。その後、キャサリンの容体は再び坂を下っていった。一九三三年二月一八日午後九時、彼女は三〇歳の若さでこの世を去った。

葬儀の二日前、悲しみのあまりか、最愛の父ウィリアムがニューアークの自宅の階段から転落してしまった。病院に運ばれたが、キャサリンが亡くなってからちょうど一週間後、彼女は父親とあの世で一緒になった。葬儀はキャサリンと同じ教会でおこなわれ、二人は聖セパルカー墓地に埋葬された。キャサリンの長い旅路、彼女自身が言うところの「冒険」の最後に、彼らは同じ場所に眠ることになったのである。

遠い昔の二月のある日、キャサリン・ショウブがラジウム会社で働き始めたとき、彼女はまだ一四歳だった。彼女は作家になって自分の才能を輝かせることを夢見ていた。そして、彼女は実際に自分の作品を出版し、その本は大きな力を発揮した。とはいえ、彼女の運命は、少女時代に夢見たものとはまったく違っていた。彼女は、会社を相手に、自分の権利のために立ち上がるという輝かしい模範となったのだ。

40

正義のために——グレース・フライヤー

まだまだ大丈夫だ、とグレース・フライヤーは思った。本当にまだまだ大丈夫。

つい最近、一九三三年のこの七月に、グレースは寝たきりになってしまい、まったく身動きが取れなくなってしまったのだ。しかし、彼女は自分に言い聞かせていたように、まだまだ大丈夫だったのだ。「家にいるときは、気分がいいんです」と彼女は明るく言った。「家が一番好きだからでしょう」

グレースの友人のエドナも、その気持ちを分かち合った。「家はいつも私を元気にしてくれます」と、エドナは語った。「いい日も悪い日もあるけれど、家にいると耐えられます」

エドナは、何はともあれ、とても元気だった。足が曲がってしまっても、杖をついて動き回り、友達を訪ねたり、パーティーを開いたりもしていた。そのうえ、編み物まで始めたのだ。編み物なら椅子に座ったまま何時間でもずっと作業ができたのだ。ラジウムで背骨が傷ついたとはいえ、「まだ何年かは生きられる」と、彼女は明るく生きていた。この楽観的な態度は、ルイスのおかげでもあった。「彼がいてくれるから、私はとても助かります」と彼女は静かに言った。

エドナは、自分の病気が死を伴うものだとは考えたこともない、と言い切った。「そう考えたら何か良いことがあるのでしょうか」と、彼女は叫んだ。先のことは考えず、ただ運命に身を任せようとしていた。

一方、アルビナ・ラリーチェは、自分でも驚いていた。ほかの誰よりも先に死ぬものと思われていたのに、六年も経ってもいまだに生きていた。キャサリン・ショウブは亡くなり、アルビナの妹のクインタも亡くなったが、自分はまだここにいる。これは奇妙なことで、混乱させられる。

アルビナは、エドナと同じように背骨が悪くなり、鉄のコルセットをつけていたが、杖さえあれば、ネズミのような歩幅ではあるが歩き回ることができた。まだ三七歳なのに、アルビナの髪はエドナ同様、真っ白になってしまった。アルビナは、エドナに比べると、あまり明るくないという評判だったが、それはそれ以前に失ったものがはるかに多かったからだ。三人の子を死産。二人の妹が先に逝った。ひどい、悲惨な数である。

しかし、夫のジェームズの配慮のおかげで、かつてはベッドに寝たきりで、与えられた半生をいかに終えるかを考えていた頃と比べると、最近はずっと幸せだった。アルビナは遠慮がちに「治る見込みはないと言われるけれど、私は見込みがあるという希望を捨てないようにしています」と言った。

一九三三年九月、グレースも同じように希望を抱いていたが、それは日を追うごとに薄れていった。母親は、できる限り家で看病していたが、結局、グレースはハンフリーズ博士のもとで入院することになった。

ハンフリーズは、彼女の足の肉腫が大きくなっているのが心配だと言った。

「私はもう長くは生きられない」と、グレースはかつて言っていた。「この病気から回復した人は誰もいません。だから、もちろん、私だってそう。なのになぜ怖いのだろう」

「グレースが恐れていたのは死ではありませんでした」と母親は言った。「それは苦しみの恐怖です。

永遠に続くような苦しみ。苦しみが何年も続くことを恐れていたのです。彼女は最後まで勇敢でした」

最期の時は、一九三三年一〇月二七日に訪れた。午前八時、おそらく一般的にいって人手が足りている頃合い、医師たちが一日を始めようとして準備ができている時間であった。マートランド博士は、彼女の解剖に立ち会い、もっとも特別な患者について最後の注意深い考察をおこなうことができたのである。グレースの死亡診断書には、死因は「ラジウム肉腫、工業中毒によるもの」とあった。ラジウム産業が彼女を殺したというのは、明白な事実であった。ラジウム産業が彼女を殺したのだ。

グレースは、レストランド・メモリアルパークに埋葬された。グレースの墓には石の印がついていて、彼女の名前の下にはすき間が空いていた。一四年後、彼女の母親が亡くなったとき、娘の名前の下に名前が追加され、二人とも安らかに眠ることができた。

彼女の死は、地元紙でも報道された。病に苦しむ前のグレースの写真が添えられていた。彼女は永遠に若いままであるように見えた。唇はなめらかでつやがあり、目は魂を見透かすかのように澄んでいる。古めかしい真珠の首飾りとイヤリングをきちんと身につけて、レースの肩のついたブラウスを着ている。彼女は美しく、明るく、壊れていなかった。そして、それが彼女を愛した人びとの記憶にずっと残っている姿だった。

「家族はみんな悲しそうでした」と、甥のアートは振り返る。アートは、グレースが亡くなった後に生まれた子で、グレースをよく病院に連れて行っていた弟のアートの息子だった。「父はそのことをあまり話しませんでした。でも、このことが父の人生に大きな影響を与えたと思います。きれいなお姉さんだったんですから」

グレース・フライヤーは、ただ美しいだけではなかった。彼女は優秀だった。頭が良かった。決然として率直で強く特別な存在だった。

　グレースの弟は孫に頼まれ、彼女のことを話したことがある。「彼女のことは決して忘れない」と彼は言っただけだったが、「決して」と繰り返した。

　グレース・フライヤーは決して忘れ去られることはなかった。彼女は今もみなの記憶のなかにいる。文字盤塗装工として、彼女はラジウムの粉のなかで輝いていた。しかし、一人の女性として、彼女はさらに光を増して歴史のなかで輝いている。体のなかで折れた骨よりも、彼女を殺したラジウムよりも、恥知らずな嘘をついた会社よりも、この世で生きていたときよりも長く、彼女はみずからの物語によって彼女を知った人びとの心と記憶のなかで生きているからである。

　グレース・フライヤー。すべての希望が失われそうになったときに戦い続けた女性、世界が崩れ去ったときでさえ、正しいことのために立ち上がった女性、グレース・フライヤー。彼女は、多くの人に立ち上がる勇気を与えた。

　彼女はレストランド・メモリアルパークに埋葬された。しかし、安らかに眠っているあいだにも、彼女の物語は終わってはいなかった。彼女の魂は、一三〇〇キロ離れた後輩の女工たちのなかに生き続けていたからだ。グレースが亡くなったとき、ラジウム工場が労働者を殺したという判決は下っていなかった。ラジウム工場に落ち度はないとされていた。いまでは、グレースが安らかに眠るそのかたわらで、彼女が灯した松明を受け継ぐ人がいる。彼女の足跡をたどるものがいる。闘いを続けるものもいる。償いのために。存在を認めてもらうために。

　正義のために。

[第3部]——正 義

41

イリノイ州オタワ
一九三三年

その頃、もう一つの文字盤塗装工房

ラジウム・ダイヤル社経営陣は、オタワに自社工房を開設して三年以内、少なくとも一九二五年には、ラジウムに毒性があることを確認していた。それは、マルグリット・カーロフが最初にニュージャージー州で訴訟を起こし、マートランドが検査方法を考案した年だった。経営陣はケアの研究を読み、ラジウム会議に出席し、エベン・バイヤーズの件を知っていた。つまり、彼らはラジウムの危険性を間違いなく知っていたのだ。

同社の従業員が一九二八年にニュージャージー訴訟を知ったとき、会社は嘘をついた。女工の安全は医学検査によって証明されており、また、「純粋なラジウムだけ」しか用いていないので、塗料は安全だと、新聞に一面広告を出した。ペグ・ルーニーが亡くなったときも嘘をついた。「ラジウム中毒を示すものは何一つ」なかった。しかし、それは死後に彼女の顎の骨が切り取られたため、証拠となるものが誰の目にも見えなくなってしまったからだ。

同社が新聞社に手当たり次第宣伝したので、会社は街から支援を受け続けた。最終的に重役たちは、万が一にも危険があったとしたら工房を閉鎖すると約束した。従業員たちは好待遇を受けていたし、利益よりも人を優先する努力を惜しまなかったのだから、街が会社を支持したのも当然だった。誰もが本当に安心安全な職場に違いないと思っていた。

マルグリットが訴訟を起こして以降の八年間、ラジウム・ダイヤル社は変わらずに、オタワという小さな街で毎日絶えることなく操業を続けた。

―

いやいや、ラジウム中毒なんて絶対にありえません、と地元の医者はキャサリン・ウルフ・ドノヒューに言った。彼女は自分の病の原因が未だ分からぬまま、片足を引きずりながら診療室を出て、ゆっくりと自宅のあるイースト・スーペリア・ストリートに帰ろうとしていた。彼女は一人ではなかった。彼女の押す乳母車には、トム・ドノヒューと結婚して翌年の一九三三年四月に生まれた息子トミーが乗っていた。「私は神様のご加護をたしかに受けていると思っていました」とキャサリンは書き残している。「最高の夫と、可愛い子供を授かったのですから」

彼女とトムは、聖コルンバ教会で一九三二年一月二三日に結婚した。当時すでにキャサリンのおじ夫婦は他界していたし、トムの家族は結婚に賛成していなかったので、二人の結婚式は参列者二人とこぢんまりとしていた。彼らの姪メアリーの記憶によると「トムの家族はみな、彼女の健康が見るからに芳しくなかったので結婚に反対していた」。だが、トム・ドノヒューはキャサリン・ウルフを熱愛していた。いわゆる恋愛結婚だった。そんなわけで彼は身内の言葉など無視した。

ドノヒュー家の人びとも結婚の誓いが交わされるときには結婚を認めるようになっていた。トムの兄弟マシューが花婿の介添人となり、彼の双子の妹マリーも参列した。地元紙は「厳冬のなか、とびきり可愛らしい結婚式」が執りおこなわれたと書いている。緑色の絹クレープのドレスを着て、サーモンピンクのバラのブーケを手にトムのもとへとウェディング・アイルを歩いているとき、足取りはぎこちなかったが、キャサリンは、こんなに幸せだったことはないと思った。トミーという息子に恵まれたとき、その気持ちはまさに頂上《ピーク》を迎えた。健康が蝕まれなければ、彼女はそのまま世界の頂上《てっぺん》にずっといたことだろう。

その日の診察は彼女にとって三番目の医者だったが、他の医者と同じくなにも分からなかった。「医者は推測しただけでした」。とある文字盤塗装工の親族は、街の医者について述べた。「(何が問題だったのか) みんなまったく分からなかったのです。とりわけオタワの医者が」

地元の医者は、おそらく田舎の小さな街で外部と遮断されていたのか、十分な知識がなかった。そうした医者のなかに残酷な発言をするものがいたのは、当時すでにマートランド博士がラジウム中毒について数多くの論文を発表していたことを考えると、おそらく彼らの勉強不足のためだっただろう。たとえば、オタワで、ペグ・ルーニーを診た医師は最近になって述べている。「蛍光塗料が肉腫の原因になるなんて私の頭には浮かびもしませんでした」

彼らの頭に浮かばなかったとしても、オタワの医者たちは否応なく、かつてのラジウム・ダイヤル社の女工らの奇妙な症状を診ることになった。セイディ・プレイは額に大きくて黒いこぶができていた。彼女は一九三一年一二月頃に死亡し、死亡証明書には死因肺炎と記録された。ルース・トンプソンは結核による死亡と推定されている。医者たちはこれらの女工たちがみな、ラジウム・ダイヤル社で働いていたのは偶然であり、それ以上の接点があるとは考えなかった。彼女たちはそれぞれ異なる原因で亡くなっているし、彼女たちの症状も非常に異なっているのだから、互いに関連している可能性はないはずだった。

さて、キャサリンは力なく乳母車を押して、自宅玄関にたどり着いた。彼女の自宅イースト・スーペリア・ストリート五二〇は、一九三一年に亡くなったおじが彼女に遺してくれたもので、とんがり屋根に屋根付きのポーチがある下見板張りの二階建ての一軒家だった。家は静かな住宅街にあった。「大きな家ではありませんでした」と、キャサリンの甥ジェームズは回想する。家には台所と質素ながらも食事室《ダイニング・ルーム》があり、トムがそこで夕べの祈りの書を読んで過ごした。その部屋には青いソファーとオーク材の丸テーブルがあった。まさに完璧なファミリー向けの家だった。「私たちは息子トミーと一緒に家にいるだけで本当に幸せでした」と、トムは愛情いっぱいの微笑みを浮かべて回顧した。

床で遊ぶトミーを見ながらキャサリンは診察のときのことを振り返っていた。東部の文字盤塗装工の死が頭にあったので、その日、彼女は自分がラジウム中毒になっているのではないかと尋ねたが、医者ははっきりと、そう思わないと返答した。他の医者と同様に、この医者も「ラジウム中毒や、彼女の症状をそのように診断するような情報を得ていないと繰り返し述べた」。おそらく医者たちは新聞記事を読んでいたのだろう。ラジウム・ダイヤル社で用いられている塗料が危険ではないのだから、オタワの女工たちがラジウム中毒に汚染されるはずがない、というわけだ。

教会に行くたびに、キャサリンは、道を隔てたところにあるラジウム・ダイヤル社の工房を意識せずにはいられなかった。工房は最近とても静かだった。不況という刃《やいば》はオタワの小さな街にもしっかりと突きたてられていた。不況の影響は甚大で、イリノイのような農業州も逃れることはできなかった。多くの文字盤塗装工は解雇された。残ったものも、おそらくエベン・バイヤーズの事件をうけて、口を使って筆を尖らせる作業はしなくなった。代わりに指を使ったものもいたが、これによって女工が扱う塗料の量は二倍になってしまった。しかし、経済的に困窮していたので、そこで働くものたちは、どんな手段を使ってでも塗装作業を続けた。幸運にも仕事にありつけた人たちだったので、会社に猛烈なまでに忠実だった。困窮した時代に雇用してくれるところなど数えるほどだったので、雇用をもたらす人は街全体でサポートするべきだというのが世間の雰囲気だった。

当初雇用されていた女工たちの多くは解雇されるか退職していたが、彼女たちの交友関係は絶えることはなかった。キャサリンの家のすぐ近くにマリー・ロシターやシャーロット・パーセルが住んでいた。彼女たちはたびたび一緒に過ごし、顔を合わせて話をした。彼女たちの話題は、シャーロットの脆くなった顎やひじの痛み、マリーの脚の炎症についてだった。マリーもシャーロットもさまざまな医者に診てもらっていた。医者とのやり取りについて互いに話すにつれて分かってきたのは、医者の反応が同じだったことだ。そんな反応を医者にされたのは彼女たちだけではなかった。メアリー・ロビンソンの母親は、彼女が娘の病の原因がラジウム中毒ではないかと言うと、どの医者も「冷笑したんです」と話している。

オレンジでの出来事と同様に、不可解な病がオタワの女工らを苦しめていたが、しかし、ここには、先駆的な医学上の発見をしてくれるマートランド博士も、リン性壊死に詳しいバリー博士すらいなかった。女工たちが経験していたのは、この街にとってまったく未知なる出来事だったのだ。

ただし、全国調査官のスウェン・ケアのあの訪問調査はすでに実施されていた。ケアは地元の歯科医や医者の複数人と面会していた。それも一回ではなく二回も。彼は医者たちに自分が何を探し求めているかを伝え、ラジウム汚染の兆候がなんたるかを説明していた。にもかかわらず、医者たちは、点と点を結ぶ努力をしなかったし、労働統計局に報告すると一度は約束したのに、これらの奇妙な症例を報告しなかったらしいのだ。

見落としなのだろうか。もしくは、彼女たちの何人かが恐れるように「地元の医者たちは誰もこの事実を認めるつもりがない」のだろうか。文字盤塗装工の親戚の一人はそう考えていた。「あの人たちは、あそこの会社にどんなもめ事であれ起こって欲しくなかったんですよ」

「彼らはみな買収されていました」と別の人は主張した。

「混乱していました」と、キャサリンの姪のメアリーは当時を思い出し話してくれた。「私が覚えているのは、何が問題なのかを誰も分かっている人がいないらしいこと、ただそれだけです。でも、私たちには何かがなんだかおかしいと分かっていました。すごくおかしいってことを」

42

失われた片腕

シャーロット・パーセルは食料品がたくさん入った買い物袋を抱えながら、家路についた。これで何食分の食事をまかなうことができるのか、それが彼女の目下の悩みの種だった。本当に厳しい時代で、誰もが耐乏生活を強いられていた。

一九三四年の二月頃の新聞にはもっと厳しい記事があふれていた。これまでに経験したことがないような歴史的な不況を国中が経験していた。今や三人の子供を養うシャーロットと夫アルにとっては心許ない状況だった。帰宅の途上、シャーロットは立ち止まって、自分の左腕を慎重にさすった。昨年から徐々に違和感を覚えていたが、今や、痛みとなって持続的にうずくようになってきた。「地元の医者は妻に温めたタオルを使えと言ったそうです」と、夫アルは回想した。

しかし、温めたタオルなどなんの効果もなかった。シャーロットは、指先を集中させて、自分の腕をそっと撫でてみた。間違いない、確実に大きくなっていると彼女は思った。肘の小さな膨らみをじっくりと見た。ほんの小さなコブだったが、どんどん大きくなっているようだと彼女は思った。あとでアルに見せて、彼の意見を聞いてみよう。

突然、痛みのためにシャーロットは叫んだ。左手に持っていた袋が地面に落ちて、袋の中身が歩道に転がり落ちた。「肘全体にナイフで刺されたような鋭い痛み」を感じた。彼女は唇を噛んで、痛む箇所をふたたびさすりながら、転げ落ちたものを拾おうとしゃがんだ。こうしたことが起こる頻度が増してきた。手に持っているものを突然落としてしまうのだ。そんなことは、今の彼女には一番起こって欲しくないことだ。子供たちは四歳、三歳、一歳半。なにがなんでも元気にならねばならなかった。

きっと祈りが助けになるはずだ。その日曜日、いつものように、敬虔な彼女は聖コルンバ教会に来て、頭を下げて祈りを捧げていた。すると小さな騒動が起きた。教会の椅子に座っていたシャーロットがそちらを見ると、友人のキャサリンがひざまずこうと難儀していた。脚の硬直症状が進行してきたキャサリンは、教会の信徒席でひざまずくのに苦労していた。トムは彼女を助けようと抱きかかえていた。彼は見るからに妻の状態を案じていた。

実際、トムは「不安で押しつぶされそう」だった。キャサリンは今のところなんとか膝をついて歩いていたが、歩けなくなるのは時間の問題だった。なにか良い治療を受けるにしても、家にそんなお金がないと彼女は繰り返し言っていたが、トムはなんとかしようと決心した。なにしろ自宅はキャサリンの持ち家なのだから、いつでも抵当に入れることができるし、そうすれば、医者への支払い問題は解決するだろう。

トムは妻がゆっくりと立つのを手伝った。彼女は立ち上がるのにも一苦労で、まっすぐにしようと手足に力を入れるたびに、痛みのためにうめいていた。実際、こんな状態があまりにも長く続いている。オタワの医者が助けにならないのだったら、誰か助けてくれる人を探そうとトムは決意した。

彼は一番近い都会のシカゴに向かった。一三六キロ離れていたが、トムは一四〇キロ移動して、その日のうちに同じく一四〇キロ戻ってきた。医者を一緒に連れて帰ってきたのだ。その医者がチャールズ・

ロッフラーだった。「評判の医師」かつ血液の専門家のロッフラーは、突き出た耳が特徴で優しげな顔立ちをしていた。彼とキャサリンの最初の対面は、一九三四年三月一〇日にキャサリンが働くオタワの事務所だった。経験豊かな彼にとっても彼女の症状は困惑させるようなものであったが、原因を突き止めようと彼は決意してくれた。彼は血液サンプルを取って、シカゴで検査し、「血中に有毒物質」と記録に残した。

次の土曜日に彼がオタワにふたたびやって来たときには、そのあいだにキャサリンの容体は明らかに悪くなっていた。彼女の体調はあまりに悪く、そのため診療費が高額になって、ロッフラーの請求書がついには六〇五ドル（一万七〇一ドル）に達したときに、彼女は仕事を辞めさせられた。ロッフラーは、原因追及を続けるとともに、彼女の貧血症状と悪化する痛みを軽減するためにできるかぎりのことをしてくれた。

一方、シャーロット・パーセルの肘のしこりはゴルフ・ボールの大きさになっていた。腕全体に「ひどい痛み」が広がっていた。夜になると痛みはさらにひどくなったので、彼女は眠ることもできず恐怖のあまり混乱しながら横になっていた。彼女とアルもまた、隣人のトム・ドノヒューと同じくシカゴに行ったが、「シカゴの専門家一五人も彼女の症例についてはなにも分からなかった」。

キャサリンが友人たちにロッフラー博士のことを紹介したので、次に彼がオタワに来たときにはシャーロットも診てもらった。そして彼女はかつての同僚にも同様に勧めたようだ。「彼女がみんなを団結させたんです」と親戚は述べた。「その点についてあの子は少し強引でした」。女工たちは職場では仲間であったし、生き残ったものたちは彼女たちのシスターフッドという結び付きを忘れたりしなかった。そうして、ロッフラーは彼の滞在先の地元ホテルで非公式に彼女たちを診察するようになった。

ヘレン・ムンクも診てもらった。彼女は今や独り身だった。本人曰く、病気を理由に夫に離婚させられた。彼女は、自分の脚が「空気が通っているかのように空洞」になっているような気がすると証言している。彼女は「出かけるのがいつも好きだった」けれど、「今はもう、大人しく静かにしていなければならない。静かにしていたいなんて思ったことなんて一度もなかったのに」と悲しげに話した。

黒い髪をして母性的なオリーヴ・ウェスト・ウィットはとても動揺していた。「どんな感じかって言うと、私はまだ三六歳なのに、まるで七六歳のような生活をしているみたいな感じ」と彼女は述べている。イネス・ヴァレットもまた片足を引きずりながらホテルへと向かった一人だった。去年二月から、顔の一方からずっと膿が出るうえに、腰骨が「前にも後ろにも動かせない」位置で固まって動かすことができなかった。マリー・ロシターは博士に「踊りたいのに、足首と足の骨のせいで踊ることができない」と伝えた。シャーロットは、フランシスとマルグリットのグラチンスキ姉妹にも診てもらいに来るようにと説得した。「シャーロットは自分のことを哀れだと思っていませんでした」と親族の一人は述べている。「いつだって彼女は（みんなを）連れてきて、面倒をみていました」

ロッフラーは一九三四年の三月中ずっと、また四月に入っても週末になるとオタワに通っていたが、まだ診断を出すことができずにいた。四月一〇日になると、シャーロットはもはや待てなかった。彼女の腕のしこりはますます大きくなり激痛を引き起こしていた。「結局、妻をシカゴのマーシャル・デイヴィソン博士のところに連れていきました」と夫アルは回想した。

クック郡立病院で、デイヴィソン医師はシャーロットに選択を提示した。彼は、彼女が生きるために残された選択肢は一つしかないと告げた。それは腕を切断することだ、と。

シャーロットは二八歳で、彼女には五歳にもならない子供が三人いた。なんという選択肢なのか。彼女は生きることを選んだ。

医師は肩から彼女の腕を切り落とした。そのため、後に親族の一人が述べるように、「接合させる部分がなく人工義手やフックを装着することができなかった」。なくなってしまった。そこにいつもあり、鼻をかいたり、買い物袋を下げたり、時計の文字盤を持っていたりした腕が消えてしまった。他方、担当医らはその腕に魅了された。医療人としての残酷な関心ゆえに、手術後、めったにないものだとして腕はホルムアルデヒドに漬けて保存された。

パーセル家の人びとは説明しがたい安堵感を覚えた。「デイヴィソン博士は、彼女の命が助かって幸運だったと仰いました」とアル・パーセルは静かに述べた。

とはいえ、彼の妻は「無力」になってしまった。手術前に彼女が最後におこなったのは、左手から結婚指輪を外すことだった。彼女はそれを右手につけ、なくなった腕を覆うように、左袖を安全ピンで止めてほしいとアルに頼んだ。後に彼女は述べている。「夫は私の手です」

シャーロットとアルは、今後これ以上の大きな犠牲が出ないことを願った。しかし、すでに困ったことが起きていた。アルは「彼女はまだ、切断したはずの手や腕にひどい痛みを覚えていました」と述べた。かつてのゴースト・ガールはもはや存在しない腕の幻《まぼろし》の痛みに苦しんでいた。

「右腕に再発する可能性もありました。私たちにはまだ分かりません」とアルは言った。

時間が経たないと誰にも分からないこともあるのだ。

43

冷淡な街

その知らせは手紙でイースト・スーペリア・ストリート五二〇に届けられた。なんの変哲もない薄っぺらい封筒に、トマス・ドノヒュー様宛と書かれていた。見た目はなんでもないものだったが、そこに記されたニュースはとんでもないものだった。顎のエックス線などの検査をしたことによって、ロッフラー医師は断言した。キャサリン・ドノヒューはラジウム中毒にかかっていた。

「トムは打ちのめされました」と彼の姪メアリーは回想している。「本当に大打撃を受けました。トムがどうやって乗り切ったのか分かりません」

トム自身は「それ以降（キャサリンが）できないときには私が（トミーの）面倒をみました」と述べている。

キャサリン本人は自分の感情について人前で話すことはなかった。おそらく彼女は、彼女の患者仲間と同様に祈っていたのだろう。「私はかたく信じていました」と彼女の友人の一人は書き残している。「祈りは困難を乗り越える唯一の手段なのです」

だが、キャサリンとトムがシカゴからの手紙を受け取って数日も経たないうちに、キャサリンの病は、彼女から祈りの慰めすらも奪ってしまった。一九三四年四月二五日水曜日、彼女は、近くの聖コルンバ教会に不自由な足で行ったものの、教会でひざまずくことができなかった。腰骨が硬くなって祈る姿勢が取れなくなってしまったのだ。敬虔なキャサリンにとって、これは心底苦痛な出来事であった。シャーロット・パーセルが「腕を失ってから初めて」病院から家に戻ったのはちょうどその頃だった。ラジウムがすべての原因だという医師たちの立証があった。だからトム・ドノヒューは誰かがラジウム・ダイヤル社に告げるべきだと考えた。

オタワは小さな街だ。夫が同社の管理責任者を、妻が技術者を務めていたリード夫妻は、聖コルンバ教会に通ってはいなかったが、通勤途中にいつもその前を通っていた。

「通りを歩いている彼が見えた」ので、リードのところに駆け寄ったんですとトムは回想している。「私は、女工たちの具合が悪くなっていることと、彼女たちが使っていた塗料の物質が原因だと医者が突き止めたことを彼に伝えました」

しかし、リード氏は責任を認めることを一切拒んだ。階段を降りるとき、偶然工房の前を通りかかったシャーロットと夫を見ても、彼は責任を認めようとしなかった。アルはこれまでのことについて「相当怒って」いたが、リード氏は自分たちのこれまでの説明をなにひとつ認めなかった。

ロッフラー博士もまた、会社にコンタクトを取ろうとした。ただし、彼はリード氏を飛ばして、彼の上司にあたる副社長フォーダイスに電話した。「私は彼に自分が診た複数の症例をもとに話しました。すべての（他の）症例を調査するのが賢明だと考えたのです」

ロッフラー博士からの電話は、ルーファス・フォーダイスにとって、予期せぬものではなかった。会社は、一九二八年におこなったラジウム・ダイヤル社で働くすべての女性たちの放射能テストの結果を所有していた。テストの結果は、その日検査を受けた六七人の女性従業員のうち三四人が放射能汚染陽性もしくはその疑いを示すものだった。つまり、同社全労働者のうち半分を超える割合だ。

当時、会社はプレス・リリースにおいて次のように述べていた。「(ラジウム中毒の)症状もしくはそれらしい症状すら見つけることはできなかった」。これは、データ誤読による計算違いなどではなかった。データが示していた結果は明らかだった。ほとんどの従業員は放射能被曝しており、ラジウム中毒の明らかな兆しがあった。女工たちの徴候から真実が示されていたのに、同社は意図的に、また恥知らずにも嘘をついたのだ。

同社はまだ、秘密のリストに記された彼女たちの名前を保存していた。リストの彼女たちは放射能汚染の程度に従ってナンバリングされていた。ナンバー1は被曝顕著で、そのなかにはマーガレット・ルーニー、メアリー・トニエリ……そしてマリー・ロシターらの名前があった。「被曝状況深刻の疑いあり」のなかには、キャサリン・ウルフやヘレン・ムンクの結果が含まれていた。

およそ六年ものあいだ、ラジウム・ダイヤル社は女性従業員が放射線被曝していたことを知っていた。にもかかわらず、「その発見情報は、事実が知れ渡ってしまうと自分たちのビジネスが混乱に陥ることを恐れた同社によって注意深く機密にされた……労働者のパニックが起きるかもと恐れられたために、被害者たちは自分たちの置かれた状況も原因も知らされることもなかった」。

これらすべてから明らかなように、ロッフラーの電話があったとき、フォーダイスの腹は決まっていた。彼はすべてを拒絶した。

しかし、キャサリン、シャーロット、そして女工はみな、会社に賠償金を払ってもらうことを決意した。さまざまな意味で彼女たちに選択肢はなかった。キャサリンはすでに病気の治療のために相当な金額をつぎ込んだがどれも徒労に終わっていて、彼女もトムも一文なしだった。

そんな女性たちが次のステップに進むのを手助けしてくれたのが、ロッフラーだった。彼はシカゴの弁護士事務所に勤める法廷速記者ジェイ・クックを紹介してくれた。クックは以前、全産業の賠償問題を監督するイリノイ産業委員会に勤めていた。彼は「事実上無償で」彼女たちの代理人になることを約束してくれた。

彼女たちは彼と面識はなかったが、彼は大都会から助言を送ってくれた。多くのニュージャージーの法律家たちと同様に、彼は、彼女たちの訴訟が容易ではないこと、また、早期解決が彼女たちの利益になることを、すぐさま見抜いた。女工たちは彼に、かつての同僚メアリー・ロビンソンが、同社がスタートした最初の年に腕を切断した後に賠償金をもらっていたという噂があることを伝えた。「ダイヤル社の人はたしかにお金をくれました」とメアリーの母は認めた。「会社はお金をメアリーの夫フランシスに払いました。大した額ではありません。たしか全額一〇〇ドル（一七六八ドル）にも満たなかったはずです」

たしかに大した額ではなかったが、それでも、それは残された女工たちが金銭的支援を得る希望を開く扉であった。会社にアプローチする理由はほかにもあった。出訴期限法〔訴訟を提起できる期間を定めた法律〕だ。イリノイ州法によって、女性たちは症状が出ると速やかにラジウム・ダイヤル社に自分たちの症状を通知しなければならなかった。その通知によって、会社は、女性たちの損害が勤務中の出来事だという理由で、法に従って医療を提供したり、賠償金を支払ったりすることになるのだ。

みんなをリードしたのは、初期から行動をとっていたシャーロットとキャサリンだった。今や彼女たちの望みは、同社が公正に行動してくれることだけだった。ジェイ・クックの支援を受け、彼女たちの夫たちとともに、女性たちは計画を立てた。キャサリンは一九三四年五月一日に女性たち全員を代表して手紙を書き、その後、アル・パーセルが工房に電話し、キャサリンは電話口で工房の責任者リードに向かって文面を読み上げた。すぐさまトムがそれをポストに投函した。会社には通告を与えた。女性たちは返答を待つだけだ。

彼女たちは待った。待って、待って、待ち続けた。しかし、五月八日になってもなんの返答もなかった。一言も返事なし。

クックの助言に従って、女性たちは自分たちでアクションを起こすことにした。つまり、かつて上司だったリード氏を訴えるため、ラジウム・ダイヤル社に向かった。

キャサリンが歩いたのは、これまでに何度も通った道のりだった。家を出てすぐ右に曲がって、コロンブス・ストリートをまっすぐ行って、左に曲がって、一ブロック歩いて行けばラジウム・ダイヤル社に到着する。けれども、こんなに長く感じたことは一度もなかった。彼女は緊張していたが、みずからの力で行かなければいけないと分かっていた。自分のために、また、他の女工のために。みんなは、自分とシャーロットが「女性たちの代表」となることに同意してくれたのだから。

シャーロットは、キャサリンの難儀そうな足取りに合わせて、ゆっくりと歩を進めた。なんだか上手く歩けないとシャーロットは感じていた。歩くときに腕をこんなに使って歩いていたなんて、これまでまったく意識していなかった。使おうと思って力を入れても、そこには何もない。

シャーロットは自分のことでくよくよ思い悩む質《たち》ではなかった。「彼女は自分のことを哀れんだりしませんでした。絶対にしませんでした」と、親戚は言った。切断手術の後に「家事ができない」と話していたというが、早くも彼女はなんとかやっていく術《すべ》を見つけていた。まずは、口を使って赤ん坊の布おむつを替えてピンで止める方法をあみだした。ほかにも、取っ手部分を顎で押さえれば、フライパンを洗うことができることを発見したりもした。もちろん、それ以外のことはアルがやってくれた。

しかし、今、アルはここにいない。キャサリンとシャーロットの二人だけだ。二人は一緒に歩いていたものの、彼女たちが初めて工房に入ったときとは大違いだ。キャサリンは、入り口の階段六段をぎこちなく上がり、できる限り、まっすぐに立とうとした。そうしてから、彼女たちは建物のなかに入り、リード氏を見つけた。

「何週間も診断に時間をかけて診てくれた医師から手紙を受け取りました」とキャサリンは彼に、礼儀正しく話した。「洗練された言葉づかい」の持ち主の彼女は確信をもって話した。「医者は、私の血液内には放射性物質があるという確固たる結論に至りました」。彼女はシャーロットも含まれていることを身振りで指してから述べた。「私たちはラジウム中毒に侵されています」

これだ。これが事実だ。声にして言うのは容易ではなかったが、しかし、これが事実だ。彼女は返答を待ったが、九年間も自分が働いていた職場の管理職の男からはなんの言葉も返ってこなかった。

無言のままのリード氏に向かって、「法律上のご助言をお願いしたところ」とキャサリンは言葉を続けた。「(私の弁護士たちは)会社に、賠償金と医療保障を求めるようにと助言をくれました。私たちには賠償金を得る資格があるというのが、法律の専門家の見解です」

リード氏は、かつての従業員に目をやった。やっとの思いで工房に入ってきたキャサリン。もはや腕のないシャーロット。

「私にはあなた方に問題があるとは思えません」と、彼はゆっくりと述べた。

二人は驚愕するほかなかった。

「それ以上付け加えることはない」と彼はふたたび言葉を発した。

「彼は拒絶したんです」と、キャサリンは怒りをあらわにして述べた。「私たちへの賠償要求を検討することすら拒絶したんです」

彼女は彼に他の女性たちの状況についても伝えたが、彼は主張を撤回しなかった。二日後に、メアリー・ロビンソンが亡くなっても、撤回しなかった。

彼女の死は重要な意味をもっていた。「メアリーの死は、ラジウム中毒による最初の症例と確実に呼べるものでした」と、彼女の母スージーは回想した。「(彼女の担当医らが)ニューヨークの研究所に骨の一部を送ったところ、ラジウム中毒に侵されていたと返答がありました。だから、オタワの医者たちは否定することができないはずでした」

しかし、スージーはオタワの医師たちの意固地な性格を計算に入れていなかった。大都会のニューヨークやシカゴの人間がオタワの女工がラジウム中毒だと診断したからといって、それが自分たちにとって真実とは限らない——これが彼らの考えだった。オタワの医者は疑い深く「ラジウム中毒が女性たちの病や死の原因であることをいっこうに認めようとしなかった」。メアリーの死亡証明書にサインした医師は「死亡した人の職業に関係する病だったか」という項目に対して「いいえ」と記載した。

しかし、地元の医者たちは納得しなくとも、女性たちは断固として確信していた。会社が彼女たちへの支援を断ったことを踏まえて、一九三四年の夏、文字盤塗装工の大多数が——そのなかにはキャサリン、シャーロット、マリー、イネス・ヴァレットが含まれるが——一人あたり五万ドル(八八万四三九一ドル）の訴訟を起こした。ジェイ・クックは勝算が十分にあると考えていた。イリノイ州法は進歩的だったし、一九一一年に通過した先駆的法律が長きにわたって会社の従業員への保護を求めていたからだ。

しかし、同社の破綻につながるような事態を必ずしも皆が歓迎したわけではない。街は「女性たちの告発がコミュニティの〈面子〉をつぶすことだと憤慨した」。オタワはつながりを大事にする団結力の強い街だが、彼女たちはすぐさま、街が反対するときには徹底して反対することを思い知らされた。「街の人たちが親切だったとは言いがたかった」とマリーの親族は言葉少なに証言した。

要するに、ラジウム・ダイヤル社は地域に貴重な雇用先を長年提供してくれていた。今日大恐慌とも呼ばれる、国中がこれまで経験したことのないほどの不景気のまっただ中、仕事と給料をもたらしてくれる同社を保護しようとする気運が、地域社会にこれまでになく高まっていた。女性たちは自分たちの病気やその原因について話したものの、疑われ、無視され、距離をとられたと感じたのであった。

何日にもわたって、かつての同僚や友人たちが代わる代わる彼女たちを非難した。「マーガレット・ルーニーは雇われたときから、墓場に片足を突っ込んだみたいな子の一人に（私には）見えたね！」ラジウム・ダイヤル社のとある従業員はこれでもかと言った。「ラジウムのせいで死んだと言われている（女工たちは）雇われた時点ですでに、ひどい有様でしたよ」

「なかには、私たちが伝染病に感染しているかのように、寄りつかない人たちもいました」と、キャサリンの友人のオリーヴ・ウィットは述べた。キャサリンがオタワのディヴィジョン・ストリート（「分断通り」の意）の近くに住んでいたことは、女性たちの件が街を二分したことを考えると、胸が痛いがあまりにもぴったりだった。そして「ビジネス界、政治家、聖職者」の誰もが女性たちが起こした訴訟に反対し、非難の声は街のトップからも出るほどだった。

けれども、イースト・スーペリアの小さな家にいたキャサリンは、外の世界の出来事すべてに無関心になっていた。彼女の世界は今やある一点に向かっていた。下見板張りの自宅へ、自分がいる部屋のなかへ、そして自分の体を包む服の内部へ……自分の体そのものへと。彼女は、耳をそばだてるように、身動きせずじっとしていた。そしてまた彼女は感知した。

彼女はあの動きを感じた。彼女にはそれがなんなのか分かった。

キャサリン・ドノヒューは妊娠したのだ。

44

出産と決意

ロッフラー博士によるキャサリンへの治療はすぐさま中断された。深刻な貧血症状への薬剤投与も鎮静剤も、胎児に影響があるため使用できなくなった。中絶は一度も議論されることはなかった。キャサリンとトムは敬虔なカトリック教徒だったので中絶を考慮しなかった。この子は神様からの授かり物だった。

とはいえ、キャサリンはロッフラー博士の診察を続けた。彼だけが信用できる医師だった。しかし彼の診察料は高価だった。トムは悟られないように努力していたが、膨れ上がる医療費は相当な負担になっていた。

ダイヤル社の文字盤塗装工の訴訟がオタワの周辺の人びとにも知られるようになるにつれ、彼女たちの行動に非難も高まった。だが、このニュースを非難する人ばかりのなか、この話題が耳に入ってきたことで、今まで理由が分からずに不可解に思っていた出来事を説明できるようになっておおいに安堵したものもいた。

「偶然でした」とパール・ペインは書き残している。「かつてラジウム・ダイヤル社に勤務していた女工たちが理由も分からぬままに若くして亡くなっていることを知ったのは。それで、あれこれの事実を重ねて考えてみたら……私自身が、ラジウム中毒にかかっているという結論に達したのです」

パールが文字盤塗装の作業に従事したのは、一九二〇年代初頭のたった八ヶ月間だった。彼女の住まいはオタワではなく、ラサールという約二一キロメートルほど離れたところだった。それは車なしではかなりの距離だったし、一九三〇年代当時、車を所有する人はほとんどいなかった。パールは母の看護のためにダイヤル社を退職した後は、夫のホバートとともに大家族をつくることだけを考えていた。だから第一子パール・シャーロットが一九二八年に誕生したとき、彼女は感激で胸がいっぱいになった。

しかし、翌年の異常事態によってパールは絶望に打ちひしがれた。まず歩行に支障をきたすようになり、一九二九年の彼女はずっと体調が良くなかった。一九三〇年、彼女は腫瘍摘出のため腹部手術を受けた。その後、彼女の頭は標準サイズの二倍に膨張して、しかも、元のサイズに戻らなかった。「両耳の後ろ側に大きな黒いコブができていました」と彼女の夫は回顧してくれた。専門家が呼ばれた。彼はパールの両耳の内部と外部を切開して「排膿〔化膿した部分の除去〕」した。切開は数日ごとにおこなう必要があった。結果、膨張は抑えられたが、パール曰く「顔の半分側が麻痺してしまった」。やがて、この麻痺はなくなった。しかし、今度はまた別の問題が発生した。

パールは不正出血が続くようになってしまった。また別の腫瘍が摘出され、子宮の「掻爬《そうは》」という組織除去がおこなわれた。しかし、これは効果がなかった。ふたたび出血したときには、連続して八七日間も続いた。彼女の回想によると「この間、医者は困惑しきっていて、私が流産したに違いないと言うのです」。パールが繰り返し出血し、さらなる掻爬に耐えられない状態になると、医者は同様の説明を繰り返した。「そうではないことを私は分かっていました」と言って、医師の診断にフラストレーションを覚えたパールは涙した。「だって、妊娠するようなことをしていなかったのですから」。本当の問題は、彼女の体内で——本来ならば、子供が大きくなるべきところで——どんどん大きくなっていた腫瘍だった。

彼女の病状は深刻だった。彼女は「五年間にわたる継続的治療、手術六回、良い医師を求める旅を九回」という苦行に耐えた。ある時、病院に移送された彼女は自分の死期が近いと思って病床からホバートに手紙を書いた。「愛するあなた」という言葉から始めて、彼女は次のように記した。

> あなたの腕に抱かれていたらどんなに良かっただろうと、愛するあなたのことを想いながら横になっています。時にあなたにイライラしてしまったことがあり、本当に悪かったと思っています。長いあいだ、不安で、体調が悪かったせいです。どうぞ許してください。心の奥ではいつも、あなたのことを心から深く愛していました。
>
> どうか、私が全快するように毎日祈ってください。たとえ、元気にならなかったとしても、どうか嘆かないでください。神様のご意志に従いましょう……まだ小さな私たちの赤ん坊を大事にして、あの娘《こ》に私のことを忘れないように教えてあげてください。そしてなにより、良い子に、立派な子に育ててください。娘に、私が心から愛していたと伝えてください。

感情面の重圧は耐えがたいほど大きかった。パールは毎日、その日が人生最後の日になると思っていた。そのうち、病は彼女の身体にも精神にも影響するようになった。「正常な人のように人生を楽しむことができなくなっています」と彼女は力なく書き記している。

医師は彼女に「医学では病因追求不可能な種類の病」におかされていると告げた。その結果、彼女はマラリア、貧血、その他の病として治療された。彼女は看護師の訓練を受けたことがあったので、なによりも医師たちの推測にフラストレーションを感じた。彼女は医師たちの推論がどれも正しくないことが分かっていたが、しかし、本当の原因については見当が付かなかった。

一九三三年四月には、パールは絶望に打ちひしがれていた。「私は医師に（さらなる出血があると）伝えました」と彼女は述べ、「すると、彼は子宮の除去を提案してきたのです。私は拒否して、どうすべきか数日間ベッドで考え続けました」。子宮摘出。それは、つまるところ、もっと子供を産みたいという彼女の夢が叶わないことを意味した。ダメだ。まだダメだ、と彼女は思った。彼女には、もっと時間が、そして、もっと希望が必要だった。

彼女は、別の結果が得られることを願ってさらに複数の医者を訪ね、他の治療法をおこなってもらった。しかし、何をやっても無駄だった。感情を抑えた文体で彼女は書き残している。「一九三三年七月（に）、私は不妊手術を完了した」

パールは悲しみに暮れていた。「私は深刻な心臓発作、一時的衰弱状態に陥りました」と彼女は回想している。オタワのラジウム中毒訴訟を報道で読むにつれて、彼女は、自分のひどい状態が致命的であることを理解した。しかし、少なくとも状況の説明がついた。

自分の病状について彼女は次のように記している。「おそらく、ラジウムがいずれかの臓器の組織に付着し、それが腫瘍として大きくなって臓器を破壊したということなのでしょう」

彼女はかつての同僚だったキャサリン・ドノヒューに連絡を取ることを決めた。この二人はよく似た性格だったので、すぐに非常に親密になった。ほどなく、パールは正義の戦いに参加した。訴訟は勢いを増し、女性たちは仲間を増やしていった。

一方シカゴでは、ラジウム・ダイヤル社社長のジョゼフ・ケリーが彼女たちとは反対の状態に陥っていた。一九三四年一〇月には、おそらくは訴訟があるために、彼はすっかり会社で孤立していた。ウィリアム・ギャンリーという重役がラジウム・ダイヤル社の実権を掌握しようとした結果、ケリー一派は決議により解任させられた。「社内に陰謀が渦巻いていたために、非常に険悪な雰囲気だった」と、とある会社役員は述懐した。

しかし、ケリーはオタワでのビジネスを止めるつもりなどなかった。まずラジウム・ダイヤル社の現職文字盤塗装工宛に手紙が送られた。それは、リード氏の部下として工場を統括するターナー氏からのレストランへの招待状だった。その食事会でターナーは、街に新たな文字盤塗装ビジネスが開業される予定であることを発表した。そして彼は誘った。「高度な熟練技術をお持ちの女工のみなさん、一緒にルミナス・プロセス社で働きませんか」

そこにいた女性たちには、その会社の経営者として、ラジウム中毒の不祥事を起こしたときにラジウム・ダイヤル社の責任者だったジョゼフ・ケリーとルーファス・フォーダイスが就任する予定を知らされていなかったようである。そこで彼女たちが実際に聞かされた内容こそ、とんでもない内容だった。ターナー氏は「彼女たちに、初期の文字盤塗装工が亡くなったのは筆を口に入れてしまったためであることと、筆を口で整えることはもはや禁止されているので、ラジウムに被曝しても無害だと伝えた」。この言葉は罪の告白だったが、しかし、そのことは文字盤塗装に従事した最初の女工たちには決して伝えられなかった。

新しい工房は、二階建て赤れんが倉庫で、ラジウム・ダイヤル社のほんの数ブロック先にオープンした。レストランでの内密の会合によって、ほとんどの文字盤塗装工は、新たな業務は安全だと思って、移籍してきた。彼女たちは、スポンジや木べらを手に塗装し、仕上げには指を使って、ホコリよけにコットンの作業着《スモック》を着て仕事をした。

けれども、すべての従業員が転職したわけではなかった。リード氏は、管理責任者として会社に残った。最後までリード夫妻は会社に忠節を守って留まったのだ。二人が直面したのは「熾烈な競争状態」だった。というのも、ラジウム・ダイヤル社は、小さな街で、ジョゼフ・ケリーが起ち上げた新規事業と直接対決することになったからだ。

事業対決がすぐ近くで繰り広げられていたが、その年の秋のキャサリン・ドノヒューは、そんな会社の対立などまったく気に掛けていなかった。彼女にとって大事なことは、自分の腕で眠る小さな我が娘だけだった。彼女とトムは、トムの母の名をとって娘をメアリー・ジェーンと名付けた。「みんな、いつもあの子をメアリー・ジェーンと呼んでいました」と、彼女のいとこは回想して話してくれた。「メアリーではなく、メアリー・ジェーンでした」

キャサリン・ドノヒューは我が娘を立派な子に育てようと誓った。

45

判決の日

一九三五年の年明け、ジェイ・クックは女性たちの訴訟の準備で大忙しだった。彼は、彼女たちのために二つ別々の申立てをした。一つは法廷で、もう一つはイリノイ産業委員会（IIC）に対する訴えだった。主要事件はイネス・ヴァレットだとクックは定めていた。「彼女は生ける屍でした」とキャサリンはかつて肩を並べて働いた仲間について述べた。「まるで老女のようによたよたと歩いていたのですから」

だが、訴訟が進んでいくと、たちまち女性たちは苦境に立たされた。ラジウム・ダイヤル社の一流弁護士団は、法の抜け穴をいくつか見つけ出し、それによって裁判の争点をねじ曲げた。出訴期限法というよくある手を出してきたのだ。イネスはラジウム・ダイヤル社を退職して何年も経ってから訴訟を起こしており、彼女の障害の症状は雇用期間中に出なかった。まずラジウムは毒物だという事実がある。ところが、毒物による負傷は、職業病法の対象ではなかった。たしかに法律そのものは存在する。しかし、ラジウム・ダイヤル社は、同法の時代遅れな表現は「曖昧かつ何を指すのかはっきりとしないので、適切な行動の基準を確立することができない」と言ってきた。

後に『シカゴ・デイリー・タイムズ』紙は次のように書いた。「クック弁護士がテストケースとなる訴訟を起こしたとき、ラジウム・ダイヤル社は彼女たちの告発をわざわざ否定すらしなかった。事実上、同社の返答は次のようなものだった。『たとえ事実だったとしても、それがどうした?』」。一九三五年四月一七日、決定が下された。『オタワ・デイリー・タイムズ』紙は「裁判官は、立法府がいかなる法律の遵守《コンプライアンス》度を測定する基準も設けなかったと決定を下した」と伝えた。女工たちは法の細かい解釈によって裁判に負けてしまった。彼女たちには信じがたい結果だった。しかし彼女たちは戦いを止めなかった。クックは私財を投じて最高裁法廷へと上告したが、徒労に終わった。法律では無効だとされたのだ。

『シカゴ・デイリー・タイムズ』紙は「信じがたいと言うしかない誤審」だと報道した。しかし、女工たちには為す術がなかった。彼女たちは法廷に出たが、肝心の法に欠陥があったのだ。「本件の核心については裁判がおこなわれなかった」と新聞は嘆息した。

IICに対する訴訟がまだ残っていたし、立法府議員は今や女工たちの主張を考慮して法を改正すると誓ってくれていたが、クックは致し方なく訴訟を取り下げた。「私の希望に反していましたが、これ以上続ける財力が私にはありませんでした」と後にクックは述懐している。「私にお金さえあれば、無報酬で彼女たちの事件を法廷で戦ったことでしょう。本件は、最後まで戦いぬくべきようなケースです。新たな弁護士を見つけて欲しいと願っています」

けれども、新たな弁護士を見つけることは言うほど容易ではなかった。オタワの街では四一人の弁護士が登録されていたが、そのなかの誰一人として助けを申し出てくれるものはいなかった。地元の内科医と同じく、法律の専門家は、地元に貢献している事業にスキャンダルを与えたと見なされる事件を門前払いした。

オタワの新聞が女工たちの敗訴を報道した日、同じ紙面には、国内有数の弁護士クラレンス・ダローの特集記事がこれ見よがしに掲載されていた。彼のような人こそ女工たちが必要とした人物だったが、彼女たちには法律扶助〔貧困者に対する法律関係の援助〕を得るための資金すらなかった。

ドノヒュー夫妻が自宅を抵当に入れた借金は一五〇〇ドル（二万五〇〇〇ドル）にまで達しようとしていた。「痛みを緩和する薬がありました」とキャサリンは述べている。その薬に彼女とトムは何百ドルも支払っていた。自分たち家族四人に降りかかっている現実を見ないようにして、偽りの生活を送っていたことを二人は分かっていた。「そのことについて話すことは一度もありませんでした」とトムは心情を吐露している。「私たちはずっと一緒にいることができるかのように、日々を送っていました。それしか方法がなかったのです」

「一緒にいるのが私たちにとっての幸せです」と、キャサリンは、信じられないくらい大きな笑みを浮かべて言った。「一緒にいることができれば、そんなに悪い状況とは思えませんでした。私たちはみな、私がトムと結婚したときと変わらぬままでいる振りをしていました」

夫婦は治癒の可能性をあきらめていなかった。キャサリンは、痛みのために「検査の途中でたびたび失神した」が、アポイントを努力して取って何度もシカゴの病院や歯科医を訪ねた。「彼女は助けを探し求めました。それがどんなに小さな可能性であったとしても」と、ある人は述べている。しかし、日に日に深刻になっていくキャサリンの口の崩壊は、誰にも止めることができなかった。

女工たちの苦悩はさらに続いた。彼女たちは致命的な敗訴に意気消沈し、また、漠然と迫り来る死の恐怖が不可避であるという現実から目をそむけていた。まさにそんな時、その年の瀬に、法的判断の新たな結果が届いた。彼女たちの訴訟に必ずしも影響を与えないが、しかし、それは非常に重要なものだった。

一九三五年一二月一七日、夫ヴィンセントが四年以上もかけて争っていたニュージャージー州のアイリーン・ラ・ポルテ訴訟の決定が下された本件こそ米国ラジウム社（USRC）が最後の最後まで戦った、社運を賭けた訴訟だった。この頃には同社は死因を否定しなくなっていた。賠償金支払い義務がない理由として、出訴期限法〔訴訟の提起を一定期間内に制限する法律、いわゆる時効〕に言及するだけだった。USRC側の弁護士曰く、「（アイリーンとの）雇用関係が終了すれば、被雇用者としてのその女工に対する会社の責務も終了（した）。その後は両者にはなんの関係もなく、したがって彼女は完全なる部外者である」。

裁判では、複数の文字盤塗装工が証言したが、そのなかの多くのものは、自分自身の訴訟を控えていた。アイリーンが勝訴すれば自分たちの裁判にも適用されるため、誰もが本裁判の結果に希望を託していた。だから、判決の結果を聞くためにみんなが集まった。

判事は話し始めた。

本件のような場合、同情を抱くのは人間として当然のことである……今日の知識をもとにすると、（同社に）なんらかの怠慢があったという考えを抱きたくなるだろう。今日では、当時の（同社が）用いた産業的手法は単に怠慢なだけでなく犯罪である。しかし、注意を払うべきは、本件が、その手法が存在していた一九一七年時点での知識の観点から決定しなければならないということである……裁判所は、本件のような事例が予見できなかったときの要求を満たす法を改正する権限を持たない。

判事はそっけなく結論を述べた。「（本件を）棄却する」

USRCの望み通りだった。グレース・フライヤーが訴訟を起こして七年、今ではマスコミはまったく非難しなかったし、判事からの非難もゼロだった。同社が求めていた通りの回答が得られたのだ――無罪。

アイリーン・ラ・ポルテに対する正義は否定された。それは彼女に対してのみ否定されたのではない。訴訟の結果を待っているニュージャージーの文字盤塗装工をしていた人たち全員に対して、もはやこの世にいない愛するもののために戦い続けてきた遺族全員に対して、今はなくとも来る未来に腰、脚、腕にシコリができるかもしれないと日々怯え続けているニュージャージーの女工たちに対して、正義は否定されたのだ。

USRCの重役たちは、実に満足のいく一日であったと回想している。

46

判決後の日々

戦いを挑み、破れ、ふたたび立ち向かい、そしてまたさらに戦う。けれども、これ以上戦うことができないという日がやって来る。

一九三六年二月二五日、イネス・ヴァレットが亡くなった。享年二九。八年間の闘病の末、医療関係者が手を尽くしたものの出血を止めることができず、「頸椎《けいつい》にある肉腫からの大量出血」に倒れた。文字盤塗装工だったフランシス・オコネルの回想によると「夫のヴァレット氏は妻について何も話そうとしませんでした。あまりに痛ましい最期だったので、その時のことを考えることも話すこともしたくなかったのです」。

オタワの医師たちは死亡診断書を書いた。死因として死者の職業との関連性が記載されたか。否。

敗訴に加え、イネスの死がオタワの女たちに動揺を引き起こした。最期の別れを告げたいと思っても、当初からの仲間の多くは、あまりに体調が悪くて葬儀への参列が叶わなかった。キャサリン・ドノヒューは、この当時「自宅で動くのもままならないほど弱って」おり、自宅を離れることすらめったになかった。

シカゴの複数の新聞社がイネスの死について報道した。報道では、女工たちは「自殺クラブ」というなんとも陰鬱な名で呼ばれた。とある上院議員が、彼女たちの事例を産業委員会に関心を持ってもらうように働きかけると言ってくれたが、「残念ながら、法を制定したとしても、それを遡及適用することはできません。本当に遺憾です」と付け加えた。彼女たちは、産業中毒の規定を含むイリノイ職業病法の制定に州知事が署名したときにも、あまり喜ぶことができなかった。新法案は彼女たちの事件の直接的な結果であり、何千人もの労働者を保護することになるものだったが、一九三六年一〇月まで法として成立しなかった。

日に日に女性たちが亡くなっていることを考えると、新法成立の日まで彼女たちが生きている望みはほぼなかった。

同じ月に、新たな法律が署名され、とあるジャーナリストが女工たちにコンタクトを取ってきたが、それは彼女たちの気持ちをいくぶん明るくさせるものだった。『シカゴ・デイリー・タイムズ』紙の著名記者メアリー・ドティが彼女たちに発言する機会を与えてくれた。ドティは、彼女たちの苦悩にふたたびスポットライトを当て、一九三六年三月に三日間の連続記事を書いてくれた。「『タイムズ』紙に、私たちはいつも感謝していました」と、パール・ペインは後に述べている。「だって、なにもかも見通しがつかず暗い気持ちでいるときに私たちを助けてくれたんですから」

『タイムズ』紙は「シカゴの写真入り新聞」として広く読まれていた。ドティは同紙の読者にどのように伝えるべきかをよく分かっていた。「イリノイで家畜を盗もうとするものがいたら、射殺される。漁業でも狩猟でも〔解禁日などが〕法律によって厳格に制定されている。しかし、女たちは買いたたかれる」。彼女は文字盤塗装工たちが「オタワで、正式なコメントも出されず調査もされず、一三年ものあいだに次々に死んだ」事実を非難した。そして、彼女たちの状況を分かりやすく、一度読んだら二度と忘れられないようなやり方で、読者たちに描いて見せた。「(女工たちの)なかには立ち上がれず、カタツムリのようなペースでしか前に進めないものがいる。コートの袖に入れるべき腕を失ったもの、鼻を失ってしまったもの、手が衰えていくもの、顎がなくなっていくものもいた」

女工たちの写真が掲載されているが、彼女たちの多くは子供たちとともに写真に収まっている。メアリー・ジェーン・ドノヒューは本当に小さかった。ドティは彼女を「しわしわの小さな赤ちゃん」と書いている。一歳だったメアリー・ジェーンは、一〇ポンド〔約四・五キロ〕しかなく、「マッチ棒のような腕と足」だった。「赤ん坊の両親は、母親と同じ病気が娘に残らないことを強く願っていた」とドティは書き記している。

キャサリン自身は記者に話している。「絶えず痛みを覚えています。一ブロックも歩くことができませんが、でも、なんとかして進まなくてはいけないと思っています」。その記者が友人イネスについて話を向けると「彼女は泣き出してしまった」。

マリー・ロシターは息子のビルについて話している。「すごく怖いんです。でも、幼い息子のためにできるかぎり私は生きていたいのです」と、彼女は記者に答えている。マリーには虫歯が五本あったが、「(シカゴの)歯科医たちは、ラジウム中毒が私の顎の骨にまで侵蝕しているので触らないようにしていると話しています」。

シャーロット・パーセルは娘のパトリシアと一緒に写真に収まっている。彼女は徐々に片腕だけでの生活に慣れてきていた。「三人の幼い子がいたので、彼女は適応していったんですよ」と親族の一人は証言している。やがて、ベッドを整えたり、ジャガイモの皮をむいたりすることも、さらには、洗濯ばさみを口でくわえて洗濯物を干したりする方法を新たに習得した。腕の犠牲だけで終わらないという考えが頭から消えない、と彼女は記者に答えている。ラジウムが彼女の身体を貫いたのだから、次にどこがやられるのか本人にも分からなかった。

ドティの連続記事の最後は、希望を感じさせるような感じで、キャサリン・ドノヒューを取り上げている。「彼女は、大都会〔シカゴの医者から〕の手術の呼び出しの吉報を待っている」

だが、トムはドティにつぶやいた。「(そんな日は)決してこないだろう」

報道の注目を集めたことによって、彼女たちはやる気を取り戻した。シャーロットの息子ドナルドはこんなことを覚えている。「正装した母は友人たちを連れて、弁護士たちに会いにシカゴに行ったものでした」。数ヶ月後、シャーロット、キャサリン、マリーは、ＩＩＣに対する裁判のため、ジェローム・ローゼンタールという新しい弁護士と契約した。彼女たちはまた、政府にも助けを求めてみようと試みた。ターゲットは女性初の大統領顧問となった労働長官のフランシス・パーキンスだった。この長官と「電話や文書でのやり取り」をして、交渉してくれたのは、トムだった。物静かなトムがどのように話を進めたのか分からないが、連邦政府の三つの部局が捜査に着手したのだから、彼の話が効果的だったのは間違いない。

裁判が雪だるま式に大きくなる一方で、トムは核心に迫ろうとしていた。妻から会社による検査について聞いていた彼は、その元データを手に入れられれば、ラジウム・ダイヤル社が検査結果について嘘をついていたことは明白なので、裁判で強力な証拠になるはずだと考えた。一九三六年五月二〇日、彼は、リード氏に検査結果の提出を単刀直入に要求しようと決めた。少なくとも女工たち、もしくはキャサリンの夫として自分に、会社が結果を知らせるべきだと思っていた。彼からしてみれば、元来自分たちがすでに手にして然るべき要求をしているにすぎなかった。トムはこんなふうに話している。「あの日、医者が誰だったのかを知りたかった。あそこで働いていた女性を検査したって聞いている。女房たちはその検査報告をもらってなかったもんだから」

リードはどうやら彼がやって来ることを見越していたのかもしれない。ともかく、両者は工房ではなく、オタワの街中で対面した。

トムは十分丁寧に切り出した。「どうして、私に検査報告をくれないんですか」と、彼は尋ねた。リードは、トムの率直な問いかけに言葉に詰まって、いつも通りこの状況をなかったことにしてやり過ごそうとした。そして、急いで走り去ろうと相手のすぐ側を突っ切った。

「ほかにも聞きたいことがある！」と、後ずさりする彼の背に向けて、トムは叫んだ。そして、彼に追いつこうと走り寄った。「女房たちを助けたいだけなんだ」

リード氏はそれ以上耐えられなかった。おそらく、その後に続く出来事は罪の意識にさいなまれたせいなのかもしれない。「向こうが私に殴りかかってきた」とトムは驚きを隠せずに言った。

小柄ながらも、トムは「アイルランド気質」の持ち主だった。後に彼の親戚は「我が家の人間に進んで衝突を引き起こすようなものはいませんが、売られたけんかを買わないようなものもおりません。彼は相当頭にきていたと思います。だから、彼が冷静でいようとしたことに驚きました」と回想している。リードが——妻の緩慢な殺害現場を目撃し、毒薬が効果を発揮し始めた途端に彼女を解雇した本人が——自分を殴ってきたために、トムは、節度ある会話を続けようとする努力を打ち切った。「彼を殴ってやりました」。彼はどこか満足げに回顧した。そしてリードは激高していたと言葉を続けた。

二人は街中で大げんかし、互いに「鉄拳」を食らわせた。気がつくとトムは殴り続けていた。キャサリン、イネス、シャーロットが失った腕、エラ、メアリー、ペグのために。リードは這々の体で逃げ出し通報を受けた警察がやって来た。リード氏が最初に手を出したにもかかわらず、ラジウム・ダイヤル社の尊敬すべき責任者は、トム・ドノヒューを逮捕させた。彼は暴力威嚇・暴行と治安紊乱《びんらん》行為〔社会の平穏・風紀を害する行為全般〕の罪で告訴された。

トムは今や、二つの刑事犯罪のために、州検事エルマー・モーンの手に委ねられた。

47

女たちの団結

暴力威嚇、暴行、治安紊乱行為……それに精神異常。この事件の「権力側の人間」は今や、トムに対して精神異常の責任まで問おうとしていた。ホバート・ペインの考えでは「こうなったのは、彼が〔ラジウム・ダイヤル社の〕工場の運営について勇猛果敢に立ち向かったから」だった。彼はトムが「迫害」の対象となったのだと考えていた。

トムの親戚はこうした動きは会社が「窮地に立っている」証拠だと見なしていた。「このままだと負けるって自分たちで分かってるんです」と彼の姪のメアリーは話してくれた。「あの人たちはなんでもします。できることは何だってやります」。トムにとって幸いなことに、この件はちょっとした事情聴取のみでそれ以上追求されなかった。疑惑は捏造ゆえに根拠がないということなのだろう。

窮地に立たされたすべての臆病者と同様に、同社は急いで逃げようとしていた。一九三六年一二月、ラジウム・ダイヤル社は突如、事業を閉鎖し、荷物をまとめて移動した。どこに行くのかは誰も知らなかった。少なくとも、残されたものは誰一人として行先を知らなかった。リード夫妻は年初めに最後の事業整理をおこない、ポスト・ストリートにある自宅の引越しを済ませた。ドノヒュー夫妻もパーセル夫妻も、彼女たちのかつての上司に街中で出くわすことはもはやなくなった。

ラジウム・ダイヤル社は、ジョゼフ・ケリーの新会社であるルミナス・プロセス社によって「倒産させられた」。ラジウム・ダイヤル社は一四年以上も高校の跡地でラジウム業務を運営していたが、どの部屋も何の音も聞こえなくなった。女工たちのしゃべり声も、暗室からの笑い声も聞こえない。からっぽになった部屋には今はもういないものたちの記憶がただよっているだけだ。

ラジウム・ダイヤル社が去ったことによって、ジョゼフ・ケリーがオタワの小さな街でラジウム・ダイヤル事業を独占した。大恐慌の影響もあっただろうが、同社の社長にとってはむしろ好都合に事は動いていた。ただし、かつての文字盤塗装工の夫たちにとってはそうではなかった。恐慌時代を生きる彼らは、これまでだって仕事を見つけるのに苦労していたが、一九三七年には運も尽きた。リビー・オーウェンス社のガラス工場は従業員を解雇したのだが、そのなかにトム・ドノヒューやアル・パーセルもいた。

三人の子供を食べさせねばならないパーセル夫妻にとってみると、どうにもならない状態だった。「金銭的に、それはもう苦労していました」と親戚は述べた。シャーロットは子供たちのサンドイッチに入れるものがなくて、最後には、マスタードだけを塗った。「いただけるものならなんだって受け取っていました」と当時をトムの姪のメアリーは回顧した。「本当に厳しい時でした」。シャーロット姉妹がたどりついた解決策はシカゴに移住することだった。

しかし、都会の暮らしも楽ではなかった。シャーロットの息子ドナルドの回想は次の通りだ。「パン屋さんで前日の売れ残ったパンをもらうのが常でした。自宅アパートの暖房は石炭ストーブでしたが、ストーブに使う石炭をシカゴの線路沿いを歩いて拾ったものです」

つらい時代だったが、しかし、イリノイの農村地帯の暮らしはさらに厳しいものだった。パール・ペインは「定職」と呼べる仕事はなく、あるのは「断続的な単発の仕事」だけだったと述べている。不運なトム・ドノヒューは、単発の仕事すら見つけることができなかった。自宅が限度額いっぱいの抵当に入っていたこともあり、すっかり万策尽きてしまった。「トムは破産寸前だった」とは彼の義理の兄弟の言葉だ。「キャサリンは全身ラジウムに侵されて、死に瀕していました。彼女の苦しみは深刻で、トムは、キャサリンの痛みを緩和するために、手に入る金を薬代に［すべて使っていました］」。一家の負債額は今や二五〇〇ドル（四万一一四八ドル）ほどに達していた。

どうしようもなかった。「一家はしばらくのあいだ生活保護を受けました」と彼らの姪メアリーが明かしてくれた。「［一家は］とても恥じていました。誰にもこのことを知られたくなくて」

しかし彼らだけが助けを必要としていたわけではなかった。オタワの無料食堂には助けを求める人びとの行列ができていた。誰もがその日暮らしの状態だった。ドノヒュー一家はもはや訴訟をあきらめそうになっていた。生きるか死ぬかまで追い詰められていたのだから。一九三七年の春には、彼らの弁護士のローゼンタールは訴訟をともかくも取り下げた。女性たちは同じ年の年末にイリノイ産業委員会での審理で証言する予定になっていたが、こんな状況だったので、自分たちを代弁してくれる弁護士がいなかった。

時が過ぎ、一九三七年三月二八日、キャサリン・ドノヒューと家族は、カトリック信者にとってもっとも重要な日の一つである復活祭［十字架に掛けられて死んだキリストの復活を祝う記念日で、豊饒と生命の象徴としてタマゴやウサギのモチーフがよく使われる］の日曜日を迎えた。当時二歳と四歳になろうとするメアリー・ジェーンとトミーは、復活祭のお祝いとして「臆病そうな顔をしたうさぎちゃん」をもらった。トミーは、彼の母や父が幼なかった頃にそうだったようにお絵かきが好きだった。彼は水彩絵の具一式を持っていて、それでよく遊んでいた。

キャサリンは自宅で司祭からの聖杯をありがたく受けた。教会に行くことができないため、自宅に来てもらって祈りを捧げていた。復活祭の日曜日とは、キリストの再生を、救済・希望・傷ついた身体の回復を願って祝う日だ。

だから、この時キャサリンの体が壊れていったのは、なおつらいことだった。ホバート・ペインは書き残している。「顎骨の一部が肉から離れて口のなかに（出てきた）」。彼女は舌で何か異物があるのに気づいた。キャサリンは涙を浮かべて取り出した。それは顎骨だった。なんと自分の顎骨が出てきたのだ。

「あまりにもひどいことです」と、彼女の姪のメアリーは思い出した。「突然ぽろっと出てきたんです。なんと言えばいいのか……食べることすらできないなんて！　あまりにも悲しいことです」

トム・ドノヒューは、文字通り、自分の妻の身体がバラバラになっていくのを目にすることになった。このうえなく胸痛むことだったが、復活を祝うべき時に、彼は、正義を望む気持ちを新たに確認した。そして、キャサリンが今必要としているのが誰なのかが彼には分かった。

彼女の友だちだ。


――

キャサリンの「夫が電話をくれたんです」とマリー・ロシターは回顧した。「弁護士を探してくれるのを手伝ってくれそうな女工に電話して欲しいとのことでした」

トム・ドノヒューの人選は賢明だった。マリー・ロシターは「いつだって危険に立ち向かうことを恐れ」なかった。彼女は戦う人だった。彼女の近親者は、「誰かを助けることができると思えば、みずから関わっていきました。世話好きでした」と述べている。彼女は、世話好きであるだけでなく、みんなに好かれてもいた。

「〔女工たちのことなら〕よく知っていると〔トムに〕返事をしました」とマリーは話してくれた。「それで実行しました。何人かに電話をしたんです……」。シャーロット・パーセルがその後を続けた。現在の住まいはシカゴだったが、シャーロットはその後も裁判に深く関わっていた。「この間ずっと、彼女は私たちと一緒にいて〔くれました〕」とマリーは回想している。「彼女はずっと誠実でした」とシャーロットは続けた。「なのに、あの人たちは断ったんです」

そう、手伝ってくれない人もいた。文字盤塗装工のなかには何が本当に起きたのかに直面したくないというものもいた。街にはラジウム中毒の事実を否定する人は数え切れないくらいいたが、否定する理由はさまざまだった。「怖くなって前言を撤回する人がいました」と、オリーヴ・ウィットは述べている。「伝染性じゃないのかと言われました」

マリーは街の人たちの態度に悔しい思いをしていた。親戚の一人は次のように話してくれた。「『誰も私たちの話を聞こうとしてくれない！』と、彼女は何度も言っていました。傷ついていたと思います」。それでもなお、彼女は文字盤塗装工たちへの働きかけをやめず、何人かは、正義の戦いに参加してくれた。「マリーはそれにずっとかかりっきりでした。彼女が女工たちを団結させたのです」と親戚の一人は明らかにしてくれた。「あの人たちはみんな、（キャサリンの）ために一丸となって協力してくれた友だちでした」

彼女たちの小さな集団は、自分たちが知る限り最上の弁護士に依頼するという不可能に思えることに狙いを定めた。彼女たちは男性支援者からアプローチしてもらうほうが良いだろうと考え、ホバート・ペインとトム・ドノヒューが当時アメリカでもっとも有名で「いつも不可能な事件を引き受けていた」弁護士に手紙を書いてくれた。

二人が手紙を書いたのはクラレンス・ダローだった。

ホバートの手紙は次のようなものだ。「拝啓　最後の頼みの綱として、あなたにご助力ご助言をお願い申し上げたくお手紙を差し上げております。これらの案件は（まもなく）産業委員会で最終審理が開かれますが、女工たちを代弁する弁護士が一人もおりません。なんとか本訴訟をお引き受けいただけないでしょうか」

しかし、一九三七年当時、ダローは八〇歳になろうとするところで、体調が芳しくなかった。そのため女性たちに同情するが、手を貸すことはできないという返事だった。ただし、ほかの法律家に本件を頼んでみようと約束してくれた。

次に、前年のメアリー・ドティとの経験を踏まえて、女性たちは自分たちの苦境について注目を集めてもらえるようにメディアに働きかけた。**「ラジウム死、猛威を揮う！」**という見出しが一九三七年七月七日の『シカゴ・デイリー・タイムズ』紙の一面を飾った。**「正義が見棄てた歩く幽霊たち！」**。片腕のシャーロット・パーセルがその記事の表紙を飾った。新聞には、「毎日、死が避けられないという恐怖を覚えて生きた心地がしません」という彼女の言葉が掲載されている。記事に言及されているのはシャーロット、マリー、キャサリンの三人だけだったが、ほかにもグラチンスキ姉妹、パール・ペイン、オリーヴ・ウィット、（シカゴに引っ越した）ヘレン・ムンクなどがいた。

女工たちの希望通り、同紙は、IICの審理が開催される前の七月二三日に、つまりは一六日後に迫っている審理に、彼女たちの弁護人がいないことを報道してくれた。審理は彼女たちの「最後の抵抗であり、彼女たちが賠償金を回収する最後の望みだった」。「女性たちは、弁護士なしの審理では法律でごまかされるのではないかと危惧している。実際、あまりに見込みが薄いために多くの女性当事者が裁判から距離をとってしまう恐れがある」と、同紙は伝えている。

キャサリン・ドノヒューははっきりと述べている。「それこそまさに会社側の弁護士が望んでいることだと思います」。彼女はいたずらっぽく付け加えた。「私たち全員に裁判から手を引いて欲しいんでしょうね」

記事の説明は続く。「ラジウム・ダイヤル社はオタワの工場を閉鎖し（そして）産業委員会に一万ドル（一六万四五九五ドル）の社債だけを残して『姿を消した』」。会社の消滅という状況を踏まえると、その一万ドルが女工たちへの賠償と医療費として唯一請求できる金銭だった。

ジョゼフ・ケリーがそっくりそのままのビジネスを破竹の勢いで展開させていたが、女性たちのかつての弁護士ジェイ・クックは次のように説明した。「同社は〈新〉会社です。〈新〉会社は〈旧〉会社のいかなる業務に対しても法的責任を持たないと定められています」。訴訟対象はラジウム・ダイヤル社であって、ジョゼフ・ケリーではなかった。「彼女たちが取り立て可能なのは一万ドルだけでした」とクックは述べた。「言うまでもなく、それ以外の〈旧〉会社の資産を、彼女たちが突き止めることができれば、話は別ですが……」

翌日、女工たちの協力者がふたたびメディアで打撃を与えてくれた。「**オタワのラジウム会社は今ニューヨークに！**」という見出しがでかでかと『タイムズ』紙に躍った。記事には「ラジウム・ダイヤル社がここニューヨークのロウアー・イースト・サイドで営業しているのを『タイムズ』紙が発見しました」とある。同社はそこで文字盤塗装をさせるために若年女性を雇用していた……。

所在を突き止められてしまったラジウム・ダイヤル社の新社長のウィリアム・ギャンリーは臨戦態勢に出た。「この女性たちの要求は無効かつ非合法だ」と彼は開き直った。「彼女たちの多くは、我が社で働いていた期間が数ヶ月であるし、実際のところ、彼女たち全員、我が社を辞めてから何年も経っている」

そして、同社が内密におこなっていた試験結果を否定し、ペグ・ルーニーの解剖結果を——同社が率先しておこない、医師たちには彼女の本当の死因の証拠を破棄するようにと指示した解剖結果を——否定し、彼は「オタワの工場では〈ラジウム〉中毒と呼ばれるような被害者を一人として思い出すことができません」と言い切った。

ラジウム・ダイヤル社はやられっぱなしでいるつもりはなかった。イネス・ヴァレットの裁判の時、法廷での勝利を手にしていたので、今回もまた、勝利するとおおいに自信を持っていた。

同社の社長の自分たちへの態度を見て、女性たちはなにがなんでも弁護士を見つけなくてはならないと思った。しかし、重要な審理が目前に迫っても弁護士は現れなかった。手紙や記者会見、個人的紹介などさまざまな手段を尽くしても、見つけることができなかった。女工たちは、深刻な病を抱えていたが自分たちで対処していくことを決意した。

「自殺クラブ」と呼ばれた当人たちが、大都会にみずから出向いていく時が来たのだ。

48

伝説の弁護士

シカゴ。空は摩天楼で覆われ、地上は人びとがアリのようにうごめき、鉄鋼、石材、ガラスでできているところ。五人の元女工たちが、押し合いへし合いの人混みの通りを歩いてみると、どちらを向いてもシカゴの都会的な建物が目に飛び込んできた。彼女たちが見慣れた大きな地平線はどこにもない。柑橘類の果物が畑一杯に実っているかのような太陽が照りつける。ただし、ここには畑はない。あるのは実った果実をつかむチャンスだけだ。

審理二日前の七月二一日水曜日のことだった。女工たちは、劇場地域のど真ん中のノース・ラサール・ストリートに向かっていた。彼女たちのほとんどは仕立て服を来て、おめかしをしていた。全員リボン付きの帽子をかぶっていた。七月の日中の暑さは堪えたので、目的地に到着してみんな喜んだ。一三四番。そう、ここがメトロポリタン・ビルだ。

彼女たちがどんなに上を見上げても、二二階建ての建物の屋上はまったく見えなかった。それに、この庁舎はよくあるようなオフィスビルではなかった。ロビーの外でなかに入るのを躊躇していた彼女たちの目にも、徐々に細部が入ってきた。壁には金色のパネルが貼られ、床には「M」〔メトロポリタンのM〕の紋章模様が入り、扉の上方には金色の文字で建物名が刻まれていた。その日の朝に彼女たちが出てきたところと、なにからなにまでまったく違うところだった。それだけは間違いない。

キャサリン・ドノヒューはなんとかここまでの道のりを耐えてやって来た。彼女は、この集会だけは絶対に欠席したくなかった。女工たちは「訴訟を実現させるために組織を結成」し、その組織の代表を、悪化する病を押して、キャサリンが務めることになった。自分たちの代理を務めてくれる弁護士を確保するために、彼女が中心となって一行を率いることがどうしても必要だった。

彼女が選んだのは、おしゃれな白の水玉模様の黒のドレスだった。これは彼女の一張羅だった。当日の朝、彼女は緊張しながら、また心配を抱えながら、その服を着た。急激に痩せていく身体に服を身につけたとき、腰にできたシコリが明らかに以前よりも少し大きくなっているのが分かった。

彼女と一緒にシカゴに来ていたのは、マリー・ロシター、パール・ペイン、フランシスとマルグリットのグラチンスキ姉妹だった。この五名が訴訟を起こした女性全員の代理人であった。訴訟のなかには、存命中の女工たちだけでなく亡きイネス・ヴァレットの損害賠償請求も含まれていた。帽子をかぶりなおし、洋服をきちんと整え、女たちは、ロビーを堂々と進んでアール・デコ様式のエレベーターに乗り、指定されたオフィスへと向かった。

オフィスには、分厚い法律書がびっしりと並べられた本棚があり、いくつもの資格証明書が壁に飾られていた。部屋を支配していたのは、光沢のある赤褐色の木製の巨大な机で、デスク面はガラスでできていた。しかし彼女たちが机の向こうに立っていた男性と目が合うと、こうした調度品は気にならなくなった。彼は、三つ揃いのツイード・スーツを着て、大きな鼻の上にメガネを掛け、黒髪をサイドにきっちりと分けていた。彼は体格が良く、優しそうな目をしていた。

彼は彼女たちに挨拶しようと、机越しに握手を求めて声を掛けたことだろう。「みなさん、私がレオナード・グロスマンです」

女工たちと彼を引き合わせてくれたのはおそらくクラレンス・ダローであろう。グロスマンは、ダロー同様に大胆で伝説的な弁護士だった。彼の関心は最下層の人びとにあった。五名の女性たちが、一八九一年にアトランタで生まれた彼のオフィスを訪れた日は、米国独立記念日〔七月四日〕で、まさに彼の四六歳の誕生日だった。

異色の誕生日は、性格や情熱など多くの点において彼の特徴になっていた。彼は早くから女性参政権運動家《サフラジェット》を支援していた。同運動の代表的活動として知られるワシントン大行進を伝える記事の見出し「**女性二〇〇人と独身男性一人**」で言及される独身男性は、レオナード・グロスマンその人だった。彼は、新聞記者が来たときにはいつでもカメラマンの撮る写真のなかに上手く入ることができるタイプの人物だった。法科大学院《ロー・スクール》の修了直後に複数の新聞社の特派員として働いた経験から、彼はネタをかぎつける能力を身につけていた。彼は素晴らしい演説家だった。グロスマンは、これまでに政治に関わってきた経験を持っていたが、なによりも労働者の賠償問題に関心を抱いていた。「父は働いている人と困っている人びとに対して情熱を傾けていました」と息子のレンは述べた。「彼は高額の報酬を求めるなんてことは決してしませんでした」

少額の報酬すら求めない時もあった。「代金として靴を受け取っていたこともありました」と息子は回想してくれた。「本当にしょっちゅうそんなことばかりしていました」。おそらくそれが一九三七年七月に――彼のオフィスの見た目の豪華さとは裏腹に――グロスマンが「在野の人で、金に苦労していた」理由だろう。しかし、彼にとってはそんなことはどうでもよかった。グロスマンを動かすのは金銭ではなかった。彼の信念が彼の原動力だった。

そんな彼のオフィスに――彼の情熱でありなによりも大事な場所に――オタワから女工五名は足を踏み入れた。おそらく、これほど完璧な出会いはなかっただろう。

「私たちが本当に困り果てていたときに、彼が助けに来てくれました」という証言を残すのは、キャサリン・ドノヒューだ。「彼は金銭のことなんて考えていませんでした。私たち女工を助けたい、人間の尊厳を守りたい、ただそれだけでした」。グロスマンは彼の新たな依頼人たちに宣言した。「私の心はみなさんとともにあります。私は、あなた方のために、闘いに挑めることをうれしく思います」

とうとう女工たちは、法の擁護者を味方に付けることができた。彼女たちが彼を見つけたのは本当にギリギリだった。二日後にはグロスマンと女工たちは、イリノイ産業委員会の審理を控えていた。

少しずつ、本当に文字通り一インチずつゆっくりと、キャサリンと女工たちは、七月二三日金曜日、薄黄色の石造りのラサール郡の裁判所に到着した。聖コルンバ教会から見て南へ四ブロックしか離れていないところだったので、そんなに遠くに行く必要はなかった。到着してみると、自分たちのことが報道されていることが分かって、彼女たちはとても喜んだ。

ことにキャサリンにとっては必要な応援であった。シカゴのグロスマンのオフィスを訪ねてからまもなく、彼女の顎骨の一部がまた口から出てきた。その骨をどうしてよいのか分からず、彼女は、小さな紙製の薬箱に入れた。

自分の裁判だったが、キャサリンはその日、グロスマンからエネルギーを得て、自分の信念を――正しいことを求めて起ち上がることを――原動力にしたようだ。彼女は、自分や女工たちが記者会見するときに「記者たちの質問を取り仕切った」。裁判所に入ってグロスマンが準備万端で待ってくれているのを見て、女工たちは、今回の訴訟には勝ち抜く可能性があると思った。

女性たちのなかには、冒頭陳述を準備するグロスマンとともに弁護人席に座ったものもいた。一方、ラジウム・ダイヤル社の代理人は二年前にイネス・ヴァレット訴訟で戦って勝訴を手にした法律事務所だった。主席弁護士はアーサー・マギッドで、メガネをかけ、豊かな髪をして若々しい人物だった。もう一人はウォルター・バクラックという弁護士だった。

グロスマンの最初の仕事は、「本訴訟を理解するため、また、できれば〈旧〉会社の財産を調べるため」の時間的猶予を願い出ることだった。マギッドはただちに同意した。法的手続きが長引けば長引くほど元女工たちが衰弱していくことから、会社側は裁判の開始をまったく急いでいなかった。最初の審問でおこなうべきことはそれ以上なにもなかった。ただし、バクラックによって同社の抗弁の方向性が明らかにされた。「塗料は毒性がなかった、また、女工たちは誰一人として実際にはラジウム中毒に侵されていなかったことを、同社は主張する」と述べた。

毒性がない、と。その時点では本訴訟について知識が十分ではなかったグロスマンでさえ、この主張がヴァレット訴訟のときと同一の弁護団が使った議論とまったく正反対であることに気がついた。当該法では毒物が対象外であり、そのため裁判所は女工たちに不利な判決を下さざるを得なかった。だからあの時、会社側はラジウムには毒性があることを認めた。ところが今や、その法律の文言が修正され、毒物が当該法のまさに対象となったので、同社は、真逆の内容を証明しようしているのだ。

こうしたことは、グロスマンがこれまでに戦ってきた不誠実で不当な不正行為の典型だった。これにピンときた彼はすぐさま反応した。この時は地味な審問の場でしかなかったが、グロスマンは、その場で自分の事務所がシカゴの劇場地域にあることの意味を証明して見せた。つまり演技力もあり、「雄弁な演説家」だった彼は、裁判所のセンターステージに立つや、その才能を発揮させた。裁判所の中央舞台に立った彼は、自分の能力を発揮してみせた。いきいきと演説する彼を見て、女工たちは、やっと熟練した弁護士が自分たちを代弁してくれたのだと「涙した」。

「私たちには法が必要です」と、響きわたる厳粛な声で、グロスマンは話し始めた。そして、「人びとの身体を苦しめ、蝕み、滅ぼすことに終止符を打つ法が必要です」と続けた。

彼は不自由になった身体で着席する女たちのほうに体を向け、そして彼女たちを見回した。感情を込めて、彼は彼女たちへと目を向けるよう身振りで示した。「ここに着席されている方たちのような人を殉教者にしてはいけません」。さらに続けて「この女工のみなさんとともに働いて亡くなった大勢の人も同様です」と言った。

彼は十分に間を置いてから、言葉を続けた。「〔イエス・キリストが処刑される前にしたように、処刑地の〕ゴルゴタに向かって十字架を背負っているかのようです」と重々しく述べ、そして言葉を続けた。「しかし、私たちは必ずやそれに耐えてみせます。そして、神の助けによって、私たちは必ずや最後まで戦い抜きます」

49

裁判に向けて

訴訟に向けた作業はすぐに開始された。同日、審問が終わった直後に、グロスマンがさらに情報を収集できるようにと、女工たちと話し合う場が設けられた。それが終わると、彼は、パンパンにふくらんだ茶色の革製の書類かばんを、パチンと閉じて、シカゴに戻っていった。

彼の準備を手伝うのは、彼の忠実な秘書キャロル・レイザーと彼のドイツ人の妻トゥルーデルだった。これまでのラジウムに関する文献のほとんどがドイツ語だったので、複雑な訴訟のスピードに追いつくことができるように、トゥルーデルが、何時間もかけて文書を翻訳した。グロスマンは一八時間労働が定着していたので、チームが彼のペースに追いつくのはなかなかたいへんだった。

この時アル・パーセルはシカゴに住んでいたので、グロスマンの事務所を訪れては、元女工たちがすべきことがないかを見に来た。「頼むから医者の診断書を持ってきてくれ!」とグロスマンは強調した。

彼女たちは彼の指示に従ったが、自分たちのカルテを確保するのはそう簡単ではなかった。同年後半にキャサリンは「私は担当医に手紙を書きましたが、なんの返事もありませんでした」と書き残している。パール・ペインも同じく治療先の病院にカルテの開示を拒否された。彼女は自分の担当医たちに懇願した。「お願いですから記録を揃えるのを手伝ってください。この症例は最終審問に掛けられるんです」

彼女たちだけが記録を要求していたわけではなかった。その年の秋口に、グロスマンは、ラジウム・ダイヤル社に「貴社の雇用者に関するすべての身体検査（の結果）を提出する」ように通知した。同社は検査結果を隠蔽していたので、グロスマンは、会社がどの程度知っていたのか、また、いつ知ったのかを突き止めたかったのだ。

女たちは、彼の勤勉な働きに大喜びした。パール・ペインは次のような手紙を送って彼の働きに感謝を伝えている。「他のお仕事を脇に置いて、私たちの一連の提訴の膨大な情報をまとめるために毎日働いていただき、本当に大きな犠牲を払ってくださっていると思っています」

グロスマンは、主要訴訟当事者にキャサリン・ドノヒューを、その後に、グロスマンが「二番目の典型例」と呼ぶシャーロット・パーセルが続くことを決めた。キャサリンは必ずしも証拠が揃っていたわけでもないし、証人台に立つのに向いている性格でもなかった。彼女が法廷で戦う気持ちがあったというわけですらなかった。彼女が選ばれた理由は、次に亡くなるのは彼女だと思われたからだった。彼の決定を聞いたパールは、「あの人は長くないでしょう」と静かに述べた。「私たちは彼女にも裁判に参加して欲しいんです」

キャサリンも彼女の夫も外交的ではなかったが、それでも彼女はその責任を受け入れたようだった。彼女の親族は次のように述べている。「我が家の女たちの強さはつねに、正しいことをおこなうことであり、また、自分の信念のために立ち上がることにありました。（キャサリンは）重大な不正を目撃しました。だから（彼女は）それを黙っておくことなんてしませんでした」

グロスマンがシカゴで奮闘してくれていたけれども、キャサリン・ドノヒューにとっては孤独で長い秋だったようだ。彼女の病状は加速度的に悪化していた。「パール、腰の状態がすごく悪いの」と、キャサリンは友人に打ち明けた。「今の私にできるのはせいぜい近所を散歩するくらい」。彼女の腰にある硬いシコリは目に見えて大きくなっていった。彼女はエックス線治療を受けたが、後に本人が述べるように「三〇回ほど治療を受けましたが、痛みが緩和されることはありませんでした」。担当医たちは彼女の衰弱を止めることができなかったようだが、キャサリンは希望を失わなかった。しばらく前に、患者の骨のラジウムを除去しうる治療についての記事があった。もう少し辛抱していれば、治療法ができるかもしれない。

腰の不具合のためにキャサリンが階段の上り下りができなくなってしまったので、トムは彼女のために練鉄製《れんてつせい》のベッドを階下の居間に降ろした。彼はその側のソファで寝た。彼はできるかぎりキャサリンが居心地良く過ごせるようにした。ベッドの側には間に合わせのランプとともにラジオが置かれ、ベッドの頭部には大きな木製の十字架が取り付けられた。その十字架にはイエス・キリストの像があり、眠るキャサリンの頭上で彼女を見守っていた。トイレなどの用事を済ますときに使う松葉杖がベッドの側に立てかけられ、「履き慣れたスリッパ」が足下にあった。サイドテーブルには、子供たちが復活祭のときにもらった「臆病そうな顔をしたうさぎちゃん」を、彼女がさびしくならないようにと置いてくれていた。

その部屋には、玄関に二つ、西向きに一つ窓があった。「とても明るい部屋だったのに、シェードカーテンが閉め切られたままでした」と、彼女の姪メアリーは回想した。「おそらく、そういう状態を彼女が望んだのだと思います」。かなり薄暗い部屋だっただろう。しかし、キャサリン本人が光っていた。「こんなふうになった今でも、暗闇のなかにいると、私の体はわずかながら発光するんです」と彼女は無気力に述べた。

「彼女の身体にある骨がすべて透け、目で見ることができました」と、彼女の甥ジェームズが回想した。「彼女はベッドで横たわっていただけなのに」

かつて女工たちは、職場の暗室で、ラジウム塗料を体に塗って、おぼろげな光を浮かび上がらせ、自分たちの姿形を見えなくさせて、ラジウム塗料だけしか見えなくなるのを楽しんだ。今日から見ると、この姿を消してしまう作用は不思議なほど予言的に思える。こうなってからのキャサリンを見るとき、人びとは彼女を見なかったのだ。人びとが見るのは彼女の体中に散らばる恐ろしい毒物の効果だけだった。

「今や、怖がって誰も私に話しかけてきません」とキャサリンは打ち明けた。「そのせいで私は時々本当に孤独な気持ちになります。みんなはまるで私がすでに死体になったかのように接してくるのです。周囲に人がいるのにもかかわらず、独りというのはつらいことです」

親戚が訪ねてきてもそれは同じだった。ドノヒュー家では日曜日の教会が終わったら卵やベーコンなどの食事を振る舞い、キャサリンは白地にピンクの薔薇模様のティーポットでお茶をそそぐのが慣例だったのに。今や、お茶を入れるのは彼女ではなくなった。キャサリンが休めるように、みんな居間から出ていくほかありませんでしたと、ジェームズは回想する。

年末が近づくと、キャサリンはますます孤独を感じるようになった。今や彼女は「夜も昼もほとんど横になって過ごし、思い切って外に出るときにも、誰かの、たいていは夫の、助けがないと出かけることができなくなっていた」。「彼はよく彼女を抱いて移動させていました」とジェームズは回想する。

こうした状態だったので、母として本人が思うようなかたちで、また、子供たちに求められるようなかたちで、彼女は子供たちの面倒を見ることができるはずもなかった。ドノヒュー家は文無し状態だったが、家政婦を頼むことになった。住み込みの子守りエレノア・テイラーが今や、トミーとメアリー・ジェーンの代理母となった。キャサリンは、ベッドから子供たちの面倒を指示するように努めた。「おばは下の娘《こ》の面倒をみることができないことを相当悲しんでいたと思います」と姪のメアリーは話した。「彼女はかろうじて息子の面倒をみることができたので、あの子は母の愛を十分に得ることができました。本当に嘆かわしい状況でした、本当に」

子供たちから母親を遠ざけたのは、キャサリンが病気だったというだけではなかった。メアリー・ジェーンはまだとても小さかったので、彼女の母は、自分が暗闇のなかで放つ光が赤ん坊に害を与えるのではないかと、気も狂わんばかりに心配していた。「おじもおばも、良くない影響をメアリー・ジェーンに与えるのではないかと、心底恐れていました。二人はラジウムの病（およびそれが与えるであろう影響）が何なのか、本当に分からずにいました。それが痛ましいところでした」と、メアリーは回想する。「痛みがなくならないんです」とキャサリンはパールに手紙を書いているが、この場合の痛みとは、腰や顎の痛みだけを指していたのではないだろう。「だから時々、自分の人生が本当に耐えがたいものに感じます」

一日中ベッドから動くことができないキャサリンは、ひどく淋しい思いをしていた。シャーロットはシカゴに引っ越し、パールは何マイルも離れたラサールに暮らしている。彼女たちは手紙のやり取りを続けていたが、かつてのようにはいかなかった。キャサリンはその年の一二月のパール宛の手紙で嘆いている。「本当にたくさんお話したいことがたくさんあって、全部を書き尽くすことができません」。彼女の孤独な気持ちが手紙の随所から伝わってくる。「女工仲間と最後に会ってからあまりに長い時間が経ってしまって、まるで見知らぬ人に手紙を書いているような気持ちです。私たちがもっと近くに暮らせたなら」。とはいえ、少なくとも彼女は正直な気持ちを仲間に書くことができた。「私の健康状態については、相も変わらず不自由なままです」と率直に記している。

物理的に一人だった彼女には裁判で何が起きているのかまったく分からなかった。「こちらにはグロスマン先生からなにも連絡がありません。どうしてなのかしら」とキャサリンはパールに手紙を書いている。「トムは現在、無職なので、私が長距離電話を掛けて、彼にこちらに来る予定があるのかを確認すべきなのかもしれません。それにしても、手紙が来ないのは変ですよね」。実は、グロスマンは、あまりに忙しくしていて手紙を書く余裕もなかったのだ。後に、彼は次のように述べている。「これはラジウム・ダイヤル社の最初の訴訟になる。だから、あらゆる真実、あらゆる事実の記録を入手するために全力を尽くさねばらならない」。とはいえ、彼は「祝祭の季節に皆様のご多幸をお祈り申し上げます」というクリスマス・カードを彼女たちに送った。

キャサリンは彼のアドバイスの通りクリスマスを楽しく過ごした。トムは今も失業中だったが、彼女はパール宛に楽観的な手紙を送った。「クリスマス・シーズンとしてはつらいものがありますが、文句は言えません」。グリフィン神父が聖体を授けに自宅に来てくれたときに、キャサリンは、神様が自分に与えてくださったご加護に感謝の祈りを捧げた。彼女とトム、トミーとメアリー・ジェーンは貧乏暮らしが続き、また、キャサリンは病気であるが、みなで一緒にクリスマスを過ごしていることについて、彼女は本当に心の底から感謝していた。

一九三八年の新年は、裁判準備にすべてが費やされた。裁判の日は、キャサリンの三五歳の誕生日の六日後の二月一〇日に決まった。グロスマンはこれまで以上に忙しくなり、女性たちの証言準備のために、オタワで多くの時間を過ごすようになった。冬のあいだのイリノイの天気は過酷で、時に彼はオタワに行くためにあらゆる手段を尽くさねばならないこともあった。「みんな行ったり来たりしていました」とグロスマンの息子レンは回想した。「ある時はあまりにも道路状態が悪くて、父は、自家用機を借りて、二人乗りだったか四人乗りだったかの飛行機で移動したこともありました」。これはグロスマンらしい派手な振る舞いだった。

キャサリンの誕生日の翌日、彼女とトムは、シカゴの医者に診てもらうために移動したが、今となっては彼女が移動するのは非常に困難だった。彼女を診てくれるのは、ロッフラー、ダリッチ（特殊歯科医）、ウィーナーの三名の医者だった。ウィーナー医師は、彼女のラジウム被曝した骨のエックス線写真を撮影した。この三名の医者はともに裁判で証言することを約束してくれており、今回の検査結果を元に証言する予定だった。

その土曜日の朝、ふらつきながら診察室に入ってくるキャサリンを見て、医者たちは衝撃を受けていた。シドニー・ウィーナーが回想するように、「彼女は、実年齢よりはるかに年老いて見えましたし、二人の人に支えられてやっと歩いていました。（顔色が）灰色で、明らかに痩せ衰えていました」。彼女には脂肪という脂肪がなかった。食べることができなかったので――あまりに痛くて食べられなかったのだ――肉が落ちてしまい、だぶだぶの服を着て痩せこけているのが見えた。キャサリン本人も体重が落ちていることは認識していた。しかし、その彼女ですら医師の前で体重計に乗ったときには驚きを隠せなかった。彼女の体重は七一ポンド〔約三二キロ〕だった。

歯科検査をしてみて、ダリッチはキャサリンの口内の「崩壊」が「下顎骨の主要部分全体」に及んでいることを突き止めた。そこに亀裂があるために「各部分の断片化」が起きていた。それがキャサリンの口からぽろぽろと顎骨の欠片が出てくる原因だった。さらに、ダリッチの記録によると「かなりの膿と腐敗臭が出ていた」。

一方、ロッフラーは血液検査をおこない、「危険レベルまで血圧が下がっていることが分かった」。彼の検査によって、標準的には八〇〇〇あるべき白血球が彼女は数百しかないことが発覚した。彼は「(白血球が)減少したために、彼女は極度の疲労状態に陥って瀕死状態にある」と考えていた。

しかし、医者たちをもっとも悩ませたのは、彼女のエックス線検査の結果だった。ここ数ヶ月キャサリンを悩ませてきた腰骨の硬い腫瘍は、今や「グレープフルーツくらいの大きさ」になっていた。

医師たちは自分たちの検査結果をドノヒュー夫妻に伝えなかった。キャサリンは病人であり、自宅で休む必要があった。アイリーン・ラ・ポルテの担当医が感じたように、この医師たちも、彼女の衰弱を加速させてしまうことを恐れて、キャサリンに経過予測を伝えないほうが良いと考えた。事実を知らせるよりも、希望やポジティブな気持ちを抱いてもらうことが、この病に向かう手助けになると医師たちは信じたのだ。

キャサリンとトムは、イースト・スーペリア・ストリートに苦労の末、帰宅した。自宅に戻ると、トムは妻を抱えてそっと居間のベッドに寝かせた。彼女には休息が必要だった。五日後には裁判所で証言しなければならなかった。キャサリン・ウルフ・ドノヒューは、ラジウム・ダイヤル社に、彼女と彼女の友人たちに対しておこなったことに対しての責任を求めるつもりだった。そして、何があろうとも状況を打開しようと彼女は決心していた。

50

骨の欠片

一九三八年二月一〇日木曜日、夜が明けても寒く曇った日だった。イースト・スーペリア・ストリートの居間では、トム・ドノヒューが妻の着替えを手伝っていた。彼は、妻に、ベージュの膝下ストッキングと踵《かかと》の低い黒い靴を履かせ、靴紐を結んだ。キャサリンは一張羅を選んだ。今回も黒字に白い水玉ドレスを身につけ、痩せ衰えた腰に黒いベルトをゆっくりと締めた。彼女の服は、彼女がグロスマンに最初に出会った七月よりも、さらにだぶだぶになっていたが、今日はそのことについて考えるまいと彼女は思った。

最後の仕上げとして、彼女は、結婚前にトムがくれたシルバーの腕時計を左手首に付けた。それは蛍光時計ではなかった。メガネと黒い帽子に、濃い色の毛皮のコートを肩に掛け、準備を整えた。

夫も同じく、入念に仕度した。トムはふだん、デニムに作業服という労働者らしい服を着ていた。しかし、今日の彼は、濃い色の三つ揃いに落ち着いた色のストライプのネクタイを身につけた。濃い髪と口ひげをきちんと櫛でとかし、同じくメガネを掛けた。淡い色の中折れ帽を被ると、キャサリンを裁判所へと連れていく準備は完了だ。

しかし、彼一人では連れていくことはできなかった。オリーヴの夫のクラレンス・ウィットが彼を手伝ってくれた。キャサリンは薄い黄色の木製の椅子に座り、それを男性二人が運ぶことになった。というのも、今の彼女は実に容易にアザができてしまうし、また、骨が本当に脆くなっていたので、トムが彼女を腕で抱き上げるのは困難になってしまったからだ。だから椅子で運ぶほうが安全だった。彼らは彼女をはるばる裁判所まで運び、そして裁判所の四階まで持ち上げて行った。部屋に着くと、そこで出迎えてくれたグロスマンが補助に加わってくれた。

裁判所の黒い椅子に座るのをみなが手伝ってくれているあいだ、キャサリンは、特徴のない部屋を見渡した。産業委員会に対する審問だったので、裁判所というよりも会議室のように見えた。実際、その部屋は郡監査官の事務室だった。床は、ダイヤモンド柄のタイル張りで、部屋の中央を占めていたのはがっしりとした脚のテーブルだった。テーブルの回りには関係者席が半円形に並べられ、その後ろに傍聴人が座るようになっていた。

パール・ペインやマリー・ロシターなどのキャサリンの友人たちが、すでにそこで待っていてくれたが、そこにいたのは彼女たちだけではなかった。一〇年前のニュージャージーの女工の訴訟のときと同様に、今回の女たちの苦境は全米の人びとの心をつかんだために、全米から大勢の記者やカメラマンが殺到していた。

報道陣が裁判に集まってくれたものの、ラジウム・ダイヤル社の役員は現れなかった。それだけでなく会社側の弁護団も全員いるわけではなく、大きなテーブルで、仲裁人（判事）の横に着席していたのはアーサー・マギッドだけだった。ウォルター・バクラックも、リード氏も、ギャンリー社長もいなかった。マギッドのほかは誰もいなかった。注目に値せずと判断したのか、それ以外の理由があったのかは定かではない。

キャサリンは判事を注視した。この人が自分の運命を決めるのだ。ジョージ・B・マーヴェル六七歳。彼は、白髪に丸顔の紳士で、小さい鼻の先にメガネを掛けていた。彼は、弁護士、銀行の頭取を歴任した後に、シカゴ産業委員会に入った。キャサリンは自分の訴訟で彼がどんな判断を下すのだろうと思った。

午前九時に開始する裁判を待ちながら彼女が周りの様子を見ていると、記者たちが彼女の到着に気づいた。『シカゴ・ヘラルド・イグザミナー』紙は後に書いている。「ドノヒュー夫人は一人で立つのもやっとの状態だった。子供のような細い腕をして、顔色は悪く痩せ衰えていた。だが、縁《ふち》なしメガネ越しに見える彼女の黒い瞳は熱く燃えていた」。『シカゴ・デイリー・タイムズ』紙は「楊枝女」というなんともひどい名前で彼女を呼んだ。

キャサリンは中央テーブルに着席し、そのすぐ後ろにトムが座った。彼女は、大きな毛皮のコートを注意深く脱いで膝の上に置いたが、帽子は身につけたままだった。脂肪がなくなり心不全のために体が冷え切っていて、ここしばらく彼女はどんな時も冷えを感じていたようだ。口のなかからふたたび膿が出てくることがあるので、彼女の手には柄模様のハンカチが握られていた。ほぼ絶えずハンカチで口を押さえるほかなかったようだ。

準備が整っているかを確認するグロスマンに対して、彼女は素早く肯いた。彼は、いつも通り三つ揃いのツイードのスーツを着て、これから始まる務めに備えて目が光っていた。半年以上ものあいだ、彼は女性たちの訴訟のために不断の準備を重ねてきた。彼もキャサリンも十二分に準備してきた。彼はそのことを自覚していた。

グロスマンは冒頭陳述を始めた。「本件において私たちは、有名弁護事務所が手強い敵として鋭い刃《やいば》を携えて襲ってきたからといって、あきらめるような被害者集団ではありません……敢然と戦うイリノイ州産業委員会のもと、どんどん大きくなっていくのは、不正に対する公正への希望、強者に抵抗する弱者への希望という虹の輝きです」

そして彼は、本件の中心人物となる女性たちを紹介していった。「［大戦で］わが国防軍の人命が救われたのは、キャサリン・ドノヒューがわが軍のために発光塗料を文字盤に塗装してくれたからです。人命救助のために、彼女や彼女の同僚たちは生きる屍の一人となったのです。彼女たちは自分たちの人生を犠牲にしました。彼女はわが国の無名のヒロインであり、わが州もわが国も彼女に恩義があるのです」

その次は、その無名のヒロインが話す番だった。中央テーブルにはマギッドとマーヴェルがいて、その正面のグロスマンの隣に座っていたキャサリンが、最初の証言者だった。彼女はなんとかして力強い印象を与えたかったが、口内の損傷のため、悔しいことに思うように話すことができなかった。そのため各紙には「口元を覆っているため弱々しく聞き取れない声」で「口ごもって」いて、「彼女のすぐ後ろに座っている（彼女の友人たち）ですら聞き取れない」と書かれた。

しかし、彼女は間違いなく自分で話した。自分の仕事、どのように女工たちが粉塵まみれになって発光するようになったのか、そしてリップ・ポインティング塗装法について、彼女は自分の言葉で語った。「このようにして、この恐ろしい毒物が私たちの身体に入り込んだのです」と、彼女は涙した。「私たちはそれが有害だということすら知らなかったのです」

グロスマンは、彼女を励ますように微笑んだ。彼女はやるべきことを見事にやり遂げたのだ。キャサリンが素早く水分を補給しているあいだに、彼女の弁護士は、地元紙に掲載されたラジウム・ダイヤル社の虚偽満載の一面広告を証拠として提出した。

「異議あり」と、マギッドが起ち上がって異議を申し立てたが、ジョージ・マーヴェルは証拠として認めた。

キャサリンは証言を続けた。「一九二八年のラジウム中毒のためにニュージャージーの人びとが亡くなったと聞いて、私たちは不安を覚えましたが、そのすぐ後にリード氏が私たちに（この）広告を見せました。彼は、私たちが心配する必要はないと言いました」

マーヴェルはゆっくりと肯きながら、メモを取り、議論が分かれるすべての言葉を検証した。キャサリンは、自分の背後で一列に座って、自分の話を一言も聞き逃すまいと耳を傾けている友人たちを肩越しに見ながら、証言を続けた。彼女は「マリー・ロシターさんと私が最初に検査を受けてから」と過去を回想し、そしてふたたび判事のほうに顔を向けて言った。「どうして私たちの検査結果を受け取ることができないのか知りたいと思いました。リード氏は私たちに『お嬢さん方、もし君たちに診断結果を伝えたら、ここで暴動が起こることだろう』と言いました。その時、私たちは彼が何を言っているのか意味が分かりませんでした」

しかし、今になると彼の言ったことが彼女たちにはよく分かった。裁判でキャサリンが彼に話にいった日の様子を説明しているとき、マリーは「彼女の言葉を聞いて真っ青になった」。

「ああ」と、彼女は声に出して泣いた。あの時の上司の言葉が身にしみて分かった。

「そう話したのが、リードさんです」とキャサリンは判事に強調して付け加えた。「その彼は、ニューヨークに会社を移動した後も同社に勤めています」

新聞各社は、彼が同社にいて女工たちの監視役をしていることを突き止めた。彼は「そこでの業務の責任者」であり、オタワよりもニューヨークにある工場のほうがはるかに格上とされていたので、その業務担当であることは、彼が昇進したことを意味した。会社は社員の忠誠心に報いたということなのだろう。

その時、中断が入った。同委員会の警備担当員長が、グロスマンが提出を命じていた書類を手に急いでやってきた。弁護士はすばやく書類に目を通した。すぐさま、彼は一九二五年から一九二八年の女工たちの検査結果が入っていないことを見て取った。ただし、とくに彼の関心を引く手紙が数通入っていた。

ラジウム・ダイヤル社社長のケリーは、一九二八年にイリノイ産業委員会宛に書いた。

私たちは、一九二八年八月一八日の保険の契約解除以降、賠償保険を受け取ることができませんでした。ニューヨークにある米国ラジウム社のいわゆるラジウム中毒訴訟への評判を考慮して、(保険会社は)これ以上保険を掛けてイリノイ州オタワの我が社の工場でそのような訴訟を負う危険を招くことを望まないと決定しました。

ケリーは一〇以上の保険会社に申し込んだ。そして、全社に断られた。

「お分かりいただけることと思いますが」とケリーは言葉を続けていた。「私どもにとって非常に不運な状態に陥っております。**我が社が**保障を受ける方法をご助言いただけないでしょうか。イリノイ州は賠償保険に入っていますか」

ケリーの念頭にあったのは、自社の金融資産の保護だけだった。彼は、自分の行動があまりに危険なため保険会社が支援を断っている可能性を考慮に入れていなかったようだった。委員会は彼に次のように回答した。「ご自分で責任を取る以外に方法はありません」

ケリーはそれでもリスクを冒す価値ありと考えた。これが本裁判に保険会社の弁護士が出廷しない理由だった。つまり、ラジウム・ダイヤル社は保険を掛けていなかったのだ。一九三〇年一〇月三〇日、IICはラジウム・ダイヤル社に、保険加入を義務づける労働者災害補償保険法に従っていないことを通知した。これに応じてラジウム・ダイヤル社は、「有価証券を預けたうえに、自社がリスク保証することを、産業委員会に申し出ることを余儀なくされた」。この時にラジウム・ダイヤル社は同委員会に一万ドルを支払った。それが、現在キャサリンと仲間が要求しているお金である。以上が少額ながら同社に残っているお金の経緯《いきさつ》だった。

そしてこれ以外に同社には金銭がなかった。残念ながら、グロスマンは、女工たちがラジウム・ダイヤル社に対して要求することができる財産を見つけることができなかった。今や、同社はニューヨークに逃亡してしまっているので、イリノイ産業委員会は、州を超えて会社の基金を徴収する権限を持っていないらしいのだ。金銭的にみると非常に残念ではあるが、しかし複数の意味で、本件で問題になっているのは金銭ではなかった。まちがいなく賠償金があれば事態は好転するだろう。とくにトムとキャサリンは勝訴すれば現在の困窮状態から救われることになる。しかし、それよりも女工たちの身に起きた出来事が認められることのほうが、彼女たちにははるかに重要だった。彼女たちは人びとに敬遠され、嘘つき、詐欺や不正を働いたと指さされた。同社が文字通り殺人に対して罰を受けないのをずっと見てきた。彼女たちが戦いを求めているのは、真実だった。

アーサー・マギッドはことあるごとに異議を申し立て、それらはすべて却下された後に、キャサリンが、診断後にシャーロットとともにリード氏のもとを訪れたときの様子を証言した。「リード氏は、あなた方に悪いところがあるとは思えない、と言ったのです」。かすれた声しか出せないなか、キャサリンは、できうる限り怒りを込めて言った。「彼は賠償金の要求を検討することを拒否しました」

キャサリンから目をそらさずに、マーヴェルは肯いた。「痩せ衰えた体は震えて（いた）」が、彼女は構わず続けた。

「それから二年後」と一九二四年当時を回顧しながら、次のように言葉を続けた。「夜になると、左足首に痛みを感じるようになりました。そしてその痛みは腰にまで広がっていきました。失神の発作も起こるようになりました。夜になると、その痛みは耐えがたいものになりました」

彼女は自分の痛みがどのように足首・腰・膝・歯と体中に広がっていったのか、どんなふうに自分が寝たきりの病人となり食事が摂れなくなり子供の面倒をみることができなくなったのかを話した。そして、スカプラリオ・メダイというカトリック教徒にとってのお守りを手に持ちながら、彼女は、祈りを捧げるためにひざまずくことができなくなったことを訴えた。悲哀に満ちた言葉で、彼女は自分の苦しみを説明したが、その苦しみは彼女だけのものではなかった。キャサリンは子供たち二人にとっても大きな影響があったことを判事に伝えた。

証言の終了直前、キャサリンは、膝の上に慎ましやかに置いていた自分のハンドバッグから、小さな宝石箱を取り出した。グロスマンは事前に打ち合わせていた通り、彼女に持ってきたものを見せるようにと頼んだ。キャサリンは、箱をのぞき込んでから、細くなってしまった手に乗せてみんなに見せた。法廷中が身を乗り出して、何がなかに入っているのかを見ようとした。ゆっくり、本当にゆっくり、彼女は中身を空けた。彼女がそこから取り出したのは、二つの骨の欠片だった。

「これは私の顎の一部です」と短く彼女は述べた。「これが私の顎から出てきました」

51

毒と詭弁に抗して

キャサリンの友人たちは、彼女が自分の骨の破片を手に持っているのを見て、法廷で「身震いした」。その骨は、複数の彼女の歯とともに証拠として採用された。そうした衝撃的な証言が終わってから、グロスマンは彼女に休息時間を与えた。静かに椅子に座った彼女は口元にハンカチをあて、ウォルター・ダリッチ医師が替わって中央テーブルに着席して証言するのを見つめた。

彼は、がっしりとした額に厚い唇、黒い髪に清潔な印象をあたえる人だった。彼は威厳をもって証言した。グロスマンがキャサリンの歯科治療について内容を確認したうえで、二人はラジウム中毒全般について議論を進めた。多くの文字盤塗装工が「病気になり、亡くなったが、真実ではない死亡診断が下された」とダリッチが主張したときにマギッドは異議を申し立てたが、マーヴェル判事は却下した。判事は次のように強調した。「こちらの医師は熟練した経験をお持ちになり、専門家として証言されています」。仲裁人はダリッチ側についているかのようだった。

ダリッチはキャサリンの病の原因について専門家としての意見を述べた。「この病状は放射性物質が原因の中毒です」と、彼ははっきりと述べた。

決定的文言を引き出すために、グロスマンは、矢継ぎ早に質問をたたみかけていった。

「先生の見解をお聞かせ願いたいのですが、現在のキャサリン・ドノヒューは肉体労働に従事することができると思われますか」と彼は尋ねた。

歯科医は、テーブル越しにキャサリンを見つめた。彼女は椅子にうずくまり、彼が話すのを聞いていた。「いいえ」と悲しげに彼は返答した。「できません」

「彼女は生計を立てることができますか」

グロスマンに顔をふたたび向け「いいえ」とダリッチは答えた。

「この症状が一過性か恒常性かご見解をお持ちでしょうか」

「恒常性です」と彼は間を置かず答えた。キャサリンは頭を垂れた。これが永遠に続くのだ。

そして、グロスマンは次のように尋ねた。「これが不治の病なのかどうか、ご見解をお持ちでしょうか」。

ダリッチは返答に躊躇し、数メートルと離れていないところにいるキャサリンを「何か言いたげに見た」。グロスマンからの質問への返答が出てこないまま、質疑が一瞬止まった。五日前にシカゴで診察したとき、彼女の病状が「これから一生、不治、末期段階」に達したという点においてキャサリンを診た三名の医師は見解が一致していた。しかし、彼女への同情ゆえに、医者たちはキャサリン・ドノヒューにそのことを伝えていなかった。

なんと答えて良いのか分からなくなって、ダリッチは「彼女が同席する場で答えよと言うのですか」と質問のかたちで返答した。

しかし、それで十分だった。返答に躊躇することがすべてを物語っていた。キャサリンは「嗚咽し、椅子から崩れ落ち」、両手で「顔を覆った」。最初は声を出さず涙していたが、やがて、医者の無言の説明が重く彼女にのしかかってきたかのように、彼女は「ヒステリックに泣き出した」。トムや子供たちを残しこの世を去ること、来る未来に起こるであろうことを思って彼女は声に出して泣き叫んだ。彼女はこの時まで知らなかった。彼女は希望を抱いていた。彼女は信じていた。キャサリンは自分が死なないと本当に信じていたのだ。しかし、ダリッチの表情はその希望を否定するものだった。彼の目を見た彼女にはそれが分かった。だから、彼女は泣き叫んだ。恐怖や苦悩のためにどんなに彼女が話そうとしても言葉にならなかった。妻の泣き声を聞いて、トムは「泣き崩れ、嗚咽した」。

その泣き声が分岐点だった。その後、キャサリンは座ることすら難しくなってしまった。彼女は意識を失って、「医者が近くにいて彼女を支えなければ、卒倒していただろう」。ウィーナー医師がすばやく立ち上がって彼女を受け止めたのを見て、トムは正気に戻った。彼はかろうじて座っているキャサリンの側に駆け寄った。ウィーナーが彼女の脈を測ろうとするあいだ、トムはひたすらキャサリンのことだけを心配していた。彼は、彼女の頭を抱きかかえ肩をさすって、彼女の意識を取り戻そうとした。キャサリンの嗚咽はひどくなるばかりで、泣き叫ぶ彼女の口は大きく開き、崩壊状態の口内が丸見えになって、歯がなくなっていることが誰の目にも明らかになった。しかし、誰が見ようと彼女にとってはどうでも良かった。彼女の頭はダリッチのことでいっぱいだった。不治。これは不治の病である。この時、彼女は初めてそのことを聞かされたのだった。

パールは、自分の友人が取り乱しているのを見るや、トムに続いて助けに出た。トムとともにかがみ込んでキャサリンを介抱したパールは、法廷では認められていない行為ではあったが、水を差しだした。トムはキャサリンを両腕で抱きかかえ、泣き続ける彼女になんとか気持ちを伝えようとした。労働者の手をもつ彼は、一方は妻の背中を、もう一方は胸において、彼女を支えて、自分が側にいることを伝えようとした。

報道のカメラマンたちはこの瞬間を逃さなかった。トムもすぐさま彼らに気がつき、すばやく彼らから妻を守ろうとした。キャサリンの介抱をパールに――彼女は優しく友の黒髪を撫でてくれていた――任せ、彼はグロスマンとウィーナーを呼んだ。そして三人でキャサリンの椅子を持ち上げ、パールが通り道を空けるように人びとを誘導して、裁判室から彼女を運び出した。

この時の様子を、ある新聞は「彼女の嗚咽が廊下からも聞こえるほどだった」という暗澹たる調子で記している。

判事がすぐに休廷を言い渡し、キャサリンは運び出され、郡書記官の事務室机の上に寝かされた。パールは、少しでも彼女の皮膚に負担が掛からないようにキャサリンの毛皮のコートを事務室の机の上に敷いてから、彼女を寝かせた。枕代わりに出生記録帳が数冊使われた。トムはそっと妻のメガネをとり、彼女の側に立っていた。片方の手は彼が贈った腕時計を付けている彼女の手を握り、反対の手で優しく彼女の髪を撫でた。キャサリンのもう片方の手はパールが、友を安心させようと握っていた。二人は大好きな彼女をなんとか楽にしてあげたくて、代わる代わるそっと声を掛けていた。

キャサリンには泣く体力は残っていなかったが、夫が側にいるのが分かると、このことだけは伝えたいと思った。「弱々しく頼りない」声で、彼女は、彼の手を握りながらつぶやいた。「トム、私を一人にしないで」

彼はどこにも行くつもりはなかった。

キャサリンは審問に戻ることができなかった。「彼女は完全に衰弱していました」と、付き添っていた医師の一人は述べた。「彼女には生きる気力もないし、余命も長くないでしょう」

トムは、自宅のあるイースト・スーペリア・ストリートへとキャサリンを運んでいたので医師のこの言葉を聞くことはなかった。しかし、翌日の新聞に掲載されたトムとキャサリンの写真付きの記事は容赦なかった。悲嘆に暮れた二人の写真の上には、こんな見出しが書かれた。「**死神が三人目の出廷者だった**」

―

キャサリンが不在のまま審問が再開されたのは午後一時三〇分だった。自宅に妻を送り届けた後、トムは、キャサリンの代理として、彼女にとって非常に重要な意味を持つ審問に出席するために、裁判所に戻ってきた。彼女の体調が悪くて出席できないのであれば、彼は自分が彼女の代役を務めたいと思った。

部屋の片隅の椅子に呆然としながらもトムが着席すると、中断したところから審問が再開した。

「彼女は不治の病なのでしょうか」とグロスマンがダリッチに問うた。

医師は咳払いをした。「彼女の場合、不治です」と認めた。

「先生の診断では、キャサリン・ドノヒュー（の寿命）はどのくらいだと推測されますか」と弁護士は質問を続けた。

「断定するようなことは言えませんよ」。おそらく裁判所に彼女の夫が臨席していることを自覚していたからだろう、彼の声が大きくなった。「これまで受けた医療などによりますし。あとは治療だとかも……」

グロスマンは彼をじっと見つめた。ここは裁判所であって、診察室ではないのだから、回りくどい言い方をしてもキャサリンの訴訟になんの得にもならなかった。ダリッチはグロスマンに見つめられ姿勢を正した。

「おそらく……数ヶ月でしょう」と彼ははっきりと述べた。トムの目にはふたたび涙があふれてきた。たった数ヶ月。

「進行期には治療方法がなにもない、ということですね」とグロスマンは問いただした。

「そうです。治療方法はありません」とダリッチは述べた。

午後になると、ほかの二人の医師への質問が続いた。それぞれ新たな証言がなされたが、キャサリンの夫にとっては、聞くに堪えがたい内容が続いた。

「疑う余地なく、彼女は病気の末期にあります」とウィーナー医師は証言した。

「彼女は長くありません」とロッフラーも同意した。「まったく望みは残されていません」

望みなし。治療法なし。キャサリンがいなくなる。

こうしたやり取りを残らず聞いたトムは、涙が止まらなかった。ずっと辛抱して聞いていた。日が暮れる頃には、彼は倒れる寸前になっており、裁判室からの退出を余儀なくされた。

会社側の弁護士には、とくに目立つ行動はなかった。彼の医師たちに対する反対尋問は、ラジウム・ダイヤル社にとっての重要案件——ラジウムが有毒だったかどうか——のみに限定された。「彼女の勤務と彼女の病状とには明らかな因果関係があります」とロッフラーが断言したときも、マギッドは興味がなさそうだった。代わりに、マギッドは言辞を弄した。「放射性物質はおそらく気に障るものでしょうが、有害なものではありません」

言葉巧みな弁護士は、「会社の見解は次の通りです。（女性たちは）法の新条項によると賠償金を回収することができません。なぜなら、同法が対象とするのは、当該職業に従事した結果、毒物から病気になったときのみだからです」。会社はラジウムが毒物ではないと規定し、自分たちに「責任がない」というのだ。

マギッドは、ラジウム中毒とは「表現」にすぎないと述べた。「人間の身体に付着した放射性物質の影響を簡便に説明」する表現だ、と。ロッフラーが怒りを抑えきれず、次のように述べたときですら、彼はその意見を変えなかった。「放射性化合物は(キャサリンの)体に有害な影響を与え、その影響は一般に気に障るなどの言葉で説明されるものではなく、医学的定義における有毒の部類に入るもの(です)!」

ほんの数年前のイネス・ヴァレット訴訟においてラジウムこそが毒物質そのものだと主張した弁護士と同一人物だということは、グロスマンにはよく分かっていた。グロスマンは、真実をねじ曲げるマギッドの試みを、「言葉と毒という魔法の名手」による「見事な詭弁と呪術」と呼んだ。

そして女性たちの弁護士はこのように付け加えた。「ラジウムは毒ではないという被告の理論を支える証拠については、エジプトのスフィンクスが何も言わず沈黙するのと同様になんの記録もないというわけですね」。会社側の主張を支える証言も証拠もなんら提出されなかった。

対照的に、女工たちは証言したいことが山ほどあったし、それに、なんとか回復したキャサリンが引き続き証言すると決意した。しかし、担当医たちは彼女がベッドから離れるにはあまりに体調が悪すぎると断言し、「証言を無理に続けてしまうと、即座に致命的な状態を引き起こすかもしれない完全衰弱状態」にあると述べた。

しかし、キャサリンの決意は固かった。そこでグロスマンは、翌日の審問については、彼女の病室で再開することを提案した。彼女が裁判所に来ることができないのであれば、彼女の元に裁判の場を持っていってあげよう、とグロスマンは言うのだ。ジョージ・マーヴェルは、この要求をしばし考慮した結果、同意してくれた。

報道に伝えるのは、グロスマンの仕事だった。彼は、病床での審問が翌日開催されることをアナウンスするとともに、報道各社が食いつくことを承知のうえで最後の一言を加えた。

「ただし」と、群がるメディアを見渡し、彼は陰気に述べた。「彼女の命が保《も》つことが条件となりますが……」

52

自宅での裁判

二月一一日金曜日が明けても、キャサリン・ドノヒューの命は奪われていなかった。イースト・スーペリア・ストリートの天気は「不順」で、キャサリンは衰弱していたが、自分が何をすべきかをはっきりと自覚していた。

「私には手遅れです」と、果敢にも彼女は述べた。「けれど、私以外の人たちには役に立つはずです。この戦いに勝つことができたなら、私の子供たちの安全が確保されることでしょうし、また私と一緒に働いた人たち、それに同じ病に苦しむ人びとに勝利をもたらすことになるでしょう」

ラジウム・ダイヤル社は、キャサリンの裁判がテスト・ケースとなることに同意した。裁判で彼女に有利な判決が下されたとしたら、彼女以外の被害者全員にも正義がもたらされることになる。だからこそ、この最後のハードルを乗り越えることが、彼女にはとても重要になった。だから、何があろうとも彼女は戦い続けなければならなかった。

トムは証言するという彼女の決意を支えたが、心配でたまらなかった。「今やっていることすべて私たちにとっては手遅れなのです」と彼は、〔妻の〕言葉を繰り返した。「それでも、他の人たちを助けるためにに、キャサリンはできることをなんでもやるつもりです。たとえ興奮状態を引き起こして……」

そこから先を彼は続けることができなかった。彼はすでに、証言台に立ち続けることが致命傷になるかもしれない、という医者たちの言葉を聞いてしまっていた。しかし、キャサリンの決意は固かったし、それに彼女の邪魔をするなんて自分にはできない。「私たちが一緒に過ごした時間はあまりにも短い」と彼は静かに述べた。二人が結婚してまだ六年しか経っていなかった。

当時四歳と三歳だったトミーとメアリー・ジェーンは自宅にいた。たくさんの訪問者たちが居間に押し寄せているあいだ、二人は二階で遊んでいた。居間にはキャサリンが青いソファに横になって、枕で身を支え、顎まで隠して白いブランケットにくるまっていた。部屋への訪問者は引きも切らず、弁護士、証言者、記者、友人など総勢三〇名ほどにもなった。

キャサリンは、歓迎の気持ちを見せたくても目を開けるのもやっとだった。彼女は「見るも哀れな状態」だった。彼女の友人たちは挨拶しながら非常に心配していた。ふだんは親交を深めるためにやって来る場所だったが、今日は、まったく別の理由で集まっていた。女性たちはソファに並んで座った。シカゴから来てくれたシャーロット・パーセルがキャサリンに一番近いところに座り、その隣にパールが座った。ちょうど一週間前に、歯を一本失ったシャーロットの体力は急速に衰えていた。彼女は、片袖をだらりとたらしながら、グレーのコートを引き寄せた。

弁護士たちがオーク材の円形テーブルのまわりに座って、必要書類をテーブルの上に並べた。グロスマン、マギッド、マーヴェルら、そして、グロスマンの秘書のキャロルがメモを取るためにいた。トムは、二階にいる子供たちの様子が分かるようにと、食堂《ダイニングルーム》や他の部屋を行きつ戻りつしながら、暗い表情でドアにもたれて立っていた。

準備が整ったので、審問が始まった。「キャサリン・ドノヒューは、弱ってはいるが決意は固まっていたので、話を再開する心構えはできていた」

依頼人に対して質問するとき、グロスマンは、自分の言葉がよく聞こえるように彼女の側で屈んだ。彼女は「目をつぶったまま」彼に返答した。ほんの時折、彼女は目を開けたが、その時ですら、実際にはなにも見えていないようにみえた。

「それでは」とグロスマンは励ますように述べた。「昨日の証言で説明された件ですが、実際に、どのように（筆を）尖らせるように指導されたのかをお見せいただけますか」。そう言って彼は、トミーの絵の具セットから借りてきた子供用絵筆を彼女に手渡した。

絵筆を受け取ろうとキャサリンがブランケットから痩せこけた手を出すと、座っていたアーサー・マギッドが立ち上がった。「異議あり」と彼は言った。「その絵筆を使うことに異議を申し立てます。その筆が工場で使っていたものと同一という証拠はありません」

マーヴェルはグロスマンのほうを向いて「それしか手元にないのですか」と尋ねた。

「はい」とグロスマンはいささか厳しい調子で返答した。「実物は、ルミナス・プロセス工場で今現在使われています。その工場では、ラジウム・ダイヤル社が使っていた道具がすべて使用されており、また、こちらの会社で働いていた女工複数名が雇用されています。同工場には、ラジウム・ダイヤル社の責任者すらいます」

これらのやり取りを目撃していた記者は後に次のように書き記している。「その筆が証拠として使用されることが決まった」。キャサリンは弁護士からその小さな絵筆を受け取った。手に持っていることすら分からないほど軽い筆を受け取ると、彼女は一瞬動きを止めた後、慣れた手つきで筆を手に取った。一呼吸おいて、彼女は「こんな感じです」とかすれ声で述べた。彼女の声には疲労が感じられた。「ラジウム化合混合物を筆につけました」。キャサリンは架空の容器に筆をちょっと付けて、とてもゆっくりと、硬くなって動きにくくなった腕を後ろに曲げて、自分の唇へと筆を当てた。「それから、形を整えます」と、込みあげる感情を抑えようとしながら述べた。「こんなふうに」。彼女は筆を自分の唇にはさんで、くるっと丸めてみせた。リップ……ディップ……ペイント。実演が終わると、彼女は、震える手で筆をみんなに見せた。さっきまで逆立っていた筆の先が、きれいに尖っていた。それを見て「彼女は身体全体を震わせた」。

彼女の友だちやかつての同僚は、「感情を抑えきれない」表情で、彼女を見守っていた。彼女の実演に女性たちの心が動かされたのは、誰の目にも明らかで、みな涙をこらえていた。

「私はこれを何千回、何万回とおこないました」と、キャサリンは力なく述べた。「これが、私たちが実際に教えられたやり方でした」

トムはドアのところから妻の実演を——妻がどのように死に至らしめられたのかを——見た。自分では泣き疲れて涙も出なくなったと思っていた彼だったが、キャサリンが残る力を振り絞って実演した単純な動きを見て、彼は、無言のまま人目を気にすることもなく泣いた。この動きによって彼女は生きる屍になってしまったのだ。

グロスマンは、質問を再開して、部屋のなかに立ちこめる重苦しい空気を断ちきった。「合衆国政府がラジウム化合物を塗装するときにラクダの毛の筆を使うことに有罪判決を出していると、ラジウム・ダイヤル社の管理者はあなたに伝えたことがありましたか」

キャサリンはこれを聞いて動揺を隠せなかった。「いいえ」と彼女は返答した。彼女の後ろに座っていた女工たちは、怒りの表情で顔を見合わせた。

「異議あり」とマギッドが、キャサリンの声をかき消すほどの甲高い声で述べた。

「異議を認める」と、マーヴェル判事は応えた。

グロスマンは本筋から逸れなかった。彼は別の質問を用意していた。「獣毛の筆を使ってのラジウムの文字盤塗装の危険性について、なんらかの通知をもらったことはありますか」と尋ねた。

「いいえ、ありません」とキャサリンは確信を持って返答した。「そんな通知はありませんでした。私たちは発光塗料近くにある作業台で昼食を食べることだってありました。私たちの監督責任者であるリードが言ったのは、そこで食べても構わないが、文字盤の上に食べ物をこぼさないようにということでした。私たちが聞いたのは」——彼女は、証言しようと努力して息も切れ切れになっていた——「文字盤に油脂を付けたりしないように注意しろということだけでした」

グロスマンは、彼女の肩を優しくさすった。彼女が疲労困憊しているのが、彼に見てとれた。彼は、ガラスペン導入の失敗、彼女の脚の障害を理由とした解雇などその他の要点を、注意深く質問し、彼女を休ませた。

そして彼はシャーロット・パーセルを証言台に呼んだ。

「異議あり」と、マギッドがすぐさま大声を出した。彼は、これはキャサリンの訴訟のみであることを理由に、他の女たちが証言することに異論を唱えた。

「判事、本件はテスト・ケースです」と、グロスマンは、マーヴェルに訴えながら、さらりと遮った。「将来、この女性たちに同行をお願いできるかどうか分かりません」。彼は、キャサリンの間に合わせのベッドの側に一列に座っている若い女たちに目を向けた。「全員は無理でしょう」と強調した。

マーヴェルは同意した。彼は彼女たちへの質問を許可したが、彼女たちは「自分たちの病状に直結する内容を証言することは許可されなかった」。

シャーロットが立ち上がって証言に立つとき、パールは彼女がグレーのコートを脱ぐのを手伝ってあげた。彼女は、コートの下に、凝った白い襟の緑色のブラウスを着ていた。その袖が「ぶらんと垂れ下がっていて、腕を切断したのがはっきりと分かった」。彼女は宣誓をするためにテーブルのところまで来た。彼女もまた口で絵筆をくるっと回転させる様子を実演したのだが、そのときに彼女が複数の歯を失っているのが分かった。彼女の友人たちが彼女の証言を不安げに見守るなか、彼女は落ち着いて証言した。そのなかの一人はシャーロットが話しているあいだ、目に涙をいっぱい浮かべていた。

「あなたご自身もまた」とグロスマンが彼女に質問した。「キャサリン・ドノヒューがラジウム・ダイヤル社に雇用されているときに、彼女と同じ部屋で働いていたのですか」

「はい、その通りです」とシャーロットは述べた。彼女の確固たる話し方は、先ほどまでのキャサリンの話すこともままならないささやき声とは対照的だった。

「その当時、左腕はあったのですね」

シャーロットは懸命に涙をこらえた。「はい、その通りです」

「どのくらいそこで働いていたのですか」と彼は質問した。

「一三ヶ月間です」と吐きすてるかのように、彼女は言った。

彼は彼女に彼女とキャサリンがリード氏と対面したときの様子について尋ねた。「その時、あなたに腕はありましたか」

「いいえ、ありませんでした」とはっきりと言った。

「リード氏はなんと言いましたか」

「リード氏は」と述べるシャーロットの目には、怒りがやどっていた。「ラジウム中毒なんていうものは存在しないと言いました」。彼女は「腕の喪失は使っていた有毒化合物のせいだ」と証言した。

一人また一人と、グロスマンは、ドノヒュー家の食堂のテーブルで、弁護士たち臨席のもと、女たちを証言台に立たせた。マリー・ロシターは証言しているあいだずっと、手を握ったりその手を緩めたりを繰り返していた。

「リード氏は、ラジウムのおかげで私たちの頬はバラ色になるだろうと言いました」と、その時を思い出して彼女は嫌悪感を見せた。「それは私たちにとって良いものだと言ったのです」

グロスマンはおのおのの女性に、塗装の実演が、彼女たちが教わった通りの技術を正確に再演したものかどうかを確認した。まるで分身が列を成しているかのように、全員が同じように肯いて同意した。女たちは――パール・ペイン、グラチンスキ姉妹、それにオリーヴ・ウィットも、ヘレン・ムンクも――みな、キャサリンのために証言した。彼女たちが友人のために文字通り、また、象徴的なかたちで、証言台で話すと、アーサー・マギッドが判を押したように同じ調子で彼女たちの証言に異議を唱えた。トム・ドノヒューは、彼とキャサリンが医療費のために積み上がった負債額を証言するために、少し話しただけだった。

このあいだずっとキャサリンは、自分の周りで証言する友人たちの声を、子守歌代わりに聞きながら、時折意識を失いつつソファに横になっていた。そしてやっとすべてが終わった。この二日間、一四名の証言者がキャサリンのために証言台に立った。これでグロスマンのほうはすべてを終えたので、みなアーサー・マギッドが何を言うのかと言葉を待った。

しかし、会社側の弁護士はなんら証拠を提出せず、一人として証言者を呼ばなかった。同社の主張の根拠は、ラジウムには中毒性がないという法的防衛だけだった。

それ以上の証拠が提出されないので、一時少し過ぎに、マーヴェルは審問を終えた。およそ一ヶ月程度で評決を出すと彼は述べた。そして、双方ともに、評決前に、各人の主張を完全に書面で記した訴訟事件適用書〔要約文書〕を提出することができると述べた。

これで終わりではなく、最後に、記者たちが集まると恒例の写真撮影があった。報道機関は、ドノヒュー家に集った大勢の人びとに写真撮影を求めた。ジョージ・マーヴェルとアーサー・マギッドはともにソファの後ろに立ち、グロスマンはキャサリンのベッドの側にひざまずいた。すべてが終わったからだろう、彼の手にはすでに葉巻がある。男性陣が自分の視線に入ってきたので、キャサリンは、ジョージ・マーヴェルに痩せた手を差し出した。その手を取って優しく握った彼は、彼女の骨のように痩せ衰えた手と、そしてどんなに彼女の手が脆くなっているのかが分かって衝撃を受けた。キャサリンは後に、彼のことを「とても思いやりのある人でした」と述べている。

撮影を求められたのは弁護士たちだけではなかった。弁護士たちとの撮影の後には、キャサリンの友人たちも彼女を囲むかたちで写真に収められた。シャーロットはキャサリンの足下側のソファのアームに腰を掛けて、彼女以外はみんなその後ろに立った。パール・ペインが真ん中に立ち、キャサリンの手を取っている。女性たち全員がキャサリンを見つめているが、キャサリンはトムのほうを向いている。審理が終わったので、彼は彼女のもとにやって来て、彼女の側に座っていた。カメラのシャッター音が降りた瞬間、夫婦は、お互いの目を見つめ合っていた。

ある記者が、この時のトムとキャサリンの様子を書き残している。「突如、すべてを忘れました。彼女の歯がぼろぼろになっていることや、顎がばらばらになっていることを忘れ……かつては生き生きとしていたはずの彼女の体内に残されているラジウム中毒の爪痕を忘れました……(代わりに)夫の愛を一身に受けている人の姿が、一瞬ですが、私の目に映ったのです。そこに見えたのは壊れそうな女性のなかに育まれた愛でした。それしか私たちには見えませんでした」

もう一枚だけ別の写真が残されている。集会が終わったことを聞いたトミーとメアリー・ジェーンが部屋に飛び込んできた。トムが片腕に一人ずつ抱き上げ、キャサリンに子供たちの顔が見えるように、ソファの後ろに座っていた。そして、彼女はやっと元気を取り戻した。息子と娘に話しかけ、トミーの手を取って生き生きとした表情を浮かべた。メアリー・ジェーンは、カラフルな服を着て、可愛らしくおかっぱ頭にリボンを付けていた。トミーは長い白のシャツを着ていた。二人はかなり訪問客やカメラマンに興奮したようだったので、すぐにトムはみんなを見送った。

グロスマンと女性たちはまっすぐに街の中心部のホテルへと向かった。そこで、みんなは、グロスマンがシカゴに戻る前に長時間協議した。彼女たちは、これから起こることがなんであれ、彼女たち全員に大きく影響することを理解していた。審問があったその日にもマギッドは判事の決定がどんなものであれ、文字盤塗装工の要求に対応するときに、同社はその決定に従うことを確約していた。

大騒ぎだった裁判がすべて終わると、トムは、イースト・スーペリア・ストリート五二〇のドアを閉じた。審問が始まる前よりも自宅がさらに静かになったように思えた。

ここから先、彼とキャサリンはただ待つしかない。

53

「生きる死人の会」

「春はもうすぐ」と裁判後の週末、『シカゴ・デイリー・タイムズ』紙は高らかに報じた。恋人へのバレンタインの贈り物、ブリッジ・パーティー、ダンス・パーティーで各紙あふれていたが、オタワの元文字盤塗装工たちが気に掛けていたのは一日だけだった。それはキャサリン・ドノヒューと過ごす日だった。

みなが訪ねてみると、彼女は元気だった。しつこくつきまとう記者がキャサリンに「風前の灯火のあなたが頼りにしているものはなんでしょうか」と尋ねると、愛情のこもったまなざしでトムを見ながら「戦うアイルランド魂です」と彼女は返答した。「私は必ず生きていきます」と決然と言った。医者たちは彼女が「生きて病床から離れることはない」と言っていたが、彼女はまだ戦いを放棄していなかった。

彼女たちはともに治療法を求めて祈ってはいたが、「彼女たちに死への恐怖はなかった」。『シカゴ・ヘラルド＝イグザミナー』紙は次のように報じている。「運命が決まっているとするならば、彼女の犠牲によって人びとが救われる新しい世界を彼女が見る日が来るはずと、みなそれぞれに話してくれた」

当人たちにとっては少々驚いたことに、彼女たちは労働者の権利を求める象徴的存在になっていた。すでに、彼女たちは、何千人もの不安定な被雇用者たちを守る法律に重要な変化をもたらし、企業の責任回避の抜け道を塞いだ。自分たちの成果に勇気づけられて、パール・ペインは、グロスマン宛の手紙に自分の考えを記した。

社会階層の底辺にいる人びとのために人道活動をするあなたの熱意を見て、私もラジウム・ダイヤル社の訴訟関係者も気づいたのですが、あなたは社会の基礎を作っていらっしゃるように思います。あなたが作ろうとしている社会が実現すれば、何千といるに違いない人びとが、団結し、法的支援を得て、組織化したことで生まれた集団の存在を広く示すことで、労働災害で障害を負った人に関係する法律が分かりやすくなり、世に広がり、より良いものになるのではないでしょうか。

グロスマンはこの考えが気に入った。一九三八年二月二六日の土曜日、その社会のための最初のミーティングが開催された。創立メンバーはパール・ペイン、マリー・ロシター、シャーロット・パーセル、それにキャサリン・ドノヒューだった。この四名のうち三名がグロスマンに会いにシカゴに行った。病のため移動することが難しいキャサリンの代わりにトムが参加した。おそらくグロスマンの考えと思われるが、メディアを引きつけるために、彼らは自分たちの集まりを「生きる死人の会」と名付けた。集まった報道関係者にグロスマンは発表した。「本会設立の目的は、職業病の危険にさらされた人びとが、法によってより適切に守られるようにすることです」

この集会は、マーヴェルへの第一回訴訟事件適用書の提出と同時に開かれたが、おそらく意図的な設定だったのだろう(「父はメディアが好きでした」とはグロスマンの息子の言葉だ)。カメラの閃光電球がフラッシュする直中《ただなか》で、グロスマンは元女工たちに、「人類の大義のために」というスローガンとともに、パールの署名入りの薄緑色の弁論趣意書のコピーを手渡した。その分厚い書類は、長大でおよそ八万語もあったが、全ページにわたってグロスマンの雄弁な言葉にあふれていた。

現状を説明するには、何よりも鋭いペンの力が必要だ。私が求めているのは、〔法の〕保護が、キャサリン・ドノヒューの人権を破壊する剣ではなく、保護の盾として機能すること、ただそれだけです。神と人類の法のもと、キャサリンに公平かつ適切に与えうるべきものをただ与えてください。そうすれば、私たちが求めている裁定金が彼女に与えられるのです。

その書類は、午後の遅い時間帯に提出され、夕方のニュースにぴったり間に合った。報道関係者は書類に群がった。本件の記事は、ドイツのナチ党の記事と競うように一面に掲載された。マスコミ相手の裁判だったなら、女工たちは楽勝であっただろう。各紙はラジウム・ダイヤル社を「犯罪的に軽率」と呼んだ。

マスコミは、トム・ドノヒューに治療に望みがあるのかどうかと尋ねた。彼は、労働長官のフランシス・パーキンスが調査のために医学の権威を手配してくれていると返答した。カルシウム治療がキャサリンの延命に役立つという望みがあったのは事実だが、その治療の過程を終えるまで彼女の命が危ぶまれるほど彼女の病状が進行していた。一方、パーキンスが命じた女工たちの中毒に関する連邦政府による調査は進まなかった。大恐慌期の景気の二番底にあった政府には他に優先すべきことがあった。とある政治家は、経済問題で「苦戦している」ことを認めた。「あらゆる奇策もやってみたが、もはや万策尽きた」と彼は述べた。今もなおお職が見つからないトムにしてみれば、そんな言葉はなんの慰めにもならなかった。

カルシウム治療はできなかったとはいえ、キャサリンは依然としてあきらめなかった。「私は奇跡を望んでいます」と彼女は述べた。「奇跡を祈っています。私が求めているのは生きることです。夫や子供たちのためにも死を回避したいのです」。キャサリンは母を六歳のときに失っていた。母親なしで育つことがどんなものかをよく知っていた彼女は、自分の子供たちに同じ目に遭わせないと決意していた。

しかし、そうした勇敢なキャサリンの発言にもかかわらず、みなが評決を待っている数週間のうちに、彼女の健康は急速に悪化していった。「(末期ステージの)症状が現れ始めると」と、彼女の姪のメアリーは回想した。「階段を転げ落ちるようでした……段階的な変化ではありませんでした。実に早いものでした」

家政婦に子供たちの育て方について指示を残す時間すら、キャサリンにはまったく残されていなかった。「本当に深刻な症状でした」とメアリーは述べた。「彼女が子供たちと過ごす時間などなかったと記憶しています。それができるような状態ではまったくありませんでした。とても想像できないと思います……あらゆる力が、文字通りすべてが、彼女から奪われてしまったのです」

シェードを下げた居間のベッドの上に弱々しく横たわることしかキャサリンにはできなくなっていた。決まった時間に、薬を服用することと、家の裏手の線路から聞こえてくる列車のガタゴトという音を聞く以外、彼女は何もできなかった。聞こえてきたのは旅路へと向かう人びとを乗せた客車の音だったが、キャサリン・ドノヒューは彼らのように旅路に向かうことはもはやできなかった。家は「尿の臭い」が漂っていた。居間が彼女の世界のすべてだった。彼女は、ブランケットにくるまって横になっていたが、腰の腫瘍は悪性の山となって盛り上がり、体中の骨という骨が痛んだ。彼女の苦痛は本当にひどかった。

「私が覚えているのは、彼女がただただうめき苦しんでいる声です」とメアリーは静かに回想した。「彼女が痛みを覚えているのは分かりましたが、彼女には痛みを訴える力すら残っていませんでした。うめき声をあげるだけしか彼女にはできなかったのです。おそらく、泣いたり叫んだりする力がなかったのだと思います。ただうめいていました」

「言葉が上手く見つかりませんが」と彼女は言葉を続けた。「家中が本当に悲しみに包まれていました。一歩家のなかに入ると、誰もがその悲しみを感じました」

キャサリンの病状が悪くなっていくと、親族のなかには、彼女の姪や甥が彼女を見舞うには、彼女の状態があまりにひどいと考える人も出てきた。「ラジウムのせいで、彼女はボロボロになっていました」と、彼女の姪のアグネスは回想する。「そういう親族は私たちにお見舞に行かせたくない、それくらい彼女の状態がひどいと言っていました」。だから自分の両親が毎週一回、見舞いに通っていたにもかかわらず、いつも彼女は家の外で待っていなくてはならなかった。

頻繁にお見舞いに通った親族の一人が、トムの姉のマーガレットだった。彼女は小柄ながらたくましい五一歳の「一家のボス」だった。「私の知っている限り、彼女だけが車を運転することができる女性でした」と彼女の甥のジェームズは回想する。「彼女はウィペットという自動車を所有していました」と、また別の親戚は述べた。「彼女は（キャサリンの）面倒をみて、それから子供たちの面倒もみていました。義理の姉としてできることをしてあげていました」

グリフィン神父がもう一人の常連であり、また修道女たちの訪問もキャサリンを喜ばせた。修道女たちは、彼女に「真の十字架」の聖遺物を持ってきてくれた。「自宅で神様が私と一緒にいてくださるような気持ちになりました」と言って、彼女は驚きながらも大喜びしていた。

ほかにも、彼女は思いも掛けないところから慰めを得ることがあった。それは、一般の人びとだった。各紙で彼女のことが報道され、記事を読んだ人びとは驚愕したのだが、その驚愕の示し方は、これまで女工たちの周囲では起きなかったものだった。キャサリンは全米から何百通もの「うれしい手紙」を受け取った。人びとは彼女にちょっとした小物やら治療方法のアイデア、病室を飾るためにお花を買ってと言ってお金を送ってくれた。なかには「あなたが少しでも元気になって欲しくてお手紙をお送りします」とだけ書いた手紙を送ってくれた人もいた。「私はあなたの味方であり、完全勝利をなによりも願っています」と書いてある手紙もあった。「そして、何百万人もの人びとが同じことを考えているのが私には分かります」

彼女の友だちもまた、彼女を励ましてくれた。マリーは、鉄製のベッドの側に座って、たびたび彼女と夕べを過ごしてくれた。オリーヴは「美味しいチキン料理を調理してもって来てくれました」と、うれしそうにキャサリンはパールに手紙を書いている。「彼女もあなたも本当の友だちです。どうか神様のご加護が二人にありますように」

三月には、キャサリンはかなり元気に過ごしていた。「今日は数分は体を起こして座っています」と誇らしげに、彼女はパールに手紙を書いている。「ああ、ずっとベッドで横になっていたので、本当に気分が良いです！」

レオナード・グロスマンは、かなりの長期間、自宅のベッドを見ていなかった、少なくとも見ていないとしか思えなかった。二月と三月中ずっと、彼とマギッドは、マーヴェルに書籍になろうかというほどの長文の書類を提出し、何度も複雑な応酬をペンという剣を使っておこなっていた。「一週間二四時間体制で働いていました」と、グロスマンの息子は述べている。「父は三人から四人の秘書に来てもらっていました」。熟練したアシスタントからなるチームが、グロスマンが時に事務所を歩き、時に大きな椅子に座って葉巻をくゆらせて、修辞的文章で知られる彼の言葉を次々と書き取っていった。「昼夜問わず忙しい日を送って、ラジウム訴訟に取り組んでいます」とグロスマンは後にパールに手紙を送っている。

一九三八年三月二八日、最後の書類が提出された。これを検討した後に、マーヴェルは評決を下すことになる。書類のなかで、グロスマンは会社の「二転三転する恥ずべき抗弁」および彼の言うところの「汚水溜めの如き被告の言い訳」を批判した。そして、「いかなる言葉をもってしても、冷酷で打算的な（ラジウム・ダイヤル社）を非難するのにふさわしい言葉はない。（労働者たちは）卑劣かつ邪悪な不正な説明によって誤った安心感を不当にも植え付けられた」。彼は書いている。会社は「（従業員に対して）負うている法的義務があることを」知っていて「残虐にもその義務を果たすことを拒絶した」。同社の責任者はキャサリンに繰り返し嘘をついて「彼女および他の雇用者が興奮せず静観しているように、彼女の本当の症状に気づかないように彼女たちを誘導した」。彼らは「彼女を裏切ったのだ」と、彼は述べた。

彼の言葉に仄めかしはなかった。「私には、ラジウム・ダイヤル社のように地獄の底からやって来て、異常な犯罪を実行する悪魔が現実に存在するなんて想像もできません。とんでもないことです！　ラジウム産業は恥というものをまったく知らないのでしょうか。ラジウム・ダイヤル社は野獣によって完全に支配されているのでしょうか」

「これは道徳や人類に対する犯罪です」と述べ、彼は「そしてそれが付随的に法に対する犯罪をもたらしているのです」と言葉を結んだ。

彼の言葉は力強かった。判事は四月一〇日までには最終判決を書くと宣言したが、四月五日火曜日に、グロスマンの事務所の電話が鳴った。彼は、ウェスト・ワッカー・ドライヴ二〇五のＩＩＣの本社に来るように求められた。そこは、州都庁舎と目と鼻の先のところだった。

評決が来たのだ。

54

評決

ドノヒュー家に連絡する時間はなかった。グロスマンは、シカゴ在住の数少ない元文字盤塗装工であるシャーロット・パーセル、ヘレン・ムンクに、かろうじて声を掛けることができた。彼女たちだけが審問に間に合った。審問は正午ぴったりに開始した。評決を聞くために、押しかけた人びとともに重厚な木版パネルで壁面が装飾されているＩＩＣの部屋に入るヘレンは、神経質そうにタバコを吸っていた。ジョージ・マーヴェルの判決が委員長によって読み上げられた。マギッドとグロスマンの両名が判決を聞くために起立した。委員長が静粛にせよと呼びかけ、両弁護士は互いを素早く見た。

マーヴェルの文章は次の通りだった。ドノヒュー夫人の「病は潜行性であるため、ゆっくりと進行し、後に進行性となり、拡大していく」ものだった。「これによる障害のためにドノヒュー夫人は、有償労働に従事することができなくなってしまった」と彼は言葉を結んだ。法廷の人びとは落ち着かなく身体を動かした。みんな、そんなことは知っていた。問題は、会社側の瑕疵を認めるかどうかだった。

判決文は続いた。「産業委員会は、雇用者と被雇用者との関係が、同社と原告とに成立していたことと……（キャサリン・ドノヒューの）障害が間違いなくその職業によって発生し、かつ、その症状がその期間中に進行したことを認める」

判事は会社側を有罪と認めた。

シャーロットとヘレンは興奮を抑えきれず、感極まった。ヘレンが感謝の気持ちを込めてグロスマンに手を差し伸べると、隠しきれない笑顔を浮かべて彼は振り向いた。「ドノヒュー夫人のためにこんなにうれしいことはありません」と、ヘレンは息を切らして述べた。「まさに公明正大な決定です」

マーヴェルは、キャサリンの過去の医療費、病気のために仕事が見つけられなかった期間の未払い分の給与、損害、終身年金として生涯毎年二七七ドル（四六五六ドル）を賠償として認めた。これは合計五六六一ドル（九万五一六〇ドル）にもおよび、現行の法において判事が認めうる最高額であった。

彼が本当に望んでいたのは、それよりも先進的な判決だったようにも思われる。マーヴェルは、裁判においてキャサリンが倒れた後、次のように述べたと言われている。「ここで目にしていることから判断すると、この人たちに対しては判例法上の訴訟〔個人間の損害賠償請求を含む民事訴訟〕をおこなう可能性があったように私には思えます。ラジウム・ダイヤル社側に深刻な怠慢があり、それがずっと続いているのです」

会社役員は有罪だった。有罪理由は、キャサリン、そしてシャーロットの障害を引き起こしたことだが、それだけではない。彼らは、ペグ・ルーニー、エラ・クルーズ、イネス・ヴァレット……など本当に多くの人びとの死に責任があった。彼女たちの命は救えなかったが、しかし、今や彼女たちの殺害者は白日の下にさらされた。グロスマンは彼の訴訟事件適用書に次のように書き残している。「神の創りたもうた世界のどこにも、ラジウム・ダイヤル社が、自分たちの罪を隠したまま逃げられる場所はないのです」。今こそ正義の光が満ち、冷酷な殺人者の何たるかが誰の目にも明らかになった。一面広告でごまかすこともできないし、眉間にしわを寄せる女工たちの不安な気持ちをなだめてくれる陽気な監督者もいないし、真実を隠す検査結果もなかった。長い歳月がかかったけれども、とうとう真実が明るみに出されたのだ。

「正義が勝ちました！」歓喜したグロスマンは審問の場で宣言した。「圧倒的な証拠を前にこれ以外の決定はあり得ません。良心にもとづく公正な判断です。生きる死人に正義がもたらされたことを神に感謝しましょう」

シャーロット・パーセルはただ一言、感謝を込めて「何年も失望を味わってきましたが、私たちは初めて希望の光を見ました」と述べた。

本当に長い、本当に長い闘いだった。これは、多くの意味で、マルグリット・カーロフがニュージャージーで訴訟を起こした一九二五年二月五日に端を発した闘いだったと言える。彼女は最初に闘いを挑んだ文字盤塗装工だった。それから一三年も経ってから後のキャサリンが得た法廷の勝利は、雇用者が従業員の健康について責任があることを明示した最初の訴訟の一つだった。女工たちが獲得したのは驚くべき内容であり、法律を変え、人の命を救う、画期的な達成だった。司法長官は、その後、本件を入念に調べ、評決を「すばらしい勝利」だと賞賛した。

キャサリン・ドノヒューにこのニュースを伝えたのは、『オタワ・デイリー・タイムズ』紙だった。評決が電報で届けられると、記者がイースト・スーペリア・ストリート五二〇に飛んでいって、渦中の直中にいる彼女に話した。

トムが子供たちを散歩に連れていって留守だったので、彼女は一人だった。彼女は、ほかにできることもなく、居間にあるベッドに横になっていた。その日も彼女の腕には銀色のベルト時計があった。記者が興奮しながら、評決が予定より五日早く出たことを告げると、キャサリンは驚いてまばたきした。

「こんなに早く決定が出されるなんて夢にも思っていませんでした」と、かすれ声で一生懸命に返答した。記者が朗報を告げた。彼はたまらずに伝えたのだ。しかし、キャサリンはあまりに体調が悪かったために、自分の勝利についての感情をほとんど表さず、笑顔さえ見せなかった。「彼女は泣くことはあっても、笑顔になることはめったになくなりました。彼女は笑い方を忘れてしまったんです」と、後にトムは語っている。

彼女が本当のことだとは信じられなかったという可能性もあっただろう。「ベッドにいた彼女は、自分のために書かれた賠償判決を見ようと、身を起こそうとしていた」が、彼女にはそれができる力が残っていなかった。彼女はぐったりと枕にもたれかかった。ニュースの内容を徐々に飲み込んだ彼女が最初に述べたのはトムのことだった。この熱意ある記者は、「トマスにこの決定をすぐに知らせたいというのが、この時の彼女の最初の言葉でした」と記している。

「子供たちと夫のためにうれしいです」と、キャサリンは囁くような声で述べた。「何ヶ月も失業中なので、一括払いをしてもらえると、（トムは）本当に助かると思います」

そして、思い出したかのように、彼女は記者に弱々しく微笑みかけながら言った。「これは私たちにとって今週二番目に良いニュースです。夫は、ガラス工場に職を得ることができました」と、言った。リビー・オーウェンス社では従業員の再雇用が始まっており、トムはなんとか夜間勤務できるようになったのだった。

さらなるネタを取ろうと記者が部屋で取材を続けると、キャサリンは話を続けた。「判事は偉大な方です」と彼女は述べた。「あの方は本当に素晴らしい方です。とても公平でいらっしゃいます。それはとても意味あることです」

公平という考えが引き金になったのか、一瞬にして怒りが彼女のなかにこみ上げてきた。「もっと早くに認められるべきでした」と、苦々しいと言っても良いような口調で、彼女は述べた。「私はずっと苦しんできました。これからも苦しみ続けなくてはなりません」。彼女は言葉を続けた。「私が金銭を受け取るまで生きていることができるのでしょうか。そうであればと願います。ですが、残念ながら、遅すぎるのではないかと思います」

とはいえ、キャサリンが命を掛けて求めたのは自分のためではなかった。彼女は、家族や友人のために行動を起こしたのだ。「おそらくこれで（トムと）我が子二人は、本当に人生をやり直すことができます」と彼女は望みを込めて語った。「私が存命中にはお金を享受することが叶いませんが、他の女工たちには間に合う（ようにと望みます）。彼女たちの容体が私のように悪くなる前に、お金を受け取れるようにと願っています」

最後に彼女は述べた。不思議なほどに静かで淀んだ空気の部屋で絞り出された声には、シカゴの裁判所での祝賀ムードは欠片もなかった。

「こんなことを言って、弁護士のみなさんを立腹させなければ良いのですが……」と、キャサリン・ドノヒューは、述べた。

55

会社側の控訴

評決の二週間後、ラジウム・ダイヤル社は「今回の決定は証言に反している」として控訴した。そうなるだろうと予測していたグロスマンと生きる死人の会はすぐさま、メディア向けに写真撮影の場を設け、キャサリンのための基金を募った。「彼女にはお金もないし、自力でお金を得る見込みがない（うえに）医療費がかさむ一方です」と、シャーロット・パーセルは強調した。「残念ながら、ドノヒュー夫人は彼女の訴訟が決着するまで生きていることができないと思います」

キャサリンは友人の支援に感謝したが、それよりも彼女が気にしていたのはトムのことだった。彼は控訴を聞いて強いショックを受けていた。「夫はほとんど何も言わないけれど、彼にはかなりの負担をかけています」とキャサリンはパールに打ち明けた。

女性たちはその後も、自分たちの正義の運動のためにメディアに協力を求めた。ドノヒュー夫妻は『トロント・スター』紙を自宅に招いてインタビューを受けた。「ベッドに寝ている彼女の身体は卵の殻のように脆くなっていていつ死んでもおかしくありません」と同紙の記者フレドリック・グリフィンは書いた。「それでも、彼女は闘いをやめないのです」

みな闘っていた。女性たちだけでなく、彼女たちの支援者も。四月のある夜、静かなイースト・スーペリア・ストリート五二〇を訪ねたグリフィンは、訴訟を起こした文字盤塗装工全員、そして彼女たちを支援している男性たちに会った。イネスの父のジョージ、トム、アル、クラレンス、ホバート。この愚かな悲劇は、彼らの妻や娘同様に男たちにも影響を与えたのだ。クラレンス・ウィットは自分の妻が別室にいるキャサリンを連れて来るのを待っているあいだ、女性たちについて「彼女たちは恐れているんです」と述べた。「どんな些細な鈍痛でもどんな痛みでも彼女たちを怖がらせるのです」

キャサリンが病の床から証言しようとしてから二ヶ月以上も経った。その後の数週間で、彼女の身体は大きなダメージを受けた。「私は彼女の小さくなってしまった顔、腕、体型、原形を留めない顎、口を見ました」とグリフィンは、間に合わせの彼女の寝室に入ったときのことを思い出しながら話した。「ベッドカバーの下から見える骨のようになった体を一目見たら、誰だって彼女がその週を乗り切れるのだろうかと思うだろう」

しかし、はっきりと目を開いて自分を見つめるキャサリンを見て、記者は、思っていた以上に彼女が気丈であることに気づいた。「ここにいるドノヒュー夫人は、身体が人間の残骸になりながら、この奇妙な会の会長としての自分の役割を果たしていた」と後に彼は書いている。「体を動かせなかったが、彼女の実務能力は健在だった」

「どうか本件を公表してください」と彼女はきっぱりと述べた。「そして、私たちについて書く場合、私たちの弁護士のグロスマンさんについて好意的に書いていただきたいのです」

彼女には威厳があった。グリフィン曰く、この時の彼女は、「きびきびとして」「力強い」声で話していた。グロスマンは、現在進行中の控訴費用もふくめ、すべての法的手続き費用を請け負ってくれていたので、キャサリンは、せめてもの恩返しに、そのことを周知したいと思っていた。

「みなさんが聞いた生きる死人の会というのは」とグロスマンは彼独特の調子で話した。「それは、今この部屋の人びとに対してだけでなく、世界の人びとに向かって、幽霊《ゴースト》と呼ばれた女性が話している声です。この声は、アメリカの工場労働の奴隷になっている人びとの束縛を解き放つことになるでしょう。女工のみなさん、あなた方はより良い法をもつ権利があります。そのために社会は動いているのです」

グリフィンは彼女たちみんなにインタビューした。女性たちそれぞれに個別の悲痛な物語があった。「(私には)できれば(今の気持ちを)言いたくはありません」とマリーはため息をつきながら言った。「(私には)足首の関節や顎にずっと痛みがあるんです」

「私の最期の日がいつになるのかは分かりません」とオリーヴは心配そうに話した。「夜中に天井を見上げながら、今日が私の最期の日になるのかもしれないって考えてしまうんです」

「努力しないと、いつも通りの生活をすることができません」とパールは打ち明けてくれた。「そう見せないようにしていますが、でも、今も不安でしかたないし、震えが止まりません。私が失ったものは二度と戻ってきません」

「気持ちが消えないのです」と今にも泣きそうになりながら彼女は言葉を続けた。「もう一度母親になりたいという気持ちが……良き夫のために妻であり母でありたかったのに、それが叶いませんでした」

キャサリンはどうかというと、突然、「すべていなくなってしまいました!」と短く言って泣き出してしまった。おそらく、キャサリン・ショウブのように、彼女には、ゴースト・ガールたちが歌っているのが頭のなかで聞こえていたのだろう。エラやペグ、メアリー、イネス……。

「本当に突然の激しい言葉でした」とグリフィンは述べている。「その後はふたたび黙り込んでいました」側で聞いていたトム・ドノヒューはたまらなくなって、苦々しげに声を出した。彼の声は震えていた。

「犬やネコには慈善団体があって手を差し伸べるのに、人間に対してはなにもしてくれない」と、彼は吐きすてるように言った。「彼女たちには魂があるんですよ」

グリフィンは帰る前に、最後の質問をした。「やる気を失わないために、どんな努力をなさいましたか」これについて答えたのはキャサリンだった。「自分でも驚くほどの影響であり力になってくれているのは」と彼女は言った。「私たちの神様への信仰心です！」

しかし、キャサリンの信仰はこれまでにもまして強かったけれども、日に日に彼女の容体は悪化していった。およそ一週間後、彼女はパールに手紙を書いた。「もっと早くに手紙を書こうとしたんだけど、どうにもこれ以上は書くことができなくて。ほんの少し体を起こしているのもつらいし、実際に体を起こすと、その後一週間ずっと疲労が消えないんです」。継続している法律問題はさらに彼女の体調を悪化させた。「とにかく、自分の裁判を終えてしまいたい」と物憂げに述べている。「神様がご存じのように、私には治療が必要なんです。なにがなんでも必要なんです」

友人たちは彼女を元気づけようと集まってくれた。オリーヴは果物やバスケット一杯のタマゴを持ってきてくれたし、パールは、ホバートとのわずかな収入のなかからやり繰りして新しい寝間着を買ってくれた。しかし、体調のせいでキャサリンはそうした友人たちの励ましに応えることができなかった。彼女は、絶え間なく続く痛みのせいでつねに麻酔薬に頼らねばならなかった。顎の骨はどんどん小さく砕けて、新たな骨折が起こる度にさらに痛みが増し、その骨折の症状とともに新たな症状が出てきた。

キャサリンの顎に出血症状が出てきたのだ。

毎回〇・五リットルほど出血した。彼女はトムと自宅に一緒にいたいと望んだが、内科医のダン医師は彼女を急いで病院に——キャサリンの言葉では「突然の旅行」に——連れて行った。「私は自宅にいたいんです」というパール宛の手紙には、病床のキャサリンの淋しげな気持ちが込められていた。「本当にさびしい。医者はここにいるようにと言うし、トムは子守りが家に必要だと言ってる。どうしていいのか分からない。本当に苦しい」。キャサリンはパールに病院に来て欲しいと頼んだ。「できれば、この手紙を受け取ったらすぐに来てくれない？　本当にさびしくて不安です」

キャサリンの容体についてのダン医師の懸念は深まるばかりだった。彼は彼女を数週間入院させるように手配したが、彼女の容体は末期段階にあった。彼の見たてでは、彼女は本当に弱っていたので、どんな些細なことでも死を引き起こす可能性があった。彼は正式に告げた。「私の考えでは、裁判所に出廷するなどの非日常的なストレスは致命的な影響を与えます。ご本人にも、そのようなことは控えるべきと助言も差し上げましたし、説得もしました」

しかし、相手はキャサリン・ドノヒューである。医者がなんと言おうとも、彼女はなにがなんでもラジウム・ダイヤル社と闘うことを決意していた。会社は今度こそ処罰を逃れようとしていた。彼女は、一九三八年六月初旬に退院し、控訴審が始まる前日には自宅でのミーティングに間に合うように帰ってきた。そのミーティングにはグロスマンと女性たちがいた。「私にはこの先ほとんど希望がありません」とキャサリンはそれが分かっていたので、みんなに言った。「もう少し待っていればその時が来ることでしょう。この裁判は（女工のみんなの）勝利につながるでしょうし、そしてそれは私の子供たちを助けることにもなるでしょう」

自分の子供たちとトムのためなら「どんな痛みや苦しみを受けても構いません」と彼女は言った。

ロッフラー医師がその日に訪れた。彼が血液を採取するために、「指と見紛うくらいに細い」彼女の腕を取った。実際、彼女の痩せた体は「マットにほとんど沈まなかった」。ここ最近非常に弱っていたキャサリンは、もはやメガネを掛けなかったが、トムがプレゼントした腕時計は、これ以上ないくらいきつくバンドを締めて、身につけていた。かつてはこうした集まりでは、水玉模様のドレスをスマートに着ていたが、今回彼女は、糊のきいた白い寝室着を着ていた。寝間着には襟に十字架が刺繍されていた。ロッフラー医師が体重を量ってくれた瞬間に、キャサリンは、彼が、明日の審問に出席することを禁じたダン医師の決定を覆してくれないことを悟った。キャサリン・ドノヒューは、六一ポンド〔約二八キログラム〕になってしまい、五歳の息子とさほど変わりない重さになってしまった。実のところ、たとえ彼女が出かけられるほど調子が良かったとしても、彼女を移動させることはほとんど不可能だった。彼女の体はどんなささいな圧も受け付けない状態だった。

キャサリンは控訴審に出席できなかったが、彼女は代弁者としてのグロスマンを無条件に信頼していた。「彼はまさに最善の時にいてくれたんです」と、彼女は彼について述べている。彼女のために立ち上がってくれたのは、グロスマンだけではなかった。パール、シャーロット、マリー、オリーヴ、ほかにも女性たちがいた。それにトム・ドノヒューもいてくれた。審問は月曜の午後、「傍聴席満員」の人びとを迎えて始まった。キャサリンの容体を前日に見ていたグロスマンは、本件が「死との競争」であると宣言した。「もしドノヒュー夫人が最終判決の前に亡くなるようなことがあったら、法の定めによって彼女は資産を受け取ることができないのです」と、彼は厳粛な口調で述べた。

おそらくは、それが、マギッドがすぐさま延期を申し出た理由だったのだろうが、しかし、それは承諾されなかった。キャサリンの要請に従ったのだろうと思われるが、グロスマンは、彼女が出席できるように寝室での審問を提案したが、これについては会社側が強く異議を申し立てた。結局、判事はまさにその日の午後に控訴の証言を聞くことに決めた。

集まってきたマスメディアはラジウム・ダイヤル社がいったい何を根拠にして控訴するのかといろいろと推測していた。会社側の争点の一つは、IICの決定が管轄外だったのではないかという点であるが、しかし、これはすぐに却下された。もう一つは（またもや）出訴期限法であり、三点目は、まったく異なる点についてであった。

ラジウム・ダイヤル社は今や、女工たちの要求をまとめて反論しようとしていた。同社は、彼女たちが嘘をついていると申し立てていた。ラジウム・ダイヤル社は、宣誓証言として、女工たちのかつての上司リード氏からの正式な文章を法廷に提出していた。

この文章において、リードは「キャサリン・ドノヒューにも他の従業員にも、ラジウムが害を与えないとは自分も言わなかったし、他の人が言ったのも聞いたことがない」と宣誓して述べていた。彼はまた「キャサリンが」ラジウムに「晒されたという期間に自分は同社の給与支払い名簿に名前がありませんでした」と宣誓して述べた。彼の妻のマーセデス・リードもまた署名入りの契約書を提出した。夫妻はそろって、「自分たちが知る限り誰も、キャサリン・ドノヒューに筆を（彼女の）口に入れて作業するようにと指導も命令もしていないと証言します」と述べた。

女工たちは唖然とした。リード夫妻こそ嘘をついている！　何年ものあいだ、キャサリンがラジウム・ダイヤル社に雇用されているのは、街の名簿で彼らの名前を調べればすぐに分かるし、リード氏の名前の横にはラジウム・ダイヤル社の名前があった。いわば、会社と彼は同義だった。自分は勤めていませんでしたなどと、いったいどうして言うことができるのか。女工たちにラジウムが害はないと言ったものはいないという証言について言えば、会社にとっては残念なことだろうが、会社代表者のサイン入りの一面広告が、地元の新聞の複数の版においてまさに無害であると言っていたことを証明していた。

リードの宣誓した言葉に対して、その日そこにいた女性たちはみな、反論の証言をしようと言明した。シャーロットとアル・パーセルの両名は審問のための証言をした。トム・ドノヒューもまた、証言台に立ったが、寡黙な彼はその場の雰囲気に飲まれてしまったようだ。おそらく、妻のことを心配していたのも不利に働いたのだろう。彼は「証言台に立ったものの、彼の声はほとんど聞こえなかったため、委員は彼の証言（の大部分）を除外してしまった」。

リード夫妻の証言なる書類だけが、今回の審理で会社側が提出した唯一の証言だった。したがって、午後三時三〇分には、審問は終わった。五人で構成される委員によって最終評決を下されることになっており、七月一〇日までに決定されると言い渡された。

キャサリンはそれよりも少しでも長く生きている必要があった。

56

戦いの終わり

アメリカでは、宗教が君主のように国を支配している。一九三八年の時点で、その相続人と目される人がいた。シカゴのキーン神父である。彼は「悲嘆に暮れる聖母の九日間の祈り《ノヴェナ》」という週間礼拝を指揮していた。このイベントのために、全米から二〇万人以上の礼拝者たちが救済を求めてやって来た。その人たちのためにキーン神父は公共の場で祈った——教会やラジオを通して。さらに、全米のカトリック教徒が困っている人のために祈ることができるように、彼の祈りは週刊のブックレットのかたちで全米で発行された。彼の祈りのイベントは文化現象になっていた。

キャサリンにはトムの力を借りずに読書する気力が残っていなかったので、おそらく彼女は、これらの出版物を読んでいなかっただろうと思われる。しかし、パール・ペインの義理の姉は読んでいた。「女工のみんなでキーン神父に手紙を書いてみたら」と彼女は薦めた。「あなたたちみんなにきっと良いことがあると思うの。**奇蹟**はぜったいこんな日やこんな時代でも必ず起こる、パール、だから希望を失わないで」

キャサリンには失うものなどなかった。メアリー・ジェーンとトミーと一緒に過ごしているといつも、彼女は胸が張り裂けそうな気持ちになった。もっと時間が必要だ……この子たちと一緒にいる時間がもっともっと必要だ。だからこそ、一九三八年六月二二日、親友パールの力を借りて、キャサリンはあらゆる勇気と信仰の気持ちを込めて手紙を書いた。

親愛なるキーン神父様

医者たちは私の命はもう保たないと言っていますが、私は死ぬわけにはいきません。私には生きるべき理由がたくさんあります。私を愛してくれている夫、愛する二人の子供たちという理由が。それなのに、ラジウム中毒が私の骨をむしばみ、私の肉体はどんどん削られて「生きる死人の一人」であって医学ではなにもできない状態だと医者は言うのです。

医者たちは私を救う方法はなにもないと言います。奇蹟をのぞいて方法はない、と。ですから、私が望んでいるのは奇蹟です。ですが、もしそれが神のご意志ではないのだとしたら、私が神の祝福を受けた死を得られるように、神父様がお祈りしていただけないでしょうか。

なにとぞお願いします
ミセス・キャサリン・ウルフ・ドノヒュー

最後の「なにとぞお願いします」という言葉がすべてを語っている。キャサリンは助けを切に求めていた。彼女には恥や自尊心などなかった。ただ、生き続けたかったのだ。あと一ヶ月長く。あと一週間長く。一日でも長く。

生きる死人の会の会長として彼女は有名だったので、彼女の手紙は一面のニュースになった。彼女の手記に対する反響は、この人気礼拝イベントの基準からしても大きなものだった。「全米のあちこちから……広範囲にわたって反響」があった。キャサリンのための祈りが毎日、全米各地で捧げられた。雨のなか、何十万人もの人びとが彼女を思って祈禱するため列を成した。キャサリン自身も二〇〇〇通近くの手紙を受け取った。「みなさんにお返事を書きたいと思うのですが、当然それは叶いません」と、相当驚きながら彼女は述べた。

こうした報道は話半分に聞いておくべきだろうが、本当に効果があった。次の日曜日、キャサリンは体を起こして、何ヶ月かぶりに家族とともに食事をとったのだ。

「医者たちが今日私に言いました」とレオナード・グロスマンは七月三日に公表している。「何が彼女の命を長らえさせているのか、彼らにも分かりません。キャサリンが祈りに慰めを見いだしてくれているのは良いことです。そして、彼女がキリスト教徒として、忘れがたい出来事を赦す可能性が残されているのは幸いです」

キャサリンは毎日を指折り数えて過ごした。七月一〇日はもうすぐだった。彼女が生きていたのは、子供たちやトムのためにだけでなく、正義のためだった。彼女はひたすら正義の裁きを願っていた。

一九三八年七月六日、予定より四日早く、神は彼女の祈りに応えた。この日、ラジウム・ダイヤル社の控訴はＩＩＣによって棄却された。キャサリンの裁定金が認められただけでなく、四月以降に掛かった医療費の七三〇ドル（一万二二七一ドル）が追加された。これは裁判委員五名全員一致の決定であった。「これは本当に素晴らしい勝利でした」と、あふれんばかりの歓喜を込めて、キャサリンは書き記している。

「キャサリンのためにこんなにうれしいことはありません」と、知らせを聞いたパールは興奮しながらグロスマンに手紙を書いた。「彼女が今回のお金をすぐさま受け取れるように、心から願っています。そうすれば、安心して治療を受けたり、実際に欲しいものを受け取ったりすることができるでしょうから」

しかし、キャサリンが心から望んでいたもの——健康の回復——は、彼女の祈りもむなしく、叶えられそうもなかった。七月半ば、彼女は「ひどい発作」を起こし、医者に診てもらうことになったが、キャサリン・ドノヒューはまだ戦いをあきらめなかった。翌日、オリーヴがお見舞いにきたとき、トムは夜勤から帰宅して寝ていたが、キャサリンは、パールがプレゼントしてくれた愛らしい寝間着を着て、昼食をとっていた。「彼女にすごくよく似合っていました」と、オリーヴは愛情を込めて話してくれた。「彼女を思うと心が痛みます」

七月一七日に女性たちが自分たちの達成を祝おうと集まったとき、キャサリンはとても調子が良かった。彼女たちは、自分たちのとてつもない勝利を話して、「とても楽しい一時」を過ごした。女工たちはみな、自分たちの訴訟についてそれぞれ計画を練っていた。キャサリンの裁判結果のおかげで、IICに同じく賠償金を請求することが可能になったのだ。グロスマンは、シャーロットの件を早急に法廷に持ち込むことにしたと言った。女工たちは各人の請求の裏付けのためシカゴで医学的な検査をしてもらっていた。パールはダリッチ医師に診てもらっていた。「私の考えでは」と彼女は彼宛の手紙で次のように述べた。「キャサリン・ドノヒューの裁判であなたがオタワに来てくださったのは神様の御業《みわざ》だと思います」

最近パールには今までにはなかった感情がこみ上げてくる気がしていた。自分でも驚いているのだが、未来に対して前向きな気持ちを持っていた。彼女は短い言葉で説明している。「生きていくことに希望を抱いて生きています」

キャサリンも同じ気持ちだった。しかし、彼女の人生は平坦ではなかった。七月二二日金曜日、トムは彼女を心配して、臨終の儀式をおこなってもらうためにグリフィン神父を呼び出した。ベッドに横になっているキャサリンは「切なげに」夫に「そんなに悪いの？」と尋ねた。

トムは返答できなかったが、実際はそんなに悪くなかった。キャサリンの命は次の日も翌日も続いた。裁判の評決によって彼女は元気になったようだった。これによって彼女の命は時間単位、一日単位で延びた。そうして命が一日延びれば、朝起きてトムにおはようと言ったり、メアリー・ジェーンにおやすみのキスをしたり、水彩画を描くトミーを見つめたりする日が、彼女には、もう一日増えた。キャサリンは生き続けた。

そして、七月二六日、ラジウム・ダイヤル社は、今度はＩＩＣの上位に位置づけられる巡回控訴裁判所に控訴した。会社側は、ＩＩＣが同社の「司法上の主張」を適切に考慮していないという主張を展開した。

これは衝撃的な出来事だった。希望という名の風船でふわりと飛んでいたキャサリンにとっては、その風船をいきなり割られ、そこから回復することがとうていできないくらいの衝撃だった。「彼女はずっとすごく努力していました」とグロスマンは話した。「できるかぎり努力して、切れそうなほど細い命の糸につかまっていましたが、しかし、法的に彼女が受け取ってしかるべきものを奪おうとする昨日の話は、彼女には耐えきれないものでした。彼女は逝くしかなかったのです」

キャサリン・ウルフ・ドノヒューは、一九三八年七月二七日水曜日午前二時五二分に逝去した。それはラジウム・ダイヤル社が最後の控訴をおこなった翌日だった。亡くなったのはイースト・スーペリア・

ストリートの自宅だった。彼女を看取ったのはトムと子供たちである。彼女は死の直前まで意識があったが、やがて静かに息を引き取った。「最期を看取った人びとはみな、安らかな死であったと述べている」

死亡時の彼女の体重は六〇ポンド〔約二七キロ〕に満たなかった。

伝統にしたがって、遺族は自宅で彼女とともに過ごした。納棺の前に、彼女の体を清め、かわいらしいピンク色のドレスを着せ、動かなくなった手には彼女の大事なロザリオを持たせた。飾りのない灰色の棺《ひつぎ》は開棺式で、ヴェールで覆われ、アイヴォリー色の絹地で縁取られていた。横たわる彼女は、本当に安らかに眠っているように見えた。棺のまわりには花が飾られ、彼女がこの世で過ごす家での最後の数日、何本もの細長いロウソクが暗闇を照らしていた。

隣人たちが弔問に来てくれた。かつては彼女を遠ざけたこともあった人びともなかにはいたが、今はみな手伝おうとやって来た。一日中、家政婦のエレノアが手伝いの申し出やお料理を持って来てくれる人たちに対応した。「みなさんとても親切でした」と、少しきつい調子で彼女は言った。そうした親切な態度はキャサリン存命時にも示せたはずだろうに。

キャサリンの友人たちもやって来た。友人たちは、花を手に、そして愛情や悲しみを抱えながら来てくれた。その日パールは、キャサリンとともに、グロスマンに訴訟の担当を依頼しにシカゴに行った遠い夏の日に着たのと同じ服を着ていた。その服の選択には、幸せな気持ちで見送りたいという象徴的な意味が、おそらく込められていたのだろう。しかしそれは実現しなかった。パールは友に祈りを捧げようと棺にひざまずいたが、彼女を失った悲しみで「半狂乱」に陥ってしまった。

来客に頭を下げているトムの頬はこけていたが、彼は奇妙なほどに冷静だった。そんな様子を見ていた人びとの目には、彼が精神的に「参っている」ように映ったが、彼は子供たちのために前を向かねばならなかった。彼はキャサリンに敬意を払って黒いスーツに黒いネクタイを締めていたが、靴はすり切れたままで磨かれていなかった。そうした細部は、おそらくかつては妻が見てくれていたのだろう。彼とエレノアは、メアリー・ジェーンの髪にリボンを結び、トミーの髪をなでつけ（ただし、髪の一部が跳ねたままになっていたけれども）子供たちの準備を一緒におこなった。トムは、メアリー・ジェーンを肩に乗せ、彼女が見慣れぬスーツをいじくったりするのも構わずに、自分の首にしがみつくトミーを抱っこしてあげたりして、子供たちにできるかぎりの仕度をしてあげた。

子供たちは母親の棺の前に立ったが、二人は何が起きているかを理解していなかった。ともに母親に話しかけ、どうして返事をしないのだろうという顔をしていた。

「ママはどうしてお話しないの」と、メアリー・ジェーンは無邪気に尋ねた。

トムは、どうしても返事をしてあげることができなかった。返事をしようとすると、涙があふれて言葉が続かなかったのだ。彼は黙って子供たちを部屋の外へ連れていった。

キャサリンが亡くなってから最初の夜、彼女の母校でもある聖コルンバ教会学校の修道女が彼女の側《そば》でロザリオの祈りを捧げに来てくれた。彼女の魂が神様のみもとに帰るのを見届けるために、みなで喪失と哀悼の祈禱を唱えた。みな、子供たちが母親なしの最初の夜にいつもの通りひざまずいてお祈りを捧げるまで残っていた。

メアリー・ジェーンはちょうど三歳になったところだったが、静まりかえった家に響き渡る「小さな笛が鳴るような声」でお祈りした。階下に彼女の母が横たわっているあいだに――ただし、幼い彼女にとっては、単に眠っているだけだと思っていたのだろうが――メアリー・ジェーンはいつもの通りに祈った。

「神様、どうぞパパとママに祝福をお願いします」

キャサリンの葬儀の前夜、イリノイ州の法律にしたがって毒物検査がおこなわれた。これにはトムとキャサリンの友人が臨席した。グロスマンも一緒にいた。彼は彼女の死を「冷酷で計算高い金儲けのための殺人」と名付けた。

グロスマンの発言も印象的だったが、誰よりも力強かったのは、むきだしの感情を抱えたトムの証言だった。検視はキャサリンの死の翌日だった。彼は「白髪交じりの髪で、悲しみに打ちひしがれ、疲労困憊の小男」だと描写されていた。しかし、どんなに打ちひしがれていたとしても彼はこの検視で証言せねばならなかった。「彼は苦労しながら言葉を発し、妻の死について説明するときには胸が詰まって言葉が出なかった」という証言が残っている。「彼は息をするのも絶え絶えで、さらなる質問については中断された。彼は涙を流しながら証言台を離れた」

トムだけでなくダンやロッフラーも証言したが、彼らの証言の間中、六名の陪審員は終始黙っていた。陪審員らは検視医から「死因を見つけることだけが求められているのであって、ドノヒュー夫人の死亡理由を決めることは彼らの権限外」であると、指示されていた。

そう言われていても、彼らは結論を出してしまった。「私たち陪審員は、（キャサリン・ドノヒューの）死は、オタワの工場で雇用されているときに吸引したラジウムの中毒のために死亡したという結論に達しました」。グロスマンの提案によって、正式な評決にはラジウム・ダイヤル社の名前が加えられた。

「ドノヒュー夫人が働いた工場はそこだけでした」と彼は厳しい口調で言った。
陪審員の評決によって、キャサリンの死亡証明書が正式に作成された。
死因は、故人の職業となんらか関係しているのか？
はい。

キャサリン・ドノヒューは一九三八年七月二九日金曜日に埋葬された。子供たちは幼すぎたので葬儀には参列しなかったが、何百人もの人びとが、この並外れた女性への敬意の気持ちから参列した。寡黙で控えめな彼女の望みは勤勉に働き家族を愛すること、ただそれだけだった。しかし、そんな彼女が自分の身に起こった悲劇に逃げずに対応したことで、何百万人もの人びとの状況に改善をもたらした。彼女はウルフ家やドノヒュー家の人びとによって自宅から運び出された。ついに彼女は最後の旅に出るのだ。もはや痛みが彼女を苦しめることはない。

自宅の外では、彼女の友人が教会までの道のりを同行しようと家の外の道で待ってくれていた。シャーロット・パーセルだけがいなかった。猩紅熱〔感染症の一つ〕にかかった我が子の看病のため隔離されてシカゴから出て行くことができなかったのだ。女性たちはみな一張羅を——黒い服ではなく花柄や色とりどりのドレスを——着ていた。キャサリンの棺が目の前を通ると、彼女たちは軽くお辞儀をして、そして棺に続いて歩いた。ディヴィジョン・ストリートを通ってコロンバスに向かい、そこでゆっくりと歩いていた参列者たちは左に曲がった。みな、彼女にとっていつも精神的な安らぎの場だったコルンバ教会までずっと彼女の後を歩いた。その教会で彼女は洗礼を受け、トムと結婚式をあげ、そして、まさにこれからみんなに見送られるのだ。

病に倒れてから彼女はここに足を運んでいなかった。しかし、この葬儀の日に、ふたたびキャサリン・ドノヒューはゆっくりと教会の側廊を進み、生前の彼女になじみ深い、背が高いアーチ型天井の下、夫の家族が寄付者に名前を連ねるステンドグラスの光りを受け、神の恩寵をふたたび享受するのだ。

グリフィン神父がミサを執りおこなった。「死によってドノヒュー夫人は、長きにわたって耐えた苦しみから解放されたのです」と彼は述べた。トムには、とても短い式だったことだろう。なぜならその後は埋葬だけになってしまうのだから。埋葬。その後の彼の人生に彼女はいない。妻に別れの言葉を言うとき、彼は「卒倒しそうになっていた」。

参列していた人びとも、彼と同様にやりきれない悲しみのなかにあった。「静かだが荘厳な時間が流れた」と、その場にいた人が証言を書き記している。「キャサリンの親友たちが――彼女と一緒に工場で働き、同じ毒物に苦しめられた女工たちが――最後の別れを述べた。その場面は偉大な古代ローマの剣闘士〔見世物として闘技場で死ぬまで戦うことを強制された〕の〔ラテン語の〕言葉を思い出させた。「モリタモル・テ・サルタムス。まもなく死に逝く私たちからあなたへの別れの言葉を捧げます」。彼女たちは身も心もキャサリンのことでいっぱいになった。教会を出て、彼女が毒物被害を受けたかつての高校が目に入らなくなっても、彼女のことを考えていた。その日にパールがグロスマン宛の手紙に書いているように、女性たちは彼女のことで頭がいっぱいだった。

キャサリン・ドノヒューの葬儀からの帰路、彼女のことで頭がいっぱいになり、そして、検死と巡回裁判での先生の偉業について考えていたら、私たち女工のためにあなたが勇敢に戦ってくださったことへの感謝の気持ちでいっぱいになり、一言御礼をお伝えせねばと思いました。

手紙は「これからも成功を勝ち取ってくださいますようお祈り申し上げます」という言葉で結ばれた。というのも、キャサリンの葬儀の日にも、グロスマンは彼女の主張を擁護するために裁判所にいたからだ。会社側の控訴は棄却されたが、しかし、会社はそれでもあきらめなかった。同社は繰り返し、繰り返し、控訴し続けた。実際、ラジウム・ダイヤル社はアメリカ合衆国最高裁判所まで上告した。

他の弁護士であれば資金が底をついたと言って訴訟を取り下げたかもしれない――というのも、グロスマンが一連の費用をまかなってくれていた――が、しかし、女性たちを援助しようと誓ったレオナード・グロスマンは、彼女たちを失望させるようなことはしなかった。「あの人は、この訴訟で働きすぎて倒れてしまいました」と彼の妻トゥルーデルは話した。おそらくラジウム・ダイヤル社は彼もしくは女工たちがあきらめるか、資金が底をつくことを期待していたのだろうが、しかし、今やみな、キャサリンの追悼のために戦っており、それは力強いモチベーションとなっていた。

グロスマンは最高裁を担当するために、特別許可証を得る必要があった。「(その)許可証はガラスのケースに入れて、永遠に我が家に飾られています」と彼の息子は話してくれた。「父は(この訴訟を)いつも話題にしていました。本当に誇りに思っていたので、本件についてのスクラップブックはいつでも取り出せるように、本棚の真ん中に置いてありました。いくつかの話は本当に何度も繰り返し聞かされました。いわば、私はこの裁判とともに大人になりました」

「本件が最高裁判断となったとき」と彼は言葉を続けた。「両親はともにワシントンに行きました。自分で調べたんです。『移送命令の否認〔事件記録の移送の否定の意で、実質的には上告の否認を意味する〕』とありました。裁判所は審理の場を設けないと決めました。つまり、下級裁判の結果を支持したということです」

キャサリン・ウルフ・ドノヒューは裁判に勝った。彼女は合計八つの裁判に勝った。しかし、最後の勝利は一九三九年一〇月二三日のことだった。

新聞各紙は正義を求めた彼女の戦いを「産業職業災害に対するもっとも輝かしい戦いの一つ」と呼んだ。今やっと、その戦いは終わった。やっと終わったのだ。結果は、一点の曇りもなく、従属事項などの留保もない完全完璧な勝利だった。

示談もなかった。ラジウム中毒などなかったと言ったり、疑念を差し挟んだりするものは医師団に一人もいなかった。裁判で実直に作成された同意書を反古にする法律事務所もなかった。司法上の陰謀もなかった。言葉を意図的にねじ曲げるような弁護士もいない。不明瞭な言葉遣いによって人間らしい慈悲の心を混迷させるような法律もない。誰の目にも明らかな、まさに正義の勝利だった。女性たちの正しさが証明された。文字盤塗装工たちは勝利を獲得したのだ。

そして、彼女たちに勝利を導いてくれたのは、キャサリン・ドノヒューその人だった。

「もしこの世に聖人がいたとしたなら」と、ある人は述べている。「そしてその存在を信じるとしたら、キャサリン・ドノヒューがそうした聖人の一人だったのだと私は思います。本当にそう思うんです」

彼女は聖コルンバ教会の墓地に埋葬されている。彼女が眠る墓石は、平らなもので、簡素で目立たないものだ。まさに、きれい好きだった生前の彼女の人生そのもののように。

エピローグ
EPILOGUE

ラジウム・ガールたちの功績とその後の人生

ラジウム・ガールたちの死は無意味ではなかった。女性たちは、自分たちの骨をボロボロにした毒物から逃れることができなかったが、彼女たちの犠牲はあらゆる意味で何千もの人びとの命を救うことになった。

キャサリン・ドノヒューの訴訟が最終的に勝利に終わる五〇日前に、ヨーロッパでは宣戦が布告された。それは、軍事機器の計器板《ダッシュボード》、それに兵士の腕時計に使われる発光ダイヤルの需要がまたもや膨大に増えることを意味した。しかし、キャサリンにグレース、彼女たちの同僚が勇気を出して自分たちの身に起こったことを人びとに話してくれたことによって、いまや文字盤塗装は若年女性がなにより恐れる職業になっていた。政府はもはや黙認することはできなかった。ラジウム・ガールたちの死が反応を引き起こしたのだ。

かつてその業務に従事した女性たちの身体から得た知識を元に、新世代の文字盤塗装従事者全員を守るための安全基準が導入された。七ヶ月後にアメリカ合衆国が正式に戦争に参戦することになったのだから、同基準の導入は早すぎたとは言えない。米国ラジウム社だけでも一六〇〇パーセント増員され、米国ラジウム文字盤塗装産業は興隆した。ラジウム文字盤産業は、ビジネスとして初期よりもはるかに大きくなっていた。第二次大戦中、夜光時計の文字盤生産に使われたラジウムは、アメリカだけで計一九〇グラムを超えていた。一方、先の大戦で全世界で使用された分を合計しても三〇グラムに満たなかった。

加えて、化学者グレン・シーボーグ〔アメリカの化学および物理学者、一九五一年ノーベル化学賞受賞〕は、マンハッタン・プロジェクトという最機密特殊任務に着手していた。彼は日記に次のように記している。「今朝、ラボの各部屋を見て回っていたとき、ここがラジウムの文字盤塗装産業の労働者たち同様の状況にあることにはたと気づいた」。原子爆弾の製造においては、広範囲に放射性プルトニウムが使われるため、彼はただちに、このプロジェクトに携わる人びとにも同様の危険が迫っていることに気がついたのだ。シーボーグはプルトニウムを研究すべきだと主張していた。生物医学的に言えば、プルトニウムは非常にラジウムと類似しており、したがって、その物質にさらされると、誰でも骨のなかに物質が残留してしまう。マンハッタン・プロジェクトはプロジェクトに携わる労働者向けに絶対に守るべき安全指針を発行したが、その基準はまさにラジウム安全基準に基づいて作成されたものだった。シーボーグは、勝利のために働く同僚を、あの女性たちの亡霊の列に仲間入りさせないと決意を固めた。

連合軍に勝利がもたらされた後――マンハッタン計画によって製造された原子爆弾の投下が奏功したと言う人もいる――ラジウム・ガールたちの国への貢献は完全に認められた。原子力委員会（AEC）のとある高官は書いている。「あの文字盤塗装工たちがいなかったならば、［マンハッタン］プロジェクトの実施者は徹底的な予防など当然拒絶し、何千もの労働者が危険にさらされ、その危険は今も続いていたことだろう」。高官たちは、女性たちが「計り知れないほど価値があった」と述べている。

戦争が終わった後でさえ、世界が原子力エネルギーの時代に突入したために、文字盤塗装工の遺産《レガシー》によって人びとの命は救われた。「私たちはプルトニウム時代に生きていくんだと思っていました」と、一九五〇年代にアメリカで育った男性は、熱っぽく語っている。「プルトニウム車に、それにプルトニウム飛行機も実現されていることだろう……無限の可能性があった」。そのため放射性物質が相当発生すると思われていた。「予測可能な未来として、何百万人もの労働者が電離放射線の影響を受けるかもしれません」と、消費者連盟は記している。

同連盟は正しかった。しかし、ほぼ直後に分かったのは、危険にさらされるのが原子力産業従事者だけではないことだった。地球全体が危険にさらされた。第二次大戦が終了して五年も経たずして核軍備競争が始まった。その後一〇年間にわたって、何百もの地上核実験が世界各地でおこなわれた。

そうした実験がおこなわれる度に、爆風によってキノコ雲爆弾の残骸が空へと吹き飛ばされ、放射性降下物として漂流しながら地上へ落ちていった。それらの放射性物質は、実験場のみではなく、緑の草原、小麦や穀物の畑にも雨とともに落ちてきた。そうした食物を通して、放射性降下物のなかに含まれる放射性同位体は人間の食物連鎖に入ったのだ。まさにラジウムが文字盤塗装工に影響を与えたのと同様に、これらの同位体は人間の骨に蓄積されるようになった。そのなかでも、とくにストロンチウム90と呼ばれる新しい物質が危険だった。消費者連盟は「私たち各人それぞれが潜在的な被害者である」と警告を発した。

ＡＥＣはそのような懸念を却下した。「核防衛に遅れをとった場合に直面するだろう最悪の未来」と比較するならば、そうした危険は非常に小さいと言うのだ。しかし、彼らの言葉は、人びとの不安を静めることはできなかった。なぜなら「ラジウム文字盤塗装工たちの闘争によって、世界は、内部被曝の危険性を認識するようになった」のだから。「(彼女たちは)警告者でした」と、消費者連盟は言葉を続ける。「不注意および無知が招く結果がなんであるかを……人間の手に負えないほど大きな災いが差し迫っていることを警告してくれたのです」

一九五六年、高まる人びとの不安を背景にして、ＡＥＣは原爆実験、とくにストロンチウム90が、健康にもたらす長期的なリスクについて調査する委員会を起ち上げることになった。しかし、未知なる物質を相手に、どうやって来る人類の健康を研究することができるのか、というのが研究者たちの疑問であった。分かっているのはストロンチウム90が化学的に言えばラジウムと似ているということだけだった……。

「内部被曝を受けた人の数は非常に限られている」というのが、放射線の専門家の意見だった。「急激に迫り来る核の時代に何かが起こったとしたら、これら(の人びと)は人類がまだ知らないスタート地点に立っていることになる」

文字盤塗装工たちの助けがふたたび必要な時が来た。

彼女たちが持っている力は、カサンドラ〔正しく予言しても誰にも信じてもらえないという呪いに掛けられたギリシア神話の女性予言者」に与えられた力と似ている。この新たな放射性の危険が長期間健康へ影響をもたらし得る可能性を科学者たちに予言する力を持っているのに信じてもらえないのだ。ＡＥＣの高官は述べている。「遠い昔の出来事が私たちの遠い未来に視座を与えてくれる」。彼は女性たちを「非常に価値がある」と表現した。彼女たちの苦しみは「世界中の何億人もの人びとに関係する極めて重要な知見」を与えてくれるのだ、と。現在から読むと恐ろしく思えるが、パール・ペインは手紙で次のように書き残している。「私の経歴は普通ではないので、未来の医療関係者の関心を引くかもしれません」。しかし、彼女は自分がどれほど正しかったのか予想もつかなかっただろう。

ニュージャージー州やイリノイ州などで、医学的研究がただちに始められた。後に、この研究は、人体放射線生物学センター（ＣＨＲ）に統合されることになった。同センターは、オタワから約一二〇キロ離れた、アルゴンヌ国立研究所という数百万ドルかけて作られた診療所《クリニック》のなかにあった。この診療所には、厚さ約〇・九メートルのコンクリート、地下約三メートルに埋められ、特注の鉛張りの天井が取り付けられた小部屋があった。そこで、文字盤塗装工の身体が受けた量（体内のラジウム総量）を測定するのである。センターでの研究は、未来の人びとに役立てるために立案され、「国家の安全にとって不可欠」だと説明された。ここの科学者の一人は次のように述べている。「ラジウムの長期間の影響を見極めることができれば、放射性降下物の長期間かつ低レベルの影響を予測することができると確信しています」。科学者たちは「追跡可能な文字盤塗装工全員を研究することによって、放射能防護についての正確な手引きを世界に向けて作成」しようとしていた。

当時はまだ何人かの文字盤塗装工が存命だった。ただし、骨に爆弾を抱える彼女たちには刻一刻と危険な状況が迫ってきていた。マートランド博士はこの時点ですでに、彼女たちがここまで生きることができた理由を説明していた。ラジウムは女工たちの骨に定着して、遅発性とされる肉腫を引き起こしていることは分かっていたが、これらの致命的な腫瘍が一体いつ大きくなるのかについては謎のままだった。ラジウムの全貌はまだ明らかになっていなかった。

存命中の文字盤塗装工たちの探索が本格化した。「**狂騒の二〇年代のラジウム労働者求む**」という見出しが新聞に載った。雇用記録が調べられ、大昔の米国ラジウム社のピクニックのスナップ写真が引っ張り出された。ラジウム・ダイヤル社の玄関の階段で撮影された会社の集合写真が重要な情報源となった。同研究所の科学者たちは「科学にとっては、ここに映っている人それぞれが彼女たちの体重分の金のような価値を持っています」と断言した。女工たちは「科学情報の宝庫」という名で呼ばれた。気味が悪いとしか言いようがないが、彼女たちがかつての勤務先を訴えたときと同様に、彼女たちの追跡調査のために私立探偵が雇われた。

そうやって発見された人は少なからず、みずから名乗り出てくれた人だった。「女性は、喜んで（科学のために）お手伝いします、と言っている」という記録が残っている。USRCで当時まだ働いていた文字盤塗装工たちは、現職を失うことを恐れて、匿名で参加した。

なかには騒動を起こしたくないと思うものもいた。とある記録には、「ミス・アナ・キャラハンは自分がラジウム中毒なのかどうかを知らないし、また、彼女のご家族も彼女が知らないままで良いと言っている」とある。ほかにも、科学者は「結局なにもしてくれない」のだから、ラジウムの測定に気が進まない女性もいた。

女工の家族も協力した。グレース・フライヤーの弟のアートはそうした一人だった。彼が検査されたのは、「姉と一緒に長い時間をともに過ごしていたからであり、彼の姉が被曝していたから」だと、彼の息子は証言している。「政府が知りたかったのは父がなんらかの影響を受けていたかどうかだと思います」

アートは元気そのものだったが、大げさとも言い切れない懸念事があった。スウェン・ケアの調査メモに文字盤塗装工の妹の死が記録されている。彼女は「放射線被曝のために亡くなったと言われているが、（USRCの）工場で働いた経験は一度もなかった。彼女の汚染源と思われるのは、文字盤塗装工の姉だった。二人は同じベッドで寝ていた」

初期の女工たちの多くは、故人だったので、当然ながら研究を手伝うことはなかった。エドナ・ハスマンは一九三九年三月三〇日に亡くなった。彼女は「最期までくじけず勇敢」だったと言われている。彼女は四〇歳のときに大腿骨の肉腫で亡くなった。夫ルイスはその後独身のままだった。

アルビナ・ラリーチェも同じく他界していた。彼女は、一九四六年一一月一八日、五一歳のときに、脚の肉腫のために死亡した。残された写真を見る限り、彼女は末期に近づいても微笑みを浮かべ不安な様子はなかった。彼女が永眠したのは、ジェームズとの結婚二五周年を祝う一四日前のことだった。

しかし、故人となった文字盤塗装工にも科学者たちに貢献できることがあった。マートランド博士は、彼が一九二〇年代に画期的な発見をしたときに収集した細胞組織や骨のサンプルを集めていた。これらは、同研究にアーカイブされることになった。こうして放射能に関する世界の知識に貢献したのは、サラ・メルファー、エラ・エッカート、アイリーン・ラ・ポルテなど数多くの女性たちだった。同研究所の研究員たちはクック郡立病院にまで足を運んで、シャーロット・パーセルの切断された腕を持ち帰った。誰も診たことがない症状だったので、彼女の腕は何十年経ってもホルムアルデヒド漬けになって保存されたままだったのだ。

一九六三年、おそらく文字盤塗装工に関する研究が少なくとも部分的には貢献したことによって、ケネディ大統領は、部分的核実験禁止条約を調印した。この条約は、地上、水中、宇宙空間での核実験を禁止するものだった。同条約はストロンチウム90を人体にとってあまりにも危険な物質であると結論づけた。この禁止によって、まちがいなく、多くの生命が、そしておそらくは人類全体が救われた。

原子力エネルギーはまだ世界各地に残っている。〔二〇一五年現在〕五六ヶ国において二四〇基の原子炉が運転され、さらにもっと数多くの国が原子力船や原子力潜水艦の動力として使われている現在、原子力エネルギーは今もなお私たちの生活の一部になっている。しかし、ラジウム・ガールたちの経験が産業界における放射線の取り扱いの規制というかたちで直結した結果、原子力は、全体としては安全に運転されている。

文字盤塗装工の調査は、核戦争の脅威が弱まったからといって、終わったわけではない。同研究を主導していたロブリー・エヴァンズは「放射線の影響についてできるかぎり知ることが賢明であり、それはまた未来の世代に対する道義的責任であると、強く主張した」。AECもこれに同意し、実際に、人体放射線生物学センター（CHR）を通して、文字盤塗装工たちが「存命である限り」研究されることになった。

何十年も、ラジウム・ガールたちは検査のためにCHRを訪れた。彼女たちは、骨髄の生体組織検査、血液検査、エックス線、身体検査などを受診することに同意した。女性たちは検査の前には絶食し、「着脱しやすい」服を着てくるようにと言われていた。そして、精神面身体面の健康状態について詳細に質問され、呼気テストを受け、さらには当然のごとく体内負荷量〔体内に吸収・蓄積された物質の量〕検査についても、地下深くにある狭苦しい鉄製の部屋で受けた。亡くなってからでさえ検死というかたちで貢献したものもいた。彼女たちの献体によって、存命中には科学者たちには分からない不明点が明らかになった。何千人もの女性たちが、四〇代、五〇代、六〇代、さらにそれ以降も同研究のために協力した。彼女たちの医学への貢献は、計り知れない。私たちの毎日そのものが、彼女たちの犠牲と勇気の恩恵の賜物だ。

慈愛の気持ちから検査に協力した女性たちのなかには、私たちにはなじみ深い人が含まれる。パール・ペインがその一人だ。「私はとても幸運だったと思っています」。自分が生き延びたことについて、彼女はこんなふうに話していた。「他の多くの亡くなった女工たちのように、(私の)ラジウムが骨の一部に集中して、取り除けないような部位にとどまってしまわなかったのですから」

パールは死ではなく生を大事にした。彼女はミシンを使ってカーテンやドレスを作ったり、裏庭の木になった果物で「一番美味しい自家製パイ」を焼いたりした。生き残ることができた彼女は、困っている妹を助けることができた。「当時、父が母を見捨て」とパールの甥のランディは話してくれた。「身寄りがいなくなってしまいました。誰も私たちを助けてくれませんでした。だから、パールとホバートは僕たちにとって誰よりも大事な人たちでした。僕たちの面倒をいつも二人がみてくれました」

マリー・ロシターもアルゴンヌ国立研究所に協力した文字盤塗装工の一人だった。彼女は、息子ビルが隣に住むドロレスと結婚し、孫のパティがダンサーになるのを見届けることができた。ラジウムのせいで、マリーの脚は人生の大半で「巨大化し染みだらけ」だったので、そのため片足を引きずって歩かざるを得なかったが、彼女はそんなことは気にせず、パティと一緒によくダンスした。「いつも私と一緒に踊ってくれました」と孫娘は楽しそうに回想してくれた。「大したことではありませんが、私たちは一緒に踊りました。祖母は人生を楽しんでました。子供のときの私は、祖母がなんでもできる人だと思って尊敬していました」。マリーはラジウムに自分の人生を支配させたりなんかしなかったのだ。「痛そうでした」とドロレスは回想してくれた。「歩くと痛がっていました。ときには、ただ立っているだけでも痛そうでした。それくらいひどい時もありました」。マリーはつらい時もあり、「死にたいのに死ぬことができない」と言ったこともあった。「こんな痛みがあるのに、どうすれば生きたいと思えるのか」。しかし、彼女は冷静にこうも付け加えている。「つらい時を私は見てきましたが、人は、そういう時をなんとか乗り切るものです」

そんなつらい時を同じように乗り切った友人が彼女にはいた。それがシャーロット・パーセルである。彼女は一九三〇年代に、キャサリン・ドノヒューの次に死ぬオタワの文字盤塗装工だと言われたが、三〇年後、彼女はまだ生きていた。マリー・ロシターは神様がとりなしてくださったのだと考えていた。シャーロットがキャサリンを助けたので、神様が代わりにシャーロットを助けて――命を与えて――くださったと、彼女は考えた。

シャーロットには一九三四年にすでに肉腫があったが、腕の切断という決断は間違いなく彼女の命を救った。彼女はすべての歯を失い、一方の脚が短くなったが、マリーと同様に彼女も落ち込んだままでいようとはしなかった。「ちょっと関節炎で痛むことはありますが、今の私は大丈夫です」と、一九五〇年代にインタビューされたときに答えている。「もう何年も前に起きたことです。そのことについて考えたくないんです」。忘れたいと思っていたときでも、科学者たちがアルゴンヌに来てくれと頼んだときには、彼女は彼らの招待を受けた。そうすることが人びとを救うことになるのだと医師たちは彼女に言った。シャーロット・パーセルは、助けを求められて断ることなど決してしない女性だった。

アルゴンヌの調査記録は、キャサリン・ドノヒューのテスト・ケースで勝利を得た後、オタワの女性たちの裁判に何が起こったのかを教えてくれる。彼女の裁判が勝利に終わった後、多くの女性たちはグロスマンの助けを得て裁判を続けた。しかし、会社側の残金がほとんどなかったため賠償金も少額だった。請求を続けたものたちに実際に支払われたのは、一人あたり数百ドル程度だった。シャーロットの受取額は三〇〇ドル（五〇〇〇ドル）という少額だったために、アル・パーセルを「激怒」させた。彼女の腕の切断に対してのみの支払いだった。それ以外は認められなかった。他の女工たちはなにも受け取らなかった。マリーはアルゴンヌに招かれたときにランチを取りながら、「おそらく、これ以上は受け取れないでしょう」と話したという。なかには、グラチンスキ姉妹とヘレン・ムンクのように訴えを取り下げる人もいた。おそらく、彼女たちはキャサリンの力になりたくて参加したので、彼女の死によって戦う気力がなくなってしまったのだろう。いずれにせよ、お金はほとんどなかった。おそらくは、そんなことには価値がなかったのかもしれない。彼女たちが戦ったのは判決のためであって、判決について言えば彼女たちは獲得することができたのだから。

会社側についていうと、最終的には法律によって会社の不正は発覚した。その時までに生じた被害はどうしようもなかったけれど。一九七九年、アメリカ合衆国環境保護庁（ＥＰＡ）は、オレンジの、かつてＵＳＲＣがあった場所に、許容限度を超えるほどの環境的に危険なレベルの放射線を検出した。安全とされる状態の二〇倍以上もの放射能だった。汚染は広範囲にわたっていた。汚染は会社の敷地内だけでなく、同社が放射性廃棄物を埋め立て地として捨てたところにも及んでいた。七五〇戸近くの住宅が、その廃棄物の上に建てられていたので、それらの住宅についても除染作業が必要だった。オレンジの約八〇万平方メートル以上の土地に被害が及んでおり、なかには深さ四・五メートルほどに達しているところもあった。

ＥＰＡはＵＳＲＣの後継会社に除染作業をおこなうように命じたが、同社は、新たな安全フェンスの設置以外の命令を拒否した（しかもその設置作業さえ会社は途中までしかおこなわず、作業を完了させたのはＥＰＡだった）。裁判所は容赦しなかった。一九九一年、ニュージャージー最高裁判所は、ＵＳＲＣには汚染の責任が「永続的に」存在することを認め、同社がそこで運営していた当時、その危険性について「法定上の知識」を有していたと言い切った。居住者たちも会社相手に訴訟を起こした。七年後、同裁判は示談が成立し、会社側にとっては、一四二〇万ドル（約二四〇〇万ドル）の損害となった。報道によると、政府がニュージャージーとニューヨークの双方の州のラジウムを除染するのに一億四四〇〇万ドル（二億九〇〇万ドル）かかったとされる。

ラジウム・ダイヤル社についていうと、戦争による好景気にもかかわらず、一九四三年に倒産した。しかし、オタワの中心街に残された同社の建物という遺物は、それよりもはるかに長く残った。肉用冷凍倉庫会社が後にその建物の地下で操業したが、そこの従業員複数人はがんで死亡し、そこで肉を購入した家族は「六ヶ月以内に兄弟みな大腸がんになった」。建物そのものは一九六八年に解体された。「ただ引き倒されただけでした」とペグ・ルーニーの姪のダーリーンは回想する。「そして、その廃棄物はあちこちの盛り土として使われました」。建物からの廃棄物は、学校の運動場など街中に投棄された。後の研究によって、街中も工場周辺と同じく、がん罹患率の平均を上回っていることが分かっている。ペットの犬があまり長生きしないことや、地元の野生動物には悲惨な腫瘍があることが、発見されている。「考えてみたら」と、ペグのもう一人の姪は話してくれた。「（私が育った）近所の家族のほとんどで、誰か一人ががんになっています」。また別の住人は「影響を受けなかった家族はほとんどありません」とも話している。

しかし、キャサリンや彼女の友人たちがかつて役人から受けた態度が反復されたといえば良いのだろうか、街の役人は、はっきりと問題があるとは言わなかった。映画制作者のキャロル・ランガーが街の放射線状況を強調してドキュメンタリー映画『ラジウム・シティ』（一九八七年制作）を制作したとき、市長は「この婦人は、私たちを破滅させようとしています」と決めつけ、「みなさん、観に行ってはなりません」と命令した。

マリーの義理の娘ドロレスは「そんなことを言うのはおかしいです。映画館は満員で、二回目の上映をしないといけなかったんですよ」と述べている。映画は、五〇〇人近い住民で満員となり、立ち見が出るような状態で上映された。

「人びとの意見は分断されていました」とダーリーンは回想した。「このことについて聞きたくない人がいました。そういう人たちは信じたくなかったのです。その一方で『それなら放射能を処理してしまおう』って考える人もいました」

結局、人びとは処理することにした。ＥＰＡが介入し、ラジウム・ダイヤル社がオタワに残した放射線という危険な遺物に対処するための基金が創設された。オレンジと同じように、被害は何フィートも地中奥深くに入り込んでいた。それは何十年もかかる作業だった。二〇一五年現在、今もまだ除染作業は続いている。

―

人体放射線生物学センター（ＣＨＲ）は、何十年にもわたって文字盤塗装工たちを調査し続けた。同センターの科学者たちによって、ラジウムが狡猾で執拗な元素であることが分かってきた。半減期が一六〇〇年のラジウムは何十年にもわたって体内に取り込んでしまった人びとに特有の被害をもたらし、当人がそのことに気づくのにも相当の時間がかかってしまう。研究者たちは、女性たちを何年にもわたって追跡調査した結果、体内放射線の長期間の影響の実情を知ったのである。

生き延びた文字盤塗装工たちは安泰ではなかった。いや、安泰どころではなく、女性たちのなかには早い段階で症状が出て、何十年も半死状態だったものがいた。ウォーターベリーのとある女工は五〇年間も寝たきり生活を送った。文字盤塗装をしたときの年齢が上であればあるほど、また塗装従事期間が短ければ短いほど、早期に死亡する可能性が低かった。だから彼女たちの人生は続いていても、それはラジウムとともに生きる人生となってしまう。離婚したくても離婚できない婚姻関係のようなものだ。

多くが深刻な骨の変形や骨折を被った。大半の人はすべての歯を失った。異常なほど、数多くの人が骨肉腫、白血病、貧血症になった。何年間も輸血に頼っている人もなかにはいた。ラジウムのために女性たちの骨がスカスカになってしまったため、たとえば、シャーロット・パーセルは後に、脊椎全体に骨粗しょう症を患い、脊髄の部分骨折に苦しんだ。結局、かつてのグレース・フライヤーと同じように、彼女は医療用腰椎サポート装具を付けて生活することになった。

マリー・ロシターは脚の手術を少なくとも六回受け――彼女の両脚は膨れ上がり徐々に黒く変色した――そしてついには、切断することになった。「その時こう言いました」と、ドロレスは回想してくれた。「切ってください！　いますぐに！　帰宅して、また、この脚のことを考えたくないんです」

切断しなかったほうの脚には膝から踵にかけて金属棒が埋め込まれた。マリーは体が不自由になったが、それによって彼女の活力が衰えることはなかった。後に介護施設で生活することになった彼女は、そこで軽快に車椅子を乗りこなし、施設のみんなをいつも盛り上げた。

ＣＨＲの科学者たちは、放射能の長期間にわたる影響を研究し、当初は人間に害が及ばない放射線被曝の限界量を見つけようとしたが、結局、「人体の放射線量〔許容量〕の基準値を上げるべきではない」とマートランドが何十年も前に出した警告に同意することになった。

文字盤塗装の業務に従事することによって労働者が何人死んだのか正確な数を知ることは不可能だ。あまりにも多くの人が誤診され、また、記録が存在しないために調査しようがない人もいた。人生の後半期以降に発症したがんが、本当は十代のときに従事した仕事の直接的帰結だったとしても、因果関係を調べられないままに終わったこともあっただろう。しかも死亡はそうした影響の一部でしかなかった。ラジウム中毒の結果として、いったい何人の女性たちが、身体に障害を受けたり、子供を持てない独特の苦しみを味わったりしたのかは不明である。

アルゴンヌ研究所のファイルには、文字盤塗装工たちの名前、正確には彼女たちの番号がびっしりとうまっている。彼女たちそれぞれに固有の番号が附され、その番号で彼女たちは認識されていた。女性たちの苦難を淡々と客観的に記述する「アルゴンヌの呪われたものたちのリスト」を読んでいると寒気に襲われる。「両足切断。右膝切断。耳のがんで死亡。脳。腰。死因——肉腫。肉腫。肉腫」。こうした記述がファイルをめくってもめくっても出てくるのだ。四〇年以上生存した女性もいる。しかし、結局ラジウムが出てくる。何人かの死亡者については新聞記事として取り上げられた。「**ラジウム、潜伏していた殺人者がまたもや出てきた！**」といったセンセーショナルな言葉が、何年も見出しに載った。

マーセデス・リードは一九七一年に死亡したと言われる。享年八一。「かなりの確信をもって言うのですが」と、一人の研究者は述べている。「彼女の骨のラジウムのレベルは相当高かったと推測されます。

おそらく大腸がんで死亡したと言われていますが、おそらく、それは誤診でしょう」。リード夫妻はラジウム・ダイヤル社が倒産する前に、同社との関係を絶った。研究者たちは「結局、リード氏は工場をクビになり、このことについて彼は苦々しく思って（いた）と考えられる」と結論づけている。人によっては彼は許しがたいほど会社に忠実な人間だったが、その彼は、同社を解雇されてから、ＹＭＣＡ〔キリスト教青年会〕の用務員になったという。

リードのかつての勤務先の社長のジョゼフ・ケリーは一九六九年に亡くなった。何度か心臓発作に襲われ、「知能が衰え、それ以降、彼はどんどん体力が衰えていった」。晩年、彼は「最近、誰それに会ったか」と、一九二〇年代の同僚の消息をよく口にしていたという。彼は、女工たちの仕事の安全性を謳った広告に、自分の名前を署名することによって、文字盤塗装工たちに死を突きつけたも同然だった。だから文字盤塗装工たちとは距離があったので、認知が歪んだ彼の心にゴースト・ガールたちが浮かぶことはおそらくなかっただろう。

オタワで彼が雇用していた女工たちについていえば、あらゆる困難を乗り越えて、かなりのものが元気で長生きしていた。パール・ペインは九八歳まで生きた。彼女とホバートは思いがけず得られた余生を満喫した。「二人は世界中を旅行しました」と、甥のランディは話してくれた。「エルサレムやイングランドに行きました……二人はどこに行くのも一緒でした」

生前のある日、パールはランディに自宅に来るように連絡した。「屋根裏に上がって、見たい箱がいくつかあるから上に行って取ってきて欲しいって僕に頼んだんです」と彼は回想しながら話してくれた。パールの屋根裏部屋にはモノがいっぱいあった。そのなかには乳母車と幼児用寝台もあった。老女が屋根裏に置いておくには奇妙なモノだったが、子だくさんを願っていたのに願いが叶わなかったパールには捨てがたいモノだったのだろう。ランディが彼女に頼まれた箱を持って降りた。箱のなかには、キャサリン・ドノヒューについての新聞記事の切り抜きや手紙、裁判資料などがぎっしりと詰まっていた。

「これが私たちの身に起きたことなんだよ」とパールはランディに熱を込めて話したという。彼女が強調したのは「ここにあるものは保存しておかないといけない。とても大事なもの。私に万が一の事があったときには、パール（同じ名前の自分の娘）に必ず渡してね」

ホバートとパールは「本当に素晴らしい人でした」とランディは話してくれた。「僕は墓参り（する習慣）なんてないけど、二人のお墓には行きます。これは強調したいところなんですが、僕は、お墓に行くといつも感謝の気持ちを伝えています。そうしたくなるような人たちだったんです」

シャーロット・パーセルは八二歳まで生きた。彼女は孫たちに愛された。「なんていうか、私にとって世界で一番大好きな人の一人だったと思う」と、感情込めて語ってくれたのは、孫娘のジャンだった。「私がこれまでに会った誰よりも、勇気があって、愛されていて、影響力のある人の一人でした。祖母が私に教えてくれたことは、どんなことが人生で起きたとしても、人は適応することができるってことです」

「なわとびを教えてって頼んだときに彼女はこう言ったんです。『おやまあ、私には片腕しかないから、教えてあげられないねえ』。私が怒ったら、『そうねえ、ちょっと待ってね』と言って、金網フェンスに縄跳びの一方を結んで、それから片腕で縄のもう一方を持って、なわとびの仕方を教えてくれたんです」

ジャンの兄弟のドンは言い添えた。「そんなふうだったから、（祖母が片腕だったことは）僕にとって特別なことでもなんでもなかったんですよ」

子供たちは声を揃えてよくおねだりしたそうだ。「どんなふうに腕を切ることになったのかをお話して！」

「祖母は何度でも話してくれました」とジャンは話した。「私たちが頼んだら、いつでも何度でも話してくれました」

シャーロット・パーセルは「私が若かったとき」と話すのが常だった。「腕時計や速度計の数字に色を塗って、大金を稼いだんだよ。それが毒だったと知らなくてねえ。仕事を辞めてから、お友だちのキャサリン・ドノヒューさんがひどい病気になって倒れた。そしてたくさんの女工たちが次々と病気にかかったの。その毒は私の場合は腕のところにだけまわったけど、お友だちのキャサリンさんの場合は体中にまわって亡くなってしまった。夫も子供たちもいたのに、お母さんを失ってしまった」

彼女がその部分を話すときにはいつも「すごく悲しく」なってしまったそうだ。

シャーロットはキャサリンの葬儀に参列できなかったが、息子さんによる母親の思い出話を、感受性豊かな気持ちをもって聞けば、彼女たち親友同士はたがいに別れを告げる機会があったようだ。「天気が良い日には」と、息子のドナルドは回想しながら話してくれた。「母は、玄関のポーチのぶらんこ椅子を揺らしながら、よく座っていました。そこに母が座っていると、小さくて、黒い模様の入った黄色いカナリアが（腕がないほうの）左肩に止まって、三〇分ほど一緒に時間を過ごしたかと思うと、またどこかに行ってしまうことがありました。そんなことが何度もありました。ふつう、小鳥は人には近寄ってきませんよね」

女性たちは家族に、自分たちが世界に残した途方もない遺産について話すことはなかった。しかも、ラジウム・ガールたちは安全基準を定め、科学に計り知れないほど貢献しただけではない。法律にも彼女たちの貢献の痕跡が残されている。一九三九年のキャサリン・ドノヒューの裁判〔結果〕を受けて、労働長官フランシス・パーキンスは、労働者への賠償という観点からすれば、「勝利とは言い難い」というコメントを出した。その後、女性たちが存命中に獲得した内容を基盤として、すべての被雇用者を保護するために、さらなる法改正がおこなわれた。文字盤塗装工の裁判は最終的に、今日安全な労働環境を保障するために全米において効力を持つ労働安全衛生法の確立にまでつながっている。現在、企業は、危険な化学物質を扱うことがあるならば、そのことを被雇用者に通知することが義務づけられている。労働者たちは、そうした有害物質が自分たちの頬をバラ色にするなどという説明を受けることは絶対にない。安全な取り扱い、訓練、防御という工程が今日にはある。労働者たちはまた、いまやすべての医学検査の結果を見る法的な権利を有している。

しかし、文字盤塗装工にとっては不満なことに、アルゴンヌでの調査結果が彼女たちに共有されることはなかった。この秘密主義は研究者たちの測定が非常に高度な技術だったためである。おそらく彼らは、検査結果は女性たちにはなんの意味も持たないと考えたのだろうが、たとえ、そうであったとしても彼女たちは結果を知りたがっていた。「あの人たちは（マリーに）なにも教えてくれなかったので、彼女は本当に怒っていました」と、思い出しながらドロレスは話してくれた。一九八五年、何十年も通った後に、シャーロット・パーセルはもうたくさんだと思った。その年、研究者たちから呼び出しがあったときに、彼女は調子が良くないと伝えた。「でもあなた方に体調不良をお伝えする必要はないんじゃないですか。あなたたちは私を助けてくれていません。私には得るものがなにもありません。私には医者に診てもらうお金すらないのに」。彼女はその後行くことを拒絶した。

マリーも同じことをした。彼女をつらい気持ちにさせたのは科学者が沈黙しただけではなく、彼女が辛抱している内容について、街の人たちがその後も変わらず理解してくれなかったことだ。彼女はいつも、こうした込み入った話は「隠蔽されてしまって……明るみにされることがない。そんな話を聞くことすらなくなる」と考えていた。だから、キャロル・ランガー〔監督〕がオタワにいた彼女に映画を作ろうと言ったとき、彼女はなおのこと驚いた。その時マリーは「神様は私をここにお残しになったのだ。いつの日か誰かがそこの扉を開けたら、私の物語を話す機会が来るんじゃないかっていつも思っていました」。大きな困難にずっと立ち向かってきたにもかかわらず、ユーモアも信仰も捨てることのないマリーを賞賛して、ランガーは、制作した映画を彼女に捧げた。

マリーが一九九三年に亡くなったとき、多くの文字盤塗装工と同様に、彼女は科学への貢献を願って献体した。「きっと、他の人に役立つだろうと考えてのことだと思います」と孫娘のパティは言った。「ひょっとしたら、何が起きたのかを正確に明らかにし、治療法を見つけてくれるかもしれません。そしてひょっとしたら、彼女が他の女性たちの役に立つかもしれません」。マリーは、献体によって研究される最後のオタワの文字盤塗装工にはならないだろう。また、最初に献体したのは彼女ではなかった。マーガレット〔ペグ〕・ルーニーにその栄誉は贈られる。

ペグの家族は、文字盤塗装工たちに関する戦後の調査を知るや、検査のために彼女を墓から掘り起こすことを、すぐに希望した。だが、当時の調査は生存者のみを対象としていた。CHRが設立されることになって、その適応範囲が拡大されることになった。ついに、ペグの本当の死因の調査が可能になったのだ。

彼女の九人の兄弟姉妹はみな、必要書類にサインした。「誰かの病気を改善する手助けになるはずです」と、彼女の姉のジーンは話した。「だから、私たちは調査をしてもらいますよ、当然です」

一九七八年、研究者らが、両親とともに聖コルンバ教会の墓地に眠るペグの遺体を掘り起こした。調査によって、彼女の骨には一万九五〇〇マイクロキュリーのラジウムがあったことが分かった。これは、分かった限りのなかで最大値であった。それは、当時の科学者たちが安全だと考えていた量の一〇〇〇倍の値だった。

科学者たちが発見したのはラジウムだけではなかった。会社の医師が死亡した彼女から顎の骨を切り取っていたことも発見された。再発掘しなければ、ルーニー家の人びとが知りようがなかったことだった。

「私は心底怒っています」と、姉妹の一人は言った。「あの人たちはあの子がラジウムまみれだったのを知っていたんです。それなのに、嘘をついたんですよ」

「どんな家にも悲しいこと、つらいことがあります」とジーンはたじろぎもせずに言った。「でも、マーガレットの死は必然だったとは言えません」

悲劇の理由はそこにある。ラジウムは一九〇一年の時点で人体に害があることが知られていた。それ以降の死は必然ではなかった。

研究者たちは百体以上の文字盤塗装工たちの遺体を掘り起こし、そこでおこなわれた多くの検査結果は、梅毒やジフテリアではなく、ラジウム中毒が彼女たちの本当の死因であったことをはっきりと証明した。遺体のなかでも、とくに科学者たちが興味を抱いた文字盤塗装工がいた。それがキャサリン・ドノヒューだった。一九八四年にCHRは彼女の娘に遺体発掘を求める手紙を送った。

メアリー・ジェーン宛だったのは、キャサリンの献身的な夫トムが、その時すでに他界していたからだった。彼は一九五七年五月八日に六二歳でこの世を去った。彼は晩年もイースト・スーペリア・ストリート五二〇に暮らし、キャサリンと一緒に過ごした自宅を離れなかった。この家で、裁判の勝利の知らせを聞いて、彼は家族と一緒にみんなで食事を持ち寄ってお祝いをしたのだ。「私たちみんながお邪魔して、彼と一緒にお祝いしたんですよ」と彼の姪のメアリーは言った。「だって、道義的な勝利でしたから。今までに誰もあんな経験をしたことがありませんでした」

賠償金は役に立ったが、キャサリンは戻ってこなかった。「彼女が亡くなったとき、彼は参ってしまったんだと思います」と親族の一人は話してくれた。「失意から立ち直れませんでした」

家族が手を差し伸べてくれた。しばらくのあいだ、トムの姉マーガレットが子供たちの面倒をみるために一緒に暮らしてくれた。トムは子供を溺愛していた。「彼に残されたのは、あの子たちだけでしたから」と、メアリーは短く言った。

そして次のように彼女は言い添えた。「時が経つにつれて、心が癒えました。いつもにこにこ笑うようになったんです。そんなふうな彼を見ることができてうれしかったです」。メアリーによると、彼はキャサリンのことについてはめったに話さなかった。「彼女の死があまりに痛ましいものだったので、思い出すのも辛かったんです」

トム・ドノヒューは再婚することはなかった。キャサリン・ウルフ・ドノヒューの代わりになれる人などいなかった。

メアリー・ジェーンの弟トミーは、朝鮮戦争に従軍し帰還を果たした。彼は〔イリノイ州〕ストリーターの女性と結婚し、まさに彼の父と同じように、ガラス工場で働いていた。しかし、一九六三年の彼の三〇歳の誕生日の直後に、がんの一種であるホジキン病のために亡くなった。メアリー・ジェーンはずっと一人で暮らしていた。

彼女の人生は平坦ではなかった。一歳の誕生日のときに四・五キロほどしかなかった彼女は、大きくなっても小柄だった。「彼女はまるで子供のようでした」と、彼女のいとこのメアリーは思い返しながら話した。「本当に小さかったんです」

しかし、母の精神をいくらか受け継いだメアリー・ジェーンは、自分が直面した難問を突破した。「彼女が仕事をしていたことは、本当に驚くべきことです」と、メアリーは言葉を続けた。「だって、彼女は本当に小柄だったんです。大人になっても、すごくかわいい人でした。みんなが彼女を好きでした。ご存じの通り、彼女には家族がいなかったので、私たちは家族の行事にはいつも彼女に声を掛けるようにしていました」

メアリー・ジェーンがＣＨＲから依頼を受けたとき、彼女は熟慮の末、次のように返事を書いた。「私には、本当にたくさんの疾患の症状が出ています」と、医者たちに伝えている。「これらのほとんどはおそらく、母の病気に由来するものだと、今になって気がつきました。よろしければ、そしてそれがみなさんのお望みなのであれば、アルゴンヌのラボに参りたいと存じます。私にとっても調査にとっても重要であろうと思いますので」。メアリー・ジェーンは検査を受け科学に貢献したらしい。一九八四年八月一六日に、彼女は研究者に母親の遺体の発掘の許可を与えた。「これによって誰か一人でも助けることができるのならば、実行する価値があります」と彼女は書いている。

そして、一九八四年一〇月二日、キャサリン・ドノヒューは聖コルンバ教会の墓地を離れて、思いもよらぬ旅をすることになった。科学者たちは複数の検査を実施し、彼女は医学にかけがえのない貢献をした。キャサリンは一九八五年八月一六日にふたたび埋葬され、今日にいたるまで夫トムの隣で眠っている。

メアリー・ジェーンがＣＨＲに書いた手紙は、彼女の母が書いたキーン神父への最後の手紙を、奇しくもまねたかのようだった。「神が私を長生きさせてくれますようにといつも祈っています。幸せで達成感のある生活が送れるように、絶対に、ずっとできるかぎりの努力をします」

しかし、そうはならなかった。生涯、身体的な苦難に見舞われてばかりだったメアリー・ジェーン・ドノヒューは、一九九〇年五月一七日に――彼女の親戚によると、心不全のために――亡くなった。享年五五だった。

長い間――あまりにも長い間――ラジウム・ガールたちの遺産は法律関係文献や科学的資料としてしか記録されてこなかった。ところが、二〇〇六年に、イリノイに住むマデリーン・ピラーという八年生の少女がロス・ムルナー博士によって書かれた文字盤塗装工たちについての本を読んだ。彼の本には「彼女たちを記憶に留めるための碑はまだ建てられていない」と書いてあった。

マデリーンはその状況を変えようと決心した。「この人たちは記憶されてしかるべきです」と、彼女は話した。「彼女たちの勇気によって、合衆国連邦において健康基準が確立されたのです。みんなに、この勇敢な女性たちの記念碑があるべきだって分かって欲しいんです」

そう言って彼女が主張したところ、ついに、オタワが地元生まれのヒロインたちと彼女たちと一緒に戦った同志たちに栄誉を与える心づもりができていることが分かった。同市は、魚のフライをふるまうバザーイベントを開催して資金調達したり〔キリスト教系団体ではバザーがよくおこなわれる。その時の食べ物としてフィッシュとポテトフライが定番〕、舞台を開催したりして、八万ドルという必要金額を確保した。「市長は非常に協力的でした」とレン・グロスマンは言った。「これまでとはまったく違いました。それを見て本当に驚きました」

二〇一一年九月二日、文字盤塗装工のブロンズの像が、イリノイ州オタワの市長によってお披露目された。それは一九二〇年代の若い女性が、片手には筆を、もう一方の手にはチューリップ一輪を持って、文字盤が描かれた台座の上に立っている像だった。スカートが風になびいて、その像の彼女は今にでも時を刻む台座から降りて動き出しそうだった。

市長はスピーチしている。「ラジウム女工たちには最大の敬意と賞賛が捧げられてしかるべきです……なぜなら、死に確実に直面しているときに、不誠実な経営者、冷淡な業界、門前払いする法、医学界と戦った人たちだからです。一連の戦いにおけるラジウム・ガールたちの不屈の努力、献身、正義感に敬意を表して、私は二〇一一年九月二日をイリノイのラジウム・ガールたちの日として制定します」

「(マリーが)今日、ここに記念像が建っているのを見たとしても」とマリー・ロシターの義理の娘は話してくれた。「信じようとはしなかったでしょう。街に出かけて像の前を通るときに言っています。『あの人たちが行動してくれる日がとうとう来たんだね、マリー』って。今彼女が生きていて、あの像を見たら『遅いくらいですよ』って言うと思います」

この像はオタワの文字盤塗装工にだけではなく、「全米各地で苦しんだ文字盤塗装工」にも捧げられている。このラジウム・ガールのブロンズ像は、永遠に若いまま、永遠に現在という時を維持したまま、グレース・フライヤーやキャサリン・ショウブを、マッジャ姉妹とカーロフ姉妹、ヘイゼルとアイリーン、それにエラを代表して立っていた。オレンジ、オタワ、ウォーターベリー、もしくはその他どの地で生まれて亡くなったにせよ、この像は、すべての文字盤塗装工を象徴していた。彼女たちにふさわしく、そして何にもまして苦労に報いる記念碑だった。なぜなら、女性たちに感謝すべきことが本当にたくさんあるのだから。

ロス・ムルナー博士は書いている。「文字盤塗装に従事した労働者たちに関する調査は、放射線が与える健康被害に関して、世界における今日の知識の基盤を作った。この労働者たちの苦しみや死と引き換えに、（科学的）知識はおおいに向上し、その結果、数え切れないほどの未来の何世代もの人びとの命を救うことになった」

キャサリン・ドノヒューの兄弟の孫娘は話す。「いつも彼女たちを考えると、その強さをすごいって思うんです。彼女たちが起ち上がって団結する強さを持っていたことを」

団結したからこそ彼女たちは勝利した。友情を育み、諦念を断固として拒否し、一途な気持ちを持ち続けて、ラジウム・ガール——ラジウム工場で働いていた若年女性たち——は、私たちに途轍もない遺産を残してくれた。彼女たちは無駄死になどしていない。

彼女たちは一秒一秒を大切に生きたのだ。

あとがき
POSTSCRIPT

「私たち女工は、大きなテーブルに座って、笑ったりおしゃべりしたりしながら塗装作業をしたものでした。そこで働くのは楽しいことでした」と、一人の労働者は話してくれた。

「そこで職を得ることができてラッキーだと思っていました」とまた別の女工は自分の気持ちを教えてくれた。「この付近では一番高い給与を払ってくれました。私たちみんなとても仲が良かったのです」

「私たちはケーキに糖衣《フロスティング》で飾り付けするように、ラジウムを塗っていました」

女工たちは、作業中に着た作業着《スモック》を、毎週一回家族の洗濯物と一緒に洗っていた。彼女たちは勤務中に、工房のなかにある販売機から缶入りの炭酸飲料を手に入れて飲んでいた。そして素手のまま作業し、「おもしろ半分に」ネイル代わりに、その塗料を自分たちの爪に塗った。彼女たちは塗装の練習をするために、ラジウムを自宅に持ち帰ることを許可されていた。

工場内部にはラジウムがそこら中に置かれていた。いや、工場を出た歩道にも置いてあった。〔ラジウムで〕汚れた雑巾は作業場に山積みにされ、裏庭で焼却されていた。放射性廃棄物が男性トイレに流された。換気のための通風口が近隣の子供たちが遊ぶ運動場に面したところにあった。終業後、女工たちは靴の汚れを取らずに帰宅したので、彼女たちと一緒にラジウムが街中に散らばった。従業員らの記憶によれば、そこで使う材料を体に付着させずに工場で働くことなどできなかった。「夜自宅に帰って鏡をのぞき込むと、小さな粉がぼおっと光って自分の髪にポッポッとくっついているのが見えました」と、とある文字盤塗装工は話した。不思議な薄光を取るためにはゴシゴシ洗わねばならず、女工たちの手はアカギレだらけになるのが常だった。

「会社は」と、一人の女工は述べた。「いつだって、すべては管理《アンダー・コントロール》されているので安全だと私たちを信じ込ませようとしていましたが、あの人たちは何も考えてくれていなかったんだと思います」

彼女の言う通りだった。ほどなくすると、ここの労働者たちは病気に苦しみ始めた。「口の手術をしたんです」と、ある者は言った。「そして今や私の歯はガタガタになっているので、きっと全部抜け落ちてしまうでしょう……〔それに〕治療の見込みのなさそうな血液の病気になってしまいました」。女性たちは、自分たちの脚、胸、腕などに腫瘍ができているのに気がついた。ある女工は、医者が同僚の脚の一部を少し、また少しと切り、切断する部位がなくなるまで、切り続け……やがてルースという彼女の同僚は亡くなったと回想している。

女工たちは心配のあまり現場責任者に相談しに行った。「ニューヨーク本社から人がここにやって来ました」と、ラジウム塗装に従事していた女工は回想する。「その人は、(私たちがやっている仕事が)私たちの害になることはないと言いました」

その本社役員は述べた。「乳がんというものは、放射線が要因ではなく、ホルモンの問題だと考えられています」

しかし彼の言ったことは間違いだ。国立のがん研究所のとある専門家は、乳がんと放射線についてはもっともはっきり因果関係が認められるものの一つだと述べている。

その役員は威圧的に話を続けた。「工場責任者がすべての責任を負うわけではありません。従業員も安全に対して責任があります」

しかし、作業場には警告を知らせる掲示はなかった。女性たちは、リップ・ポインティング塗装をしなければ、まったく安全だと言われていたのだ。

女性たちはイリノイ州オタワという小さな街で働いていた。彼女たちは、ルミナス・プロセス社というジョゼフ・ケリーの会社に勤めていた。

以上は一九七八年に起きたことだった。

最初のラジウム・ガールたちは、カサンドラのようだった。カサンドラと同じように、彼女たちは語っていたのに予言を必ずしも聞いてもらえなかった。安全基準が効力を持つのは、勤務先の会社がその基準に従う時だけだ。何十年もオタワの工場について懸念が議論されたが、この危険な工房が最終的に閉鎖されたのは結局一九七八年二月一七日だった。〔閉鎖後の工房で〕検査官が測定した放射線量は、安全とされる基準値の一六六六倍だった。今は使われなくなったこの建物は、オタワの住人にとっては、その周辺を歩くことも車で通ることすらも怖がられる、悪霊か何かの住み処のようになってしまった。その建物にはこんな落書が残されていた。「**死に関する用件はルミナスにお電話《ダイヤル》を**」

「たくさんの同僚が亡くなりました」とLP〔ルミナス・プロセス社〕の文字盤塗装工は感情を込めずに言った。彼女の話によると、一〇〇人のうち六五人が亡くなった。がん罹患率は通常の二倍だった。しかし、ルミナス・プロセス社は非を認めようとしなかった。同社は除染料を支払うことを逃れ、数百万ドルの請求書に対して約六万二〇〇〇ドル（一四万七五〇〇ドル）を負担しただけである。女工たちが回答を迫ると、役員らは回答を先延ばしにするために「でたらめを話した」。労働者たちへの退職手当として提示されたのはたったの一〇〇ドル（三六三ドル）で、同社への訴訟は困難を極めた。「会社は、女工たちの健康をまったく考慮していませんでした」と、同社の労働者の一人は怒りを込めて述べた。「会社はどうやって撤退するのかにしか関心がなかったのです」

「ルミナス・プロセス社は人間ではなく利益を優先したようだ」と地元紙は言い切った。

私たちはなんと忘れやすいのだろうか。

著者のことば

AUTHOR'S STATEMENT

私が最初にラジウム・ガールの物語を発見したのは、二〇一五年の春のロンドンで、メラニー・マーニック（Melanie Marnich）によるオタワの女たちを描いた『この輝く命（*These Shining Lives*）』という素晴らしい劇作品を監督したときのことだった。イギリスではめったに上演されない芝居だったが、私はＧｏｏｇｌｅで「女性にとっての名戯曲」という検索ワードを入れて偶然見つけた。私はイギリス人で、この台本の主な舞台から六四〇〇キロメートル以上も離れたところに住んでいたが、キャサリン・ドノヒューが語るオープニングの独白を読んだ瞬間、これは私が書くべき物語だと思った。全力で威厳と勇気を持ってみずからの権利のために起ち上がった実在する女性たちを描く、この驚くべき歴史物語は、普遍的な強さがあり、私の心に強く訴えるものがあった。

作者であれ、演じ手であれ、監督であれ、誰かの現実の話を伝えることになったら、その人には責任が——そこに描かれた人物を忠実に伝える責任が——あると、私は堅く信じている。最初にこの物語を知った瞬間から、そんなふうにラジウム・ガールたちの実話に向き合ってきた。結果として、私は芝居の制作の準備として、本事件の女性たちに関して入手できる書類すべてに目を通すなど、事件の背景調査に多くの時間を費やした。その当時、この出来事はおもに二冊の素晴らしい研究書にまとめられていた。それがクローディア・クラーク（Claudia Clark）の『ラジウム・ガールたち——女性・産業衛生・健康改革　一九一〇〜一九三五年（*Radium Girls: Women and Industrial Health Reform 1910–1935*）』とロス・ムルナー博士（Ross Mullner）の『死に至る光——ラジウム・ダイヤル労働者の悲劇（*Deadly Glow: The Radium Dial Worker Tragedy*）』だった。これらの文献には重要な情報がぎっしりつまっていたので、舞台出演者も私も、信頼できる情報に基づいて女工たちの物語を伝えることができた。

しかし、ストーリーテリングの作家であって研究者ではない私にしてみれば、これらの文献では、法律や科学の側面に焦点が合わせられ、女工たち本人の切実な人生には目が向けられていないことに驚いた。その後すぐに、ラジウム・ガールが中心となる本や彼女たちの視点から語られた本がまったく存在しないことが分かった。彼女たちの歴史的達成が強調される一方で、正義のために戦い命を落とした女性たち個々人は陰が薄くなっていた。彼女たちは無名のまま「ラジウム・ガール」という名称でしか知られていなかった。かけがえのない経験——彼女たちの死や愛する心、彼女たちの抱いた恐怖や歓喜——は、そもそも記録が残っても忘れられてしまっていた。

そこで私はそうした欠落を正そうと決意した。右記作品の上演を監督することを通じて、女工たちは私にとって大事な人になっていたので、私は、彼女たちの物語を伝える一冊の本に——彼女たちを助けた有名な専門家の物語だけでなく――彼女たちの光り輝く精神を描いてみたいと思った。彼女たちはふつうの労働者階級の女性であり、私は彼女たちが歩いた道のりを示そうと考えた。大金の初任給をもらう喜びから、最初の歯の痛み、そして、自分たちにラジウム中毒を引き起こした雇用者と戦うために、自分でも知らなかった勇気をそれぞれの女工たちが見つけるまでの道のりを。あたかも、自分が彼女たちとともに歩んで、今ここで起こっているかのように瞬間瞬間を記述したいと考えた。このような方法を採ることで、読者たちが、彼女たちの数十年の紆余曲折する物語の一部となって、ラジウム・ガールたち個々人に共感してもらいたいと考えたのだ。私は、〔読者に〕女性たちを友だちのように感じて欲しいと思った。

もちろん、私にとってもっとも重要な責任は、女工たちの本当の物語を公平に記述することだった。筆者としての責任を果たすために私がしたのは、アメリカでラジウム・ガールたちの足取りを追いかけるために海を渡り、六四〇〇キロメートル以上の距離を移動することだった。私は彼女たちの職場までの道のりを歩き、彼女たちの自宅やお墓を訪ねてみようと思った。私はマッジャ姉妹のそれぞれの家のあいだを歩いてみて、ラジウムのせいで歩くことがままならなくなった体で、急な坂道を上ることがどんなに困難だったのかを体験したいと思った。本書の執筆中、女工たち個々人の声がはっきりと伝わるように書きたいという気持ちが強くなり、彼女たちの声を表現するために、何か糸口はないかと彼女たち本人が残していった記録を探し求めた。

驚いたことに、調査していくうちに彼女たち自身の言葉が見つかっていった。彼女たちの日記、手紙、裁判での証言を通して、女工たちは、それぞれ自分に起きたことを自分の言葉で残していた。彼女たちの声は、ホコリまみれになりながら、誰かが耳を傾けてくれることをひたすら待ちながら、ずっとそこにあった。彼女たちの人生を探れば探るほど、自分があたかも彼女たちの代弁者であり、一〇〇年間ずっと彼女たちを擁護するために戦っていたような気がしていた。彼女たちの物語をやっと世間に発表することを可能にしたまとめ役《ファシリテーター》と言えばいいだろうか。

私の調査はニュージャージーから始まり、首都ワシントンDC、シカゴ、そしてもちろんイリノイ州オタワに及んだ。ラジウム・ダイヤル社のあった場所に立ち、キャサリンが大好きだった教会がはす向かいにあるのを見て実感したのは、ラジウムの会社が本当にコミュニティの中心にあり、それゆえ女性たちが反撃するのがどんなに難しかったのかということだ。一方で、キャサリンが生涯を暮らした彼女の自宅前に立つことは――そこは、マーニックの戯曲の冒頭の強烈な独白場面で記述される家そのものなのだが――まさに象徴的な経験だったというほかない。加えて、彼女たちの親戚にインタビューすることができたのは本当に幸運だった。おかげで、私の本のヒロインたちの現実の姿を知ることができた。

これまでに地元紙のインタビューを受けている人もいたので、追跡が容易な遺族や家族もいたが、キャサリン・ドノヒューの家族のように、昔ながらの調査方法で探すしかない人もいた。その一人であるキャサリンの兄弟の孫娘さんにここで謝意を伝えたい。ずいぶんと昔に亡くなった親戚についてお話を聞かせていただきたいのでお目にかかれないでしょうか。そんな見知らぬイギリス人からの突然のメールの問い合わせにもかかわらず、彼女は非常に親切で好意的に手助けしてくれた。実際、彼女だけでなく、私が話した女性たちの親戚はみな好意的に手助けしてくれた。例外なく、みな、この物語がとうとう伝えられると喜んでインタビューで話をしてくれて、そうしたあれこれの細やかな情報が本のなかの彼女たちに生気を与えた。そうしたインタビューのなかでもっとも私が心を動かされたのがキャサリンの姪メアリーさんの話である。キャサリンが痛みで泣いたことがあるのかと質問したところ、彼女には泣く

▲ペグ・ルーニーと家族（写真はダーリーン・ハルム氏とルーニー家の方々のご厚意により転載）

気力がなくうめき声を出すことしかできなかったというメアリーさんの回想がとくに、強く私の記憶に刻まれている。またそれぞれの家族が、おば・姉妹・母の子供時代の写真を見せてくれた。なかでも、祖母二人と母と一緒に映る八歳のときのペグ・ルーニーの写真は私の胸を打つものがあった。三世代が並んで立っている写真は、写真のなかの彼女たちが信じて疑わないように、継承や未来といったものが二〇世紀にもずっと続くことを示していた。ラジウム中毒のためにペグが早世し、一五年後にはその継承が突然中断させられることになるなど、彼女たちは知る由もなかった。

個人的なインタビューや現地調査とともに、私は、図書館で何日もホコリまみれの手紙やイヤーブック〔学校の年間記録。日本の学校では卒業アルバムに相当〕を熟読したり、弁護士、医師、新聞の記録をマイクロフィルムでスキャンしたりした。これらの「物語」すべてが現実の出来事であることを実感して、私は何度も、女たちの苦難の詳細を読んで涙した。脇腹から膝までのギプスを付けていたクインタ・マクドナルドについて知ったときにも、モリー・マッジャのエックス線の黒いフィルムに彼女の骨が白く輝いているのを見たときにも、キャサリン・ドノヒューがパール・ペイン宛に書いた最後の手紙を、これを書いた本人がこの紙を持っていたのだと考えながら、自分の手で持ったときにも涙した。

けれども、ラジウム・ガールたちが耐えていた現実を本当に痛感させられたのは彼女たちの墓参りの時だった。何度か彼女たちの家族と一緒に行ったのだが、私がお参りをして、御影石の墓石に触れるためにしゃがんでいるあいだ、ご家族は少し離れたところで待っていてくれた。彼女たちの名前が刻まれた墓石を見て、そして、日に照らされた草木の下に生前苦しんだ彼女たちが眠っているのだと思うと、これほどの犠牲を強いられた人たちは記憶されてしかるべきだと改めて感じた。イギリスに戻り、彼女たちの人生の物語を書くにあたって私は彼女たちに寄り添って最善を尽くさねばならないと思った。

だから、できるかぎり私は彼女たちと一緒にいようと思った。自分の机のまわりに、彼女たちの写真を飾って本を書くことにした。朝起きて、彼女たちの顔を見て、毎朝おはようと声を掛けた。グレースの死について書くとき、また、子供たちのために生き続けようとするキャサリンの葛藤を書くとき、写真のなかの彼女たちを見つめた。これらの写真は、彼女たちの生誕地、彼女たちの家族の記憶、アーカイヴで入手した彼女たちについての知識とともにしっかりと私の記憶に刻まれていた。私は彼女たちを待ち受けるさまざまな運命を思いながら、治療を求める一縷の望み、流産の悲しみ、何があろうとも戦い続けるという決意など、女性たち個々人の道のりを図表にした。信じられないくらい悲劇的な苦しみに直面したときの女工たちの勇気や精神に、繰り返し私は驚かされた。

執筆するときに近くにいてもらった女工の一人が八歳のときのペグ・ルーニーだった。私が本書を通して望んでいるのは、彼女や彼女の母や祖母二人が未来にもたらされると純粋に信じていた継承が、なんらかのかたちで実現することである。私が書いているのは二一世紀であり、そして、ペグや彼女の友人たちの驚くべき犠牲があったからこそ彼女たちは今もなお現に記憶されている。このようなかたちで、ラジウム・ガールたち――ラジウム工場の女工たち――は、真っ暗な歴史の闇のなかで正しさと強さと勇気を照らし出しながら、生き続けている。彼女たちの手助けをするというかたちで、ささやかながら自分の役割を果たせたことを、このうえなく光栄に思う。本書は彼女たちのものだ。
私が彼女たちを公平に記述していることを願うばかりである。

二〇一七年　ロンドンにて

ケイト・ムーア

謝辞

ACKNOWLEDGMENTS

本書誕生のきっかけは、オタワの文字盤塗装工たちの経験を描いた『この輝く命（*These Shining Lives*）』という演劇作品を監督するという栄誉に恵まれたことでした。彼女たちの物語を私に教えてくれた劇作家メラニー・マーニックに、また、作品に命を吹き込んでくれた素晴らしいキャスト——アナ・マルクス、キャシー・アボット、ダレン・エヴァンズ、デイヴィッド・ドイル、ジェームズ・バートン＝スティール、ジュリア・パジェット、ライオネル・ロラン、マーク・イーウィンズ、ニック・エドワーズ、サラ・ハドソン、ウィリアム・バルティン——に心から感謝します。この物語を伝えたいと願う『この輝く命』という私たちチームの情熱がつねに私をやる気にさせてくれました。皆さんの才能、献身的取り組み、忍耐強いサポートに感謝しています。

そして、文字盤塗装工の家族の皆様が、惜しみなく協力くださったことは、どんなに感謝しても感謝しきれません。皆様のおかげで、本書はとても豊かなものになりました。自宅に招き入れ、胸襟を開き、家族のアルバムを私に見せてくださったこと、あちこち連れていってくれたり、お墓参りをさせてくれたこと、歓待と友情、これらすべてに感謝しています。皆さんにお目にかかれたことは光栄であり、私が皆さんのご親族を公平に記していることを願っています。ミシェル・ブラッサー、メアリー・キャロル・キャシディ、メアリー・キャロル・ウォルシュ、ジェームズ・ドノヒュー、キャスリーン・ドノヒュー・コフォイド、アート・フライヤー、パティ・グレイ、ダーリーン・ハーム、フェリシア・キートン、ランディ・ポッツィ、ドナルド・パーセル、ドロレス・ロシター、ジーン・ショット、ドン・トーピィ、ジャン・トーピィに心からの感謝を申し上げます。皆さんが共有くださった洞察の力、そして情報は本当にかけがえのないものでした。それらすべてに本当に心から感謝しています。なかでも、ダーリーンとキャスリーンが親切にも私に与えてくれたサポートにとくに感謝しています。

レン・グロスマンさん、あなたは実に寛大な方です。お父様の訴訟事件適用書やスクラップブックを見せてくださったこと、数え切れないほどの手懸かりを得ることとなったノースウェスタンに連れていってくださったこと、貴重なインタビューをさせてくださったこと、本当にありがとうございました。また、レイモンド・ベリーに関する見解を与えてくれたアレックス、ハナリン、デナ・コルヴィンに感謝申し上げます。また、あなたたちが本書をサポートし、また熱い関心を示してくださったことを、本当にありがたく思っています。とくにクリストファーとウィリアム・マートランドに、ハリソン・マートランドの業務や手紙を複写させてくださったことについて、感謝申し上げます。

本書は、私より前にこの道のりをたどった著者たちの恩恵を受けてできあがったものです。クローディア・クラークとロス・ムルナーのお二人の著作は計り知れないほど重要な資料でした。ロスにはまた、研究資料を見せてもらったこと、インタビューを許可してくださったことにお礼を申し上げます（クローディア・クラークが、彼女の研究対象者と同じく早世したことに、お悔やみ申し上げます）。全米の司書や公文書担当の皆さんにずいぶん助けていただきました。オレンジ公立図書館のアリス、ニューアーク公立図書館のベス・ザック＝コーヘン、シカゴの国立公文書記録管理局のダグとグレンとサラ、ラサール郡歴史社会博物館のケン・スノーとエリン・ランドルフ、オタワのレディック公立図書館、米国議会図書館、ハロルド・ワシントン図書館センター、シカゴ公立図書館、ノースウェスタン大学図書館、イリノイ州ペルーのウェストクロックス博物館の各スタッフの皆さん、ありがとうございました。本書の改善に計り知れないほど貢献してくれたラトガーズのボブ・ヴィエトロゴスキに最大の感謝を贈ります。ボブ、あなたはレジェンドです。レイニー・ディアス、ゴードンとクリスティーン・ダットン、ステファニー・ジャクインズ、ステイシー・ピラー、シンディ・ポッツイ、アマンダ・キャシディ、D・W・グレゴリー、エレノア・フラワー、ジェラリン・ベックスの皆さん、私の調査を手伝ってくださってありがとうございました。

さらに写真転載の許諾をくださった皆様、そして、アメリカ滞在中にもてなしてくださった皆さんにもお礼申し上げます。

本書を書くことは、これからの自分の世界を広げるような経験でした。絶えず応援してくれた両親のジョンとベス・グリブルに、声援を送ってくれたわが姉妹ペニーとサラに、ニューヨークらしいおもてなしをしてくれたジョー・メイソンに、賢明な言葉をくれたアナ・モリスに、このプロジェクトに無限の情熱を傾けてくれた友人みんなに、御礼を申し上げます。専門的なアドバイスを惜しみなくくれたナタリー・ゴールズワージー、エド・ピックフォード、ジェニファー・リグビーにも感謝しています。

夫のダンカン・ムーア、あなたが本書にしてくれたことを表すには「ありがとう」という一言ではまったく不十分です。あなたの愛と応援、なによりあなたの洞察力に基づいた教えと導き、その生まれながらの創造力豊かな英知に本当に感謝しています。あなたが私のため、また本書に登場した女性たちのためにしてくれたこと、そして最初の読者となってくれたことに感謝しています。

最後に、本書の出版社に感謝を捧げます。本書を支援してくれた英国サイモン&シュスター社のチーム全体に、とくに編集上のフィードバックとともに、辛抱強く、仕事に付き合ってくれたジョー・ウィットフォードに、広報を担当してくれたジェイミー・クリスウェルに、著作権担当のサラ・バージーに、社内で応援してくれたニッキー・クロスリーにお礼申し上げます。そして編集ディレクターのシャーナ・ドレスとファビュラスなグレース・メナリー=ウィンフィールドがいる米国ソースブックス社のチームに最大の感謝を贈ります。お二人が最初に示してくれた本書への関心を、私は人生最大のハイライトとして死ぬまで忘れません。この物語に対する私のアプローチを理解してくれたこと、そしてそのアプローチを気に入ってくれたこと、何より本書の女性たちを大事に思ってくれたことに感謝しています。ラジウム・ガールの物語を彼女たちの出身国で出版することは、実に特別なことです。ソースブックス社のように情熱的な出版社に面倒をみてもらえたことはとても幸運でした。また、広報を担当してくれたリズ・ケルシュ、ヴァレリー・ピアース、ヘザー・ムーアには大声で感謝の気持ちを述べたいです。また、引用箇所を丁寧に確認してくれたキャシー・ガットマン、エリザベス・バグビーの仕事ぶりは賞賛に値します。

本当に最後になりますが、この物語を伝えたいという私の願いを共有してくれた英国S&S社の上級編集委員のアビゲイル・バーグストロムに、とくに感謝を申し上げます。アビー、一言で言うならば、あなたの先見の明と信念がなければ本書は存在しなかったでしょう。私のために、また、文字盤塗装工たちのために、あなたが尽力してくださったことすべてに感謝しています。彼女たちの物語は今こうして読まれようとしています。あなたがいなければ、そうしたことも実現しなかったでしょう。彼女たちに声を与えてくれたことを、心から感謝しています。

二〇一七年　ケイト・ムーア

訳者あとがき

TRANSLATORS' AFTERWORD

本書『働いて愛して生きるために女たちは闘わなければならない——ラジウム・ガールズのアメリカ』は、二〇一六年に出版されたケイト・ムーアの『ラジウム・ガールズ——アメリカの輝く女性たちの暗闇の物語（*The Radium Girls: The Dark Story of America's Shining Women*）』の全訳である。

ラジウム・ガールとは誰か。

ラジウムは周知の通り、二〇世紀転換期にキュリー夫妻らによって発見された。この新しい物質は、発見後まもなくガン治療に効果があることが知られただけでなく、現代人には信じがたいが、二〇世紀初頭の米国では、なにか装飾品のようなものとして受容されるような風潮があった。ラジウム男性用下着、ラジウム・ランジェリー、ラジウム・バター、ラジウム・ミルク、ラジウム歯磨き、ラジウム化粧品。もちろん、これらの製品に高価格だったラジウムは入っていなかったが、大量生産大量消費の幕開けの時代、ラジウムは、人びとの欲望をかき立て、魅了した。

そのような流れのなか、本物のラジウムが時計の文字盤塗料に使われた。ラジウムそのものに光る性質はない。しかし、塗料に含まれる蛍光物質が、ラジウムの放射線に反応して暗闇で緑色もしくは青白い光を放つ。この奇妙な性質を利用した蛍光塗料が、本書で描写されるように、第一次大戦参戦中の米国で軍事用の計測器や兵士が用いる腕時計の文字盤塗料として使われた。

このラジウム入り蛍光塗料を使った作業に従事したのが、ムーアが本書で記述する女性たちである。当時のイリノイ州オタワでの女性たちの職業といえば、店の売り子か工場労働者だったのに、彼女たちの作業場は、工場（factory）などではなく高価なラジウムを扱うのに相応しい工房（studio）と呼ばれていた。町の人名録に掲載された彼女たちの職業は、工場労働者（factory worker）や女工（factory girl）ではなく、「アーティスト芸術家」だった。細い絵筆を用いておこなわれる文字盤塗装には細かな作業が要求されたため、作業従事者の多くは、手先の器用な一〇代後半、二〇代前半の若年女性だった。彼女たちの職場は塗料となる蛍光粉末が、あちこちで浮遊し、塗装従事者の髪や服など体中に付着したという。それは、彼女たちに暗闇でぼんやりと青白く光るという思いがけない効果をもたらし、人びとはそんな彼女たちをラジウム・ガールやゴースト・ガールと呼ぶようになる。一人、また一人と病を発症し、ほどなく病の原因が職業由来のものであることを知った彼女たちは、かつての勤務先に賠償金を求めて裁判を起こす。つまり、ラジウム・ガールとは、時計文字盤にラジウム入り塗装を使って作業したために放射線被曝に苦しめられ、職業病を社会に訴えた二〇世紀初頭の米国の女性工場労働者に与えられた呼び名である。

この女性たちはこれまでに、表象や研究対象などさまざまなかたちで注目を集めてきた。旧ソ連（現ウクライナ）で起きたチェルノブイリ原発事故翌年の一九八七年にドキュメンタリー映画『ラジウム・シティ（*Radium City*）』（キャロル・ランガー［Carole Langer］監督、日本公開二〇一五年）が制作される。その後、クローディア・クラーク（Claudia Clark）の『ラジウム・ガールたち――女性・産業衛生・健康改革 一九一〇〜一九三五年（*Radium Girls: Women and Industrial Health Reform, 1910–1935*）』（一九九七年）と、ロス・ムルナー（Ross Mullner）の『死に至る光――ラジウム・ダイヤル労働者の悲劇（*Deadly Glow: The Radium Dial Worker Tragedy*）』（一九九九年）という二冊の研究書が出る。そして、二〇〇八年の世界金融危機直後に、本書の著者ムーアがラジウム・ガールの存在を知る契機になった戯曲『この輝く命（*These Shining Lives*）』（二〇〇八年）が出される。それから約一〇年後に、ミーガン・E・ブライアント（Megan E. Bryant）のヤング・アダルト小説『光（*Glow*）』（二〇一七年）が出版され、リディア・ディーン・ピルチャー（Lydia Dean Pilcher）とジニー・モーラー（Ginny Mohler）監督の映画『ラジウム・ガールズ（*The Radium Girls*）』（二〇一八年）が公開される。他にもパンクバンドのナイト・バード（Night Bird）の二〇一八年発表のアルバム『ロール・クレジット（*Roll Credits*）』にも「ラジウム・ガールズ（Radium Girls）」という曲が収められている。このように振り返ってみると、文字盤塗装工たちの事件や裁判は、二〇世紀初頭の同時代に報道されていたが、今日におけるラジウム・ガール表象は、東西冷戦の崩壊以降に形成され、それが現在に続いていると言えるのだろう。

本書の著者ケイト・ムーアとラジウム・ガールの出会いは、舞台『この輝く命』のロンドン公演だったという。そこから関心をもったムーアは、さまざまな関連文献を読み、女性たちそれぞれの人生に光が当たっていないように感じて本書を執筆したと述べている。

出版後、本書は米国のさまざまな媒体に取りあげられ、ベストセラーになった。『ニューヨーク・タイムズ』、『ウォール・ストリート・ジャーナル』、『USAトゥデイ』など、全米を代表するオピニオン紙・経済紙・全国紙などの紙媒体に取りあげられるとともに、米国司書が選ぶノンフィクション、米国図書館協会の優秀ノンフィクションに選ばれる。さらには、書籍情報オンライン・プラットフォームのグッドリードにて、読者が選ぶ歴史伝記部門書籍第一位に選ばれ、エマ・ワトソン（ハリー・ポッターのハーマイオニー役で有名）が主催するフェミニスト読書クラブに選書されるなど、オンラインを情報源とする読者、読書会の主催者、フェミニズムに関心を持つ若年層など、実に幅広い読者を獲得している。

本書がこれほど幅広い読者を獲得したことの背景理解の一助として考えたいのが、オックスフォード大学出版辞書部門が本書出版二〇一六年の言葉として選んだ「ポスト・トゥルース」である。ポスト・トゥルースとは「世論形成において、事実が、感情や個人的意見よりも影響力が小さい状況、または、それに関連すること」を意味する。この言葉は、二〇一六年以前から存在するが、同年におこなわれた選挙——米国では大統領選挙、英国では欧州連合離脱（いわゆる「ブレグジット」）の是非を問う国民投票——によって、英語圏で普及した。英語のtruthは、真実だけでなく現実の出来事および事実、もしくは正確さという意味がある。投票のための判断材料が必要となるべきところ、なぜかそうしたトゥルース（真実、事実、現実）が人びとに届かない、もしくは、それに基づいて判断されない。真理も事実も不要になり、現実を無視して物事が決まってしまう状況。それがポスト・トゥルースの時代である。

ポスト・トゥルースと呼ばれる時代に出版された本書が描くのは、女性たちが協同で勝ち得た真実／事実／現実である。本書における真実とは、公平／正義（justice）という言葉で表現される。それは、司法における正義だけではない。社会の構成要員として等しく自分たちの考えを述べる正義であり、その声が司法に、社会に届く公正さである。著者ムーアが本書執筆にあたって重視したのも、公正さであった。「作者であれ、演じ手であれ、監督であれ、誰かの現実の話を伝えることになったら、その人には責任が——そこに描かれた人物を忠実に伝える責任が——あると、私は堅く信じている。最初にこの物語を知った瞬間から、そんなふうにラジウム・ガールたちの実話に向き合ってきた」(本書「著者のことば」より)。ムーアは、個々の女性たちに向き合うために、学術書や戯曲を読み、また彼女たちの写真をつねに手元に置いて、本書を執筆したという。

そのような経緯で書かれた本書のページを開けば、私たちは、ラジウム・ガールという集合体とともに、グレース・フライヤー、エラ・エッカート、モリー・マッジャ、パール・ペイン、シャーロット・パーセルといった個々の女性たちの人生を知ることになる。一般に、米国の一九二〇年代は文化的にはしばしばジャズ・エイジあるいは狂騒の二〇年代と呼ばれるが、二〇年代はフラッパーと呼ばれるモダンな女性たちがジャズを聴きながら大量消費を謳歌していただけではなかった。当時の米国は大量生産の担い手でもあった。ラジウム・ガールたちはそうした大量生産の担い手として、文字盤塗装の仕事に従事していた。ニューヨークなどの都市部で享楽的な生活を送るものがいれば、オタワで、オレンジで、時計の文字盤に筆を運んで、時に休日もなく働いたものもいたのである。本書が伝えているのはそれだけではない。彼女たちがどのような家族と暮らし、どのような時代に職を得て、職場で友情を結び、最初の給与をどんなに喜んだか。やっと得た給与を奪おうとする義父に抵抗してハイヒールを買った彼女が、自立の瞬間をどんなふうにかみしめたか。イタリアやアイルランド系の移民としての暮らしがどんなに大変だったか。一人、また一人と病に冒されていく彼女たちやその家族が、どのように苦しみ、悲しみ、病や偏見に立ち向かったか。会社に対して賠償を求める彼女たちの行方を阻んだのが何だったのか。どれほど信仰が彼女たちや家族の支えになったか。さまざまな困難にもかかわらず、彼女たちがどのように支援者を広げていったか。ラジウム・ガールと呼ばれた彼女たち一人一人にライフがあったことを本書は教えてくれる。

今日、彼女たちの裁判は雇用主に被雇用者の健康を管理する責任があることを認めさせた合衆国の初期事例として知られる。裁判で彼女たちは、雇用主が被雇用者の安全を確保する義務があることを司法、行政、社会に認めさせた。また、一九七〇年に成立することになる労働安全衛生法（労働者の安全な労働環境を保障する法律）の制定に寄与したとも言われる。現在、米国においては、危険な化学物質を扱う場合、雇用主は被雇用者にその危険性を通知することが義務づけられており、労働者は自分たちが受けた医学検査結果を見ることができる。さらに、彼女たちの裁判のもう一つの成果として、ムーアは放射線物質の危険性を科学者に認識させたことを挙げている。耳目を集めた彼女たちの裁判は、科学者や消費者団体に放射線物質が人体に与える影響を認識させた。雇用主の責任、労働者の健康の保障、放射線物質の人体への影響への認識。これらは、彼女たちが残してくれたトゥルースであり、遺産である。

日本語に翻訳した訳者として、疑問を覚えたのは、そうした遺産のなかに、ムーアがラジウム・ガールたちの原爆への「貢献」を含めている点である。本書の記述では、アメリカ原子力委員会（ＡＥＣ）が、彼女たちから得たデータを元にマンハッタン計画（第二次大戦の米国の原爆開発計画の通称）の安全指針を作り、関係者の安全を守り、プロジェクトを成功させたとされる。「マンハッタン計画によって製造された原子爆弾の投下が奏功したと言う人もいる——ラジウム・ガールたちの国への貢献は完全に認められた」と本書は記述する。しかし、広島と長崎の原爆投下、これら原爆や各地の核実験による被爆者／被曝者を思うと、これらを遺産と呼ぶことにも、彼女たちの犠牲を国への貢献と呼ぶことにも私は疑問を覚える。本書にはまた、裁判を戦った女性の言葉も引用されている。「私には手遅れです……けれど、私以外の人たちには役に立つはずです」。彼女は、家族だけでなく、一緒に働いた仲間、そして、「同じ病に苦しむ人びと」のために勝利を願った。国家のためではなかった。放射線の被害に苦しんだ彼女たちが、原爆の投下によってもたらされた被爆者に目を向けず、自分たちは国家のために役立ったと喜んだだろうか。私はそう思わない。

また、本書の訳者を悩ませたのが、「輝く」という記述であった。実際のところどのようなものだったのか。英語文学文化を専門とする私たち訳者には確認する術はなかったので、本書を忠実に訳した。労働運動の闘争者、放射性物質の危険性の警告者。科学および医学への貢献者。ラジウム・ガールたちの物語をどう読むのかは、読者にお任せするほかないが、一〇〇年近くも過去の物語をムーアが本として出版できたのは、裁判や新聞の記録が残されていたからだけではない。天寿を全うすることができたシャーロットは孫に自分たちの経験を語った。その記憶を彼女の孫がムーアに語ったように、支援者たち、その家族、彼女たちの物語を知った人もまた、その物語を語り継いだ。その語りの結晶が本書である。一人でも多くの読者に、働く女たちの物語を、世代を超えた支援者たちの物語を読んでいただければと心から願う。

著者ムーアは、英国ノーサンプトンに生まれ、ピーターバラで育った。ウォリック大学を卒業後、出版社大手の英国ペンギン・ランダムハウスで編集ディレクターを務め、現在はフリーのライターとして活躍する。本書出版後の二〇二一年には『黙らせることができなかった女（*The Woman They Could Not Silence*）』（日本語未訳）を出版している。こちらの書籍では、夫と意見の相違があったことを理由に、精神病院に入院させられた米国女性作家エリザベス・パッカードを描いている。こちらも本書と同様に詳細なリサーチによって執筆されているそうである。

最後に使用テキスト、翻訳分担、タイトルについて述べる。本書は、ソースブックス社から二〇一六年に初版が出版された。本書にはサイモン・アンド・シュスター社から出版された同名の電子書籍版も存在する。電子書籍版は、改段落の位置変更とともに文言の追加修正などがあったことを確認したが、翻訳にあたっては紙媒体の初版を底本とし、必要に応じて電子書籍版を参考にした。翻訳作業は、三人の訳者による協働でおこなわれた。おもに、第一部を山口菜穂子、第二部を杉本裕代、第三部を松永が担当した。タイトルについては、英語圏ではその名前が広く知られていることから、原題どおり『ラジウム・ガールズ』にする案もあったが、幅広い読者に届くようにと現在のタイトルを出版社が最終決定した。

無名だった個人に光を当てるという本書の性質上、本書には膨大な量の固有名が使用されている。定訳があるものはそれに従い、そうでないものは英語読みを採用した。固有名については米国在住の山口がさまざまな手段を用いて読み方を調査し、私たちの翻訳作業を前進させた。さらに、ムーアがたどったように、山口は「工房」跡地やラジウム・ガールらの墓地を訪問し、現地の様子を写真に収めてくれた。日本にいる訳者にとっては彼女たちを最初に身近に感じることができた契機であった。日米に離れての作業だったため、訳者三人は、ビデオ通話や電子メールでやり取りしながら作業した。仕事の一環とは言え、友人とのやり取りは楽しく、また研究者としても貴重な時間だった。

本書の翻訳出版は、多くの方の支援を受けて実現した。当時堀之内出版にいらした小林えみさんが「自分が読みたいんです」と言って、本書の翻訳を最初に持ちかけてくださったのは、コロナ禍以前、本書が米国で話題になっていた時だった。それぞれの事情で翻訳作業が滞る訳者たちを当初から最後まで応援くださった小林さんをはじめ、鈴木陽介さん、野村玲央さん、堀越健太さん他、堀之内出版の皆さんに心から感謝申し上げる。また、作業の後半から北烏山編集室の津田正さんにご尽力いただいた。経験豊かな津田さんのご助言と強力なリーダーシップなくしては、本書の出版は実現しなかった。なにより、本書の翻訳過程をとおして津田さんに翻訳出版の困難と可能性を教えていただいた。ここに記して感謝する。

二〇二四年一一月

訳者を代表して　松永典子

[写真出典]

アメリカ議会図書館(ワシントンD.C.)「レイモンド・H・ベリー文書」マイクロリール2　xix(上左), xxi(下左)

『アメリカン・ウィークリー』xviii(下左), xix(下全て), xxii(中左)

コロンビア大学(ニューヨーク)貴重書・稀覯本図書館大学アーカイブ部ブラックストーン・スタジオ　xxi(上左)

『シカゴ・デイリー・タイムズ』(サン＝タイムズ・メディア所蔵)　xxiii(上右), xxiv(上右以外の全て), xxv(上2つ)

『シカゴ・ヘラルド＝イグザミナー』xxv(下)

人体放射線生物学センター(シカゴ国立公文書館内)　xviii(上左、下右), xx(全て), xxii(下), xxiii(下)

ダーリーン・ハルム氏、ルーニー家所蔵　xxiii(上右)

ドロレス・ロシター氏、パッティ・グレイ氏所蔵　xxiii(上中)

『ニューアーク・レッジャー』xxi(中段右)

『ニューヨーク・イブニング・ジャーナル』　xviii(上右), xix(上右)

ハグリー博物図書館(ロス・ムルナー『死に至る光』所収)　xxi(上右)

ラトガース大学生物医学・健康科学(ニューアーク)ジョージ・F・スミス健康科学図書館、「ハリソン・マートランド文書」、マイケル・フルンジィ氏所蔵、xxi(中段左)

ランディ・ポッズィ氏所蔵(ラサール郡歴史社会博物館[イリノイ州ウティカ]「パール・ペイン・コレクション」)　xxiv(右)

リッピンコット・ウィリアムズ・ウィルキンズ(医学)出版(ロス・ムルナー『死に至る光』所収)xxii(中右)

レオナード・グロスマンのスクラップブック(lgrossman.com)　xxv(中右)

ロス・ムルナー氏所蔵　xxii(上段)

Health Effects of Exposure to Internally Deposited Radioactivity Projects Case Files. Center for Human Radiobiology, Argonne National Laboratory, General Records of the Department of Energy. Record Group 434. National Archives at Chicago, Illinois.

National Consumers League files. Library of Congress, Washington, DC.

Ottawa High School Yearbook Collection and Ottawa town directories. Reddick Public Library, Ottawa, Illinois.

Ottawa Historical and Scouting Heritage Museum, Ottawa, Illinois.

Pearl Payne Collection. LaSalle County Historical Society & Museum, Utica, Illinois.

Raymond H. Berry Papers. Library of Congress, Washington, DC.

Westclox Museum, Peru, Illinois.

ウェブサイト

ancestry.com（人口調査、住所氏名録、社会保険記録、両大戦時の徴兵登録カード、出生・結婚・死亡の記録などを知ることができる）

capitolfax.com
dailykos.com
encyclopedia.com
examiner.com
fee.org
findagrave.com
history.com
lgrossman.com
medicinenet.com
mywebtimes.com
thehistoryvault.co.uk
themedicalbag.com
usinflationcalculator.com
voanews.com

追加文献として、ニュージャージー州オレンジの女工たちを扱ったお芝居D. W. Gregory, *Radium Girls* (Dramatic Publishing, 2003)、また、イリノイ州オタワの時計文字盤工を描いたMelanie Marnich, *These Shining Lives* (Dramatists Play Service, Inc., 2010) がある。

Cofoid, Eleanor Flower, Art Fryer (2015年12月、スカイプでインタビュー), Patty Gray, Len Grossman, Darlene Halm, Felicia Keeton, Ross Mullner, Randy Pozzi, Donald Purcell, Dolores Rossiter, Jean Schott, Don Torpy and Jan Torpy.

記事・出版物

Conroy, John. "On Cancer, Clock Dials, and Ottawa, Illinois, a Town That Failed to See the Light," National Archives.

DeVille, Kenneth A. and Mark E. Steiner. "The New Jersey Radium Dial Workers and the Dynamics of Occupational Disease Litigation in the Early Twentieth Century." *Missouri Law Review* 62, no. 2 (1997):281–314.

Irvine, Martha. "Suffering Endures for Radium Girls." *Associated Press,* October 4, 1998.

National Park Service. "Historic American Buildings Survey: US Radium Corporation."

Rowland, R. E. "Radium in Humans: A Review of US Studies." Argonne National Laboratory, September 1994.

Sharpe, William D. "Radium Osteitis with Osteogenic Sarcoma: The Chronology and Natural History of a Fatal Case." *Bulletin of the New York Academy of Medicine* 47, no.9 (September 1971): 1059–1082.

新聞、雑誌、季刊刊行物

American; American History; American Weekly; Asbury Park Press; Buffalo News; Chemistry; Chicago Daily Times; Chicago Daily Tribune; Chicago Herald-Examiner; Chicago Illinois News; Chicago Sunday Tribune; Chicago Sun-Times; Daily News-Herald; Daily Pantagraph; Denver Colorado Post; Detroit Michigan Times; Dubuque Iowa Herald; Flint Michigan Journal ;Graphic; Journal of the American Medical Association; Journal of Industrial Hygiene; Journal Star; LaSalle Daily Post Tribune; Newark Evening News; Newark Ledger; New York Evening Journal; New York Herald; New York Sun; New York Sunday News; New York Telegram; New York Times; Orange Daily Courier; Ottawa Daily Republican-Times; Ottawa Daily Times; Ottawa Delivered; Ottawa Free Trader; Peoria Illinois Star; Plainfield Courier; Popular Science; Radium; Springfield Illinois State Register; Star-Eagle; St Louis Times; Sunday Call; Sunday Star-Ledger; Survey Graphic; Today's Health; Toronto Star; Village Voice; Wall Street Journal; Washington Herald; Waterbury Observer; World.

特別コレクション

Catherine Wolfe Donohue Collection. Northwestern University, Chicago, Illinois.

Files on the Orange clean-up operation. Orange Public Library, Orange, New Jersey.

Harrison Martland Papers. Special Collections. George F. Smith Library of the Health Sciences, Rutgers Biomedical and Health Sciences, Newark, New Jersey.

［主要参考文献］

書籍

Berg, Samuel. *Harrison Stanford Martland, M. D. : The Story of a Physician, a Hospital, an Era*. New York: Vantage Press, 1978.

Bradley, John, ed. *Learning to Glow: A Deadly Reader.* Tucson: The University of Arizona Press, 2000.

Clark, Claudia. *Radium Girls: Women and Industrial Health Reform, 1910–1935*. Chapel Hill: University of North Carolina Press, 1997.

Curie, Eve. *Madame Curie: A Biography*. Translated by Vincent Sheean. Boston: Da Capo Press, 2001.（Kindle版、Read Books, 2007）

Curie, Marie. *Pierre Curie*. Translated by C. and V. Kellogg. New York: Macmillan, 1923.

Kukla, Barbara J. *Swing City: Newark Nightlife 1925–50*. New Brunswick: Rutgers University Press, 2002.

Lurie, Maxine N. *A New Jersey Anthology*. New Brunswick: Rutgers University Press, 2010.

Miller, Kenneth L. *CRC Handbook of Management of Radiation Protection Programs,* 2nd ed. New York: CRC Press, 1992.

Mullner, Ross. *Deadly Glow: The Radium Dial Worker Tragedy*. Washington, DC: American Public Health Association, 1999.

Nelson, Craig. *The Age of Radiance: The Epic Rise and Dramatic Fall of the Atomic Era*. London: Simon & Schuster, 2014.

Neuzil, Mark and William Kovarik. *Mass Media and Environmental Conflict*. New York: Sage Publications, 1996.（Kindle版、revised edition 2002）

Robison, Roger F. *Mining and Selling Radium and Uranium*. New York: Springer, 2014.

Shaw, George Bernard. *The Quintessence of Ibsenism*. New York: Dover Publications, 1994.（Kindle版、Courier Corporation, 1994）

Stabin, Michael G. *Radiation Protection and Dosimetry: An Introduction to Health Physics*. New York: Springer, 2007.

映画

Radium City. Directed by Carole Langer. Ottawa, Illinois: Carole Langer Productions, 1987.

インタビュー

2015年10月、アメリカ合衆国における筆者のインタビューにご協力いただいた方々は次の通り。深く感謝申し上げたい。

Michelle Brasser, Mary Carroll Cassidy, Mary Carroll Walsh, James Donohue, Kathleen Donohue

や行

ら行

ま行

た行

さ行

[索　引]

欧文

あ行

著者略歴

ケイト・ムーア

Kate Moore

英国ピーターバラ出身。ウォリック大学で英文学を学んだのち、英国ペンギン・ランダムハウス社でノンフィクション本の編集に携わる。2014年にフリーランスの編集者、作家として独立。2017年、本書『働いて愛して生きるために女たちは闘わなければならない（*Radium Girls*）』をアメリカで出版、『ニューヨーク・タイムズ』紙をはじめとする全米を代表するメディアで大きく取り上げられ、ベストセラーとなった。その他の刊行物として、*The Woman They Could Not Silence*（2021年）等がある。

訳者略歴

松永典子《まつなが のりこ》

早稲田大学教員。専門はイギリス文学・文化。お茶の水女子大学大学院人間文化研究科比較文化学博士後期課程単位取得満期退学。博士（人文科学）。主な業績に『終わらないフェミニズム』(共編著、研究社、2016)、『アール・デコと英国モダニズム』（共編著、小鳥遊書房、2021)、『マクミラン版世界女性人名大辞典』（共訳、国書刊行会、2005）など。

山口菜穂子《やまぐち なほこ》

専門はアメリカ文学・文化、ビデオゲーム研究。お茶の水女子大学大学院人間文化研究科比較文化学博士後期課程単位取得満期退学。主な業績に、「原子力と文学――福島第一原発事故を長崎原爆体験と共に考える」（一橋大学『言語社会』第６号、2012)、87–102頁、サラー・サリー『ジュディス・バトラー』（共訳、青土社、2005）など。

杉本裕代《すぎもと ひろよ》

専門はアメリカ文学・文化。筑波大学人文社会科学研究科文藝・言語専攻博士課程単位取得満期退学。現在は、明治大学理工学部所属。主な業績に、「「我慢」の精神とポスト3.11」（東京都市大学教養ゼミ『ポスト3.11を考える』、共編著、萌書房、2015)、「「家庭」を文学的に描くことのジレンマ――家庭小説とホーム・エコノミクスの差異」（日本アメリカ文学会東京支部会報『アメリカ文学』第85号、2024)、40–48頁。

THE RADIUM GIRLS
The Dark Story of America's Shining Women

Japanese translation rights arranged with
SIMON & SCHUSTER UK LTD.
through Japan UNI Agency, Inc., Tokyo

働いて愛して生きるために女たちは闘わなければならない
——ラジウム・ガールズのアメリカ

2025年3月31日　初版第一刷発行

著　者——ケイト・ムーア
翻　訳——松永典子、山口菜穂子、杉本裕代
発　行——株式会社 堀之内出版
〒192-0355　東京都八王子市堀之内3-10-12フォーリア23 206
TEL 042-682-4350 ／ FAX 03-6856-3497
http://www.horinouchi-shuppan.com/
造本設計——末吉亮（図工ファイブ）
組　版——江尻智行
印刷製本——中央精版印刷株式会社

ISBN　978-4-909237-78-1